中南大学"双一流"建设文科战略先导专项经费资助

中南大学哲学社会科学学术专著文库

网络文艺学探析

欧阳友权 / 著

中国社会科学出版社

图书在版编目（CIP）数据

网络文艺学探析/欧阳友权著.—北京：中国社会科学出版社，2018.5

（中南大学哲学社会科学学术专著文库）

ISBN 978-7-5203-2528-8

Ⅰ.①网… Ⅱ.①欧… Ⅲ.①文艺评论—中国—当代 Ⅳ.①I206.7

中国版本图书馆CIP数据核字（2018）第088443号

出 版 人	赵剑英
责任编辑	郭晓鸿
特约编辑	席建海
责任校对	韩海超
责任印制	戴 宽

出　　版	中国社会科学出版社
社　　址	北京鼓楼西大街甲158号
邮　　编	100720
网　　址	http://www.csspw.cn
发 行 部	010-84083685
门 市 部	010-84029450
经　　销	新华书店及其他书店
印　　刷	北京明恒达印务有限公司
装　　订	廊坊市广阳区广增装订厂
版　　次	2018年5月第1版
印　　次	2018年5月第1次印刷
开　　本	710×1000　1/16
印　　张	30.75
插　　页	2
字　　数	372千字
定　　价	128.00元

凡购买中国社会科学出版社图书，如有质量问题请与本社营销中心联系调换

电话：010-84083683

版权所有　侵权必究

《中南大学哲学社会科学学术成果文库》和《中南大学哲学社会科学博士论文精品丛书》出版说明

　　在新世纪，中南大学哲学社会科学坚持"基础为本，应用为先，重视交叉，突出特色"的精优发展理念，涌现了一批又一批优秀学术成果和优秀人才。为进一步促进学校哲学社会科学一流学科的建设，充分发挥哲学社会科学优秀学术成果和优秀人才的示范带动作用，校哲学社会科学繁荣发展领导小组决定自2017年开始，设立《中南大学哲学社会科学学术成果文库》和《中南大学哲学社会科学博士论文精品丛书》，每年评审一次。入选成果经个人申报、二级学院推荐、校学术委员会同行专家严格评审，一定程度上体现了当前学校哲学社会科学学者的学术能力和学术水平。"散是满天星，聚是一团火"，统一组织出版的目的在于进一步提升中南大学哲学社会科学的学术影响及学术声誉。

中南大学科学研究部
2017年9月

目　录

第 1 章　学理逻辑 …………………………………………… 1

　1.1　网络文学本体论纲 …………………………………… 1

　1.2　现代科技文明的人文哲学 …………………………… 15

　1.3　数字化传媒技术的审美视界 ………………………… 27

　1.4　重写文学史与网络文学的"入史"问题 …………… 38

第 2 章　理论转型 …………………………………………… 54

　2.1　数字媒介与中国文学的转型 ………………………… 54

　2.2　新媒体与中国文艺学的转向 ………………………… 83

　2.3　数字图像时代的文学边界 …………………………… 108

　2.4　网络传媒下文化的三重转向 ………………………… 115

　2.5　网络媒体对文学经典观念的解构 …………………… 130

　2.6　网络文学：从书页到网页的博弈 …………………… 139

·1·

2.7 媒介发展与文学阅读的演变 …………………………… 150

2.8 文学研究的范式、边界与媒介 ………………………… 163

第3章 观念谱系 ……………………………………………… 170

3.1 网络文学的体制谱系学反思 …………………………… 170

3.2 数字传媒时代的图像表意与文字审美 ………………… 188

3.3 网络文学：从"草根庶出"到主流认可 ……………… 202

3.4 新媒体的技术审美与视觉消费 ………………………… 209

3.5 网络文学审美导向的思考 ……………………………… 221

第4章 价值构建 ……………………………………………… 231

4.1 数字化文艺学的人文承载 ……………………………… 231

4.2 网络文学的价值取向及其自逆式消解 ………………… 242

4.3 意义指向与价值承载 …………………………………… 253

4.4 网络时代仍需要倡导人民文学 ………………………… 258

4.5 网络时代，为何写作？ ………………………………… 260

4.6 传媒推力与文学魂归 …………………………………… 265

第5章 体式样态 ……………………………………………… 270

5.1 网络时代的文学形式 …………………………………… 270

5.2 博客文学的结构体式与创生形态 ……………………… 278

5.3 微博客：网络传播的"软文学" ……………………… 291

- 5.4 微信文学的存在方式与功能取向 ······················· 303
- 5.5 手机短信的文学身份与文体审美 ····················· 316
- 5.6 数字动漫的艺术审美与技术张力 ····················· 327
- 5.7 多维视野中的网络游戏 ································· 338
- 5.8 "火星文":挑战传统与更新观念 ····················· 352

第6章 现状评辨 ·· 365
- 6.1 网络文学发展中的悖论选择 ·························· 365
- 6.2 新媒体文学:现状、问题与动向 ····················· 379
- 6.3 当下网络文学的十个关键词 ·························· 390
- 6.4 网络类型小说:机缘和困局 ·························· 403
- 6.5 网络写作的困局与成因 ································· 414
- 6.6 海外华文网络文学扫描 ································· 425

第7章 批评范式 ·· 436
- 7.1 网络文学批评的价值和局限 ·························· 436
- 7.2 当传统批评家遭遇网络 ································· 449
- 7.3 网络文学,离茅盾文学奖有多远? ··················· 454
- 7.4 网络文化兴起对文化产品评价的影响 ··············· 458
- 7.5 网络文学研究基点及其语境选择 ····················· 470

后记 ·· 481

第1章　学理逻辑

1.1　网络文学本体论纲[①]

伴随着现代数字化技术而迅速崛起的网络文学能否在人类艺术审美的表意链中，以自己的迹化形式镶嵌出文学史的一个历史节点，以媒介转型在文学场域中实现"范式转换"（paradigm shift），是21世纪文学格局中一个期待合法性体认的文学母题，对此需要给予本体论上的学理阐释。

本体论（Ontology）是关于存在的理论，所要探讨的是事物（自然界、社会和人）的本原和本性的存在方式、生成运演及其本质意义的终极存在问题。运用本体论哲学方法探究网络文学，就是回到事物本身，聚焦这种文学"如何存在"又"为何存在"的提问方式，选择从"存在方式"进入"存在本质"的思维路径，从现象学探索其

[①]　本节原载《文学评论》2004年第6期，《新华文摘》2005年第3期全文转载。

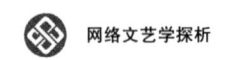

存在方式,从价值论探索其存在的本质。即由现象本体探询其价值本体,解答网络文学的存在形态和意义生成问题,以图完成网络之于这种文学的艺术哲学命名,探讨构建一种网络文学学理范式的可能性。

1.1.1 合法性的"在场"追问

网络文学历史性地出场,首先需要在理论逻辑上解答"存在者"是否存在和如何存在,然后才有可能解答其"存在"的意义和价值问题。尽管网络文学利用传统文学走向式微、互联网快速普及的契机而得到了迅猛发展,但它在对传统文学实施全面"格式化"的同时,也将自己置身于一个期待认可的共时性平面上,导致自身知识谱系和意义模式的"合法性悬置"。

首先是"命名焦虑"。

互联网上的汉语文学诞生于1991年,这一年全球第一家中文电子周刊《华夏文摘》在北美创刊,此后,世界各国相继出现了中文网站。① 1994年中国大陆以域名".cn"正式加入国际互联网。从那时到2004年,中文网络文学走过了10年时光,但它仍处于"命名焦虑"期。无论在理论批评界还是在网络写手眼中,对于什么是网络文学,究竟有没有网络文学,怎样才算网络文学等,都存在诸多争议。以《第一次的亲密接触》在互联网上一举成名的台湾写手痞子蔡,在《网络文学和我》中说:"如果只要发表在网络上的都算网络小说,那么万一曹雪芹复活,把《红楼梦》贴在网络上,《红楼梦》就是网络小说了吗?"他认为还是等到网络文学更多元化之后,再来界定它为

---

① 1991年4月5日,全球第一家中文电子周刊《华夏文摘》在美国诞生,互联网上第一篇中文网络文学作品是张郎郎的杂文《不愿做儿皇帝》,发表于1991年4月16日《华夏文摘》第3期,第一篇中文网络小说是小小说《鼠类文明》(作者佚名),发表于1991年11月1日《华夏文摘》第31期。

好,"如果现在一定要一个定义,那应该是在网络时代出生的写手在网络上发表的作品,暂时被简称为网络文学"①。有人认为"网络文学"是一个难以成立的伪概念:"文学产生于心灵,而不是产生于网络,我们现在面对的特殊问题不过是:网络在一种惊人的自我陶醉的幻觉中被当作了心灵的内容和形式,所以才有了那个'网络文学'。"②还有人提出,所谓"网络文学"并不成立,应该叫"网络写作"更合适(李洁非),仅仅是传播方式不同,构不成文学的本质区别(余华)。也有人说:"网络文学就是新时代的大众文学。"(朱威廉),文学"取决于它自身的叙述和表现,同其物化的载体(媒介)形式——不管是纸质书刊还是电脑网络——并无必然联系"③。网易在2001年的一次调查中发现,有19.7%的人认为网络文学是炒作出来的一个概念,有24.2%的人认为它与传统文学并无根本不同,还有39.9%的人认为可以用传统文学的尺度评判网络文学。④

一件事物的命名是一个约定俗成的历史甄别和梳理过程,任何强制企图或焦虑心态都于事无补。事实上,在互联网风起云涌的今天,⑤已经浮出历史地表的网络文学的"在场确证"正在舒缓这种"命名焦虑"。笔者对此的界定是:网络文学是一种用电脑创作、在互联网上传播、供网络用户浏览或参与的新型文学样式。它有三种常见形态:

---

① 痞子蔡:《网络文学和我》,转引自吴晓明《网络文学创作述论》,《湛江师范学院学报》2000年第4期。
② 李敬泽:《"网络文学":要点和疑问》,《文学报》2000年4月20日。
③ 吴俊:《网络文学:技术和商业的双驾马车》,《上海文学》2000年第5期。
④ http://www.163.com/game/index.html,2001年5月8日。
⑤ 据中国互联网络信息中心(CNNIC)2004年1月15日发布的第13次《中国互联网络发展状况统计报告》显示,截至2003年12月31日,我国已有上网计算机3089万台,与上年同期相比增长48.3%,而上网用户数也升至7950万人,半年内增加了1150万人,与2002年年底相比增加了2040万人,增长率为34.5%。参见http://www.cnnic.net.cn/news/105.shtml。

一是传统纸介印刷文本电子化后上网传播的作品,这是广义的网络文学,它与传统文学的区别仅仅体现在传播媒介的不同;二是用电脑创作、在网上首发的原创性文字作品,这类作品与传统文学不仅有载体的区别,还有网民原创、网络首发的不同;三是利用电脑多媒体技术和互联网交互作用创作的超文本、多媒体作品(如联手小说、多媒体剧本等),以及借助特定电脑软件自动生成的"机器之作",这类作品离开了网络就不能生存,因而,这是狭义的网络文学,也是真正意义上的网络文学。

其次是"父根"与"母体"追问。

命名能为一个漂浮的能指设定一种概念归宿以约定所指,但网络文学能指与所指的背后仍然存在着发生学上的本体论悬置问题,即需要面对"父根"与"母体"的"审祖"式追问。较早便在互联网打拼名气的写手李寻欢认为,网络文学不等于"写网络的文学",也不是"网络上的文学",准确地说应该是"网人在网络上发表的供网人阅读的文学"。他提出:"网络文学的父亲是网络,母亲是文学。"网友 Sieg 反对将网络文学本原看成"父根"(网络),而主张"母根"(文学)才是它真正的根。他采用归谬法反驳说"楚辞是楚人在竹简上发表的供楚人阅读的作品",可千年后唐宋时期的人阅读写在纸上的楚辞时,它还算不算文学呢?今天我们在电脑上读楚辞它是不是也算文学呢?[①] 网络超文本研究专家黄鸣奋先生认为:作为一个范畴的"网络文学"本身包含着两项基本要素,即"网络"与"文学"。"网络是当代高科技的代表,文学则是人文精神的体现。科技与人文在'网络文学'旗帜之下的统一,带来了许多值得深入研究的现象。"如

[①] 李寻欢:《我的网络文学观》、Sieg:《反螺旋立场》,均载《网络报·大众版》2000年2月21日。

作者多是学理工或掌握上网技能的；网络写作要使用自然语言和计算语言双重工具；网上的文学活动既是文学意义上的写作与阅读，又是科技意义上的程序应用；网民不仅从作品中体验到文学趣味，而且感受到科技意蕴；评价网文既要有审美标准又要有科技标准，等等。因而，"不论我们将网络与文学的哪一方当成父根（同时将另一方当成母根），网络文学都不是简单地继承父母的基因，而是熔铸双方的影响，创造自身的特色"①。这类似马克·波斯特（Mark Poster）在谈到电脑写作主客临界性时所言："计算机写作类似于一种临界事件（borderline event），其边界两边都失去了它们的完整性和稳定性。"②然而一旦这两者走向契合与同一，科技与人文就将创造崭新的网络诗学和技术美学。

网络文学是搭乘计算机网络技术的隆隆快车悄然登场的，"第四媒体"的技术之"根"已经深植于它的血脉中；网上写作只要是文学书写便摆不脱人文预设对这种文学潜质的基本厘定，文学基因已成为它"挣不断的红丝线"。因而，"网络"与"文学"联姻应该是"父根"与"母体"耦合后孕育的一种新的文学形态。它拥有文学基因，又依托技术载体，但绝不是两者的简单相加，而是涅槃中的生命化合。海德格尔说："技术是一种去蔽之术。""在技术中，决定性的东西并不是制作或操纵，或工具的使用，而是去蔽（revealing）。技术正是在去蔽的意义上而不是在制造的意义上是一种'产生'。"③ 在网络文学中，技术"去蔽"的不是工具理性的媒介操作，而是审美临照中

---

① 黄鸣奋：《超文本诗学》，厦门大学出版社 2001 年版，第 317—318 页。
② Mark Poster, *The Mode of Information*, Polity Press in association with Basil Blackwell, 1990, p.111.
③ ［德］海德格尔：《人，诗意地安居》，郜元宝译，广西师范大学出版社 2000 年版，第 102 页。

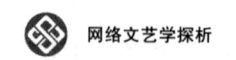

被技术所遮蔽的审美澄明,是"父根"对"母体"的依恋或"母体"对"父根"的召唤。它们不应该是形而上学的二元对立或逻各斯中心的"执本驭末",而是"双性同体"的神妙化工构筑出来的文学审美的艺术本然世界。

最后是廓清文学"出场"与文学性"在场"的关系。

如果说世界华语网络文学诞生于海外学子的家国之思,中国本土的网络文学则生成于众声喧哗的 BBS(电子公告板)——是一批较早稔熟网络技术的年轻学子用手指打造出一个数字载体的文学乾坤。由于网络契合了文学的自由本性,[①] 网民的游戏心态又切中文学的娱乐因子,因而文学走进网络或网络介入文学,自然就有了本体论的逻辑依据。

中国加入互联网后,创生于海外的文学网站"新语丝"(http://www.xys.org)、"橄榄树"(http://www.wenxue.com)、"花招"(http://www.huazhao.com)等迅速挺进中国本土,促使我国的文学网站如雨后春笋般涌现出来。1996 年"网络文学"(中国台湾叫"网路文学",新加坡称"网际文学")一词正式进入纸介传播媒体[②],1997 年美籍华人朱威廉在上海创立了"世界上最大的中文原创文学网站""榕树下"(http://www.rongshu.com),从此,迎来了网络与文学的"蜜月期"。笔者于 2001 年 5 月至 8 月完成的网络文学现状调查表明,截至 2001 年 8 月 31 日,我国以"文学"命名的文学

[①] 参见欧阳友权等著《网络文学论纲》第四章"众妙之门——网络文学的学理分析",中的"一、网络:自由的精神家园",人民文学出版社 2003 年版。

[②] 1996 年《中国时报·资讯周报》推出了"网络文学争议"专栏,被认为是"网络文学"在我国印刷传媒中的首次正式采用。这次争议的缘由是杨照在该报"人间副刊"上刊出《身份与故事》《老狗》等文章,批评网络 BBS 上的作品质量不佳,引起 BBS 写手们的不满。争论焦点集中在纸媒介与网络的传播差异、垄断与开放、网络文学的品质等问题。参见 http://lantai.myrice.com/old-lty/shuzi2000/0index.htm。

网站（含申请免费的个人主页）已接近 300 个（其中以"网络文学"命名的有 241 个）[①]，现在，这一数字已增加到 500 多个。1999 年，"新语丝""网易""榕树下"相继举行网络原创作品评奖，给火爆的网络文学又添了一把柴，此后，一些大型网站（如"榕树下"）一天发布的作品量就以千篇计。[②] "新语丝"网站创下日点击数 40 万次的纪录，今何在的小说《悟空传》在新浪网连载时，下载量竟超过 50 万次。一批得电脑风气之先的网络写手迅速声名大噪，一些文学网站和网络作品成为网络文化圈的热门话题。

2002 年以来，网络文学不像前两年那么火爆，但文学网站仍保持强劲的增长势头。网上的文学也出现两点明显变化：一是文学站点个人主页和收藏的网络写手的个人专辑大幅上升；二是网络原创作品发布量呈缩水之势，但作品质量却有所提升，TOP 排行榜的点击率明显增长，这反映了广大文学网民净化网路、回归文学审美本性的要求。

网络文学的历史性"出场"并不一定就意味着"文学性"的在场；相反，它倒可能构成对文学性新的遮蔽。因为一种新型文学的审美价值确证并不取决于它的载体，而取决于它能否走进人类审美的殿堂，以"文学性"建立自己的人文价值体系，而这种内质的涵养是需要有丰足的创作实践来铸就的。事实上，自诞生之日起，网络文学就面临科技与人文的宿命式追问：在它所凭附的高科技大树上，结出的究竟是人文审美的丰硕果实，还是会使人类的艺术传统和精神赓续在技术的狂飙突进中花叶飘零？在炙手可热的科学势力的边缘，走进网络的文学是否仍秉承古老的传统与价值朝着人类审美精神的圣地驰

---

① 欧阳友权：《互联网上的文学风景——我国网络文学现状调查与走势分析》，人大复印报刊资料《中国现代、当代文学研究》2002 年第 3 期。

② 截至 2004 年 2 月 15 日，榕树下网站存稿量已达 2456978 篇，创造了网络文学火爆的奇迹。

骋，还是在科学技术的场域中让文学本体的精神取向经历一次技术理性的"格式化"？因而，文学在互联网中"出场"后，可否在大众文化读图转向、道与言都出现话语转型的背景中，用诗意的寓言铸就网络诗学的新境界，乃至据此重新书写文学的"文学性"，探询重建精神价值深度的可能性，而不是让文学本该有的艺术承担和价值叙事为世俗的感性愉悦和消费文化的平面化所遮蔽，使本该在艺术中得到敞亮的生命意义被工具智慧所取代，避免文学应有的审美意义在网络媒体的技术围城中无从置喙，抑或变成欲望生产而价值退场的游戏碎片……这一切都警示我们必须关注网络文学的"文学性"问题，解决好文学"出场"而"文学性"缺席的矛盾。海德格尔说，"美是无蔽性真理的一种呈现方式"，而"遮蔽的否定就是要指出真理的本质中澄明之所与遮蔽之间那种对立"。[①] 马克·波斯特认为，文学文本应该是"词语对精神的完全在场，精神对现实的完全在场，三者俱现才是对真理的完全在场"[②]。网络文学有精神对现实的在场，但这里有没有"真理"（文学性）对文学的完全在场与敞亮呢？或者说有没有技术的"去蔽"造成的文学性"遮蔽"呢？对此，我们还需要有本体论上的逻辑清理。

1.1.2 本体表征的双重结构

对于网络语境中的文学而言，其本体存在首先表征为互联网上显性在场的文学，即这种文学的存在方式及其范式，然后是其隐性存在的存在本质与价值，即作为文学的"文学性"的意义存在。前者的存

[①] ［德］海德格尔：《人，诗意地安居》，广西师范大学出版社2000年版，第124页。
[②] Mark Poster, *The Mode of Information*, Polity Press in association with Basil Blackwell, 1990, p. 111.

在可能会对后者形成存在的"遮蔽",因为恰如海德格尔所说,本体论永远处在"诗、言、思"的途中,诗不是"在"本身,而是"在"的缺席,同时也是在的"召唤"。网络文学的文学性就是在由"言"而"思"、由"思"而"诗"的追寻途中所实现的可言说与不可言说之间的生成转换,以及显性存在与隐性价值之间的内在审视。因为"真理从来不是现存的和一般对象的聚集,而是存在的敞开,是所视的澄明,是作为透射描绘出的敞开的发生"①。网络文学的隐性存在或本体存在的隐性结构,就是对它的显性存在或它的本体存在的显性结构的"去蔽中的敞亮""存在的澄明",是文学的价值在展示自己时所依存的现象学本体论的先行结构,它使我们得以从技术化的"隐藏之物"进入文学性的"澄明之境"。

先谈网络文学本体表征的显性结构。

网络文学本体的显性存在是一种结构性存在,但它又不同于笛卡尔所谓的"广延物体"的固定性,即一个主客二元分立中可以确证的外部他者。因为电子语言僭越了传统语言分析的边界,置换了对象"在场"与"缺席"的设定方式,用"信息DNA"的吐纳和"比特"的传播方式替代了"原子"的物理属性,②使得自身的本体存在"既无处不在又处处不在,既永远存在又从未存在,既是物质又是非物质",因而,网络文学本体的显性存在既是物质的(电脑、连接终端的电线、调制解调器、键盘、鼠标、手写板、电子压感笔等硬件设备),又是非物质的,如由"比特"(bit音译,指计算机二进制数的位)、文本标识语(html, hypertext markup language)、万维网(WWW, world wide web)、赛博空间(cyberspace)、多媒体(multi-

---

① M. Heidegger, "Poetry, Language", *Thought*, Harper and Row, 1971, pp. 62–63.
② [美]尼葛洛庞帝:《数字化生存》,胡泳、范海燕译,海南出版社1997年版,第3页。

media)、超文本（hypertext）、超链接设计（hyperlink）、虚拟真实（virtual reality）等组成的 Internet 媒介传播系统；既是潜在的（平时看不见摸不着），又是显在的（接通网络后尺幅之屏风光无限）；既是客观的广延性存在（可以在任何一个联网节点实施能动操作乃至下载赋型），又必须依靠主体的技术操作才会有存在的出场，否则网络文学既没有存在形态更无从有存在价值，其本体存在将恍兮惚兮虚无缥缈。所以马克·波斯特称电脑写作是"临界书写"，他说："与笔、打字机、印刷机比较起来，电脑让书写的痕迹失去物质性。"①

由此可见，网络文学本体的显性结构是一种"软载体"结构，它与传统文学的"硬载体"（如"文房四宝"的线性书写、纸质印刷品的体积重量）存在方式是大相径庭的。这一结构大抵包含五个相互依存的逻辑层面。

第一层面：媒介赋型：数字化载体的技术螺旋。网络文学的第一存在是数字化技术媒介，即以技术为载体，由"网络"存在走进"文学"存在。由现代电子数码技术引发的"第四媒体"转型，使文学从传播革命的技术螺旋中打造出电子化生态空间，从而生成互联网上的文学美学与技术审美的诗学。

第二层面：比特叙事：链接文本的语言向度。网络文学的第一语言是"比特"语言，基于电子化机器语言的编码与解码构成文学语言叙事。网络写作的双重语言叙事造成了日常写作经验的中断和叙事规则的改写，但比特化交互链接的技术手段却为网络电子文本创造了多媒体、超文本叙事的自由空间。

第三层面：欲望修辞：间性主体的孤独狂欢。网络写作的基本动

---

① Mark Poster, *The Mode of Information*, Polity Press in association with Basil Blackwell, 1990, p. 111.

机通常是自我的欲望表达，电子牧场的孤独狂欢、间性主体的身体修辞、市井社群的"粗口秀"（vulgarity show）策略，解除了生存世界的"面具焦虑"，创造了自由、平等、真实、感性的"大话"模式和躯体化的"欲望修辞学"。

第四层面：在线漫游：赛博空间的虚拟真实。网络的文学的"接口"在于只有"在线"才能"在场"，只有"在场"才能在虚拟的网络世界里"冲浪"或"漫游"。赛博空间的"虚拟真实"成为在线书写的艺术资源，拟像的符号代码所组成的艺术踪迹，以"能指的星群"重铸网络书写的技术美学，而共时场域的交互与分延则约束着网络文学的艺术边界。

第五层面：存在形态：电子文本的艺术临照。万维网的"电子幽灵"覆盖"地球村"后，以其触点延伸方式实现了咫尺天涯的无纸传播，把"空中的文字"拉近到眉睫之前，让尺幅之屏敞亮信息承载，用远距触摸构成传输隐喻，这一"文化快捷键"的无穷点化让人们充分体验到了目击快感。于是，网络文学以在线资源的全景敞视，铸就了电子乌托邦的艺术临照，以数字化技术强化了文学对现代电子传媒的依赖，既"改造"了昔日的文学形式，又"改变"了文学的存在方式，从而形成了迥异于纸介印刷作品的电子化文字文本、文学超文本和多媒体文本，创造了新的文学范式，使得电子镜像中的文学存在日渐呈现出"文学的艺术化→艺术的仿像化→仿像的生活化"的层级蜕变。

在这里，媒介赋型是载体，比特语言是文本叙事的工具，间性主体的欲望修辞是网络写作的人本前提，在线性的虚拟真实构成赛博空间的书写内容，而电子化作品的存在范式则完成了从纸介书写向数字化文本的艺术转换。这些要素间的有机融合与脉理渗透，就构成网络

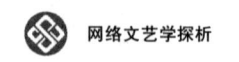

文学显性的结构存在，亦是它的本体论存在方式。

再谈网络文学本体表征的隐性结构。

本体论哲学要追求存在与本质的协调一致，就离不开思维与存在的同一，因为理论思维的逻辑需要通过思维与存在的同一的认识论途径，去实现存在与本质相协同的本体论。如果说，存在与本质的协同问题是本体论"何以存在"的前提的话，那么，思维与存在的同一则成为本体论"何以可能"的现实原则。因此，"就文艺美学而言，这种艺术本体论与艺术认识论的同一，使得本体论问题同时也成为认识论和价值论的问题"①。本节从现象学角度探讨网络文学的存在方式，又从价值论角度探索网络文学的存在本质，意在把艺术本体论与艺术认识论结合起来，以前者描述网络文学的显性存在，以后者考辨其隐性存在，从而得到对网络文学存在方式与本体价值的完整阐明。

网络文学本体的隐性存在所要廓清的是网络文学的本体价值，或曰从价值论上探索其存在本质。价值是由人的需要产生的理性预设，它要探讨的不是"它是什么"，而是"它应该是什么"或"它可能是什么"，这便是价值论的提问方式。网络文学在现时代满足和开发了人们的什么需要，就是其价值所在。另外，本体价值是对存在方式的"去蔽"，是从显性之中发掘隐蔽之物，进而发现遮蔽中的敞开之物——网络文学的真理性存在。网络文学本体首先是一种感性存在，然后以感性形态表征所包蕴的意义，通过合法性在场去追踪价值的踪迹。网络能否担当起沉重的文学意义之思，取决于它能否以本体存在体现本体价值，将存在方式导入领悟真理之途，使形态表象转换为一种哲思和诗意的寓言，探询在网络文学语境中重建精神价值深度的可能性。

---

① 王岳川：《艺术本体论》，上海三联书店 1994 年版，第 327 页。

马克斯·韦伯（Max Weber）说过："艺术演变成为一个越来越有意识地把握独立价值的世界，它以自身的权利而存在，不管怎样来解释，艺术都承担了这种世俗拯救工程。它为人们提供了一种从日常生活刻板状态中解脱出来的途径，特别是从理论的和实践的合理化的压力中解脱出来。"[1] 网络文学为现代人从都市化生活的重压之下解脱出来提供了一个"孤独的狂欢"之途，但它能否拯救世俗还要取决于它是否足以"把握独立价值的世界"，为文化形态打造意义模式，用价值存在确证其本体存在。为此，把握网络文学的隐性存在须经现象学走进阐释学和历史哲学。如伽达默尔在《真理与方法》一书第二版序言中所言："理解从来不是对于某种给定'对象'的主体行为，而是对于对象的效果历史的主体行为，换言之，理解属于被理解物的存在。"[2] 狄尔泰也在《历史中的意义》一书中说："意义是作为我们领悟生命的方式而显示它自己的作用的。"[3] 网络文学的隐性存在就是其"效果历史"的价值存在，也是我们要考察的"领悟生命的方式"。可以说，在网络化语境中，文学的隐性存在是显性存在的去蔽，是现象学"回到事物本身"的本真阐明，对它的揭示就是网络文学进一步展示自身并随之揭示自身本体价值结构的澄明过程。这一隐性的价值结构由下列5项不同层面所构成。

（1）体制重建——原点解构的谱系转换。网络文学是人类继口头说唱文学、书写印刷文学之后出现的第三种文学形态，是技术螺旋对文学"元典"的疏离和消解，是媒介的"格式化"对文学惯例的悄

---

[1] H. Gerth & C. W. Mills（eds），*Essays on Socialolgy*，New York：Oxford University，1946，p. 342.

[2] Hans－Georg Gadamer，*Truth and Method*，New York：The Comtinum Publishing Co.，1975，p. XIX.

[3] ［德］狄尔泰：《历史中的意义》，艾彦、逸飞译，中国城市出版社2002年版，第58页。

然置换。但这一文学在消解传统文学惯例的同时，也在知识谱系和文学体制两个层面上重建了新的文学"原点"，以自己的方式回答了"文学是什么""文学写什么""文学怎么写""文学干什么"等这样一些文学"逻各斯"本题。

（2）民间立场——在线民主的母语回归。自由、兼容、民主、共享的网络空间用"在线民主"的现代神话构筑文学的民间立场，用"人人都能当作家"的抚慰性幻想激励大众的艺术热情，让文学在消解中心话语和权级模式中，实现文学话语权向民间母语回归，展演消费社会大众文化"脱口秀"的符号权利。

（3）电子诗意——文学性的祛魅与返魅。文学的网络栖居更换了人们对文本诗性的认知与体验方式，用"图文并陈"模式重塑"祛魅"（disenchantment）的文学审美观；而网络文学在对传统的文学性予以技术祛魅的同时，也在实施电子诗意性对传统文学性的置换，打造网络世界新的艺术灵境。

（4）文化表征——后现代语境的"图—底"关系。网络文学的后现代底色使它与后现代主义文化精神之间形成了"述愿"（Constative）与"述行"（Performertive）的双重逻辑，构成了文学与社会文化语境在理论逻辑上的内在关联，这种关联所表征的文化镜像，不仅预设了网络文学的文化隐喻，也构成其特有的艺术言说。在此要讨论的问题是：网络文学是怎样表征后现代文化语境的，这种语境隐喻了怎样的文学解构逻辑。

（5）人文蕴含——艺术原道的意义承载。数字化的精神现象学，使得人文理性成为网络文学对抗技术霸权的有效武器，用"意义"承载"精神"是网络艺术生产"原道"的图腾。互联网对人文精神的解构与建构，是网络文学反常而合道的永恒命题，但技术主义和工具理性仍然是网络写作的"软肋"。只有实现高技术与高人文的协调与统一,网络文学才能获得更多的千秋情怀和终极道义,拥有人文精神的底气和骨力,这种文学才可能真正走进一个历史的节点,赢得文学史的尊重。这是网络文学人文原道中最基本的本体论价值。

最后,网络文学的本体论思辨还要从这种文学"如何存在""为何存在"的路径进入其"何以存在"的论题,以图从理论逻辑的"正题"与"反题"走向"合题"——将网络文学的本体论分析从"形态"与"价值"层面,延伸至艺术可能性层面,从观念预设上思考其本体的审美建构与艺术导向,如坚守文学的本体论承诺、注重新民间文学的审美提升和实现电子文本的艺术创新等问题,以完成网络之于这种文学的观念重铸,达成网络文学的学理命意。

在网络介入文学之时,历史的辩证法也同时启动。对于恒定的企慕使我们走近网络,关注这种文学的存在方式和存在本质,追寻文学显性的形态构成和隐性的本体价值。实际上任何一种阐释的有效性仍然只是对某种"真理"和"规律"的文化命名和自我目的性的选择,对网络文学的本体论阐释自然也不能例外。

1.2　现代科技文明的人文哲学[①]

现代科技文明的迅猛发展,要求我们把科技革命的意义放到人文哲学的视野中来加以体认,从而在人学本体论的意义上确证现代科学

[①]　本节原载《北京大学学报》2002 年第 2 期。

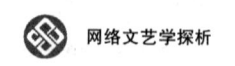

技术的价值理性，摒弃技术崇拜的工具理性，培育现代人文精神。

1.2.1 科技文明的价值理性：知识经济时代的人文大智慧

在知识经济迅速崛起的时代，科技理性、人文价值、终极关怀、人类命运等，是我们特别需要予以关注的大智慧。

在人类文明史上，产业革命使人类开始告别农耕小生产社会而步入工业文明时代，随后的化工革命、电力技术革命把人类带入后工业社会的信息时代，现代高新科技浪潮则将人类推进到技术爆炸、网络为王的数字化时代。

我们看到，在当今科学前沿，人类对物质结构之谜的破译已经从分子、原子进入了夸克和轻子水平；天文科学一步步迫近宇宙的起源、星系的形成和演化，以及地球的生成运演过程和系统变化；生命科学研究也从生命的化学进化进入了人类智力研究和脑科学的系统探索。在工程技术领域，高新技术正以超越人们想象的高速发展态势滚滚而来，如今它已形成以电子信息技术为核心、以新材料技术为基础、以新能源技术为支柱，沿微观领域向生物技术开拓、沿宏观领域向空间和海洋技术扩展的庞大的高新技术群。

科技的突飞猛进极大地改变着人类的生产、生活面貌，也极大地改变着人类本身，影响着人的精神世界和价值观念。譬如，微电子与计算机技术所拥有的感知思维、推理、执行等功能，正不断向人类智能逼近；生物圈技术正在为人类营造出"第二自然"；国际互联网络一夜间把偌大的世界变成了阡陌可通的"地球村"，让我们实现了"不出门而知天下事"的千古梦想，在这个数字化的网络天地里，小小寰球，不过尔尔，人类的视野、眼界，人类的思维、观念，较之过去岂止"小巫大巫"之比可以论之！再如，试管婴儿的降生、克隆生命的问世，人类基因组计划的实施，不仅打破了生命孕育的神秘，而且动摇了血缘人伦的神圣，带来了社会伦理的观念新变……

可以说，无论是在现实的意义上，还是在观念的层面上，科技的领地都必须面对"人"的介入，都期待着我们给予科学理性以人文哲学的价值论解答。有鉴于此，在科技文明时代不仅要认识科技进步对发展社会生产力、提高人们生活水平方面的巨大的功利价值，而且要从哲学的高度辨识它的形而上的人文价值，从而使人类真正获得知识经济时代的人文大智慧。这种人文价值主要表现在三个方面。

从物我关系上看，科学技术体现了人在自然界中赢得的生命自信和精神自由。科技的不断发展把人的科学求索一次次推向智慧的峰巅，让人的生命灵犀探析造物的奥秘，破译自然规律，用人的创造潜能与天地万物对话，既科学地调解了人与外物的矛盾，又强化了人的自我意识，获得了人类创造力的自我确证。在这里，科学技术，特别是现代高新科技，是用智能活动的空间浓缩了人性发展的时间，用五光十色的物质产品物化着人类的自由精神，用人与外物的和谐去沟通人的个体生命形态的有限与生活质量提高的无限之间的矛盾。得益于科技的进步，人类不仅有了更为舒适的生存空间，而且有了不断拓展的认识空间和更为广阔的心灵空间。人类通过发展科技，不仅从自然界赢得了更多的自由，同时还改变了人类与自然界的关系——由过去与自然界的必然关系转变为现在的较为自由的关系，由过去茫然的、异己的、被动的甚至是恐惧的关系，变成了清醒的、为我的、主动的、更为融洽的关系。这时候，人类在享受科技带来的生活便捷和物质殷实的同时，还享受到了驾驭自然的自信和主宰对象世界的自由。

从人类本体上看，科技文明昭示了人类创造潜能对象化实现的不断满足。科技创新是人类的创造精神、创造意识和创造力的伟大实践。这种实践带来的巨大物质功利和精神功利的意义在于，它已经把经济发展、社会进步、文明演进与人的全面发展统一起来，不仅创造了知识经济的辉煌业绩，加速了社会生产力的发展，进而促进了社会的全面进步，催动了人类文明的进程，而且还使得人类的生存需要与精神追求获得不断满足，并以此拓展出人类本体的存在空间，丰富了人性的价值内涵。人类的科技活动通过处理人的生命过程中必然要面对的天人关系、主客关系、身心关系和物我关系，一步步展示人的生命智慧，达成人的生存理想，并由身心的满足实现精神的自由舒展，一方面实施着对人类生存的福佑，对人类自然生命的庇护和对人生境界的拓展；另一方面又是在用自身的创造能力磨砺理性的利剑，在创造的对象身上反观自我，在对象化自身中直观自身——人类在这里看到了自身生命创造力的超拔、生命智慧的卓绝、生命底蕴的丰赡、生命天性的自由张扬和个性精神的傲岸与坚挺。这时候，人类以智能启动科技，用自身的本质力量打开外部世界这部书，同时也把自己写进了这部书。处于科技文明进程中的人类，其自身与对象的关系正如马克思在《1844年经济学—哲学手稿》中所论及的：整个现实世界对人来说到处都成为人的本质力量的现实，成为人的现实，因而成为人自己的本质力量的现实，一切对象对他来说也就成为他自身的对象，成为确证和实现他的个性的对象。"工业的历史和工业的已经产生的对象性的存在，是人的本质力量打开了的书本，是感性地摆在我们面前的、人的心理学。"[①] 人类乘坐科学技术的历史航船抵达的是物质文明现代化的彼岸，同时也是合规律与合目的相一致、真善美相统一的人类生命本体的自由境界。

---

① 马克思：《1844年经济学—哲学手稿》，刘丕坤译，人民出版社1979年版，第80页。

再者，从价值论上看，科技文明体现了社会功利价值与人类生命价值的一致性。现代科学技术为社会创造的巨大财富，不仅让人类美好的生存理想变成惬意的生活现实，而且也同步实现着人类的精神期待，在物质文明中体现人类生命的价值，在科技福祉中提高人文追求的品位和境界，并或隐或显地改变着人类的思维方式、价值观念及智能结构。科学技术是生产力，同时又是强大的精神力量；它要提供关于客观世界的规律性知识，同时又提供系统地认识世界和改造世界的方法，在社会生活中形成对待事物的科学态度和立身处世的科学精神。另外，科技活动以尊重事实、崇尚理性、追求创新为其灵魂，它能启迪人们重新认识人的价值，重新评价人与外物的关系，促使人们独立思考，实事求是，开拓进取，强健人类的精神世界。今天，高科技带来的信息文明正以钢铁机器人和智能计算机逐步取代"蓝领"或"白领"的职工，企业生产正从劳动力密集化向智力密集化转变，人的价值也在完成"体力—脑力—智力"的跨越，这正是人类摆脱自身的局限，实现主体对客体、人类对自然的超越的胜利，同时也是人类在生命价值论上获得的自由的无限性和价值自律性的升华过程。

1.2.2 技术崇拜的观念误区：工具理性对人文价值的叛离

英国学者詹姆斯·W. 麦卡利斯特曾经说："科学的理性主义图像的首要主张是，存在一套从事科学所要遵循的规则——理性规范——可以为这些规则提出原则性的和超经验的辩护。"① 现代科技文明带来的科学理性首先需要辩护的原则和经验是什么呢？从科学技术与社会的关系上看，我国的科技发展应当避免许多科技发达国家曾不同程度

---

① ［英］詹姆斯·W. 麦卡利斯特：《美与科学革命》，李为译，吉林人民出版社2000年版，第246页。

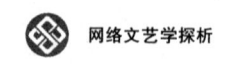

出现过的"技术主义"和"工具理性"对人的全面发展的危害,避免科技进步所导致的"技术崇拜症"给社会带来的负面影响,而要看到,科学技术是把双刃剑,它在造福苍生的同时,也可能带来一些始料未及的社会问题。

譬如,从科学技术与自然的关系上说,技术至上所导致的工具理性,易于造成人在征服自然时的盲从行为,变认识自然为榨取自然,在利用科技开发自然、创造财富时,往往只看到人类对自然的胜利,看不到凭借高新技术对自然的过度索取会超过它的承受能力,造成对环境和资源的毁损。这种"见物不见人"的技术主义,容易误导人类社会步入无节制发展的歧途,使科技的片面发展给社会带来背离条件、超越需要、有悖规律的畸形发展,如超过国情、地情承载力的盲目高速发展;损伤地球、破坏生态、污染环境、自毁生基的发展;杀鸡取卵,竭泽而渔的发展;破坏世界文化与自然遗产的发展;不顾经济、生态、社会平衡的奢侈型发展,等等。如果人类凭借先进的工具和技术,便可以为所欲为地向自然界攫取财富,就等于为自己挖掘坟墓。正如马克思早就讲过的:文明如果是自发地发展,而不是自觉地发展,人类留给自己的就是荒漠。

从科学技术与人的关系上说,技术崇拜与工具理性的弊端表现为对人的全面发展的漠视与偏离,造成社会进步中人与技术的本末倒置现象。影响所及,可能导致技术进步而道德滑坡、科学发达而人文堕落、物质丰赡而精神贫乏、工具先进而文化颓败、生活优裕而思想疲软等种种"现代文明病"。最终,技术至上主义的无限扩张所导致的伦理匮乏,将严重困扰人类的精神生活。如工具理性与价值理性的分裂,可能造成人类信仰的迷失;技术与伦理的疏离,将导致人文精神的失落;经济至上与人性丰满的背反造成物质文明与精神文明的失衡，等等。这种技术对人伦智慧的漠视、工具对人文关怀的阻隔，必将出现只有欲望没有精神、只有物质追求没有人道情怀、只有剥夺狂热没有礼义廉耻等可怕的人本异化现象，它所造成的将是人类良知系统的沦丧，引发社会的道德失范、人的信仰失灵和个性的扭曲和萎缩。如果这样，势必会出现人文精神与科学精神的双重失落，科学技术亦便会走向它的反面。

事实上，这些我们不愿看到的现象，在一定程度上已经出现在我们的生活中。如庸俗文化和社会丑恶现象凭借现代科技手段在许多地方蔓延；高科技犯罪对社会的危害日益严重；高新技术对知识经济的几何效应使一些人忙于利用技术来满足对财富的无限占有；高科技条件下的军备竞赛使人类坐在了战争与仇杀的火山口上；科技产品的便捷所带来的生活舒适使一些人日益滋长了惰性，从而钝化了进取和拼争的意志和锐气；自动化的发展使劳动逐渐失去创造的诗意，等等，这些都是其具体表现。这正印证了法国思想家卢梭在18世纪说过的那句话："随着科学技术与艺术的光芒在天边上升起，德性也就消失了。"美国人大卫·格里芬在论及后现代科学问题时曾把科学导致的精神失落称之为"祛魅"现象，他说："这种祛魅的观点意味着，宇宙间的目的、价值、理想和可能性都不重要，也没有什么自由、创造性、暂时性或神性，不存在规范甚至真理，一切最终都是毫无意义的。"[1]

在科学技术与社会的意义上说，现代科技是推动社会生产力发展的强大引擎，而不应该成为工具理性对人文价值叛离的诱因。国际教育发展委员会早在70年代提出的《学会生存》报告中就曾提出：目

---

[1] ［美］大卫·格里芬：《后现代科学》，马季芳译，中央编译出版社1995年版，第4页。

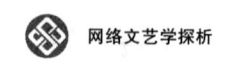

前的社会和未来的社会能够或将证明：科学技术本身并不是目的，它的真正的目的是为人类服务。并反复强调说：科学，实质上是培养个性的各个方面和满足个性的各种要求的决定因素。20世纪80年代以来相继在一些国家兴起的"STS（科学、技术与社会）教育"和"公众理解科学"运动，目的也是要把科学技术与社会及人的发展和谐地联系起来，把"为实利而科技""为富庶而科技"，转变成"为人生而科技""为人类而科技""为个性发展而科技""为社会进步而科技"。这是因为，人类发展科技的现实动因是要认识自然、利用自然规律来创造财富，以改善人类的生存条件，但人类发展科技的终极目的并不是为了膨胀物欲，而是为了美化生活以善待生命；不是技术压抑人性或物对于人的占有，而是人驭于物的自信与自由；不是让科技主宰社会，让工具征服生命，而是用科技的手段来实现人文关爱，用机器工具来发展个性和健全理性，确立人在宇宙中的主宰地位，推动社会的全面进步。所以，在高科技风起云涌的今天，人类需要保持清醒的理智，明辨并走出技术崇拜和工具理性的观念误区，让科技进步为人类和平与发展服务，为人类自身的精神崇高和理性健全服务。而"作为技术文明的解毒剂，人文主义对技术的批判为我们重新估价技术，探索技术与人类、社会、自然的关系，摆正技术在人类文明中的位置提出了一个新的视角"[①]。

1.2.3 高科技的哲学视野：培育现代人文精神

技术虽然造成了许多问题，但这些问题并非单凭放弃技术所能解决，仍有赖于技术与科学的发展。技术是人类的福祉，也是人类建立

---

① 高亮华：《人文主义视野中的技术》，中国社会科学出版社1996年版，第180页。

真正平等社会的依托,如果我们因噎废食,一味地排斥技术,则可能造成更大的灾难。人类要摆脱来自自然界和社会必然性力量的束缚需要一个漫长的过程,而人类要用理性的律令校正科技的价值取向和使命意识,也只有当科技发展到一定阶段的时候才有可能。海德格尔说过:"正是在现代技术的虚无主义发展所导致的危机的最后时刻,人类最终走出危机的希望也应运而生,这种希望就蛰伏在对现代技术的根源与本质的追问之中。"① 在当今科技创新的文明大潮中,我们既要有对于技术本质的追问,又要为人类走出技术崇拜和工具理性的危机找到出路。这个出路便是:培育科技文明时代的人文精神,让科技的功利作用体现出对人类命运的长远关爱和对人类精神世界的终极关怀,既要让科技福星恬然澄明,朗照人寰,又不能让科技的圣火灼伤人类自身。

人文精神是人之所以为人的一种理性自觉、理论阐释和实践规范,它包括对人的立身处世的现实规范,也包括对人的精神和价值追求的理性提升。这种人文精神是人类以文明之道化成天下的生命底蕴,它是文明社会中人的理性精神的基石,当然也是科技时代人类的精神支柱。

科技文明时代的人文精神,大抵包括这样两个方面的内涵。

从历时性上说,这种人文精神应该是对人类的文明传统和文化教养的认同和珍视,是对人的现实"存在"的思考,对人的价值、人的生存意义和生活质量的关注,对他人、对社会、对人类进步事业的投入与奉献;又是对人类未来命运与归宿、痛苦与解脱、幸福与追求的思考与探索,是对个人发展和人类走势的殷切关注,是在科学的逻辑

---

① Martin Heidegger, "Overcoming Metaphysics", *The Heidegger Controversy: a Critical Reader*, New York: Columbia University Press, 1991, p. 90.

与历史的逻辑相一致的阔大视野中，用健全而又深邃的理性之光去照亮人的终极价值的那种人生态度。

从共时性上说，人文精神又是在"高科技—人—社会—自然"这个大系统中体现出来的人之为人的素质与品格。譬如，在"科技与人"的意义上，人文精神表现为科学对于真善美的自觉体认和永恒追求，表现为每一个生命个体从动机与目的、感性与理性、情感与意志、智能与思想、心理与行为的现实统一与不懈追求中，实现人的真正解放，张扬生命的无限潜能，展现人的自由本性，丰富人性的崇高蕴涵。在"科技与社会"的关系上，人文精神关注社会物质文明与精神文明的历史进程，既瞩目于科技对社会境况的世俗关怀，又执着于科技文明德化天下的人文关怀，铸造促使社会走向富强民主文明的精神杠杆。在"科技与自然"的关系上，人文精神在致力于人类从自然界赢得更多的生命自由的同时，还特别注意人与自然的协调与共处，反对技术主义和工具理性对自然资源和自然环境的戕害，创造人类的生态文明以珍视和保护人类的生存家园，并为健全的精神奠定良好的自然生态基础。

培育现代人文精神，需要在现代科技浪潮中甄陶刚健有为的人文价值观念，并朝着下列三个方面去努力。

一是实现科技文明与人的道德健全的统一。现代科学技术的无处不在、无坚不摧和科技产品的无奇不有、无所不能，容易使人们更多地关注"物"的因素，留意于技术的神奇、信息的便捷、物质的丰赡和生活的安逸，而忽略了"人"的方面，忽略了美德的修养、理性的崇高、个性的丰满和精神的健康。这样势必会造成科技对德性的挤占、物质对精神的压抑、工具对素质的取代。结果，人变成了"技术的奴隶""富有的穷汉"。在许多发达国家曾出现过的人与物、财富与情感、科技发展水平与人文道德素质之间的深刻矛盾，往往由此而生。这些矛盾已经诱发了一系列精神危机：如道德滑坡、亲情隐退造成人与人之间的欺诈与防范；层出不穷的社会丑恶现象、居高不下的犯罪率导致人道迷失和人性异化；科学对个人生存空间的侵蚀引发物质环境与生命心境之间的鲜明反差，等等。近年来愈来愈严重的科技犯罪现象（如电脑黑客和"沙林毒气"事件），以及泛滥一时的电脑算命、计算机赌博、伪科学、伪气功、邪教等，已经向人类敲响了警钟。它警示我们，在发展高新技术的同时，千万不要忽略了人类的精神家园，信息文明的声光电化不得掩盖道德培植和情操修养的重要和必要。爱因斯坦曾说："科学要以人道和美德作后盾"；亚里士多德说："美德即是灵魂的健康"。这些都在提醒我们，如何把科技文明与人的道德健全结合起来，是现时代最重要的人生哲学。

二是追求科技进步与人的全面发展的统一。高科技文明出现以后，带来了物质生产方式和社会生活的两大显著变化：其一是以快速进步的科技文明为基础的现代大工业生产的完善定型。这种生产方式使职业分工细密严谨，物质财富快速增长，生活方式急剧变化，生活环境逐渐人造化。其二是工业社会生产的一体化、系统化与人的个性发展、生命自由之间的深刻矛盾。这两种变异的消极后果便是：人受役于分工，成为机器的奴隶；人受役于科学，成为技术的附庸；人受役于财富，成了金钱的俘虏；人受役于环境，成为贪恋享乐的动物。这种人什么都可以是，就是不是人自己。他不再需要精神的境界或信仰的坚守，不再懂得爱与关心，人的异化已经代替了人的全面发展。所以，文明良知在提醒人类：在关注科技创新和享受科学恩惠的同时，还应该收回目光，关注自身的素质提高和个性全面发展。应该看到，人作为社会化的高等动物，他可以而且应该自觉地、有意识地调整自我与社会、与科技发展的关系，并让科技文明的进步成为自我发展的契机。他需要把自己摆到自身所处的社会关系、时代背景中，明确自己在科技文明时代的社会责任和人生使命，在参与科技进步的事业中践履自己的生命承诺，实现自己的人生价值，丰富自己的素质蕴涵，追寻自己的人生理想，从而实现社会的科技进步与人的全面而自由的发展的统一。

三是达成科技创新与社会可持续发展的统一。发展社会要靠科技，但有了科技的发展并不必然会有社会的可持续发展，如失去了人文精神支撑的技术至上主义不仅不会促进社会进步，可能还会给人类带来无尽的灾难。国际社会从20世纪60年代开始，就注意到了片面追求"技术经济"的危害，提出了以提高人的素质和保护生态环境为基础的整体性发展观。1992年，在巴西里约热内卢举行的联合国环境和发展大会上，正式提出了"可持续发展"的观念——这种发展不仅能满足当代人的需求，而且又不损害其后代满足他们的需求的能力。这种发展观把科技发展、人的全面发展与自然环境的保护结合起来，把满足当代人的需求与满足后代人的需求看作一个整体，这对发展科技文明具有极大的规范作用。在高新科技迅猛发展的今天，科技的作用不仅在于提高社会生产力、改善人民的生活条件、增强综合国力，还应该在人类的价值理性中肩负新的使命——为社会的全面进步服务，为保护生态环境服务。只有这样，人类才能以科技的创新实现社会的可持续发展；也只有这样，才有可能培植起科技文明时代的人文精神。

1.3 数字化传媒技术的审美视界[①]

以互联网为代表的数字传媒技术作为新技术革命的开路先锋，是以社会进步和人本发展为两轮驱动去推进人类文明进程的，它在向人类展示诱人的生存美景的同时，也检视着人类理性的认知潜能——在现实的功利价值上，数字化技术改变着我们的生产、生活方式和社会面貌，而在形而上的意义上，它则以科学理性催动新思维的云朵，启迪人类的理性触须在科技的前沿重新辨识新的认知空间，反思技术对于人类审美的意义。现代数字化传媒技术与现代美学这两个看似风马牛不相及的领域，正是在这样的意识里蕴含着理性的沟通与对接。这种基于价值理性而非工具理性的思维路径，引领我们思考的是技术传媒背后潜在的精神价值，即新技术革命的价值理性对人文审美必然性的逻辑支撑。这种思考的意义在于启迪人类进一步认知我们从自然界中赢得更多自由的必然与可能。

1.3.1 数字传媒技术的审美精神视界——实用功能美成为精神审美的先导，物质性的功利价值折射出人文精神的洞天

作为现代文明的强大引擎，自 20 世纪 40 年代起，电子信息科技便以超越人们想象的高速发展态势滚滚而来。今天，它已创造了诸多功能齐备、方便快捷、高效实用的物质产品和工具媒体，极大地满足

[①] 本节原载《东方丛刊》2010 年第 1 期，为国家社科基金项目"数字媒介下的文艺转型研究"（项目批准号：06BZW001）的研究成果之一。

了全社会物质和文化生活的需要，提高了人们的生活质量，并通过对生活期待的不断满足高扬着人类的生存理想，让人类在科技福星的朗照下将"诗意化生活"的热望由可能变为现实。尽管从美学的一般原理上说，任何高级美感的获得都摒弃了私念、排除了物欲、淡化了功用，并且是与生理快感相分离之后的精神愉悦和心理满足，但正如鲁迅先生所说，美的背后总是潜伏着物质的功用的。在数字化美学领域，实用性的功能美之所以成为精神审美的先导，是因为数字科技产品本身凝聚了创造者的智慧、才能、品格等，体现了科技活动及其成果的人文精神蕴含。把握数字化的美，尤其需要从它的功利价值的背后洞悉其人文精神及其精神的美。这是高科技审美的最高视界，也是数字化美学价值的基础。

数字化泽被人类，容易使人注重其实用价值而忽略其审美价值，或者礼赞其功能之美而忘却其精神审美蕴涵，这是需要我们引以注意的。因为理性的律令告诉我们，人类发展科技绝不是为了膨胀物欲，以便无休止地攫取物质财富。一些发达国家不同程度存在的物质财富与人文情感的不平衡、经济发展以道德沉沦和精神颓唐为代价的"现代文明病"，是今日中国发展科技、振兴经济、造就和谐社会全面进步时需要迈过的一道"卡夫丁峡谷"。意大利著名思想家维柯在他的《新科学》中就曾告诫人类：研究自然界时不要忽略人类自己创造的社会、文化和人性，不要忽略科学进步给人类心智本身带来的种种变化，应当关注人，关注人的精神和生命的价值，从而建立起真正的"新科学"。这在科学昌明、技术发达的今天，更具有警世的意义。因为就其实质而言，任何一门现代科学和高新技术都是人对于外部世界的征服与驾驭，以此获得人在自然界中的更大自由，确立人在宇宙中的主宰地位。它是通过调解人与自然的矛盾，来高扬人自身的个性、创造性和自由本性，运用科技的手段实现完美生命、丰满人性的目的。高精尖的科技产品蕴涵着的是对人的生存发展及其价值的终极关怀。正是在这个意义上，现代高科技获得了物质和精神的双重功利，这就是我们试图从数字化的物质功利中洞悉其人文精神价值的基本依据。

现代实验科学的始祖弗朗西斯·培根说过："科学的真正合法的目标说来不外是这样：把新的发现和新的力量惠赐给人类生活。"[①] 确实如此，人类执着地从事科学技术研究，其直接动因和目的在于科技产品的功利性、实用性，在于它所产生的经济效益和有效的功能作用，在此基础上，再去追求物质功能与精神愉悦、实用性与审美性的统一，以科技产品的应用之美开启和满足人类心灵对美的欲求。如果说实用先于审美、物质功利先于精神功利、心灵美感基于官能快感又超越官能感受是人类审美意识发展的一般规律的话，那么，功能的美先于艺术的美、内容的美重于形式的美、实用的美胜于装饰的美、依存的美多于纯粹的美，便是这个一般规律在数字化审美领域的特殊体现和突出特征。数字化的竞争成为未来社会技术竞争的焦点，首先就在于这一技术是经济发展的杠杆，是社会进步的羽翼，是发展社会生产力、增强综合国力、提高人民生活水平的有效手段，至于数字科技所带来的身心愉快和精神审美，只能是它的观念副产品。因为说到底，在高科技美学领域，精神的审美必须依托于审美对象的物质实用性，科技审美意识只能导源于科技产品的功能作用。沃尔夫在论及近代科学注重知识向技术实用的转换时曾说："这新科学与旧的书本知识不同，将非常实用；新的知识将赋予人类以力量，使人类得以成为

---

① ［英］弗朗西斯·培根：《新工具》，许宝骙译，商务印书馆1994年版，第58页。

自然界的主人。"① 沃尔夫所说的这种情况,在高科技突飞猛进的今天已经被大大地提升和拓展了。现代社会,科学技术的无处不在、无坚不摧和科技产品的无奇不有、无所不能,已经使人类的生活处境得到了很大的改善,生活水准有了极大的提高。不过正如哲学家康德所说的,规律在哪里,人的自由也在哪里。科学向人类展示自然的规律,技术供给人以丰赡的财富,人却因此从自然中赢得了身心的双重自由,实现了生命的价值,达成了人生的追求,完善着人性的内涵。在这里,财富就是人对所谓自然的力量和人自己本性的力量的支配的充分发展,物质的沃土上开放着的是人类精神的花朵,物质文明的辉光烛照着理性蕴含的无限,这才是数字化传媒技术更深层次的精神蕴含——因为数字科技让我们在品尝物质文明甘果的同时,还使我们赢得自由的力量,让我们获得了对自身本质力量的欣赏和对人性价值的认同,辅佐人类不断完善"科技进步——经济发展——精神健全"的现代文明结构。

从这个意义上说,数字化传媒技术既是科学,也是美学,还是人学。是人的生命之学、生存之学、心性之学。它既是在探求人与外物默契的需要与可能,又是在追索人与自然关系的必然与自由;既是在洞悉宇宙的奥秘、练达生命的启悟,又是在为人类每一个奔放的生命之舟确立善待生命的现实方位。数字化以其领先时代、穿越时空、造福社会、服务苍生的巨大实用功能,通过美化生产来美化生活,又通过美化生命来美化人生,以改造自然的物质实践来改变人对自然的被动依附关系,并同时改善自身的智能结构,以生命潜能的创造活动来催动人文情感的自由舒卷,用物质文明的熠熠辉光烛照出精神世界的

---

① [德]沃尔夫:《十六、十七世纪科学、技术和哲学史》,周昌忠等译,商务印书馆1985年版,第520页。

邈远与傲岸，用人与天地宇宙的对话与启悟来实现人对自己生命的感动与体认。一步步走出愚昧又一步步迈向现代文明的人类，当他们的一只脚走出自然界的必然王国的同时，另一只脚就已经踏进了人文精神的自由王国——他们在数字化的技术峰峦上采摘到的是人之所以作为人的自矜、自信、自尊和自豪，是对人类现实生存的盈盈关爱和对人类未来发展的至诚奉献。从数字科技的这种本质特征中，我们不仅看到了科技美学，也体认到更深层的人本哲学。

1.3.2 数字传媒技术的审美价值视界：通过调解人与自然的矛盾，达成美与真善相互依存、合规律与合目的相统一的价值理性

人类是大自然之子，人永远摆脱不了大自然的制约，又永远都想制约和支配自然，做自然的主人。人类同自然的对立统一，构成了全部的世界史，也构成了人类自身的发展史。马克思说过："自然界起初是作为一种完全异己的、有无限威力和不可制服的力量同人们对立的，人们同它的关系完全像动物同它的关系一样，人们就像牲畜一样服从它的权力，因而，这是对自然界的一种纯粹动物式的意识（自然宗教）。"[①] 不过，人类并没有被自然界的"无限威力"所吓倒，也没有停留在"动物式的意识"上。人类靠着在认识和改造自然的实践中发展起来的科学理性和技术文明去认识自然，利用自然规律为人类造福。并且，"当他通过这种运动作用于他身外的自然并改变自然时，也就同时改变他自身的自然，使他自身的自然中沉睡着的潜力发挥出来，并且使这种力的活动受他自己的控制"[②]。因为人类本身的发展

---

① 《马克思恩格斯全集》第三卷，人民出版社1979年版，第35页。
② 马克思：《资本论》第一卷，人民出版社1975年版，第202页。

就是一个自然历史过程,他在利用和改造自然的同时,也在发现、利用和发展他自己的理性和潜能。所以,人类在向科学进军——求真的途中,不可或缺地要拥有两种观念支撑:一是科学理性,二是创造精神。前者使人获得求善的目的性,后者使人获得求美的自觉性。科学、理性和创造精神的统一,亦是真的规律、善的目的与美的自觉的统一。在科学发展的途中,能否使科学的真获得道德的善和艺术的美的支撑,恰是用技术手段造福苍生还是用其满足野心和贪欲的分水岭。

真善美的相互依存是由科学技术的客观合规律、主观合目的的本质属性决定的。数字化传媒技术的发展是人类有意识、有目的的创造性活动,它所追求的最高境界就是合规律与合目的相统一的美的境界。这种境界不仅是科学发展的必然结果,也是人的生命律令的内在需求。这是因为,一方面,人的理性,包括人的价值理性所实施的能动行为不仅要符合客观规律,还要符合人的本性,是客观自然与人本身的自然的统一;另一方面,符合人的本性的价值理性观念又要以对世界的理性认识为前提。人的理性是对世界理性的认识和复现,他只能在认识世界的理性活动过程中实现自身的理性本质。数字化技术创造既是人类对外部世界的征服,是对于世界的"真"的认识,同时又是人类自主的、有意识的、有目的的社会化实践活动,符合人性的"善"的动机和美的目的。就这样,人类在科技革命创造的漫漫征途中,一面在对客观规律的不断探索中向自然科学的必然王国迈进,一面又在主观合目的的动机中,让符合人的意志的科技创新步入自由王国去张扬人性,而客观规律与主观目的的统一正好就是价值理性的意义世界和美学的自由洞天。人类求真的努力在这种努力获得科学理性的支撑和达成创造精神的崇高境界后,便自然而然会导向为人的善和生命超逸的美。

如果说宇宙本体论向客观认识论的转移是古典自然哲学方法论的伟大进步的话,那么,从客观认识论向人类本体论的理性递嬗和思维拓展,并最终实现"人的综合",也许要算 20 世纪以来哲学方法论的一大革命了。在这样的背景下,科学理性正在向人文精神靠拢,天地宇宙也在与生命意义感应。人类的所有创造活动,包括数字化创造,既体现出对人的现实生存的关爱,又蕴含了对人的生命意义和精神价值的确证。马尔库塞说:"西方文明的科学理性在开始结出累累硕果时,也越来越意识到了它所具有的精神意义。"① 这种"精神意义"便是科学理性及其科学求索的精神价值,是科学技术通过调解人与自然的矛盾来和谐人与社会的联系、沟通人与人的关系所达到的人类本原精神的审美提升。早在二百多年前,英国的经验主义哲学家休谟就曾预言:"一切科学对于人性总是或多或少地有些关系,任何学科不论似乎与人性离得多远,它们总是会通过这样或那样的途径回到人性。即使数学、自然科学和自然宗教,也都是在某种程度上依靠于人的科学。"② 科学与人这个古老的话题,是人类一切科技活动的动因与归宿,也是现代数字化审美的逻辑起点和哲学依据。因为数字科技带来的人与自然的协调、人与社会的和谐、人与人的沟通,以及由之强化的美与真善的相互依存、合规律与合目的的完美统一,不仅是科学技术的胜利,更是人的胜利,是人的求知天性、生命律令与审美感悟的现代整合。真善美在数字科技领域的握手言欢,使人类经由科技理性获得了舒展身心的自由空间,也使人在破译天人关系、物我关系、

---

① [德] 马尔库塞:《爱欲与文明》,黄勇、薛民译,上海译文出版社 1987 年版,第 77 页。

② [英] 休谟:《人性论》上册,关文运译,商务印书馆 1980 年版,第 6—7 页。

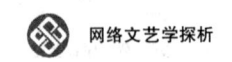

身心关系的奥秘中，开辟出一片精神审美的新绿野，达成价值理性的观念世界。

1.3.3 数字传媒技术的诗意美感视界：以技术创新加速科学与诗的结合，为人类的生存拓展出日常生活审美化的空间

从艺术的角度看，数字化技术给予人类的精神馈赠还表现为它本身所蕴含的浓郁诗意，技术的艺术化所追求的科学与诗的统一正重铸新的审美境界。被称作"数字革命传教士"的尼葛洛庞帝（Negroponte）曾亲切地把"media"（媒介）解释成"my dear"（亲爱的），这一拆解意在说明现代电子数码技术的独特魅力。美国麻省理工学院建筑与设计系主任威廉·J. 米切尔（W. J. Mitchell）在他的《比特之城》一书中描述过"艺术化的技术"给人类带来的"技术审美化"的生存境界：全世界范围内形成一个宽带的数字化电信网络，我们将不仅居住在由钢筋混凝土构造的"现实"城市里，同时也栖身于由数字通信网络组建的"软城市"里。计算机网络像街道系统一样成为都市的存在方式，内存容量和屏幕空间成为须臾不可离开的房地产。"建筑物会变成计算机界面，计算机界面会变成建筑。"[1] 在米切尔构想的这个"比特城"中，有空间与反空间、物质与非物质并存的"电子会场"；有神经系统与身体网、大脑与人工智能、肌肉与制动器、手与远程操作机、耳朵与电话、眼睛与电视等永远协同的"电子公民"；重组的建筑里，有电子商场、远程医疗、娱乐设施、虚拟博物馆、虚拟校园、电子监视系统、自动柜员机和可程控的电子之家；走进电脑化的空间，街道就像"万维网"一样超级互连，处理邻里关系

---

[1] ［美］威廉·J. 米切尔：《比特之城——空间、场所、信息高速公路》译者前言，范海燕、胡泳译，生活·读书·新知三联书店1999年版，第5页。

犹如玩"网络泥巴","网络规范"取代了社会风俗,"数字编码"厘定了人类法律,"电子表决"规约着政治选举,"电子边疆"开拓蛮荒西部,"处理比特"替代了移动物质,"比特业"重新打造了"电脑化空间的政治经济学"……①这种"数字化的媒介环境"就是科学诗意化、技术审美化的生活新境界,日常生活的审美化在这里以技术"灵境"的想象方式(也许将是现实的)实现了。

以数字通信为标志的现代高新技术满足并丰富了人类的诗意想象。日新月异的信息科技发展,正一步步把人的诗意想象和幻想变成活生生的现实,让人的创造力去确证诗意的想象力,又让诗意的想象力去强化人的科技创造力。譬如,现代光纤通信技术将信号源(如话音、图像、数据等),经过电信号发送设备处理后加在光源上,通过光导纤维传到远方的接收端,再把光信号转换成电信号,还原成原来的信息。在一根直径与头发丝差不多粗(约为0.1毫米)的光导纤维上,却可以同时传递成千上万的信息,不仅容量大,传输距离长,而且还具有不受电磁干扰、安全保密性强等优点。如此神奇的功能已经使人类"精骛八极,心游万仞"的想象力受到了新的挑战,就连包容宇宙的心灵空间也需要拓展新的诗化蓝天了!再如,过去我们在清代李汝珍的小说《镜花缘》中读到过作者虚构的"小人国",免不了笑谈想象的神奇和小说的荒诞,看到吴承恩笔下的孙悟空变成一只小虫子钻进铁扇公主的肚子里要挟借扇,既叹服孙猴子的精灵,也钦佩作者大胆的想象力。但它们比起现代纳米技术这个"科学小人国"来,又不免小巫见大巫了。20世纪90年代兴起的纳米技术制造的超微型

---

① [美]威廉·J. 米切尔:《比特之城——空间、场所、信息高速公路》,范海燕、胡咏译,生活·读书·新知三联书店1999年版。全书分为"拉线""电子会场""电子公民""重组的建筑""软城市""比特业""获得好的比特"共7章,这里的描述就是全书的主要内容。该书网络查询地址:http://www-mitpress.edu/City-of-Bits。

遥控机器人，可以进入人体血管中穿行，用于消除人体癌变或修复受损的细胞组织，或程控糖尿病人胰岛素的注射量，这是神通广大的孙悟空力所不及的。还有如现代遗传工程和分子生物学通过对遗传密码的破译和对脱氧核糖核酸（DNA）的切割与重组，可以直接操纵生物的遗传蓝图，设计和创造理想的生物新品种。这较之于希腊神话中的"两面人"，以及中国传说中的"隐身术""七十二变"之类，实在是有过之而无不及的。近年出现的生物"克隆"技术，更是现实地实现了昔日"拔毛成阵""撒豆成兵"神话。科学的新发现和技术的新发明，已远远超出了人们对"此在"的想象力，只有邈远悠长的诗化审美空间，才有可能汇纳这亘古旷世的绝妙美景。

　　数字科技的"虚拟真实"和"赛博空间"为人类营造了新的诗化境界在技术化社会越来越成为文化的现实。我们看到，现代可视化技术将计算机、胶片处理、视频影像的数字化等，扩大到三维音响和虚拟实体的仿真技术领域，将看不见、摸不着的超宏观或超微观世界，甚至是一些抽象的科学原理、公式法则等，都实现了可视化处理。据载，日本正用可视化技术建立一座"科学通讯城"，人们进入这种影像数据基地时，犹如置身于深海之中、宇宙之中、梦境之中，抑或是到了细胞内部、原理迷宫，乃至数学公式里头……试想，这该是多么富有诗意啊！中国古代诗论家所推崇的那种"蓝田日暖，良玉生烟""羚羊挂角，无迹可求""惚兮恍兮，其中有象；恍兮惚兮，其中有物"的诗味胜境，在这里被电子科技营造得切切诱人。再如，人们可以在电脑的三维时空中为自己设计最理想的住所，在人造的"生物圈"中模拟适于人类生存的"第二自然"，乘航天器进入太空站"潇洒走一回"，用潜水装置进入海底去举行婚礼……还有，数码工作室制作的影视艺术，可以让人从摩天大楼飞身直下（如《超人》），让现代都市青年返回远古去体验"人猿相揖别"的生活历险（《勇敢者的游戏》），还可以在"侏罗纪公园"里让人去和恐龙周旋（《侏罗纪公园》），甚至让逝去的电影明星在数字技术下重新复活而再登银幕……数字化营造的这一个个充满诗意的神奇境界，无论是现实的还是虚拟的，都能使人得到惬意的快感和新奇的美感。

数字化的美还表现在它为人类营造的科学与诗相结合的生存方式。科学与诗，本是人类生存的两极境界，而数字化技术以其穿越时空、启迪想象的新发明和新创造，让凝聚了人的智慧与心血的科技产品，以物质寄寓精神，用创造吐纳情怀，靠技艺达成美感，最终使科学与诗、精密的数学与抽象的哲学、毫厘不爽的设计与激情勃放的臆想、生命的新体验与畅神的美境界现实地融为一体，激活和鼓荡出现代人生存的诗意之美，提升、引导并印证着现代人的生存幻想，让科学与诗的结合一步步走进现代人的生活。譬如，现代电子通信技术形成的"咫尺天涯"；人工智能、神经网络、生物芯片这一代代电子计算机对于人的自我潜能的智限超拔；现代摄影术和电子存储带来的"瞬间永恒"，国际互联网络把世界"一网打尽"等，都是科学与诗的结合在人的生存方式上的完美体现。它们已经跨越了个人生存时空的藩篱，把生命的有限提升为生命创造的无限，把生存的需求升华为满足后的心灵享受，在改变世界图景的同时，又让人类乘坐睿智的"科学方舟"去畅游审美化的生存境界。

当然，毋庸讳言，技术文明的高速发展，有时可能会骚扰现代人的精神宁静，打乱竹篱茅舍下的从容意态，抑或挑去笼罩在某些事物上的诗意面纱。因为高新技术求真务实的科学理性，在揭穿迷信、打破神话、终止愚昧的同时，也可能熄灭留存于人们心中的那盏诗意幻想的油灯。"阿波罗号"登月成功终结了嫦娥舒袖、玉兔捣药的广寒宫神话；试管婴儿的降生和"克隆"技术对生灵的复制，给生命孕育的神秘和血缘人伦的神圣打上了问号；直拨电话、电脑传真、光纤通信、网络互动、电子邮件等确实方便快捷，却又消除了昔日那种"望尽天际盼鱼雁，一朝终至喜欲狂"的脸红耳热的幸福感。还有高速公路上的以车代步和蓝天白云间的睥睨八荒，让人体验到了激越和雄浑，但同时又排除了"细雨骑驴入剑门"（陆游）、"竹杖芒鞋轻胜马"（苏轼）式的舒徐和随意。不过，现代高科技所蕴含的新的诗意和所创造的新的美（如电脑艺术）以及新的审美方式（如网络游戏），较之于它所淹没的那些带有古典情韵的小桥流水、昏鸦老树来，又算得了什么呢？只要我们保留一份对生活的挚爱，只要我们对快速变幻的现代科技抱有静观的心态并投以审美的眼神，数字传媒技术的声光电屏依然能辉映出人文精神的绿地，信息文明的管道网线传递的仍将是诗意的美和畅神的心灵享受。

1.4 重写文学史与网络文学的"入史"问题[①]

　　网络文学能否"入史"，固然取决于这一文学的史学价值，更取决于人们对这一文学价值的理解和持论者的文学史观。在确认网络文学是一种文学性存在的前提下，如果视其为一种历史性存在，需要我们对这一文学有客观的历史体认；要视其为一种价值性存在，则取决于人们秉持怎样的文学价值取向；而要研判其在人类历史长河中的文学地位，便离不开对其在社会文化舞台上角色身份的功能辨析。故

[①] 本节原载《河北学刊》2013 年第 5 期。

而，网络文学的"入史"之辨，实即社会历史观和文学审美观的"关系逻辑"之辨。如果说当代文学史不能回避网络文学的既有史实，那么，重写文学史就离不开对网络文学史绩的准确把握，并需要有史观和史识的持正立场。

1.4.1 入史前提：网络文学是一种历史性存在

任何事物，入史的逻辑前提都是史实。如此说来，无论时下的网络文学多么的芜杂、粗粝抑或稚嫩、肤浅，它都是一种客观的真实存在，一种现实性的历史存在，或历史性的现实存在，这是毋庸置疑的。我们知道，从1991年在北美诞生第一篇汉语网络小说[①]伊始，汉语网络文学虽然只走过了短短20余年历程，却创造了过去任何一种文学形态都没有的作品体量和文化声威。

切入网络文学现场，其史实、史料脉络清晰，不难廓清。[②] 1994年4月，中国正式加入《国际互联网公约》，成为世界上第77个网络会员国。1997年11月，由美籍华人朱威廉投资，在上海建立了第一个原创网络文学网站"榕树下"，其被认为是汉语网络文学在中国本土大规模发展的起点。1998年台湾写手痞子蔡发表的《第一次的亲密接触》引爆了我国内地网络阅读和写作的第一波高潮。2008年的"网络文学十年盘点"活动，标志着主流传媒和传统文学开始关注和接纳网络写作，让网络文学成为可以与传统的精英文学（或"纯文学"）、图书市场文学分庭抗礼的一种文学形态，开始改变中国当代文

---

① 第一篇汉语网络原创小说名为《鼠类文明》，作者佚名，发表于在美国创办的全球第一家中文电子周刊《华夏文摘》1991年11月1日第31期。

② 我国网络文学发展脉络可参见欧阳友权主编《网络文学发展史——汉语网络文学调查纪实》，中国广播电视出版社2008年版；马季《读屏时代的写作：网络文学10年史》，中国工人出版社2008年版；欧阳友权主编《网络文学词典》，世界图书出版公司2012年版。

学发展版图，形成所谓"三分天下"的文学大格局。近几年来，由于数字媒体的强势覆盖和文学网站商业模式的日渐成型，文化资本这只"看不见的手"成为网络写作的强大引擎，刺激了网络文学前所未有的市场化繁荣。广大网民在数字终端（联网电脑、手机、iPad、电子书、电纸书等各种电子阅读器、移动互联网和自媒体工具）阅读、写作和上传习惯的日渐养成，几乎拆卸了网络文学所有的技术壁垒，把文学行为从高高在上的圣坛拉回到"新民间文学"的草根丛林，不经意间，市场和技术的双重推力便将文学的大跃进和大普及变成了网络上的现实。

最新发布的统计数据表明①，我国网民已增至 5.91 亿人。在这些网民中，有网络文学用户 2.48 亿，网民的网络文学使用率为 42.1%。这其中，有超过 2000 万人上网写作，网站注册写手近 200 万人，通过文学网站和各类数码接收终端阅读文学作品的人数日均超过 10 亿人次。这样的"文学爆棚"现象，让网络写作和数字阅读不仅成为年轻人的时尚，也构成一种新的文学存在方式。一些文学网站以作品收揽和版权转让为盈利手段，把文学电子商务玩得风生水起，激励着网络文学呈几何级数增长，仅盛大文学公司旗下的 6 家文学网站——起点中文网、红袖添香网、小说阅读网、榕树下、言情小说吧、潇湘书院等，就已贮藏原创作品超过 580 万部，累计超过 730 亿汉字，拥有作者总数近 160 万人。② 其麾下的"起点中文网"每天有超过 3 亿的 PV 流量，数以千万计的用户访问量，积累原创作品超过百亿字。女

---

① 见中国互联网络信息中心 2013 年 7 月 17 日发布的《第 32 次中国互联网络发展状况统计报告》，http：//www.cnnic.cn/gywm/xwzx/rdxw/rdxx/201307/t20130717_40663.htm，2013 年 7 月 18 日查询。

② 该数据见盛大文学官网：http：//www.cloudary.com.cn/introduce.html。下文数据均来自所提及的文学网站主页。

性文学网站"红袖添香网"有注册用户240万,储藏的长短篇原创作品总量超过192万部(篇)。"晋江文学城"网站简介上写着:网站有注册作者40万人,小说65万部,并以每天新发表750多部的速度继续发展。网站平均每1分钟有一篇新文章发表,每3秒有一个新章节更新,每0.5秒有一个新评论产生。我国手机网民达4.64亿人,博客用户4.01亿人,微博用户3.31亿人,微信使用者超过4亿人,这其中的内容生产所蕴含的"段子"写作、审美元素和人文表达,与数百家文学网站、个人文学主页中的原创之作,汇聚为新媒体文学的强大洪流,以恒河沙数般的数量和巨大增幅源源涌向文坛,这样庞大的写作族群、海量作品和读者受众,共同打造了"赛博广场"网络文学的"人气堆",已经构成备受关注的"网络文学现象"。一方面,网络文学在冷眼和指责中不断拓展自己的生存空间;另一方面则对传统文学形成"格式化"般的整饬与解构,它们形成的文学冲击力和文化影响力,已经是我们这个时代不容小觑的文学性存在———一种文学的历史性真实存在,或曰现实性的历史存在。故而,如果要为这个时代的文学写史,就不能忽略网络文学的客观史实和不容小觑的史绩,没有网络文学史,就不是完整的当代文学史。英国历史学家霍列特·卡尔(E. H. Carr)说过,写史应该恪守实证主义原则,"首先确定事实,然后从这些事实中得出结论"[①]。今日的网络文学不仅是一种体量巨大、声威日隆的文学事实,还日渐在"边缘"与"主流"的博弈中,用不断攀升的业绩博取自己的文学身份和文化地位,并且与社会权力话语形成新的历史逻辑关系,以自己的存在方式和传播形态与媒介生态、大众诉求、文化表征、生活方式、社会变化乃至权力模式、

[①] [英]霍列特·卡尔:《历史是什么》,吴柱存译,商务印书馆1981年版,第3页。

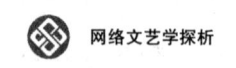

观念转型、理论嬗变等形成一定的"关系场"和变化模式,从而让它们以"语境关联"铸造了网络文学入史的前提。正如法国思想家福柯所言:"任何一个局部'中心点',任何一个'变化的模式',如果不通过系列连续的连接最终归于一个整体战略,那么它就不可能发挥作用。相反,任何战略,如果它不以准确的、细致的关系为基础——后者不仅不是它的实施与后果,而是它的支点和锚地——它就无法获得整体效果。"[①] 网络文学作为一种真实的历史存在,正是在与社会文化和历史进步的变化模式和语境关联中赢得自己的入史前提的。

1.4.2 入史必然:网络文学是一种价值性存在

描述网络文学的历史存在性固然重要,但它能够揭示的只是一种客观事实,即从本体论上为这个时代文学史的书写提供了史实、史料和史绩的镜像。深言之,网络文学要以合法性的身份认证介入或干预重写文学史的理论工程,不但要廓清其已有的存在样态,体认其作为一种文学史存在的本体依据及可能性前提,更需要辨析其作为一种文学历史节点的价值属性和意义形态,厘清网络文学入史的理论必然性与观念建构性。

相对于现实存在的历史事实,网络文学的价值性存在要追求的是历史的合法性,它所达成的应该是历史逻辑与价值逻辑、实践理性与意义理性的统一。价值论是关于社会事物之间价值关系的运动与变化规律的科学,它从主体需要的角度考察对象的意义,评价事物的价值作用。如此说来,我们考察网络文学"入史"的逻辑必然性,需要把握其对人类艺术审美的意义蕴含和对文学的价值作用。

---

① [法]米歇尔·福柯:《福柯集》,杜小真编选,上海远东出版社2004年版,第79页。

窃以为，网络文学的价值属性应该包括"体制内价值"和"体制外价值"两层逻辑结构，前者是基于传统的文学价值观来看待和评判网络文学的价值，后者则是传统价值观在数字技术传媒时代的异变、拓展和创新。

从体制内的眼光看，网络文学的价值选择和功能模式常常是备受诟病的。由于媒介方式和传播载体的根本改变，又由于网络上的文学写作多是源于"表达"的需要而非"文学"的动机，从山野草根和技术丛林中成长起来的网络文学在诞生之初就很少赓续传统文学观的价值"基因"，也无求"体制内"的意义认同，倒宁愿我行我素，快意表达，不求表意多么精致深刻，主旨多么宏大和崇高，唯求我手表我心，自娱以娱人，不管所写的是生老病死、爱恨情仇，还是春花秋月、鸡毛蒜皮，只要能达成"孤独者的狂欢"或宅女宅男的交流，"写什么"和"怎样写"完全是个人的自由，不受任何羁绊。我们看到，网络文学生产方式完全是体制外的：数字传媒赋型，让作者以机换笔，改变了文学媒介载体；键盘鼠标的"比特"叙事，置换了文学的符号指涉方式；网络主体的间性特征，助推了虚拟现实的欲望修辞；自媒体发布和"拉"阅读的在线交流，用赛博空间解构了主客分陈的二元对立；而网络多媒体、超链接、交互性并存的电子文本，呈现出文学作品范式的艺术蜕变；更有文学传播的"非原子"介质和"无障碍"模式，让文学作品更廉价却更高效地抵达了它的消费客户……这一切，与传统的体制化创作模式和文学存在方式都是格格不入的。不过这些巨大的差异并不意味着网络文学与传统文学之间没有任何价值关联，或网络书写就一定与体制内写作判若云壤。实际上，网络文学蕴含的文化精神——自由、平等、兼容、共享，其本身就包含着人类赋予文学的人文价值。例如，网络写作对个体话语、小众话语的尊重,是对主流话语权力的消解,同时也是对创作主体个性化的肯定、尊重与张扬;网络文学平民化的创作立场、平视审美的艺术精神,"渎圣"思维中的伦理情怀,还有"艺术平权"的文学机制等等,无不体现出文学回归民本、书写人文本性、尊崇人性本色、表征生命道义的价值选择,这不正是人类为文学逻辑原点所预设的价值性存在吗?正如一位网友所言:"在网络里,许多人找到了情感发泄的渠道,任何通晓社会学的人都知道,众多网友对于现实的不满在网络中得到了发泄,它切实成了社会的安全阀,有效缓解了大量的社会矛盾和个人心理压力。……在 BBS 上面,你可以(在法律的范围之内)随心所欲,畅所欲言,不必看任何其他人的脸色,你也看不到。你可以对抗权威,你可以看到完全不同的言论。从这个意义上说,我甚至想说 BBS 给中国的民众培养了民主的思维。"[①]

不过,网络文学的"体制外"价值取向更值得文学史的书写,尽管其中的某些价值选择未必都是支撑文学前行的正能量,需要我们切入现场,仔细甄别。这里有几个迥异于传统价值观的"体制外"观念取向已经初露端倪。

首先是网络技术实现话语权的下移,让大众书写的"新民间文学"时代迅速来临,其中蕴含的技术"草根"对知识精英的僭越,拆卸了既有的主体身份樊篱,颠覆了传统规制的文学秩序,以技术启蒙实施了一次文学话语权的大解放,昔日对文学无比神往却充满敬畏的"沉默的大多数",终于有了写作机缘和自由表达的权利。尽管这种文学话语权向大众回归所由形成的"写作大跃进"未必就是真正的文学进步,但这一草根狂欢的技术模式无疑却是对千百年来社会分工导致

---

① 苏三:《网络是虚幻的吗》,刘学红主编《网上江湖》,湖南人民出版社 2002 年版,第 5 页。

的精英阶层"圈子文学"的一种反叛式矫正,它使文学行为重新回归到"感于哀乐,缘事而发""劳者歌其事,饥者歌其食"的大众体制,对文学的"人学"本性回归终究是有历史性积极意义的,它让我们感受到了两千多年前"砍砍伐檀""七月流火"那个大众作诗时代的历史回声。

其次是"以读者为中心"的创作动机,让文学生产从创作源头到消费终端实现目标明确的"产销对接",形成文学生产"满足—供给"的反馈机制,读者需要怎样就怎样写,"粉丝"爱读什么就写什么,其意义不只是让文学作品找到了接近读者的最便捷的路径,消除了一直以来制约文学阅读的"传播壁垒",更重要的是把"读者"的维度纳入创作环节,把对读者的尊重视为文学意义选择的基本路径,形成了文学的"后置型"评价模式和阅读至上、终端认同的写作立场。结果,文学读者开始真正成为创作者的服务对象甚至"衣食父母",作者也秉持"眼光向下"的始源动机,以平视审美关注目标市场,用读者的满意度与忠诚度形成文学创作的"让渡价值",使一直以来倡导的"文学大众化"的创作宗旨得到从自发到自觉的贯彻实施。这不仅是对社会公众文学阅读权的尊重,也是对不同程度存在的漠视受众、自娱自乐的"贵族书写"和"精英崇拜症"的有效矫治。网络写手菜刀姓李在与体制内写作的比较中分析过"读者中心论"形成的原因:"传统文学和网络文学真正不同的地方只是在于决定作品命运的人变了:以前是编辑决定作品生死,到了网络上更多的是由读者来判定作品的命运。在某种程度上,写手由迎合编辑或者文学期刊变成了直接取悦读者。"[①]

[①] 转引自王觅《网络文学:传递文学精神,提升网络文化——中国作协举办网络文学作品研讨会》,《文艺报》2012年7月13日。

"读者中心论"创作动因背后的原因，便是网络文学"体制外"价值取向的第三个深刻变化——基于资本市场逻辑的商业价值营造，这也是近年来我国网络文学呈现爆发式增长的经济动因，也是其中最直接、最具支配力的因素。时下的网络写作早已不是20世纪90年代网络文学初创期的"无功利"写作了，而是一种物质功利多于艺术追求、市场价值先于审美创新的商业行为。当然，仅仅出于表达和交往需要的网络写作也是存在的（如那些富于文学色彩的博客、微博、微信写作，手机"段子"写作，文学性BBS跟帖，个人文学主页，以及一些基于特定"小众"的文学情趣类网站，如一些古典诗词网站、社交类网站的文学栏目等），不过它们远远逊色于那些商业性文学网站的发展规模和水平，构不成网络文学主流。网络文学与传统文学的一个根本性区别在于，它是完全市场化的产物，属于新型传媒文化产业，文化资本这只"看不见的手"始终支配着文学网站的生存和网络文学的发展，资本市场的利润最大化追求和产业化经营的成本核算原则，控制了网络文学的生产、传播、阅读的全过程。一般而言，网络文学公司对商业价值的营造多是构建"一体两翼"的商业模式：即首先以收揽原创作品为"体"，通过招募作者、签约写手和吸纳有创作潜质的文学网民投稿，尽可能地把文学写作的人力资源"一网打尽"，实现原创作品的"海量收藏"，以此奠定后续商业开发的作品基础。"在线阅读"和"版权转让"则构成这个商业模式的两翼。其中，在线阅读主要采用付费在线阅读、付费下载、付费包月阅读、手机短信订购（SMS）、网络定制版（WAP）、语音版（IVR）等实施各种信息增值服务。相比在线阅读的商业效益，版权转让是网络文学创造商业价值的更重要途径，也是网站商业模式中最具商业价值的核心产业链。这在网站经营上被称为"全版权"，它采用不同媒介的多种版权转让方式对作品实施全方位经营，亦即"把网络作品转让给电视、电影、广播、手机、纸媒、网游、动漫等不同传媒领域，通过文字、声音、影像、表演、视频等各种表现手段，对作品进行全方位、多路径、长链条的版权经营，在满足受众市场细分需求的同时，让网站、作者和作品经营者一并获得商业利益"①，从而形成同一作品商业价值开发的"长尾效应"。近年来在影视市场上热映、热播的作品如《杜拉拉升职记》《裸婚时代》《失恋33天》《后宫·甄嬛传》《步步惊心》《小儿难养》，以及《鬼吹灯》《明朝那些事儿》《光之子》《吞噬星空》《天珠变》《武动乾坤》等热门网络小说的产业链成功经营，都是网络作品版权转让的成功案例。其所创造的商业价值，对于传统文化价值观的践履可能不足为训，但对于网络文学本身的激励与繁荣却产生了强劲的商业驱动力，并且是文学史书写不容忽视的一种价值结构形态。

1.4.3 入史意义：网络文学是一种功能性存在

考辨网络文学的入史资质，还需要从文学功能性维度探析其意义模式，以便从社会历史观和文学审美观的"关系逻辑"上把握其切入文学史的"史识"和"史绩"根据。相对于传统文学惯用的"宏大叙事"模式，网络文学一开始就以叛逆的姿态"搁置"了教育、认知、审美等训诫性、规制性功能范式，而长于从"技术—自我"的双重维度表征"文学—社会"的功能形态，以此丰富文学史书写的新内容。

从文学意义上说，抛开网络文学与传统文学的功能相似点不论，

---

① 欧阳友权：《当下网络文学的十个关键词》，《求是学刊》2013年第3期。

网络文学特殊的功能性存在主要有二：一是充分利用数字媒体的技术自由达成网络写作的个性表意功能，二是用艺术形式的创新性试验实施文学的知识化生产。先说前者。网络媒体是人类迄今为止最具普适操控性和自由表现力的传媒形态，它以技术平权的程序架构为基础，支撑文学话语权的大众化下移，用科技手段助推人类在文学生产和传播领域从必然王国迈向自由王国，把技术化自由理性赋予文化的价值理性，以此与文学艺术的自由精神形成天然暗合的"图—底"关系，让人类的文艺生产在一个廓大无垠的"赛博空间"追寻人文逻辑原点赋予的自由本性，实现自由的创作和创作的自由，表征艺术本体的自由品格。美国新媒体文化理论家马克·波斯特说过，互联网为我们创造了一个"赛博乌托邦"（Cybertopia），他认为，互联网极大地提高了制造、传播大量文化产品的效率，"突破了印刷模式和广播模式的限制，体现在：（1）使多对多交流成为可能；（2）使文化客体的即时性接收、转换和再传播成为可能；（3）使交流行为从国家的岗位和现代性的主权空间关系中脱离出来；（4）提供全球性即时联系；（5）将现代/后现代主体插入联网的信息机器设备。结果就是一个更加完备的后现代主体，或者一个不再是主体的个体，因为它不再像从外部而来似的与世界对向而立，而是作为电路中的一个点在机器中运转"①。这种由技术方式规制的后现代主体，为网络文学的自由表达和个性表意预设了一个广阔的平台，它让文学生产享受到了前所未有的自由——主体不仅拥有了写与不写的自由、写什么不写什么的自由，还突破了昔日文学体制下的"发表难题"和"传播樊篱"，网络用"比特"代替原子的"信息 DNA"承载方式，打通了虚拟世界与现实

---

① [美]马克·波斯特：《互联网怎么了?》，易容译，河南大学出版社 2010 年版，第 17 页。

世界的界限，让文学写作者的个性表意有了更多的自由和更少的限制，乃至我行我素，兴之所至而畅快淋漓。如一位网友所言："到论坛里走走看看，是自己的愉快，别人无权说三道四；到论坛里说不说话，是自己的愿意，别人无权指指点点；到论坛里大闹，是自己选择，别人无权刻意阻挡；到论坛里说话不多，是自己的习惯，别人无权要求改变。仅此而已。"[①] 这样的上网心态用于文学写作，既可能让主体过于随意和即兴，漠视创作应有的艺术担当感，失去文学的深刻与厚重，也可能促使创作主体秉持人的生命本色去面对文学，让文学回归人性本真，给作品注入更多的生活气息和生命感受，避免文学创作中的虚假和矫情，对其功能的价值判断关键要看创作者如何利用数字媒体的技术自由去表现什么样的个性蕴含。

再说后者。由于传播媒介和技术载体的置换，网络文学在艺术形式上的实验性创新不断助推新文学的知识化生产。传媒技术对文学的深度介入和文学生产与"程序至要"的密切"联姻"，让文学的知识场出现大范围知识"内爆"和概念创生，许多传统的理论命题和逻辑范畴被搁置、被遮蔽或庋藏幕后，一大批与数字技术密切关联的知识性概念，如新媒体、数字化、超文本、多媒体、万维网、阅读器、赛博空间、虚拟现实、在线漫游、软载体、地球村等，成了了解网络文学的入门知识。一些贴近文学的新概念和它们背后蕴含的新知识，如以机换笔、读屏时代、数码文本、链接修辞、手机文学、博客写作、比特叙事、间性主体、签约作者、付费阅读，乃至感觉撒播、平庸崇拜、欲望修辞、程序创作、渎圣思维、脱冕写作、文学祛魅、新民间文学、全版权转让……无不超越

---

① 白云：《随便说说》，刘学红主编《网上江湖》，湖南人民出版社2002年版，第142页。

传统的文学知识视野,让许多人在这些"陌生化"的术语和知识面前失去原有的文学自信。不过,网络文学中的知识更新通常是在艺术形式的创新中呈现出来的,由于网络作品时常消弭艺术与文学、文学与非文学、纪实与虚构、交流与表达的界限,让文学的固有形态出现衍生或异变,而网络视频、音频、符号链接技术的便捷使用,让多媒体和超文本文学实验的"类综合艺术"跨越文学边界,使艺术形式创新成为文学知识更新的先导和引擎,又让形式创新、知识更新成为文学功能模式构建的新内容。于是,网络文学的形态变化和形式创新就成为文学史意义书写的组成部分。比如,仅从作品的文体和语言风格上讲,网络文学就陆续出现了聊天体、接龙体、知音体、梨花体、短信体、对帖体、后宫体、链接体、拼贴体、分延体、扮演体、废话体、凡客体、羊羔体、琼瑶体、红楼体、淘宝体、脑残体、乌青体……它们不仅让我们重新认识文学文体和文学语言,还让我们重新思考什么是文学,文学写作有多少种可能,让网络文学知识生产成为其价值功能不断建构的基础,形成网络文学学术语法的意义关联体,进而为新型文艺学的知识生产提供观念范畴、意义选择和学理基础,也为文学史提供新的知识谱系。

在社会学意义上,网络文学作为文学史的功能性存在也有两种显著表现。首先是它的文化经济功能,这一点使它与传统文学大相径庭。如前所述,诞生于传媒市场、依托于文化资本的网络文学充分拓展和深化了文学的商业元素,它抽绎出作品中的经济因素以迎合市场需要,并且把产业化作为文学网站运营的终极目标,进而把利润最大化的文化经济当作网络文学生存的理由和发展的动力。自2005年前后文学网站出现付费阅读和签约写手的经营方式后,一些大型文学网站便开始了"左手版权、右手金钱"的商业运营模式探索。其中,盛大文学成为近年来网络文学产业化运营的"领头雁",其麾下的起点中文网、红袖添香网、小说阅读网、榕树下、言情小说吧、起点女生网、悦读网等,正是通过在线阅读和版权营销的商业推力而风生水起的,极大地带动了近年来类型小说写作和阅读的火爆。2013年,腾讯公司宣布投资百亿元进军网络文学领域,旗下的创世中文网宣称,将以培育"十万年薪作家十万名"为目标,大幅提高网络写手福利以招揽作者。盛大文学为巩固自己的"龙头"地位,宣布已融资1.1亿美元用于改善与作者的分成方案,新近又吸纳了新华新媒的战略投资,在资本和内容资源层面开展合作,在数字阅读、版权开发、信息服务和电子报刊分销平台等领域相互提供数据和技术支持。网络文学市场的资源争夺,特别是对上游资源(写手和原创作品)的争夺,是数字传媒资本市场逻辑的必然反应,也是网络文学文化经济功能的具体体现。一批热门的网络作品如《杜拉拉升职记》《诛仙》《鬼吹灯》《星辰变》《盗墓笔记》《后宫·甄嬛传》《斗破苍穹》等,陆续被改编为影视作品或网游产品,抑或出版为实体书、二度加工为手机产品、有声读物、漫画、广播剧,以及海外版权等多种文化衍生品,有的还注册商标,开始文化产品授权。网络文学助推了文化产业,也活跃了文化市场,发挥了"经济"与"文化"的双重功能,不过如何在"市场化"与"文学性"之间寻求最佳平衡,仍然是一个难题。

另外,从社会学角度看,网络文学还显示出一定的社会舆情功能。"文学是时代的晴雨表",这句话在网络文学身上得到生动的展现。由于网络的自由与开放和网络文学的"无门槛"与"零成本",又由于网络写手身份的多样性、平民性和匿名性特征,写作者可以在虚拟空间中随时随地发表自己想说想写的东西，使网络作品具有生活化特征和写实性品格，能够真实地反映作者的喜怒哀乐，记录社会的本来面貌。这在作为网络文学衍生品的手机文学、博客和微博文学、文学社区论坛中表现得更为突出。例如，韩寒有微博说："想要得到爱才学会付出；孤单才想念起你的朋友；有了职位才去努力工作；失败才记起他人的忠告；生病才意识到生命脆弱；分离后后悔没有珍惜感情；有人赞赏你才相信自己；别人指出才知道自己错了；腰缠万贯才准备帮助穷人；临死时才发现要热爱生活。"这些话包含的人生道理与社会语境是融为一体的。另外，每逢发生重要的公共事件，如近年出现的动车追尾、小悦悦事件、药家鑫案、郭美美事件、微博打拐、故宫失窃、免费午餐计划等，总会出现众多的手机段子、微博评述，乃至恶搞作品，网民纷纷用新的传媒方式表征社会道义和舆论环境。从这个意义上说，网络文学不愧是社会的百科全书和真切的人生镜鉴。

如此来说，网络文学能否进入文学史其实是个伪命题，因为其答案是肯定性的。网络文学作为一种历史性存在丰富了文学史的内容，作为一种价值性存在拓展了文学史的逻辑原点，而作为一种功能性存在，则赋予文学史以更为开阔的意义空间和思维视域。它们所形成的文学审美观和社会历史观的"关系逻辑"，让网络文学不仅足以进入当代文学史的场域，成为其不可或缺的重要组成部分，还应该具有自己的"网络文学史"，不是吗？杨义先生在论及通俗小说、文言诗词、传统戏曲以及少数民族文学能否入史的问题时，曾表达过这样的观点："文学的历史存在，是以无序隐含着有序，以芜杂隐藏着潜流，维度多端，色彩斑斓，众声喧哗，一切都处在纷繁复杂的动态之中。必须以大文学观，才能总览文学纷纭复杂的历史的、审美的文化存在,深入其牵系着人心与文化的内在本质,展示其广阔丰饶的文化地图,揭示其错综纷繁的精神谱系。"他主张应该"对百年文学多样、多层、多维的史料资源,进行卷地毯式,或竭泽而渔式的清理,然后从纷繁复杂的历史文化存在中,抽象出自身原创的原理、法则,用自己的声音与当代世界进行平等的深度对话,这才算尽了现代中国学人的职责。如此,或能重开中国现代文学史写作的新局。"[①] 面对体量巨大、影响力日隆、成长性极强的网络文学,我们要重写文学史也应该秉持这样的史观和史识。

[①] 杨义:《以大文学观重开中国现代文学史写作的新局》,《湖北大学学报》(哲学社会科学版) 2013 年第 3 期。

第 2 章　理论转型

2.1　数字媒介与中国文学的转型[①]

在不到 20 年的时间里，当代中国文学即遭遇了两次大的变革，一是始于 20 世纪 80 年代末的"边缘化"退缩态势，二是在世纪之交出现的"数字化"媒介的冲击。第一次变革让文学失去了轰动效应，而第二次变革则使文学开始步入存在方式与表意体制的技术转型。究其原因，如果说前者是源于经济体制转轨的社会掣肘，那么后者则是信息科技的革故鼎新对文学渗透与博弈的必然结果。时至今日，第一次变革形成的文学震荡庶几归于平静，而数字媒介下的文学转型才刚刚拉开序幕。问题的重要性在于，数字媒介对当今中国文学的影响已远远超出媒介和技术层面，而关涉文学的生存与走向，因而特别引人瞩目。

[①] 本节原载《中国社会科学》2007 年第 1 期，《新华文摘》2007 年第 11 期全文转载，人大复印资料《文艺理论》2007 年第 4 期全文转载。原文为 2006 年度国家哲学社会科学基金项目"数字媒介下的文艺转型研究"（项目批准号：06BZW001）研究成果之一。

随着互联网的迅速普及和手机等数字通信工具的广泛使用，网络文学、手机小说、博客书写、电脑程序创作、赛博朋客小说、多媒体和超文本文学实验等纷纷在文坛浮现。这些依附于数字化技术的新媒介作品，对文学的嬗变形成了强大的推力，也对文学传统的历史赓续造成了新的变奏。这种情形的出现，究竟是文学迎来了新的春天还是文学的不幸？问题的症结还在于，面对数字媒介下的文学转型，我们如何正确利用新媒介的技术特性来提升文学性，进而在数字化语境中开辟文学的新境界，丰富文学的魅力，而不是让技术牵着鼻子走，使炙手可热的技术手段成为遏制文学生命力的借口，更不是让文学传统在数字技术的狂飙突进中花叶飘零。于是，关注并探讨数字媒介下的中国文学转型，已成为一个急迫并事关中国文学发展的重大课题，其潜在的价值意义也是不言自明的。

2.1.1 数字媒介下文学转型的语境分析

如果说 19 世纪是火车和铁路的时代，20 世纪是汽车与高速公路的时代，那么，21 世纪就是电脑与网络的时代，一个数字为王的时代！确实，以数字化技术为依托的"第四媒体"已成为当今社会不可抗拒的技术力量，无论从覆盖的广度还是影响的深度讲，数字媒介都是当今最具彰显力和关注度的媒介现象。1996 年 4 月，来自世界各国的网络专家共聚北京，他们曾激情满怀地宣布："一场汹涌澎湃的计算机网络化、信息化的世纪风暴，正席卷着世界的每一个角落：从东到西，从南到北，从亚美利加到欧罗巴，从亚细亚到澳新大陆，从阿拉伯到阿非利加……不分种族，不分肤色，不分语言，不分地域，不分国度，信息化已经成为不可逆转的历史进程！""百万年蒙昧，数万年游牧，几千年农耕，几百年工商，如今，正经历一场前所未有的巨变，由工业时代迈向信息时代。"① 十年时间过去了，信息社会的巨变仍在加速。

这个以数字通信和互联网为标志的信息时代以超乎人们想象的速度步入中国——1994 年，我国以"．cn"的域名正式加入国际互联网，1997 年，中国互联网络信息中心首次对我国网络使用情况进行统计，结果表明，截至 1997 年 10 月 31 日，我国有上网计算机 29.9 万台，上网用户 62 万人。而到了 2006 年 6 月 30 日，我国网民人数已达 1.23 亿人，联网计算机 5450 万台②。不到 10 年，上网人数猛增近 200 倍，联网计算机增长 180 多倍，这样的增速是历史上任何一种媒体都不可比拟的。据国家信息产业部最新统计显示，截至 2006 年 6 月底，我国的手机用户已超过 4.26 亿户，手机普及率已达每百人 32.7 部，2006 上半年的手机短信发送量就有 2029.6 亿条。③ 可见，互联网、手机等数字媒介已经成为当下中国人生活中普遍使用的联系工具。

数字媒介与汉语文学的联姻是在 20 世纪 90 年代初。1991 年，北美留学生用中文在互联网上张贴的思国怀乡之作大约算是最早的网络文学雏形④。1994 年我国正式加入国际互联网后，创生于海外的汉语文学网站如"新语丝""橄榄树""花招"等，迅速挺进其母语本土，赢得国内文学网民的青睐。90 年代中期以来，得风气之先的港台网络

---

① 陆群等：《网络中国》，兵器工业出版社 1997 年版，第 48 页。
② 2006 年 7 月 19 日中国互联网络信息中心发布《第十八次中国互联网络发展状况统计报告》，http://www.cnnic.net.cn/html/dir/2006/07/19/3994.htm，2006 年 9 月 28 日查询。
③ 新华网北京 7 月 20 日发布（记者冯晓芳）：《全国电话用户超过 7.9 亿户 手机用户达 4.26 亿》，2006 年 9 月 30 日查询。
④ 1991 年 4 月 5 日，全球第一家中文电子周刊《华夏文摘》在美国诞生，此后，遍布世界各国的中国留学生联谊会主办的中文网站和文学主页大量涌现，所发布的内容多为海外游子思国怀乡之作。迄今能见到的第一篇中文网络文学原创作品是署名张郎郎的杂文《不愿做儿皇帝》，发表于 1991 年 4 月 16 日《华夏文摘》第 3 期；第一篇中文网络原创小说是一篇小小说，名为《鼠类文明》（作者佚名），发表于 1991 年 11 月 1 日《华夏文摘》第 31 期。

文学写手的作品（如台湾痞子蔡的《第一次的亲密接触》等）影响到内地，引发了一波又一波的网络文学热潮。"新浪""网易"等门户网站上文学频道的点击率节节攀升，注册域名的汉语文学网站和个人主页，以及网络原创作品，均以几何指数增长，一个网站一天的作品发布量就以百篇甚至千篇计①。一次次网络文学评奖活动使热门的网络小说从网上火到网下，与传统文学争夺读者市场，带来了网络文学出版热……一时间，网络文学，这个数字媒介文学的"领头雁"伴随网络的广泛使用而一片红火，与传统文学创作的疲惫之态形成鲜明的巨大的反差。笔者用百度搜索引擎查询了几个与数字媒介文学相关的关键词，得出的结果列表如下：

类　别	找到相关网页（篇）	类　别	找到相关网页（篇）
网络文学	8680000	多媒体文学	163000
网络原创文学	755000	超文本小说	114000
网络小说	34900000	数字艺术	1290000
网络诗歌	155000	数字媒介文学	2670
网络文学书库	2520000	手机文学	344000
网络文学写手	157000	手机小说	966000
网络文学论坛	4960000	博客文学	3750000
网络文学定义	134000	电脑程序创作	2730

数据来源：百度网站搜索引擎，查询时间：2006年9月28日。

---

① 如1997年底创办的网络原创文学网站"榕树下"（www.rongshu.com），截至2006年10月21日已经积累作品3509592篇，当日发布作品724篇。

时至今日，我们可以毫不夸张地说，正如古代的四大发明改变了人类的文明史一样，数字媒介的出现已经为文学艺术乃至整个社会文化带来了重大的历史性转型，这种转型正以不可抗拒的技术力量让我们的文学处在挑战与选择之中。今天我们谈文学、谈文化，不能不谈数字媒介；要了解当今文学的面貌与走势，不能回避数字技术力量施之于文学转型的巨大影响。这种影响正通过文学的生存背景和表意体制两个核心层面日渐得到凸显。

从外部的生存背景上说，数字媒介对社会文化生态的全方位渗透，导致文学存在方式大范围转向"数字化生存"，从技术媒介本体上改变了文学的阅读、写作和传播方式。当"以机换笔"、网络阅读、"比特"叙事、手机作诗等技术方式成为习以为常的文学表达方式时，网页挤占书页、"读屏"多于读书、纸与笔逊位于光与电，便是文学必须面对的现实。这时，麦克卢汉所预言的"地球村"[1]、吉布森所说的"赛博空间"[2]、马克·波斯特描述的"信息方式"[3]、尼葛洛庞帝提出的"虚拟现实"和"信息DNA"[4]等，都成了文学创作、传播和欣赏的技术平台和社会文化背景。当人类的生存被数字技术浸染和改变，文学的生存也就难逃"数字化生存"的樊篱。如今我们看到，几乎所有的传统文学作品都被数码复制而储存在网络资料库中，众多网站、文学主页、个人博客中的原创文学更是汗牛充栋，难以数计。我国国民人口中有近十分之一是网民，近三分之一是手机用户，这个庞大的人口群均有可能成为数字媒介文学的潜在作者和受众人群。

---

[1] ［加拿大］马歇尔·麦克卢汉：《理解媒介——论人的延伸》，何道宽译，商务印书馆2000年版。
[2] ［美］威廉·吉布森：《神经漫游者》，雷丽敏译，上海科技教育出版社1999年版。
[3] ［美］马克·波斯特：《信息方式——后结构主义与社会语境》，范静哗译，商务印书馆2000年版。
[4] ［美］尼葛洛庞帝：《数字化生存》，胡泳、范海燕译，海南出版社1997年版。

数字媒介的广泛覆盖，使大量的阅读行为来自网络，大量的文学写作已不再是文字书写，而是操作数字界面完成"比特"的压缩处理与解码转换，昔日的"爬格子码字"变成了轻松的符码输入，乃至把人的艺术想象和语言表现一道交付给机器来完成。作家叶永烈曾欣喜地描述过以机换笔的畅快淋漓："从此，我在写作时不再低头，而是抬起了头，十个指尖在键盘上飞舞，就像钢琴家潇洒地弹着钢琴。我的文思，在噼噼啪啪声中，凝固在屏幕上，凝固在软盘里。"① "榕树下"文学网站主编朱威廉说："Internet 的无限延伸创造了肥沃的土壤，大众化的自由创作空间使天地更为广阔。没有了印刷、纸张的烦琐，跳过了出版社、书商的层层限制，无数人执起了笔，一篇源自于平凡人手下的文章可以瞬间走进千家万户。"② 较早出道的网络写手李寻欢则从文学体制上找到数字媒介写作的技术优势："在过去的文化体制里，文学是属于专业作家、编辑、评论家们的事情，他们创作，发表，评论，津津有味，却不知不觉间离'普通人'越来越远。……现在我们有了这个网络，于是不必重复深更半夜爬格子、寄编辑、等回音、修改等复杂的工艺了。想到什么，打开电脑，输入，发送——就OK 了。你甚至可以在几分钟之后看到读者给你的回应。"③ 这样的新媒介语境，为文学延伸出了一个新的历史地平线——人类的文学在此前经历了蒙昧时代的"口头说唱文学"和农耕与工业文明时代的"书写印刷文学"之后，终于被技术的战车带进了它的第三个历史嬗变期——数字媒介文学或曰网络文学阶段。如今，文学作为被互联网率先激活的审美资源，已经全方位介入数字媒体之于艺术成规的转型和

---

① 叶永烈、凌启渝：《电脑趣话》，文汇出版社 1995 年版，第 121 页。
② 朱威廉：《文学发展的肥沃土壤》，《文学报》2000 年 2 月 27 日。
③ 李寻欢：《我的网络文学观》，百度搜索，2006 年 10 月 2 日查询。

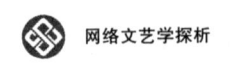

技术美学的书写。

而从自身的表意体制来看，数字媒体对文学构成要素的技术重组，造成了艺术表征关系的深刻变化，改写了文学与现实之间原初的审美关系。这有表征内容和表意符号两个环节。

传统的文学表意体制是基于笛卡尔主客"二元分立"的哲学观念，它先验地预设了文学内容之于物质现实的依存性，作品所表现的总是人与现实世界之间的艺术审美关系，并且用语言的符号中介去表征这种关系。此时主客之间的界限是清晰有效并蕴含审美制衡的——创作要基于主体对感性现实的理解，反映客观的现实生活，让作品呈现出艺术与外部世界之间的人文关联性。数字媒介写作则有所不同，在这里，如尼葛洛庞帝所说，"比特"已取代"原子"而成为人类社会的基本要素①，创作需要面对和处理的是数字符号与虚拟空间，而数字虚拟中的主体与客体、艺术与生活的界限是模糊的甚至混淆的，创作者需要在对技术的依赖和对物质现实的信仰之间寻找一个平衡的支点。于是，数字媒介作品往往长于表征自我化或虚拟化的感性世界，而不是社会的"百科全书"和艺术化了的"人生镜鉴"。它把艺术与生活的依存关系衍生为写作与超现实的虚拟关系，不仅艺术与现实间的"真实"关联被抹去了本体的可体认性，主体与现实之间的审美体察也被赛博空间所隔断。于是，文学对现实的艺术表征，就变成了文学与数字虚拟世界之间的互动生成，创作成了一种马克·波斯特所形容的"临界书写"②，文学作品的表征内容最终成为对文学生成要素的一种技术置换。

---

① [美] 尼葛洛庞帝：《数字化生存》，胡泳、范海燕译，海南出版社1997年版，第3页。
② [美] 马克·波斯特：《信息方式——后结构主义与社会语境》，范静哗译，商务印书馆2000年版，第150—151页。

在表意符号方面，数字媒介的技术特质是复制、仿真和拟像，它正以"图像"表意来挤压甚至排斥"文字"表意。当图像被当作文学对于现实和主观关联物的符号中介时，它就会被当作现实本身——用图像的直观性替代自然物的在场性。艾尔雅维茨在《图像时代》里曾引用米切尔（W. J. T. Metchell）的话来说明图像符号表意对现实认知的巨大干预性：

> 图像是一种伪称不是符号的符号，从而伪装成（或者对相信者来说，事实上能取得）天然的直接性和存在性。词语则是图像的"另类"，是人为的，是人类按照自己的意愿武断地生产的，这种生产通过把非自然的元素引进世界——如时间、意识、历史，并通过利用符号居中的疏远性干涉——而中断了自然存在性。[①]

数字媒介中的"比特"作为软载体符号（可以是图像或词语），正在利用技术仿像的新的表意体制，伪装成具有自然的直接性和呈现性，它通过将非自然、非"真实"的成分引入创生性赛博空间，并运用超文本或超媒体符号思维的外在干预，形成自然呈现的中断和现实表征的阻隔，其所导致的数码虚拟人为而任意地对人的愿望的塑造，会形成人与现实真实关系的遮蔽和文学表意方式的图像化转型。这时候，人与艺术对象之间出现了聚焦置换——电子文本所要表现的要么是仿真的符码世界，或曰"虚拟真实"，要么表现图文增殖而现实缩水的超文本世界。创作不过是符号仿真的选择性运用，其表意形态不再是在话语能指与符号所指之间寻求现实的对应性，不再是在传统的

[①] ［斯洛文尼亚］阿莱斯·艾尔雅维茨：《图像时代》，胡菊兰、张云鹏译，吉林人民出版社2003年版，第26页。

主客分立的世界中设定审美关联，而是用异质性的图像符号表意消解原有的话语表意体制，将图文语像引向文学的意义表征。这便是数字媒介时代所普遍出现的"图像转型""符号内爆"的技术依据。在这种情况下，作为纸质"语言艺术"的传统文学不得不迅速游移至后台，而把中心舞台让位于影视、计算机创作等视听艺术。这也许是数字媒介不可抗拒的技术力量影响中国当代文学的深层原因。

2.1.2 数字媒介下文学转型的驱动机制

数字媒介对当今文学转型的推力是媒体与技术联姻的文化结果。在马歇尔·麦克卢汉（M. McLuhan）所说的新媒介新技术构成了社会肌体的"集体大手术"[①] 时代，文学如果不能避开新媒介犀利的锋芒，就只能借助这种媒介来打造自己新的文化命意。一部文学史，就是媒介变迁拉动文学逻各斯命意延伸的文化传播史。早期语言媒介传播形成的部落族群与"熟人社会"，创造了"杭育，杭育"的临场文学和歌、乐、舞"三位一体"的经验审美；文字书写媒介的创生智慧所形成的规范化艺术惯例，把文字的诗意和彼岸想象性推进到言志、传情的人文高峰，而印刷术的发明又加速了知识的普及，使得民族文化、国家利益和主流话语成为文学审美意识的观念设定，让理性的审美追求成为普适性的艺术法则。晚期资本主义的技术革命和文化逻辑催生了电影、电视、广播等电子媒介的兴起，创生了开放、多元的审美取向，引发了艺术受众的市场化细分，也刺激了现代人感官享乐化的文化消费，加速了媒体的权力化和商业化。这些早期电子媒介对传统文学的技术解构和观念颠覆，已经显露出后来数字媒介下文学转型

---

① 麦克卢汉说"新媒介新技术构成了社会肌体的集体大手术"，见《理解媒介——论人的延伸》第100页。

的征兆，以至让麦克卢汉对电子媒介的强大影响力提出了这样入木三分的警示："媒介的'内容'好比是一片滋味鲜美的肉，破门而入的窃贼用它来涣散思想看门狗的注意力。"①

事实上，数字媒介对文学发展的影响力和推进力比此前的所有媒介都要广泛、深刻和迅捷得多——它所影响和推进的不仅有文学的创作、欣赏、传播方式，以及文学文本的存在形式和功能模式，还有文学生存、生长的整个生态环境和文化语境，从而为文学的历史转型扮演着"消解"和"启蒙"的双重角色。

借助数字媒介的平民化叙事，促动文学向民间意识回流，让文学从专业创作向"新民间写作"转型，是新媒介给予当下中国文学转型的第一个推力。以计算机网络为代表的"E媒体"，先验地预设了兼容和平权的机制，技术化"在线民主"强化了在线写作的民间立场，激发了社会公众的文学梦想和艺术热情，让文学在消解中心话语和权级模式中，实现话语权向民间回归，如一位文学网友所说："平民话语终于有机会同高贵、陈腐、故作姿态、臃肿、媚雅、世袭、小圈子等等话语并行，在网络媒体上至少有希望打个平手，并且感受到：网络就是群众路线，网络文学至少在机会均等上创造了文学面前人人平等的局面。"② 网络媒体是一个反中心化、非集权性的虚拟世界，它漠视权威，消除等级，拒斥英雄情怀和盛气凌人，无论是达官贵人还是黎民百姓，在这里都是平起平坐的网民。因而，网络写作常常以平民姿态、平常心态写平凡事态，用大众化、凡俗生活化的叙事方式，展示普通人本真的生活感受，显示出平凡的亲切感。于是，崇拜平庸而

---

① ［加拿大］马歇尔·麦克卢汉：《理解媒介——论人的延伸》，何道宽译，商务印书馆2000年版，第46页。
② 假道学：《戏说网络文学》，"白鹿书院"网站：http://book.qu-zhou.com/wlwz/0607/duanp/003.htm，2006年10月2日查询。

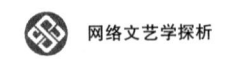

不崇尚尊贵，直逼心旌而不掩饰欲望，虚与委蛇和矫揉造作让位于率性率真，鲜活水灵冲淡了理性沉思，所有这些便成为数字媒介写作最常见的模式。

众所周知，文学的根基在民间，文学发轫之初本是属于"民间文化"的。远古初民感性生存的精神诉求是文艺起源的人类学基点。那时，文学话语权属于所有社会成员，生活中每个言说者都可成为行吟诗人，机会均等与创作自由成为那个时代高扬的艺术旗帜。后来，随着社会分工的出现，文学在走上高、精、尖的同时，逐渐脱离大众而将专有的表达技艺演绎成文学的权力话语和文化垄断，把庶民文学的"众声喧哗"转化为象牙塔中的个人吟咏和文人间的应和酬答。主流意识形态赋予文学以社会责任，文人道义给予作家以审美承担，文学创作和欣赏都成了精英的事业和少数人的特权，"创作高台"和"传播壁垒"的双重关卡使文学中的民间审美意识日渐稀薄，社会主流文学离民间、民众和民俗的母体越来越远，文学活动由众声喧哗变成了"你写我读"的布道与聆听，由此形成了千百年来文学话语权的垄断模式。

数字媒介的出现改变了精英书写的陈制旧规，网络传播重构的公共空间向民间大众特别是文学圈外人群开启话语权，重新确立了民间本位的写作立场。网络构筑的"平权"意识，使文学得以回归民间母语，实现平民化叙事，表达民间审美意识。尽管目前的"网络民间"基本上还是一个"都市民间"或"知识化民间"，但数字媒介创作的开放和民间姿态仍然是文学观念的一大进步，也是文学生产力的一次新的解放。因为全民参与文学的诗学意义在于：它革新了文学旧制，颠覆了文学等级观念，消除了"贵族书写"，打破了专业作家对舆论工具的垄断，分享了社会精英、文化贵族的话语权力。正如作家陈村所言，文学史素来都不是杰作史，"许许多多的人在文学中积极参与并有所获得，难道不是又一层十分伟大的意义吗？"①

数字媒介对当今中国文学转型的另一个推力表现为：用技术方式为文学活动赢得了更大的艺术自由度。恰如有的研究者所言，网络写作最明显的特点是它的高自由度："它不像传统写作那样依靠作品的出版和发行实现社会的最终认可，因而不仅摆脱了资金和物质基础的困扰，更重要的是……署名的虚拟性和隐蔽性，使写作者实现了真正的畅所欲言。"② 我们知道，互联网等数字媒介的一个突出特点就是在虚拟空间为用户提供自由空间。文学本来就是自由精神的产物，它源于人类对自由理想的渴望，满足人类对自由世界的幻想，又以"诗意的栖居"为人类精神打造自由的精神家园。数字媒介的出现为文学装备了自由的引擎，为文学更充分地享受自由、更自由地表达插上了翅膀。可以说，数字媒介之接纳文学或曰文学之走进数字媒介，就在于它们存在一个兼容而共享的逻辑支点：较大的自由度。"自由"已成为文学与数字科技的黏合剂，数字媒介的自由表达为我们赢得了科技与人文相得益彰的更广大的时空。

数字媒介推进的文学自由，是在突破文学成规的过程中实现的。以网络写作为例，其写作的非功利性首先改变了原来的创作动机。多数人上网写作都是出于某种交流欲望、宣泄诉求甚至游戏心态，往往不求获得文学名分、版税收入和社会地位，这样写起来就容易做到无拘无束、任意挥洒，以"无我"之心态表达"真我"的情怀。作家张抗抗曾形容这种状态说："无论大鱼小鱼，在网络世界里自由漫步，

---

① 陈村为首届网络原创文学奖《网络之星丛书》所作的序，花城出版社 2000 年版。
② 赵宪章：《网络写作及其文本载体》，《文体与形式》，人民文学出版社 2004 年版，第 313 页。

发问与应答、痛苦与欢乐，都是悄然无声。岸上的人听不见他们的发言，他们的话是说给自己和朋友们听的。那些声音发自孤寂的内心深处，在浩渺的空间寻找遥远的回声。网络写作者的初衷也许仅仅只是为了诉说，他（她）们只忠实于个人的认知，鄙视名誉欲求和利益企图——这是最重要和最宝贵的。"① 网络写作的匿名性特点提供了虚拟身份的自由，消解了文学的"责任焦虑"。互联网拆除了创作者身份等级的樊篱，只要愿意，任何人都可以上网写作和让写作上网，因为在网上没有人知道你是谁，"大狗小狗"都可以在这里"汪汪"叫上一通。其三，网络传播技术为网民提供了发布作品的自由，它用"无纸传播"实现了文学的无障碍传播，解决了作品"发表难"这一关键问题。互联网的节点融通性拆除了创作成果"出场"的围栏，降低了作品资质认证的门槛，使来自民间的文学弱势人群有了发布作品的平等权。数字技术以比特代替原子，用"软载体"消弭作品的重量和体积，又以蛛网覆盖和触角延伸的方式把文学的海洋拉到每一个读者的眉睫之间，使人在寸幅之屏阅尽文学春色，充分满足万千读者对文学"在场"的期待，使昔日的"踏破铁鞋无觅处"变为"得来全不费工夫"。还有，网络的交互性特征还为文学接受创造了交往的自由。在网络上，作者与读者、读者与读者的交往变得平等而迅捷、自由而直观。一个作品上网，立即可以得到来自读者的反馈，不仅有点击率的记录、排行榜的公示，还有直言不讳、不留情面的真话或"酷评"。这个用鼠标"拉"来的神奇世界，能将万千曼妙尽收眼底，让悠悠永恒在一霎里收藏，文学"隐含的读者"直接走进网民的"接受屏幕"，作品的"召唤结构"迅即印证着网民的"期待视野"，作者、

---

① 张抗抗：《网络文学杂感》，《中华读书报》2001年3月1日。

读者、批评家的彼此沟通和身份互换，就这样轻松地共聚在一个众声喧哗的自由平台。

数字媒介对今日中国文学转型还有一个推力是，突破了原有的文学惯例，对文学体制的历史演进探索了新的可能。数字化媒介用不同的技术工艺对文学实施"在线手术"，让传统的文学体制与活动机制遭遇拆解和置换，这有几个为人熟知的常规表现，如文学媒介由语言符号向数字符号转变，文学突破"语言艺术"的阈限，减少对语言单媒介的依赖，实现了符号载体的"脱胎换骨"；与之相关，作品形态由"硬载体"向"软载体"转变——用"比特"代替了"原子"，用"符码"替代了"物质"，用"空中的文字"替代了"手中的书本"；文学类型的分化与文学边界的模糊，纪实与虚构、文学创作与生活实录、文学与非文学的界限被逐步抹平，传统的文学分类方式变得模糊或淡化，一些新的文体如"聊天体""接龙体""短信体""对帖体""链接体""拼贴体""分延体""扮演体"以及"废话体"[①] 等不断涌现；还有更为明显的是文学传播方式的根本改变，如由"推"（pushing）传播向"拉"（pulling）传播的转换，由单向传播转换为多向交互式传播，由迟延性传播转换为迅捷性传播等，从物质、时间、空间"三位一体"上突破了原有的藩篱，实现了文学的无障碍传播。

更深层次的突破则表现在思维和观念上。在思维方面，源于技术更新，数字媒介写作由传统的"字思维"转变为工具理性的"词思维"。键盘与界面的数码书写创造的是一个"铅字无凭、手稿遗失"

---

① 如时下在互联网上热炒的"废话诗歌""废话写作"讨论和"赵丽华诗歌恶搞事件"。2006年9月30日，一批当代"废话诗人"在北京召开新闻发布会，对外界的各种质疑集体做出答复，使"废话体"网络写作产生了更广泛的影响。参见新浪网"新浪读书"，2006年10月16日查询。

的时代，机器的规则代替了汉字的结构规范，数字操作颠覆了铅字权威，"输入"代替"书写"的直接结果便是"词思维"对"字思维"的替代。以机换笔后，创作主体的艺术思维没有了执笔"戳"字时的语言形象相伴，也没有了笔意，没有了书法，甚至没有了文化，没有了"文章千古事"的道义约束和"手稿时代"严肃、执着的创作心态，以及因纸张的变黄发脆而产生的历史感。有一篇名为《遗失手稿的时代》的文章说得好："电脑写作使敲击键盘代替了执笔手书，速度的成倍增加使书写具有了某种一泻千里的快感，思维因书写过慢而受阻的现象也大大地减少了。这使得写作比以往更接近'心想手书'的同步状态，也使作者（尤其是诗歌作者）能更好地捕捉稍纵即逝的意识流；而且，熟练的键盘操作使'手书'成为一种近似于无意识的行为，'手书'意识的减弱，使作者能把更多的注意力集中在'心想'上，这样的写作状态更自然、更真实，并减少了书写意识过强时易造成的理性对于初始情感的扼杀。"[1] 可见这一革命性的变化远远不是技术操作层面那么简单，它影响的是创作者的艺术思维——"词思维"的直观与快捷使表达"提速"，但却挤占了"字思维"的理性过滤和思想沉淀，把文学创作的意义生成全部交给了感觉的撒播，消弭了文字书写时的深思熟虑和因表达"延迟"而凝练的语言诗性。并且，技术复制、删改、位移和运字如飞的便捷可能造成"文责"承担感的减弱、文字垃圾的滋生和文学韵味（即本雅明所说的"aura"）的消失；写作的随意性和信息的频频更新会消弭文学的精萃性，导致快餐文化的膨胀；而手稿的消失也会使读者无从考据作品的写作时间、心境、修改踪迹乃至私人化的背景因素和人格魅力的东西，造成

---

[1] 任晓文、林剑：《遗失手稿的时代》，孙洁、李露璐编《网络态度》，安徽教育出版社2001年版，第18—19页。

文学性的平面化和碎片化，失去时间的纵深感和历史的深度。

文学观念上的突破突出表现为重新确立"自娱以娱人"的功能范式。传统的文学创作主要是精英书写，追求的是"文以载道""有补于世"，乃至"畅神比德""立言立心"而成"不朽"。大凡文学都要高标一定的精神向度，注重涵养人的道德家园，给人以情感的亲切抚慰与心灵皈依的启迪，使人性丰满，净化人的灵魂；文学要体现终极关怀，用艺术灵犀展开对精神彼岸自由王国的向往、叩问与追寻，通过求真向善爱美的理想化诉求获得信仰之光；文学还要有现实的民生关注，使自身成为社会文明的火炬，以便用优秀的作品鼓舞人心……

这些文学功能模式在数字媒介时代日渐成为一个渐行渐远的历史背影，并且被后现代观念视为"宏大叙事"（grandnarrative）或"元叙事"①（metanarrative）（利奥塔）及"表征危机"②（representational crisis）（波德里亚），而需要施以"范式转换"。数字媒介语境中的文学行为不是救世济民而主要是表现自我，不企求终极关怀而注重抒发性情，不求崇高宏大只求兴之所至的淋漓表达。就像一网友所说："只要比李敖更狂傲，比王朔更痞气，比金庸更平庸，我就将在网络里打造天堂！"③ 李寻欢的《边缘游戏》《数字英雄》的搞笑煽情，邢育森的《活得像个人样》的浪漫和悖谬，宁财神的《在路上之金莲冲浪》《网恋鬼故事系列》《歪歌瞎唱》等作品的幽默调侃、装神弄鬼，龙吟的《智圣东方朔》的"文侠"智慧和东方式幽默，以及 flying-max 的获奖小说《灰锡时代》表现出来的黑色幻想和生存狡智等，都

---

① ［法］让-弗朗索瓦·利奥塔：《后现代状况：关于知识的报告》，车槿山译，生活·读书·新知三联书店1997年版。
② ［法］让·波德里亚：《消费社会》，刘成富、全志钢译，南京大学出版社2001年版。
③ 云中君：《网络文学进阶三步曲》，孙洁、李露璐编《网络态度》，安徽教育出版社2001年版，第175页。

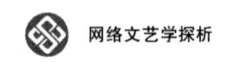

是以自娱娱人、轻松谐谑的特点而在网上、网下广为传播的。笔者曾对十大文学网站的原创作品作过调查，结果表明：爱情、搞笑和武侠题材位居前三位，其中搞笑的作品约占作品总数的17%，那些BBS、聊天室、新闻组、讨论区和个人博客里的文字如果也算文学的话，这类作品的比例会更大。

可以说，数字媒介下的文学功能，开始大范围地由社会性尺度向个人化标准转变，从"寓教于乐"转向了"自娱娱人"。新媒介作品犹如"电子面条"，旨在使自己一显身手，让网虫们开胃解馋，既不希冀编辑或出版商认可，也无须社会权力话语的首肯。创作者要的就是"孤独狂欢"的感觉，只要能畅神达意、开心解颐，玩着自己的心跳，又能让他人叫好，便是"数字一族"所要的一切。学水利专业的博士痞子蔡说他上网写小说就像"不穿鞋的奔跑"，就要一个"爽"字，自己在网上一夜成名不过是"擦枪走火"击中了文学。安妮宝贝称自己写作《告别薇安》时，是"在写着一本写在水里的小说"，"它好像是黑暗中的一场幻觉"。宁财神在回答"为了什么而写"时，得出的结论是："为了满足自己的表现欲而写、为写而写、为了练打字而写、为了骗取美眉的欢心而写。"[①] 网络创作是这样，网上欣赏何尝不是这样？网民漫游网络完全是跟着感觉寻找快乐，很少有意义的探究和隐喻的延宕，不像书面阅读那样亦步亦趋地依据语言符号的间接转换去达成再造性想象的彼岸性。敞开抚慰性幻想和快感消费的满足，才是新媒介活动所要摁住的"文化快捷键"，于是文学功能在其中自然就发生了巨大变化，也比原来丰富多了。

---

① 参见《网络文学的生机与希望——网络文学新人新春寄语》，《文学报》2000年2月17日。

2.1.3 数字媒介带给文学转型的消极掣肘

数字媒介对中国文学转型有积极方面的推力，这是不得不承认的；但也应该看到，它又有消极解构和品质异化的一面，甚至给文学的健康前行带来不可忽略的阻遏与伤害，"米勒预言"[①] 提出的"文学消亡论"即源之于此。笔者同意米勒先生"电信时代文学不存"的有些分析，但不接受他的结论。因为文学的消亡也就标示着人类精神和审美的消亡，亦即表明人类生存的无意义。不过，米勒预言的意义在于：应该充分认识电信技术对当今文学转型的不可逆性，特别是对新媒介给予文学的负面影响必须有清醒的认识，对其所导致的文学异化更应引起警觉。

首先是数字媒介对于文学性的技术化消解，造成文学的非艺术化趋向加剧。文学走进数字媒体是时代的必然选择，但文学的数字化生存并不就是艺术的胜利。网民的"文学在线"一旦不是为了文学性的目标，纵使文学被数字技术纳入新媒介的丛林，它结出来的也未必是艺术审美的果实。以网络文学为代表的数字媒介作品数量庞大，但艺术质量不高乃至文字垃圾泛滥却是不争的事实。发表作品"门槛"的降低和作者艺术素养的良莠不齐，使得"灌水"之作充斥网络空间。有"网络"而无"文学"，或则"过剩的文学"与"稀缺的文学性"形成的鲜明反差，已经成为新媒介作品的最大诟病和严重制约网络文

---

① 美国厄湾加州大学教授希利斯·米勒（J. H. Miller, 1928—）1997 年在《文学评论》第 4 期上发表了《全球化对文学研究的影响》一文，初步提出"文学终结论"问题；2001 年第 1 期的《文学评论》又发表了米勒《全球化时代的文学研究会继续存在吗?》，该文从德里达的名作《明信片》开始提问，依次论述了印刷技术以及电影、电视、电话和国际互联网这些电信技术对文学、哲学、精神分析学甚至情书写作的影响，提出："在特定的电信技术王国中，整个的所谓文学的时代（即使不是全部）将不复存在。""新的电信时代正在通过改变文学存在的前提和共生因素而把它引向终结。"

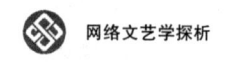

学发展的瓶颈。

深言之,这种状况与数字媒介对语言的诗性特质施加技术"祛魅"不无关联。数字化比特叙事所创造的是图文语像汇流的技术文本,在这里,文学很容易由间接形象的"语像"(language iconography)转化成为直观的"图像"(structured image),昔日的"语言艺术"变成了图文兼容的界面文本,那种通过书页文字解读和经验还原以获得丰富想象的间接性形象,已经让位于图文兼容、音画两全、声情并茂、界面流转的电子快餐。此时,文字的诗性,修辞的审美,句式的巧置,蕴藉的意境等,一道被视听直观的强大信息流所淹没,语言文字独有的魅力被技术"祛魅"或"解魅"了。数码技术的"无所不能"和数字信息的"无远弗届",正在把最大众化的"祛魅"工具交到每个数字用户终端。昔日"纸面"凝聚的文学性被"界面"的感觉撒播所碾碎,文学表达对技术机器的依赖,无情地分割了原有的美与审美,用过剩的符号信息制衡了文字的蕴藉体验。当作品的"界面"流动淹没"纸面"沉淀的思想时,文字写作与阅读时的那种风格品位和诗性魅力便荡然无存了。众所周知,汉语文字内视性、蕴藉性、想象性和彼岸性的细嚼慢咽、心灵内省和思想反刍,本是文学审美的高峰体验,欣赏者对文字表征的间接形象思而得之、感而悟之、品而味之,"此诗之大致也"[1]。但在网络文学等数字媒介作品中,文字的速度阅读和多媒介的相互干扰,不断解构文字品味时的"澄怀味象"(宗炳),"余味曲包,深文隐蔚"(刘勰)和"境生于象外"(刘禹锡)的想象性审美体验,消解了文学韵味的主体沉浸感

---

[1] 明人王廷相在《与郭价夫学士论诗书》中说:"夫诗贵意象透莹,不喜事实粘著。古谓水中之月,镜中之影,可以目睹,难以实求是也。……言征实则寡味也,情直致而难动物也。故示以意象,使人思而咀之,感而契之,邈哉深矣,此诗之大致也。"

和审美意象的丰富想象性。这样的作品似乎不再拥有"有意味的形式"①（克莱夫·贝尔）和"艺术里的精神"②（瓦西里·康定斯基），文学的诗性特质被电子"仿像"（Simmulacrum）的技术操作所拆解，文字的隽永美感让位于图文观赏的快感，艺术欣赏变成了感官满足和视像消费，文学应有的品质就这样给"电子幽灵"吞噬了，"文学性"——这个文学审美的内蕴支点和文艺学建构的核心命题也失去了持论的现实基础。

主体承担感的淡化导致文学作品的意义缺失，是数字媒介下文学受阻和异化的又一表现。数字媒介里的文学行为具有实时、互动、跨境、跨文化、跨语言传播的特点，又有着匿名交流、孤独狂欢、行为自律的特性。在网络的虚拟空间里，人们揭去了生活中的各种面纱，消除了现实里的社会角色，尽可以用真实的自我袒露心性而与他人交流，可以用最"无我"的方式实现最"真我"的传达，这是数字媒体的优势。但与此同时，作品"在场"与作者的"不在场"，又将导致创作主体观念的虚位和作者承担感——文学承担、审美承担、道德承担和社会承担的缺席。由于创作者身份的虚拟和游移不定，许多网络创作在"无我"与"真我"的双重游戏中放弃了主体的艺术使命，回避了不该回避的社会责任。作者全凭自律而没有了他律，他无须为人民代言、为社会立心，也毋庸给予艺术的进步以积极进取的承诺，甚至不再秉持文学传统的赓续和艺术规范的服膺。结果，文学生产中应有的价值赋予、意义深度、审美创新和社会效果等艺术期待，均失去了合理的逻辑前提。有网友这样表达自己失去主体承担时的困惑：

---

① ［英］克莱夫·贝尔：《艺术》，周金环、马钟元译，中国文联出版公司1984年版。
② ［英］瓦西里·康定斯基：《论艺术里的精神》，吕澎译，四川美术出版社1986年版。

> 我想每个人都很迷茫，到底自己在网络里寻求些什么呢？寻求心灵的安慰？寻求感情的寄托？寻求一刹那的刺激？寻求不变的承诺？或许是孤独时想上网找个人消磨自己的寂寞；或许是悲伤时想上网找个人发泄自己的痛苦；或许是失意时想上网找个人倾诉自己的落魄。大家都在这个虚幻的网络里寻找各自永不凋零的塑胶花。①

而另一位网友则真实地解释了这一困惑：

> 到论坛里走走看看，是自己的愉快，别人无权说三道四；到论坛里说不说话，是自己的愿意，别人无权指指点点；到论坛里大闹，是自己选择，别人无权刻意阻挡；到论坛里说话不多，是自己的习惯，别人无权要求改变。仅此而已。②

于是，文学的精神品格和价值承担、人类的道德律令和心智原则，终于让位于个体欲望的无限表达，在线写作的修辞美学让位于意义剥蚀的感觉狂欢，虚拟空间里失去约束的主体和得到解放的个体最终得到的只能是消费意识形态的文化表达。这导致许多网络作品拒绝深度、抹平厚重、淡化意义、逃避崇高，封堵了文学通往思想、历史、人生、终极意义、理性价值的路径，消弭了文学应该有的大气、沉雄、深刻、庄严、悲壮等艺术风格和史诗成分，抛开了文学创作者所应当担负的尊重历史、代言立心和艺术独创、张扬审美的责任。

---

① 颖都墨人：《我们为什么来到网络》，刘学红主编《网上江湖》，湖南人民出版社2002年版，第115页。
② 白云：《随便说说》，刘学红主编《网上江湖》，湖南人民出版社2002年版，第142页。

还有，数字媒介下文学经典性引退形成的文学信仰消退和地位下滑，也可以看作数字媒介对今日文学的一大负面影响。文学经典是基于艺术积累并由特定审美文化命意所标持的价值规范，数字化媒体打造的是大众文化、新民间文学，而不是典雅的精英文化或"纯文学"，数字化写作常常以委地如泥的"渎圣化"思维将精英文学时代崇高的文化命意改造成为快乐游戏，就像瓦尔特·本雅明（W. Benjamin）所说的那样用作品的"展示价值"替代了"膜拜价值"[①]；经典是由时间的历史累积而成的认同标准，它总是以"缺席的在场"方式被历时性地延迟出场，而数字媒介写作却只在当下的空间共享交互的过程。当技术媒介越来越以自己的祛魅方式揭去艺术经典的神圣性面纱，抛弃经典的认同范式，回避经典的深邃意旨，挤压经典的生存空间时，艺术还有能力用"经典"来为人类圈起一个理性的精神家园吗？技术平权下的数字化文学是"寄生"而"易碎"的，它根本不给我们品味和反思的时间，不仅难以用经典的标准来评价它们，甚至无从形成评判经典的标准。文学网民以快捷的技术操作游弋于虚拟的快乐世界，他们不会去刻意追求经典性与精致性，他们要做的只是如何更充分地展示自己和被他人欣赏，所诉求的是自况而非自律，所追求的是"当下"和直观，而不是经典、深度与意义。此时，经典逐渐枯竭的力量已经无法抗拒"第四媒体"的强烈阻击，文学经典及其他所依存的体制，要么认同新媒介"草根性力量"的合法性在场，要么在数字媒体面前隐遁皮藏，沉默不语。

新媒介消解文学经典的一个重要原因在于：数字化复制与拼贴技术造成艺术创新观念的淡化。经典是一种审美发现，一种艺术原创和

[①] ［德］瓦尔特·本雅明：《机械复制时代的艺术作品》，王才勇译，中国城市出版社2002年版，第94页。

个性独创，而数字媒介写作重发表不重发现、重表达不重原创，它用机械复制与技术拼贴消弭了原创与仿拟的界限，如本雅明在《机械复制时代的艺术作品》中所指出的，"技术复制能把原作的摹本带到原作本身无法达到的境界"①。尼葛洛庞帝也认为："数字化高速公路将使'已经完成、不可更改的艺术作品'的说法成为过去时。给蒙娜丽莎的脸上画胡子只不过是孩童的游戏罢了。在互联网上，我们将能看到许多人在'据说已经完成'的各种作品上，进行各种数字化操作，将作品改头换面。"② 于是，经典艺术和艺术经典的观念一道无可避免地遭遇技术的解构：一方面数字技术的无穷复制改变了艺术经典的沉积性，转移人们对经典的审美聚焦；另外，艺术复制用技术干预造成了原创观念中断和文本诗性的语境错位。复制就是本源，拼贴即是生成，文本生产成了"文化工业"，符号仿真成了文本诗意天然合理性的依据，真正的艺术性和艺术的经典性倒成了一个被遗忘的隐喻。

2.1.4 数字媒介下文学转型的观念建构

在数字媒介迅速成为这个时代的"元媒体"（metamedia）和"宏媒体"（macromedia）时，人们不会怀疑这种媒介对文学强势覆盖和敏锐渗透的威力，却不免担忧新媒介霸权中的文学命运，质疑数字文化增殖时代的文学前景。媒介革命已经成为催动新世纪中国文学转型的技术引擎，但这一语境中的文学能否真正延伸成为一个文学发展的历史节点，推进转型中的文学健康前行呢？在由传播媒介引发的文学新生与守成的博弈过程中，中国文学还有没有创新力？基于此，我们

---

① ［德］瓦尔特·本雅明：《机械复制时代的艺术作品》，王才勇译，中国城市出版社2002年版，第9页。
② ［美］尼葛洛庞帝：《数字化生存》，胡泳、范海燕译，海南出版社1997年版，第261—262页。

必须确立新世纪文学发展和建构的理念，以确保在不可抗拒的技术力量面前，还有足够的自信悉心地呵护文学，使它既能坚守又有发展。此时，我们需要找到既能顺应时代媒介变革，又能福佑中国文学前行的建设性维度。

转变观念，调整对文学的理解方式，建构数字媒介语境下的文学观，是创新文学的前提。尼葛洛庞帝说过，"计算不再只和计算机有关，它决定我们的生存"①。现在看来，数字媒介决定的不仅是我们的生存，还有文学艺术的生存。正所谓"文变染乎世情，兴废系乎时序"②，变则通，通则久。当"数字化生存"成为人类不可逆转的生存方式时，文学的数字化存在就将成为文学史的现实存在。这时候，最需要做的就是高扬通变的旗帜，重塑与之相适应的文学观念。电脑艺术、网络文学、手机创作等，是与知识经济时代的高科技环境相适应的，是这个时代环境的文化表达。我们只有立足现实，超越传统，实现知识视野和观念模式的更新，才会有文学的进步与创新的活力。今天，数字媒介的技术力量，已经使文学的存在方式、功能方式，文学的创作、传播、欣赏方式，文学的使用媒介和操作工具，以及文学的价值取向和社会影响力等，都发生或正在发生着诸多新变，因而传统文学的观念形态也必须在思维方式、概念范畴、理论观点、思想体系和学理模式等总体构架上，由观念转变推动理论创新，由理论创新达成理论创新体系。只有这样，我们才能把数字媒介对于文学传统的挑战变成文学在涅槃中再生的契机，在迎接挑战中建设数字媒介语境中的新文学。

---

① ［美］尼葛洛庞帝：《数字化生存》，胡泳、范海燕译，海南出版社1997年版，第15页。
② 《文心雕龙·时序》。

在这个过程中，文学仍然需要践履人类赋予其精神原点的价值承诺，让新媒介成为建构新世纪文学的有效资源，这是我们需要坚守的又一立场。面对传统文学与数字媒介文学并存的发展格局，应该以兼容与互补的文学立场，确立起文学多元发展的层级模式，让数字媒介文学成为传统文学的必要补充和有效延伸。需要确认的是：数千年延续下来的文学传统及其精神原点永远是本位和本体的，它们是文学发展的根，文学观念的源，需要恒久的绵延和持续的坚守，即使文学要变也要将之视为改变的依据，任何新媒介文学都需要将它作为发展的前提，并以不断创新的业绩给传统的文学精神以生命的滋养，而不是让数字媒介淹没伟大的文学传统，用工具理性覆盖文学的本性，用新媒介的技术力量吞噬文学的审美。质言之，文学是一种人文精神性的价值存在，它浸润的始终是创作者的审美情怀，释放的是审美化的诗性魅力，营造的是人性化的心灵家园。当一种文学止于媒体突围却尚未实现艺术创新和价值重建时，人们对他的疑虑是必然的，因为它自身的历史合理性是未经证实的，也是处于悬置状态的。如果数字媒介文学的时尚意义大于审美意义、媒体革命多于艺术创新、传播方式胜于传播内容，它一定得不到历史和现实的尊重，其合理性亦不复存在了。从此意义上说，新媒介文学永远需要从传统的精英文学中汲取营养，坚守人文审美的价值承诺，并用新媒介的锋芒去拓展文学的新空间与新价值；同时，传统文学也需要在调整与转型中吸纳新媒介文学的新鲜经验，在丰富和改变自身中重塑文学的新境界。

纵观中国文学发展的历史，一次次的媒介变迁从未中断文学精神原点的历史赓续，倒是新媒介的不断涌现赋予了文学更替以新的资源。历代文人的写作由甲骨、钟鼎、木牍、竹简、绢帛、纸张，由刻刀到毛笔，由毛笔到铅笔、钢笔、圆珠笔，这些书写工具和文字载体的更替和进化,并没有影响反而推进了文学的进步和发展。进入20世纪后期,人类发明了电脑和网络,诞生了数字媒体,键盘鼠标和界面操作逐渐取代了传统的书写印刷和纸页阅读。毋庸置疑,这场媒介革命必将引起文学的巨大变革。但是归根结底,媒介还只是创作的工具,载体和传播工具的改变,不会改变文学的本质与品格,不可能也不应该改变人类赋予文学的精神内涵。"变"中的不变与"不变"中的变,永远都是相对而辩证的,数字媒介只能给文学传统以新鲜的力量,而不能成为它的掘墓者。有作家敏锐地看出了这一点:"网络文学会改变文学的载体和传播方式,会改变读者阅读的习惯,会改变作者的视野、心态、思维方式和表现方式,但它究竟在多大程度上能改变文学本身?比如说,情感、想象、良知、语言等文学要素?"[①] 另有作家给出了这样理性和乐观的答案:"只要人性没有变,只要人类对美、对爱、对理想和幸福的追求没有改变,那么,文学的本质就不会改变。不管科技如何革命,不管书写的工具和传媒如何花样翻新,文学仍将沿着自身的规律走向未来。"[②] 这是理智和令人信服的见解。

面对新变的媒介载体和不变的文学本性,还要确立一个调控、引导与主体自律的约束机制。互联网上的虚拟生活及其自由写作就像一个开放的实验室,把人性的丰富性与创造性、个性的多样性与局限性,都鲜活毕肖地展现在公众面前。在这个虚拟、自由、兼容而共享的空间,极易出现滥用自由、膨胀个性、无节制张扬欲望的现象,从而导致意志薄弱者放弃伦理责任和道德约束,也容易使他们视网络空间为"电子烟尘"的集散地,甚至是藏污纳垢的"无沿痰盂"。我们

[①] 张抗抗:《网络文学杂感》,《中华读书报》2001年3月1日。
[②] 赵丽宏:《网络会给文学带来什么》,《2000中国年度最佳网络文学》序,漓江出版社2001年版,第3页。

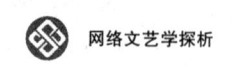

不愿看到的是，网瘾、网恋、网络黑客与计算机病毒等负面文化，以及网上欺诈、网络黄赌等网络犯罪现象的滋生，不时地玷污网络空间，甚至让虚拟世界的道德败坏成为现实社会德行失范的诱因，导致造福苍生的信息科技偏离其人文的准星。因而，实施对数字媒介的必要控制，倡导网络空间的主体自律，其所涉及的不仅仅是个人的操守品格，还关涉这种文化空间的净化与健康，乃至社会的精神文明、文化建设、社会和谐与可持续发展等一系列问题。

如前所述，数字媒介在给予主体以较少限制和更多自由时，可能导致这里的文学活动松懈本该秉持的艺术操守与道德承担，而让信手涂鸦之作、无效乃至有害信息挤占文学空间。如一个网络写手所言："在网上，不想要法律就没有法律，不想被管制就不被管制，不想有规则就放弃规则——还有什么东西比网络更让我们疯狂的呢！"[1] 不过应该看到，事实上，即使是最自由的网络空间，也要保证自由与限制的统一。姑且不说这里存在人文伦理和相关法规的限制，计算机视窗系统（如windows）尚未开放的"信息源代码"就是一种天然的约束和限制，而"电子牧场"潜在的技术监控更是无时不在，高技术背后的知识权力结构无时不在地左右着显见的信息权利分配，是赛博社群的自治伦理和网际生活的自我伦理共同构筑起了虚拟生活的伦理框架。因此，"必须在双重视域之中考察电子传播媒介的意义：电子传播媒介的诞生既带来了一种解放，又制造了一种控制；既预示了一种潜在的民主，又剥夺了某些自由；既展开了一个新的地平线，又限定了新的活动区域"[2]。

---

[1] 云中君：《网络文学进阶三部曲》，孙洁、李露璐编《网络态度》，安徽教育出版社2001年版，第175页。

[2] 南帆：《双重视域——当代电子文化分析》，江苏人民出版社2001年版，第4页。

于是，健全"他律"与"自律"并存的约束机制，也许是庇佑新媒介文学健康前行的必要手段。在此，"他律"指的是国家调控的法律法规约束，当然也包括研发必要的技术软件①监控网络不良信息，设置文学主体行为的"数字边界"，倡导或引导高品位的文学艺术创作；而"自律"则是培育主体在数字媒介下的信息伦理观念，倡导"慎独"精神，以自我约束坚守文学的人文本位。需要确立这样的信念：与传统文学一样，数字媒介文学仍然是人的精神现象学和人类的精神家园学，仍需打造灵魂的健康，培植坚挺的精神；仍要在技术与艺术的融合中添加人性化的伦理装备，重视信息科技之于文学底色的价值赋予，仍应借助新媒介做好自己的"道德文章"。说到底，网络上的自由写作还是个人自由与道德限制的统一，一个网络写手如何利用这种自由与限制之间的艺术张力，首先必须遵循信息空间的公共秩序。譬如，上网写作需要像传统写作那样遵循一定的创作规律，又需要服从电脑操作的技术规范，而这两种约束都必须基于个人、社会和他人的共同需要，统一于科技伦理、人文操守和艺术审美的共同设定，有利于文学创新、技术进步和人性健全的共同理想，让新媒介文学更有效地促进人类社会走向和谐与文明，而不是本末倒置，造成技术对德性的排斥或机器对心灵的伤害，更不是把人和文学都变成"技术的奴隶"，导致科技发展水平与人文道德、文学创新之间的深刻矛盾和巨大落差。如果说科技以人为本，文学以人为限，那么数字媒介时代的文学就要在科技与人文之间架设一座艺术的桥梁，它只能为技术的人性化加载伦理的亮色，而不是用数字技术的锋刃斩断自己的道德底线和艺术良知。

---

① 如近年电脑软件市场出现的"巡视软件""黑名单软件""因特网内容选择平台""中性标签系统"等，就可以通过技术手段过滤掉一些网络上的违法或有害信息。

与此相关的是，数字媒介语境中的新文学构建还不能不解决另一重要问题：即文学的技术化或曰文学对数字技术的依赖。数字媒介源于高新信息技术，新媒介引发的文学转型首先是由技术载体的分野引起的。但技术不等于艺术，技术优势也不等于文学强势。说到底，文学是源于人的精神而不是源于技术，技术只是文学借助的工具，它应该受驭于文学的艺术目的，为创作者遵循艺术规律插上创造的翅膀，而不是以技术优势替代艺术规律。毫无疑问，文学艺术的发展离不开技术的进步，但艺术的价值命意又是超越技术的。计算机网络技术无论多么神奇，它仍然只是技术而不是艺术。技术可以具有"艺术性"，而艺术则不能"技术化"，因为技术作为艺术的道具，它永远代替不了艺术的创造。技术要转换成为艺术是有条件的，它只能在两个层面上与艺术结缘：一个是工具媒介层面，另一个是理解世界的观念层面。前者是艺术创作借助的手段，后者才是真正让技术介入艺术内核之中并对之施加影响的决定性因素，即技术化生产生活方式导致的人类理解世界方式的变化，以及由此产生的人对自身与世界的审美关系的深入体察和把握。当前一些新媒介创作如网络文学等，之所以被人们讥之为"灌水""马路黑板""乱贴大字报"等，就在于它们多是在工具媒介层面体现数字媒介的技术特性，却未能在理解世界的方式上达成审美创造，以致出现以游戏冲动替代审美动机、以工具理性替代诗性智慧、以技术的艺术化替代艺术的技术性等"非文学化"或"准文学化"现象。技术是功利的操作，艺术是精神的凝聚；技术像庖丁解牛一样实现驾驭规律的自由，艺术创作则如春蚕吐丝般酿造生命的境界。同理，数字媒介技术能为文学插上科学的翅膀，但它飞翔的目的地应该是艺术审美的殿堂而不是技术的作坊。

由此可见，技术的进步会给未来的文学艺术生产增设更多的技术含量，但新世纪的中国文学转型最需要的并不在技术媒介的升级换代，而在于借助新技术、新媒介提升作品的艺术水准与审美价值。在传媒技术愈来愈艺术化的创作语境中，文学有时还需要摆脱对技术的依赖，与技术霸权的"赢家通吃"相抗争，让新世纪的中国文学遵循艺术的规律而不是按照技术的设定来完成自身的转型，推进自身的进步。只有这样，我们才有可能用数字化传媒重铸文学历史，在文学新变中创造文学的健康与繁荣。

2.2 新媒体与中国文艺学的转向[①]

应该承认，无论是作为一个学科的知识生产、学理建构，还是作为一种理论的观念表征和方向选择，今天的文艺研究都处在新媒体语境延伸的"理论半径"上，由此引发的中国文艺学理论转向及其内涵转型已经开启了自己的历史性征程。然而，就目前情况看，人们很少从这个角度进行思考，全面、深入和有创见的研究更是不多。在新世纪已进入第二个十年的时候，在新媒体对文学、文艺乃至日常生活影响越来越大的今天，我们有必要也有责任研讨新媒体与文艺学转向的关系。

[①] 本节原载《文学评论》2013年第4期，人大复印报刊资料《文艺理论》2013年第11期全文转载。原文是国家社科基金重点项目"网络文学文献数据库建设"（项目批准号：11AZW002）研究的阶段性成果之一。

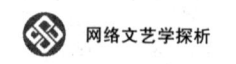

2.2.1 媒介革命与文艺学版图的重新勘定

以互联网为代表的数字媒介的迅速崛起，已悄然置换了新媒体时代的文艺背景，并以观念裂变的方式直接渗进文艺理论的"肌肤"，促使人们认真审视媒介革命下文学艺术变迁的新现实，以重新勘定文艺学的学科版图。尽管新媒体带来的冲击是融合在整个文化环境之中，并与其他文化门类共同起作用的，但数字传媒的强劲推力无疑是当今文艺学版图发生改变最重要的原因之一。

数字媒体进入文艺学的理论前沿，首先是从文艺生产的实践现场找到自己的观念入口的。在我国，20世纪90年代中期伊始，互联网开始接纳大众"准文学"的写作，此后，网络文学、手机短信创作、数字化艺术借助媒介革命的强劲推力，以自身的文艺在场性和文化新锐性，迅速成为撬动文艺变局的最大杠杆。最新的互联网统计报告表明，截至2012年12月底，我国网民数量已增至5.64亿人，互联网普及率为42.1%。手机网民规模至4.2亿人，成为迅速壮大的移动互联网终端。还有3.53亿的博客/个人空间用户，3.09亿的微博用户，2.51亿的社交网站用户，以及3.31亿的网络游戏用户，家庭接入网络比例超九成，手机微博用户近三分之一。可见，网络媒体对我国的社会族群已经形成全方位覆盖。[1] 另有研究表明，我国网络文学的用户达有2.33亿人，"各种文体注册作者2000万人，签约作家200万人，文学网站及移动平台日浏览量超过10亿人次，在线作品日更新达2亿字节"[2]。这样庞

---

[1] 数据参见中国互联网络信息中心2013年1月15日发布的《第31次中国互联网络发展状况统计报告》，http://www.cnnic.net.cn/，2013年3月25日查询。
[2] 马季：《跨文化语境中的中国网络文学》，《文艺报》2012年7月16日。

大的写作阵营、读者群体和恒河沙数般的原创作品存量,给中国文坛带来了活力,也改变了文学发展的总体格局,实现了对文艺学版图的调整乃至重构——在消费文化、新型媒体等多重因素的作用下,传统文学所受关注度和产生的影响力大不如前,而以网络文学为代表的新媒体文学却风生水起,以技术化的生产流程、无远弗届的市场覆盖和广泛的阅读受众,一面与传统的精英书写分庭抗礼,一面与产业商贾互动双赢。新媒体文学强劲的生产体制、传播机制和文化延伸力,使它在当今中国文学的整体格局中成为颇具活力的重要一翼。可以预测,小荷初露的新媒体文艺还将继续快速稳步发展,如芬兰数字文学专家考斯基马所说:"数字化或直接或间接地几乎强烈触及了文学的全部领域。不过,这仅仅是个开始,就目前具有过渡性质的情况而言,已经可以形成关于文学未来的足以使人惊讶的预言和推测。"①

新媒体及其文学艺术的异军突起,在实践上创造了不一样的文学形态,在理论上向传统的文艺观念提出了挑战,加速了传统文艺学版图的扩容、越界等结构性变化。当传统理论所依赖的文化场域发生背景置换,当其昔日所依存的逻各斯理论原点随着其映照的对象世界的改变而改变,当"正统的文化理论没有致力于解决那些足够敏锐的问题"②,或者,当"关于文学的基本预设、阅读方式以及价值判断标准等受到了挑战"③,此时,如丹尼尔·伯斯坦所形容的"数字比特

---

① [芬兰]莱恩·考斯基马:《数字文学:从文本到超文本及其超越》,单小曦等译,广西师范大学出版社2011年版,第3页。
② [英]特里·伊格尔顿:《理论之后》,商正译,商务印书馆2010年版,前言。
③ [英]拉曼·塞尔登等:《当代文学理论导读》,刘象愚译,北京大学出版社2006年版,第367页。

和字节就是用来雕刻一个崭新的世界新秩序的凿子"①，我们应切入新媒体文艺现场去理性地回应现实的变化，以通变的心态审视文艺观念面临的危机与焦虑，重新勘定文艺理论的范围和文艺学的版图。今日中国的文学创作活跃而多样，文论研究亦呈新旧交织、多元并存之态。传统的执笔书写、书刊发表、纸介阅读的文化生产、传播、欣赏体制仍然普遍存在；千年积淀的文论传统，以及外来（包括马列文论和其他外来文论资源）理论观念的横向移植与渗透所形成的文学理论范式，依然居于我国文艺学科体系的主导地位。作为一种历史性的理论存在，它们中的许多学理逻辑已经构成任何理论嬗变的观念背景和参照依据，应该得到传承与发展。但毋庸讳言，我们的文艺理论现在面临的是一个开放性、差异化、跨学科研究的语境，数字化新媒体就是这一语境"移居赛博空间"的结果。就在人们还在争议是"传统文论的现代转换"还是"回应现实综合创新"的时候，新媒体文艺生产已开始用自己的话语实践向传统文艺学的理论范畴提出质疑，向既有的学科规制发起挑战，又在新的理论构型中创生出特定的知识系统和阐释空间，让媒介革命成为文艺理论对传统的告别和面向新生的开启。这种告别和开启、跨界与扩容、消解与建构不是理论研究的心血来潮，而是"数字化生存"限定的理论重建，是后信息时代的数字媒介、虚拟现实、赛博空间和媒体产业市场对文艺理论空间的渗透与生成。恰如约斯·德·穆尔在论证"走向虚拟本体论与人类学"问题时所说："赛博空间不仅是——甚至在首要意义上不仅是——超越人类生命发生于其间的地理空间或历史空间的一种新的体验维度，而且也

---

① 伯斯坦的原话是："这个世界是一块空白的石板，数字比特和字节就是用来雕刻一个崭新的世界新秩序的凿子。"见［美］丹尼尔·伯斯坦、戴维·克莱恩《征服世界——数字时代的现实与未来》，吕传俊、沈明译，作家出版社1998年版，第3页。

是进入几乎与我们日常生活所有方面都有关的五花八门的迷宫式的关联域。"① 赛博空间与文艺知识生产、理论图景和学理容量、学科边界之间的"迷宫式关联",正是我们考量数字媒介变革之于文艺学版图勘定的制衡要素。文艺学如何解决新旧媒体转换所带来的理论困惑,在一定程度上取决于我们对当前文艺理论变局的深度把握。这里有三重变化正试图改写我国文艺学的原有版图。

首先,从"大写"走向"小写",从"整一"发展为"多样",是新媒体引发的文艺生产和消费形态转向带给这次理论变化的"后理论"风标。拉曼·塞尔登谈到1985年以来"当代文学理论"领域究竟发生了哪些动荡和变化时认为,过去整一性的"理论"或"文学理论"已经不再能够看作一个有用的、不断进步地产生的著作体,"单数的、大写的'理论'迅速地发展成了小写的、众多的'理论'——这些理论常常相互搭接,相互生发,但也大量地相互竞争。换言之,'理论转向时期'孵化出了大量的、多样的实践部落,或者说理论化的实践"②。传统的整一化文艺学理论命题和学科规范是被时间神圣化了的"大理论",它们以"单数的""大写的"权威姿态构成毋庸置疑的膜拜价值,具有学理坚实的主题性、目的性和历史悠远的连贯性与整一性。从我国当代的文论范式来看,自"五四"以来形成的现代文论传统由于受到社会历史变革和外来理论思潮的影响,其"大写"理论的整一形态走向"小写"文论的多元区分有着更为深刻的社会文化原因,并非肇始于数字媒体的变化,更不源于单一的媒介原因。如伴随后工业文明兴起的雅俗不分、快乐至上的娱乐文化,深

---

① [荷兰]约斯·德·穆尔:《赛博空间的奥德赛——走向虚拟本体论与人类学》,麦永雄译,广西师范大学出版社2007年版,第2页。
② [英]拉曼·塞尔登等:《当代文学理论导读》,刘象愚译,北京大学出版社2006年版,第9页。

受资本与商品逻辑支配的消费文化，模式化、类型化和批量生产的技术复制文化，没有深度体验和历史感、仅仅反映当下瞬间体验的快餐文化等，这些蕴含后现代表征的文化形态，对当今文艺理论从整一的"大写"模式走向多样的"小写"形态已经构成了持续的深度干预，成为文论转型的社会文化引擎。但毋庸置疑的是，新媒体及其文艺实践进一步推进了这一范式转换的过程，甚或规制了这次理论转换的内容和方式。我们看到，20世纪90年代以来，就在中国文艺学发展处于"拨乱反正"和"西风东渐"后的理论调整期，数字媒介以其巨大的创生潜能在传统的文艺理论板块上开辟孵化新媒体知识生产的"豁口"，用艺术实践推进"理论化的实践"进程。较之我国厚重的文艺学传统，新媒体文艺观念及其理论构型的孵化和生成，虽"小写"却"多样"，非学统嫡传却不乏活力，它们正以边缘"小理论"姿态而成为伊格尔顿所说的"理论之后"的一道知识景观。因而，"大理论"消退与"后理论"转向的同时并存，是新媒体文艺变局切入并改写文艺理论发展态势的一个不容忽视的侧面，也是全球文化生态变化的普遍现象。

消费社会兴起之后，文艺理论与文化研究边界模糊、视域叠加成为当代文论演变的普遍状态，而媒介革命在此基础上又以实践的样态进一步推动着、改写着文艺学理论的变局。诞生于20世纪60年代的文化研究（其标志是1964年诞生于英国的"伯明翰学派"），主要是结合社会学、文化人类学、文学理论、传播媒体和大众消费来研究后工业社会中的文化现象，这在西方更多的是研究文化如何与意识形态、种族、社会阶级或性别等议题产生关联，而在中国则主要是关注大众文化娱乐、信息传媒、图像文化、消费方式、文化产业和日常生活审美化等问题。其中，文化研究与文艺学的关系，以及由文化研究或文化批评引发的文艺学的"边界之争"[①]是讨论的重点。其实,无论是文艺学研究的越界、扩容或转型,还是文化研究对包括文艺学在内的各种理论的渗透,媒介技术和信息生产都是加剧其变化的重要诱因。媒介革命所引发的"文学性"的扩散、审美泛化和艺术品的商品化,事实上已经消弭了审美经验与日常生活、艺术品与非艺术品的界限,不仅艺术创作可以在技术平台上完成,大众文化生活如文化阅读、影视观赏,乃至信息通信、旅游休闲、美容健身、城市规划、房屋装修、消费广告等几乎所有领域,无不受到新媒体技术功能的巨大影响,"技术的艺术化"和"艺术的技术性"、时尚文化和魅力工业的相互催生,已经成为文化研究深度切入文艺学腹地的媒介和引擎,而理论的历史性、实践性和语境性也要求文艺学关注和切近当代文化和大众日常生活,以找到新的理论生长点,增强理论贴近生活、回应现实的能力。毕竟,正如拉曼·塞尔登所说,"理论是要被使用的、批评的,而不是为了理论自身而被抽象地研究的"[②]。媒介之于理论的革命意义,不仅在于给拓宽了的文艺学版图插上一面"文化"的旗帜,还赋予了理论变革以实践的沃土和时代的精神。

还有,媒介意识形态的理论建构,是文艺学科衍生出新媒体文艺学观念重要的深层机理。从价值律成的意义上看,新媒体时代文艺学理论格局的改变是"媒介因"和"观念因"相互制衡又互相依存的意识形态现象,是观念形态的价值理性和人文规制的技术目标在现代传媒场域的一次意识形态建构。麦克卢汉一直强调"媒介即讯息",

---

[①] 这方面的研究成果甚多,如童庆炳与陶东风就"日常生活审美化与文艺学"关系的论争,参见童庆炳《"日常生活审美化"与文艺学》,《中华读书报》2005年1月26日;陶东风《也谈日常生活审美化与文艺学》,《中华读书报》2005年2月16日。

[②] [英]拉曼·塞尔登等:《当代文学理论导读》,刘象愚译,北京大学出版社2006年版,第13—14页。

媒介是"人的延伸",他提出电子媒介对个人和社会的影响,关键是影响人的中枢神经系统而形成一种评价事物的新尺度,因而,"技术的影响不是发生在意见和观念的层面上,而是要坚定不移、不可抗拒地改变人的感觉比率和感知模式"①。麦克卢汉意在说明,媒介可以超越载体、工具等形而下层面,而与人的感觉方式和评价尺度相关联,这与我们理解的媒介的观念属性、人文价值和意识形态功能直接相关。美国社会学家曼纽尔·卡斯特在论及网络技术对社会文化的巨大建构作用时也说:"我们的媒介是我们的隐喻,我们的隐喻创造了我们的文化内容。由于文化经由沟通来中介与发动,因而文化本身,亦即我们在历史上创造出来的信念与符码系统受到新技术系统的影响而有了根本的转变,这种转变还会随着时间推移日益加剧。"② 媒介的这个"隐喻"是什么呢?其实就是技术化工具载体所蕴含的人文价值理性,亦即媒介文化的意识形态功能,我们可以称之为"媒介意识形态寻租"——因为媒介本身可以是中性的,但媒介的操控和应用却不能不受到主体倾向性和价值立场的制约,媒介功能的发挥是一种价值的选择或建构,都会有理性的或意识形态的价值判断。不仅如此,任何科学创造、技术发明和媒介创新,都是人类对外部世界的认知和利用,人类在此获得的是自身在自然界中更多的自由,回答的是"认识你自己"这一古老的命题,收获的是大写的"人"的心智成果,确立的是人在宇宙中的主体地位。信息传媒的递进,应该被看作人类对自身本质力量的欣赏和人性价值的确证,是以媒介意识形态来建设"科技进步—艺术发展—精神健全"的现代人文结构。因此,面对新媒体

---

① [加]马歇尔·麦克卢汉:《理解媒介——论人的延伸》,何道宽译,商务印书馆2000年版,第46页。
② [美]曼纽尔·卡斯特:《网络社会的崛起》,夏铸九等译,社会科学文献出版社2001年版,第407页。

的革命性影响，不但要有媒介认知和效益省察，还需要有人文价值理性的意义阐释，以破除工具理性对人类精神世界的遮蔽，让传媒技术的文化命意创生与人的精神向度同构的意义隐喻，达成技术与人文的协调统一。当我们面对数字媒介语境，来审视文艺理论变迁、重新勘定文艺学版图时，不应忽视这次媒介革命的价值选择、人文意义和意识形态向度。正如有的文艺理论家所言："面对网络媒介，我们不能做一个只见树木不见森林的'技术白痴'，而要做一个解除遮蔽，洞明本体的守护者，即看到网络载体蕴含的自由精神、共享空间和参与模式对旧文学体制的巨大冲击和根本改变。"①

2.2.2 新媒体与时代文学场的转换

文艺学研究者要化解由数字化媒体引发的理论变革带来的学科焦虑，还是要回到新媒体语境中寻找问题的症结，疏导理论转向的路径。我们知道，自希利斯·米勒在世纪之交提出"文学终结论"以来，对文学和文学理论有效性及其存在意义的质疑就一直争议不断。米勒根据电子时代文学形态的变化和文化研究转向的事实提出，在新的电信时代，文学可谓生不逢时。他说："照相机、电报、打印机、电话、留声机、电影放映机、有线电收音机、卡式录音机、电视机，还有现在的激光唱盘、VCD 和 DVD、移动电话、电脑、卫星和国际互联网……几乎每个人的生活都由于这些科技产品的出现而发生决定性的变化。"于是他得出结论说："新的电信时代正在通过改变文学存在的前提和共生因素而把它引向终结。"② 两年后，特里·伊格尔顿也

---

① 敏泽：《学理范式的构建："E 媒"文学的反思》，《中南大学学报》（社会科学版）2004 年第 6 期。
② ［美］J. 希利斯·米勒：《全球化时代文学研究还会继续存在吗?》，《文学评论》2001 年第 1 期。

开宗明义地表达了他的悲观心态,他在列举了雅克·拉康、列维-施特劳斯、阿尔都塞、巴特、福柯、R. 威廉斯、皮埃尔·布迪厄、雅克·德里达、F. 杰姆逊、E. 赛义德等一大批思想家纷纷逝去、退出历史的现象后,不无沉重地宣告:"文化理论"时代终结,世界进入"理论之后"①。

米勒的"文学终结论"和伊格尔顿的"理论终结说",一个归因于电信时代的到来,一个喟叹于理论星群的退位,看起来均言之有故,不无道理。把二者的观点联系起来会发现,正是"电信王国"的兴起才真正开启了"理论之后",但这并不是文学的终结或文学理论的消亡,而是文学转向对新媒体文学的开放,是"电信王国"对文艺理论转向的新的敞亮。面对"终结预言",我们需要警醒的是:"无论文学还是文学研究,它是活着还是死去,并不一定由某些现实条件(如电信技术或大师故去)所决定,也未必取决于我们是一味乐观还是忧心忡忡,重要的是要有对文学与人的生存之永恒依存关系的深刻理解,有建立在这一基础之上的坚定信念,同时还有一种与时俱进、顺势变通的心态。"② 事实证明,这些年来,电信王国势头强劲,文学却并未终结;文学非但没有终结,反而开辟了它在数字化世界新的生存空间,创生出新媒体文艺的生产方式;而一代思想家的离去和原有文化研究的衰落也没有导致理论终结,反而延伸出新的文化形态和理

---

① 特里·伊格尔顿的原话是:"文化理论的黄金时期早已消失。雅克·拉康、列维-施特劳斯、阿尔都塞、巴特、福柯的开创性著作远离我们有了几十年。R. 威廉斯、L. 依利格瑞、皮埃尔·布迪厄、朱丽娅·克莉斯蒂娃、雅克·德里达、H. 西克苏、F. 杰姆逊、E. 赛义德早期的开创性著作也成明日黄花。从那时起可与那些开山鼻祖的雄心大志和新颖独创相颉颃的著作寥寥无几。他们有些人已经倒下。命运使得罗兰·巴特丧生于巴黎的洗衣货车之下,让米歇尔·福柯感染了艾滋,命运召回了拉康、威廉斯、布尔迪厄,并把路易·阿尔都塞因谋杀妻子打发进了精神病院。看来,上帝并非结构主义者。"参见特里·伊格尔顿《理论之后》,商正译,商务印书馆2010年版,第3页。

② 欧阳友权:《数字媒介文学转型及其学术理路》,《福建论坛》2008年第5期。

论范式，文艺研究在历经新批评、结构主义、女性主义、后结构主义、后现代主义、后殖民主义、新马克思主义，以及性别、种族、性、地缘、生态、酷儿理论等理论风潮后，与信息技术一道成长的"后理论"时代又起于青萍之末，依托新媒体的蛛网覆盖，打造理论建构的新格局。尽管后起建构的新媒体文论与原来"大写"和"整一"的理论有着形态的区别和内涵的异质性，但依然彰显出面向文学新现实的理论有效性和一定程度的学理逻辑赓续性。

从"原子帝国"到"比特之境"①，是网络时代所发生的许多重大变革中最根本的变化。在"后理论"建构的新格局中，基于这个变化了的传媒语境和文化生态，新媒体时代的文艺学转向突出表现为原有"文学场"的转换，米勒所说的"文学终结"究其实质就是文学场的转换，它构成了我们时代文艺学转向的背景。"场"或"场域"（Field）理论源于一种关系主义的哲学观，按照法国思想家布迪厄的说法，"场"即为"一系列可能性位置空间的动态集合"，或"具有自身逻辑和必然性的客观关系空间"②。文学场是文学行为所依托的可能性与必然性相统一的空间，一切文学活动都必须在特定文学场进行，一定的文学场域限定了文学的存在方式、"图—底"逻辑关系与发展方向。我国当代文学场的转换，是改革开放的国情和世纪之交的文艺变迁共同作用的必然结果，是这一必然性与可能性相统一的"位置空间"的关系集合。特别是市场经济的"商业法则"对文化艺术领域的全方位浸透，不仅让许多固有的文论内容被"非语境化"了，而且形成了消费社会中人与社会生产、人与物质消费、人与大众传媒、

---

① 陈定家：《比特之境：网络时代的文学生产研究》，中国社会科学出版社2011年版，第8页。
② ［法］皮埃尔·布迪厄：《实践与反思》，李猛、李康译，中央编译出版社2004年版，第134页。

人与精神存在的新的场域关联。不过助推这一改变、强化这一关联的正是传媒的力量。数字化新媒体出现后，加速了自足统一的文学场的解体，传媒强势的文化力量旋即渗透并覆盖了文学的全部场域，无孔不入的商业元素也借势介入甚至干预文艺生产，以商品逻辑的技术操控为组织原则，悄然打造出新媒体文学场，并以消解和启蒙的双重影响开启我们这个时代新的文学场的理论转向。

具体而言，这种理论转向主要表现在以下几个方面。

（一）文学存在场的转换调整了文艺学研究对象的语境规则。自20世纪90年代在北美诞生了汉语网络文学以后，中国的文学存在场便出现了大范围的网络转移。进入21世纪以来，随着网络文学写作的海量"喷涌"，文学存在场的位置空间和权力关系均急遽变化。传统的纸笔书写、印刷文本、物质构型的文学承载体依然存在，但其市场份额和社会影响日渐被鼠标键盘的临屏书写和赛博空间的"比特符码"作品挤压，新媒体文学一步步从文化边缘走向文学中心，文艺理论与研究对象之间的场域关系也随之发生了改变。这时的文学研究，不仅要研究传统文学、经典文本，要解读《红楼梦》或莎士比亚，还要直面网络写手的运字如飞和超文本文学的多媒体链接，懂得欣赏麦克尔·乔伊斯的《下午，一个故事》或能与网友分享痞子蔡的《第一次的亲密接触》；不仅要敢于对不一样的作品、新奇的文学现象和更为复杂的文学问题进行追问，还要面对文学语境规则的重新洗牌——文学从"物理存在"转向"虚拟空间"、作品从"物质性存在"转向"数字化生存"后，带来的不只是媒介和载体的改变，还有时代文学场延伸出的新的解读对象，以及由新的解读对象规制的新的对象性语境关系。新媒体文学的存在场是一种马克·波斯特形容的"在主客体的边界上书写"。波斯特说："与笔、打字机或印刷机相比，电脑使其书写痕迹失去物质性。当待输内容通过键盘被录入电脑时,磷光像素便显示在荧光屏上,形成字母。由于这些字母只不过代表着内存中的美国信息交换标准代码系统中的代码,可以说对它们的改变能以光速进行。作家与他/她所用的词语之间的相遇方式是短暂而立即就会变形的,简言之,是非物质的。"由于"荧光屏—客体与书写—主体合而为一,成为对整体性进行的令人不安的模拟",因而电脑书写类似于一种"临界书写",其主客两边都失去了它们的完整性和稳定性,形成时间的同一性和空间的脆弱性,这会"给笛卡尔二元论所代表的澄明而确定的世界带来些许含混",因为"它颠覆了笛卡尔式主体对世界的期待,即世界由广延物体组成,它们是与精神完全不同的存在"[①]。从"场域"理论看,网络消除主客分立的"临界书写",让文学的创作方式和传承载体发生了改变,形成了电脑网络与印刷文本的媒介易位,其所带来的是文学存在场的转换,即改变了文艺学研究所依凭的客观与主观、对象与主体、文本与创作等二元哲学分野,消弭了由于这种分野所指称的对象权力关系,并通过改写传统文学场中的这一核心语境规则,从根本上改变了文艺学研究对象的逻辑着力点。

(二)文学生产场的转换改变了文艺学研究的理论秩序。新媒体文学生产是在数字媒介场域实施和完成的,形成了基于技术手段的文学生产方式。当然,新媒体创作与传统写作一样,也需要生活积淀、人性体察和艺术审美,也是一种精神生产和艺术创造,从这点上说,它们没有本质的区别。但因为使用媒介的差异、发布载体的不同,特别是创作者文学态度和写作心境的迥然有别,新媒体的文学生产不仅在位置空间上发生了平台置换,创作者的身份选择和目标指向也发生

---

① [美]马克·波斯特:《信息方式——后结构主义与社会语境》,范静哗译,商务印书馆2000年版,第150—151页。

了转变。于是，文学生产场的依存关系在此时出现了颠覆性重建，使新媒体创作方式与传统的文字表意有了很大的区别。例如，网上写作需要"以机换笔"，用键盘、鼠标和菜单确认打造"指头上的文学乾坤"和"空中的文字幽灵"；网络写作可以运用多媒体和超文本技术手段创造只能"活"在虚拟空间的文学艺术作品，它们解除了文学对"语言"这一媒介的依赖，创造了距"文学"更远、离"综合艺术"更近的作品形态；还有，网络写作虽沿袭传统的语言形态和表达方式，但大量"网语"或"火星文"的不断涌现，让许多习得汉语使用习惯的人对汉语网络作品感到了陌生。不仅如此，更有计算机程序设计的自动写作方式对"作家"身份发出挑战，让文学生产场变成机器作文、程序写诗的"试验场"。譬如，取名稻香居老农的网友设计的古典诗词"电脑作诗机"，可以根据点击的程序菜单让电脑自动创作五绝、五律、七绝、七律、排律、古风、藏头、对联等。其中有一首名为《山行》的古诗是这样的：

> 万里空山草路深，三生蔓草印床尘；
> 山栀越女横千古，野葛吴娃出四邻；
> 帝里归来两度春，仙家夜向五侯门；
> 千岩万剑休相隔，万壑千钧尚作尘。①

这首"机器诗"与诗人创作的古诗并无二致，以类似的程序写诗、写小说、编剧本的电脑软件，在我国已有不下百种并层出不穷，它颠覆的不仅是主体身份和作家地位，还有文艺学的逻各斯原点和文学研究的理论秩序。我们知道，写作是文学活动的关键，创作论是文

---

① 百度快照·国学论坛：bbs. guoxue. com/viewthread. php? tid = 13151，2012 年 8 月 3 日查询。

艺理论系统的枢纽，也是文艺学研究的思维轴心。而新媒体对文学创作各关系要素的技术修正，改写了原有文学生产场中的能指关系和所指对象，消解了文艺创作论域约定的理论思维链，那就是："生活积累—艺术构思—语言表达"似乎不再是文学写作必经的逻辑环节，因而也就不再是创作主体必须历练的文学素养和写作的先决条件，似乎媒介场域中的技术操控和"程序至要"，以及"冲浪者"的表达冲动和随机写作，才是新媒体文学艺术生产最重要的客观和主观条件。于是，文学生产场中关系要素的变化和理论秩序的调整，便构成了新媒体文艺学转向的一个重要维度。

（三）文学知识场的转换修正了文艺理论研究的学术语法。这里所说的知识场包括两个层面的内容：一是由多元知识系统组成的文学艺术"知识谱系"，二是知识图景的"理论构型"。前者是术语概念层面的知识，后者则属于学理结构层面的范畴。在新媒体语境中，这两类知识构成的文学知识场均出现大范围更新。从知识谱系层看，新媒体文艺学在原有的文艺美学及其相关学科，诸如美学、社会学、历史学、语言学、心理学等知识的基础上，增加了两类新的知识内容：其一是传媒技术和计算机网络类知识，如网站、数字化、多媒体、链接、比特、虚拟现实、赛博空间、BBS、博客、电子书，以及更专门化的如"打赏""催更""置顶"等，了解这些知识是进入新媒体的基础，不懂得它们甚至会被讥为"新文盲"。其二是新媒体文学艺术类知识，如网络文学、手机文学、网络音乐、电脑设计艺术、网络影视、数字动漫等不同数字艺术门类的专门知识。如仅从写作"文体"来看，就有"聊天体""接龙体""短信体""对帖体""链接体""拼贴体""分延体""扮演体""废话体""凡客体""羊羔体""淘宝体""知音体""梨花体"……让读者和评论家应接不暇。特别是

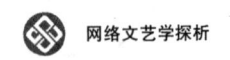

新"网络语言"的大量涌现和时尚化翻新，让新媒体文学知识场时时唤起人们文化心态上的"落伍感"，所谓"三天不上网，秀才变文盲"，正是对这一知识场迅捷转换的形象表达。

建立在知识谱系基础上的"知识图景"是文学知识场形而上的理论构型，或者说是基于知识谱系的理论样态和思想全景，即特定知识场所赖以形成的学术话语的关联体，它能为文艺学研究的知识生产提供观念范畴、价值标准和学理基础。沃尔夫冈·伊瑟尔在《怎样做理论》一书中说过，知识图景"具有图式的性质"，承载的是理论构型的一种整体样态。他进一步说："如果理论框架是建构性的，则它实质上是加诸作品之上的一组坐标系以对其进行认知；如果它是操作性的，则是为了解释事物的生成过程而构造的一套网络结构。"① 这样看来，假如说新媒体知识谱系是操作性的，是为了解释一个时代文艺生成过程而使用的知识性概念；那么，它的理论框架无疑将是整体建构性的，因为它在这次理论转向中不仅更新了文艺知识场的理论词汇，还改写了文艺学研究的学术语法，形成了当代文艺学研究的学术疆域和代际特色，从而启发我们在新的知识场中寻找新的基点和角度，以便重新建构新的知识体系。

2.2.3 理论转向中的内涵转型

如前所论的时代文学场的转换，主要是从"面"的视野审视新媒体时代的文艺理论转向；这里所谈的理论内涵转型，则是从"点"的角度切入这次转向的观念端口，在学理逻辑的原点上辨析理论转换的位移过程及其内蕴指向，以图把握文艺学转向的理论"聚焦点"。

---

① [德]沃尔夫冈·伊瑟尔：《怎样做理论》，朱刚等译，南京大学出版社 2008 年版，第 168 页。

首先，用"艺术平权"悬置"本质主义"文艺观，是媒介革命转变和消解文艺学逻辑原点的技术策略。本质主义确信，任何事物的背后都蕴藏着特定的本质，人类的思维、科学的任务和学术的使命就是透过现象揭示事物的唯一本质。通过现象/本质的哲学抽象和逻辑预设，可以揭示真理，获得对事物本质的正确认识，以创造普遍有效的知识。文艺学中的本质主义要回答"文学是什么"的问题，目的是要找到复杂的文学现象背后普遍有效的终极本质，揭示"文学之所以是文学"的根本原因。同时，这个终极本质和根本原因也就是人类赋予文学艺术的逻辑原点，通过这个逻辑原点，可以解释人类为什么需要文学艺术，人类从文学艺术中应该期待什么、可以得到什么，因而，确证并表述这样的逻辑原点是十分必要和重要的。中国古代的"言志"说、"缘情"说、"文与道一"，现代文论讨论的"文学是社会生活的反映""文学是审美的社会意识形态"等，西方文论史上的"摹仿说""绝对理念的感性显现"，以及后来的"再现论""表现论""形式论"等，都是不同时代的人们赋予文学艺术的逻辑原点，都蕴含了本质主义的文艺观，都在人类文艺美学史上发挥了自己的积极作用。它们即是拉曼·塞尔登所说的"单数的、大写的理论"、罗蒂（R. Rorty）所说的"大写的哲学"、利奥塔所指的"宏大叙事"和鲍德里亚要解构的"元叙事"。尽管在中外文论史上并没有形成统一的、普遍主义的文艺本质论，但在后现代主义思潮出现以前，人类对于文艺本质主义的哲学信念却从来没有动摇过。

不过，真正从理论逻各斯的基础上动摇以至置换这一信念的，还是在数字化新媒体文艺出现之后。这次的动摇和置换不是基于传统思维的哲学抽象，也不是像后现代主义或解构论者那样从社会文化或语言分析入手，对文艺本质的整一性逻辑作零散化消解，而是把技术媒介作为釜底抽薪的利器,用"技术平权"的"非中心化"理念绕开"现象/本质"分析的思维路径,悬置本质主义文艺逻辑,以草根话语的"不确定性""零散性"和天然的解构性颠覆和置换本质主义的逻辑原点。本质主义文艺观秉持的是一种"精英主义"立场,倡导的是"纯文学"写作,它高擎远大的艺术理想,追求艺术的"膜拜价值"而不是"展示价值"[①]。新媒体语境中创作理念与之不同,它不崇尚精英写作,一般不追求文学的高雅与经典性,更多的是如何展示自己和被他人欣赏,所诉求的是自况式分享而非崇高理想,是"孤独的狂欢"而不是本质的深度或纯文学意义。我们知道,从早期的"阿帕网"开始,互联网传播技术便预设了"个个是中心、处处是边缘"的技术模式,确立了无中心的平行性、发散性网络架构,每一个联网技术节点都是一个可以同时接收和发布信息的枢纽,节点与节点之间是兼容而共享的平等关系,不再有"金字塔式"的权力结构,没有了"非此即彼"或"表里二分""内外层级"的等级秩序和体认规制。于是,网络空间的文学艺术行为,消弭了作者与读者、信息接收与发布、作品本体与艺术本质的界限,把传统的本质主义逻辑原点悄然置换为虚拟世界的自由表达,"搁置"抑或淡化了"言志""缘情""畅神""比德"或"再现""表现""情感""形式"等原有的文艺本质论预设,转而追求"自由、平等、兼容、共享"的互联网文化精神,以技术性的"民主平等"达成文艺学逻辑的"艺术平权"。麦克卢汉把电子时代称为人类经历了"部落化""非部落化"之后的"重新部

---

① 参见[德]瓦尔特·本雅明《机械复制时代的艺术作品》,王才勇译,中国城市出版社2002年版,第19页。本雅明认为,现代复制艺术如广告、摄影、影视、流行音乐、畅销书等成为艺术消费品,源于宗教故事、英雄史诗、传奇、宫廷创作的艺术膜拜传统,被现代文化工业的大规模机械复制所替代,人们普遍感受到的是一种没有根基的平面感和浅表感,于是用"展示价值"取代了"膜拜价值"。

落化"阶段①,尼葛洛庞帝把网络话语权分享比喻为"沙皇退位,个人抬头",他说数字化生存有四个特质:"分散权力、全球化、追求和谐和赋予权力"②,网络技术的这些文化精神特质作为媒介革命消解文艺学逻辑原点的技术策略,构成了助推文艺理论转向的观念推力,并试图调整人类文明元典预设的艺术逻各斯的依存形态,开启文论原点的位移过程,重建文艺谱系置换后新的理论逻辑,尝试改写既定的文艺观念成规。不过,这样的"艺术平权"又有巨大且不可忽略的隐忧,就是对于"本质主义"文艺观不加选择地抛弃甚至态度粗暴,这必然导致顾此失彼、盲目自大、随心所欲的倾向,也不利于文学和文艺的真正发展。因此,如何在"本质主义"和"平权主义"文艺学之间找到一个平衡点,使其建立取长补短、相得益彰的关系,这是未来文艺学应该思考和解决的问题。

其次,从"主体性"走向"主体间性"是新的传媒语境对文艺主体身份的重新诠释。主体性哲学观产生于近代启蒙理性,它是笛卡尔提出"我思故我在"、康德倡导"人为自然立法"之后,哲学从本体论转向认识论时,对人的理性和自主能动性的观念确认,由此衍生出的以人(作家、读者)为本位的主体性文论,一直是文艺美学的重要一派。文学活动是一种主体性活动,新媒体文学也不例外。不过与传统主体性理念不同的是,新媒体文学的主体性突出的是一种间性主体(intersubjectivity),是网民在线互动交流构成"间性"的主体性理念。人类的主体性哲学经历了由前主体性到主体性再到主体间性的历史过程。19世纪后半叶以来,从胡塞尔、海德格尔、伽达默尔到拉康

---

① [加]马歇尔·麦克卢汉:《理解媒介——论人的延伸》,何道宽译,商务印书馆2000年版,第8页。
② [美]尼古拉·尼葛洛庞帝:《数字化生存》,胡泳、范海燕译,海南出版社1997年版,第269页。

再到马丁·布伯等，建构了现代哲学的主体间性哲学。无论是社会学的主体间性、认识论的主体间性还是本体论（存在论、解释学）的主体间性，都试图把孤立的个体性主体看作交互主体，承认存在是主体间的存在，把自我主体看作与其他主体的共在。这时候的文艺主体性中也蕴含了主体间性，即交互主体性理论，文艺主体与主体间的共在关系，是自我主体与对象主体间的交往与对话。在我国，进入21世纪以来，文艺主体间性研究开始升温，不过在艺术实践中得到充分印证的还是新媒体文艺活动的主体间性。在网络行为中，"我在线我存在""我交流我在场""我虚拟我体验"，主体的显性消逝和隐性在场、"我"的能指退位与所指凸显等，真正使孤立的个体主体变为主体间的共在、对话、交往和"视界融合"，由此形成的交互主体性，让新媒体文艺学以更贴近的理论自觉，将"主体性"延伸至"主体间性"。在此，网络在线主体既是主体间的存在，又是由交互个体组成的个性间的共在，是被"间性"了的共在，这是被数字化技术逻辑限定的。马克·波斯特多次谈及数字化写作主体性的改变，他说："数字化文本易于导致文本的多重作者性。文件可以有多种方式在人们之间交换，每个人都在文本上操作，其结果便是无论在屏幕上还是打印到纸上，每个人都在文本的空间构型中隐藏了所有签名的痕迹。"于是，"作者与读者之间的区分因电子书写而崩溃坍塌，一种新的文本形式因此出现，它有可能对作品的典律性甚至对学科的边界提出挑战。"① 由此可见，数字媒介载体对主体身份的冲击是巨大的。在传统的文艺体制中，作者与读者间的界限是清晰的，他们之间是一种"施"与"受""宣讲"与"聆听"的关系，主体的话语权主导和限

---

① ［美］马克·波斯特：《第二媒介时代》，范静哗译，南京大学出版社2001年版，第99页。

定了施受者的先后次序，形成了意识形态的天然占有。数字化媒体的出现，又一次印证了巴特等人"作家之死"的理念，并在创作领域实践了它，强化了它，表明文学"众声喧哗"时代的到来。进而，创作者与接受者的间隔被拆卸了，原有的文学主体被消解了，"主体性"成了被悬置、被虚位的概念。于是，在新媒体文学的元命题中，已不再有"主体性"的先验预设，只有"主体掩蔽""主体退场"造成的"主体间性"。互联网上的交互写作如联手小说、接龙故事、BBS 文本等，其作者往往不再是固定的单一主体，而是多重的、流动的。更有甚者如程序写作、机器写诗等"无人创作"是没有作者（人）的。原本由作家独立构思、写作、发表的文学生产体制被打破，文学人物、情节、主题等各种文学要素均成为可以随机选择、设定生成的东西。文学不再是孤立的个体活动，而是自我主体与对象主体间的交往活动，是主体间共同的生存方式，只有通过对他人的认同才能达到自我认同，其自我体验与对象体验是合而为一的。它要通过互相倾诉和倾听，使自我主体向对象主体敞开心扉，在共在与共识、沟通与交流中彰显自由个性，打造主体间性。这时候的文学，要在隐逸的主体里探询主体性，在多重分延的主体中把握文学主体，其所蕴含的只能是间性的主体性，或曰文学主体的间性。因而，从"主体性"破茧而出的"主体间性"体现了这样的文学观念："自我与世界的关系不是认识论的主客分立的'我—他'关系，而是本体论的'我—你'关系；自我与网际交流中他者的关系不是'宣谕—聆听'的关系，而是自我与另一个我之间的'交往—对话'的相遇和互动关系，是自我主体与其他主体间的平等共在、和谐共存。"[①] 新媒体文学文本的实时共享与

---

① 欧阳友权：《数字媒介下的文艺转型》，中国社会科学出版社 2011 年版，第 167 页。

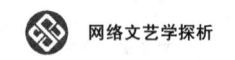

视窗延异性，进一步规约和强化了这种主体间性，是互为因果的文本间性与主体间性，共同筑就了新媒体主体性的艺术美学。

此外，在价值论上，新媒体对文艺功能指向的价值重建，支配了这次理论内涵转型的意义选择。这包括"内质"和"外因"两种表现形态。

从文艺功能的内质上看，新媒体将文艺的功能从有为而作的"大文学"推向自娱娱人的"小叙事"，淡化甚至回避了文学目标的高远指向。文艺创作作为一种有为而作的文化生产，历来被视为艺术自律和社会他律相统一的价值生成和审美承担过程。即在有益于世道人心、有补于时缺民困的社会道义的基础上，追求文学的审美自律和主体干预的有机融合，通过某些预设观念的艺术承诺和对预设承诺的艺术实施，实现创作者的千秋情怀和心灵期冀。如我国古代先秦儒家诗论强调"兴观群怨""讽喻美刺"，道家倡导"解衣般礴""乘物游心"。后来，王充在《论衡·对作篇》中提出"有益于化，有补于正"，曹丕在《典论·论文》中高标"经国之大业，不朽之盛事"，唐代白居易倡导"为时而著""为事而作"，直到晚清梁启超提出"熏浸刺提"四功能说和"小说救国"的激进主张等，文学的社会承担一直是历代文论逻辑持续坚守的崇高目标和艺术道义。现代主义诞生以后，文学不再用"真实"的手法扮演社会斗士和思想督察角色，但现代主义在本质上对社会采取叛逆、批判、忧患和抗争态度。艾略特的《荒原》、卡夫卡的《变形记》、贝克特的《等待戈多》都在沉重的焦虑、愤懑、迷惘和异化感中批判社会、抗争现实、警示人心，作家们编织了一个个"救世寓言"，以此构筑承担性审美观的价值防线。从技术丛林中生长出来的新媒体文学与之大相径庭。在这里，数码技术碾碎了原有的本质主义梦想而代之以"草根"和"脱冕"情怀，自由宣泄的理念刷新了承担性审美观念，更多的是彰显自娱以娱人、消愁以解闷、休闲以悦心的文化娱乐精神。新媒体写作之所以具有这样的文化娱乐精神，基础是由于它借助于网络，但主体上也与作者的文学修养和创作态度有关。优秀的网络文学之所以优秀，重要标准之一就是被传统文学认可、接纳。所以，网络写手骨子里是要打进传统文学圈子的，由在野变成当朝，因而，他们的"娱乐精神"有时未尝不是另一种"本质主义"文艺观的主体策略。网络作家宁财神坦言，他上网写作就是"为了满足自己的表现欲而写，为写而写，为了练打字而写，为了骗取美眉的欢心而写"①，这样的创作动机可能是存在的，但产生这种动机背后的原因却值得我们深思。另一网络作家司徒浪子说："人们一般把网络小说看成是文化的快餐，这就要求写作者不得不去适应、迎合自己那部分读者的阅读口味，把读者尽快地拉到自己的故事里面去。"② 最近一项国民文学生活调查表明：有62.6%的网民尝试过网络文学写作，但从上网写作的目的和动机看，排在前三位的是"自由表达""赢得赏识""追求某种满足感"，然后便是"获得经济利益"③。应该说，类似这样更注重自我表达性满足的"窄境界""小叙事"创作，可以开心解颐，自娱娱人，但单纯追求自我满足的娱乐化价值认同，却可能使文学生产落入"平庸崇拜""娱乐至死"的文化陷阱而放弃应有的艺术担当，而仅凭"粗口秀"（vulgarity show）式的"娱乐叙事"是不可能真正抵达文艺正能量的意义门径的。面对这样的价值选择性语境，作为中国的人文学者，在体察到了精神生态失衡的现实和思想平面化状态后，应该重新思考如

---

① 宁财神：《度过美丽的夜晚》，《文学报》2000年2月17日。
② 转引自王觅《网络作家创作现状三问》，《文艺报》2012年5月14日。
③ 温儒敏：《中国国民的"文学生活"——山东大学关于"文学阅读与文学生活"的调查》，《中华读书报》2012年8月22日。

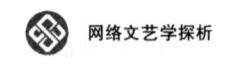

何借助数字媒体资源实现价值赓续与意义重建的可能性。

再从外因条件看,新媒体文学产生的市场化语境,让文学艺术从较注重"非功利"精神创造转向过于重视"功利性"的商业生产。非功利是康德以来备受推崇的艺术规定,远离物质功利性而追求人文审美的目标是中外文艺美学普遍认同的逻辑原点。但在新媒体文学出现后,这一价值选择却被置换为"艺术正向"与"市场焦虑"的矛盾——无论是网络文学、手机文学还是其他数字化媒介艺术,其发展过程都是一个艺术与商业资本接轨与博弈的过程,是文化资本携带艺术行囊追寻文化产业资本保值、增值的文化经济行为。这一过程与人类为文学艺术预设的人文精神和审美创新有时会形成"鱼和熊掌不可兼得"的两难选择。从实际情况看,新媒体文学更多地选择了后者,即选择了文化经济的市场价值。如文学网站和作家签约、付费阅读的运营模式,网络作品的二度加工和版权多次转让(业界称之为"全版权营销"),网络文学携手影视艺术生产实现市场共赢,数字艺术产业链的打造和商业平台建设等,就是商业资本攫取媒介文化功利的市场谋略。此时,以往的文学的非功利观念连同文学的人文精神蕴含均被资本市场的商业利益所遮蔽、击破,"文学的经济性"和"经济的文学性"则被拓宽、拉长,文学艺术的功利化、产业化终于揭去羞答答的面纱公然走向前台,资本的力量在一定程度上支配了这次理论转型。于是,商业因素对当今文学艺术的种种伤害,由于新媒体的介入和操纵而不断加剧,已经从文艺生产、艺术消费层面,渗透到艺术价值评判、人文精神认同层面,导致文艺观念上对意义深度的漠视和正面思想价值观的缺位。

我们知道,数字技术和网络媒体本身就是由市场催生的,产业逻辑是新媒体文艺学另一个绕不开的端口,媒介文化的市场体制让网络上的文学艺术行为有时不得不为经济利益的最大化"折腰",因而在其功能模式的背后是后现代隐喻的文化消费逻辑,在文化消费逻辑的背后又是商品社会的文化资本逻辑。杰姆逊(F. Jameson)曾说:"美、艺术的最大长处就在于其不属于任何商业(实际的)和科学(认识论的)领域……美是一个纯粹的、没有任何商品形式的领域。而这一切在后现代主义中都结束了。在后现代主义中,由于广告,由于形象文化、无意识以及美学领域完全渗透了资本和资本的逻辑。商品化的形式在文化、艺术、无意识等等领域是无处不在的,正是在这一意义上我们处在一个新的历史阶段,而且文化也就有了不同的含义。"① 这样界定"善"和"艺术"显然不是全面和准确的,但指出"商品"和"资本逻辑"的巨大渗透力却是有道理的。新媒体文学的产业逻辑正是数字媒介与后现代主义消费文化的市场合谋,这对于文艺学理论逻辑的价值重建可能是一个意义解构性的文化"圈套"。在此,我们在价值判断时,一方面应该充分肯定新媒体文学的产业运行机制之于文艺转型的推动力量;另一方面又要对这个"圈套"有所认识,并保持警惕,避免资本通吃的宰制性力量对于文学性的侵袭和覆盖。当然,更为重要的是,基于这种认识,我们应该建起一种有效应对此次中国文艺学转向的理论自信与文化自觉,从而在媒介与功利、艺术与产业之间保持一种自律与他律的张力,达成文学意义生产与技术传媒责任的平衡。正如恩格斯曾告诫我们的:"每一个时代的理论思维,从而我们时代的理论思维,都是一种历史的产物,它在不同的时代具有完全不同的形式,同时具有完全不同的内容。"② 面对新世纪

---

① [美]杰姆逊:《后现代主义与文化理论》,唐小兵译,陕西师范大学出版社1986年版,第147页。
② 恩格斯:《自然辩证法》,《马克思恩格斯选集》第4卷,人民出版社1995年版,第284页。

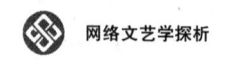

形成的新媒体文艺转型，我们也应持这样的态度，既要尊重历史，又要立足现代，更要着眼未来，以建设者的姿态进行思考和创新。

2.3 数字图像时代的文学边界[①]

在新媒介掌控的视觉时代，数字技术引发的图像表意的不断强化和文字审美的日渐式微已经是一个不争的事实，正如希利斯·米勒所分析的，尽管印刷的书还会在长时期内维持其文化力量，但它统治的时代显然正在结束，新媒体正在日益取代它。不过米勒同时指出："这不是世界末日，而只是一个由新媒体统治的新世界的开始。"于是，人们有理由用"视觉转向"（the visual turn）、"图像转向"（the pictorial turn）或"图像社会"（society of the image）等来称谓当下社会的文化走向；同样，我们更有理由用这个背景下数字审美与视觉消费互为因果的文化现实来重新审视文字表意文学的可能边界。

2.3.1 读图时代文学的变化

"读图"对"读文"的挤压或文字与图像的博弈，是数字技术介入社会文化建构的必然结果。今天的艺术审美文化世界，纯文字阅读的感悟诗学正在被电子图像制品的感觉快适所取代，至少是正在被切分。直观遮蔽沉思，快感冲击美感，文学文字的蕴藉之美正在被本雅明所说的视听符号的"展示价值"所覆盖。形象的文学在"形象"

[①] 本节原载《中州学刊》2010年第2期，原文为国家社科基金项目"数字媒介下的文艺转型研究"（项目批准号：06BZW001）研究成果之一。

的世纪真正到来之时，在形象从语言的囚笼中释放出来的时候，却开始无奈地向它的末路滑落，这实在具有讽刺意味。我们看到，在互联网、手机、各类数码娱乐接收终端、户外电子屏幕等新媒介的强势推动下，大众文化符号趋于图像叙事已成为文化生产方式。我们的日常生活铺天盖地地充斥着"图像"：电视图像连番的视觉轰炸，影院连绵不断的新片首映，商场橱窗中巨幅的宣传海报，公交车上循环播出的移动电视，无所不在的分众传媒和街头电子屏显广告，甚至连出租车、公交车的座背都配有屏显设置，还有上网冲浪更是跳跃着满眼的E媒广告与图片……我们仿佛置身于声色的无边海洋中，四处茫茫却找不到停靠的彼岸，恰如有学者评论的：今天，不堪重负的"观看"已经成为一个时代的标志，而我们越来越依赖于眼睛来接触世界了解真相。一方面是视觉行为的过度和重负，另一方面则是对视觉行为的过分依赖。

在技术图像称雄文化生产的消费社会，文学市场呈现出两种显著变化：一是书写印刷的文字文本向大规模数字化图像转移，导致文学的"表意失衡"和"结构性倾斜"。图像表意强大的市场力量成为"挡不住的诱惑"，使原来的许多文学作者对文字表意的审美价值产生怀疑或对"寂寞的书写"失去信心，有的转而加入图像文化大军，参与网络和影视等新媒体艺术创作。更为重要的是，在文学市场上，诸多读者开始失去品味语言的心境，对文字阅读丧失了耐心，纷纷成为电影、电视、网络以及各种数码图像用品的忠实拥趸，使得文学市场不断收缩。于是，在倾斜的文学场中，"图像"越来越多，"文学"越来越少，或"文学作品越来越多、文学影响力越来越小"。大众文化市场那高扬的旗帜上书写的久已不是文学的旗语，而是以图像消费的一统天下。歌碟、影碟、游戏软件、超文本作品、网络播客、视频小品、自拍写真，乃至手机短信、彩铃、手机电视、手机动漫等一路热卖，而文字阅读、文学书刊只能退居市场边缘，如果还有文学热点，那也是网络文学、博客文学、手机小说、微博书写，或者说，文学仅仅沦为影视剧、动漫故事、网络游戏的脚本。正如希利斯·米勒所感叹的：电信时代的文学生不逢时，没有赶上好日子。现如今，潜心读书的人越来越少，观看影视、上网冲浪、玩电游、发手机短信等成为文化消费主潮。"读书"只是职业需要（如学生、学者）而不是文化诉求，坐拥书斋皓首穷经者只留下一个堂吉诃德式的历史背景。

二是文学作品本身的图像化元素增殖。包括大量使用拟像性文字、文学作品的图像化包装、文学与影视的互相转换，以及文学作品图像化的趋势，还有曾一度热门的"摄影文学"的兴起等。譬如，在文学写作时，自觉不自觉让笔下的语言表达高度感性化，表现图像、身体、场面和景观的语言比例大幅提升，表现意义、价值、思考、心理的语言大幅缩减。一方面我们被许多外显的图像包围，另一方面我们进入文学作品之内时，又发现此处依然存在一个五彩缤纷的图像世界，可称之为藏于语言之中的"内隐的图像"。看看书店里五颜六色、设计各异的图书封面，以及火爆的"图文书"市场，我们不难理解人们试图在文字阅读和图像景观之间找到共鸣结合点的显著意图，以及救助不断萎缩的文字阅读市场的艰辛努力。图文书的畅销，积极之处在于其以形象性、直观性和通俗性带来了阅读的简便和快捷，但其负面影响也是不容忽视的，因为它蕴含着后现代文化对于知识的一种解构，人们从中获得的知识是不系统、不完整的；它加剧了阅读的表层化，培养了一批不追求深度思索的读者，使"快餐文化"走向泛滥和无度。在这里，图片遮蔽了文字，游戏取代了阅读，娱乐替代了思考。人的心智的成长需要不断地思考和积淀，人们不应该放弃思考而单纯追求感官的享受，但图像的诱惑挡不住人们投向它关注的眼神而放弃识读文字的"苦役"，影视图像对文字文学的影响就与此有关。如果说文学作品的图像化包装仅仅是图像化趋势的外在表现，那么文学作品与影视作品的转换便已深入内部。在一定程度上讲今天的文学作品只有上了荧幕，才能得到大众传播，才算得上"文学"；反过来，影视作品从改编、广泛传播到形成影响，则会带动其原著文学作品的广泛流传，从而借助影视传媒实现自己的价值。或许图像可以提供叙事，但正是图像叙事中的凝固束缚了读者对艺术形象的见仁见智的丰富想象。因而，阅读了图像之后，又产生了强烈的不满足感，这一不满足感促使受众去寻求可提供无比丰富想象与韵味的文学文本来重新阅读。这既是文学的可喜之处，亦是其无奈的悲凉。

数字化的符号表征是以多媒表达的自由性符号替代文字单媒的约束性符号。传统的文学表意，更注重文字书写的审美魅力，而文字是一种抽象符号，其符号的表征义是能指与所指的约定性统一，不仅"物、意、文"之间的关联取决于对词义的理解，还常常会有言外之意和韵外之旨期待我们去发现和领悟，需要我们用人文素养去准确捕捉它们。文字符号以线性书写方式创造静态的广延性文本，塑造的形象因其想象性与沉思性对于我们来说是间接呈现的。数字化符号则不同，这一符号介质是一种动态的、多维的、直接呈现的具象符号，它可以容纳文字，但其特性却更适于图、文、音交融互渗的多媒表达。数字化技术对于视听信息表达的方便快捷，使它长于承载"图像文本"或"音影文本"，从而将大众文化从文字形态引入图像方式。这时，图像符号所形成的文化霸权，已经从文化形态穿透到文化精神，并从生活方式影响到人们的生活态度及思维方式。视觉文化所代表的不仅是一种世俗的力量，而且标志着一种文化形态的转变和一种新的传播理念的拓展和形成，意味着人类思维范式的一种转换——现代电子图像传媒具有启蒙性拓展与权力性隐蔽的双重属性，它促使我们越来越受制于以形象来理解世界和我们自己。

2.3.2 数字图像表意与文学的边界

数字化图像文化对当代文学的影响，从外在形态看表现为文学消费市场和文学生存空间的掣肘，而从深层上看，其所影响的是文学的价值边界与学科边界。

从价值边界上看，文字表意的文学，其价值律成的奥妙在于它的语言，它的价值边界也应该从语言的审美性能来体认。书写语言（文字）是文学表意的符号中介，也是文学审美的价值载体。语言具有间接性、意向性、想象性，以及思维的沉淀性和寓意的彼岸性等特征。文字书写的点、横、撇、捺是一种生命律动，笔触的背后是主体的感悟和文化的沉积，其话语的表达不仅可以"名言诸无，宰制群有"，还可以"把笔抵锋，肇乎本性"，让笔底的文字情源本根、道归语存，直抵主体心旌，曲尽其妙地表征审美情致，因而文字书写最适于抒发情性，创生意蕴，酿造审美境界。语言表意的想象空间和彼岸超越是任何临场呈现的图像符号都难以企及的，而这些特征正是文学审美所不可或缺的价值底色，是数字技术图像所不曾具备也代替不了的。图像和音影作品对文学价值边界的拆解，是具象对蕴藉的溶解，是感性对理性的放弃，也是拟像对意义的覆盖。笔者曾分析过它的消极后果：在这个新媒体挤压旧媒体的时代，图片遮蔽文字，游戏取代阅读，娱乐代替了思考，曾经非常神圣的文字表意，失去的不仅是阅读市场，还有更宝贵的文字表意的蕴藉性、彼岸性、想象力和对意义的隽永体味，即本雅明所说的"光韵"（Aura）的完全丧失。人们面对图像的泛滥，实际面对的是读图带来的官能愉悦、思想收缩和思考钝化，是视听直观的线性思维，还有图像背后隐藏的意义危机和日渐萎缩的对现实的反省和批判意识。一旦人们的文化感官如瓦尔特·本雅明所说的从光韵艺术向机械复制艺术转变，从美的艺术向后审美艺术转变，艺术至上的追求被现代技术的复制性、消费性文化工业所取代，人们在淡化文字表意的同时，亦便会放弃文字背后的文学性逻各斯理念，把文化认同的对象转向感性、物质和身体。因"读图"而产生"视文化"，由视文化而导致"图像思维"，再因图像思维而改变人与世界之间的审美关系，调整人对世界的审美聚焦，改变人对外物的观察、体悟方式及表达方式，进而影响人类的艺术思维方式，这便是数字图像对文学转型所产生的由表及里的巨大影响。它使文学的存在方式、形态结构乃至文学格局都产生了重大变化，也使得文化生产方式、接受方式和消费方式发生质的改变。

从学科边界上说，数字化的技术图像文化消解和颠覆了原有的文艺学学科边界，也拓展和丰富了原有边界。一般而言，文学学科或文艺学是以"文学"为学科边界的，它围绕这一边界在边界之内设定论题，研究文学现象、文学观念和文学问题。然而数码图像对文字文化的技术置换，使原有的文学"围栏"被冲破了、被超越了，或者被消解了、被拆卸了。图像的无处不在甚至无所不"图"，不仅让文学身处重围，越来越缺乏"软实力"，有时还不得不改变自身以适应环境。技术传媒的风生水起不断把文学送上技术生产和传播的槽模——网络文学、手机文学、影视文学、游戏文学和动漫文学（脚本），让"技术的文学化"和"文学的技术性"在新媒体的世界互为因果又相互催生；另外，技术生产力的物质光芒和"幸福指数"所形成的"日常生活的审美化"和"审美的日常生活化"已经把生活与审美、技术与艺术、文化与文学融合为一个社会文化的"团块"。这时候，文学学科、艺术学科乃至文化学科出现界限模糊、辨识困难不仅是难免的，也是必然的。它所引发我们思考的问题主要来自两个方面：一个是文学边界扩容、拓展、嬗变以后，文学学科或文艺学学科还有没有边界，如果有又会在哪里，文学还能成为一个"学科"么？另一个问题是，数字图像文化对文学生存空间的渗透与"挤压"，作为语言艺术的文学该如何应对？

事实上，文学不死，文艺学犹存。无论文学边界如何拓展，文学内涵怎样扩容，文学现象、文学观念和文学问题总是存在的，并且还会随着边界的变化而出现新的文学现象、文学观念和文学问题，这就更需要嬗变与转型中的文学有自己学科的支撑和理论的解答。文学的学科可能性和必然性不会因为边界的拓展与嬗变而成为"虚拟"，或成为一个"伪命题"。我们所能做的和应该做的则是根据变化了的文学现实和社会现实，重新认识今日的文学和文学边界，重新确立变化了的文学现象、文学观念和文学问题，并认真解答这些新的文学现象、观念和问题，以此来建构数字传媒时代的文艺学，在新的文学边界上树立起新的文学学科的界碑，大可不必在技术传媒、图像文化、新媒体艺术的凌厉激荡面前诚惶诚恐、无所适从。如果一味在"有没有文学边界""要不要文学边界"之类的问题上争论不休，不仅对文艺学的学科发展和理论建构无益，也会把对文学边界问题变成一个个"有问无答"无谓争论。引述米歇尔·福柯《知识考古学》的话说便是：这不再是传统和印迹的问题，而是分割和限界的问题；不再是基础遭到破坏的问题，而是导致基础的创造和更新的转换的问题。

2.4　网络传媒下文化的三重转向[①]

所谓文化转向，是指文化发展方向出现了异于既有文化逻辑的预设道路，别开生面地创生一种新的文化理念和文化形态。从网络传播的角度看，文化转向则是网络传媒所形成的对于文化发展内容及其方向的影响，这种影响将深刻地改变既有的文化格局，重绘这个时代新的文化地图。

2.4.1　选择性坼裂：从现代走向后现代

不能简单地说，诞生于后现代文化空间中的网络传播就必然具备后现代文化气质，从而天然传播后现代文化精神。但网络传播之所以成为促进现代文化转向后现代文化的主要动力，的确与网络传播自身拥有的存在特征密切相关。

与传统传播方式比较，网络传播第一个突出的特征是它的交互性，以此打破了传统传播的单向性特征；第二是多元性，它可以让多种声音共享一个互联网平台；第三是价值中立性，即多元主体的交流与兼容，造就多元观念的冲撞和相互承认局面；第四是自主性，传播主体的自由选择强化着主体的自控机制和自主决策能力；第五是个体

[①]　本节原载《探索与争鸣》2012 年第 7 期。

性，网络空间的自由选择凸显了大众的分化，无数个体组成了网络"蛛网覆盖"的无穷节点。从网络传播的诸种特征看，这似乎是一个有关自由和民主的理想实现空间，一个人类长久企盼的文化乌托邦实践。但是显而易见，文化的发展道路从来没有这般平坦，文化的复杂性就在于它总是和它的对立面相伴相生，从而给人们提供更多的困惑而不是最终解决方案。从交互性中我们看到了即时快感满足带来的理性监督空缺，从多元性中我们看到了伦理价值及其判断的失准失依，从价值中立中我们看到了文化的虚无主义深渊，从自主性中我们看到了对一切合法权威的拒绝和摒弃，从个体性中我们看到的则可能是公共意识的消解……网络传播与其说在传播某种确切无疑的文化信念，不如说是在传播人类长久的文化疑惑，一个个潜隐在传统理论体系和冥想深处的质疑变成了公开张扬的文化现实问题。网络传播中存在的文化症候似乎正是后现代文化存在的基本特征。加拿大后现代主义学者琳达·哈琴就曾这样指出过："后现代主义是一个既使用又滥用、既设置又推翻、向埋藏于建筑学、文学、绘画、雕塑、电影、录像、舞蹈、电视、音乐、哲学、美学理论、精神分析、语言学或编年史学中的诸种纯粹观念发起挑战的矛盾现象。"① 英国文学理论家伊格尔顿也曾针对后现代性如此写道：

> 后现代性是一种思想风格，它质疑客观真理、理性、同一性和客观性这样的经典概念，质疑普遍进步或人类解放，不信任何单一的理论框架、大叙事或终极性解释。与这些启蒙时代的规范相左，后现代性认为世界充满偶然性、没有一个坚实的基础，是

---

① Linda Hutcheon, *Theorizing the Postmodern: toward a Poetics*, In a Poetics of Postmodernism: History, Theory, Fiction, New York and London: Routledge, 1988, p. 3.

多样化、不稳定的；在它看来，这个世界没有一个预定的蓝图，而是由许许多多彼此不相连的文化系统和解释系统组成……①

伊格尔顿的话正是网络传播中文化裂变的表征，矛盾、困惑和相对主义精神似乎已是网络传播和后现代文化不可摆脱的文化标签，而其根由则是现代文化产生和导致的。尽管关于现代文化失落和颓败的复杂原因人们总会众说纷纭，但基本上较为公认的说法是，两次世界大战，尤其是"二战"所引发的对于理性及其社会机制的彻底怀疑是导致现代文化反思乃至最终遭背弃的根本原因。因为战争的空前残忍与邪恶，战前、战后曝光的工业社会逻辑及其解决之道的虚弱无力，使人们不得不怀疑从来都被奉为至上的理性（人文和技术）是否拥有人们赋予它的那种神圣能力，理性及其文化制度乃至在理性文化体制中发展成熟的工业社会存在本身是否可以继续交给现代理性执掌？于是，理性的文化地基开始崩塌，并纷纷碎裂为思想的残片漂浮在困惑的人类的上空。但后现代文化并未像过去历史时期的文化一样，沿着理性的二元对立思维路径走到非理性的道路上去对理性展开拯救行动，因为后现代在摒弃理性的同时也摒弃了非理性道路。从文化历史的角度看，理性和非理性的对立两极常常会平衡人们对于理性或非理性的质疑，因此，理性的时代主流中常常潜伏着非理性的力量，而理性的时代之后常常是非理性的时代拯救方案隆重登场。正是基于理性和非理性的联体存在特征，现代文化之后的文化便不是理性和非理性二元对立之间的线性选择，而是超越二元的多元呈现。超越二元的多元呈现从概念上容易理解和把握，运用到现实的文化环境分析却是一

---

① ［英］特雷·伊格尔顿：《后现代主义幻想》，华明译，商务印书馆2002年版，前言Ⅶ。

个艰难的课题。也就是说，当一个文化问题不能在既有的文化思维框架中继续被深度思考时，这个文化问题就变成一个不断漂浮的文化符号，一旦这个文化符号既可能指向"这"也可能指向"那"时，它可能就什么也不能指向，最终只能自我指涉。于是后现代文化抛弃现代文化的深度阐释模式、中心概念观念、确定性分析手段、严肃性话语目标乃至不断创新的思维逻辑程式后，同时也就放弃了通过深度/平面、中心/边缘、确定/漂浮、崇高/世俗等传统的文化生产方式面对自身的文化困境，它只能在深度/平面、中心/边缘、确定/漂浮、崇高/世俗之间寻求生存空间，在各种"间性"（如主体间性）杂糅的话语中悬隔文化本身，让各种话语通过"无法"达到"有法"的境界。

后现代文化何以质疑现代确定性的文化概念，形成"间性"（主体间性等）当道的文化风格？伊格尔顿秉承西方马克思主义左派的文化传统指出，后现代的"物质基础"是"资本主义的新形式"，诸如瞬息万变的、非中心化的技术领域，消费社会和文化工业；这种新的物质环境造成了传统的制造业被服务业、金融业和信息产业取代，也促成了传统的以阶级为核心的政治领域向各式各样的（基于族裔、性别、社区等的）"身份认同的政治"转化。伊格尔顿的阐释表明，随着"资本主义"的发展，一种固态的物质世界观丧失之后，物质世界也就从静走向了动（就像经典物理学走向了现代物理学），而动态的物质世界必然带来动态的精神世界观的确立，资本主义社会从此便建立在一个物质和精神观念双重流动的认识论系统之上。可以说，这种流动的世界观是后现代文化形成的至关重要的原因，因为没有了恒定的对象，也就没有了确定性的文化原则，也就没有了思维的二元基点可以依赖，一切事物都在动态的呈现中丧失所谓的本质和特征。理论的阐释上的确如此，我们的现实疑问是，究竟是什么日常的东西直接让所有的人感受到了这个世界的变动不居，而不仅仅是物理学家和哲学家这样一些深入物质和精神结构内部的精英分子？

　　要逃离理论的抽象，只能回到理论生产的空间。后现代社会常常又被称为信息社会，因为后现代文化基本上是在一种不同于传统信息生产、组织、传播和影响的社会环境中成长和发展起来的。任何文明社会均离不开信息和信息传播，何以后现代社会就能够独占"信息"语词？这固然与从来没有一个社会像信息社会一样充满巨量的信息并依赖于这种信息有关，但显然，量的多少并不能决定一个事物的根本性质。信息社会的本质在于它改变了信息的存在和发展方式。首先，它使信息的线性存在方式发展成为立体化的网状结构——人们不仅能够通过磁带、光盘、硬盘存储信息，通过电话、传真、电视、手机等传输信息，而且可以通过计算机加工信息，人类还从来没有能够像现在这样图、文、影、音一体化地进行过信息传播；其次，它使分散孤立的信息汇集成实时交互的系统，人们可以在任何时候、以任何方式通过网络获得各种工作、教育、娱乐、消费等方面的共享资源，人们在全球知识、文化共享的过程中，强化着人的活动功能，扩大着人的活动范围，扩展和深化着人与自然界之间的关系以及人与人之间的社会联系与交往；最后，它使信息的含义空前广大，信息是知识，信息是财富，信息也是力量，信息还是一种文化，掌握信息也就等于掌握了人、社会及其通往未来的钥匙。正因为后现代社会的信息中包含着丰富的非传统语义，所以后现代文化事实上就是一种依托于新的信息传播特别是网络传播而构建起来的文化，这种文化包含着充分的信息传播特征。当我们把信息社会、后现代社会、网络传播和后现代文化联系起来时，我们会突然明白，后现代文化的转向不仅是一种文化观念、文化思维的转向，而且是一种文化生活方式的转向，这种转向因素根植于日常生活中人们时时接触的信息，是信息的疯狂流动让人们感受到了一个稳定世界的失去，是信息的巨量传播让人们怀疑既有价值观的局限和简陋，是信息的丰富涌现刺激了人们的多元需求和欲望，是信息的民主和共享局面让人们渴望打破一切界限进入一个后现代的文化狂欢广场……

总之，从现代向后现代的文化转向绝非后现代取代现代那么简单，那种线性的时间观正是后现代所要首先抛弃的认识论秩序，因此，转向也只是意味着我们又获得了一种观察文化发展的窗口。窗口总是可变的，观察的对象却从来只有一个，那就是人类自身。网络文化的现代与后现代转型与转向，正是在这个过程中悄然出现并逐渐完成的。

2.4.2 身体的乌托邦：从尊崇理性到张扬感性

无论政治的决策还是技术的创新，无论意识形态的体系还是人们的行为方式，理性都依然是现实社会组织的文明基石和人类基本的行为准则。但在思想文化序列中，网络传播下的观念变化让理性的地位显而易见出现下降，至少不再能起绝对支配的作用。在后现代的"五反"思想范式描述中，无论反本质主义、反权威主义、反启蒙主义，还是反本体/主体论神学、反形而上学，根本的核心都在于反对单一的理性霸权，颠覆理性对于人类行为的至高控制。历史地看，在理性的进化历程中，感性从来都被视为一种相当原始的对象领域，是一个没有思想、逻辑、稳定性的文化半成品生产阶段，如果没有理性的规约或指导，感性永远只能是原始的、粗鲁的、蒙昧的和呆滞的本能反应，因此理性对待感性及其源泉总是持忽略与遗忘的态度，甚或采用压抑和删减的手法把感性作用降到最低,感性原罪般成为人必欲除之而后快的"文化阑尾"。然而网络传播却砸碎了这一枷锁,释放出感性的巨大能量,张扬了感性的文化地位,从而形成第二个引人注目的文化转向——从尊崇理性走向张扬感性。

感性源自感官,感官源自身体,感性本质上就是身体所处时空的心身体验。每个身体所处的时空位置决定身体拥有不同的感受和体验,这种感受和体验是人对自身认同的重要源泉。正因为如此,后现代时期的理论家像巴特、布迪厄、巴赫金、福柯都强调身体的理论意义和价值,把它和阶级、党派、主体、权力、社会关系、文化暴力、意识形态、美学和生产方式等范畴相提并论,伊格尔顿甚至宣称:"对身体的重要性的重新发现已成为新近的激进思想所取得的最重要的成果之一。"[①] 事实正是这样,读不懂身体文化学,也就很难读懂巴特和福柯,也很难理解后现代语境中的网络文化转向。网络时代的身体文化学,或者说身体的政治学,是从"身体化"和"非身体化"两个相互关联的概念出发阐述身体的文化价值的。首先,"身体化"是工业技术革命的结果,技术正在把人类身体的模拟物呈现为日益复杂的应用工具放置到社会空间,用电子机械的强大功能来塑造、挤压人的性情、心性趣味和能力,造成对人自身身体的侵犯和遮蔽。"身体化"的机器政治学告诉我们,我们必须回到自身粗糙的感官,进入活生生的感性经验,才能为日益增多的非人的机器身体增添生命的灵气,否则,机械真的会取代人成为地球和生命的主宰。其次,"非身体化"是技术规范约束身体的后果,工业流水线、钢筋水泥标准、商品行销逻辑、直线加方块的都市、各种科学的规范和族群管理制度

[①] Terry Egleton, *The Ideology of Aesthetic*, Basil Blackwell Ltd. Published 1990, Introduction.

等，无时不在磨灭身体的原始锐气，使身体屈从于体外逻辑，变自己的身体为异己的身体，最终形成只能通过出售身体达到满足身体的怪异逻辑。比如无数人都在经历的日常生活行程——"工作——休闲——更多的工作——更多的休闲"就典型地代表了身体的尴尬体验，身体无论是在工作场所还是在休闲状态都只是一个"不在的在"，一个空洞的能指符号，其自身不仅是被遮蔽的，也是被悬置的。总之，"身体化"从人出发回到物，"非身体化"从物出发回到物，但无论"身体化"抑或"非身体化"都不是人的身体的翻身解放，而只是身体的沉沦和堕落。身体堕落了，建立在身体之上的世界重构冲动也就自然颓败、堕落了，感性的文化政治理想不复存在。如此局面，对人而言，存在何为？

网络传播得以迅速发展的一个根本原因，就是人类渴望打破各种传统交往禁忌的原始冲动——那种让人人赤诚相见、让人人自由宣泄、让人人选择交往、让人人身体感性充分迸发和满足的文化理想，因此网络传播的突出特征就是感性的生存和发展方式成为网络社会的主流价值标准。因为感性，网络话语汪洋恣肆、无所顾忌；因为感性，网络空间激情迸发、魅力四射；因为感性，网络世界草根欢腾、众神退位；也是因为感性，网络文化精粗杂陈、美丑浑融。无论如何，感性的网络决定网络的感性形象，而这种感性形象反过来又加强着全社会的感性化迁移，从而导致人们纷纷从传统文化规则场域中抽身反顾感性的王国——身在何处人也就在何处，身决定人而不是人决定身，人的故乡原来就在它的原始身体里，感性冲动终于有了翻身解放的那一天，身体从技术的丛林中迎来了自身的文化盛世。在身体当道的时期，人们就不再为某种不能和身体相关的事物激动或兴奋，而总是寻求节日般狂欢的身体感受，那些位居五湖四海的身体，那些不断碰撞、摩擦、展示和吸引的身体，那些充满暴力或温柔、攻击或守卫的身体……身体的景观构成文化的景观，数字化生存就是感性的生存。也就是说，人们事实上是在通过身体构筑不同于工业化、技术化和合理化塑造人类自身的感性文化景观。这样的景观年复一年通过各种形式仪式般再现，满足的是人们对于最原始身体的渴望——即使思想也要经过身体的检验，看清身体在思想中的位置才能接受思想对于人生的规划。乌纳穆诺早已指出，"感到自己存在，这比知道自己的存在具有更大的意义"①。因为"知道"是一种可以通过逻辑说服的后果，总是存在"真""伪"之别，而"感到"是一种源自肉身的体验和心灵的感悟，没有"真""伪"之别只有"诚""信"与否，何况没有"感到"的"知道"还真不能称之为真知道，因为只有感觉到了的东西我们才能真正理解它。

身体凸显，感性化思想的风行表明，网络时代的文化宣言首先就是感性的宣言，是一种全盘清除文化传统中清教主义残渣的最后行动，是一种现实利害关系超越理想观念关系的文化转型。与感性的高扬相关，网络时代的文化发展呈现出感官化的总体倾向。因为感官化易于被理解为肉欲化，所以感官化是一个危险的符号，但感官化本身并无须为这种危险负责，因为感官化的文化任务是在人类自由解放的理念上不断前进的期望能指，它指向着人的全面肯定和全面肯定后的人的生存局面。因此感官化的对立面是人性进化过程中各种非人化的文化规则或系统。从这个意义上说，感官化的理想目的地和马克思实现人的全面发展的伟大预言是相一致的。今天，感官化的文化影响已经随处可见，从文学到艺术的表现领域，感官冲击，尤其是视觉化的

---

① ［西］乌纳穆诺：《生命的悲剧意识》，段继承译，北方文艺出版社1987年版，第101页。

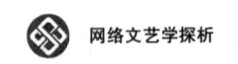

感官冲击已经是基本的美学原则。由于视觉和感官天然的接近性，视觉的文化地位上升，而文字的重要性迅速下降，视觉美学已经几乎压倒思想逻辑成为文学艺术的表达中心。另外，伴随感官化潮流的是泛审美文化的崛起，个人化的生命体验、私人空间的时空淤积物以及世俗生活的方方面面都在以美学的名义对纯粹诗意进行全盘改写，文化工业的功利追求和时尚消费的趣味追求正成为泛审美文化的逻辑支柱，大量言说肉身化的世俗宣言在互联网上大行其道，庶几成为网络文化的主打。

无论理性化还是感性化的文化发展道路，都不是一个新鲜的文化议题。人类似乎总是徘徊在究竟该理性化还是感性化之间，没有最终的答案。对于网络传播凸显的感性文化，我们固然可以采用历史的各种探索或既有结论进行阐释，但依然要记住的是，正如后现代文化不是一种二元对立的文化，理性和感性之间的关系也绝非简单的彼此取代，因而感性狂欢的人文主义价值尺度不能被感官的放纵淹没和阉割，网络传播的感性的价值和意义依然在于它牢记以人为中心，为人服务，在信息的海洋中不断打捞人的属性，赋予人的生命以鲜活，赋予人的存在以尊严，赋予人的文化以永恒。如此，属于人的本性的感性才是真感性，真感性中的人才是人的真正雏形。这也是我们从网络文化中看到的感性的意义。

2.4.3 观念的祛魅：从精英意识到大众立场

在一个非大众化的时代，文化下移从来是一个历久而弥新的话题。在精英化的古典时代，文化如何走向大众从来只能是部分知识分子的私人理想，他们最好的文化收获也只是通过精英身份的自觉掩饰从大众中吸收某些有益成分，抑或通过自身的文化修养把大众推荐给或提升至精英群体，并最终实现大众的"被精英化"或部分"被精英化"。20世纪的大部分时空中，文化下移不仅是左翼知识分子的重要话题和活动，而且是中国共产党人的重要文化使命。但此间长期不能解决的问题是：到底要知识分子"精英化大众"，把大众提升到精英的水准，让他们获得精英的荣宠身份，还是要"大众化精英"，让所有人都大众起来。毛泽东当年就说过，知识分子不干净，"最干净的还是工人农民，尽管他们手是黑的，脚上有牛屎，还是比资产阶级和小资产阶级知识分子都干净"。他倡导知识分子精英们"把自己的思想感情来一个变化，来一番改造。没有这个变化，没有这个改造，什么事情都是做不好的，都是格格不入的"[1]。无论从哪一方面看，精英的大众化都会有自己值得自豪的成就和难以释怀的遗憾，这不仅是传统"民本"意识的反映，也是社会变革中文化革命的需要。纵观这段历史，我们会发现，文化道路问题常常是一个事关政治正确的大问题，文化发展和文化立场的变化从来都不单纯是一个"文化"问题，其中都浸润着意识形态或隐或显的干预。无论精英立场还是大众意识，都是一种价值观，一种时代旌旗上猎猎飘动的旗语，其观念的合理性只能放在时代潮流的合理性之上去追问。

网络的产生源于实用，即源于信息传播与沟通，网络的这种原初功能似乎一直沿袭下来。并成为网络传媒的重要特征。很多人上网也是基于实用目的，是利用网络的便利完成现实中做不到或不容易做到的事情。因为网络有用，所以网络的商业化发展速度也特别惊人，短短数年间便如火如荼形成气候，俨然一派新经济的先锋气象。网络的广泛商用在市场化进程中进一步促成了其实用消费性特征，网络聊

---

[1] 毛泽东：《在延安文艺座谈会上的讲话》，《毛泽东论文艺》，人民文学出版社1992年版，第39页。

天、大小论坛乃至众多社区里充满各种情绪化或锋芒毕露的思想言论，它们和传统的杂志、报纸甚至是电视传媒比起来，难免显得浅薄、无聊、古灵精怪，缺乏严肃性。如果把网络传播纳入文化传播的系统中作一番考察，网络传播促进的似乎只是大众文化，而绝非精英之论。问题在于，网络传播似乎也从未纠结过自己的文化身份，谈论过自己的文化归属，它只是按照实用的路线不断调整着自己的脚步，满足网民的需求，红红火火地热闹在自己的空间。但是网络的空间毕竟也是现实的一部分，所以网络传播尽管没有明确的文化定位，仍然以自己的内容和形式成就了自身的文化特性，这个特性就是它乃世俗的大众文化平台，乃都市大众的文化广场。精英的文化也许没有下移到网络空间，大众的世俗口味却进入网络，乡野趣味变成了灯红酒绿的市民消闲广场。正如有学者所言："在网络传播时代，文化从经典进入非经典和反经典，使口语写作超过了书面语写作的价值，日常生活感成为这个时代的合法性标志。从'立德立功立言'的'三不朽'到文字的速朽，文字的魅力不再是惊天地泣鬼神，而是不断生产又不断被覆盖。从珍惜语言到滥用语言，语言成为随波逐流的无思平台；从人的神话到神死了，大写的人死了，知识精英死了，剩下的是小写的人和消费的人；从乌托邦到日常生活的合理化，世俗生活成为幸福的别名；从理性中心主义到感觉中心主义，整个世界和文学知识分子心态发生了整体倾斜，艺术肉身化挤压精神性成为时代的标识。"[1]

　　表面上看，大众文化似乎就是大多数人的文化趣味，但全球数以亿计的网民和全球数十亿的居民比较而言也不能算大多数，因此，这里的大众并不是一个数量组合的结果，而是一个文化质量层面的命名。

---

[1] 王岳川：《中国文论身份与文学创新》，《中南大学学报》（社会科学版）2006年第4期。

作为一个语义含混复杂的语词，不同的思想体系就有不同的大众说法包含其中。与精英相对的大众就是百姓、愚民庶民或草根；与意识形态相关的大众常常和人民、群众、劳苦大众相连；社会学的大众常常指同质的人、平均的人，众多而质同；哲学家眼中的大众，常常和单面人、孤独的人的概念相关，发育不全又最容易成为文化工业的俘虏；传播学把大众看成分散的个体，马铃薯一般的个体，互不相连也不相关，是庞杂的大多数……在很大程度上，传统的大众概念都是精英的对立面，不管其定位态度是肯定还是否定，因为只要文化被强化其精神审美的一面，大众就难以摆脱非精神审美的拘系，而被定位于较低的精神维度。本质上说，大众传播是一种可以打破时空限制而让文化得到更为迅速广泛传播的技术形式，不同的人在不同的地域和不同的语境中共享同一文化，其所复制的对象也从传统的有限区域中解脱出来，实现文化产品的批量化生产，这不仅增加了作品的数量，而且拓宽了作品的文化审美接受面。但是无论报纸还是电视、广播等大众传媒都是一种较为容易控制的对象，因而大众传播理论上的无界限传播常常只有等网络传播出现才真正成为可能，网络传播的这种无界限传播特征为大众文化的阐释打开了一扇新窗口——网民并非底层人士，严格说来，美国的网民应该属于中产阶级大众，中国的网民由于年轻人居多，过去总是被归为知识分子阶层特有。这样的网络原住民构成表明，大众并非在精神的审美价值传播和接受上存在接受障碍，不是因为无知所以才成为大众，而是因为不屑所以选择大众的文化精神。这样说来，网络传播时代的大众文化是整个社会文化价值取向转型的信标，它向世界表明，一种彻底告别传统精英文化价值观念的文化时代已经降临，一种回到个体、回到生活、回到感性的文化追求已经在网络中形成并逐渐扩散成为整个社会的文化价值观。如此一来，

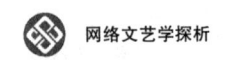

从精英到大众的转折就不是由孤立的个人政治决定的，而是全盘的文化整体迁徙。

网络传播的大众究竟指向何种文化语义？第一是文化差异弥平。如果说精英文化强调差异、区别、对立、界限、悬殊，那么大众文化就是以无差异、无区别、无对立、无界限、无悬殊作为自身的根本，大众像一个熔炉，不断凝聚、消融各种文化元素，提供一个全球化的共同文化平台。你可以说这是一个想象的幻觉、大众的乌托邦，但大众通过肯德基、哈根达斯、耐克、奔驰、LV、壳牌、韩流乃至企鹅、北极熊的多元杂烩烹制，的确在为世界创造一种通用的文化语言，而不是精英的地域化差异对话机制。第二是价值中立语境。由于大众文化的价值认知一向较低，所以它们常常背负着"俗、浅、差"的骂名，到底精英和大众之间是领导和被领导、决定和被决定、吸收和被吸收的关系，还是在结构、功能、价值诸方面均完全不相同的两种文化现象？如果是前者，我们显然很难回答为何大众文化从来没有被精英文化强大的批判声音取消其存在的合法性；如果是后者，我们就必须深入到大众文化的结构、功能中去寻找答案。通过对大众文化的解剖，我们发现，大众文化的主体构成其实就是生活本身，大众文化的传播实际上就是大众生活过程的再现，大众在生活中积淀自己习俗、惯例、规则和行为系统的同时，也就形成了自身的文化，因此大众文化不是为解释生活而创造的意义系统，不是从生活的阐释和反思中把生活分裂成可传承和不可传承的两部分，因而大众文化事实上并不拒绝精英文化中能为我所用的成分，也不固守自身习以为常的文化习惯。时移世变，大众文化的这种价值中立使它成为一个兼容并包的体系，一个让文化和生活协调一致的时空区域。第三是俗世审美救赎。所谓俗世就是柴、米、油、盐、酱、醋、茶包围的日常生活内容,尽管这个内容伴随人类数千年,但无论如何没有在审美的层面被观照过。俗世审美原则的崛起,原因在于俗世愈来愈被当作一个人性的空间,一个较少被技术理性和商业功利态度污染和干涉的对象,俗世里存在着人的真性情。俗世的美学崛起当然也与文化和非文化、审美和非审美之间的价值关系密切,杰姆逊就曾感叹:"在19世纪,文化还被理解为只是听高雅的音乐,欣赏绘画或是听歌剧,文化仍然是逃避现实的一种方法。而到了后现代主义阶段,文化已经完全大众化了,高雅文化与通俗文化,纯文学与通俗文学的距离正在消失。"① 既然距离消失,界限摒除,文化和审美的神圣叙事消亡,俗世便没有不崛起的理由。

高雅的衰落已成定局,大众文化的繁荣也是文化广场上竖起了一座抢眼的界碑,现在的问题也许不是承认不承认结果的问题,而是如何对待这种前所未有之变局。有人常常从价值优劣的角度作出判断,认为这是文化的堕落,并大声疾呼振兴高雅文化,以清洁大众的污泥浊水。我们认为,大众文化的俗世叙事自然会泥沙俱下,过多的身体展示和欲望赤裸难免膨胀着大众本来就较为狭小的超越眼光,终究可能会导致大众愈来愈局限于现实的利益而遗忘了自己同时属于历史和未来。但是,与此同时又不能不看到,大众的俗世欲望原本就是一种合理的生存架构,这种架构长期得不到认真对待而被蛮横的压抑或粗暴的批判,因此大众文化的问题不是首先审查大众的问题,而是首先清理精英传统自身的问题。如果精英的话语总是充满历史的正义性和文化逻辑的必然性而恰恰少了人间烟火

---

① [美]杰姆逊:《后现代主义与文化理论》,唐小兵译,陕西师范大学出版社1986年版,第147—148页。

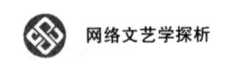

气，决定历史的大众自然不能让这种话语长久存在下去。因此在大众文化借助网络传媒迅速崛起、放歌张扬的时代，将更为深刻地考验作为文化良心的精英的话语正确性和立场必然性。既然精英文化和大众文化具有不同的结构和目标，当下最重要的工作就是通过网络等数字化传媒打通二者之间的对话渠道。渠道畅通，双方的文化沟通和传播才能有效进行，不同的人生和文化才能彼此欣赏或批判；否则，终归是各说各话，各走各道。喧嚣过后仍是无尽的沉默和惆怅。

2.5 网络媒体对文学经典观念的解构[①]

互联网技术不仅带来了文学创作、发表和传播媒介的变化，而且带来了艺术经典观念的变迁——面对互联网上的文学，人们不再崇尚文学经典，不再追求文学经典，抑或不再创作文学经典，文学甚至不再以经典为价值取向。

从数字媒介到网络媒体，其话语平权的表意机制在本质上是"去经典化"的，经典不敌偶像、传统不敌时尚、精英不敌大众，已成为这种新媒体的文化逻辑的必然结果。本来，经典是文学的圭臬，是由特定文学理念的逻各斯文化命意而高标独持的价值规范，网络文学却以委地如泥的"渎圣化"思维将典雅的诗意和崇高的文化命意改造成为"自娱以娱人"的快乐游戏；经典是由时间历史累积而成的文学认

---

① 本节原载《贵州社会科学》2007 年第 12 期。

同标准，用德里达的话来说它总是以"缺席的在场"方式被历时性地延迟出场，而网络写作和阅读只在当下的虚拟空间共享交互的过程。网络文学的话语平权机制抹去了人们对于文学神圣性和敬畏感的向往，语像合流的即兴表达与即时欣赏，将昔日作为历史记忆或生命寓言的"文以载道""以文明志"的文学理念，变成了一种飞驰而来又瞬间消逝的时尚身份认同与消费文化想象。当网络越来越以自己的祛魅方式揭去文学经典的诗性面纱，抛弃经典的认同范式，回避经典那隽永的韵味，挤兑经典的生存空间时，文学还有能力用"经典"来为人类圈起一个精神的家园吗？我们看到，面对数字化的网络语境，昔日的文学经典已不再"经典"，我们在为文学蜕变而惊诧时，又不免为文化遗产的衰微而焦虑。那么，网络文学中艺术经典观念的解构是缘何而成的呢？

2.5.1　数字化拟像、复制与拼贴技术造成艺术独创观念的淡化

网络媒介写作的技术因素比历史上任何一种写作都要多，因而不仅容易出现如评论者所讥讽的"只有网络没有文学"的现象，而且还容易在文学观念上出现技术主义和工具理性，导致文学的"非艺术化"和"非审美性"。

计算机网络的技术优势是拟像与仿真。网络技术生成的文艺作品可以反映现实，也可以表现"拟像"与"仿真"的现实（如网恋故事、数字化生存），甚至是脱离现实（如表现赛博空间的虚拟真实）。当符号不再是现实的表征而成为自身的复制时，符号就将不再信赖表征，能指就将脱离已有的所指约定，进而导致对现实的怀疑或与现实的剥离。计算机网络拥有最便捷的复制技术，历史上从来没有像今天这样可对所有的艺术经典进行技术复制。本雅明在《机械复制时代的

艺术作品》一书中对现代工业社会中出现的机械复制艺术进行过独到的社会学描述，他指出："在对艺术作品的机械复制时代凋谢的东西就是艺术品的韵味。这是一个有明显特征的过程，其意义超出了艺术领域之外。总而言之，复制技术把所复制的东西从传统领域中解脱了出来。由于它制作了许许多多的复制品，因而它就用众多的复制物取代了独一无二的存在；由于它使复制品能为接受者在其自身的环境中去加以欣赏，因而它就赋予了所复制的对象以现实的活力。这两方面的进程导致了传统的大动荡。"①"韵味"（Aura）是本雅明用来描述机械复制时代之前艺术特征的独创性概念，有"韵味"的艺术泛指传统艺术，这个韵味是指"在一定距离之外但感觉上如此贴近之物的独一无二的显现"②。经典艺术的审美魅力就在于它具有艺术"韵味"，有"韵味"的艺术品具有距离感、无功利性、超然性和独一无二性。

　　本雅明所说的机械复制艺术主要指电影，对于网络化电子艺术来说，不仅复制的手段更为便捷，拼贴的方式更为多样，而且复制与拼贴已经成为网络文学的一种生成方式。在网络技术下，用特定的创作软件编制情节曲折的小说、冲突尖锐的戏剧、语言"陌生化"的诗歌，实现"艺术的技术化"或"技术的艺术化"，已成为一道新的文学景观。并且，网络的"复制+粘贴"技术，可以轻而易举地实现"天下文章一大抄"，网络上文字文本写作往往以观念的复制（仿真）、语段的复制（拼贴）、意义的复制和话语的复制（挪用网语）为创作常态，其带来的结果有二：一是用图文语像的

---

① ［德］W. 本雅明：《机械复制时代的艺术作品》，王才勇译，浙江摄影出版社1993年版，第55—56页。
② 同上书，第57页。

无穷复制动摇了艺术经典的永恒沉积性，转移了对经典的审美聚焦，使艺术失去了生成的一次性、留存的经典性和礼仪的崇拜性；二是艺术复制用技术干预造成了对自然存在的中断和文本诗性的语境错位，使传统的经典创作失去了现实与艺术的双重依凭。经典是一种审美发现，一种艺术原创和个性独创，而网络文学写作重发表不重发现、重表达不重原创，它用机械复制与技术拼贴消弭了原创与仿拟的界限，复制成为本源，拼贴即是生成，创作变成了"生产"，艺术转化成了"文化工业"。在这种情形下，文学独创连同独创的文学观念都被淡化或消解了，文学经典、艺术经典便丧失了原有的生存空间。

2.5.2 "字思维"向"词思维"转变消解了创作经典的思维范式

网络媒介对创作主体的影响不仅表现在技术操作层面上，而且表现在深层次的思维和观念上，使创作主体的艺术思维由传统的"字思维"转变为工具理性的"词思维"。字思维是汉字点、横、撇、捺的书写思维，而书写思维是执笔亲历的体验式思维和积淀深厚的感悟式思维，又是情理蕴含的形象思维，这些都是打造经典的必备条件。词思维则是符号表征的技术思维，是工具理性的代码思维，又是基于机器原理操控的逻辑思维，因而，较之于字思维，机器书写的词思维与人的生命行为是隔膜的，难以表达人的生命体验和生命本体的价值理性，其漂浮于感性层面的思维表象也不适于创造符合审美逻各斯原点的艺术经典。

对于字母符号语素的西方作者来说，敲击键盘用字母组合书写单词乃自然天成，用数字符码输入来完成创作是一件便捷和快慰的事。而汉字写作则不同，汉字是象形和指事文字，这种文字的书写过程总是与所指的物象、概念和主体情感体验结合在一起，汉字书写不是僵化的机械动作，而是生命的律动和表达，一笔一画是写心灵情怀，写精神性情，写生命体察，是完成特定的文化命意，其书写的结果（词）就在其书写的过程（字）之中，结果和过程是融为一体的。因而，中国人书写汉字运用的是"字"思维而不是"词"思维，是过程的"生命运思"而不是结果的"概念在场"，每个"戳"出来的字都伴随有作者对语言形象化和生命对象化的过程。电脑的键盘写作则有所不同，电脑输入方式（无论是键盘输入、手写输入还是语音输入，也不管是五笔输入还是拼音输入或别的什么输入方式）改变了原有的汉字书写方式，甚至直接摧毁了汉字的形象，因为汉字输入的机械编码在本质上都是"技术的"而非"生命的"方式。如按照拼音输入法，"网络文学"变成了"wangluowenxue"。这种文字符号的编码、解码过程的改变，使汉字本身的形象感淡化了，取而代之的是对语音或者偏旁拆解的强调。符号的编码规则代替了汉字的结构规范，数字操作颠覆了铅字权威，"输入"代替"书写"的直接结果便是"词思维"对"字思维"的替代。以机换笔后，创作主体的艺术思维没有了执笔"戳"字时的语言形象相伴，也没有了笔意和书法，没有了历史感，甚至没有了"文章千古事"的道义约束和"手稿时代"严肃与执着的创作心态。在"遗失手稿的时代"，有人曾这样描述电脑写作与执笔手书的差异性："电脑写作使敲击键盘代替了执笔手书，速度的成倍增加使书写具有了某种一泻千里的快感，思维因书写过慢而受阻的现象也大大地减少了。这使得写作比以往更接近'心想手书'的同步状态，也使作者（尤其是诗歌作者）能更好地捕捉稍纵即逝的意识流；而且，熟练的键盘操作使'手书'成为一种近似于无意识的行为，'手书'意识的减弱，使作者能把更多的注意力集中在'心想'上，这样的写作状态更自然、更真实，并减少了书写意识过强时易造成的理性对于初始情感的扼杀。"① 不过，这样的写作也存在着显而易见的缺点，即作者对成文的责任感减弱了。手稿的每一笔都会在纸上留下印迹，纸张的空间是有限的，增删的空间也是有限的；数码书写则不同，它创造的是一个"铅字无凭、手稿遗失"的时代，使键盘上的写作具有了极大的随意性：字符可以被随时修改，句段可以整段整段地删除或者移位。这种差异并不仅仅只是方便了文本修改这么简单，一般而言，电脑写作容易比手写篇幅来得长，而相比之下，文字的粗疏、表达的仓促、文意的欠斟酌，也是网络文学写作普遍存在的问题。

由此可见，网络媒介革命不仅在技术操作层面上影响了文学创作，而且影响了创作者的艺术思维——"词思维"的直观与快捷使表达"提速"，但却挤占了"字思维"的理性过滤和思想沉淀，把文学创作的意义生成全部交给了感觉的播撒，消弭了文字书写时的深思熟虑和因表达"延迟"而凝练的语言诗性。并且，技术复制、删改、位移和运字如飞的便捷可能造成"文责"承担感的减弱、文字垃圾的滋生和文学韵味的消失；写作的随意性和信息的频频更新会消弭文学的精粹，导致快餐文化的膨胀；而手稿的消失也会使读者无从考据作品的写作时间、心境、修改踪迹乃至私人化的背景和人格魅力方面的东西，造成文学性的平面化和碎片化，失去时间的纵深感和历史深度。

---

① 任晓文、林剑：《遗失手稿的时代》，孙洁、李露璐编《网络态度》，安徽教育出版社2001年版，第18—19页。

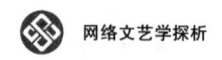

2.5.3 电子文本用"展示价值"置换了艺术经典的"膜拜价值"

艺术经典是基于艺术积累并由特定审美文化命意所标持的价值规范，网络媒体打造的是大众文化、新民间文学，而不是精英文化或"纯文学"。网络写作常以"渎圣化"思维，将精英文学时代崇高的文化命意改造成快乐游戏，就像瓦尔特·本雅明所说的那样，用作品的"展示价值"替代"膜拜价值"。在本雅明看来，有韵味的艺术和机械复制艺术的区别体现在膜拜价值和展览价值的差异上。传统艺术作品因为独一无二、珍贵稀有，只能为少数权贵和富人拥有，这种价值在接受者心目中体现为"膜拜价值"；机械复制艺术作品则不具有独一无二性，人们能用技术手段对之进行大量复制，使其为大众普遍拥有，从而打破了艺术与大众的隔膜，使艺术作品的可展览性大为增强，原有的膜拜价值日渐消散，成为人人可以欣赏的东西，而具有了"展示价值"。随着摄影、影视、广告、流行音乐、畅销书等成为现代社会居于主导地位的艺术消费品，源于宗教故事、英雄史诗、宫廷艺术和传奇的艺术膜拜传统，已被现代文化工业的大规模机械复制艺术所替代。艺术品的展示价值和欲望消费互为因果，使艺术以"类像"取代个人独创，以符码游戏替代审美，以机械复制性消解艺术的经典性。这种状况在网络写作中得到了进一步强化。网络作品的自况性展示价值多于膜拜价值的现实，与后现代话语存在着艺术逻辑的协同性。因为在网络空间中，"我"能够易如反掌地改变"我"的自我，使主体身份在不断"漂移"中变得无限可塑，最终使"真我"在失去外在约束的同时，也失去个人心灵的根基。于是，网络中的许多作品，可能有自况式心灵袒露或率性的游戏化表演，却常常失去本体真实性和价值膜拜性。

与"膜拜价值"所体现的对艺术品崇拜珍惜、若即若离并能发挥想象进行深入思考的心理不同，网络写作以快捷的技术操作游弋于虚拟的快乐世界，文学网民不会去刻意追求经典性与精致性，也不再沉浸于自由玄想的静观沉思，他们所要做的是如何充分地展示自己，最大限度地被人欣赏。因此，他们可能会以一种轻松的乃至消遣的态度直接把握艺术对象，所追求的是自况、"当下"和直观，而不是自律、意义和深度。网络作品追求展示价值的同时，失去的不仅是膜拜价值，更有历史意义和时间记忆。因为在网络这个"赛博空间"中，已经割裂了时间与空间的辩证法，将历史感的时间转换成了"在场"的空间，将有深度价值的时间转换成了浅表化展示的空间，把心灵记忆的时间转换成为即时游戏的空间，最终一切都被空间化了。这种后现代式的空间化不是传统意义上的材料结构的物质性空间形式，而是把思维、存在的体验和文化产品中的时间、历史因素等彻底加以排斥，使时间永驻现时所形成的新的空间形式。它切断了各种复杂的符号联系，从深层观念上排除了文字纯表面之间的捉摸不定的关系，成为一种单向度平面展示的"当下"存在。网络作品中的人已经没有历史，只存在于当下空间，变成没有根的浮萍般漂来漂去的人，时间已经碎化为一系列永恒的当下片断，唯一存在的只有空间和主体在这空间中的自况、展示与游戏。

2.5.4 网络作品的"易碎性"使得经典写作与评判失去存在空间

互联网是一种没有边界的流动性空间，一个变动不居的公共"电子牧场"，这里的所有信息都不断更新、转瞬即逝。由于信息量大、

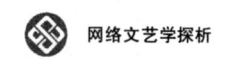

流转速度快，网络文学作品常常会因为"信息过载"（information overload）而良莠难辨。不仅大量的"伪文学""准文学"乃至"非文学"的东西造成"信息烟尘"污染网络空间，即使是点击率高、列入 TOP 排行榜的出色之作也会被裹挟进信息海洋的旋涡而难以辨识，得不到静观和细细品味。

网络文本这种转瞬即逝的非物质性存留方式造成了文本的"易碎性"，使经典写作和评判都失去时间（纵向）绵延和空间（横向）认同的条件。一个网络文本可能是多人联手创作的（如接龙小说），这使得创作主体是间性的；一篇网络作品的生成可能是复制和拼贴的，这使它丧失了原创之作统一的诗意建构；作品存在方式可能是超文本和多媒体的，并且是未完成的，这使它的文本是不确定的、多维选择的；电子文本的媒介是非物质性的比特符码，这使它与触觉分离而淡化物性，失去原子式广延性载体认知的条件；而网络文本的传播路径是穿梭在蛛网覆盖、触点延伸的虚拟空间，这使它变动不居而易逝、易碎——这一切都决定了电子文本只追求当下的"在场"和眼前的"读屏"，追求"见性成悟，直指本心"和"言语道断，心行灭处"，而不是隽永的诗意韵味。如德里达所宣称的"从寻求文本中形而上的固定意义转而探求文本中差异的矛盾游戏"，难以筑就经典写作的文学理念，也难以形成富含诗意的文学经典。

网络写作的目的仅仅在于：在一个公共的开放平台上完成写作行为，多人共时性地设定文本走向，并且在相互被虚构的命运中，体会那种狂欢式的文本愉悦。而文学欣赏也只是"消费那一刹那""到哪儿去都成"。恰如评论者所言："经典写作那种可供反复阅读、欣赏的情况在网络写作中将不复存在。一千个哈姆雷特中的九百九十九个已经死去了，只剩下一个还在此时此地嬉皮笑脸，做抓耳挠腮的快乐状。……经典文学写作的黄昏已经来到。"① 经典不再，文道焉存，一旦昔日被膜拜的经典从文学地平线上消逝，经典所代表的那一整套审美规则和艺术理念复何以求！

2.6　网络文学：从书页到网页的博弈②

媒介是文学的载体，也是催生文学历史变迁的重要引擎。网络文学从书页到网页的载体转换，以及由这种转换带来的文学生产方式、存在形态、传播和功能模式的变化，让我们可以从中窥见网络文学的结构形态、生成范式及其体制性内涵。

2.6.1　原子载体：线性的书页

在我国，人们最初是以天然的石头、甲骨、竹木片、缣帛等原子（atom）性物质载体为书写和传播媒介的，那个时代的文化产品无论数量还是传播影响都很有限。原子媒介具有体积、重量、质量等物质形态，其制作和运输均需要花费一定的物质成本，如甲骨难以雕刻，简牍则过于厚重，不便翻阅和携带，缣帛更是一种成本昂贵的丝织品，一般人难以使用。东汉时，蔡伦发明了造纸术，书页的发展开始普及。唐宋时期，我国先后出现了雕版印刷术、活字印刷术，书页汇

---

① 敬文东：《网络时代经典写作的命运》，http://culture.163.com/edit/010302/010302-46865.html，2007年7月12日查询。
② 本节原载《福建论坛》2011年第10期，原文是国家社科基金项目"数字媒介下的文艺转型研究"（项目批准号：06BZW001）研究成果之一。

聚成册的机会骤然增大，可以通过手工作坊生产。造纸术和印刷术的相继发明与广泛应用，为传播媒介的大众化开辟了道路。在西方，自德国人谷腾堡 15 世纪在中国印刷术的基础上发明金属活字印刷以来，工业化造纸与印刷工艺更新直接促进了文化传播媒介的大发展、大繁荣。从此，同一版本的书籍可以批量、廉价、源源不断地生产出来，并直接构成人们接受文化、传播信息的重要工具和手段。可以说，人类文明在很大程度上就是一种以书页为载体的文明，书页媒介搭建了人类走向文明的阶梯，书页的特征在很大程度上直接构成了人类的文化性格——培根在 1905 年就曾说过："如果船的发明被认为十分了不起，因为它把财宝货物运到各处，那么我们该如何夸奖书籍的发明呢？书像船一样，在时间的大海里航行，使相距遥远的时代能获得前人的智慧、启示和发明，书籍是人类大部分知识的记录、催化剂和刺激品。"[1]

书页的线性书写格式和组装形式决定了书籍的线性秩序特征，尽管有那种扑克牌式的另类书页构成方式[2]，但并不能因此改变书籍的线性化本质。图书馆就是一个按照书页线性逻辑进行书籍安放的程序化空间，人们借此得以方便地按照线性规则寻找自己所需要的书籍。线性和逻辑性之间并非绝对同一关系，但线性的确蕴含逻辑的规律，适应了人类逻辑化认知世界的需要，因而线性的本质可以说就是逻辑的本质体现。书籍之所以在工业社会大行其道，就因为书页的理性和工业社会的文化理性之间有一个沟通的思维通道，书页培育了人类的

---

[1] 转引自邵志择《新闻学概论》，浙江大学出版社 2006 年版，第 1 页。
[2] 有关扑克牌式的散装书页作品，可参见法国作家马克·萨博塔（Marc Saporta）1962 年创作的"活页"小说《第一号创作：隐形人和三个女人》，该小说由未加装订的 135 张纸片构成，读者阅读前可以像洗扑克牌那样洗书页，也可以随意从中抽出几页来阅读，不同的阅读顺序会读出不同的故事并奇迹般地决定书中人物的命运。该小说的中译本由江伙生翻译，湖南人民出版社 1988 年版。

理性并反过来进一步增强了书页的理性秩序。可以说，书页筑起了人类知识文明的大厦，却又以权力话语不断实施对知识理性的整饬和对文明形态的规约。

从外在形态看，书籍具有便携性与易存性，便于随身携带、随时阅读并能够有效地保存信息，最终获得反复接触的传播效果。阅读的乐趣在很大程度上就源于这种信息的便携性和易存性，书籍就像人类的朋友，随时恭候大驾光临。从阅读方式看，书籍具有随意性与自主性，读者面对书籍时拥有相当大的自主权，他可以自由选择接受信息的时间、地点和内容，也可以随时随地把阅读变成自己心情、向往、信念和性格的媒介表征；更重要的是，书籍阅读的随意性与自主性彰显了人们的个性，塑造了人格的族裔、国土与边疆，凸显了人们和书籍之间的心灵互动，并在互动中使人变成自己所希望的那个人的主观意愿。从书籍的内容反映看，书籍具有抽象性与联想性，书籍影响人类知识表征和文化传承不是源于外部特征而在于其所陈述的内容，因此书页媒介内容的抽象性、象征性、概念性的内容给读者提供了仔细回味、反复咀嚼乃至思接千载的文化空间，人们可以借助书页媒介中的内容在情感时空中徜徉，在深邃哲思里升飞，在曲折故事里迷恋，在高尚情趣里陶醉，把智慧刻在心扉，感受文本的审美意境和神韵。正像犹太人所认为的，人类的上帝存在于文字中，或者上帝通过文字而存在！

线性的书页构筑了人类社会文明的大厦，并把文明"装饰"为一种物质性的存在；书籍以自己不易流逝的特点，使文明历久承传而不朽。但线性书籍的缺陷也是不言自明的。从媒介的角度说，书籍传播过程的繁复性导致其传播障碍丛生——它对文字水平的严格要求，它的符号表意有限性对历史文明的"耗损"和削足适履，它缓慢而冗长的生产周期和延宕传播，它对于人的知识水平和理性能力的高度依赖，还有它对于人类文明秩序的规约，以及它对于把关程序的严格强调与主观掌控，都导致书籍在社会范围内成为某种等级秩序的代表者，并以理性的名义把情感等非理性内容驱除到文化的边缘，却没有看到情感乃至本能的文化热爱对于文化创造和文明发展具有多么重要的意义。在某种程度上说，线性的书页以文字的表意权实现着文化的霸权，造成了对理性的他律和对人类文明的宰制。

2.6.2 媒介延伸：数字化网页

数字化[①]媒介出现以后，由"比特"[②]技术和"赛博空间"[③]构成的新媒介延伸出了虚拟的网页，由此开始承载人类生产、存储和传播知识信息的大部分功能，其所带来的文学生产方式、存在形态、传播和功能模式的变化，对以书页为载体的传统媒介造成强大的冲击。

---

① 数字化（digitalization）是专指以计算机为工具，并以二进制代码 0 和 1 为载体的知识表达与传播方式。数字化发展可分为五个阶段：（1）英文符号和数字表达阶段，它规定用 8 个 "比特"（bit）表示一个 "拜特"（byte），即一个字节，它能够表达 256 种不同的信息，可以此来表现所有的数字、大小写英文字符、标点符号和其他常用符号。（2）文字处理阶段，这个时期大约出现在 1980 年，它带来了科学工作者的 "大换笔" 和 "大换脑"，使计算机真正成为信息时代的 "新工具"。（3）多媒体阶段，这时的计算机不仅可以处理数字、字符、文字，而且能够处理声音、颜色、图形和图像，这一阶段大约出现在 1990 年。自此，数字化进入寻常百姓家，开始影响人们的工作、生活、休闲和娱乐。（4）互联网阶段，大约在 1995 年，互联网开始在世界范围内得到普及。（5）虚拟化阶段。虚拟化的核心是数字化技术，这时的比特符号几乎可以将所有的社会现实存在物加以虚拟化，并依次出现物性的虚拟、物体的虚拟和人的虚拟等不同发展阶段。

② 比特是英文 bit 一词的英译，指计算机二进制数的位，由一连串的 0 和 1 组成。计算机网络就是将信息转换成 "比特" 来进行电子化处理和传播的。

③ 赛博空间（Cyberspace）是哲学和计算机领域中的一个抽象概念，指在计算机以及计算机网络里的虚拟现实。赛博空间一词是控制论（cybernetics）和空间（space）两个词的组合，它是由居住在加拿大的科幻小说作家威廉·吉布森于 1982 年发表于 omni 杂志的短篇小说《融化的铬合金》（*Burning Chrome*）中首次创造出来的，并在后来的小说《神经漫游者》中被广泛使用。

尼葛洛庞帝在《数字化生存》中把"比特"称为"信息 DNA",他说,要了解"数字化生存"的价值和影响,最好的办法就是思考"比特"和"原子"的差异,"比特没有颜色、尺寸或重量,能以光速传播。就好比人体内的 DNA 一样,是信息的最小单位",相比而言,原子构成的纸质印刷品也有自己的优势,如重量轻,易于携带,随时可读,价钱也不是太贵。但是,纸质的印刷品却具有难以避免的局限性,例如,"要把书籍送到你的手中,却必须经过运输和储存等种种环节。拿教科书来说,成本中的 45% 是库存、运输和退货的成本。更糟的是,印刷的书籍可能会绝版(out of print)。数字化的电子书却永远不会这样,它们始终存在"[1]。

1946 年诞生的第一台通用电子计算机只是一个数字运算机器,1969 年出现的"阿帕网"使得计算机与计算机之间的对话成为可能,但这种对话只有在 1974 年的 TCP/IP 协议出现后才有了对话规则,当 1982 年 ARPANet 各站点的通信协议全部转为 TCP/IP 后,全球因特网正式诞生,网页这个全面取代书页的媒介手段也就正式登上了人类文化发展的大舞台,并显示出自己非同凡响的传播能力。网页的不断发展与广泛应用,大大提高和扩展了人类交流信息的能力。就像报刊、广播、电视等大众传媒一样,互联网网页信息传播已成为人们日常接触的传媒形态,正成为人类生活中越来越不可或缺的构成部分。在 Google 中文搜索引擎中输入"网络文学",在 0.09 秒的时间内可以获得约 154 万项符合"网络文学"的查询结果。这些网页正是网络文学生存的博大空间,一切正如尼葛洛庞帝所说:"我们无法否定数字化时代的存在,也无法阻止数字化时代的前进,就像我们无法对抗大自

---

[1] [美] N. 尼葛洛庞帝:《数字化生存》,胡泳、范海燕译,海南出版社 1998 年版,第 21—24 页。

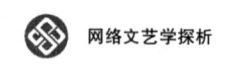

然的力量一样。"① 数字化的网页生存及其生存于网页中的文学,何尝不像数字化本身一样?

数字化的网页媒介大致有五个明显的特点。

一是开放性。如果说"互联网的首要特征就是其开放性"②,那么网页则是这种开放性的开放的入口。每一个联网节点的网页就像一扇扇面向世界的通透的窗口,窗口内容虽然重要,那种面向世界敞开自己内容的网页姿态也同样重要,因为这个姿态所强调的正是网络自身的根本特征——向网民开放!书页突出的是注意力集中、权力集中,力图让所有的目光都在自己的内容面前聚焦。网页作为万维网络中的一维,则仅仅是个入口,从这个入口起步,世界尽在这不断浏览的漫漫链接过程之中。网页开放性的结果是什么?某种结果是明显的,那就是书页时代的边缘主体、受忽视和受压抑的主体在网页自身的不断建构和解构过程中,不但将其叛逆性和挑战性陈列于世界之前,而且把冲破禁锢、打破文化等级体制、创建宽容胸怀、繁荣发展网络文化的精神贯穿到整个网络世界之中。所谓网络是一个平权的工具,其实一切都在于它是一个开放的空间。

二是交互性。网页的链接和互动是构成互联网魅力的重要源头。在理论上可以无限互动下去的网页交互过程中,创作者和读者之间、创作者与创作者之间、读者和读者之间形成前所未有的文化共同体关系,从而构成网络文化独特的存在面貌。从文化传播角度讲,互动性的最重要结果就是改变了传统书页媒介单向传播的特点,使得网页在交互中获得双向传播的优势。从网页受众的角度看,以前仅能被动接

---

① [美] N. 尼葛洛庞帝:《数字化生存》,胡泳、范海燕译,海南出版社1998年版,第269页。
② 李河:《得乐园·失乐园——网络与文明传说》,中国人民大学出版社1997年版,第41页。

收信息的角色地位被彻底颠覆，信息接收的主动权越来越多地向受众方面转移，在互联网空间中，受众自主选择网页媒介内容消费的机会空前增多，受众通过留言板、论坛、聊天社区、博客或微博主动发出信息、形成及时反馈的现象正构成互联网文化的鲜明特色之一——大众文化的繁荣首先取决于大众对于文化主题的广泛参与机会，网页作为大众参与的便捷渠道，确保大众赢得了普遍深入数字时代文化主题探询的历史机遇。

三是多媒体性。书页以文字为中心的传播特征即使在读图已经普及的时代依然不会改变文字表意的整一性，因为书页的原子媒介特性决定了书页传播方式的符号单一性、文本静态性、结构的平面性，从而有利于人们将自己的情感、思想固定为一种文化传承内容。而网页媒介则避开书页优势，充分发挥自己数字多媒体技术的综合性特长，不仅有声音、图像、文字的同时出现，而且通过超文本技术使得声音与文字、图像之间实现自由转换，呈现出一种不同媒介的跳跃性传授。这样，网页就突破了平面媒介的局限，成为令人耳目一新的多媒体形态，给予受众信息消费以新颖、奇妙、爽心悦目等多项书页媒介所无法提供的阅读功能。也许，多媒体媒介符号之间的互相渗透可能形成信息接收的杂音干扰，从而影响阅读效果，但其实杂音也是一种信息，并且是这个比特世界最为独特的信息之一，接受杂音或者抗拒杂音甚至已经成为一种判断人们是否能够适应网络时代的某种标准。

四是迅捷性。网页传播不受印刷、运输、发行等原子媒介不得不承受的物质限制，比特信息可以瞬间"同步"抵达用户眼前，正所谓"观古今于须臾，抚四海于一瞬"。这种便捷性一方面形成了自由宽广的信息海洋，让人可以任意遨游，另一方面也可能导致海量信息扑面而来所形成的"信息晕眩",让人难以适应。整体而言,便捷性扩展了文化知识领域,提高了文化传播效率,优化了信息处理环境,丰富了人们传统的日常生活空间。比如说,过去人们的文化交往、思想交流、问题讨论只能在特定的时空中有效进行,如今却可以随时随地在网络中展开,这是因为人们通过便捷性早已将日常生活和文化混融为一体,文化的问题变成日常生活类的问题,而日常生活类的问题可以迅速演变为文化问题,网页媒介的力量其实也正体现在这里。网页迅捷化其实就是人自身的不断对象化过程,人在这种迅捷化过程中前所未有地不断面对自身的困惑和问题,又在困惑和问题的传播中获得对于人自身的瞬间领悟,从而极大地促进了"人"这个主题在网络时代的探讨和深入认知。

五是大容量性。书页媒介在版面上的限制规定了其有限的信息容量,一旦超过了其限制,一些内容必须被删除或者被缩减。尽管这些限制有助于人们去提高传播信息的亮度,提升信息主题的集中度,但是信息容量毕竟是被控制的、有限的。由于数字信息技术的飞速发展,一个9G的硬盘就可以储存45亿汉字的信息量,足见网页媒介大大突破了原子的物理限制,可以大容量地储存、传播信息,而相关成本却并不因此上升。因此,当下的每个网站可传播的信息量都是巨大的,允许人们根据这些信息作出有效的选择、判断、加工和利用,而整个互联网的信息容量更是无穷大的,"海量"已不足以称其大。虽然并非所有信息都会产生文化促进作用,有些甚至会影响文化健康发展,但起码丰富的信息给了人们价值判断的前提和环境,从而丰富了人们关于文化取舍的资源,满足了不同个体、不同社会群落的信息需求。

2.6.3 文学涅槃：书页与网页的博弈

当数字化网页信息日益成为人类生存与发展最基本、最主要的资源，即作为一种"资源生产力"时，现实社会变迁将会在三个层面上持续性地展开：一是在传统生产方式下人们结成的政治统治关系和在生产资料占有关系基础上形成的经济依附关系等，都将受到冲击并引发革命性变化；二是因信息资源的利用和开发具有可持续和永续性的特点，将使人类生产和生活的条件与环境——物质基础与物理时空发生改变；三是在虚拟与现实两种互动环境中"流动的人们"，其角色扮演、行为方式、价值观、社会心理与生活态度等，也将发生深刻的变化。而这些在人类社会不同层面上和领域中发生的深刻变化所产生的社会效应，对现实社会变迁的整体影响将是异常深远的。[①]

由于网页媒介对以书页为载体的传统媒介造成了强大的冲击，书页与网页之间的博弈也相继展开。一方面，整个媒介生态空间出现了整合汇流的趋势：传播者以更快的速度、更高的质量保证信息传播取得更好效果，接受者在选择信息时能拥有更多的自主性、多样性，并且过去单一的信息呈现方式正被混合方式替代。由福曼（Peter Forman）和圣约翰（Robert W. Saint John）提出的"整合汇流"（convergence）趋势日益彰显："声音、影像和文字资料信息整合成为单一来源……我们可以从家庭剧院、电脑上甚至手表上，随时随地且随心所欲地享受文学作品、电影、电视、在线录影及音乐……这样的大汇流是由三个小汇流所组成：分别是内容（声音、影像和文字资料）、平

---

① 戚攻、邓新民等：《网络社会学》，四川人民出版社2001年版，第1页。

台（电脑、电视、网络设备和游戏机）、传输管道（内容要如何达到平台）。"[1]另一方面，以书页为载体的传统媒介在激烈的竞争中，也在调整结构，以多元的方式推出适应新媒体环境的产品。例如，从20世纪90年代中期开始，就有传统出版公司发行电子报，报纸网站推出即时新闻，以弥补印刷报纸和突发新闻事件之间的时间差。现在，手机报、电子书、电纸书、各类手持阅读器更是层出不穷。另外，许多报刊还在利用网络推出在线资料库等功能性服务，或利用先进技术加强印刷质量，并经常附带多媒体光碟，增加附加值和内容的表现力。还有一些学术期刊创办自己的网站或加载网络主页，通过网络将学术论文快速、广泛地收入查询系统，使文章的影响力和利用率空前提高。可以说，社会文化的生产和传承进入了原子与比特、书页与网页并举共生的时代。

在文学领域，网页与书页间既对立分殊又交织互渗的现象已成为当代文学的基本结构形态和新媒体时代文学的存在方式。一方面，经过千百年来经验积累和时光磨砺的传统文学依然可以栖居书页，以经典的姿态表征文学的传统，图书馆、阅览室依然是读书人向往的圣地，书页的知识话语权仍在主宰着文学的世界，代表着文学的经验、智慧和力量；另一方面，互联网、手机等各类数字媒介终端的风生水起，让昔日栖身于书页中的文学迅速与网络"联姻"，文学之走进网络或网络接纳文学不仅是传媒的必然，也是文学的必然和文化的需要。在我国，短短十几年间，不仅几乎所有的传统文学作品都上了网，成为栖身于网页中的公共产品，而且由于网络的自由、平等、兼容和共享的特性能够达成个体参与的便利和主动、信息传播和交流的

---

[1] [美] Lyn Goman & David Mclean：《新世纪大众媒介社会史》，林怡馨译，台北韦伯文化国际出版有限公司2004年版，第245页。

全球化,以及个体话语和小众化与对主流传媒话语权力的抗争与消解等,使昔日高高在上的文学生产呈现出低门槛和大众化的"新民间文学"现象,文学生产和传播出现"技术通吃"和"群体迸发"的聚焦效应。时至今日,我国的 4.57 亿网民、3.03 亿手机网民、1.95 亿文学网民和超过 70 万的网络写手[①],已经创造了新媒体文学的网络奇观:仅"起点中文网"每天就有超过 3 亿的 PV 流量,有 1000 万的用户访问量,日更新作品 3400 万字以上,作品涉及 20 多个类别的原创文学领域,整个网站已积累超过 25 万部的原创文学作品。女性文学网站"红袖添香"拥有 240 万注册用户,储藏有长、短篇原创作品总量超过 192 万部(篇),日浏览量最高超过 5600 万次。老牌的原创文学网站"榕树下",每天能收到近 5000 篇自由来稿,创办 12 年来已收藏有 140 万部以上的原创作品。无所不能和无奇不有的网页在与书页的博弈中已经显示出赢家的姿态,在文学作品的储藏数量和文化影响力上开始超越书页的局限性,让我们感受到的是:网页挤占书页、读屏多于读书、纸与笔让位于光与电,是数字传媒时代难以逆转的大趋势。文学经计算机工作平台赢得"E 媒体"的技术支持后,把进入互联网链接节点的个人化作品变成全球交互、动态分享、共时撒播的大众文学资源,同时又用数字技术的比特叙事消解了千百年来的书写成规,用电子文本形态替代纸介印刷文学的存在方式,基于新型传媒的特点生长出新的文学审美形态和文本范式。这样看来,文学与网络的"联姻"所形成的书页与网页的博弈,不只是媒介使然,也是文学历史转型在传媒变迁中的必然反应,我们所能做的和应该做的,是借重从书页到网页媒介延伸的机遇,促使网络文学的观念审理和价值重

---

① 中国互联网络信息中心(CNNIC)2011 年 1 月 19 日发布的《第 27 次中国互联网络发展状况统计报告》。

建成为数字化时代的文化命名,让新旧交替的"文学洗牌"获得一种意义重建的自信。

在数字化生存日渐成为现实的时代,以纸张为介质的书页媒介还将长期存在,但其作用会不断缩小。同时需要我们关注的是,在网页与书页的博弈中,网页媒介的成长和壮大,会引起文学结构形式、生成范式、价值观念和文学体制等诸多变化,网络写作中不同程度存在的粗糙、粗俗、粗浅和非承担感造成的文学非文学性和非审美性问题,需要引起足够的警觉;还有,网络文学网站中大量充斥的单纯复制、多重复制、错位复制的文本,在制造文学表面繁荣的同时,却极大地伤害了文学的原创精神,导致类型化、跟风化、仿作化、戏拟化文学衍生产品的风行,原创网络文学不得不挣扎在极度创新才能适应生存的尴尬境地。因而,"在网络传播时代,如何使文化和人的精神绿色生态化,使人在'红色写作'之余不坠入'白色写作'的怪圈,而是进入'绿色写作'的良性氛围,需要文学知识分子认真地思考"[1]。

2.7 媒介发展与文学阅读的演变[2]

媒介是文学的载体,也是文学文本依托的本体。当我们把文学阅读放到媒介嬗变中来考察时会发现,改革开放 30 年来的文学阅读与这个时期媒介变迁之间有着相依相生的必然关联,而这种关联也正是

---

[1] 王岳川:《中国文论身份与文学创新》,《中南大学学报》(社会科学版) 2006 年第 4 期。

[2] 本节原载《河北学刊》2009 年第 6 期,人大复印资料《文艺理论》2010 年第 2 期全文转载。

数字媒介引发的当代文学转型的一个重要侧面。这里试以媒介变迁带来的新的文学类型为依据，把近30年的文学发展依媒介变化分为不同阶段，考察每个阶段中读者群的变化及其文学阅读方式的转变。对这历史时期媒介转型与文学阅读关系的分析，将有助于检视文艺学面对新的文学现象时的学术立场和观念应对。

2.7.1　媒介变迁带给文学阅读的多重变化

在改革开放以来的30年里，文学媒介经历了几次重大变化：从纸质媒介到影视媒介，数字化媒体出现后又从网络媒介发展到手机媒介。技术新媒体的代际呈现，带来新的文学类型的不断涌现：影视文学、网络文学、手机文学……新文类的层出不穷，让整个文坛出现异彩纷呈、多元并生的局面。诚然，新的文学类型不会完全淘汰旧的文学类型，但是它却能改变读者的阅读方式、阅读习惯、阅读心态，乃至阅读思维，引发读者群的结构性变化。

首先是传统文学：纸介书写的精英阅读。传统的书写印刷文学是以纸媒书写为存在方式的，这种文学形态一直以来都是文学的基本文类，并不是新时期才出现的，但"捧读书本"无疑是那个时代基本的文学阅读方式。即使出现了网络文学、手机文学等新文类，传统的书写印刷文学仍然被看作"文学正宗"。我们将纸介的传统文学放在改革开放30年文学背景中来看待的意义在于：以文字阅读为文学欣赏基本方式的"文学图腾崇拜"，曾经是新时期文学发轫之初"文化松绑"的思想引擎，乃至成为那个历史时期整个社会思想解放、精神救赎的文明表征，因而传统文学对于精英阅读的重要地位和对于思想空间正本清源的巨大作用，已经成为那个时代文学复苏和改革开放历史转型的民族记忆。当然这里所说的"精英阅

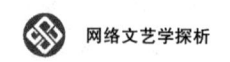

读"不是说所有读者都划归精英阶层,而是指文学阅读的精英立场、精读方式和精致效果。

经历过改革开放30年的人都还记得,20世纪70年代末到80年代末,是一个崇尚读书的黄金时代,全民阅读盛况空前。在经历"文化大革命"思想禁锢的"书荒"苦闷后,人们的阅读热情被彻底激发出来,一时间,无论是哲学、美学还是文学的书,都受到空前的欢迎。这时的文学杂志发行量大得惊人,如1981年《十月》的发行量达60万份,随后,《收获》和《人民文学》的最高发行量曾分别达到100万册和150万册。李泽厚的《美的历程》出版后,大学生几乎人手一册。萨特的《存在与虚无》1987年第一次印刷3.7万册;而据卡西尔《人论》一书的译者甘阳介绍,该书一年内就印了24万本,成为全国头号畅销书。[①] 这一时期的文学读者大都受过良好的教育,至少也是文学爱好者。他们多怀着诗意的憧憬,以一种顶礼膜拜的心态去阅读文学作品,追求文学塑造的诗意化世界,希求发现作品的微言大义,获得崇高与神圣的艺术美感。这种心态也与当时的信息匮乏有很大的关系,那时的信息传播方式有限,除了书籍、杂志、报纸等纸质传播和有限的收音机广播之外,人们少有其他获取信息的途径。因而,文化大众特别珍视阅读,尤其是文学阅读,把文学阅读特别是文学名著阅读看作难得的精神大餐。美国传播学者梅罗维茨(Joshua Meyrowitz)曾经说过:"即使对有文化的人来说,阅读也是一项辛苦的工作,例如,页面上的墨字必需一个词一个词,一行一行,一段一段地扫过。为了获取讯息你必须认真阅读。为了阅读这些词,你的眼

---

① 参见赵勇《媒介文化语境下的文学阅读》,《中国社会科学》2008年第5期。

睛必须经过训练,就像打字机的滚筒移动纸一样沿着印刷的行移动。"① 我们知道,处于文化饥渴和精神荒芜中的 30 年前的中国读者,只有对阅读的渴望,不会觉得手捧书本汲取精神滋养的辛苦,因为那里面不仅有油墨的清香,更有人们对于文学的信仰和从文学中获得的精神坚强。当时的阅读者纵然不是文化精英或社会名流,但他们秉持的那份精英的立场和精英阅读的心态,却是十分真诚的。

其次是影视文学:从"读文"到"读图"。20 世纪 90 年代,我国的经济迅速发展,电视机、影碟机等日渐普及,各种影视剧纷纷登上荧屏,大大丰富了人们的文化生活。《渴望》《皇城根儿》等一部部描写普通百姓的生活剧,还有大量港台和海外的武侠剧、言情剧陆续占据荧屏。在这种情形下,昔日的"文学崇拜"开始让位于"视听快感",影视文学观赏开始成为文化消费的主要途径。这里所说的"影视文学"有广、狭两种含义:广义的影视文学指的是以电视、电影为媒介,集声音、画面、文字等要素于一身的综合审美艺术;狭义的影视文学则专指各种影视剧的脚本。在影视作品发达的时代,大众阅读的不仅是影视剧脚本,更要观赏影视作品本身。除了各种影视剧之外,还出现了电视散文、电视诗歌等,它们给欣赏者提供直观的画面,再配以画外音文学朗诵,给欣赏者带来轻松直观的视听享受。此后出现的"摄影文学""图文书热"等,也在为催生"读文"到"读图"的转变推波助澜。

影视剧的繁荣改变了精英式阅读的欣赏方式,也改变了知识分子垄断文学的局面,文学随着影视的改编而逐渐走向了大众,走向了民间。由于影视文学的通俗性,无论是电视电影观众还是影视文学脚本

---

① [美]约书亚·梅罗维茨:《消失的地域:电子媒介对社会行为的影响》,肖志军译,清华大学出版社 2002 年版,第 78 页。

的阅读者,已经不再需要像精英读者那样须有专门的阅读素养,在画面、音乐、声音的帮助下,观众很容易明白作品的故事情节。欣赏者可能没有读过《三国演义》《红楼梦》等文学名著,但这并不影响他们欣赏电视剧《三国演义》《红楼梦》等。就连影视作品脚本都比经典文学著作更容易阅读,因为其脚本的叙述多了些对话描写或场景说明,只要有一些基本阅读能力就不难感受。

与传统文学的精英阅读不同,影视文学时代的大众阅读者少有人怀揣诗意的理想和对文学顶礼膜拜的崇高感,他们的阅读(观赏)更多只是为了消遣娱乐,并且将纯粹的个人阅读行为变成大众或小众群体的观赏行为。在欣赏作品时,不仅可以与众人分享作品的感受,也分享交往的快乐。轻松随意、无须思考使得影视欣赏成为大众的文化狂欢,原来文学阅读时那种苦心孤诣的意义探究被放弃,无须沉重的思考!虽然影视的"阅读"已经没有精英审美阅读的纵深感,但是它的惬意与洒脱,同样可以给"阅读"带来美感和愉悦。

由于影视剧生动的画面感消解了文字阅读的蕴藉性,培育了许多年轻人以视听观赏代替文字阅读的习惯,他们更乐意去看那些已经被人解读好的影视剧,甚至只喜欢那些展现俊男靓女的偶像剧。加之一些影视剧和电视类节目越来越通俗化、娱乐化和商业化,因此,这种文学接受方式的审美效果受到许多人的质疑。

再次是网络文学:从"读书"到"读屏"。1994年,互联网正式登陆中国后,迅速以数字媒介的先锋姿态为文坛开启了一个网络文学的新时代。网络文学的媒介是数字化"比特",它是一种拟象性信息方式,即可以用来表征现实又能够进行自足铭写的仿真符码。"比特"拥有随缘演化、海量贮存、无限传输的强大功能,可以处理单媒介的文字,也可以处理图像或声音,或者文字与图像、声音的结合,以及各种超链接文本。网络文学无论在文本形态、创作方式、传播方式还是功能价值等方面，都与传统的纸质文学存在很大的差别，其所引发的从"读书"到"读屏"的转变成了文学绕不开的宿命，也改变了文学阅读市场的格局。

从文学阅读的角度看，网络文学阅读方式的改变不仅是从"读书"转向"读屏"那样简单，它的最大区别还有两点：一是欣赏者的阅读心境不同；二是界面操作的欣赏方式有别。前者是指网络"读屏"时轻松、休闲、愉悦的心境期待和心理动机。传统的文学阅读更注重作品的意义领悟和道义承载，期待发掘阅读对象隽永的寓意，因为那种阅读不仅仅是"阅读"，更是阅读中潜移默化的深度体察和阅读后的反思颖悟和心灵净化，文学的"载道经国"和"为民请命"已经约定了阅读者所秉持的社会责任和艺术使命。网络文学阅读则不是这样，人们用"冲浪"来比喻上网的姿态和感受是十分形象、非常恰当的，因为网民在这里需要的是娱乐和松弛、是自由和狂欢、是公共空间的自我放逐，甚至是一种猎奇心理的满足。所以有人将网络阅读称为"超级"阅读——它已经超越了原有的纸介阅读范式，也超越了文学阅读的主体责任。后者是指网络阅读者从"推"欣赏走向"拉"欣赏的信息获得方式。由于技术条件的便捷，网络阅读可以从容地变被动接收为主动选择和积极参与。面对浩如烟海的网络作品，阅读者对屏幕界面的信息流转有了极大的选择权，信息的传播由昔日发送者"推给"（pushing）变成了现在接收者的"拖出"（pulling），能动地自由选择权让网络阅读"想哪是哪""要什么就有什么"，轻松获得"任何时间任何地点的任何信息"，这对于文学阅读来说，是对信息局限的超越，是一次阅读话语权的极大解放。

面对自由度如此之大的文学阅读方式，众多曾经坐在电视前的年轻观众立刻转向了电脑桌前，成为"屏幕守护者"。据统计，截至2008年年底，我国网民已经超过3亿人，他们之中如果有十分之一乃至百分之一的人浏览文学信息，网络文学的"超级"读者就将是一个庞大的读者群。在网络上，他们充分掌握了阅读的主动权，可以随意选择自己所喜欢的内容来阅读，即兴发表自己的评论。诚然，网络阅读给阅读者带来了自由，却受到数字传媒产业化的冲击。近年来，许多网站实行"付费阅读"举措，把网络的"超级"阅读变为"有偿取用"，这与传统文学阅读需支付前期购买成本或许是殊途同归的。

最后是手机文学：从"在线冲浪"移至"拇指阅读"。进入新世纪以来，手机用户迅速增加，手机文化成为社会大众文化强劲的一翼，短信文学成为短信的"内容产业"，也成为新媒体文学的一支新军。普及率超过总人口50%的广大手机用户均可成为"段子"读者，他们成为"拇指"文学阅读的庞大群体。短信文学又叫"手机文学"，是"手机一族"用手指打造出来的文学新类，其内容的练达、创意的睿智、文字的鲜活、表意的凝练，一洗阅读传统鸿篇大著的沉重和艰辛，体现出"短""趣""智""新"等特点。由于受到手机技术平台的制约，手机短信容载的文本空间并不大，所以短信写作者尽可能地让文字彰显精致与生动。读者在方寸之间即可以手指的灵动点击领略都市生活的流行趋势，在指掌上品味文字的风趣睿智。

短信文学的文体主要是诗歌和小说。由于诗歌语言精短含蓄和分行排列的特征，更容易成为手机文学爱好者欢迎的文体。许多早已偃旗息鼓而潜伏于民间的大小诗人们，纷纷拿着手机加入"拇指族"的行列，将一首又一首署名或未署名的诗歌，以短信的形式频频发送出去，有些作者甚至在自己的诗集上注明"短信诗歌精选"的字样。除了诗歌，短信小说也成为小说新锐。2000年1月，日本的手机连载短信小说《深爱》，一年内预定就突破了 200 万用户。三年后，广东文学院签约作家千夫长创作了国内第一部短信（连载）小说《城外》，并被北京华友世纪通信有限公司以 18 万元的高价独家买断"无线版权"。这部情感小说只有 4200 字，分为 60 篇，每篇 70 个字。虽然小说短小，但其含义却不亚于传统的长篇小说。《城外》的出现打破了手机娱乐内容的局限性，大大拓宽了"拇指文学"的发展空间，将平民化写作由网络文学直接延伸到手机短信领域。

由于短信文学的匿名性、随意性、时效性、娱乐性、民间性和互动性，再加上它的内容短小，所以被称为人们的精神"早点"或"电子零食"，给阅读者带来一种全新的阅读感受。阅读手机文学既无须设备设施，也不用正襟危坐，读者只需将手机把玩于股掌，即以随时阅读，即兴交流，让拇指与快感共生，心情与文字齐飞，接收者伴随音乐的报铃声打开手机，一行行快意悦心的短信映入眼帘。面对短信作品，你可以慢慢品味，自我陶醉，也可以转发他人，与朋友分享，还可以飞动手指回复对方，编撰所感所想创作自己的作品，这正是短信文学阅读的最大优势，也是它广受青睐的重要原因。拇指轻击，即可会心一笑；随手摁动，便能挥洒才情。拇指阅读，实在是数字媒介恩赐给我们的一大文学机缘。

2.7.2 文学阅读变化与文艺学当代形态建构

30 年媒介变迁影响着文学类型的改变，新的文学体裁的出现又影响了这 30 年的文学阅读。文学欣赏对象和文类阅读方式的改变，其所带来的不仅有文学传播路径的不同和文学读者群的变化，还有文学观念的裂变、文学审美性能的解构和文学认知方式的多元。这对于我们建构文艺学当代形态，能有一些什么样的启示呢？

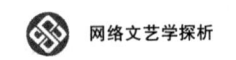

第一，不同媒介文本多重阅读方式的并存，彰显出文学形态的时代变迁，更需要有文学观念的建构。

王国维曾说，"一时代有一时代之文学"，时运交替，质文代变，自古而然。文学是时代妈妈的儿子，如果说时代进步是一维的，不可逆的，那么，文学和文学阅读的历史递进也将是矢量的，不容回避的。30年阅读方式的变迁就如同这30年中国社会所发生的巨大变革一样，不仅已成为一种历史性的存在，也是一种文学历史的必然。我们从中看到的是，从传统的精英阅读到影视作品的大众阅读，再到网络时代的"读屏"模式和手机媒介上的"拇指"点击，作为文学作品本体依存的"媒介"因素起到了决定性的作用。特别是电子和数字媒介出现以后，文学阅读更是被技术传播媒介所左右，技术本体的承载和传播方式制约了文学的接受范式。从文字阅读到视听观赏，从读书到屏幕，从单媒体到多媒体，从被动接受到能动选择，乃至于从语言体悟到图像"内爆"，从寓教于乐、潜移默化到孤独狂欢、自娱娱人，这每一次变化都与文学媒介的改变有关，或者说是媒介变迁的必然结果。因而，我们特别需要关注数字媒介下的文学艺术转型，关注阅读方式改变所体现的文学观念延伸。

"文变染乎世情，兴废系乎时序"（刘勰），当电影、电视、网络、手机等新媒体文学切入文坛，走进我们的生活，并在文学领地竖起自己界碑的时候，文学阅读市场出现阅读方式、阅读对象置换和阅读主体的结构性变化是文学适应传媒、市场、艺术等多重需要的结果。这时，我们需要高扬通变意识，重塑技术媒介时代的文学观和文学阅读观。这里有三个层面的观念建构是十分重要的：首先，要培育数字传媒时代的文学生态观。既然数字影视、网络文学、手机短信文学的诞生和发展，是与知识经济时代的新媒体环境相适应的，或者说，是技术传媒环境的必然产物，无论是文学创作还是文学阅读，都需要在这样的媒介母体上来实现，因而培育数字传媒时代的文学生态观是文学发展的需要，更是"文学人"的应有立场。其次，要构建新媒体时代的"大文学"观和"准文学"观。计算机、互联网、手机等数字媒介接收终端及其所衍生的文学存在方式，在拓展出新的文学空间的同时，也把传统意义上的文学范式挤到了历史的后排，这时候需要我们重新审视原有的文学观念。"大文学"观是指文学与视听艺术、图像文化相互渗透所形成的文学形态，而"准文学"观则是指文学与日渐审美化的日常生活方式融合所形成的突破原有文学边界的"文学"，它们与世俗化、娱乐化和市场化的大众文化互为表里，一起构成消费社会的文化景观，要是把这些全部排斥出文学之外，当代文学还剩下什么呢？再次，需要倡导平民的文学观，涤除文学的贵族气。人类在蒙昧时代的说唱文学以口耳相传，造就了原始初民"杭育，杭育"派诗歌的大众文学；在文字书写和印刷传播的硬载体时代，文学消除了口头文学言过即逝、流传不远的弊端，而形成了语存字贵、文以经世的古典文学观，同时也滋生出文学的贵族气——诗人、剧作家、小说家不仅成为社会分工的特定职业，而且常以社会代言人的角色出现，变成一种身份和地位的象征，从而使一些文学作者滋生出一种神圣的优越感和贵族心态。"信息时代的网络文学则不同，这时候，'比特'的运动代替了'原子'的构成，艺术流通从硬载体流通转向软载体撒播，创作者以电脑和艺术双重'发烧友'身份上网冲浪，作家的桂冠正在被无名氏的网民所分享。这就带来两个显著的变化：一是创作者的社会角色发生了改变——艺术角色与非艺术角色、文学创作者与文学欣赏者之间的界限出现了交互式转换；二是创作目的发生了变化——由载道经国、社会代言变为自娱或娱人。前者意味着视创作为'高山仰止'的状况成为过去，文学艺术创作的权利由少数人向更多人转移，社会弱势集团可能获得更多的表达和接受的权利与机会；后者则可能使文学摆脱功利主义的重负，回归到袒露心性、悦情快意的自由本质，把文学拉向平民和通俗，进而使得真正属于民众和底层的声音被传达出来。"① 所以，涤除文学的贵族气，培育平民的文学观，应该是网络时代的必然选择，也是体认30年来文学阅读市场变化的一个基本立场。

第二，文学阅读的媒介载体置换，折射出社会变革期的文化冲突。

30年文学阅读变化的源头是技术传媒的代际变迁，可这一系列变化的背后蕴含的却是社会文化的冲突和文学审美底色的消退。说它是文化的冲突，主要体现为数字媒介带来的"图像主因型"文化与传统印刷文学的"文字主因型"文化的冲突。30年来，从"持书读字"到"荧屏观景"，从"网上冲浪"再到"拇指找乐"，活生生地印证了丹尼尔·贝尔那个有名的断言，"当代文化正在变成一种视觉文化，而不是一种印刷文化，这是千真万确的事实"，他认为这将成为"应运而生的一种新美学"②。在今天，几乎所有的符号生产与传播都开始大幅度地借助以信息技术为尖兵的数字媒体，特别是互联网的技术强势和传播优势，催生并拉动了技术社会的图像转型和视觉转向。电影、电视、电脑、网络、数码摄影摄像，以及它们的延伸物如歌碟、影碟、娱乐软件、网游平台、超文本作品、网络多媒体艺术、网络播客抑或恶搞与自拍，乃至层出不穷的各种电子播放器，

---

① 欧阳友权：《网络文学：挑战传统与更新观念》，《湘潭大学学报》2001年第1期。
② [美] 丹尼尔·贝尔：《资本主义文化矛盾》，赵一凡等译，生活·读书·新知三联书店1989年版，第156页。

手机短信、彩信与彩铃等。还有"三电合一"趋势和"3G"技术的使用，更是十分便捷地把符号生产与图像消费覆盖到社会的各个领域和日常生活的各个角落，用数字化技术创造了"图像化生存"，又用"图像化生存"改变了人们的生存方式，让图像社会的"镜像文化"加速成为技术社会的文化主打和迥异于话语书写时代的文明形态。可以说，无论是从文化现实的层面上，还是在文化观念和思维认知的层面上，图像表意都已被深深植入当今社会的文化表意系统，"视"正从一种主体的自然行为变成一种选择性的文化方式，进而衍生为社会的文化艺术形态，"其所昭示的从'文字表意'文化向'图像表意'文化的深刻转型，正日渐消解一直占主导地位的文字主因型文化。由此带来的文化裂变和审美转型已经成为当今极具影响力和彰显度的文化事件，它影响的不仅是当今社会的文化生态，而且事关未来的文化建设和文明走向"①。可见，文学阅读的变化仅仅是图像文化挤压文字文化的一个表象，其深层的原因则是绕不过去的文化冲突，是基于传媒社会学的文学媒介学和符号美学施之于审美阅读行为的必然结果，其潜因则是数字媒介革命的巨大历史性推力所引发的文化裂变与市场调适。

第三，技术媒介对文学阅读的影响，最终影响的是文学审美对于"文学性"的祛魅。

有学者提出："大致言之，读小说是工业时代（甚至是农业时代）的发明，因此，慢、重、深就成为文学阅读的基本特征；看电视，网上冲浪则是后工业社会的产物。于是，快、轻、浅就成为'读图时代'的重要表征。"② 这里揭示的道理在于：社会生产方式始终是文

---

① 欧阳友权：《数字传媒时代的图像表意与文字审美》，《学术月刊》2009 年第 6 期。
② 赵勇：《媒介文化语境下的文学阅读》，《中国社会科学》2008 年第 5 期。

学和文学阅读方式变化的母体和依归,这是毋庸置疑的。但透过"快、轻、浅"对于"慢、重、深"的阅读挤压和日渐取代,其背后的深层学理还在于:"慢、重、深"的阅读之于文学作品的意义颖悟是"快、轻、浅"的阅读方式所难以拥有的;换言之,快速浏览时的"快、轻、浅"与传统阅读讲究的"慢、重、深"之于作品"文学性"的体察与把握是大相径庭的。也就是说,文学阅读快餐化、视听化、图像化、技术化的过程,可能成为文学深层阅读意义递减、文学审美效果解构、文学性不断被祛魅的过程。笔者曾分析过网络文学阅读的祛魅现象:"数字化比特叙事所创造的是图文语像汇流的技术文本,在这里,文学很容易由间接形象的'语像'(language iconography)转化成为直观的'图像'(structured image),昔日的'语言艺术'变成了图文兼容的界面文本,那种通过书页文字解读和经验还原以获得丰富想象的间接性形象,已经让位于图文兼容、音画两全、声情并茂、界面流转的电子快餐。此时,文字的诗性、修辞的审美、句式的巧置、蕴藉的意境等,一道被视听直观的强大信息流所淹没,语言文字独有的魅力被技术'祛魅'或'解魅'了。"①

改革开放30年来我国文学阅读的发展是一个越来越快餐化、图像化、技术化的过程。进入21世纪后,数码技术的"无所不能"和数字信息的"无远弗届",正在把大众化的"祛魅"工具交到每个数字用户终端。在新媒体阅读语境中,昔日"纸面"凝聚的文学性被"界面"的感觉撒播所碾碎,文学表达对技术机器的依赖,无情地分割了原有的文字美与文学审美,用过剩的符号信息制衡了文字的蕴藉体验。当作品的"界面"流动淹没"纸面"沉淀的思想时,文字阅

---

① 欧阳友权:《数字媒介与中国文学的转型》,《中国社会科学》2007年第1期。

读时的那种风格品味和诗性魅力便荡然无存了。众所周知，汉语文字的表意系统具有内视性、蕴藉性、想象性和彼岸性的审美特性，对文字表达蕴藉的细嚼慢咽、心灵内省和思想反刍，是文学审美的高峰体验，欣赏者对文字表征的间接形象思而得之、感而悟之、品而味之，能获得"言有尽而意无穷"的阅读效果，但在影视文学、网络文学、手机短信文学等数字媒介作品中，文学的诗性特质被电子"仿像"的技术操作所拆解，文字的隽永美感让位于图文观赏的快感，艺术欣赏变成了感官满足和视像消费，文学应有的品质就这样给"电子幽灵"吞噬了，"文学性"——这个文学审美的内蕴支点和文艺学建构的核心命题也就失去了持论的现实基础。

当然，这样说并不意味着对新媒体文学类型和文学阅读方式的简单否定。传统文学与新媒体文学、精英阅读与快餐阅读、"读屏"与读书，它们各有所长又各有所用。凸显这一问题的意义，在于检视改革开放30年来文学阅读的演变轨迹，更在于从这个轨迹中廓清文学本身在技术媒介变革中的发展脉络，以便为文学的未来发展开拓更大的生存空间。

2.8 文学研究的范式、边界与媒介[①]

媒介的变化是文学艺术变化的直接诱因和强劲推力，而文学艺术的改变必然会引起文艺理论观念的变迁和学理范式的裂变与更替。

---

① 本节原载《文艺争鸣》2011年第4期。

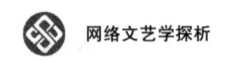

2.8.1 文学研究范式的历史回解

昔日的文艺学边界是基于歌乐舞口头说唱艺术和书写印刷时代"原子式"文艺存在方式日渐形成和积累起来的，是那个历史时代特定艺术活动形态、特定媒介方式的观念表达和理论积淀。从"杭育，杭育"派的劳动号子，我们懂得了口头说唱文学的原始表达是基于"劳者歌其事，饥者歌其食"的"身体叙事"；用"切肤之痛"的肢体媒介表达"心灵之痒"的精神欲望，需要"解衣般礴""涤除玄览"及"辞达而已"，"击石拊石"的载歌载舞；后来的"关关雎鸠""砍砍伐檀"的国风之声，成就了先秦诗论讽喻讥刺、乘物游心、言志名理的文论传统。在书写印刷术成为大众传播主流媒体的时代，艺术品的批量生产和"硬载体"传播方式创造了艺术生产力神话，社会分工的技能专业化把文学艺术创造的专门技艺推向高精尖的"神坛"，社会公众对艺术的仰视和主流社会意识对艺术的倚重，使文学艺术的个人化"言志"和"缘情"动机转化为大众代言的"载道"之器和社会变革的"有为"之举，伴随风云变幻的社会历史进程，艺术的迁想妙得和气韵生动开始承载"有补于世""经邦纬国"深重使命。为适应这一变迁，中国历史上入世为用的儒家文论和楚骚美学传统以主流的"显学"而成为文艺学的观念主打，而道家文论和禅宗玄学美学则因为其"无为"和"遁世"的表象，成为一股理论的潜流在纯艺术领域"大音希声"般涌动。这时候的文学艺术是"纯文学"和"精英艺术"的天下，我们今天所秉持的古典文论传统的理论惯例及其知识谱系，就是在这样的媒介背景和艺术存在范式中逐步积累和形成的。我国文艺学所依傍的艺术认识论、艺术本体论、艺术创作论、艺术发展论和鉴赏批评论，抑或如西方学人艾布拉姆斯所提出的"世界、作者、作品、读者"的四维逻辑支撑的理论框架等,无不是书写印刷等原子(物质)媒介时代形成的文艺学理论范式。

2.8.2 数字媒介载体与文学研究的范式与边界

无论是西方文论模式还是中国文论传统,不管是文艺理论的经典形态还是其现代形态,我们的文艺学的理论大厦和知识系统,都是过去那种物质媒介时代艺术存在方式的观念表达,是对一种艺术媒体符号类像的学理阐释。"立象尽意""以形写神"源于物质造型艺术,而司空图倡导"韵外之致、味外之旨"、严羽提出的"羚羊挂角,无迹可求",显然和语言文字媒介的间接表意方式不无关系。在艺术媒介及载体迅速演变的信息时代,电子媒介如电影、电视、广播、摄影、摄像等成为20世纪以来全世界的艺术新宠,而数字媒介如互联网、手机、数字电影、数字电视、数码摄影、数码摄像、3G传载、数字广告以及层出不穷的数码播放器和接收终端的出现,更是把艺术媒介带入希利斯·米勒所说的"电信时代"。这时候,新媒介带来了不断衍生的新文类和新艺术,网络文学、数字音乐、网络绘画、数字影视、网络动漫、网络戏剧、网络曲艺、网络游戏、网络博客与播客,乃至网络恶搞和虚拟偶像等,成为艺术与技术的"混血儿",并很快走进大众的艺术视野,文学艺术的存在方式开始转化为"数字化生存",文艺作品开始向新媒体文化蔓延,由艺术的技术性引起的技术的艺术化,使得"日常生活的审美化"和"审美的日常生活化"成为艺术的走势和生活的常态,文艺学所要面对的已经不限于过去"硬载体"时代的文艺作品和文艺问题,而是延伸出"软载体"覆盖的新媒体作品和新艺术命题,理论扩容、边界拓新、视野焦点挪移、学科内涵增生和理论观念变异等,就成了不容回避的理论课题。这时

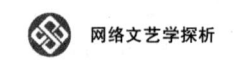

候，文艺嬗变所引发的文艺观念和文艺学理论的改变，已经不是一个存不存在或者要不要变的问题，而是一个如何应变和怎样建构的课题。

早在一个半世纪以前（1857年），马克思在《〈政治经济学批判〉导言》中就曾拿希腊艺术同现代科技的关系作例子，说过这样一段十分有名的话：

> 成为希腊人的幻想的基础、从而成为希腊（神话）的基础的那种对自然的观点和对社会关系的观点，能够同自动纺机、铁道、机车和电报并存吗？在罗伯茨面前，武尔坎又在哪里？在避雷针面前，丘比特又在哪里？在动产公司面前，海尔梅斯又在哪里？……在印刷所广场旁边，砝码还成什么？……阿基里斯能够同火药和弹丸并存吗？或者，《伊利亚特》能够同活字盘甚至印刷机并存吗？①

是的，技术的进步已经改变了人们对自然的观点和对社会的观点，当艺术生产所依赖的母体更替了背景，变迁了依存媒介，文学理论观念的渐变或裂变都应该是一种常态，一种必然的需求，甚至是一种学术责任。因为特定时代的物质技术媒介总是同特定生产生活方式相关联的，无论是物质生产生活还是精神生产生活，都无可避免地要受到技术媒介及其生产生活方式的制约，尽管物质生产与艺术生产之间存在不平衡的现象，但经济、技术、媒介的物质"轴线"同精神产品、艺术作品发展的"曲线"之间总会呈现出协调与同构的逻辑关系，而不会是完全背离或互不相干。在今天，互联网媒介的触角延伸

---

① 《马克思恩格斯选集》第二卷（上），人民出版社1972年版，第113—114页。

和数字媒体日渐彰显的影响力，已经使得从原子（Atom）到比特（Bit）的信息媒介转型势不可当，数字化的"信息的DNA"①已成为当代社会的基本要素，深刻改变着我们的生产、生活与交往方式，重塑人们的认知思维和观念模式。不仅如此，互联网还在艺术审美领域重组人与网络世界的审美关系，以无纸写作的电子文本重构新的艺术存在方式，营造虚拟空间的技术诗性。昔日的文学艺术作为被Internet率先激活的审美资源，已全方位地介入第四媒体之于艺术成规的转型和技术美学的书写。文学研究的边界位移就是在这个过程中历史性地出场的。

2.8.3 新媒介与文学研究范式、边界变化的必然性

当我们的社会经历着以信息高速公路、数字地球为代表的新的信息革命时，文学艺术的悄然变化不仅是巨大的，也是必然的。较早涉猎电脑艺术和网络超文本研究的黄鸣奋先生曾对信息科技进步带来的艺术变革有过这样的描述：由社会分工决定了身份的文艺家将不再是真正意义上的艺术主体，取而代之的将是超越日常身份而相互交往的网民，他们匿名上网，通过角色扮演而传达情思的活动将成为艺术主流。艺术手段的代表，将不再是千百年来置身于岩石、青铜、布帛、纸张等相互分割的硬载体的文本，而是网络上彼此融通、声情并茂、随缘演化的超媒体。艺术加工方式的主要特征，将不再是目标明确的有意想象，而是随机性和计划性的新的结合。艺术所奉献的对象，将不再是从事仪式性、膜拜性景观与谛听的读者、观众或听众，而是积极参与、恣心漫游的用户。艺术内容的来源，将不再是独立于艺术活

---

① ［美］N. 尼葛洛庞帝：《数字化生存》，胡泳、范海燕译，海南出版社1997年版，前言。

动、先于艺术活动而存在的所谓"客观生活",而是和艺术活动融为一体、主客观密不可分的数字化生存。艺术环境的构成要素,将不仅仅是人和自然,而且包括智能动物、高级机器人等由高科技创造的新型生物。①这些描述表明,数字媒介的更替已经从艺术生产、艺术存在方式等各个侧面带来了当今时代的"艺术变脸",并日渐改变了整个传统文艺所赖以安身立命的根基,这时候,文艺学的学科内涵和文学研究的学科边界能不发生改变吗?处身在社会变革和技术媒介更新如此激烈的时代,我们的理论研究如果不能赢得对现实的理论解说力,这种研究的意义何在?文艺理论何以进步?研究者又何以自立呢?这时候的文艺学研究不仅要研究传统的文艺作品和文艺经验,还应该研究新媒体文艺作品以及由此引发的各种新媒体文艺事实和文艺问题,应该从变化着的现实出发,"关注视像文学与视像文化,关注媒介文学与媒介文化,关注大众文学与大众流行文化,关注网络文学与网络文化,关注性别文化与时尚文化、身体文化,而文艺学则必须扩大它的研究范围,重新考虑并确定它的研究对象,比如读图时代里的语言与视像的关系,网络文学与文化中的虚拟空间,媒介时代的文学与传播,时尚时代文学的浪漫化、复制化与泛审美化,全球化时代的大众流行文化、性别文化、少数族裔文化以及身体文化。至少电视文学、电影文学、图像文化、网络文学与网络文化应及早进入文艺学研究和文学理论教学的工作程序"②。

　　从逻辑的角度考察,学科分工是学术进步的重要基础,文艺学学科经过漫长的学术积累,已经形成了自己的学科特性、学科界限、学

---

① 黄鸣奋:《信息科技进步与艺术变革》,《文艺报》1999 年 4 月 13 日。
② 金元浦:《重构一种陈述——关于当下文艺学的学科检讨》,《文艺研究》2005 年第 7 期。

科内容和学科规范，强调边界与特性乃至捍卫学科的尊严都是可以理解的。但是，由于电子媒介引起的传播革命导致文学艺术与审美化的日常生活之间的界限逐渐模糊和湮灭，原来处于边缘地带的一批泛审美化样式如影视文学、网络文学、流行歌曲乃至广告词等吸引了人们的视线，美容、购物中心、街心花园、超级市场、环境设计等也打入了"艺术"的圈子，"挤兑"传统的文学而占据大众文化生活的注意力。在这种背景下，无论研究文艺学的内涵还是辨析文学研究的边界，首先考虑的应该是回答现实生活和文艺嬗变中重要的、难以回避的问题，而不是用胶柱鼓瑟式的理论姿态把自己束缚在某一"边界"之上。正如科内尔·韦斯特所说的："这里的关键不仅是跨越现存的学科疆界，而且更迫切的是……对学科疆界本身提出质疑。"[1] 面对文学和文学理论边界所发生的移动，我们需要以开放的心态关注现实的立场，把渗入大众生活中的审美活动，纳入拓展后的文学边界。在媒介和文化均出现历史转型的背景下，文学理论应该正视现实，以通变的学术立场解读生活中新出现的文化艺术形态，及时调整、拓宽自己的研究对象与研究方法。

---

[1] ［美］科内尔·韦斯特：《少数者话语和经典构成中的陷阱》，罗钢、刘象愚主编《文化研究读本》，中国社会科学出版社2000年版，第206页。

第3章 观念谱系

3.1 网络文学的体制谱系学反思①

在文学史上,从来没有一种文学像网络文学这样与新兴的传媒技术那么近而与传统文学体制那么远,也从来没有一种文学生产像网络写作这样,拥有如此大的自由度又如此轻松地解魅文学旧规;同样,也没有哪种文学会像网络文学这样,备受诟病、争议不断以至于命名艰难。可以说,我们这个时代的文学因为网络的出现开始改变原有的轨迹和发展格局,网络却因为文学的加盟而赢得了自己更多的关注群体,增加了文化含量。

其实,无论是创作、阅读或评说、研究网络文学的社会族群,还是收揽、传播或开发、经营网络文学的传媒公司和网站编辑,均在当

---

① 本节原载《文艺理论研究》2014年第1期。原文系国家社科基金重点项目"网络文学文献数据库建设"(项目批准号:11AZW002)研究成果之一。

下数字技术霸权的掣肘中不断调适自己原有的角色，形成了文学历史节点更替的"转型共同体"。不过，由网络传媒触发的种种文学嬗变，无不受制于一种深层的观念裂变——文学传统规制与传媒技术宰制的现实博弈。数字技术的强劲推力不仅为文学打上了"网络"的印记，还日渐内化为文学的某些新特性，创生出网络文学不一样的品格，并通过文学体制谱系的悄然置换，让千百年来积淀起来的文学规制出现"格式化式"变异。于是，对网络文学作体制谱系学的辨思便成为我们体认网络文学一个绕不过去的重要"端口"，它把文艺理论转向与转型的时代命题推到了当今文论建设前沿，需要认真的学理逻辑反思。

3.1.1 主体身份

网络文学话语权的下移蕴含着技术"草根"对知识精英的僭越。

自打人类社会出现职业分工，文学便成为"文人之学""文化之学""文心之学"，是断文识字的知识精英表达情趣、酬唱应和的交往方式，抑或感世伤时的有为而作、体察社稷民情的时代发声。无论诗歌的深情抒发还是小说的细腻描写，都需要用艺术灵性的专门技能形成精英书写的膜拜价值，以长期训练和经验传承创造独具个性的文学作品。因而，传统的作家居庙堂之上而忧其民，处江湖之远而忧其君，他们的"身份"意识里承载着经邦治国的深沉使命。有了"作家"的无冕身份，便可一边以"立言""立德"之高远志向切入社会文化主流，一边用"上智"精英之自信力掌控文学话语权。因而，文学之事，从孔子开始便一直是"思无邪"的持正之声和"兴观群怨"的社会权力、民生道义的象征，而不只是一己一事的个人表达。到了现代，社会分工的平权意识淡化了人们的身份特权，作为公共知识分子的作家即使不以"精英"自居也属"文人"之列，仍然秉持专业专享的文学话语权，并用文学话语表征文化政治话语，以文学发声覆盖社会各个层级，在给定的"圈子"内追求纯文学的深刻与精致，让精英写作的文学阵营蕴含一个时代的文学力量，通过印刷媒介载体批量生产，让经过甄别抑或推崇的作品向社会公众作单向度传播。在我国，以作家协会为管理机构的"会员体制"，让作家有了制度的归属感和族群的认同性，也强化了他们的文化身份和社会层级属性，文学的天空，得靠他们撑着呢！

互联网的出现打破了这一文学体制。数字化网络用技术平权的操控方式不断对精英式写作主体釜底抽薪，实施文学话语权的下移与"均等革命"。它让"作家"变身为"写手"，把文艺女神从高堂拉回民间，让"人人都能当作家"的梦想变成现实。网民手中的键盘鼠标一夜间替换了昔日的"文房四宝"，知识化的民间表达，草根性的底层书写，昔日对文学充满向往又不无敬畏的"沉默的大多数"，便齐刷刷地对网络投来文学眼神，形成了一股"草根"书写恣肆奔涌的洪流。文学写作不仅回归"劳者歌其事，饥者歌其食""感于哀乐，缘事而发"的大众体制，还由于新媒体的迅速普及而让网络上的文学行为呈前所未闻的"爆炸式增长"态势，形成新世纪以来汉语世界的"网络文学现象"。有统计显示，截至 2012 年 12 月底，在我国 5.64 亿网民中，有网络文学用户 2.33 亿人，网民的文学使用率为 41.4%。这其中，有超过 2000 万人上网写作，网站注册写手约 200 万人。文学网站及移动终端每天的文学阅读超过 10 亿人次，仅盛大文学麾下的几家在线中文写作平台就有签约写手超过 150 万人，这样的"文学大跃进"可谓前所未有，数量惊人。我们知道，我国现有作家协会会员不足 2 万人（中国作协会员约 9000 人，44 个省级和行业作协共有会员 9300 人），即使加上没有加入作家协会的业余作者，与百万计的签约写手和千万计的上网写作大军来比，其数量之分殊仍不可同日而语。不过这种落差的意义主要还不在数量的多寡，而在于主体身份的开放、文学话语权的解放和民间文学生产力的释放，是"作家"身份消解后技术"草根"对知识精英的体制性僭越，它所创造的巨大文化关注，重构了足以表征一个时代的文学新语境。

3.1.2 创作范式

网络自由写作的"无障碍"模式颠覆了传统文学的写作秩序。

文学写作无疑需要专门的技能。人类社会分工不断把这种技能从"专门"推向"专有"和高端。千百年创作经验的积淀，通过文学经典的凝聚而代代相传，从而形成强大的传统壁垒和"秩序力量"，使人们对什么是小说、怎样才是好诗，以及创作的每个环节有了约定俗成的规范、规制乃至规律。从屈原到杜甫，从施耐庵到曹雪芹，抑或现代文学史上的鲁（迅）、郭（沫若）、茅（盾）、巴（金）、老（舍）、曹（禺）、艾（青）、丁（玲）、赵（树理）……一个个熠熠生辉的文学星座高擎着创作的标杆，并通过《文心雕龙》《诗品》《沧浪诗话》《原诗》《人间词话》等历代文论、诗论、词论、曲论等著述，得以总结经验或提升理论而代代传承。于是，文学秩序不仅是或然的"秩序"，也是必然的逻辑和令人膜拜的传统，甚或是必须遵循的创作典律。

然而这一切均因现代数字化技术的出现而发生改变。计算机网络让技术成为传媒，它对文学秩序的坚守形成了"解构"与"建构"的双重力量：一方面颠覆了传统的写作秩序，同时又对文学活动实施"颠覆性建构"，用自己的"技术宰制"打造出自由写作的新秩序。

如网络写作和发表的无门槛、零成本、不计身份、机会均等和操控简易，消除了传统的编辑把关或权威举荐的"前置筛选"模式，转而采取随性书写、自由发布、网民互动、市场选择的"后置认同"机制。我们看到，网络写作的匿名性消除了作者的"出场焦虑"；文学网民适于写还是不适于写消除了"身份焦虑"；他们写什么不写什么消除了"选择焦虑"；怎么写、什么时间写、写成什么样子消除了"制约焦虑"；网络写作键盘速度的"运指如飞"用高产神话消除了"速度焦虑"；而随写随传、指哪到哪的自由机制则从根本上消除了业余创作的"发表焦虑"……这时的文学写作实在是一件轻松而惬意的事情，这便是评论家李洁非很久以前就曾总结的："关于网络文化精神，如果非得用一个词加以概括，我所能想到的便是 Free。"他解释说："必须注意到，这种写作的冲动，不是平面媒体上作家写作的'文学冲动'，它没有边界，完全'Free'（取其所有含意）。"如"自由的、不受别人管制的""自主的""宽松的，无拘束的，随便的""自愿的""免去……（比如免费）""空闲的，打闹的""随时有的""任意的"，等等。①

相对于"比特"媒介的传播方式，传统的文学载体受到"原子"介质的限制，创作、传播、阅读是一种不脱离物质载体的"物理"行为。文学生产的各环节之间预设了诸多壁垒，如执笔写作时艰辛的"爬格子码字儿"，发表作品的"婆家难觅"，印刷出版面临残酷遴选和成本压力，以及物流周期、传播速度、阅读方式等环节的物理时空的限制等，因而文学生产与消费一直都是一种"圈子里的事儿"，高贵的文学一直被困在"象牙塔"里，生存空间日渐仄狭，普罗大众要

---

① 李洁非：《Free 与网络写作》，《文学报》2000 年 4 月 20 日。

想忝列"作家"只能是一个遥远而奢侈的文学梦想,要想阅读作品亦需花费不菲成本。早期的网络写手李寻欢对此深有感触:"在过去的文化体制里,文学是属于专业作家、编辑、评论家们的事情。它们创作,发表,评论,津津有味,却不知不觉间离开'普通人'越来越远。……现在我们有了这个网络,于是不必重复深更半夜爬格子,寄编辑,等回音,修改等等复杂的工艺了。想到什么打开电脑,输入,发送——就 OK 了。"他认为:"网络文学之于文学的真正意义,就是使文学重回民间。"他还形象地比喻说,如果说新文化运动解决了文学之于民众的"文字壁垒"问题,那么,网络则解决了文学之于民众的"通道壁垒"问题。①

自由是文学的本性,数字技术是人类从自然界中赢得更多自由的手段之一,而文学与数字技术的"联姻",让我们得到的就不仅是自然科学世界中自由对必然的超越,还有精神世界、情感世界、意义世界里人文价值的自由体验,后一层面已经超越了技术工具的征服而升华为形而上的人类本体论自由境界。1996 年,美国人约翰·P. 巴洛(J. P. Barlow)发表《赛博空间独立宣言》宣称:"我们正在创造一个每一个人都能进入的,没有由种族、经济权力、军事权力或出身带来特权与傲慢的世界;我们正在创造一个每一个人不论在什么地方都能表达他或她的不管多么单一的信仰的世界;你们有关财产、表达、身份、运动、背景的法律概念并不适用于我们。……我们将在赛博空间中创造一种新的精神文明。"② 如果这样来理解网络,那么网络自由写作对文学秩序的颠覆就不仅仅是一个媒介改变的载体差异,而是文学

---

① 李寻欢:《我的网络文学观》,http://dept.cyu.edu.cn/zwx/jiaoxueziliao/wdewangluowenxueguan.htm。

② [美]约翰·P. 巴洛:《赛博空间独立宣言》,《科技日报》1998 年 4 月 18 日。

本体与人类本体在数字技术平台上的交融。不过从文学的传统规制来追问，仍有一些新的问题期待我们解答。比如，一方面我们不得不面对"一个划时代的文化变迁在加速，从书籍时代到超文本时代，我们已经被引入了一个可怕的生活空间。这个新的电子空间，充满了电视、电影、电话、录像、传真、电子邮件、超文本以及国际互联网，彻底改变了社会组织结构……"①。另一方面，这些技术传媒带来了创作范式和文学秩序的改变，我们之于文学的各种观念也在发生深刻的变化，人们不禁疑虑：网络之于文学的影响究竟是如温纳（Langdom Winner）所说的"人的目标为契合工具的特性而进行调整"②，还是如波斯特所担忧的：任由计算机书写的"镜像效果"去"颠覆笛卡尔式主体对世界的期待？"③

3.1.3 传媒市场

传媒市场的文化推力，让网络文学用恒河沙数般的文学存量遮蔽了文学经典。

近年来，汉语网络文学作品的爆发式增长，已成为世界文学史上的一大奇观，也是网络文学以体量优势傲视中国文坛的基础。超过 2 亿文学网民的阅读期待，千万计上网写作大军，百万计网站签约作者，让网络原创之作以令人惊叹的巨大增幅涌向文坛，以"大跃进"式的高产谱写了这一文学的"海量神话"，创造了网络文学的"人气堆"现象。譬如，截至 2011 年年底，仅盛大文学旗下 6

---

① ［美］J. 希利斯·米勒：《论全球化对文学研究的影响》，《当代外国文学》1998 年第 1 期。
② Daniel Chandler, "Engagement with Media: Shaping and Being Shaped", *Computer - Mediated Communication Magazine*. 1996. http：//www.aber.ac.uk/~dgc。
③ ［美］马克·波斯特：《信息方式》，范静晔译，商务印书馆 2000 年版，第 151 页。

家文学网站①，就拥有作品数超过 580 万部，累计发布作品超过 730 亿汉字，每天有超过 6000 万字的原创作品增量，月度访问用户 6970 万人次，拥有作者总数近 160 万人。② 其麾下的"起点中文网"每天有超过 3 亿的 PV 流量，千万计的用户访问量，这几年来的几何式快速增长已让网站积累原创作品超过百亿字。老牌文学网站"榕树下"，每天能收到近 5000 篇自由来稿，1997 年建站以来，共收藏文学投稿超过 40 万篇。女性文学网站"红袖添香"有注册用户 240 万，储藏的长短篇原创作品总量超过 192 万部（篇）。"晋江文学城"简介上写着：网站有注册作者 40 万人，小说 65 万部，并以每天 750 多部新发表的速度继续发展。网站平均每 1 分钟有一篇新文章发表，每 3 秒有一个新章节更新，每 0.5 秒有一个新评论产生。网络上的高产写手、超长篇作品不断涌现，如淡然的《宇宙与生命》长达 2730 多万字，创下长篇之最。著名写手唐家三少曾在一年内写下 400 万字，并创造了连续 100 个月不间断更新小说的纪录，阅读人次超过 2.6 亿，2012 年 4 月，盛大文学为他申请了个人连续写作的吉尼斯世界纪录。我国有经常更新的文学网站数百家，加上门户网站文学板块、个人文学主页、文学社区论坛，还有超过 3 亿手机网民的"段子写作"、3 个多亿的微博群体，以及近 4 亿微信用户中的文学类信息，如此看来，网络作品存量的恒河沙数及其作品阅读的"涌动"效应，已经构成了我们这个时代特有的"网络文学现象"。其对汉语文学面貌的重新"洗牌"，对中国文学版图的改写

---

① 盛大文学运营的 6 家原创文学网站包括起点中文网（www.qidian.com）、红袖添香网（www.hongxiu.com）、小说阅读网（www.readnovel.com）、榕树下（www.rongshuxia.com）、言情小说吧（www.xs8.cn）、潇湘书院（www.xxsy.net）等。

② 该数据见盛大文学官网：http：//www.cloudary.com.cn/introduce.html。下文数据均来自所涉及的文学网站主页。

与整饬,对汉语文学存在方式的巨大影响,是过去任何一个时代、任何一种文学形态都不曾有过的。尽管这种文学尚存在"量"与"质"的落差,但无疑它已经用"海量"存在确证了自己的历史在场性和文学新锐性。

网络文学的高产神话带来的一个直接后果是用浩瀚的作品声势遮蔽了传统文学经典的光芒,尽管它不可能改变经典的艺术价值和已有的文学地位,但却能吸引广大读者特别是青少年读者的眼球,抢占经典的读者群资源;并且,网络作品的极量覆盖不会干预经典已有的历史影响力,但却可能减少人们对文学经典的现实关注度,搁置经典的魅力,影响经典的代际传承。我们知道,文学经典是历史积淀形成的由特定文化命意所标持的价值规范,它是由作者和读者互动生成、赓续认同的艺术标杆。从作者角度说,创作经典是一个作家的最高追求,经典写作是主体"春蚕吐丝"般付出却可遇不可求的成功境界;而从读者的角度说,阅读经典是受众之于作品的高位选择,是最值得深度阅读和仔细品味的审美大餐,因为经典所蕴含的深邃思想和永恒价值是滋养人生最好的心灵鸡汤。然而这一切,在网络创作和阅读中均被实施了祛魅性的"体制性超越"。网络写作重表达不重创新,重交流不重积淀,生动鲜活、直抒胸臆胜过精雕细琢和深沉厚重,戏谑仿拟、技术拼贴消弭了崇高的艺术原创,技术的无穷复制完全回避了艺术经典应有的沉积性,速成与速朽的瞬间转换不仅稀释了文本的诗性,也冲淡了人们对经典的审美追求。结果,复制就是本源,拼贴即是创作,吐嘈便是文学,文学作品成了"文化工业"的载体,技术化生产成为文学存在合理性的根据,文学的经典性连同对经典的信仰一道成了一个被遗忘的隐喻。与之相适应,网络的"填鸭式"阅读和"冲浪式"浏览追求的是单位时间内的信息获取量，文学网民对作品的欣赏一般不会去执意寻求"余味曲包"或"深文隐蔚"，而是浅阅读、轻触碰，快乐至上，快餐式消费，求一时之愉悦游弋于虚拟乐园，而不在意对象是否精致、深刻抑或经典。他们所诉求的是自况而非自律，所追求的是"当下"和直观，而不是深度与意义。此时，草根作品规模化覆盖与合法性在场掩盖了经典的缺失，文学经典及其所依存的那个体制，已经被新媒体文学跃动的活力隐遁庋藏。几年前笔者曾为此质疑：经典是由时间的历史累积而成的认同标准，它总是以"缺席的在场"方式历时性地延迟出场，而数字媒介写作却只在当下的空间共享交互的过程。当技术媒介越来越以自己的祛魅方式揭去艺术经典的神圣面纱，抛弃经典的认同范式，回避经典的深邃意旨，挤兑经典的生存空间时，艺术还有能力用"经典"来为人类圈起一个理性的精神家园吗？① 今天，从另一因由看，网络作品能以恒河沙数的存量和快慰阅读式营销遮蔽文学经典，其深层原因可能在于：经典文学追求高度，而网络文学更追求宽度，《诗经》《楚辞》《唐诗》《宋词》《三国演义》《红楼梦》等经典名著的尊崇地位是基于人文审美的艺术力量和历代人们对这种力量的信仰，而网络小说如《诛仙》《吞噬星空》《藏地密码》《鬼吹灯》《明朝那些事儿》等，则是依托人气和产业化助推开辟自己的生存空间。网络文学需要的是"活下去"，传统经典需要的是"升上去"。这样，尽管网络文学无力从品质上与文学经典形成正面对抗，却能依托技术配置的文化推力不断突破边界，把"数量"与"质量"的博弈演变为"技术"对"艺术"的胜利，继而让经典遭遇"束之高阁"的祛魅和"高处

---

① 欧阳友权：《数字媒介与中国文学的转型》，《中国社会科学》2007 年第 1 期。

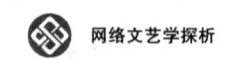

不胜寒"的冷遇。网络文学以"面"的覆盖替代"点"的占位,用迅速抢占消费资源的"大众覆盖"策略制衡文学经典的权力话语,消解其原有的膜拜价值,其结果,网络"制衡"的可能不仅是经典,还有经典背后的文学成规与传统体制。

3.1.4 价值认同标准

市场化生存方式协助网络文学用商业导向对抗文学高度。

如果说传统文学是一项"事业",网络文学则是一种"产业";传统文学是体制化创作,网络文学是市场化生产。千百年来,作为主流的文学活动都是富于承担感的有为而作和意义之举,无论是中国文论传统的"兴观群怨"(孔子)、"讽喻美刺"(《毛诗序》)、"熏浸刺提"(梁启超),还是西方艺术美学的"净化论"(亚里士多德)、"寓教于乐"(贺拉斯)、"社会镜鉴"(列夫·托尔斯泰)、"生活的教科书"(车尔尼雪夫斯基),都注重文学对社会的干预、对心灵的濡染和对人生的启迪,无不要求作者用创新的艺术追求去追求生活的真度、思想的高度和意义的深度,作为价值原点的那个"文学性"是文学写作的永恒动力。于是,我们有了"三不朽""形神论""意境说""典型论"诸理论,以及"思想性与艺术性""真善美""历史的与美学的"等众多平衡标准,它们一道构成了文学传统的理论圭臬和创作约束机制。

这一切在网络文学语境中均发生了根本改变。网络文学连同它的承载体计算机网络一样,是技术市场配置与阅读市场选择的产物。这里没有主流文学的"作协管理"体制,也不需要掣肘于已有的作品认同标准,只需要以市场为中心的读者首肯和网站运营的商业导向。文学网站独立经营,自负盈亏,适者生存;网络写手靠"技术丛林"和

"山野草根"这两把大刀从"孤独的狂欢"开始,日渐演变成为一种职业选择,一种谋生手段抑或致富路径,作者期待的已经不是或者主要不是文学高度和永恒的价值,而是读者的点击率、收藏量和网站对作品的"全版权"经营,作品版权转让、二度加工的产业链盈利能力,才是网络文学创作者和经营者最为关注的。文学网络公司的 CEO 可以被评为文化产业年度人物[①],网络写手的傲视群雄的荣耀是进入"作家富豪榜"的榜单[②],这种认同对象的变化正说明了商业导向对网络文学的协助作用。

一般而言,网络原创文学有两种价值:一是作为内容生产的产品价值,二是作为互联网产品的流量价值[③]。细思之,这两种价值中,流量价值即是商业价值,它是由文学网民的点击、参与、收藏、评说汇聚而成的,流量的大小不仅意味着作品的"人气"指数,也决定了它的市场开发潜力;而网络原创之作的产品价值主要也不在于其作为艺术品的人文审美水平,而在于它被读者认可的作为娱乐品的大众文化价值。如 2012 年度华语言情小说大赛的冠军作品《盛夏晚晴天》人气爆棚,后被改编成电视剧在各大卫视热播,收视率一路飙升,在网络上的单集播放量突破 2000 万次。2013 年的华语言情小说大赛第一赛季冠军《亲亲老公请住手》(作者纳兰静语),5 个月内吸引了超过 1200 万次点击量,引起许多文化公司关注,"钱途"一片光明。这

---

① 如盛大文学首席执行官侯小强被评为 2011 年中国版权产业风云人物,2012 年获"中国文化产业年度人物"提名奖。
② 2012 年 11 月发布的中国作家富豪榜,著名网络作家唐家三少、我吃西红柿、天蚕土豆,分别以 3300 万元、2100 万元、1800 万元的版税收入荣登"网络作家富豪榜"前三甲。
③ 参见舒晋瑜《内乱稍平,外患犹在:小强的起点》,《中华读书报》2013 年 3 月 27 日。

几年每逢年末，网络上都会出现不同类型的网络文学作品排行榜[①]，一些商家和文化经纪公司都很重视这些榜单排名，因为这些上榜作品大多都是以点击量和粉丝群为基础的，其中蕴藏了许多商机，众多网络小说的图书版权转让，影视、网游或动漫改编等，都是从这里找到内容资源、开辟营销渠道的。创作战争类网络小说《战地狼烟》的作者菜刀姓李（李晓敏）曾说："传统文学和网络文学真正不同的地方只是在于决定作品命运的人变了：以前是编辑决定作品生死，到了网络上更多的是由读者来判定作品的命运。在某种程度上，写手由迎合编辑或者文学期刊变成了直接取悦读者。"[②] 写手之所以这样做，完全是因为"上帝"的身份变了——网民读者才是他们的"上帝"，网民手中的鼠标就是上帝手中的权杖，层出不穷的各种数码接收终端分享着网络写手"指头上的乾坤"，而在它们的背后则仍然是传媒市场那只"看不见的手"在起作用。

以读者为中心、以市场为导向的生产方式，让网络文学走到了文学体制之外，走进了"文学产业化"槽模，成了市场经济体制的一种文化表达。这时候，网络作者和网站经营者很快结盟为"利益共同体"，但作为一种完整的商业形态，似乎还缺少一个消费者环节。在我国，这一环节是由"付费阅读"[③] 模式来填补的。2002 年，"读写

[①] 如 2012 年年底，网络小说点击量排名前 10 的作品为：(1)《盘龙》，59528458；(2)《斗破苍穹》，52761684；(3)《斗罗大陆》，40680948；(4)《神墓》，37649610；(5)《星辰变》，28429980；(6)《坏蛋是怎样炼成的》，22015355；(7)《凡人修仙传》，18232915；(8)《极品公子》，16621159；(9)《极品家丁》，16382874；(10)《长生界》，15804665。网络小说排行榜，百度总搜索量排名，http://tieba.baidu.com/p/1567297648。

[②] 转引自王觅《网络文学：传递文学精神，提升网络文化——中国作协举办网络文学作品研讨会》，《文艺报》2012 年 7 月 13 日。

[③] 付费阅读通常被认为是 B2C（Business To Customer）模式在网络小说产业中的延伸。它泛指通过线上或线下（通常是在线支付）的支付途径来阅读一些通常被运营商加密或隐藏的文字或图像内容。

网"和"明杨·全球中文品书网"率先开始付费阅读尝试。随后，起点中文网、幻剑书盟、天鹰等玄幻小说网站也纷纷推出了自己的付费阅读模式，虽然千字2分钱（最贵的千字5分）较为廉价，但因付费阅读者甚众，依然有利可图，更重要的是它"圈"住了稳定的消费群和作者队伍。2004年10月，起点中文网被盛大网络收购并成为盛大全资子公司后，进一步健全了网络作品的付费阅读机制，由此构建起了更为成熟的网络文学商业模式，即以版权生产为中心，移动互联网和版权衍生为两翼的"全版权"① 产业链盈利格局。从此网络文学才真正成为一项产业，网络文学也因利益驱动而呈现近年来的繁荣局面。

商业导向催生了网络写作的高产，也产生了明显的负面影响，这有两点突出表现：一是商业利益驱动追求的是资本最大化而不是作品品质的最优化，网络写作可能出现急功近利和曲意逢迎，导致文学审美承担、社会承担感的弱化，自我矮化，"注水"写作、类型跟风、反诗意化、粗口秀叙事等不良文风盛行，以致网络文学整体水平不高的状况长期得不到根本改观；二是网络写手的点击率崇拜造成原创力不足，一些作者谄媚于趣味写作，选择娱乐至上，主动放弃了对精品力作的文学追求，让商业导向对抗文学高度成为一种常态，甚至成为利益至上的理由，这不仅是对文学体制的挑战，也是文学创作的异化和文学发展的悲哀。

---

① 网站的"全版权"是指采用不同媒介的多种版权方式全方位运营，即把网络作品转让给电视、电影、广播、手机、纸媒、网游、动漫等不同传媒领域，通过文字、声音、影像、表演、视频等各种表现手段，对作品进行全方位、多路径、长链条的版权经营，在满足受众市场细分需求的同时，让网站、作者和作品经营者一并获得商业利益。可参见欧阳友权《时下网络文学的十个关键词》，《求是学刊》2013年第3期。

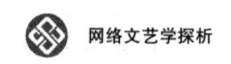

3.1.5 基础学理维度

网络文学以技术至要搁置抑或消解了传统文论的逻辑原点。

网络文学是在数字技术传媒的母体上生长起来的，技术的元素和程序规制不仅助推文学生产、传播、阅读、评说的每一个环节，形成文学活动的"工具思维"，还将影响文学的理论构建。经过这些年的发展，网络化的"技术至要"日渐改写了人类文明元典预设的文学逻各斯的依存形态，搁置了文论学理的持论支点，从基本观念、持论范畴和理论系统上对传统文论实施全方位技术性超越，让当代中国的文论建设开始出现理论逻辑原点的范型转换。

在理论逻辑的基本观念上，网络文学用技术哲学覆盖艺术美学，正尝试对几个文学"元问题"的重新解答。譬如，（1）网络技术的键盘鼠标把文学对现实生活的审美反映，调整为面对虚拟世界的自由表征，重新解答了"文学是什么"；（2）网络技术的"比特"叙事让人与世界的文学审美关系变成"数字化生存"的本真叙事，由此构成了"文学写什么"；（3）网络技术规制对文学秩序的重新洗牌，将传统审美积淀的创作经验转换为电子符号代码的感觉撒播，重新设定了"文学怎么写"；（4）网络技术的"无纸书写"和"运指如飞"把文学创作从神圣的艺术殿堂拉回虚拟世界的娱乐平台，从而使文学一直秉持的经世致用、有为而作，转而成为自娱娱人的开心游戏或者商业链的效益追求，这从观念上颠覆了"文学干什么"的逻辑原点。

概念和范畴的大量更新是网络文学技术至要的另一突出表现，不过这次概念术语的大范围置换不同于20世纪80年代"方法论热"时出现的新名词狂轰滥炸，而是现代信息技术名词面对新媒体文学的横向移植时的技术规约性范畴设定。这里有与计算机网络通用的技术概念，如新媒体、数字化、万维网、下载、比特、软载体、超文本、多媒体、元媒体、宏媒体、赛博空间、网络粘贴，等等，但更多的还是文学与网络"联姻"后不断衍生又不断约定俗成的专有概念和范畴，如读屏时代、以机换笔、计算机自动写作、虚拟现实主义、多媒体叙事、链接修辞、戏仿经典、在线交互、签约写手、付费阅读、手机写作、博客和微博客文学、"拉"欣赏、BBS 批评、长评、酷评、收藏、TOP 作品榜，以及层出不穷的网络文学文体类型方面的新概念，如接龙小说、小长篇、电脑全息诗、H 小说、清水文、YY 小说，还有玄幻、奇幻武侠、仙侠、科幻、灵异、修真、穿越①等众多表述类型化作品的名词。在这里，有两类新概念尤其值得关注，它们对文学的范式转换和边界拓展最具影响力。一类是纯语言学意义上的新名词术语，另一类则是用于表述理论范畴的新概念。前者多为聊天室、网络论坛即兴粘贴时使用的文学语言新词汇，如"火星文"、凡客体、甄嬛体、打酱油、灌水、拍砖、挖坑、打赏、菜鸟、大虾、顶、萌、偶等，还有不可胜数的拉丁化网络语、阿拉伯符号语、符号脸谱、网络生造词、网络流行语，等等，它们以新词汇更新网络文学写作的新语法和新修辞，以至于形成网络文学与传统文学两套相互对立又常常彼此兼容的话语形态和表意体系。后一类理论范畴对于网络文学自身的理论建设更为重要，也是这一文学对传统文学实施观念渗透和体制僭越的学理"砖块"。例如，用于说明草根写作的"平庸崇拜"，用于表征网络自由写作、率性而为的"感觉撒播"，用于网络读写转换、

---

① 据笔者统计，时下的网络类型小说不下四十余种，常见的有玄幻、奇幻、武侠、仙侠、科幻、灵异、修真、穿越、历史、架空、盗墓、悬疑、惊悚、恐怖、侦探、探险、都市、言情、游戏、竞技、青春、校园、职场、官场、军事、太空、权谋、宫斗、女性、美男、同人、耽美、新红颜、轻小说、百合、女尊、黑道、种马、变身、反 YY 等，参见欧阳友权《网络类型小说：机缘和困局》，《学习与探索》2013 年第 2 期。

在线交互的"主体间性",用于表达网络写手颠覆神圣、解构经典、消解崇高的"渎圣思维",以及从西方现代文化思潮借鉴的一些范畴如"膜拜价值与展示价值"(本雅明)、"世界的祛魅"(马克斯·韦伯)、"虚拟现实"(尼葛洛庞帝)、"地球村"(麦克卢汉)、"文化言路断裂"(丹尼尔·贝尔)、"超越美学"(沃尔夫冈·韦尔施)、"媒体文化范式"(戴安娜·克兰)、"临界书写"(马克·波斯特)、"元叙事"(鲍德里亚)、"消费文化"(迈克·费瑟斯通)、"表征危机"(哈桑)、"后现代主义文化"(F. 杰姆逊)、"文学消亡论"(希利斯·米勒)等,它们所构成的现代文化背景,不仅与网络文学形成一定的"图—底"关联,也是网络文学用于"对抗"传统文论观念的有力武器。

最后,网络文学最具"野心"的僭越是试图在理论系统上对传统文学体制实施技术化改造,尽管这一改造暂时还难以建构起自己坚实的逻辑原点,但仍然可以从细部和局部开始点滴渗透式的理论范型渐变。这项"解构"与"建构"并存的历史性"工程"早在十几年前网络文学在我国兴起时就已经开始。笔者曾对之做过粗浅的解读①,即从主客认知的二元逻辑出发,分别阐释网络文学的生态条件、文化依归、人文精神、学理品格、生长样态、主体视界、创作嬗变、接受范式、功能形式和发展前景等问题,由此以本体论视角探询网络文学显性的形态结构和隐性的价值结构;而显性结构与隐性结构所形成的从存在方式到存在本质的递进与交融,便是网络文学的基本学理模式,也是网络文学消解文论逻辑原点的技术策略。

---

① 笔者提出,网络文学的理论逻辑系统蕴含了本体论的显性结构和隐性结构,其中,显性结构如媒介赋型、比特叙事、欲望修辞、在线漫游、存在形态等,隐性结构是一种价值结构,包括文学体制转换、民间话语寻根、文学性嬗变、文化逻辑依凭、人文性的意义酿造等。参见拙文《网络文学本体论纲》,《文学评论》2004年第6期。

就这样，网络文学从主体身份、创作范式、作品存在方式、价值认同和观念传承等体制谱系上，以传媒技术的宰制方式悄无声息地对传统文艺理论实施了"体制性僭越"。这次基于"技术沙文主义"的去体制化手术，是对文论历史主义传统及其宏大的哲学基础的一次深刻叛逆，它让我们看到巍峨的文学本体论真理体制和求真意志是如何在技术权力与体制权力的博弈中悄然隐退的，也让我们看到新的技术审美原则是如何在理论谱系置换和知识话语生产的场域里实施建构、规训和治理的。不过正如从尼采到福柯的谱系学理论都谈到的，历史并不存在终极目的，理论的历史也不是简单的普遍理性的进步史，而只是人类对"问题化历史"的一种"虚构"和体认；所谓历史进步中的一致性和规律性，只是权力意志、视角主义和解释学的"真理游戏"的产物，每一个貌似真理的解释都不是必然的、唯一的、绝对正确的，都包含着或然的、任意的、相对的成分，都只能提供一种打破现代性权力—知识—主体关系的工具。因而，任何历史，包括任何理论史，都是记录一种解释而不是唯一解释的历史，其目的是消解形而上学的绝对前提而不是建构某种一成不变的理论体系。

从这个意义上说，网络文学对传统文学体制谱系的僭越或消解，不仅具有其历史的必然性，也意味着理论范式的相对性，它不会撼动既有文论体制的历史地位，也不可能真正改变人类赋予文学的观念律令。文学不死，只是某种文学规则、体制、形态和风格退出主流，而另一种规则、体制、形态和风格向着新的主流进发。就网络文学而言，不管是被僭越的文学体制，还是被放纵的文学秩序和被挥霍的自由写作，其所引发的文学自律危机，其实正孕育着新媒体文学的跨界拓展和新媒体文论的破土而出或向死而生。它们既不是旧体制的黯然退场，也不是新体制的完全替代，正所谓风水轮流

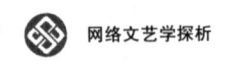

转,文学及其文学谱系、文学规制的"活鱼"仍在文学的江湖。此番传统文论规制与传媒技术宰制的博弈,其意义只在于从体制谱系的学理本体上把文艺理论转向与转型的时代命题推到了当今文论建设的前沿。

3.2 数字传媒时代的图像表意与文字审美[①]

无论我们承认与否,当今社会的图像表意强化而文字审美式微都已经是不争的事实。多年以前,丹尼尔·贝尔就曾预言:当代文化必将由印刷文化转变为视觉文化,并将应运而生一种视觉的新美学。后来,国际美学学会主席艾尔雅维茨(A. Erjavec)明确宣称:当今社会已进入视觉为主导形式的社会。[②] 近年来,我国亦有许多学人纷纷用"视觉转向""图像转向"或"图像社会""图像时代"(era of the image)等来称谓当下社会的文化走向。可以说,无论是从文化现实的层面上,还是在文化观念和思维认知的层面上,图像表意都已被深深植入当今社会的表意系统,"视"正从一种主体的自然行为变成一种选择性的文化方式,并衍生为社会的文化艺术形态,其所昭示的从"文字表意"文化向"图像表意"文化的深刻转型,正日渐消解一直占主导地位的文字主因型文化。由此带来的文化裂变和审美转型已经

---

① 本节原载《学术月刊》2009年第6期,人大复印资料《文艺理论》2009年第9期全文复印。原文为国家社科基金项目"数字媒介下的文艺转型研究"(项目批准号:06BWZ001)的阶段性成果之一。

② [斯]阿莱斯·艾尔雅维茨:《图像时代》,胡菊兰、张云鹏译,吉林人民出版社2003年版,第5页。

成为当今极具影响力和彰显度的文化事件，它影响的不仅是当今社会的文化生态，而且事关未来的文化建设和文明走向。

3.2.1 数字媒介革命的历史性推力

产生图像文化转型的原因应该从社会符号生产的"文化经济"转轨和由此产生的文化表意体制的深层裂变中去探寻，而这一切又直接关涉数字媒介革命的巨大历史性推力。

从社会生产方式上说，图像化的符号生产已经成为现代消费社会的生产、消费结构的核心要素。图像作为一种由"注意力经济"走向"影响力经济"的符号中介，不仅成为生产力的生产要素和市场竞争力的竞争要素，而且它本身就是被生产的对象，并通过它同时生产出更多的商品需求和消费欲望的对象。由图像符号表意所形成的"图像拜物教"已经成为当今文化工业生产重建仿象世界、追逐利润的有力手段，鲍德里亚所说的"符号经济"，德博尔提出的"景象社会"，就是基于这样的符号政治经济学的分析路径。进入后工业社会以来，人类的符号生产已经成为物质生产的观念积淀和形象代言，一个个品牌符号的形象或图像，既是商品生产的要素，又是生产的对象和产品的标识，并且图像本身还能生产出更多的这一生产所需要的条件和资源。那些抢眼的标识性品牌图像，如可口可乐、皮尔·卡丹、迪士尼、时代华纳等企业的图案，其造型、色彩、包装往往成为其功能、质量以及服务的标志，成为企业形象的缩影。这些标志性视觉图像的符号消费正影响着公众的消费心理，塑造着公众的消费习惯，并成为现代消费的主流。一个品牌性符号的价值远远超越了它的物质层面，而更在于它所蕴含的符号文化内涵。消费者对图像的符号化认同所体现的是自己的价值观和生活品位，图像生产成为物质生产和消费的文化法则，图像增殖也成为经济增殖的市场律成，图像的文化经济内涵即在于此。这时候，图像不仅使商品成为现实的商品，决定了商品的市场份额，它还可以创造对商品的现实需求和消费欲望，进而仿拟一个虚拟现实的真实世界，为消费者提供某种特定的享乐主义生活方式，甚至用图像符号打造或确认自我身份，以此实现民族的、阶级的、种族的和性别的自我认同。扩大到日常生活领域，便形成了景观社会的"图像霸权"——由商品的拜物教进入"图像拜物教"。如我们通过各种广告和电视购物来选择消费品，通过人造主题公园来了解历史，通过影视作品来阅读文学名著，通过音乐电视来诠释音乐的魅力……人们的生活已经被炫目的图像所左右，图像化视觉景观已经成为我们的生活"围城"。于是，"观看"已成为一种生活方式和选择生活方式的基本途径，依赖于镜头来接触世界、了解真相已使现代人形成对视觉行为的过度依赖，图像中心化随之成为图像主因文化的必然结果。由此引起的文化表意体制的改变，已经让图像表意大规模覆盖昔日话语表意和文字表意空间。文化经济的消费指向与文化工业的互为因果，重组了社会的文化结构，创建了视觉转向的商品语法，当人们习惯于用图像来把握世界，或者把世界把握为图像时，"读图时代""图像社会""镜像文化"等，便在一定意义上揭示出现代社会之本质。

除了消费社会的文化经济因素这一历史逻辑外，图像中心表意体制的出现，还有技术媒介逻辑的推波助澜——时下的媒体变革、特别是数字传媒技术的强大推力，让直观的图像表意有了广阔的创生空间。我们知道，媒介是符号生产的中介，媒体是符号传播的载体。在今天，几乎所有的符号图像生产与传播都开始大幅度地借助以信息技术为尖兵的数字媒体。特别是互联网的技术强势和传播优势，催生并拉动了技术社会的图像转型和视觉转向。电影、电视、电脑、网络、数码摄影摄像,以及它们的延伸物如歌碟、影碟、娱乐软件、网游平台、超文本作品、网络多媒体艺术、网络播客抑或恶搞与自拍,乃至层出不穷的各种电子播放器、手机短信、彩信与彩铃等,十分便捷地把符号生产与图像消费覆盖到社会的各个领域和日常生活的各个角落,用数字化技术创造了"图像化生存",又用"图像化生存"改变人们的生存方式,从而让图像社会的"镜像文化"加速成为技术社会的文化主打和迥异于话语书写时代的文明形态。可以说,如日中天的数字媒体正是"视图统治时代"的主流媒体,这种媒体的核心功能已经不再是美学,而是经济,即与消费社会的生产方式和文化产业相适应的图像生活表意。美国宾夕法尼亚大学社会学教授戴安娜·克兰(Diana Crane)在研究"媒体是怎样塑造和构架文化的"时提出,媒体文化的组织类型分三类:一是核心媒体,如电视、电影、重要报纸;二是边缘媒体,如图书、杂志、广播等;三是都市文化,如音乐会、展览、博览会、游行、表演、戏剧等。[1] 这些媒体的区分方式就在于它们对流行文化的功能结构的重要作用,而它们的共同点则在于一同指向视听景观为中心的都市文化生产语境。而在这方面,数字媒体对都市流行文化图像景观的巨大整合功能是难以估量的。这大抵源于三个方面的原因。

其一,数字化媒介长于多媒体叙事的影像表意。多种媒体并用的随缘演化形成视听直观的感性表达,是这一媒介的表征优势。数字化网络技术用"比特"替代"原子"媒介,对大千世界的各种信息进行"编码"与"解码","压缩"与"转换",其强大的视听图像造型

---

[1] [美]戴安娜·克兰:《文化生产:媒体与都市艺术》,赵国新译,译林出版社2001年版,第6—7页。

功能，可以轻而易举地利用视频和音频等图、文、声、影打造图像和音响，直观而逼真地实现影像表意和声音叙事，并且可以把多媒体与超文本结合起来，实现"图像文本"的无穷链接，让"视窗中的视窗""文本后的文本"成为图像表意的绵延背景。

其二，数字媒介的复制与拼贴技术为图像表意提供了便捷的技术平台。本雅明在《机械复制时代的艺术作品》一书中就曾说："技术复制能把原作的摹本带到原作本身无法达到的境界。"① 技术的偏锋已经让复制消解了原创，拼贴"创造"了新作，而无论是复制还是拼贴，所要达成的都是具象而非抽象，是物像而非意象，是可以直观感知的形象或影像而非观念感悟性的理念或思想，因而文字表意在数字媒体中让位于图像写真也就在所难免了。

其三，数字媒介的拟像与仿真能让图像表意成为"虚拟真实"（virtual reality）。数字技术的拟像和仿真性能创造比真实更逼真的物像，甚至可以在视听感官上替代和超越真实和原初的东西。正是由于数字媒介强大的拟像功能，导致笛卡尔式世界观中"二元对立"边界的消失，真实与仿真、物像与仿像、虚拟与现实、客观物境与技术灵境之间出现了认证模糊、辨识趋同的状况。这种媒介的虚拟与虚置能使主客、心物等原有逻辑关系发生变化，乃至出现分离，从而形成"原子"与"电子"之间关系的误读和错认。由于仿真和符号代码的拟像性，数字化虚拟真实已经能够自主"生成"现实，制造"真实"，又复制"原真"，用关于真实的所有符号割断真实的所有"在场"，于是，图像的虚拟在此时就成了生活的现实、艺术的真实和文化的事实。

---

① ［德］瓦尔特·本雅明：《机械复制时代的艺术作品》，王才勇译，中国城市出版社2002年版，第9页。

3.2.2 图像表意对文字审美的干预性

图像中心化的文化转向凸显了图像符号表意功能，却挤压了书写印刷文化的文字审美空间，通过弱化文字表意来渐进地改写文字表意体制，让千百年形成的"文字中心化"受到严峻挑战。这在以文字书写为基本存在方式的文学生产中显露得更为突出，冲击力也更大一些。图像表意对文学生产的直接干预性在于：视听兼容的图像艺术对社会休闲文化的全方位覆盖，造成了语词表意的"钝化"，逼迫"语言艺术"的文学审美移至后台，形成了文字审美萎缩而图像符号强化的文化事实。

文字式微而读图转向是今日文学首先需要面对的现实。自从电影、电视出现以后，依赖文字表意塑造间接艺术形象的文学便开始渐渐失去"唯我独尊"的审美地位，电子传媒特别是计算机网络技术的强势发展，为读图文化和感性艺术审美提供了前所未有的生长土壤，以视听图像为表意方式的艺术文化产品迅速覆盖了人们的日常生活，依托新媒体的技术手段，占据社会审美文化中心的是影视、网络、手机、动漫、数码摄影以及层出不穷的各种电子播放器。相对于视听娱乐景观的图像文化，传统的文字书写艺术如诗歌、小说、散文、剧本等，连同它们的载体如书籍、报纸、期刊等印刷读物，在媒体竞争中均处于劣势，在文化市场上处于边缘，在大众文化注意力选择中处于"非焦点注视"的低迷境况之中。在数字化媒体的强势覆盖下，"读图"胜于读文，"读屏"多于读书，直观遮蔽沉思，快感冲击美感，文化符号趋于图像叙事已是不争的事实。今天，"读图"已经走进了我们的日常生活，不堪重负的"观看"让我们越来越依赖于眼睛而不是用头脑来把握世界，进而形成对视觉行为的过分依赖。

读图转向的必然结果是挤压文字阅读的市场空间，压缩文学消费的读者阵营，并培育出图像崇拜的新的文化消费者。这一境况使文化市场出现两个显著变化：一是文字文本向数字化影像文本转移，文学被改编为影视作品和上网读名著、光盘看经典成为文学消费新时尚。电子媒体强大的覆盖力和广泛的亲和力，不断诱使着原来的文学作者和读者一齐涌向电影、电视、电脑、网络，以及它们的延伸物如歌碟、影碟、游戏软件，乃至手机短信等，网络文学的迅速崛起就是文字式微而视觉转向的中介物和必然结果。二是"图文书"市场一片红火，新兴的"摄影文学"、电视散文等"图文并存"类作品在"读文"与"读图"之间寻求平衡，试图在文字阅读和图像景观之间找到共鸣的契合点，以救助不断萎缩的文字阅读市场。我们知道，图片有着比文字更为直观、更为形象的"眼球效应"，能给读者带来更为强大的视觉冲击力，但与文字阅读相比，直观图像的简单化也可能带来对意义的遮蔽和文字审美"彼岸性"的溃散，造成如瓦尔特·本雅明所担忧的文字"韵味（光韵）的消失"[①]。

在更深层的意义上说，图像中心化对文字审美的更大冲击还在于用图像叙事调整了人对世界的审美聚焦方式，造成文学载体的失守和书写印刷文化的逻辑原点的解构。图像对文字的取代不仅是表意符号的改变，更是表征对象世界的载体与观念的改变，它调整了人对世界的审美聚焦，历史性转变了人与对象之间的语言审美关系，改变了人类对外物的观察和体悟方式和表达方式，进而影响到人类的艺术思维方式。因"读图"而产生视觉文化，由视觉文化而导致"图像思维"，再因图像思维而改变人与世界之间的审美关联，

---

① ［德］瓦尔特·本雅明：《机械复制时代的艺术作品》，王才勇译，中国城市出版社2002年版，第12页。

这便是数字化对文学转型所产生的由表及里的巨大影响。它使得文学的存在方式、形态结构乃至文学格局都发生了重大变化，也使得文化生产方式、接受方式和消费方式发生质的改变。最明显的变化是：日渐强化的图像叙事压缩了文字审美，图像借助技术的力量，不断蚕食和争夺文学、历史、政治、教育和日常生活等诸多领域的叙事权，改变着媒介叙事的文本风貌，人与世界的关系被简化成了人与图像的关系，并逐步交由图像化来表征。于是，原有的文字叙事优势荡然无存，传统文化的主打产品——书写的文学一步步从文化中心走向生活边缘，又从生活的边缘滑向文化艺术的边缘。正如希利斯·米勒所感叹的：电信时代的文学生不逢时，没有赶上好日子。① 有调查表明，现如今，社会的阅读人群和人均读书时间均呈下降趋势，潜心读书的人成为文化边缘族群，观看影视、上网冲浪、玩电游、发手机短信等成为文化消费的主潮。"读书"只是职业的需要（如学生、学者）而不是文化诉求，坐拥书斋皓首穷经者只留下一个堂吉诃德式的历史背影。人们的文化表达更多地寻求图像叙事如广告、摄影、网络、影视、T台走秀等，而不是诉诸文字书写，以至于基础写作、汉字书法和学说普通话这些最基本的文化素质，竟成为一些大学生的文化缺口而需要高校通过文化素质教育来填补。"作家"作为文学话语言说者的社会角色不再是必不可少的了，"文人"的文化中心地位出现动摇，"文字精英"的生存空间被图像叙事所分割和挤占，影视娱乐明星和网络"大虾"开始以"文化代言人"身份执掌社会文化资本，以文字为基础的文化权力结构开始出现"去中心化"的趋势。

---

① ［美］J. 希利斯·米勒：《全球化时代文学研究还会继续存在吗?》，《文学评论》2001年第1期。

与之相关，相对于传统的文字审美，图像表意用"拟象"置换"真实"也是一个不得不关注的问题。法国后现代主义思想家鲍德里亚曾将数字化仿真时代的现实称作"超真实"（super – reality）。他在那篇著名论文《仿真与拟象》中引述过博尔赫斯讲的一个故事：帝国的绘图员绘制了一幅非常详尽的地图，竟然能覆盖全部国土。帝国败落之后，这幅地图也磨损了，最后毁坏了，只是在沙漠上还能辨别出一些残片。这个被毁了的抽象之物具有一种形而上的美：他目睹了一个帝国的荣耀，像一具死尸一样腐烂了，回归土壤物质，很像一种最后与真实之物混合的逐步老化的副本。接着，鲍德里亚说："今天的抽象之物不再是地图、副本、镜子或概念了。仿真的对象也不再是国土、指涉物或某种物质。现在是用模型生成一种没有本源或现实的真实：超真实。国土不再先于地图，已经没有国土，所以是地图先于国土，亦即拟象在先，地图生成国土。如果今天重述那个寓言，就是国土的碎片在地图上慢慢腐烂了。遗迹斑斑的是国土，而不是地图，在沙漠里的不是帝国的遗墟，而是我们自己的遗墟，真实自身的沙漠。"[①] 在鲍德里亚看来，拟象和仿真的东西因为大规模类型化而取代了真实和原初的东西，世界因数字化技术的电子仿真而变得拟象化了。正是这种分离，才形成了仿真、拟象与复制的"超真实"对原初"真实"的置换。由于仿真的超真实性和符号代码的形而上学，电子媒体的符号话语已经能够自主地"生成"现实，制造"真实"，又复制"原真"，用关于真实的所有符号割断真实的所有"在场"，数字化的技术拟象成了真实物象。对于文学来说，数字化符号拟象与复制带来了两个基本的艺术本体论问题，借用瓦尔特·本杰明的话来说便

---

① ［法］让－鲍德里亚：《仿真与拟象》，马海良译，汪民安等主编《后现代性的哲学话语——从福柯到赛义德》，浙江人民出版社2000年版，第329页。

是：其一，"当艺术创作的原真性（Echtheit）标准失灵之时，艺术的整个社会功能就得到了改变"；其二，"艺术作品的可机械复制性在世界历史上第一次把艺术品从它对礼仪的寄生中解放了出来"[①]。前者使得文学失去了存在的物质本原和现实依托，而不再是"被对等地再现的东西"，我们无法从这样的文学作品中找到它与现实的接口，或者说，作品本身就是破碎的现实，数字化的艺术符号与任何现实无关，它不过是自身纯粹的仿像而已。当符号不再是现实的表征而成为自身的复制时，符号就将不再信赖表征，能指就将脱离已有的所指约定，进而导致对现实的怀疑或与现实的剥离。后者则使文学艺术失去了生成的一次性、留存的经典性和礼仪膜拜性。对文艺作品进行机械复制的结果，一方面造成艺术韵味的丧失，另一方面艺术成为一种"工业"，创作变成了"生产"，传统意义上的文学本体将不再如海德格尔所说的是对"无蔽性真理的一种呈现方式"[②]，而是成为列维－施特劳斯所说的"能指的学院化"[③]，或鲍德里亚描述的由艺术符号的"成倍的繁殖"而导致"过度表意"[④]，这将是数字化技术对文学的"真实"置换。这一置换对文学逻各斯原点的解构和对"文学性"历史寓意的改写，显然已不再是一个数字化技术问题，而是一个事关文学理念嬗变的艺术本体论问题。

[①]［德］瓦尔特·本杰明：《机械复制时代的艺术作品》，王才勇译，中国城市出版社2002年版，第17页。

[②]［德］海德格尔：《人，诗意的栖居》，郜元宝译，广西师范大学出版社2000年版，第87页。

[③]［法］列维－施特劳斯：《结构人类学》，谢维扬、俞宣孟等译，上海译文出版1995年版，第238页。

[④]［法］让－鲍德里亚：《象征交换与死亡》，马海良译，汪民安等主编《后现代性的哲学话语——从福柯到赛义德》，浙江人民出版社2000年版，第327页。

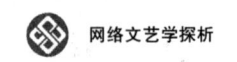

3.2.3　图像表意对文学创作思维方式的影响

图像表意与文字审美的文化博弈还有一条"看不见的战线"存在于人们的思维领域。

从文字表意体制上看，社会图像转型带来的思维方式变化有两种潜在形态，即由"字思维"到"词思维"的改变和由"词思维"到"图思维"的变化。前者是文学创作"以机换笔"后的操作媒介改变所形成的思维类型变化，后者则是文字表意转向图像叙事的思维方式转型。

"字思维"是汉字点、横、撇、捺的书写思维，是执笔亲历的体验式思维和意象积淀的感悟式思维。"词思维"则是符号表征的技术思维，是工具理性的代码思维，又是基于机器程序操控的技术逻辑思维。汉字是象形和指事文字，这种文字的书写过程是与所指的物象、概念和主体情感体验结合在一起的。笔者曾在一篇文章中说过："源于技术创新，数字媒介写作由传统的'字思维'转变为工具理性的'词思维'。键盘与界面的数码书写创造的是一个'铅字无凭、手稿遗失'的时代，机器的规则代替了汉字的结构规范，数字操作颠覆了铅字权威，'输入'代替'书写'的直接结果便是'词思维'对'字思维'的替代。"① 这一持论的根据在于，汉字的书写是一种意义行为，是一门古老的艺术，书写汉字不是僵化的机械动作，而是生命的律动和心境的表达。一笔一画、点横撇捺写的是心灵情怀、精神性情、生命体察，是书写者完成某种特定的文化命意，其书写的结果（词）就在其书写的过程（字）之中，结果和过程是不可分割、融为一体的。

---

① 欧阳友权：《数字媒介与中国文学的转型》，《中国社会科学》2007 年第 1 期。

书写时的结构张力、笔墨情趣、锋神墨韵、笔断意连、线之脉动乃心之脉动等，讲的就是汉字书写运神的过程之于书写结果的影响。所谓"目击道存""技进乎道"正是中国书法的艺术精神，运笔行文时的笔墨意象乃是书写主体的精神迹化。因而，可以说，中国人书写汉字运用的是"字"思维而不是"词"思维，是过程的"生命运思"而不是结果的"概念在场"，每个"戳"出来的字都伴随有作者对语言形象化和生命对象化的真切体验。电脑操作的键盘写作则有所不同，电脑输入方式（无论是键盘输入、手写输入还是语音输入，也不管是五笔输入还是拼音输入或别的什么输入方式）改变了原有的汉字书写形式，甚至直接摧毁了汉字的形象。因为汉字输入的机械编码在本质上都是"技术的"而非"生命的"方式。符号的编码规则代替了汉字的结构规范，键盘鼠标的操作颠覆了秉笔直书，"输入"与"书写"的概念之差，却有着人文表意上的云泥之别，"词思维"对"字思维"的替代在艺术审美的主体体验和表意蕴含上是有消解和失落的。

如果说"词思维"对"字思维"的技术覆盖是图像表意机制的第一步，"图思维"的形成则是"词思维"表意积淀的必然结果。"图思维"是以图像方式感知和把握世界的思维方式，它是"词思维"的多媒体延伸，又是对"字思维"模式的"格式化"。在电子媒介时代，视频和音频技术的方便快捷和广泛使用，使得"制图"和"读图"行为成了文化习俗和符号表意体制，影视、网络、视听广告、彩铃彩信、电玩动漫等日常生活中无处不在的图像覆盖，不断把直观的图像感受演绎为一种文化消费和生活方式，并且日渐沉淀为一种感知和把握世界的思维方式。于是，书写时代的"字词话语"逐渐让位于数字传媒时代的"图像话语"，如麦克卢汉所描述的那样，新媒介使人"重新部落化","只偏重视觉的、机械的、专门化的古腾堡时代一去不复返,只注重逻辑思维、线性思维的人再也行不通,电子时代的人应该是感知整合的人、整体思维的人、整体把握世界的人。要言之,电子时代的人是'信息采集人'"①。因为媒介并非只是工具,"技术的影响不是发生在意见和观念等层面上,而是要坚定不移、不可抗拒地改变人的感觉比率和感知模式"②。所谓"图思维"就是在这个时候出场、在这个过程中形成的。

如果说"词思维"消弭了"字思维"的理性沉淀和生命亲历感,用机器书写的运纸如飞招致快餐文化的膨胀,"图思维"则对整个文字表意体制给予了祛魅化的消解与置换,用视听直观的图像霸权遏制了文字表意的审美空间,昔日的语言艺术不得不被排挤到文化后台,于是,"词语钝化"与"文学疲软"的互为因果,成为图像霸权时代营造的一个文化隐喻,也成为新媒体崛起后文学孜孜抗争却屡屡落魄的文化宿命。我们不无遗憾地看到,在这个新媒体挤兑旧媒体的时代,图片遮蔽文字,游戏取代阅读,娱乐代替了思考,曾经是非常神圣的文字表意,失去的不仅是阅读市场,还有更宝贵的文字表意的蕴藉性、彼岸性、想象力和对意义的隽永体味,即本雅明所说的"光韵"的完全丧失。人们面对图像的泛滥,实际面对的是读图带来的官能愉悦、思想收缩和思考钝化,是视听直观的线性思维,还有图像背后隐藏的意义危机和日渐萎缩的对现实的反省和批判意识。结果,人们的文化感官发生了如本雅明所说的"从有光韵的艺术向机械复制艺

---

① [加] 埃里克·麦克卢汉、弗兰克·秦格龙编:《麦克卢汉精粹》,何道宽译,南京大学出版社 2000 年版,第 10 页。
② [加] 马歇尔·麦克卢汉:《理解媒介》,何道宽译,商务印书馆 2001 年版,第 49 页。

术转变,从美的艺术向后审美艺术转变"①,艺术至上的追求被现代技术的复制性、消费性文化工业所取代,社会的文化认同在淡化文字表意的同时,也不经意地放弃了文字背后的神圣与经典的逻各斯理念,在图像的诱惑中转向感性、物质和身体。

那么,人们难免质疑:千百年来的文字表意真的要失去文化表达的承载力和审美创新的必然性了吗?"电信时代文学无存"难道已经成为"文学死亡"的一个已应验的魔咒?其实大可不必杞人忧天。正如书写文学的出现不会消除口头说唱文学的生存空间,电视的诞生并没有阻遏电影艺术的发展一样,基于数字媒介而兴起的图像文化也不会斩断文字审美价值的"脐带"。我们需要确认的是,一方面,今天的"读图热"体现的是社会发展转型的要求——农耕社会的"说—听"文化模式,工业社会的"写—读"文化模式和后工业社会的"制—看"文化模式,是一个不以人们的意志为转移的发展趋势;另一方面,汉字书写表意的审美文化内涵与文学所仰仗的情性本位、道归语存、审美情致等是融合为一、不可分割的。文字不灭,文学不死,文字与道相依存,道不灭文学亦存。因为文字的表意能直达情性,触幽探微,与道相通,正如古人所言,文字的力量可以"名言诸无,宰制群有""把笔抵锋,肇乎本性"②。宗白华先生有言:"中国的字不像西洋字由多寡不同的字母所拼成,而是每一个字占据齐一固定的空间,而是写作时用笔画,如横、直、撇、捺、钩、点,结成一个有筋有骨有血有肉的'生命单位'……若字和字之间,行与行之间,能'偃仰顾盼,阴阳起伏,如树木之枝叶扶疏,而彼此相让。如

---

① [德]瓦尔特·本雅明:《机械复制时代的艺术作品》,王才勇译,中国城市出版社 2002 年版,第 185 页。
② 上海书画出版社等编:《历代书法论文选》上册,上海书画出版社 1979 年版,第 208、38 页。

流水之沦漪杂见,而先后相承'。这一幅字就是生命之流,一回舞蹈,一曲音乐。"① 文字书写能抒发情性,表征心灵,达至审美境界,语言表意的想象空间和彼岸超越是图像符号所难以企及的,而这些特征正是文学、艺术、审美文化所不可或缺的价值底色,也是图像所代替不了的。我们需要确认的或许应该是法国诗人瓦莱里在半个多世纪前的那个预言:"伟大的革新会改变艺术的全部技巧,由此必将影响到艺术创作本身,最终或许会导致以最迷人的方式改变艺术概念本身。"②

3.3 网络文学:从"草根庶出"到主流认可③

网络文学,这个从山野民间和技术丛林走出来的"野路子"文学,经过了无人问津的草创和备受指责的抗争后,如今似乎有了"咸鱼翻身"的迹象。尽管对它的存在和价值仍有怀疑的态度和批评的声音,但这个"草根庶出"的边缘文学族群开始被主流文学接纳和认可却成为一个引人关注的现实,强势的文学传统终于从"招安"的门缝里给网络文学递上了一束示好的"橄榄枝",一部分网络写手也开始走上皈依之路,这已有一些引人瞩目的征兆。

---

① 宗白华:《美学散步》,上海人民出版社1981年版,第139页。
② [法]保罗·瓦莱里:《艺术片论集》,转引自瓦尔特·本雅明《机械复制时代的艺术作品》,王才勇译,中国城市出版社2002年版,第78页。
③ 本节原载《学习与探索》2010年第2期,人大复印资料《文艺理论》2010年第7期全文转载。原文为国家哲学社会科学基金项目"数字媒介下的文艺转型研究"(项目批准号:06BZW001)的阶段性成果之一。

3.3.1 网络文学开始被传统文学所接纳

"网络文学十年盘点"是主流文坛对网络文学的第一次正视。2008年年底,由中国作协指导、中国作家出版集团和中文在线共同主办的"网络文学十年盘点"活动启动。由传统文学期刊编辑及评论家担任主要评审委员的评委会,经过半年多的工作,最终评审结果揭晓,《此间的少年》《成都,今夜请将我遗忘》《新宋》等十部作品被评为"十佳优秀作品",而《尘缘》《紫川》《韦帅望的江湖》等十部作品被评为"十佳人气作品"。尽管对"盘点"的结果存在一些争议,但这次大规模的"盘点"已远远超出"清理家底、检阅阵容业绩"的含义,它是十年来网络文学与主流文学最直接和最有深度的一次对话,也是代表文学传统的主流媒体对网络文学的第一次正视和关注。正如"盘点"活动的终审评委、文学评论家白烨所说,这次评选活动,从初审到复审均采用传统文学视角和尺度,"意义不在于评了谁,把谁漏了,而在于主流文学和网络文学的相互接近和了解"[①]。

有的网络写手华丽转身,被吸纳为作家协会会员。先是2005年中国作协吸收安妮宝贝、张悦然等"双栖"身份的作家入会,她们既是网络写手又是传统作家。2006年,长沙市作协一次吸收了"匡瓢大哥"(网名)等18名网络写手加入作家协会,一时引起广泛的争议——作协一直被视为文学的最高殿堂,而网络写手没出书就"跑步"进作协,作家真就那么容易当吗?难道有作协"招安"网络写手就该低头?2009年,湖北省作家协会对入会细则进行修改,明确规定了网络写手申请入会的条件,首次从体制上肯定了网络写手加入作协

[①] 参见《北京青年报》记者《"网络文学十年盘点"结果引争议》,《中国青年报》2009年6月27日。

的资格,有人说这是"向网络写手主动发出'英雄帖'",在全国引发一阵热议。2009年6月,烟雨江南、晴川、酒徒等11名网络写手被推荐进入中国作家协会,这是中国作协作为最高官方代表,对非正统作家和草根文化的正式认可。中国作协副主席陈建功十分宽容地建议:作协应改进吸收会员的办法,注意到网络作家的存在,如果实际水平够,就可以考虑吸收为会员。

还有,代表主流文学的主流声音开始给予网络文学以积极客观的正面评价。2007年10月,由中国作协主持评审的政府最高奖鲁迅文学奖,授予了网络文学理论专著《数字化语境中的文艺学》①,可以看作主流意识和传统文学对网络文学理论研究的首次高调褒奖。自2008年以来,已有众多文艺界高层领导和一批知名作家、理论评论家对网络文学表态予以肯定或褒扬。如中国作协主席铁凝认为,网络文学创造了新鲜的词语和充满活力的语言方式,它的兴起,颠覆了纸质传统媒体的话语霸权。② 中国作协副主席陈建功指出:网络文学已作为一种独特的文学现象登上文学舞台,它充满生机和活力,又蕴含缺陷和矛盾,给我们带来巨大的冲击与震撼。网络文学具有超前的传播能力、无门槛的发表自由和作者与读者的交互性,独具特色的语言,广泛的群众基础,使它独具魅力。③ 中国作协党组书记、副主席李冰说:"网络文学是值得高度重视的新的文学现象。……对网络文学,我们一方面要鼓励,另一方面要培育,两个方面都不可缺少。"中国作协党组成员、副主席、书记处书记高洪波说,无论是按字数还是按篇计算,网络文学作品已经超过当代文学60年在纸质媒体发表作品

---

① 欧阳友权的《数字化语境中的文艺学》获第四届鲁迅文学奖·文学理论评论奖,中国社会科学出版社2005年出版。
② 《中国作协考虑吸纳网络作家》,http://www.sina.com.cn,2008年4月1日查询。
③ 黄小驹:《网络写手进了"厅堂"?》,《中国文化报》2009年3月25日。

的数量总和，网络文学的大发展，不仅在中国本土以极大的速度扩大了文学作品的受众群，增加了文学在社会生活中的影响力，而且在世界文学发展史上也写下了独具民族特色的浓墨重彩的一笔。中国作协主席团委员、"网络文学十年盘点"审读委员会主任张胜友用"令人振奋，前景不可估量"来评价网络文学的十年发展。中国作协党组成员、著名作家何建明也说，网络文学创作给中国当代文学带来了新的气象，足以让我们重视它。① 作协当家人这些口径一致的温馨评价传递了一种鲜明的信息：网络文学不仅正为传统文学所接纳，也开始被文学主流意识所重视、所期待。

3.3.2 网络文学与传统文学的相互渗透与彼此交流

从被正视到被重视的网络文学，除了日渐被接纳、被认可外，其与传统文学的相互渗透和彼此交流，可能对网络文学的健康发展，乃至对建设繁荣的当代文坛更为重要。这也有几件引人关注而又意味深长的事，譬如，博客和随后微博客的出现，使得一部分传统作家有机会通过开博进入网络，体验"触网"的乐趣，让网络写作成为一种主体的自觉行为；2008年10月，包括海岩、周梅森在内的18位知名作家与起点中文网签约，将他们的作品拿到网络上首发，这标志着专业作家开始成规模地介入数字传媒和网络文学写作；被誉为"青年作家摇篮"的鲁迅文学院吸收网络作家学员入院学习，已成功举办两届网络文学作家培训班，帮助网络作家剖析作品提升创作水平；鲁院高研班作家学员与新浪读书频道签约，新浪以作品连载、出版和影视推荐等多种方式推荐鲁院学员的作品，以此构建作家触网的传媒路径和机

---

① 胡军：《中国作协积极关注网络文学》，《文艺报》2009年6月27日。

制；文艺界的第一大报《文艺报》与盛大文学合作开辟了网络文学评论专栏，以打通纸质文学与网络文学的通道，改变二者互不来往、互相观望的格局，创造更多交流和互补的机会；各级作协相继成立网络文学社团组织，举办网络作家作品研讨会，有效促进了网络文学与传统文学、网络创作与文学理论批评的沟通与互动。还有，2008年9月，起点中文网举办了"全国30省（区）作协主席小说擂台赛"，包括蒋子龙、张笑天、郑彦英、阿成、哲夫、刘庆邦、叶文玲等在内的30位省级作协负责人在网络上摆开长篇小说"擂台"，这种由一定圈子的一群人共同完成的开放式写作使传统作家感受到网络的巨大魅力，而这场史无前例的网上"对决"，让原本泾渭分明的传统作家和网络文学进一步结合起来，体现了主流文化对网络文学的回应。此外，晋江原创网作者阿耐的网络小说《大江东去》入选全国"五个一工程奖"，表明优秀的网络文学同样能"以高尚的精神塑造人、以优秀的作品鼓舞人"；国家新闻出版总署在网络版权维护、数字化阅读、网络作品版权输出等方面采取积极维护、有效管理、鼓励发展的态度，为网络文学的产业发展保驾护航；第7届茅盾文学奖的入围作品授权起点网络传播……恰如评论者所言："当代文学经历的'网络洗礼'，既能使陷入瓶颈的传统文学获得重现辉煌的机遇和力量，亦能使泥沙俱下的网络文学提升审美与文化素质。"[①] 不断走进现实的网络文学和不断走进网络的传统文学，终于从观望、对视走上了解、交流、融通和互渗互补之路，这对于整个中国文坛来说，都是一件值得称道的事。

　　网络文学以"草根庶出"身份进入主流文学的视野，不仅得益于

[①] 王颖：《江湖夜雨十年灯——2008年网络文学扫描》，《文艺报》2009年4月28日。

宽松的社会文化氛围和这一文学本身的形态载体特色和技术传播优势，更在于网络文学的发展规模和影响力使人们不得不认真掂量它的文化分量并对之高看一眼。中国作协副主席陈建功曾说：网络文学极大地扩大了作者发表作品的空间和覆盖面；与纸质媒体相比，其交互性更强，发表门槛更低。《文艺报》总编辑阎晶明赞扬网络文学"非常有趣，非常生动，非常富有人性，而且确实有在幻想王国里更加自由翱翔的那样一种状态"[①]。盛大文学总裁吴文辉介绍，在起点中文网上，每天有超过3亿的PV流量，有1000万的用户访问量，每天都保持有3400万字以上的更新，网上作品涉及20多个类别的原创文学领域，整个网站已积累了超过25万部的原创文学作品。还有如新浪读书频道、晋江原创和红袖添香等网站的最高日PV量也达5000万次。有研究表明，2009年我国网络文学单部作品累计点击次数超过1亿次的作品有10多部，超过1000万次的作品有100部，超过100万次的达3000部。[②] 试想，汉语文学网站数以千计，储存作品丰富、更新快、点击率较高的原创文学网站数以百计，如果把所有通过网络发布的文学作品累计起来，那将是一个令人惊异的天文数字。2008年第5次国民阅读调查显示，互联网阅读率为36.5%，图书阅读率为34.7%，网络阅读首次超过了图书阅读。可以看出，互联网开放的文学生产机制所产生的庞大的文学生产群体和日益膨胀的作品数量，让网络文学足以确认自身的文学在场性和文化新锐性。截至2009年年底，中国网民已超过3.8亿人，在线阅读人群和宽带数量均为世界第一，网络签约写手突破百万人，通过网络、手机和其他数码终端阅读

[①] 《网络文学：一种新的文学在崛起——起点四作家作品研讨会发言摘要》，《文艺报》2009年7月30日。

[②] 马季：《网络文学：与传统逐渐融合，生产消费机制成型——2009年中国网络文学述略》，《文艺争鸣》2010年1月号（上半月）。

网络作品的读者超过5000万人，这表明网络文学受众人群的广泛普及性和社会公众对网络文学的关注程度已远远超过历史上任何一个文学黄金时代。这样看来，网络文学对当代文坛乃至整个社会文化的影响已超出文学本身的意义，应该将其放到"国家文化发展"和"一代人的成长"的大命题下来看待其更深远的价值和意义。网络文学，这个一度连"正名"都困难的"野路子"文学，已经实实在在地走进了社会的文化视野，步入了时代文学的殿堂，成为一支不可小觑的文学新军。数字技术和传媒市场的双重力量已经在文学的广场上扬起了一面网络文学的新旗帜，文学的格局正在遭遇数字技术的重整——"如果说，文学网站、传统文学图书、文学期刊已构成当今中国'三分天下'的文学格局的话，唯有文学网站之维最具成长活力，与时下传统文学影响力的低迷之势相比，网络文学可谓'风景这边独好'"[1]。恰如盛大文学夏烈所分析的："网络再一次打断了传统写作坚固的疆域，让文学重新回到平民的创造力阶段，释放出精英的成熟的文学机体里逐渐故步自封、外在形式和内在灵魂力量都陷入困境后所遗失了的那部分文学本质，比如想象力、狂欢化叙事、英雄崇拜，比如故事和情节的丰富性与速度感，比如神话式的宇宙观构建，等等。"[2]

网络文学出现"主流化"趋势，不过这一文学要真正融入主流或成为文学的主流还有一段漫长的路要走。山野草根的底色和技术丛林的"野性"气质使网络文学就像痞子蔡所形容的在山间"不穿鞋奔跑"的孩子，自由自在却非训练有素。我们说它开始被传统接纳、被主流认可，只是相对于过去而言，网络文学与传统文学之间有了对

---

[1] 欧阳友权:《网络文学：前行路上三道坎》,《南方文坛》2009年第3期。
[2] 转引自刘秀娟《网络时代：文学的新语境》,《文艺报》2009年8月13日。

话、交流、互动的征兆,二者间出现了"最大公约数"。网络文学要成为文学史上的一个有价值承载的历史节点,在拥有数量的同时还拥有质量,或者在赢得价值的同时赢得尊重,进而从点击率、注意力走向影响力和文学创新力,还需要跨越前行路上的道道障碍。譬如,如何改变作品数量剧增而"文学性"匮乏的质量短板就是网络文学首先要解决的问题。作品低俗和写作"灌水"严重困扰着网络文坛,技术传媒文化资本的市场逻辑与文学创作的价值理性出现背反和落差时,怎样把握二者间的平衡?现如今,签约写手的有偿写作和网站藏品的付费阅读,在产业上似乎找到了有效的盈利模式,但其所导致的作品"越写越长"的商业注水现象,以及阅读市场细分后的"类型化写作"过剩等,有可能把网络文学引向一条窄狭的小胡同,背弃文学逻各斯的审美约定,淡化创作要关注现实生活的艺术责任,导致一些网络作品缺少深邃的社会意义、人生感悟和深层的文化积淀。解决好这些问题,网络文学才能摆脱"庶出"与"嫡生"的困扰,真正被主流认可或成为主流文学的重要一翼,并在时下低迷的文学市场上与传统文学"抱团取暖",共唱新声。

3.4　新媒体的技术审美与视觉消费[①]

数字媒介的技术特性决定了当今社会文化中的图像表意正在不断强化,而文字审美则日渐式微。在新媒介掌控的视觉时代,恰如希利

---

① 本节原载《中州学刊》2013 年第 2 期,人大复印资料《美学》2013 年第 8 期全文转载。原文为国家社科基金重点项目"网络文学文献数据库建设"(项目批准号:11AZW002)研究成果之一。

斯·米勒所说，尽管"印刷的书还会在长时期内维持其文化力量，但它统治的时代显然正在结束，新媒体正在日益取代它"。与此同时米勒又补充道："这不是世界末日，而只是一个由新媒体统治的新世界的开始。"① 确实，技术化的图像表意与视觉覆盖的文化产品的互为因果，正在成为新媒体开辟的技术审美与视觉消费的文化走向，无论是文学艺术生产，还是大众文化消费，都摆不脱这样的技术媒介背景，今天我们必须要面对的正是这个由新媒体开启的"阅文化"超越"读文化"的时代页面。

3.4.1 数字传媒的技术审美性

现代社会的审美领域因为技术的进步而拓宽，除了文学艺术创作外，科技产品也出现日益审美化的趋势，"艺术的技术性"和"技术的艺术化"已经把"技术"和"艺术"紧密联系起来。我们知道，科学与艺术（诗）本是人生的两极境界，也是人类孜孜以求的发展目标，而今，这种目标因为科技的发展而变得接近抑或融合起来。以互联网为核心的现代信息科技以其穿越时空、启迪想象的发明创造，将科学与诗、精密的数学与鲜活的艺术融为一体，创造了丰富的颇具审美感的产品，生动地体现了科技文化与审美文化的融合和互动，让技术的艺术化成为数字传媒时代的文化新表征。这似乎印证了法国作家福楼拜一百多年前的那个预言："艺术愈来愈科学化，科学愈来愈艺术化：两者在山麓分手，有朝一日会在山顶重逢。"②

其实科学与艺术的交相辉映在各种艺术形态的发展历程中都是不

---

① ［美］希利斯·米勒：《文学死了吗》，秦立彦译，广西师范大学出版社2007年版，第17页。
② 转引自［苏］米·贝京《艺术与科学——问题·悖论·探索》，任光宣译，文化艺术出版社1987年版，第131页。

乏先例的。例如，几何学与解剖学等科学原理一直推动绘画的发展，科学新发现为科幻题材的文艺作品提供了丰富的素材与天马行空的想象力。计算机网络技术出现以后，机器自动写小说、作诗、作曲、作画的程序软件的广泛应用，充分展示了信息科技强大的艺术功能，多媒体、超文本的便捷操作，大大提升了数字技术的审美水平。网络游戏、数字动漫、数字影视、数码摄影、手机视频，以及层出不穷的移动多媒体终端的广泛使用，让数字技术工具及其内容承载成为日常生活审美化的生动写照，其所创造的艺术新形态大大丰富了人类的艺术世界。譬如，从《真实的谎言》到《泰坦尼克号》，从《功夫熊猫》到《阿凡达》，数字虚拟、3D技术对于电影艺术的革命性开拓，创造了巨大的艺术创新空间，也催生了市场广阔的电影产业。现代可视化技术将数码计算、胶片处理、视屏影像等，扩大到三维音响和虚拟实体的仿真技术领域，将看不见、摸不着的超宏观世界如宇宙星云分布，或超微观世界如DNA的双螺旋结构，甚至一些非感性的科学法则等，都实现可视化处理，中国古代诗论家所推崇的那种"惚兮恍兮，其中有象；恍兮惚兮，其中有物"的诗意胜境，被营造得切切诱人。原本抽象的法则规律和无涉情感的技术工具经由人类心灵的洗礼后，借助新技术自身的优势，为我们营造了一个更加丰富多彩、更加鲜活多变的融视觉、听觉乃至触觉体验于一体的想象性诗意空间，释放出了无比丰富的感性魅力，蕴含着艺术审美的诗意，它们在带给我们更高品质的生活质量的同时，也让我们获得更新奇的审美享受。有研究者指出过这一点："实际上我们完全有理由相信，数字技术本身就是我们这个时代最伟大的艺术作品，它把神话和史诗变成现实，把诗人的浪漫气质和哲人的求真精神完美地融为一体，把艺术家的种种超越时空的奇幻想象转化为科学家丝丝入扣的严谨探索，在真理与真

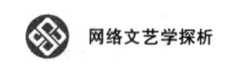

情之间展现了人类的无穷的智慧和无尽的情思,以及对美的不懈追求。"①

数字传媒技术的艺术功能和审美特性改变了我们对传统艺术的认识,形成了现代艺术观念的"祛魅"方式,即对于文艺生产和审美作品神秘性、神圣感和魅惑力的技术消解,当然,也包含数字技术创造的新艺术。计算机网络所使用的数字技术的基础是"比特"(英文 bit 的英译)技术,即用 0 和 1 的数字符号对大千世界进行信息化(包括文字、声音、图片、影像等)编码、解码和压缩、转换,以实现信息的加工处理和"软载体"传播。电脑的"无所不能"和网络传播的"无远弗届",已经把最便捷的"祛魅"工具交给了普通网民。键盘鼠标的"屏幕叙事"让"咫尺天涯"凝聚为"瞬间永恒",只需"挫万物于光标之处",便能"得精彩于眉睫之前"。人类曾认为获得"所有时代所有地方的所有信息"是"不可能的理想","但是,电脑与现有通信线路的联姻将使我们比过去任何时候都更加接近这个目标"②。"因为数据库很容易相互连接,从而构建一个庞大网络,贮存着全民信息,这肯定可以与天堂里那无尽的生死簿相抗衡。"③ 这时候,世界似乎已尽在我们掌控之中,但掌控的方式主要是科学化,也有艺术化的或具有艺术特点的掌控。不过此时还应该看到的是,"技术的艺术化"或"艺术的技术性"留给我们的并非都是赏心悦目的诗意享受。这是因为,如笔者曾描述过的:"高科技求真务实的科学理性,在揭穿迷信、打破神话、终止愚昧的同时,也可能熄灭留存于人们心中的那盏诗意幻想的油灯。阿波罗号登月成功终结了嫦娥舒袖、

---

① 廖祥忠:《数字艺术论》(上),中国广播电视出版社 2006 年版,第 42 页。
② [美] 马克·波斯特:《信息方式——后结构主义与社会语境》,范静哗译,商务印书馆 2000 年版,第 97 页。
③ 同上书,第 99 页。

玉兔捣药的广寒宫神话；试管婴儿的降生给生命孕育的神秘和血缘人伦的神圣打上了问号；直拨电话、光纤通信、电子邮件、手机短信等确实方便快捷，却又消除了昔日那种'高高山上一树槐，手把槐花盼郎来''望尽天涯盼鱼雁，一朝终至喜欲狂'的脸红耳热的幸福感。还有高速公路上的以车代步和蓝天白云间的睥睨八荒，让人体验到了激越和雄浑，但同时又排除了细雨骑驴、竹杖芒鞋、屐齿苍台的舒徐和随意。"①

新媒体技术的艺术审美性给既定的艺术范式带来两个方面的影响。一是显在的媒介层面，二是潜在的艺术审美观念。前者主要以创作工具、作品载体和传播方式的迥然有别而彻底颠覆了传统艺术的生产模式和媒介传承方式。网络文学、数字艺术、动漫游戏等，用"信息 DNA"比特取代了"原子"构成的广延性物质载体，并且长于采用图文语像汇流的多媒体样式创造出"通感"化的艺术形式。于是，网页顶替书页，"看"代替"读"，纸与笔让位于光与电，让新媒体审美呈现出全然不同的范式。昔日的"物理艺术"变成了融图像、文字、视频、音频于一体的多媒体作品，它们音画两全、界面旋转、声情并茂、图文并显，完全相异于传统的艺术却能相容于现代技术。覆盖全球的联网计算机、移动互联网、手机等各种电子接收终端，它们的工艺设计、精致程序和强大功能本身就是一件件赏心悦目的艺术品，而网页上排列的菜单和指令，各类链接、选择标记、期待点击的变色字符等，无不蕴藏着恒河沙数般的作品存量和无以穷尽的信息奥妙，足以让欣赏者观古今之悠远、通四海之浩瀚，这不就是审美的境界么！而在艺术审美观念上，数字传媒技术也从多个方面改写了传统

---

① 欧阳友权：《网络文学本体论》，中国文联出版社 2004 年版，第 244 页。

艺术审美的逻各斯原点。例如，现代技术审美奉行"自娱以娱人"的功能模式，坚守的是"娱乐至上"的文化理念，用草根性视听快感实现消费意识形态的价值表达。再如，计算机网络的平行架构模式秉持的是"艺术平权"观念，以此"悬置"了历史上本质主义的文艺观，消解了艺术审美的逻辑限定，造成了文艺观念结构关系要素的变化，传统文艺学的表意关系要素、功能关系要素、性质关系要素、对象关系要素、思维关系要素等，均出现了基于数字技术的新形态和新内容。还有，从审美主体性上看，新媒体把创作主体的身份从"作家"转换为"写手"，从"艺术家"变成技术"操盘手"，把"人人都可当作家"的梦想变成网络现实。于是，数字技术审美亦便把"主客分立"的文艺主体性演绎为虚拟世界中的主体间性，让"孤独者的狂欢"成为网络在线的修辞美学，正如马克·波斯特所说，互联网"将现代/后现代主体插入联网的信息机器设备，结果就是一个更加完备的后现代主体，或者一个不再是主体的个体，因为它不再像从外部而来似的与世界对向而立，而是作为电路中的一个点在机器中运转"[①]，这便是数字传媒特殊性规制的技术审美性的必然结果。

3.4.2 技术图像表意下的视觉消费

论及新媒体审美特性不能不谈及它的艺术审美及由其所形成的视觉消费。当今社会文字与图像的博弈已深深渗透于技术化媒体领域，视觉文化符号的生活覆盖正成为图像化转型中大众文化消费的现实表征。"电视机的发明深刻改变了人们的生活方式，现代视频技术和信息技术使人们的交流方式和信息传播形式发生了变革，而彩印技术的

---

① ［美］马克·波斯特：《互联网怎么了？》，易容译，河南大学出版社2010年版，第17页。

精致化又起了推波助澜的作用。人们越来越乐于接受图像和影像，越来越懒于接受密密麻麻的文字符号。看动画片成为当代儿童必需的生活内容，青年人已变得不那么善于书写，商务文案中取代文字的示意图被广泛采用，互联网和移动通信使用者乐于为点击利用大量图标而付费。"[1] 确实，今天的艺术审美文化世界，文字书写的表意符号在减少，图像符号则越来越多，纯文字阅读的感悟诗学正在被电子仿像制品的感觉快适所挤占。颇具讽刺意味的是，依靠形象表意的文学在"形象"的世纪真正到来之时，在"形象"从语言的囚笼中释放出来的时候，却正在无奈地让位给眼花缭乱的视觉奇观而让自己走向文化的边缘。

图像符号的大范围增加与媒介变迁、技术载体更替显然有着深刻的关联。数字化的符号表征是以多媒体结构组合的自由性符号超越文字单媒的约束性符号。传统的文学作品注重的是文字表意的审美张力，而文字符号的表征义是能指与所指的约定性统一，不仅"物、意、文"之间的关联取决于对词义的理解，还常常会有言外之意和韵外之旨需要读者去发现和领悟。人类用文字记录承载的文化遗产比其他任何媒介保留得都要多，但文字符号是以线性书写方式创造静态的广延性文本，塑造的形象因其想象性与沉思性对于读者来说是间接呈现的。数字化符号则不同，其符号构型是一种动态的、多维的、直接呈现的具象符号，它可以容纳文字，但其特性却更适于图、音、文交融互渗的多媒介表达。数字化技术对于视听信息表达的方便快捷，使它长于承载"图像文本"，从而将大众文化从文字形态引入图像方式，人称"读图时代"，并且，又因大量的图像或视频影像呈现于电子介

---

[1] 陈海燕：《从"读时代"走进"阅时代"》，《出版人》2012年第10期。

质,故又被称为"读屏时代"。在这个时代,图像符号如网络空间的视频和音频信息、日常生活中的影视、广告等所形成的文化霸权,已经从文化形态穿透到文化精神,并从生活方式影响到人们的生活态度及认知习惯。"以强大的世俗力量大踏步地向我们走来的视觉文化,标志着一种文化形态的转变和形成,也标志着一种新传播理念的拓展和形成,更意味着人类思维范式的一种转换……现代电子图像传媒具有启蒙性拓展与权力性隐蔽的双重属性……我们越来越受制于以形象来理解世界和我们自己。"①

视觉消费是数字化的图像表意的文化结果。这时的视觉消费,既消费视觉化的文艺作品,也消费商品化的其他图像文化产品。就前者而言,在新媒体语境中的文艺作品消费较之过去出现了两种明显的变化。首先,图像化的审美产品远远多于文字符号作品。时下的日常生活铺天盖地地充斥着"图像":电视行业的"收视率崇拜"正千方百计用好看的影像吸引观众眼球;影院连绵不断的新片首映,只是"票房拜物教"争抢视觉市场份额;商场橱窗摆放的巨幅宣传海报,公交车上循环播出的移动电视节目,无所不在的分众传媒、框架媒体和街头电子屏示显、T台走秀、车模靓女的婀娜多姿等,无不用视觉图像刺激社会大众的消费欲望。还有网络游戏、手机动漫、数码摄影、PPT和Flash制作、微电影、QQ表情、Email皮肤、桌面图案、微相册、随手抓拍秀、博客图片珍藏,以及上网冲浪时满眼的E媒广告与新奇图片、迅速涌现并陆续上市的视频网站……数字技术便捷的粘贴复制和PS(图像处理软件)设计制作,使我们仿佛置身于声与色、图与形、光与影的无边海洋中。难怪有学者评论说:"今天,不堪重

---

① 傅守祥、应小敏:《视觉文化的超美学:大众经验的重构与视觉感性的飞扬》,《现代传播》2007年第4期。

负的'观看'已经成为一个时代的标志,而我们越来越依赖于眼睛来接触世界了解真相。一方面是视觉行为的过度和重负,另一方面则是对视觉行为的过分依赖。"[1] 其次,过去文字单媒介的文学作品也开始出现图文并存、以图衬文抑或以文补图的趋向。如网络文学、手机短信文学运用数字技术优势创作多媒体、超文本作品,计算机创作的动态交互诗、图文音像互补式小说(如《哈哈,大学》)等,以满足读屏时代网民的视觉快感,让"读图"的养眼悦意与识文读书的深思熟虑形成交融和互补。并且,即使是传统印刷出版的文学作品,现在也开始出现图像化趋势,因为图书市场上日渐增多的绘本、图小说、图文书,更容易得到读者青睐也能更多地占据市场份额。还有包括文学类图书在内的图像化包装(如花里胡哨的腰封)、文学作品与影视作品的互相转换、曾一度红火的"摄影文学"、电视散文……让我们不难理解,人们试图在文字阅读和图像景观之间找到共鸣点的显著意图,以救助不断萎缩的文字阅读市场。即使是追求精英书写的纯文学作品,在语言上也出现"视像"表达的镜头化叙事,那些表现图像、身体、场面和景观的语言比例大幅提升,而表现意义、价值、思考、心理的语言则惜墨如金。就连美国意识流文学大师福克纳的代表作《喧哗与骚动》,竟然也有了多色相间的彩字印刷版,可见为了迎合读图时代的视觉选择,经营者已是绞尽脑汁无所不用其极了。图文书的畅销,积极之处在于其以形象性、直观性和通俗性带来了阅读的简便和快捷,但其负面影响也是不容忽视的。在这里,图片遮蔽了文字,悦目取代了阅读,娱乐替代了思考,它体现的是后现代文化对于知识的一种解构,加剧了

---

[1] 周宪:《看的方式与视觉意识形态》,《福建论坛》2001年第3期。

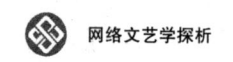

"浅阅读"的时尚化，培养了一批回避深度思考的读者，致使"视听霸权"有了更多的拥趸而让"霸权"不断膨胀。

除了视觉化的文艺作品充分彰显技术审美的魅力外，商品社会的其他图像化产品也是视觉消费不容小觑的内容。我们看到，在信息传媒和文化产业双重推动下，供视觉消费的景致越来越多，如人们通过打造实景演出大戏来增加旅游景区人气，通过影视作品来了解文学经典，通过音乐电视来诠释音乐的魅力，通过彩信彩铃来增加信息沟通的感染力，通过网络超市和电视购物频道来选购商品，通过城市雕塑、人造主题公园甚或仿古建筑来了解历史，乃至通过婚恋电视节目来寻找自己的人生配偶或获取配偶的标准……"观看"已成为一种生活方式和选择生活方式的可靠路径，"图像"则积淀为社会的表意系统和宰制性的生活准则，"图像中心化"已经演绎为视觉消费的图像化生存。在技术传媒文化覆盖下，文字与图像的博弈或图像对文字的"僭越"已越来越激烈、越来越明显，现在看来，这场博弈的胜利一方是图像而不是文字，而能够让图像战胜文字的最锋利的武器就是技术，特别是数字技术。数字技术媒体是孵化图像的理想母体，最终，数字技术审美庶几成为图像审美，视觉审美成了数字时代的主打文化消费。

技术图像表意规制的视觉消费带来了当今审美方式和文化结构的多重异变。首先，视觉的"观赏依赖"调整了人对生存世界的审美聚焦。技术图像世界的多媒介性、符号具象性、多维动态性和画面的镜像性，将物像审美的时间转化为视觉的空间来反映或暗示事物的运动发展，这种因"读图"而产生的视觉快感，将积淀为人类把握世界的视觉认知模式，从而以感知惯例形成视觉依赖，让人们对世界的审美聚焦发生位移，改变人与外部世界之间的符号审美关系，形成人对外物的观察、体悟及表达的视像化图式,这会引起文化生产方式、接收方式和消费方式的大改变,并影响到人类的审美习惯和艺术思维方式,这便是数字化技术图像表意对社会文化和人文审美所产生的由表及里的巨大影响。在图像转型语境中,人们的文化表达更多的是去寻求图像叙事,如广告、摄影、网络、影视等,而不是诉诸文字书写,大大压缩了文字表意的审美空间。在文化消费市场,书报类文字产品往往敌不过影视类视觉产品,致使现在潜心读书的人越来越少,而观看影视、上网冲浪、打电游、发短信、玩微博等则日渐成为文化消费主潮。一旦"图像"成为视觉消费的焦点,文字、文学就将远离人们的视线,进而渐渐远离审美的心灵,"手捧书香"的阅读方式或将成为历史的背影。

其次,视觉消费助推大众文化,激活了传媒时代的文化产业。图像文化产品的大范围覆盖,满足了社会公众的文化需求,又创造了更为多样的消费需求,让审美的日常生活化和日常生活的审美化成为视觉消费的完美注脚,大众文化据此有了丰沛的沃土,文化资本亦找到了利润最大化的市场资源。我们看到,"超女""快男"引发了电视娱乐选秀的狂潮,"中国好声音"成为电视产业聚焦的年度标杆,《舌尖上的中国》的成功源于用镜头生动记录了国人"吃"的盛宴,而《人在囧途之泰囧》创造的票房神话,在于其喜剧笑料与观众的视听期待之间形成了最佳的契合点。文学网站实现产业链的延伸,也多是通过开发视听产品来完善影视、版权、无线的"全媒体"经营,如"与影视机构进行深入合作,或者独立开发影视作品,拍摄以网络小说为剧本的影视作品,更大范围地占领文化市场"[①]。有人说,美国人

---

① 禹建湘:《产业化背景下的文学网站景观》,《中南大学学报》(社会科学版)2012年第2期。

用"三片"(好莱坞大片、微软芯片、麦当劳薯片)征服世界,推行其全球战略,岂不知这"三片"蕴含的强大的殖民化力量正是被视觉消费、感性欲望帷幕掩饰的文化入侵,同时也是文化产业"赢家通吃"的商业化成功。美国从1996年起,其文化产品的出口就已开始超过汽车、航天和军火工业而成为第一大出口商品,不仅占据了世界文化市场的最大份额,还以文化软实力构成其推行全球战略的理想载体。视觉消费拓展的文化产业,加速了技术与经济的市场合谋,同时也改善了人们的生活质量,让生活与审美、生活用品与艺术作品之间的界限逐步淡化,艺术被消解在日常生活的普遍审美化之中。视觉消费带来的艺术与生活的"零距离",消退了艺术的神圣感,却提升了生活的审美质量。

技术图像表意下的视觉消费不断重构我们的审美经验,培育文化消费的观念体系。在这个过程中,我们仍然要对视觉文化的负面性保持足够的警觉。必须看到,图像表意的"直击目存"取消了主体与对象之间的心理距离,消弭了审美想象中介,终止了符号所指到能指的思维过程,使感官接受变得简单快捷,但却让受众失去了品味文字表意那种隽永的韵味,解构了语言特性的体验化魅力,因为从审美功能上看,文字表意的内视性、想象性和彼岸性诗意体验是图像难以达到的。不过图像表意并非意味着肤浅,读图亦非就是排斥理性和深度,倒有可能是人类的感知天性。有研究表明,人的视觉器官并不是天生用来接收字符的,而是用来感知影像的,大脑皮层超过1/3的面积用于处理视觉信息,而图形和影像所包含的信息量比文字要大得多。"阅是人类的天性,而读则是后天习得的技能。生命体接受光信号的功能至少进化了5亿年,人类接受影像信息的功能至少进化了300万年,而读的能力人类只练习了几千年,作为个体则不过学了几十年,儿童才学了几年。所以，图能吸引任何眼球就不奇怪了，而儿童喜欢图更是天经地义。"① 况且，语言的形象间接性与图像的具象性之间尚存在一定的互文性，可以互相阐发和说明，这为视觉文化与文字书写文化的兼容提供了可能。在新媒体触角不断延伸的语境中，只要我们能以人文理性的价值立场开发技术文明，新媒体的声光电屏依然能照亮艺术精神的"绿地"，数字技术的视觉图像传递的仍将是诗意的美和对人类心灵的审美滋润。

3.5　网络文学审美导向的思考②

互联网的迅猛发展③不断拓展网络文学的生长空间，然而，如果这种文学仅仅止于媒介传播和时尚文化消费的意义，而不能以自身的诗性魅力抒发人的审美情怀，用技术的基质承载艺术的人文价值、建构审美的精神家园，人们对它的艺术期待就将是无从依凭的。当网络文学的媒介更新多于艺术创新、传播方式胜于传播内容、休闲娱乐消解审美意义的时候，它得到的将不是艺术的尊重，而是文学审美本体的缺失和历史合理性的悬置。于是，给这一快速发展的文学样态以学理关注和建设性审美引导就显得格外重要而紧迫。

---

① 陈海燕：《从"读时代"走进"阅时代"》，《出版人》2012年第10期。
② 本文原载《江苏社会科学》2005年第1期。
③ 据中国互联网络信息中心2004年1月15日发布的第13次《中国互联网络发展状况统计报告》显示，截至2003年12月31日，我国已有上网计算机3089万台，与上年同期相比增长48.3%，而上网用户数也升至7950万人，半年内增加了1150万人，与2002年底相比增加了2040万人，增长率为34.5%。参见 http://www.cnnic.net..cn/news/105.shtml。

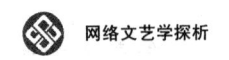

3.5.1 审美技术主义批判：坚守网络文学的本体论承诺

用数码技术表征艺术审美，以电子媒体彰显文学本性，是网络文学首先应该坚守的本体论承诺。当作为表征人类审美襟抱的文学踏上 Internet 快车步入信息高速公路的时候，它该怎样实现技术与艺术的融通？文学审美历程是否由此获得了传统意义上的历史进步性？弥漫于网络的文艺作品是坚守抑或延伸了人类对于艺术的审美设定，还是漠视抑或放弃了它应该有的审美承担，甚至降低了艺术的审美品位？对网络文学的价值评判是注目于人文性审美内涵还是采用电子化文本的"技术"手段来比量？网络时代的文学创作需要的究竟是工具理性还是诗性智慧？如此等等，如果我们不能从审美认识论上解决这些问题，势必会在艺术本体论上为之付出价值缺失和意图谬误的代价，形成审美导向的失依与失范。

网络文学是在计算机数码技术和"万维网"（world wide web）超文本链接技术联合打造的"赛博空间"里找到自己的生存平台的，技术的灵性一开始就凝结为文学因子，而最早上网的文学"闪客"多以谙熟计算机技术见长，其技术优势远远胜过他们的文学修养，一旦将"技术的艺术性"演绎为"艺术的技术化"，就将从观念本体上脱离文学应有的审美预设，用技术化的认知方式和感悟方式消解文学活动的审美创造性，影响文学"出场"方式和功能范式。更为重要的是，由于电子媒介的"软载体"特性，使得文学话语失去纸介书写的线性真实感和"硬载体"印刷文本的物质当量性，其"虚拟真实"（virtual reality）将会给笛卡尔以来澄明而确定的主客二元世界带来含混与挑战——人机关系依存于虚拟的符号中介，以光速传递和转换的信息代码使作者与他所用的词语或图像之间的相遇方式是短暂、流动而非物质性的，作者和机器的关系犹如拉康所说的"镜像"关系，真实空间与虚拟空间的界限消失了，主体性与客体性一道丧失了完整性和稳定性，物质现实与符号代码、网际语境与客观叙事、主体与客体在此时都走向同一，不仅文学本体成为一种虚拟状态，而且文学主体的自我确证方式也遭到改写，因为赛博空间的虚拟隐喻是无需习俗隐喻作对位式衔接的。于是，失去审美本体论支撑的电子化技术不仅耗尽了文学精神内容和价值形式的有效资源，而且抹平了主体与客体、符号与现实界限的网络书写还会导致文学本体论危机。这时候，技术霸权下的文学怎样出场以证明自己仍将是一种审美的存在而不仅仅是技术的结果，以及如何避免技术对文学审美的遮蔽，似乎就不再是一个技艺、工具或艺术形式问题，而是一个艺术审美、文学本性的学理本体性问题。许多网络作品被讥之为"电子烟尘""灌水垃圾"等，大抵都与艺术审美的本体缺席有关。

我们知道，面对网络文学的技术性生存，单纯的美学批判是没有力量的。如同任何艺术的审美生成都不能没有技术含量一样，网络文学所依托的电子信息技术如多媒体、超文本、虚拟现实、万维网无限链接等带来的信息资源的自由吐纳，其本身就构成美感魅力的因子，也是拓展网络文学艺术表现力的技术杠杆，它表明文学正日益强化对科学技术的依赖。不仅如此，现代技术带来的人类生活广泛的艺术化，也将促使人们走出文学"自主性视野"，去关注现代技术的福祉为文学创作提供的审美化的生活及生活中的艺术。正因为如此，丹尼尔·贝尔在《后工业社会的来临》中提醒人们关注现代技术带来的"美学感觉"的变化，大卫·格里芬在《后现代科学——科学魅力的再现》中宣称现代技术的人文性张力将导致"祛魅"的科学滋生"返魅"的契机，而后现代主义思想家利奥塔则主张"叙事知识"应当在科技知识霸权的体制中寻找新的合法性通道。然而，任何技术都不可能等同于艺术，技术的审美性也不等于艺术的审美化。技术要转换成为艺术是有条件的，它只能在两个层面上与艺术结缘：一个是工具媒介层面，另一个是理解世界的观念层面。前者是艺术创作借助的手段，后者才是真正让技术介入艺术内核之中并对之施加影响的决定性因素，即技术化生产生活方式导致的人类理解世界方式的变化，以及由此产生的人对自身与世界的审美关系的深入体察和改变。当前的网络文学创作多是在工具媒介的层面上体现其技术的含量，未能在理解世界的方式上达成审美创造，以至出现以游戏冲动替代审美动机、以技术媒介替代艺术规律、以工具理性替代诗性智慧、以技术的审美性替代文学的审美化等"非文学化"或"准文学化"现象，这也正是数码技术难以表征艺术审美、电子媒体未能承载文学本性的重要原因。艺术起源于技术，但艺术一旦从技术中剥离出来就超越了技术，提升了自己的审美品位而朝向人文审美性迈进。计算机网络无论多么神奇，它仍然只是技术而非艺术。技术是功利的操作，艺术是精神的凝结；技术像庖丁解牛一样实现驾驭规律的自由，艺术创作则如春蚕吐丝般酿造生命的境界。同样，网络技术能为文学插上科学的翅膀，但它飞向的目的地应该是艺术的殿堂而不是技术作坊。

3.5.2 网络凡俗化写作：重视新民间文学的艺术提升

网络文学以平民姿态开启了一个新民间文学时代，但充斥网络空间的凡俗话语如何历经审美的疏浚实现艺术质素的净朗和审美品位的提升，将关涉网络文学的价值定位和艺术品格。网络是一个拥有巨大包容性的文化空间，其平等、兼容、自由和虚拟的特性，使它得以向社会公众特别是文学弱势人群敞开话语权，昔日文学边缘族群的艺梦想和社会底层的审美意识终于有了张扬和表达的契机，民间话语能以"广场撒播"的方式共享网络媒体的对话平台，从而改写了传统的文学社会学，创造了数字化时代凡俗化写作的新景观。

在文学进步的意义上，回归民间的网络文学体现出它的两面性：从积极的方面讲，网络写作打破了长期社会分工造成的职业化阈限，以众声喧哗消解权力话语对文学言说方式的垄断，通过解放文学的话语权解放文学生产力，平民话语终于有机会走进大众传播媒体，享受"文学面前人人平等"的快乐。网络作者欢欣鼓舞："现在我们有了这个网络，于是不必重复深更半夜爬格子，寄编辑，等回音，修改等等复杂的工艺了。想到什么，打开电脑，输入、发送——就 OK 了。你甚至可以在几分钟之后看到读者给你的回应。"[①] 这种全新的文学方式不仅抛弃了旧有的文学等级体制，拆卸了作家资质认证的门槛，开创了无纸时代的"狂欢化文学"，更重要的是摆脱了精英霸权的贵族书写，使文学女神走下神坛，回归民间，表现芸芸众生本真的生存状态，给写作自由和自由写作以彻底的心灵解放，从而拓展文学空间，激发社会底层的艺术活力。

然而，互联网在给民间话语开启文学话语权的同时，也给信息垃圾和非文学宣泄提供了场地。网络写作追求一个"俗"字，民间本位的写作立场，平庸崇拜的"渎圣"心态和感觉撒播的表达方式，是网络文学常见的凡俗模式。这样的写作立场直接导致网络作品整体水平不高。一些上网漫游者将网络视为马路边的一块黑板，在这里信手涂鸦，这也许有利于文学回到纯真、本色和坦诚言说，但同时也为滥用自由洞开方便之门，使创作忽略提炼和思考，作品失去精致与深刻。

---

① 李寻欢：《我的网络文学观》，榕树下网站：http://www.rongshu.com/poblish/readArticle.asp。

一个文学网站一年发布的作品可以数以万计①,但高质量、上档次的作品却凤毛麟角,遑论艺术精品!那些由凡俗而低俗乃至由世俗而庸俗的所谓"原创作品",不仅造成文学网络上的"信息过载"(Information overload)和"表征危机"(Crisis of representation),即如鲍德里亚曾担忧的"信息将意义和社会消解为一种云雾弥漫、难以辨认的状态,由此所导致的绝不是创新的过剩,而是与此相反的全面的熵增"②,而且恣意灌水式的写作也必将导致精力、时间、网络资源和注意力的无端浪费。更为重要的是,由于机器写作用文字的"展示价值"(Ausstellungswert)替代文学深度的"膜拜价值"(Kultwert)③,必将在文学功能上贱视神圣、消解崇高,使作品的价值取向拒绝深度、抹平厚重、淡化意义,封堵了文学通往思想、历史、人生、价值理性和终极意义的路径,回避了文学应该有的大气、沉雄、深刻、庄严、悲壮等艺术风格和史诗成分,更抛弃了文学写作者应当承担的有益天下、代言立心和艺术独创、张扬审美的责任。

由此看来,网络文学仅凭媒介优势和凡俗模式并不能为它赢得艺术尊重,大众话语的民间狂欢也未必一定能真正表达民间审美意识。如果没有艺术品格的提升和艺术质素的价值赋予,"第四媒体"的电子民主和传输神话带给文学的或许只有艺术衰退与数码焦虑,这将是文学的悲哀。网络不只是一种广延性容器,还是一个创生性意象空间,因为"传播不仅仅意味着消息的传递,更体现出文化的创造、陈

---

① 最大的中文原创文学网站"榕树下"(http://www.rongshu.com)从1997年创办以来,已储藏原创文学作品350万多篇(部)。笔者所做的网络文学现状调查表明,国内刊发汉语原创作品的文学网站已达500个以上,每年发布或复制的作品难以数计。

② Jean Baudrillard, *In the Shadow of the Silent Majorities*, New York: Semiotext (e), 1983, p. 100.

③ [德] 瓦尔特·本雅明:《机械复制时代的艺术作品》,王才勇译,中国城市出版社2002年版,第19页。

述及其表达共同信仰的方式"①。互联网在向话语多元性敞开界限的同时，还应该为艺术独创性留出地盘，这样的民间凡俗话语才不仅仅是在场境遇的自由言说，还能够让文学回到生命的当下状态去艺术地把握永恒。

3.5.3 重建文学范式：探寻电子文本的艺术创新

正如历史上从龟甲、钟鼎、竹简、缣帛到纸张等书写工具的变化一步步改变文学生产模式与存在方式一样，由"文房四宝"向键盘鼠标、由"读书"向"读屏"、由印刷文明向电脑文明的历史性转变带来的文学变化是全方位的，甚至是"格式化"的。面对文学生成机制与活动体制的全面"洗牌"，文学需要的不是扼腕"告别"，而是创造性"进入"，而网络文学会在哪些方面有效修改文学成规，恰恰意味着它自身不可替代的独特内涵。以之为思维起点所延伸的两个追问便是：在经典意义上的艺术审美惯例逐步退出文学视野的同时，网络文学将带给传统文学哪些深刻的改变？如果这种改变是合理的、不可逆转的，我们将以什么样的审美创新来重建网络文学范式？

首先，在技术媒介层面上应该尽可能多地利用电子数码技术优势，增加网上写作的多媒体表达和超文本链接。这类创作超越传统文学范式的地方在于：丰富的媒介手段能形成对主体感觉的全方位表达，时间的自由编码所营造的叙事迷宫会产生复调阐释，进而将深度体验转换为虚拟式沉浸，让话语链中漂浮的能指巧置为传输语境里的艺术所指。写作工具和传播方式更新是网络创作最突出的技艺优势，

---

① James W. Crey, *Communication as Culture*: *Eassys on Media and Society*, London: Routledge, 1989, p. 43.

德国的沃尔夫冈·韦尔施（Wolfgang Welsch）甚至称电子媒体的强大功能为"人工天堂"，声称"依靠电子技术，我们似乎正在不仅同天使，而且同上帝变得平等起来"①。可目前的网络文学创作还很少有人享用这种"上帝"般的艺术自由——由于技术恐惧形成的"电子鸿沟"和习惯惰性，网络上的绝大多数作品仍然只是"书面文本电子化"，不仅多媒体之作踪迹难觅，超文本写作凤毛麟角，就连最能体现网络互动特色的"合作小说"也仅止于尝试性游戏水平。要么视以机换笔为畏途而不敢迈过"电子鸿沟"，要么视技术为艺术、以炫技代审美、用工具理性抵抗人文情怀，是制约电子文本艺术创新的两大障碍。

其次，在表现技巧层面上，网络写手常用短句、戏仿、跟帖、拼接、角色扮演（RPG）、戏谑调侃作为自己的武器来打造生活化、个性化的文本。仅有这些是不够的，网络写作还需从网络叙事、电子语言、链接修辞等方面探寻艺术创新以延伸网络艺术感官。其中，网络叙事于作者是编织"曲径交织的园林"，而"从读者的角度，一个叙事就像一个等待演出的乐谱"②。据美国后现代叙事学家玛丽－劳勒·莱恩研究，电脑叙事除运用传统语法、转换语法、几何学、电影叙事、视觉艺术、地形学、精神分析、数学、语言哲学、博弈理论、后现代社会理论以及女性主义叙事外，尤其要创造性运用"虚拟、递归、窗口和变形"等"隐喻叙事"③，使网络叙事富含更强的表现力。电子语言是一种用于网上交流的特殊语言，

---

① ［德］沃尔夫冈·韦尔施：《重构美学》，陆扬、张岩冰译，上海译文出版社2002年版，第235页。
② ［美］戴卫·赫尔曼主编：《新叙事学》，马海良译，北京大学出版社2002年版，第64—65页。
③ 参见玛丽－劳勒·莱恩《电脑时代的叙事学：计算机、隐喻和叙事》，戴卫·赫尔曼主编《新叙事学》，马海良译，北京大学出版社2002年版，第61—86页。

常常使用中外文缩写语、数字组合语、符号图案语、字母替代语来传情达意。在网络创作中恰到好处地使用电子语言，能使表达简洁明快、生动形象、幽默风趣，并且可以从语言美学上形成"网语"个性，创造新的表达范式。链接修辞是在网络超文本创作时，以语义关系和事理逻辑为基础，将内容节点依审美需要巧置链接，以增强作品的艺术张力的电子化修辞手段，它能加大作品容量，形成复义叙事，也能增强作品魅惑力，吸引欣赏者对作品无限可读的依恋，实现对电子文本的诗性解魅。

重建网络文学范式更为重要的是实现文学理念的更新。网络文学的出现打破了传统的文学观念，把"文学是什么""文学写什么""文学怎么写""文学怎么读""文学有什么用"等文学的"元问题"推到了思维的前台，而思考这些问题的基础是解决好文学"通变"问题——观念通变和技能通变。譬如，网上作品常常淡化文学与非文学的界限，模糊文学义体之间的界限，其发展趋势可能使文学走向蜕变和涅槃——随着计算机网络技术的不断更新换代，多媒体、超文本创作和欣赏将成为新的文学常规，单纯用文字表达、线性排列的作品会越来越少，图文并茂、视听融合的综合艺术和电子游戏会成为网络上的主打产品。如果按照传统的"文学"定义来衡量，"语言"不存，"文学"焉附？再如，"技术的艺术化""媒体的智能化"和"生活方式的电子化"趋势，可能抹平生活与艺术的边界，导致"家电文学""游戏艺术""手机创作"的诞生，使艺术化生存和生存中的艺术弥漫整个生活世界，这会不会造成人类自身审美智能的弱化和对技术霸权的更大依赖？如今用电脑程序编制情节曲折的小说、冲突尖锐的戏剧、语言陌生化的诗歌，用"文学机器"或创作软件在电脑上作画、作曲，或用三维数码技术在电脑工作室里让当红明星"缺席"表演、让作古的影星俨然"复活"等，都已不再是什么新鲜事。正所谓"文变染乎世情，兴废系乎时序"（刘勰），当网络文学、电脑艺术树立起界碑的时候，我们无须为之莫名惊诧，也不要鄙夷不屑。这里需要把握两条底线：一方面，坚信互联网对文学的全方位覆盖不应成为科技对人文的颠覆，或技术对艺术的侵占，而仍然需要坚守网络文学的人文本位和审美本性；另一方面，又要承认网络时代的文学在创作手段、存在方式、功能模式、价值取向和社会影响力等方面都已发生了诸多变异，因而文学的观念形态也必须在思维方式、概念范畴、理论视点和学理模式等总体构架上，由观念转变推动理论创新，并由理论创新达成学理创新体系。

第4章 价值构建

4.1 数字化文艺学的人文承载[①]

考辨以网络文学为代表的新媒体艺术的人文内蕴，需要回到价值本体的维度，廓清数字化技术在艺术审美中的意义承载问题。如果说，用"意义"阐释"精神"是任何艺术生产乃至任何人文科学创造"原道"的图腾，数字媒介艺术生产也当以表征意义、承载精神为"人与技术"的人文接口和技术人性化的原点延伸。互联网以自己的文化命意，在艺术审美之途上不断创生与人的生命向度同构的艺术隐喻，实施技术理性的意义解构与人文精神的价值建构，以此救赎数字化时代的人文逊位和精神隐退，看护人的生命本真的呼求和憧憬，实际上是人类在电子媒介革命中争取"诗意栖居"的一

[①] 本节原载《长江学术》2009年第3期，原文为国家社科基金项目"数字媒介下的文艺转型研究"（项目批准号：06BZW001）的阶段性成果。

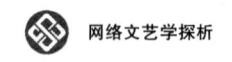

种生命安顿方式，是人类试图将艺术文化存在作为"澄明的精神在大地行走"的一种发生方式和呈现方式。因而，用技术美学反观艺术诗学，又用数字化诗学重铸哲性人学，进而在数字化艺术生产中注目于人文意义的坚挺和人的精神家园的建造，以键盘鼠标不懈地追问网络时代的艺术"何以存在"又"为何存在"的元问题，探究数字化的精神现象学和技术原道的人文隐含问题，以图从存在本质上廓清数字化文艺学应有的人文精神承载，便成为数字化文艺学本体论建构的深刻命题。

4.1.1 解读技术与人文的历史悖论

数字文明的迅猛发展，昭示了人类智能化生存的前景，也凸显了现代高新技术的人文性和人性化的问题，警示我们关注技术原道的人文底色。从人文价值论的视角看，无论技术如何发展，都不应该丧失其人文性的目标指向和意义定位，而应该让高技术里面隐含高人文，在工具理性中渗透价值理性，因为高技术与高人文的统一才是知识经济时代人类的大智慧。高技术是关于"事实的知识"，高人文是关于"价值的知识"，前者是对事实的"真"的探索，后者是对价值的"善"的追求；前者要求坚持真理，实事求是，敢于怀疑，勇于创新，形成科学精神，后者则要求索意义、理想、信念和人生目标，讲求高尚、善良、纯洁和健康的精神与情操，培植人文精神。越是高技术，越需要高人文；高人文要适应高技术，高技术则隐含了高人文。"没有科学的人文是残缺的人文，人文有科学的基础与科学精髓。没有人文的科学是残缺的科学，科学有人文的精神与人文的内涵。"[①] 科学精

---

① 杨叔子：《科学人文，和而不同》，《科学时报》2002年6月15日。

神与人文精神之间应该是共生互动、相容互通的。

然而,在实际过程中正如"斯诺命题"[①]所说的,由于科学家与人文学者在教育背景、研究对象,以及所使用的方法和工具等诸多方面的差异,他们关于文化的基本理念和价值判断经常处于相互对立的位置,两个阵营中的人士甚至不屑于去尝试理解对方的立场。在中国古代,人文思想者对工具理性的警惕始于庄子,庄子认为:"有机械者,必有机事;有机事者,必有机心。机心存于胸中,则纯白不备。纯白不备,则神生不定。神生不定者,道之所不载也。吾非不知,羞而不为也。"[②] 在西方,对技术主义做出过激烈批判的是18世纪法国人文主义思想家卢梭和20世纪的法兰克福学派。卢梭提出,科学技术的目的是虚幻的,其效果是危险而有害的,它会使人产生怠惰、奢侈、怀疑、猜忌、恐惧、冷酷、戒备、仇恨和背叛,因而,"随着科学与艺术的光芒在我们的地平线上升起,德行也就消失了"[③]。法兰克福学派则认为科技的无节制发展会造成一种"技治主义的意识形态","这种新的意识形态阻碍把社会基础当作思想和反思的对象"[④]。如果说,庄子对技术批判的人文出发点是对自然纯朴人性的推崇,卢梭更注重于对人的道德拯救,法兰克福学派的代表人物如霍克海默(M. Horkheimer)、阿多诺(T. Adorno)、马尔库塞(H. Marcuse)、哈

---

① 所谓"斯诺命题"是有关科技与人文矛盾关系的理论命题。1959年,身为物理学家和小说家的英国人斯诺(C. P. Snow),在剑桥大学作了一场著名的演讲,讲稿后来以《两种文化与科学革命》为题公开出版。他在演讲中提出,存在着两种截然不同的文化:由于科学家与人文学者在教育背景、学科训练、研究对象,以及所使用的方法和工具等诸多方面的差异,他们关于文化的基本理念和价值判断经常处于相互对立的位置,而两个阵营中的人士又都彼此鄙视,甚至不屑于去尝试理解对方的立场。这一现象就被称为"斯诺命题"。
② 《庄子·天地篇》。
③ [法]卢梭:《论科学与艺术》,何兆武译,商务印书馆1963年版,第10页。
④ Jurgen Harbermas, *Toward A Rational Society*, Boston: Beacon Press, 1968, p. 112.

贝马斯（J. Habermas）等人，从社会批判的政治和人文立场出发，对现代技术及其文化工业进行了尖锐的批判，警示人们关注现代技术对于人的自由的全面威胁。他们认为，现代社会已经让"技术的解放力量转化为解放的桎梏"，科技构成统治合法性的基础，铸就了一种新型的以科学为偶像的技术统治论意识形态，其结果便造成了"理性的黯然失色"①"单向度的人"②和"爱欲与文明"③的背反，因而，应该以"交往旨趣"代替"技术旨趣"，以促使人类"走向一个合理的社会"。④海德格尔认为，技术并不是技术的本质，技术并不是中性的，"技术是一种去蔽（das Entbergen）之道。在揭示和无蔽发生的领域，在去蔽、真理发生的领域，技术趋于到场"⑤。技术的本质在于：它出自于人，又反过来成为不由人控制的超然之物，使人片面地依照现代技术的要求去展现自己，构造自己的生存方式。因此，无节制的技术会导致人的存在的丧失，人的全面异化。为了克服现代技术对人的威胁，将人从危险的"座架"（Ge–stell）拯救出来，人就需要寻求一个代表存在和真理的精神家园，那就是"诗"，即艺术的世界，因此人需要"诗意地栖居在大地上"，才能使人返回到存在本身。伽达默尔也不无忧虑地指出，注目于技术的知识使现代人成了"一个为了机器平稳运行而被安在某个位置上的东西"，这样，"自由不仅受到各种统治者的威胁，而且更多地受着一切我们认为我们所控制的东

---

① Mas Horkheimer, *Eclipse of Reason*, New York：The Seabury Press, 1974.
② Herbert Marcuse, *One Dimensional Man*, London：Routledge &Kegan Paul Ltd. , 1964.
③ Herbert Marcuse, *Eros and Civilization*, New York：Vingtage Books, 1955.
④ Jurgen Harbermas, *Toward A Rational Society*, Boston：Beacon press, 1968.
⑤ [德] 海德格尔：《人，诗意地安居》，邵元宝译，广西师范大学出版社2000年版，第102页。

西的支配和对其依赖性的威胁"①。弗洛姆（E. Fromm）说得更尖锐："人创造了种种新的、更好的方法征服自然，但却陷入这些方法的罗网之中，并最终失去了赋予这些方法以意义的人自己。人征服了自然，却成为自己所创造的机器的奴隶。"② 他提出，"是人，而不是技术，必须成为价值的最终根源；是人的最优发展，而不是生产的最大化，成为所有计划的标准"③。技术的这些局限衍生出求知意志对求知意义的限制、工具理性对价值的阻隔与吞噬，这便是"科技与人文"的悖论带给数字化时代的一种严峻的现实。

有学者把科学技术的社会形象归为三种：一种是"斯芬克斯式"形象，即把科技看成希腊神话中带翼的狮身女怪，视科技为荒诞怪物，让人产生神秘和疑虑；另一种是把科技看成"宙斯式"形象，视科技为至高无上、威力无比的巨人，可以统领天下；还有一种是"撒旦式"形象，即《圣经》中的魔鬼，它带给人类灾难，使人性堕落。④ 第一种可以被视为科技神秘主义，第二种是科技沙文主义，第三种属于科技恐惧症，实际上它们都是对科技的误解。另有学者对之提出的求解方式是：数字化科技这匹野马，其驰骋方向根本不以人文学者的意志为转移，"我们的责任，不是表达对于'网络'这个独领风骚的'当代英雄'的赞赏或鄙夷，而是努力去理解、适应、转化，

---

① ［德］H. G. 伽达默尔：《科学时代的理性》，薛华译，国际文化出版公司1988年版，第132页。

② ［美］E. 弗洛姆：《为自己的人》，孙依依译，生活·读书·新知三联书店1988年版，第25页。

③ Erich Fromm, *The Revolution of Hope: Toward a Humanized Technology*, New York: Harper & Row, 1968, p. 96.

④ 参见李伯聪《略论科学技术的社会形象和对科学技术的社会态度》，《自然辩证法研究》1998年第4期。

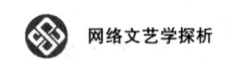

尽可能在趋利避害中重建新时代的精神、文化和学术"①。

在这个"网络为王"的时代，人类对于高技术与高人文协同发展和对技术目的性的反省与追问，在逻辑上必然延伸出两个问题：第一，高技术是一柄双刃剑，它能为社会进步开辟胜利的航道，也可能会成为人类的掘墓者。高科技犯罪、核威胁、技术恐怖事件等，不得不使人再一次想起霍克海默和阿多诺所追问过的那些老问题：为什么笛卡尔新科学的"数学宇宙"的理想会在奥斯威辛集中营和广岛原子弹爆炸的噩梦中沦为泡影？为什么在培根、笛卡尔、伽利略所热烈呼唤的新时代里，人类并没有进入一种真正的人类状况，而是沉沦到一种新的野蛮之中？现代科技文明不仅未能有效化解这些难题，反而让其显得更为尖锐了。第二，正如海德格尔所指出的，技术并不是中性的，而是负载着价值的，具有伦理、政治、人性、文化等丰富含义，它在体现技术判断的同时也体现人文价值判断，并关涉那些发明和使用它的人的整体利益和终极关怀。

4.1.2 数字化文艺学的人文隐含

从合规律与合目的相统一的角度看，科学技术和人文科学犹如车之两轮、鸟之两翼，而两种精神的互补就如有学者所比喻的"发动机与制衡器"的关系："科学及其精神，是社会进步的巨大推动力。如果将社会比作一辆行进的机车，科学精神及其在研究和生产中的应用，则起着发动机的作用。如果发动机的动力不大，则机车很难快速行驶，但如果没有制衡器，没有变速和导向系统，动力系统也不能充分发挥作用。正如一辆马车，马力再大，如果车闸与方向盘有问题，

---

① 陈平原：《数码时代的人文研究》，陈卫星主编《网络传播与社会发展》，北京广播学院出版社 2001 年版，第 198 页。

也不敢快速行驶。制衡系统失灵,动力系统越完善,越可能出现灾难。人文精神、人文主义相对于科学精神而言,正起到这种制衡器的作用。科学精神与人文精神的共存与互补,才会保证社会及其人类的稳定发展和全面进步。"① 这个形象的比喻对于认识数字技术与人文艺术的关系也是适用的。网络艺术是体现科技与人文结合的一个切近的注脚,也是人文理性对抗技术主义的有效方式,数字技术的人文化需要选择技术的艺术化和人性化途径,亦即用技术的人文逻各斯原道逻辑承载数字艺术本体的价值理性。数字化文艺学的人文逻辑支点就是建立在这个价值理性基础之上的。

于是我们说,无论是在艺术现实的意义上,还是在文艺观念的层面上,数字化文艺学都需要面对人文的介入,都需要夯实人文性的逻各斯基点。数字技术传媒时代的文艺理论建设应该在科技与人文的交汇处找到意义承载的价值论接口。

第一,以网络文学为代表的数字媒介艺术蕴含着人在自然界中赢得的生命自信和精神自由。数字科技的不断发展把人的科学求索一次次推向智慧的峰峦,让人的生命灵犀探析造物的奥秘,破译自然规律,用人的创造潜能与天地万物对话,既科学地调解了人与外物的矛盾,又强化了人的自我意识,获得了人类创造力的自我确证。数字媒介下的艺术生产用技术的手段诠释了这种精神自由和生命自信,数字艺术创作就是在新的技术媒介的平台上追求主体自由与自信的过程。作家王蒙曾感叹,在未使用电脑之前,"写作不仅是一种脑力劳动,而且是一种体力劳动。一部长篇小说二三十万字,您抄一遍试试!""现在什么事也不如坐在电脑前头打字那么有魅力。当然电脑的作用

---

① 李连科:《发动机与制衡器——科学精神与人文精神社会作用的不同与互补》,《光明日报》2002年4月23日。

不仅是打字、修改、复制、存底、编索……妙用无穷。""作家用了电脑，真是如虎添翼。"① 他觉得电脑技术给他的文学创作带来了前所未有的自由感。老作家马识途曾有过类似的表白，他说自己常常是一面听着幽雅的古典名曲一面写作，写倦了就打开一部故事片消遣，可以下载看到的好文章，随时调看，也可以把自己过去的文章扫描后永久保存，"我只要一打开电脑，在那天蓝色的屏幕上出现了不停闪烁的光标，就像在夜空看到闪闪的亮星一样。当我一敲打起键盘来，便看到那光标像蓝色的小精灵，在屏幕上跳着舞向前奔去，它的后面便出现了一串字符，跟着小精灵一路跳了过去。而那就是我的思想、我的感情的流露。……我用电脑写作，总觉得情绪亢奋，如鱼得水"②。他这种亢奋的惬意和如鱼得水的自由感，是艺术的，更是技术的，是技术的规律带来的艺术创造的自由，就其实质是源于人在自然界中赢得了生命的自信和精神的自由。在数字艺术生成的网络技术空间，人类已经用智能活动的虚拟空间浓缩了人性发展的时间，用五光十色的数码仿像物化着人类的自由精神，用人机对话去沟通人的个体生命形态的有限与数字化魅力无限之间的矛盾。得益于科技的进步，人类不仅有了更为舒适的生存空间，而且还有了不断拓展的认识空间和更为广阔的心灵空间。人类在触点延伸的互联网中，不仅赢得了更多的自由，同时还改变了自身与自然界的关系——由过去与自然界的必然关系转变为现在的更为自由的关系，由过去茫然的、异己的、被动的，甚至是恐惧的关系，变成了清醒的、为我的、主动的、更为融洽的关系。这时候，人类在享受计算机网络带来的信息便捷和心灵休憩的同时，还通过艺术生产方式从这里享受到了驾驭自然的自信和主宰对象

---

① 王蒙：《多了一位朋友和助手》，《文艺报》1998 年 8 月 11 日。
② 马识途：《作家们，上网吧》，《文艺报》1998 年 7 月 28 日。

世界的自由。

第二，数字化艺术昭示了人的创造潜能对象化实现的不断满足。科技创新是人类的创造精神、创造意识和创造力的伟大实践。这种实践带来的巨大物质功利和精神功利的意义在于，它已经把经济发展、社会进步、文明演进与人的全面发展统一起来，不仅创造了知识经济的辉煌业绩，加速了社会生产力的发展，进而促进了社会的全面进步，催动了人类文明的进程，而且还使得人类的生存需要与精神追求获得不断满足，并以此拓展出人类本体的存在空间，丰富了人性的价值内涵。这在数字化艺术创造活动中体现得十分充分。数字媒介带来的艺术存在方式的"数字化生存"，以一种"祛魅"和"揭蔽"的力量介入人与现实（含虚拟现实）的审美关联中，让艺术审美在人与对象的互动生成中占据一个维度，使人类在技术的（也是艺术的）、人性在审美创造中得以"诗意地栖居在大地上"，守护艺术的理想，秉持人性的价值，坚持文学艺术对人性和意义的高扬，让自己创造的潜能在数字艺术创造的对象化实践中不断实现，并不断满足。于是，数字化的技术祛魅有了一个艺术返魅的人性路径，因为数字艺术创造最终仍然是人的创造，而不是技术的创造；数字艺术的成就是人性的胜利，是人的创造潜能的胜利，而不仅仅是技术的胜利；数字艺术的终极价值所体现的仍将是人的价值、人性的价值、人文的价值，而不是技术的价值、工具的价值、媒介载体的价值。在这里，我们所要做的和所能做的是"把计算机所不具备的直觉、综合、机敏，甚至文艺家的灵感留给人，由人来创造性地开发各种所需的算法、模型、方法，由人来享有计算机所提供的种种数据、信息和素材，帮助人克服机械记忆量有限、数字计算能力低下、空间色彩精密定位能力较弱的不足，让计算机忠实地进行着数以亿计的计算，求解繁复的微分方程和

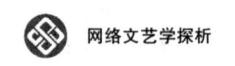

方程组，模拟无法实现或耗资巨大的过程等等。这样，人和机器就都找到了自己的位置"①。

数字艺术与数字科技一样，要通过处理人的生命必然要面对的天人关系、主客关系、身心关系和物我关系，一步步展示人的生命智慧，达成人的生存理想，并由身心的满足实现精神的自由舒展，一方面实施着对人类生存的福佑，对人类自然生命的庇护和对人生境界的拓展；另一方面又是在用自身的创造能力构建人文价值理性，在创造的对象身上反观自我，在对象化自身中直观自身。于是，人类在数字艺术存在中看到的是自身生命创造力的超拔、生命智慧的卓绝、生命底蕴的丰赡、生命天性的自由张扬和个性精神的傲岸与坚挺。这时候，人类以技术智慧启动的是艺术精神，用工具理性创生着价值理性，用自身的本质力量打开外部世界这部书，同时也把自己写进了这部书。处于数字文明进程中的人类，其自身与对象的关系正如马克思在《1844年经济学哲学手稿》中所论及的：整个现实世界对人来说到处都成为人的本质力量的现实，成为人的现实，因而成为人自己的本质力量的现实，一切对象对他来说也就成为他自身的对象，成为确证和实现他的个性的对象。"工业的历史和工业的已经产生的对象性的存在，是人的本质力量打开了的书本，是感性地摆在我们面前的、人的心理学。"② 人类乘坐技术媒介的艺术航船抵达的是人文审美的彼岸，同时也是合规律与合目的相一致、真善美相统一的人类生命本体的自由境界。

第三，在学科发展的意义上，数字科技发展的终极目的与文艺学研究的学科指向也具有趋同性。数字化技术所创造的"虚拟真实"

---

① 段永朝：《计算机不能做什么》，《计算机世界》1996年第3期。
② 马克思：《1844年经济学—哲学手稿》，刘丕坤译，人民出版社1979年版，第80页。

(virtual reality),使人类实现了"所想即所见,所见即所得"的千古梦想,把人类的科学幻想、技术进步和文明演化推进到前所未有的高度和深度,让艺术与技术、诗学与科学的完美统一由可能变为现实,最终实现人类生活的审美化、诗意化,这和文艺学要在艺术的时空中确证人类自由自觉的创造本性,修炼完美的人格,最终使人的精神在艺术审美的辉光的朗照中得到陶冶和提升,是灵犀相通的。因为从价值本体的意义上说,人类的诗学与美学,无论其研究的具体对象是自然、社会,还是艺术,都是对社会人生的审美把握,最终都应指向人的生命,指向人的生命存在的伟大瑰奇,生命本性的天然合理;指向生命原力的坚忍顽强,生命意志的傲岸澹远;指向生命现象的雄奇壮丽、灿烂光华,以及生命智慧的灵动颖悟、超拔卓绝。在这方面,现代科技尤其是数字技术,正好以精密的科学试验和技术发明与诗学奏出同响。譬如,当阿波罗登月飞船上的宇航员一只脚踏上月球的时候,他讲的第一句话是:"这是我个人迈出的一小步,却又是人类迈出的一大步。"这句代表全体人类心声的禅语真言,是人类面对浩瀚宇宙的自豪呐喊,其意义已远远超乎于技术本身,而升华为人的哲学和诗学。再比如,当人类怀揣手机,手提笔记本电脑,有了"千里眼""顺风耳",或通过电视屏幕明察地球那一边的人世纷争,实现"足不出户而知天下"的幻想,抑或用一张薄薄的 CD‐ROM 光盘调阅电子书报,用 Internet 开通信息高速公路的时候,地球变小了,而人类自己的认知视野和思维空间却扩大了,人类的价值观念也随之发生了变化——当基本的物质需求满足以后,人们的生活价值观便开始从崇拜物质价值转变为更崇拜精神文化价值和人类生命的价值。人类乘坐科学技术的历史航船抵达的是物质文明现代化的彼岸,同时也是生活的诗意化和心灵世界审美化的理想境界,因为人类文明的进步和人性内涵的丰展，越来越强烈地要求人们把生命交给科技，同时也交给艺术，交给审美，数字艺术创造及其数字化文艺学正是以此为旨归的。于是我们可以从这里得出这样的判断：数字媒介艺术及其数字化文艺学的意义就在于：它们是人类利用高新技术让自己心理功能的全部起动和自由迸发，是人的本性在科学理性澄明之中的艺术展开和审美张扬，是人类希图摆脱自身的局限，实现主体对客体、理性对感性、精神对肉体、人类对自然的超越，并获得一种"天地与我并生，万物与我齐一"的自由的无限性和价值实现的自律性的生命升华过程。数字化文艺学的人文隐含就是在这个过程中得到理论逻辑的确证的。

4.2 网络文学的价值取向及其自逆式消解[①]

中国互联网络信息中心第 27 次互联网统计报告显示，我国网民规模已达 4.57 亿人，手机上网用户超过 3 亿人，而文学网民也以 20% 的速度增长，2010 年年底增至 1.95 亿人。[②] 迅速增长的网络普及率和数量庞大的文学网民，让时下网络文学原创作品数量、阅读群体和写手阵营均以令人惊叹的巨大增幅冲击着当今文坛，其所带来的文学格局的改变和传媒文化的巨大影响力，改变的不仅是文学存在方式，更重要的是在文学的价值取向上消解了诸多传统的逻各斯价值理

---

① 本节原载《高校理论战线》2011 年第 10 期。
② 参见中国互联网络信息中心 2011 年 1 月 19 日发布的《第 27 次中国互联网络发展状况统计报告》。

念，重塑了自己新的意义模式；并且，这种艺术价值观的解构与重建，直接关系到人们对网络文学的价值判断，影响到传媒时代文化价值的认同，甚至关涉我们这个时代的文化走势和一代人成长的文化语境。

当我们从价值的层面上把握网络文学时却难免悲喜交加。因为这个从技术的丛林中成长起来的"野路子文学"，其所展现的价值取向有一种"革命性的力量"创生艺术价值的新锐思想，同时也会产生一种"解构式的叛逆"摧毁传统的价值理念而导致自逆式的价值错位，形成对原有价值选择的自我消解。这种价值观上的矛盾构成，正伴随网络文学的风起云涌而在互联网的蛛网覆盖和触角延伸中悄悄地展开。

4.2.1 "新民间写作"挑战文学价值原点

网络写手的草根情怀介入"新民间文学"的大众狂欢，以开放的话语权解放了文学生产力，但其所导致的平庸崇拜可能颠覆价值原点的崇高与经典。

从创作动机上看，网络写手大多秉持一种民间立场，他们自矜于或真实或虚拟的草根身份匿名上网，加盟"众神狂欢"的网络写作，从而酿造了互联网上云蒸霞蔚的"新民间文学"浪潮。"在网上没人知道你是一条狗"，大狗小狗都可以在这里叫上一通；"网络就像马路边的一块木板"，谁都能够在上面信手涂鸦。你可以为了练打字而写作，可以为了消除孤独、排遣无聊而写作，可以为了展现自己的才华、吸引网友的眼球抑或为了赚取功名利禄而写作，或者，什么都不为，就为了写作而写作。"人人都能当作家"的梦想在数字技术支撑的虚拟空间中一下子变成了现实，于是这里云集了自有文学史以来最为庞大的写作群体和用"海量"似乎也不足以形容的作品数量，一个知识化的"新民间"大众，一个批量生产、良莠不齐的文学高产运动，连同底层民众的"草根情怀"一道涌进了这个兼容并蓄、无限广阔的自由空间，创造了数字传媒时代文学狂欢的新神话。据统计，中国作协拥有会员约8000人，如果加上各省市和行业作协会员，总数约有5万人，而网络文学写手总量粗略估计全国已经超过5000万人。近年来我国每年出版长篇小说逾3000部，这个数字已经超过"文化大革命"前十七年出版的长篇小说总和，但比起网络上每分每秒都在攀升的文学作品储存量来，无疑是小巫见大巫了。譬如，被誉为"国内历史最悠久、最具品牌的文学类网站"榕树下，每天能收到近5000篇自由来稿，创办12年来已收藏有140万部以上的原创作品。另一个女性文学网站"红袖添香"拥有240万注册用户，网站拥有长、短篇原创作品总量超过192万部（篇），日浏览量最高超过5600万次。据盛大文学总裁吴文辉介绍，在"起点中文网"上，每天有超过3亿的PV流量，有1000万的用户访问量，每天都保持有3400万字以上的更新，作品涉及20多个类别的原创文学领域，整个网站已积累超过25万部的原创文学作品。还有如新浪读书频道、晋江原创等文学网站的最高日PV量也达5000万次。

作品数量、受众群体和写手群落的不断走高，展示了大众写作草根力量的强劲声势，形成了"新民间文学"的繁华气象，它是自社会分工而形成"职业作家"身份以来，文学史上首次出现的"非职业化社群写作"现象，是整个社会文学生产力的一次大解放。这也是自鲁迅先生提出"杭育，杭育"派劳动者皆可为诗人后，再次从技术载体上让源于民间的文学从大众原点上回归民间，其"人民文学"的意义无疑是巨大而深远的。

然而，网络文学的大众参与和话语权的民间回归，并不代表这种文学就一定能够完成对大众文学价值观的意义表达，更不代表其整体艺术水平已经高于传统文学；相反，网络写作草根情怀的自我宣泄和自矜式满足却可能导致价值观上的平庸崇拜，进而自逆性地颠覆传统文学逻辑原点的崇高与经典。网络是一个俗众狂欢的共享空间，一个贱视权威、颠覆神性、消解崇高的"渎圣"世界，这和传统写作大相径庭。网络文学是"祛魅"和"脱冕"的，这使得网上写作主要的不再是一种文人生存方式和文学承担形式，而更多的是一种游戏、休闲方式和宣泄、狂欢途径，它用"另类"的数字化约定破除文学旧制，用"比特"的收放转换褪去文学头顶神圣的光环，并以蛛网覆盖的交互式触角拉开文学圣殿尊贵的面纱，让"脱冕"后的文学女神走下神坛，回归民间，与民同乐，形成自由而快意的文学亲和力。这时候，平民百姓的欲望表达消退了贫富、雅俗和高低的对立，让充满喜剧色彩的各类世俗化表达，以及各种民俗民间文化的"草根放逐"颠覆尊贵和典雅，传统的文学经典范式和崇高的价值理念或遭遇解构，或被置于边缘。

4.2.2 "自娱娱人"的功能范式淡化了文学的主体承担

网络文学"自娱娱人"的功能选择张扬了艺术的自由精神，但网上写作过度轻松造成的"娱乐至死"，却可能误导写作放弃主体承担，淡忘应有的文学责任。

互联网的一个突出特点是在一个虚拟的空间里为网民提供最大限度的自由以表达自由精神，"它不像传统写作那样依靠作品的出版和发行实现社会的最终认可，因而不仅摆脱了资金和物质基础的困扰，更重要的是绕过了意识形态和审查制度的干涉，加上署名的虚拟性和隐蔽性，使写作者实现了真正的畅所欲言"[1]。今天的网络写作可能并没有完全摆脱功利的目的，也不可能彻底绕过主流意识形态和制度的审查，但相比传统的文学体制，网络文化活动确实自由了许多。可以说，网络传媒的艺术生产体制在一定程度上遮蔽了文学"载道经国"的功能传统，创生了"自娱娱人"的文学功能新模式。笔者在《网络文学论纲》中说过："如果说网络的人性化方式是游戏，网络的本质属性是自由，而网络文学的审美特征便是快乐——快乐的写作产生写作的快乐，快乐的点击形成参与的快乐，一句话，在一个自由的世界里快乐地嬉戏，你快乐，所以我快乐，在快乐中走向艺术、走进审美，这便是网络版的后审美主义图景。"[2] 蔡智恒（痞子蔡）曾宣称自己的写作完全是随兴的，上网写东西仅仅是为了与大家分享文字中的一些快乐。另一名资深网络写手宁财神在回答"为什么上网写作"的问题时也说，他的写作完全是"为了满足自己的表现欲而写，为了练打字而写，为了骗取美眉的欢心而写"。由于虚拟的网络世界具有拟仿（simulation）与似真（verisimilitude）、非现实性（irreality）与虚拟现实（virtual reality）相统一的特性，又由于"电子传播把巨大的空间距离与时间的瞬间性彼此结合，让说话者与听话人既相互分离又使他们彼此靠拢"[3]，因而网络写作自娱以娱人的功能模式容易形成一种削弱深度的"放肆诗学"和"粗口秀"叙事的轻松修辞，自娱性欲望表达与娱人性交互影响有效扩大了叙事的愉悦张力，网络世界平等的社群关系践视权威、消解"逻各斯中心主义"的崭新体制又进

---

[1] 赵宪章：《网络写作及其文本载体》，《文体与形式》，人民文学出版社2004年版，第313页。

[2] 欧阳友权：《网络文学论纲》，人民文学出版社2003年版，第97页。

[3] Mark Poster, *The Second Media Age*, by Polity Press in association with Blackwell Publishers Ltd. Reprinted, 1996, p. 60.

一步激励了这种自娱以娱人的修辞方式,网络行为特别是文学写作之从"娱乐"走向"娱乐化",又从"娱乐化"走向"娱乐至死",抑或从"放松"走向"放开",由"放开"再走向"放纵"甚至"放肆",也就成为一种必然、一种绕不开的本能选择。可以说,网络写作的自由惬意和轻松书写,完成了网络文学自娱以娱人的功能选择,也成就了这种文学的功能范式,而"娱乐至死"的创作立场和作品风格,则与"E媒体"语境的技术修辞方式之间存在逻辑上的依存关系和艺术与技术同构的必然性。

不过,在文学价值论的层面上,这种"娱乐至死"的自由性会对网络写作带来明显的负面效果,即误导作者在自己的文学行为中忘掉应有的信仰和敬畏、感恩和悲悯,以及深入的思考和敏锐的批判等人文性律令,从而放弃主体承担,淡化文化人的文化道义和社会责任。美国著名媒体文化学者和批评家尼尔·波兹曼在《娱乐至死》中曾分析:媒介的形式偏好某些特殊的内容,从而最终控制文化。他认为,媒介即隐喻,我们的隐喻创造了我们的文化的内容,它会使我们的政治、宗教、新闻、体育、教育和商业都心甘情愿地成为娱乐的附庸,我们自己则"成了一个娱乐至死的物种",这样做的危险性正在于:我们还得崇拜那些使我们丧失思考能力的工业技术,毁掉我们的不是我们所憎恨的东西,而恰恰是我们所热爱的东西,终于,"人们由于娱乐失去了自由",他不无忧虑地说:"如果文化生活被重新定义为娱乐的周而复始,如果严肃的公众对话变成了幼稚的婴儿语言,总而言之,如果人民蜕化为被动的受众,而一切公共事务形同杂耍,那么这个民族就会发现自己危在旦夕,文化灭亡的命运就在劫难逃。"[1]

---

[1] [美]尼尔·波兹曼:《娱乐至死》,章艳译,广西师范大学出版社2009年版,第133页。

波兹曼更多是基于电视媒体和商业广告来持论并表达隐忧的,其实互联网文化如网络文学、网络艺术的娱乐精神有过之而无不及。网络技术创造了虚拟的赛博空间,虚拟的空间又为创作主体的虚化提供了技术环境。匿名主体的自由写作与网络写作的承担虚位同时并存,使得网络创作一身轻松却又过于轻松,以至于让许多人以"孤独的狂欢"放弃了文学应该有的艺术承担、审美承担、人文承担和社会承担,出现作品意义构建上的价值缺席和责任虚位。匿名写作的网络世界是一个众声喧哗的间性主体世界,一个以宣泄替代沉思的世界。只要能够畅快淋漓、惬意舒心,自己快乐还能让网友快乐从而大家一道快乐,其他的一切似乎都不再重要。在这种极端娱乐观的误导下,网络文学把"自由"的价值观推向极端,然后又自逆性地呈现为对传统价值观的轻视和对正面价值理念的偏离,写作的使命感、作品的意义链甚或还有文化良知也就一并被悬置、被消解,文学的价值依凭成了被遗忘的理念、被抛弃的信念或不合时宜的观念,许多网络作品存在的"价值软肋"就是这样形成的。

4.2.3 商业化写作的功利导向弱化了网络文学的审美品质

传媒文化资本的市场导向,从盈利模式上刺激了网络文学的"生产大跃进",壮大了新媒体文学的市场声威,但资本权力追逐利润最大化的功利导向,可能消解艺术本该有的人文品格,造成文学的"非文学性"。

我们知道,互联网本身是"阿帕网"技术由军用转为民用和商用后经市场催生的产物,我国最早的大型原创文学网站"榕树下"就是由跨国文化资本投资筹建的。网络文学的发展过程是一个文学与商业资本关系日益密切的过程,也是网络文学日益功利化、市场化和产业化的过程，资本的"后推"和市场的"前冲"会扰乱文学女神沉稳平和的心境，也会打破文坛的原有的动力平衡。一般而言，网站都是建立在市场主体公司化运作模式上的，文学网站的投资商不会做赔本的买卖，不会去为艺术和审美僭越资本逐利的"铁律"。不过在网络文学诞生初期，网络上的文学活动确乎是无功利的，人们常用"超功利"来描述早期的网络写作。不过从实际情形看，"非功利"也只是文学网民的一厢情愿，网络投资商和网站经营者从一开始就不是这么想的，他们即使摆出了这种姿态，也是在为拓展资本市场设下的一个圈套，因为以最便捷、最廉价、最具有诱惑性的方式迅速覆盖市场是所有新媒体产业屡试不爽的策略。我们看到，网络文学在经历了早期的"牛仔漫游，信手涂抹"和随后的"想写就写、文学梦圆"之后，很快便在市场这只"看不见的手"的支配下开始了自己的功利化经营之道，消费社会的商业化观念和市场化行为的无孔不入，迅速分享了网络文学这块利益"蛋糕"，用技术创新找到了盈利的突破口，轻松而熟练地把网络文学拖入利润最大化的产业链"槽模"，让纯洁的文学"圣坛"沾染上了摆不脱、抹不去的"铜臭气"。

笔者曾分析过文化资本对网络文学实施商业介入的两种途径。[①]

一是签约写手有偿写作和网站藏品的付费阅读。一些有创作潜质的写手专注于网络写作，签约于某一网站，依靠作品的点击量来换取自己的稿酬。写手们尽情释放自己的艺术能量进行批量生产，文学网站也依赖于签约作家及其作品来吸引更多的网民眼球，从而实现商业运作的双赢。据《中国图书商报》报道，2005年1月1日，"起点"即正式介入经营环节，每一毛钱的收入，按照三七开的比例分配，作

---

① 参见欧阳友权《网络文学：前行路上三道坎》，《南方文坛》2009年第3期。

者拿7分钱，网站拿3分钱。到2005年5月，起点中文网单月发放稿酬首次突破100万元人民币，仅7月，就有逾20位作者领到过万元稿酬。2008年3月，以《鬼吹灯》系列成名的网络写手天下霸唱以年收入385万元入选"福布斯2008中国名人榜"，《明朝那些事儿》系列的作者当年明月也以225万元年收入跻身榜内，位列刘心武、石钟山等传统作家之前。我国文学网站的付费阅读是在2002年开始起步的，这一年，"读写网""全球中文品书网"率先开始付费阅读的尝试，随后，起点中文网和幻剑书盟、天鹰等玄幻小说网站纷纷推出自己的付费阅读模式，读者每阅读千字只需付费2分钱左右，由于读者众多，依然给网站和作者带来不菲的收入。网站通过发放稿酬，激发了写手的创作热情，进而汇聚了更多的优秀作品；而越来越多的好作品，又可以吸引更多读者，赢得更多收益。2008年10月，起点中文网与海岩、周梅森、郭敬明、天下霸唱等18位知名作家签约，目的正在于以高品质的有偿写作拓展更大付费阅读市场。盛大文学有限公司CEO侯小强入选"2008文化产业年度人物"更是对文学网站这种产业化经营方式的一种肯定和激励。

二是网络运营与传统出版合作，在阅读环节争夺图书市场份额。把那些在互联网上点击率高、排行榜靠前的作品下载出版，是许多网站和网络运营商的常规做法。从近年来的中国畅销书排行榜看，网络作品已经占据三分之一以上的市场份额，成为中国畅销书中的一股重要力量，有些作品的销量甚至超过了传统的知名作家的新作。比如玄幻武侠小说《诛仙》的累计销量已经超过100万册；盗墓探险小说《鬼吹灯》一路热销，一版再版；《杜拉拉升职记》《赵赶驴电梯奇遇记》《星辰变》《明朝那些事儿》《藏地密码》等网络小说的图书销售业绩令许多传统小说不敢望其项背，被人形容为"印的没有卖的快"。

网络文学与出版业的合流客观上促进了网络文学的传播，扩大了网络文学的影响，调动了网络写手的积极性，为网站经营和网络文学的发展奠定了丰实的物质基础，这对网络文学走向成熟和持续发展是有积极意义的。不过这种合谋的最大获益者仍然是文化资本的出资人、图书出版商和网站经营者，网络写手得到的那点"血汗钱"相对于市场操控者而言，其实是微不足道的。

网络文学的市场化、产业化行为是一柄双刃剑，它的积极意义是文学的，而它的消极面也是文学的，所以我们说网络文学对价值的建构与解构是对应的、内生的、自逆性的。

先看前者，文化资本的商业化操作之于网络文学的积极意义首先在于它刺激了网络文学"大跃进"式的批量生产，5000万网络写手涌入4000家文学网站创造的文学神话，还有3亿手机用户和超过2亿的博客写手不断释放"准文学"的民间智慧，让网络等数字化媒体文学的产量以惊人的增速急剧膨胀，笔者宁愿视他们为传媒文化的"内爆"而非网络文学的繁荣。以"玄幻""穿越""惊悚""盗墓"等类型化作品为标志，网络作品的爆炸性增长已经成为时下汉语文学前所未有的文学奇观。这对于自20世纪90年代以来持续疲软的当代文学是一种及时的救助和补充，其大众化的写作立场和底层书写的价值取向在一定程度上校正了传统写作高高在上的贵族意识和圈子心态。网络不仅让文学找回了自信、创生了文学"繁荣"的格局，还让知识化的民间大众得以分享文学权力，相聚这一虚拟的精神家园。

然而，网络文学的"生产大跃进"在壮大文学声威、丰富作品数量、吸引文学受众的同时，也出现了导向上的偏误，即以市场化的功利追逐消解艺术本该有的审美资质，造成有"网络"没有"文学"，或有"文学"却没有"文学性"的非艺术、非审美的现象。然而，如有学者所言："网络文学的文学性问题成为一个突出的理论问题，也是一个不回答就不能落实网络文学存在意义和价值的问题。"① 我们看到的是，庞大的作品数量与其质量不高的反差，遮蔽了网络文学潜在的价值危机却加剧了人们对它的信任危机。技术和市场的规制使一些网络写手疲于应付必需的流量或满足网友的阅读期待，而艺术素养和创作经验的不足却使他们不得不拼命"挤牙膏"放水，以"炫技"掩盖内容的浅薄和能力的欠缺。于是，大量的准文学和非文学作品既挤占了网络资源又浪费了人们对文学的注意力，这也正是时下网络文学艺术资质"悬置"、许多人对网络文学评价不高的最重要的原因。

4.2.4 期待高技术与高人文的协调统一

我们说，网络文学的艺术底色应该是在技术的平台上实现人文表意，因为网络不仅仅为文学审美提供新颖的技术手段和便捷的传播渠道，还应该为人类打造一片具有艺术审美价值的精神绿地，使人类可以据此安顿文学应有的价值原点，提升自己的精神意义。网络文学真正需要确立的是一种人文本位、价值立场和审美维度，让技术的手段实现人文的目的，在技术的背后发掘精神的价值，使技术工具的光芒照亮价值理性的内蕴。要实现这一点，就需要"网络作家能对网络志存高远，对文学心怀敬畏，让自己笔下的人物带着思想行走，让自己笔下的环境能显示社会前行的轨迹，使自己创作的网络文学作品有助于拓宽网民的知识视野，有助于网民追求真善美，有助于构建和谐社

---

① 王岳川：《网络文学：理性视域中的学理阐释》，《中南大学学报》（社会科学版）2004 年第 6 期。

会,有助于提升民族的精神境界"①。对于时下数量庞大却又良莠不齐的网络文学写作来说,这不应该是一种"高调"而应该成为一种导向,一种旗语。因为我们对网络文学的价值阐释,需要的不是单纯的媒介认知和效益省察,而是艺术审美价值的意义建构,以破除数字化技术霸权对我们精神世界的遮蔽,让网络技术的文化命意不断创生与人的精神向度同构的意义隐喻,使其成为人类"澄明的精神在大地行走"的一种生命安顿方式,达成高技术与高人文的协调与统一。

4.3 意义指向与价值承载[②]

网络媒体的快速普及,以及由此形成的网络文学"海量生产"、亿万人阅读、资本市场活跃的"大跃进"局面,把"网络文学现象"推到了当今传媒文化前沿。社会公众对网络文学关注度的上升和这一文学影响力的不断扩大无不提醒我们,无论作为一般精神产品、大众文化产品,还是作为文学作品,都应该对网络文学的价值、意义、艺术审美等意识形态功能问题给予更多的关注。

4.3.1 网络写作应该有一定的意义赋予

网络文学作为精神产品要有精神的"钙质"。应该肯定,无论网络文学多么另类甚或叛逆,不管其媒介载体、写作技能、传播途

---

① 参见中国作协党组成员、书记处书记陈崎嵘在鲁迅文学院第四届网络文学作家培训班结业仪式上的讲话《鲁院第四期网络文学作家培训班结业》,《文艺报》2011年4月22日。

② 本节原载《人民日报》2014年4月25日。

径和阅读方式与传统文学有多么不同，只要它还是文学，只要它还属于精神产品，它就应该具有作为精神产品所必具的基本特点，都需要蕴含精神产品特定的精神品质，如能满足人的某种精神需求，产生认知、体验、情感、信念等方面的影响或感染力量，抑或能够以正确的舆论、高尚的精神来引导人、鼓舞人、塑造人。好的精神产品会产生积极向上的影响与感染力，这便是文化产品的精神"钙质"。我们的社会，我们的生活，特别是青少年的成长，需要的就是富含刚健有为、积极向上影响力的精神"钙质"。网络文学作为一种精神产品，也应该在内容品格上具备这样的"钙质"，并用艺术的方式赋予它吸引人、感染人、打动人的魅力。因而，时至今日，网络文学要解决的不仅在于它是不是文学、有没有文学，更需要解决好怎样使它成为有精神"钙质"、有价值品位的文化产品的内涵问题，此其一。

其二，网络文学作为大众文化产品需要传递文化正能量。虚拟空间的自由性和网络写作的"零门槛"，把传统文学生产的前置型"把关人"变为产品下游的市场选择。博客、微博、微信等数字化"自媒体"的快速普及，把"人人都能当作家"的昔日梦想轻松化为现实。这让文学创作"高山仰止"的状况发生改变，文学生产由专业化转为自主创作的大众化乃至"麦当劳化"，文学的价值取向更多地从"膜拜价值"转换为"展示价值"和娱乐价值。特别是在利益驱动、"催更"压力的情境下，网络写作往往是运字如飞，恣情快意，顾不得考虑作品成色和内容导向，失去他律又无人把关的书写让粗制滥造的所谓"文学"甚至文字垃圾并陈于网络空间。这时候，不仅文学创作与大众文化生产，以及文学与非文学的界限变得模糊，作品质量也会出现泥沙俱下、优劣并存的情形。娱乐至上和过度商业化的传媒语境，可能淡化创作者应有的责任，造成网络写作崇高感的缺失，文学与"时代良知""人民代言"的价值理念越来越远。其结果，网络技术传媒与大众文化合谋，其生产的产品传递的往往不再是社会需要的文化正能量，而可能是自娱自乐的一己表达、迎合市场的文化快餐甚至成为公共空间的文化噪音。只有纠正这样的价值偏失，才能矫正网络文学的"文化正向"问题。

另外，网络文学作为"文学"需要有人文审美的意义赋予。无论你承认与否，大凡是文学行为，不管是传统的文学写作与阅读还是网络文学行为，都应该是一种艺术性的人文审美行为，都要表达或满足人的情感愿望或消遣娱乐等某一方面的需要，都要表现人与现实之间的审美关系。因而说到底，网络文学仍然是一种有意识、有目的的活动，是一种文学网民的人文行为而不是单纯的技术操作，离不开特定的意义承载和价值书写。如果说文学是民族精神的火炬，网络文学创作就应该助燃它，让它更加光亮；如果文学是"引导国民精神的前途的灯火"（鲁迅），网络文学有责任为这一灯火护持加油，让它在网络时代仍能引导国民精神的前途。也就是说，在今天，网络写作应该以正确的价值观和人文审美的文学书写去承命担责，认真处理好文学与历史、文学与道德、文学与社会正义、文学与精神崇尚等意义承载问题，用刚健有为的文学力量参与建构我们这个时代的核心价值观，传递正能量，彰显时代精神，以艺术的方式讲好中国故事，凝聚社会共识，表现共同的理想和梦想，而不是以任何理由放弃主体责任，更不得去价值化、去主流化。传统文学创作须要这样，网络文学写作同样应该倡导这样的价值理念，同样要有这样的逻辑支点和底气。

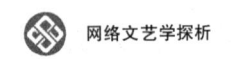

4.3.2 网络文学本该是一种价值承载

相对于传统文学，网络写作拥有更多的自由和更少的限制，它更尊重读者的选择和市场的认可，而不是谨遵传统惯例，恪守某一现实规制。因而，要求网络文学成为一种价值书写，让文学网友成为建构正确价值观的有生力量，似乎是一种过高的苛求或难以实施的良好愿望。其实，这是任何一个时代、任何一种文学都不可缺少的价值原点和意义底色，唐诗宋词、明清小说是这样，"五四"以来的文学传统无不以其时代精神的价值承载而显示其历史地位，即使是以"另类"和"叛逆"为基调的西方现代主义作家，如波德莱尔、卡夫卡、尤奈斯库、福克纳等，也都以自己的创作反映了他们那个时代的矛盾与精神诉求，体现了文学与他们那个社会价值选择之间的"图—底"关系。

由于传媒和时代的变化，网络文学作为一种更具自由性、大众化和新型传媒特点的文学形态，实现其价值书写的关键，在于处理好两种必须面对的文学关系。

首先是网络自由与文学担当的关系。虚拟空间的自由书写和便捷发表，适于网民充分抒发情怀，张扬个性，让文学创作成为一种悦心快意、自娱娱人的轻松表达。网络写作往往不再讲究宏大叙事或深刻主题，文学似乎不再是一件"载道经国"、有为而作的崇高事业，无需给予艺术的创新以积极探索的承诺，作品更注重个人经验、即时感受，追求时尚化和娱乐性，文学的主体担当和精神品格、人类的道德律令和心智归依均服膺于个体欲望的自由表达。在线写作的人文美学让位于感觉狂欢的自主修辞学，主体在失去"他律"的同时也容易失去"自律"。终而，虚拟世界的文学写作赢得了一定的自由，却不得不为这种"自由"付出代价——漠视创作主体代言立心、干预社会、回应时代的审美担当，难免消解网络文学应有的价值赋予和功能指向，降低网络作品的审美品格和艺术效果。此时，网络的自由实际成了自由的"陷阱"，文学也将在没有担当的"自由"中失去自己的本性和价值。因而，网络的自由应该是有担当的自由，网络上的自由写作也应该是一种有艺术承担感的写作。

其次要处理的是市场导向与艺术坚守的关系。要艺术还是要市场，这在传统观念中前者大多为先，但网络文学视域却常常以后者为重。我们知道，网络文学是传媒文化市场的产物，是迄今为止产业化程度最高的一种文学形态。在这里，读者至上的市场选择是文化资本保值增值的前提，一个作品的点击率、收藏量、"打赏"数，不仅与作者的收入和声誉直接挂钩，也成为评价作品的重要尺度，市场这只"看不见的手"似乎成了拿捏网络写作的"命门"。近年来，起点中文网、中文在线、腾讯文学、纵横中文网、塔读文学、百度多酷等一批文学网站对产业化经营的积极探索，逐步建构起网络文学以读者为中心的市场机制。尝试打造"全媒体"经营、产业链培育的商业模式，实现文化资本的利润最大化，已成为网络文学发展的经济驱动，这对于媒介融合时代的文学、特别是网络类型小说的海量增长无疑是一种强劲的推力。但与此同时，由此造成的作品"数量"与"质量"的落差、有"文学"而缺少"文学性"的矛盾，一直是困扰网络文学发展的短板和备受质疑的最大诟病。要让网络文学成为一种价值书写，就不能不处理好"市场导向"与"艺术坚守"的关系，并在二者之间寻找到兼容而共享的平衡方式，以解决网络写作的文学品质问题。因为只有达成艺术品质的保障，网络文学才会成为一种价值书写，网络写作也才有可能传递正确的价值观。

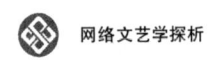

4.4 网络时代仍需要倡导人民文学[①]

4.4.1 "人民写作"的质与量

今天的文学，正面临不同的发展语境。传统写作势头不减，我国每年出版长篇作品超过 3000 部，而借助新型传媒的网络文学板块更是火暴异常。最新统计显示，截至 2013 年年底，我国 6.18 亿网民中，网络文学用户达 2.74 亿人，上网者的文学使用率高达 44.4%。手机等移动终端及其博客、微博、微信等"自媒体"迅速形成非职业写作的文学新军。社会大众对文学的参与度如此之高、网络媒体用户对文学的切入如此之深前所未有。如此境况似乎表明，文学大众化问题不再成为问题，文学为什么人服务的宗旨已经得到体现，今天的文学，特别是网络写作，已经大众化、普及化，现时代的"人民写作"问题已经得到解决，无须再去置喙倡导了。

其实不然。其原因在于，"人民写作"是一个质的概念而不是一个量的概念，是一个文学立场和价值导向问题，而不单纯是读者族群认同的市场化评价，不能简单地依据参与写作者的多少、作品数量和阅读受众的多寡来判定，更不能把"以人民为中心"的价值选择变成"以人民币为中心"的商业利益驱动。木子美的《遗情书》红遍网络，并不能证明它就是"人民写作"，判定作品是不是人民写作关键

[①] 本节原载《光明日报》2014 年 5 月 19 日"文学评论"版。

是看其在内质上是否具有人民性和如何表现这种人民性。网络上作品海量、人气旺盛，众多类型化热门作品被点击、收藏、打赏或版权转让，其中不乏内容健康、感染读者的好作品，但也确有为取悦受众、迎合市场而写的格调不高或粗制滥造之作。这样的写作不属于人民写作，这样的文学也不是人民文学。

4.4.2 "人民写作"的两个前提

一般而言，实现人民写作需要两个前提条件：一是写作者能够站在人民的立场，坚持我们这个时代的核心价值观，对历史与现实、社会与人生有真善美与假恶丑的分辨，对人民群众为之奋斗的伟大历史实践有正确判断和理解。《你在高原》《天行者》《推拿》《蛙》等作品成为读者欢迎的作品，盖源于此。二是作品必须用人民群众喜闻乐见的艺术形式传达"人民理性"的价值观，实现思想性、艺术性和观赏性的统一。那些热门的网络作品如《甄嬛传》《杜拉拉升职记》《吞噬星空》《遍地狼烟》《醉枕江山》等不同题材、不同风格的类型小说能被众多网友热捧，其情节设置、人物塑造、语言风格以及文本气质上的可读性与吸引力，无疑是重要因素。

由此可见，网络文学并不代表人民写作，关键还在于写什么和怎么写。文学走进互联网，获得了一个崭新的平民化开放视野；网络上自由、兼容和共享的虚拟空间，打破了精英写作对文学话语权的垄断，为每一位愿意上网创作的网民提供了"人人都能当作家"的机会。这种"新民间文学"，标志着文学话语权向民间回归。尽管如此，网络写作仍然不能与人民写作相提并论，因为文学的人民写作并不取决于传媒的公共性和参与的广泛性，而取决于这种文学的人民性价值取向和为广大民众喜闻乐见的审美品格。网络文学的参差不齐、精芜

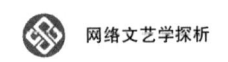

并存和复杂多样，使它成为一种大众狂欢的文化形态，而网络文学如果缺少意义承担和艺术审美的价值蕴含，它将无从赢得人民写作的艺术品格。

故而，网络时代仍然需要倡导人民写作。

4.5 网络时代，为何写作？[①]

4.5.1 网络写作何为？

借助互联网平台，从技术丛林和山野草根中成长起来的网络文学似乎带有"野蛮生长"的基因，而缺少规制约束的习性，很容易让技术赋予的自由写作变成写作者的恣意狂欢，造成这一文学有数量缺质量、有"高原"缺"高峰"的现象。近年来，网络媒体及其文学的爆发性增长，已经让巨大的文学体量成为网络文学历史在场性的生动佐证。于是，在这个网络文学活跃的成长期，我们是否有必要反省和追问：网络写作究竟为何？

这样的省思不是没有缘由的。走进网络文学现场不难发现，时下上网写作者以千万计，在各大文学网站签约的写手超过200万人。一个大型文学网站每天上传的原创作品可达数千万甚至上亿汉字，一部热门的网络小说可引来扎堆般粉丝围观，如河北作家老九2013年推出的网络小说《连环劫》点击量已超过8000万次，著名写手

[①] 本节原载《文艺报》2014年11月21日。

萧鼎2014年5月携新作《戮仙》在百度旗下的纵横中文网亮相，不到半年，该作品累计点击量即超过一亿次。写手众多、作品海量、读者云集、影响广泛，以此构成了蔚为壮观且史无前例的"网络文学现象"。既然堪称"现象"，那就不可小觑、须待深度关注了，就得问问"为什么""怎么样"之类的问题，就离不开是非的辨析或观念引导。

从当下的网络创作实践看，网络文学园地的主色调依然生长着文学的绿茵，热爱文学、创作文学依然是众多网络写手的原初动机，写出读者喜爱、自己满意的好作品依然是每一个写作者的文学梦想，秉持正确的文学价值观、忠于自己的文学信仰、坚守自己的文学道义与责任依然是许多网络写手信奉的文学操守。不过从总体上看，网络文学作品在内容品性和艺术品相上与传统文学相比仍然存在较大差距，因而有评论家把网络文学界定为"通俗文学"，其基本形态就是类型小说（李敬泽：《网络文学：文学自觉和文化自觉》，《人民日报》2014年7月25日），网络写作者的创作动因也更为复杂而多样，这就使见仁见智的网络文学评判有了持论的根据。

4.5.2 网络写作的三种偏向

检视当前火爆的网络文学生产，有三类情形可能是造成网络文学驳杂缤纷的常见动因。

一是功利化写作，即带着商业目的而从事网络文学创作，把网络写作当作赚钱、谋生、致富的手段。自从"起点中文网"等文学网站探索构建出"全媒体"产业链商业模式后，网络写作便揭去了"无功利"面纱，进入功利写作的新时代，这不仅让文化资本有了保值增值的路径，使网络文学管理和经营者找到了生存发展之道，也刺激了文学网民的创作热情。特别是近两年发布的"网络作家富豪榜"，更是给网络写作热又添了一把火，越来越多的人投入网络文学创作，以至于网上发布的2013年十大"最牛职业"排行中，网络写手排名第一，认为该职业只需一台电脑、一个聪明的头脑、一双勤快的双手，可能就会成为年薪百万的网络写手。可实际并非这么简单，网络写作有了利益驱动是事实，那些职业半职业写手以此赚钱谋生、奔小康致富也确有其事，但真正能够据此赚钱者是极少数，能进入网络作家富豪榜的更是凤毛麟角，这些成功者只是写手金字塔的"塔尖"，对于绝大多数"扑街写手"来说，他们不过是辛苦劳作却收获甚微的"工蚁"。尽管如此，仍然有许多人涌入网络，加入网络写手大军，因为文学的魅力再加上功利的诱惑实在难挡，他们仍然相信，致富的可能只要还在，他们就有走进去"淘金"的理由。

二是消遣式写作，即没有物质功利，只求精神愉悦的网络写作。应该说，这类写手占了相当大的比重。网络是一个大众共享的交互空间，也是一个权威祛魅、消解崇高的"渎圣"世界。网络写作的低门槛、零成本，网络交往的平等与兼容，以及"把关人"的悄然退场、匿名写作对身份焦虑的解除，让网络虚拟空间成为文学网友最理想的精神家园，上网写作以表达情怀，或抒情言志，或消愁解闷，或开心取乐，不仅可以为自己的业余生活找到难得的休憩之所，还能够在此展现才情、寄托心愿，一圆自己的文学梦想。他们常以平民姿态、平常心态写平凡事态，言自己之所想言，写自己之不得不写，无所顾忌又去忧解颐，充分利用网络技术提供的自由把自由写作推向网络的海洋。

三是失范性写作，包括以文学名义出现的"非文学"和"准文学"写作，以及有违文学创作规律和审美导向的"另类"写作。这类作者有"写作"没"文学"，或罔顾文学之名在网上信手涂鸦、"乱贴大字报"（莫言语），或放弃应有的艺术责任和道德约束，创作一些迎合低级趣味和价值偏向的诲淫诲盗、恶俗恶习或哗众取宠之作。

4.5.3 "全民写作"不等于人民写作

不同的主体立场和写作心态，不同的作品风貌和价值选择，说明了一个最基本的文学道理："为何写作"是一个作家包括网络作家首先需要弄清楚的问题，在网络写作中，"文学为什么人"的问题依然是一个根本的问题、原则的问题，"全民写作"未必就是真正的人民写作。当网络写作日渐成为大众化的文学创作方式，当网络文学成为新媒体时代的文学主打形态，如果不能解决好"为何写作"，就不会明白"网络文学何为"的问题，就不可能解决好网络写作的价值理性、社会责任、艺术伦理和文学道义问题。如果这样，无论作为文学现象还是社会文化现象，网络文学都将成为一个影响时代的文学发展、文化建设、精神价值导向的沉重话题。

习近平总书记在文艺座谈会上强调，文艺工作者要"坚持以人民为中心的创作导向，努力创作更多无愧于时代的优秀作品""文艺不能在市场经济大潮中迷失方向，不能在为什么人的问题上发生偏差"，这同样适应于网络写作，同样是网络文学作者需要确立的创作立场，同样是文学网站经营者必须坚守的价值导向。当然相对于传统文学，网络写作更为自由、更显轻松，作品更注重大众化、娱乐化和市场化。倚重阅读市场、尊重读者选择、适应市场需求并没有错，但网络写作不应该仅仅定位于低端市场，仅仅迎合青少年的猎奇和幻想，还应该有高远的艺术追求，应该胸有大志、肩有担当，应该有对文学的敬畏与尊重；网络作品也不应该仅仅充当人们排遣无聊和空虚的文化快餐，还应该在满足人们娱乐需求的同时，也能创造更接地气、更具高远境界的作品，满足读者刚健有为的精神需要；并且，大量的类型化网络小说以精彩的故事情节、天马行空的想象力和极为丰富的文学品类，为读者提供了新奇别致的情感体验和快感补偿，有助于读者缓解精神焦虑，释放生活压力，调适心理状态，但如果一味耽于猎奇、沉溺玄幻，甚至宣扬暴力、崇尚丛林法则，抑或颠覆社会正义和人性良善本色，就将与社会伦理和文学的价值原点背道而驰，不仅会偏离网络文学应有的发展路向，还会伤害广大读者特别是青少年的心灵健康，危及社会文明的根基。

如此说来，网络文学的"为何写作"，其实质是解答网络文学的价值导向和树立什么样的文学观问题。就当下的网络文学现状而言，要解决好这一问题，需要处理好三个看似悖反实则统一的关系：一是创作动机的商业利益驱动与人文审美的关系，二是网络作者的自由写作与文学担当的关系，三是网络作品的娱乐性取向与创作者艺术追求的关系。文学是铸造灵魂的工程，网络文学也不例外。网络不是世外桃源，不是法外飞地，网络写作应该展示时代风貌，引领社会风气，网络作家也应该有大襟抱、高视野和价值选择的导向自信，并把正确的文学观贯彻到自己的网络创作实践中。只有这样，我们的网络写作才能创作更多具有正能量的作品。

4.6 传媒推力与文学魂归[①]

传媒的力量席卷而来，裹挟着大众文化冲向文学滩头。以互联网为标志的数字媒体一马当先，在这次文学"洗牌"中扮演了消解和启蒙的双重角色。于是，文坛进入传媒割据、文学裂变的转型期。传统的文学体制被打破，规范的艺术生产被解构，原有的作品形态在"变脸"，千百年来的文学存在方式"被"新媒体存在，昔日备受荣宠的"作家"形象在无名写手敲击的键盘声中只留下渐行渐远的背影……

4.6.1 传媒嬗变不能失去坚挺的精神

是的，新媒体文学是以"另类"的姿态走进人们视野的，它在一开始便向本质主义文学范式亮起了叛逆的刀锋。不过，任何一种文学的历史认证，并不取决于其是否"另类"和"叛逆"，而取决于它能否走进人们的心灵世界，切入人类审美的殿堂，建立起自己的人文价值体系，而这种内质的涵养在新媒体时代并不会随风播散、和光同尘，而是需要在数字化技术霸权的铁壁合围中，以艺术的信念和坚挺的精神来疏浚和铸就的。事实上，自诞生之日起，网络文学、新媒体艺术就面临科技与人文的宿命式追问：在它所依附的信息科技的大树上，结出的究竟是人文审美的丰硕果实，还是会

[①] 本节原载《文艺报》2011 年 8 月 1 日。这是作者为"新媒体文学丛书"所写的序言。该丛书（1 套 6 本）已经由中国社会科学出版社于 2011 年出版。

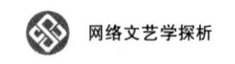

使人类的艺术传统和精神赓续在技术的狂飙突进中飘零？在炙手可热的科学势力的边缘，走进网络的文学是否仍能够携手古老的传统与价值朝着人类审美精神的绿地驰骋，抑或在科学技术的强力场域中让文学本体的精神取向经历一次工具理性的"格式化"？

这十几年来，我们见证了新媒体带给文学的振荡、裂变和转型，深切感受到了文学经受的数字技术的"整容"与洗礼。作为文学研究者，我们需要从理论逻辑上厘清新媒体不断改变的文学"议程设置"，洞悉其对传统文学规制的技术改写。例如：在主体观念上，新媒体用平民化叙事促动文学向"新民间写作"转型，用技术方式为文学生产赢得了更大的艺术自由度，以"词思维""图思维"的符号表征和"自娱娱人"的新理念拉动文学深层观念的调整，为文学体制更新探索新的路径；从文学本体构成看，网络媒体在"文学与生活"关系的基础上增设了"文学与虚拟生活"的关系，添加了文学生产的"赛博时空"维度；从媒介要素看，网络写作从语言文字向数字化"比特"转变，文学文本由"硬载体"走向"软载体"存在，让作品的形态构成和传播方式出现本体论转向；在文学的生产要素和价值律成关联上，数字媒介创作以键盘鼠标替代"文房四宝"，用界面操作解构书写语言的诗性，使文学作品的"文学性"问题成为技术"祛魅"的对象，导致传统审美方式及其价值基点开始淡出文学的思维视界等等。

4.6.2 把握文学的"变"与"不变"

更为重要的是，我们不仅要关注数字媒体推力施之于文学的知识和观念谱系转型，还需要追寻新文学"变中不变"和"引领其变"的那个东西，那便是文学的人文底色和审美承担。这是文学之"魂"，新媒体文学不能没有这个"魂",并要警惕这一文学价值理性的"魂不附体",呼吁技术传媒的"文学魂归"。这是因为,数字媒体对当今文学艺术的全方位覆盖不应该成为技术对人文的颠覆或传媒对审美的消解,新的传媒语境不是艺术韵味消解和主体承担弱化的借口,技术复制和艺术民主也不能成为消褪文学信仰、漠视文学经典的理由。文论学术有责任从观念上把新媒体对文学的强势介入看作文学在涅槃中新生的历史机遇,为传媒引发的文学转型培植一个价值与意义建构的维度,在炫目的文学旗语上标识价值判断,在喧腾的文学版图上镀亮问题意识,让新媒体文学的"魂兮归来"成为人类文明河床上意味深远的文学史节点。原因很简单:当代文学的网络在线最终还是要靠人文审美和艺术创新的价值含量来表征它的历史存在、美学命意、艺术成色和深层文化积淀,只有这样才能成就新媒体文学的诗性命名。从这个意义上说,新媒体文学仍需秉持人文性的精神原点,自觉履行人类赋予文学的价值承诺,通过调控引导和主体自律来改善文学对技术的依赖,使数字媒介对传统的挑战变成文学创生的契机,让新媒体成为新世纪中国文学健康前行的强大动力和有效资源。T. H. 赫胥黎曾经戏言:倘若给猴子提供足够多的打字机,总有一天猴子可以敲出《莎士比亚全集》。事实上猴子是不大可能在键盘上敲出《莎士比亚全集》的,真正让我们忧虑的倒是:如果因为媒体变革使得人类永远写不出《莎士比亚全集》式的作品,甚至人们再也没有耐心去阅读《莎士比亚全集》,那时,所谓的"文学"岂不成了无魂的躯壳!

4.6.3 切入现场,守正创新

切入文学现场,关注媒介变迁,呼唤文学魂归,秉持守正创新,这便是我们中南大学文学院网络文学研究团队一直坚守的学术立场。

这套"新媒体文学丛书"就是基于这样的理论语境和学术心态设置和完成的。从 2003 年人民文学出版社出版的《网络文学论纲》，到 2004 年中国文联出版社的"网络文学教授论丛"（1 套 5 本），再到这套"新媒体文学丛书"（1 套 6 本），其间还在 2005 年出版了"文艺学前沿丛书"（1 套 5 本，中国社会科学出版社），2007 年出版了"网络文学新视野丛书"（1 套 6 本，中国文史出版社）。除了主编这四套丛书外，笔者个人先后出版了《网络传播与社会文化》（主编，高等教育出版社 2005 年版）、《网络文学的学理形态》（中央文献出版社 2007 年版）、《网络文学概论》（主编，北京大学出版社 2008 年版）、《网络文学发展史》（主编，中国广播电视出版社 2008 年版）和《比特世界的诗学》（岳麓书社 2009 年版）等，这些成果皆出自我们团队成员之手，其中一以贯之的学术动机就在于：以建设性的学术立场和基础学理的致思维度，从价值理性上探寻新媒体文学的人文审美的必要与可能，让平理若衡的学术之思切入现实感应的历史脉动，以避免把"人文中的科技"弄成"科技化的人文"。

　　在这套丛书中，本人主笔的《数字媒介下的文艺转型》是国家社科基金项目的结题评优成果，可以被视为丛书的总论。曾繁亭教授的《网络写手论》选择不同视角深度发掘了网络写手的可能与限度，着力思考的是文化身份认同的主体哲学。禹建湘教授的《网络文学产业论》和欧阳文风教授的《短信文学论》均属所在领域的布白之作，前者揭橥了文化资本对网络文学的强劲推力以及带给文学的市场化生存空间，后者则辨析了网络文学向第五媒体延伸后的新特质与新范式，为我们认识手机短信文学提供了学理和知识的双重信息。苏晓芳博士的《网络与新世纪文学》和聂庆璞副教授的《网络小说名篇解读》，一个找到了网络与新世纪文学发展的诸种关联和张力，是新世纪文学的网络史，也是新世纪互联网的文学史；另一部从浩如烟海的网络小说中遴选名篇佳作予以点击品评，分门别类地探析作品的精妙之处，与前一部正好形成点线结合、纵横交织之态势。

笔者从1999年开始步入网络文学研究领域，2001年开始组建研究团队，这样说来，我们学科的这批学人之从事网络文学研究已走过了十年历程。江湖夜雨十年灯，十年辛苦不寻常。一路走来，最大的慰藉不在于有多少成果，而在于我们有一个携手同心、笔耕不辍的学术群体。这套丛书的面世，是这些"在路上"的学人心得的个性呈现，也是我们文学院团队学术的又一次集体检视。手捧书香，心有感喟，此之谓也！不是么？

第 5 章 体式样态

5.1 网络时代的文学形式[①]

媒介是文学形式变化的直接诱因和强劲推力。无论是西方文论模式还是中国文艺美学传统，从文学艺术的经典形态到其现代形态和时下的数字媒介形态，文学艺术的形式结构和知识系统，都是特定物质媒介限定的艺术存在方式的观念表达，是对一种艺术媒体符号类像的审美规制和学理阐释。古希腊"摹仿说"的兴起、古罗马"崇高"审美理念的形成，可以从那个时代雕塑、建筑艺术的宏大叙事所使用的物质材料中找到其媒介动因，中国古代的"立象尽意""以形写神"大抵源于象形、指事时代的物质造型艺术，而庄子的"得意忘

[①] 本节原载《文艺理论研究》2011 年第 3 期，《文学研究文摘》2011 年第 3 期转载。原文系国家社科基金项目"数字媒介下的文艺转型研究"（项目批准号：06BZW001）的阶段性成果。

言",司空图的"离形得似",严羽提出的"羚羊挂角,无迹可求",显然和语言文字媒介的间接表意方式不无关系。鲁迅先生称最早的诗人是"杭育、杭育"派,人类原始初民在物质生存实践中创造的歌乐舞"三位一体"的艺术形式,与那个时代所能够掌控和利用的人体媒介,无疑有着必然的依存关系。

5.1.1　文学形式的本体论反思

在传播载体迅速演变的信息时代,电子媒介如电影、电视、广播、摄影、录像等已成为20世纪以来世界艺术的新宠,而数字媒介如互联网、手机、3G传载、数字广告、电子书和电纸书,以及层出不穷的数码播放器和电子接收终端的出现,更是把艺术媒介带入了希利斯·米勒所说的"电信时代"。这时候,新媒介带来了不断衍生的新文类和文学艺术的新形式,网络文学、数字音乐、电脑绘画、数字影视、网络动漫、数码自拍、网络曲艺、电脑游戏、网络博客与视频播客乃至网络恶搞和虚拟偶像,等等,创生出许许多多艺术与技术的"混血儿",它们坐乘新媒体霸权的快车大踏步走进大众文化视野,文艺存在方式开始转化为"数字化生存",文艺作品开始向媒介文化蔓延,由艺术的技术性引起的技术的艺术化,使得网络时代的文学形式成为这个时代文学数字化生存的形态确证。

这时候,文艺学所要面对的已经不限于过去"硬载体"时代的文艺作品、文艺现象和文艺问题,而是延伸出"软载体"覆盖的新媒体作品和新艺术命题。理论扩容、边界拓展、视野焦点挪移、学科内涵增生、理论观念变异和文学形式更新等,就成了数字传媒语境中文艺学研究不容回避的理论课题。于是,文学形式的问题似乎不仅仅是形式问题,而是一个文学本体问题和文学存在方式建构的问题。

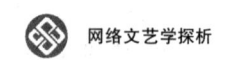

早在一个半世纪以前（1857 年），马克思在《〈政治经济学批判〉导言》中就曾拿希腊艺术同现代的关系作例子，说过这样一段十分有名的话：

> 成为希腊人的幻想的基础、从而成为希腊（神话）的基础的那种对自然的观点和对社会关系的观点，能够同自动纺机、铁道、机车和电报并存吗？在罗伯茨面前，武尔坎又在哪里？在避雷针面前，丘比特又在哪里？在动产公司面前，海尔梅斯又在哪里？……在印刷所广场旁边，砝码还成什么？……阿基里斯能够同火药和弹丸并存吗？或者，《伊利亚特》能够同活字盘甚至印刷机并存吗？①

是的，技术的进步已经改变了人们对自然和社会的观点，当艺术生产所依赖的社会历史母体更替了背景，变迁了依存媒介，文学形式的转型乃至整个文学理论观念的变异都应该是一种常态、一种必然、一种现实存在与理论逻辑相对接的结果。因为特定时代的物质技术媒介总是同特定生产生活方式相关联的，无论是物质生产生活还是精神产品的形式，都无可避免地要受到技术媒介及其生产生活方式的制约，经济、技术、媒介的物质"轴线"同精神产品、艺术生产和文学发展的"曲线"之间总会呈现出协调与同构的逻辑关系，而不会是背离或互不相干的。在今天，互联网媒介的触角延伸、三网融合的强势覆盖日渐彰显的巨大影响力，已经使得从原子到比特的信息媒介转型势不可当，数字化的"信息 DNA"已成为当代社会的基本要素，深刻改变着我们的生产、生活与交往方式，重塑人们的认知思维和观念

---

① 《马克思恩格斯选集》第二卷（上），人民出版社 1972 年版，第 113—114 页。

模式。不仅如此，互联网还在艺术审美领域重组人与网络世界的审美关系，以无纸写作的电子文本重构新的艺术存在方式，营造虚拟空间的技术诗性。昔日的文学艺术作为被因特网率先激活的审美资源，已全方位地介入第四媒体之于艺术成规的转型和技术美学的书写。文学的形式裂变和文学研究的边界位移，就是在这个过程中历史性地出场的。

5.1.2　网络时代文学形式的变化

基于这样的现实逻辑，网络时代的文学形式将延伸出诸多值得追问的问题，譬如：在今日的艺术传媒市场，有哪些文学形式被改写或被颠覆，有什么样新的文学形式被催生、被创造？文艺学的研究者是否应该介入新媒体文学现场，对文学形式场域进行观念清理和理论建构？

对技术传媒的文学形式，诸如网络文学、手机文学、影视文学、电子游戏脚本、动漫文学故事、框架媒体广告词，乃至电纸书和各类数字终端阅读器的文本存在方式等，该进行怎样的审美的、人文的判断和解读？这种解读如何超越亚里士多德所说的"形式因"而进入他所倚重的"目的因"，从而获得对"形式"的价值判断和学理建构？

网络时代的文学形式是对传统文学形式的继承和超越，而在层出不穷的新媒体文学面前，哪些形式得到继承，哪些形式被超越的，其所依据的不仅是理论逻辑或历史存在，还有新媒体的霸权和新形式的"无厘头"呈现，我们如何在传统的理论基座上赓续新形式的"学理链条"，以保持理论的张力与活力？

这些由媒介变迁引发的文学形式问题，解答它们的前提是回到文学现场，廓清新媒体文学作品在文体形式方面的种种变化。我们看到，自打文学与互联网"联姻"以后，数字技术的媒介载体和无远弗届的传播方式，便使得网络文学（指网络原创文学）衍生出自己有别于传统的文本形态：原有的文学类型出现分化，小说、诗歌、散文等文体分类在这里已不再了了分明，如汉语网络小说的开山之作《第一次的亲密接触》讲述的是小说式的网络爱情故事，却采用了分行排列的诗歌文体形式，并在其间掺杂了许多极富幽默和想象的新体诗；文学的边界变得模糊——在网络写手的即兴表达中，纪实与虚构、文学创作与生活实录、文学与非文学的界限被逐步抹平，传统的"文学"界定和作品分类早已成"昨日成规"被抛到了脑后，这在近几年迅速兴起的博客、微博客写作和手机短信文学中表现得最为明显；还有，依托数字化技术衍生的艺术形式如"超文本""多媒体"等在网络创作中的广泛运用，形成了网络文学形式的典型形态，让原有的文本形态发生了"格式化"般的裂变，而一些新的网络文体如"聊天体""接龙体""短信体""对帖体""链接体""拼贴体""分延体""扮演体""废话体""凡客体""羊羔体"等，正从新媒体文学的海洋中源源不断地涌现出来，让网络时代的文学形式创新成为这个时代文学转型的一大表征。

当我们切入新媒体文学现场时，需要面对的另一个问题是文学表意方式和构体形态的图像化转型，这属于文学"大形式"的改变。当代文化语境中，"读图"对"读文"的挤压或文字与图像的博弈，是数字技术传媒介入社会文化建构的必然结果，人们常用"图像转向"（the pictorial turn）或"视觉转向"（the visual turn）来指称这种变化，其所带来的文字表意式微和文学图像化元素的增殖，影响的不仅有文学的存在方式，还有文学消费市场和文学生存空间。概言之，新媒体语境中的"图像化"呈现于两个层面，一种是社会文化的广义层面，另一种是就文学形式而言的。前者在互联网、手机、各类数码娱乐接收终端、户外电子广告屏幕等新媒介的强势推动下，大众文化符号趋于图像叙事已成为最基本的文化生产方式。歌碟、影碟、游戏软件、网络播客、视频小品、自拍写真乃至手机短信、彩铃、手机电视、手持电视、手机动漫、框架广告、车载视频等一路热卖市场、炫人眼目，而文字书写、纸质印刷、书刊阅读只能退居文化市场边缘；或者，文学仅仅沦为电影、电视剧、动漫故事、网络游戏的脚本。于是，我们的日常生活里充斥着"图像"的覆盖而非文字的生产，"观看"已成为这个时代的文化时尚，视听消费成为最具大众化的文化行为，文字（语言）的力量连同它的诗意审美特性一道被搁置在图像文化的边缘。而后者所论在文学形式意义上的图像化转型，主要表现为近年来文学创作中图像化元素的大量增殖，包括作家选择使用拟像性文字，自觉不自觉强化笔下感性化的语言表达，或者在文学创作时以影视改编为导向，加强故事、场面、景观、身体、动作、图像的描写，巧置潜藏于语言之中的"内隐的图像"，以引起影视导演和制片商的注意，尽可能创造文字向图像投诚的条件，进而从"内形式"上引发文学作品图像化的趋势。还有，为迎合读者"读图"之需，出现了火爆的"图文书"市场，用"以图衬文""图文并陈"的方式来把持图像与文字的博弈，以便整合、调剂二者之间的审美张力，前两年一度被热炒的"摄影文学"正是文字（文学）递给图像（摄影）的一枚"攀附的橄榄"。另外，在文学图书市场上，时下许多作品的装帧印刷更加注重图像化包装，那些五颜六色、设计各异的图书封面，让我们看到的是文化资本试图在文字阅读和图像景观之间寻找契合点的商业意图，当然也含有救助不断萎缩的文字阅读市场的艰辛努力。

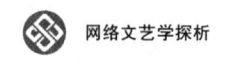

5.1.3 网络文学形式对创作主体的影响

从深层机理上看,网络时代文学形式蜕变,还会对创作主体的艺术思维产生一定的影响。麦克卢汉(M. McLuhan)曾说,技术是整个文化结构的动因和塑造力量,媒介是"社会的先锋",也是"新的自然",它能塑造和控制人类交往和行动的方式,改变人的感觉比率和感知模式,影响人们评价事物的尺度并会影响人本身的认知模式和思维方式,他说,当电话、广播、电影、电视和电脑的发展把"文字的棺材敲上了钉子"的时候,它最终必将重新"塑造人的感知系统",因为"数字是人体的延伸,是人的触觉的延伸……也是我们的中枢神经系统在电力技术中的延伸"①。新的技术传媒要求人们用符合它的思维模式和艺术标准来创作特定的文学形式,而特定文学形式的创生过程也正是这一思维模式的形成过程。当图像符号所形成的文化霸权,从文化形态穿透到文化精神,并从生活方式影响到人们的生活态度及思维方式的时候,视觉文化的强劲推力就不仅表现为一种文化形态的转变,而且意味着人类思维范式的一种转换——现代电子图像传媒具有的启蒙性拓展与权力性隐蔽的双重属性,促使我们越来越受制于以图像的方式来理解世界和表达我们自己。于是,在电脑创作、网络传播的文学生产体制里,就出现了这样一种由新媒体文学形式催生的艺术思维方式的改变——机器化的符号规则颠覆了铅字权威并代替了汉字的书写规范,用"输入"代替"书写"的操作范式,其衍生的出人意料的副产品则是:"词思维"对"字思维"的替代,以及"词思维"与"图思维"的相互渗透。

---

① [加拿大] 马歇尔·麦克卢汉:《理解媒介——论人的延伸》,何道宽译,商务印书馆2001年版,第150页。

汉语创作的执笔书写使用的是"字思维",即点、横、撇、捺连字成篇的体验式思维和意象积淀的感悟式思维;电脑写作使用的是"词思维",这是工具理性的代码思维,即基于机器程序操控的技术逻辑思维;"图思维"是以图像方式感知和把握世界的思维方式,数字化媒介的视频和音频技术最擅长图像表意,在思维方式上便易于形成"图思维"创意习惯,它是"词思维"的多媒体延伸,又是对"字思维"模式的"格式化"。如果说"词思维"的直观与快捷使表达"提速",可能会消弭文字书写时的深思熟虑和因表达"延迟"而凝练的语言诗性,那么,"图思维"则对整个文字表意体制给予了祛魅化的消解与置换,用视听直观的图像强势遏制了文字表意的审美空间,昔日的"语言艺术"不得不改头换面或脱胎换骨,"被形式"为"图像符号"或"视听写真"。于是,"词语钝化"与"文学疲软"的互为因果就成了图像权力整饬下的一个文化隐喻,也成为新媒体崛起后文学孜孜抗争却屡屡落败的艺术宿命。[①] 因图像生产而产生"图像思维",再因图像思维而改变人与世界之间的审美关系,调整人对世界的审美聚焦,改变人对外物的观察、体悟及表达方式,进而影响人类的艺术思维模式,这便是新媒介对文学转型所产生的由表及里的巨大影响。

当文学母体已经被新媒介推上了转型的槽模后,文学形式出现如上的种种新变也就不难理解了。它使文学的存在方式、形态结构乃至文学格局都产生了重大变化,也使得文化生产方式、接受方式和消费方式发生了前所未有的改变。这时候的文艺学形式研究所要着力思考

[①] 有关"字思维""词思维"和"图思维"的阐述,参见欧阳友权《数字媒介与中国文学的转型》,《中国社会科学》2007 年第 1 期;欧阳友权《数字传媒时代的图像表意与文字审美》,《学术月刊》2009 年第 6 期。

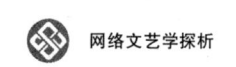

的将是如何获得对"形式"的价值判断和学理建构,因为正如敏泽先生几年前就曾预见到的,在学理范式构建的意义上,"网络文学之于文学不是简单的媒介传播方式的改变,而是文学作为人存在于世的一种精神显现有了本体存在意义上的革新和改变"[1]。

5.2 博客文学的结构体式与创生形态[2]

5.2.1 博客文学及其类型

"博客"(Blog)作为网络日志,在我国的发展还不到十年,但它正以强劲的文化力量成为人们记录生活、展示个性、交友娱乐、工作学习的重要信息平台。据统计,截至 2009 年 12 月底,我国拥有个人博客的网民已达 2.21 亿人,博客在网民中的使用率为 57.5%[3]。如此庞大的用户群体和每天更新的博客内容,为网络文学生产营造了一个巨大的发展空间,博客文学应运而生,并迅速成为一种不可小觑的新生力量。风生水起的博客创作,以及木子美事件、韩白之争、老徐的博客、博客文学联谊会……不断刺激人们的文学感官,博客文学不仅是网络文化的生力军,也成为当今我国文坛重要的一翼。

对于什么是博客文学,2006 年成立的博客文学联谊会在其《宣

---

[1] 敏泽:《学理范式的构建:"E 媒"文学的反思》,《中南大学学报》(社会科学版) 2004 年第 6 期。
[2] 本节原载《社会科学战线》2010 年第 8 期,《新华文摘》2011 年第 1 期全文转载,人大复印资料《文艺理论》2011 年第 4 期全文转载。
[3] 中国互联网络信息中心 2010 年 1 月 15 日发布的《第 25 次中国互联网络发展状况统计报告》。

言》中曾作过这样的界定:"'博客文学'是网络孕育出来的大众文学与平民文学。因为它的最大特点是写作者可以在虚拟空间中随时随地地自由发表自己的独立见解,使写作真正成了一项大众皆可参与的精神交流的互动领域。它的生活化特征、写实性品格、非教益性倾向、自我记录、图文音乐的参与与个人媒体的载体形式等对传统文学概念构成了巨大的冲击。"① 这虽然不能算是一个严谨的博客文学定义,但是却很好地总结出了博客文学的一些基本特征——大众化、生活化、写实性、非教益性、个人性和多媒体性。博客写作的是日志或日记性质的网络文学,是博主对自己生活、情绪、思想的记录,很自我、很生活、很随意,也很琐碎,是一种基于网络技术的大众文学、平民文学和通俗文学,但它真实地反映了博主的心理感受,抒发了真情实感,表达的生命感悟清新鲜活、自然质朴,其文学含量和审美价值是毋庸置疑的。

目前的博客文学大体分为两种情况:一是原创作品,即博主即兴创作且首次发布在自己博客空间的作品。这类作品可以说是真正意义上的博客文学,是博客文学的主要部分。博客原创作品大多都是纪实性的心情告白、琐碎日常、思想随笔、学术评论等,这类作品参差不齐,有不少优秀耐读的作品,也有不少粗糙文字甚至是无聊之作。二是张贴旧作。一些作者在博客兴起之后为了更新或者传播的目的,将自己以前的作品重新发布到自己的博客上供网友浏览。应该说,传统文学作品的博客化,在一定程度上提升了博客文学的艺术水准,满足了读者更高的审美需求,但也在一定程度上消解了博客文学对传统文学的革命意义。我们在这里所说的博客文学主要是指原创性博客作品。

---

① 博客中国:http://www.blogchina.com/,2010 年 2 月 1 日查询。

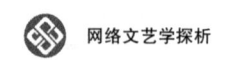

5.2.2 博客文学的结构体式

从文学文体的结构体式上解读博客文学，首先让我们感受到的是它自主写作的多文体性。博客是博主自发的随性写作，体裁涉及诗歌、小说、散文、纪实性杂感等，呈现出多文体并存与交织的特点。博客文学的多文体性和博客本身的表征方式和表现内容有着内在的关联。博客主要是个人生活记录及情感的表达，它的写作是主动的、自由的、随意的。如一位名叫"烟雨秦楼"的博主所说："网络博客是现代精神的驿站，博客就像自己的心情日记，写的是自己的心绪、经历、对世界的观感。"[①] 博客作者们根据自己的认识来表征客观世界，他们的创作不再是为了发表，为了稿费，或为了其他的种种，而只为展示自我和抒发心情，因而无须考虑传统文体的种种规范，大多是根据自己的兴趣或者擅长来选择自己所熟悉的文体，这是博客文学多文体性的一个重要因素。另外，博客文学的多文体性也与媒介载体有很大关系。传统文学作品是物质性（如纸介）传播载体，印刷传媒的发表平台往往是分门别类的开设板块，每一个板块在文章数量和篇幅上都有所限制，严格的文稿审查机制和发表的高门槛限定了特定文学文体的所有规范，创作者只能在规定的文体"槽模"中按部就班地写作以适应某种文体的惯例，于是就有了古代文体的"二分法"，现代文体的"四分法"，以及西方文学史上自黑格尔、别林斯基以来惯用的"三分法"等。博客所使用的数字媒介载体是一个"无穷大"的虚拟空间，其自主写作是即兴创作、实时发表，选择什么文体全凭自己的嗜好和习惯。博主是诗人，他可能把这里当作诗歌园地；如果是小说

[①] 烟雨秦楼的博客：http://blog.sina.com.cn/m/yanyu，2007年8月24日查询。

家开博，他的写作大多会选择小说文体，而普通博主或许会选择心情告白、纪实叙事性散文等。博客空间是一个没有"围栏"的开放性舞台，也是承载多文体的文学百花园，我们从这里感受到的是文体的开放和结构体式的多样。博主的文学修养不同、社会背景不同、生活经验不同，都会对他们选择文体产生影响。时下的博客写手大抵可分为三类：第一类是文学功底比较好的文人型博主。这类写手在传统文学中有一定的地位，艺术修养较高，有的本身就是专业作家或小有成就的业余创作者，他们的博客写作多采用传统体式。第二类是爱好文学的表演型博主，这类博主往往有灵气、有活力、有表现欲，他们向往随心所欲的写作，写自己爱写的、感兴趣的东西，网络博客的"零门槛"发表让他们有了展示自我的舞台，博客文学中许多散文、格律诗等大部分来自这个创作群体。表演型博主在语言表述上多采用网络语言或时尚流行语，在他们手中诞生了口语、英语、方言、网络用语杂糅的特殊的网络文体。第三类是爱好冲浪的参与型博主，他们以年轻人居多，以参与写作为乐，喜爱活跃在博客网站中"游泳""拍砖"，乃至起哄、制造话题和热点。他们会把自己的作品在人际圈中广为推荐，所看中的是参与，是自由评说和快意的发言，因而在文体选择上往往是无拘无束，不时在不同文体之间随意转换。不同类型的博主写出的博文从内容到形式都是不一样的，博客文学的多文体性由此而生。还有所谓日记型博客、新闻杂志型博客、专业知识型博客、主题博客、事件博客、专家博客、明星博客、草根博客，等等，它们当中的许多博文不乏文学含量，而文体更是五花八门了。

正是基于这样的写作背景，博客书写创造了文学的另一结构体式——互动书写的接龙体。美国的未来学家保罗·萨福认为，网络的本质就是"同他人发生联系"。他称"网络比任何其他媒介都能更好地调节人的相互作用"①。博客为我们创造的互动空间,虚拟地实现了人与人的互动与交流,博主不仅可以在这个空间中自由地创作,同时也可以跟所有到访博客的网友实现互动。这种以跟帖、点评、续写为表现形态的文本是博客写作的间性文本,构成了博客文学的一部分,其创生的文体便是接龙体。我们知道,传统的创作过程是对自我的内视和省察,是单向度的自我表达,其交流的实现是在作品完成并经读者欣赏和评析之后。相比之下,博客写作是一种为了寻找对话与共鸣的倾诉,博主在写作时就已经把屏前幕后的所有"潜在读者"当成了诉说对象,网络新媒体平台的技术性支持使互动写作变得方便而快捷,多数的博客空间都设有评论和留言的功能,提供作者和读者的双向话语模块,而博主也期待更多的网友对自己博文的评论和留言。于是,在网络技术的支持下,博客中的文本通常都是开放的、可以随时编辑的文本,读者在阅读博客时可以随时对文本进行评论,并能得到作者和其他阅读者的回应。这种零距离"随写随评,随评随改"的互动式频繁交流,会影响博主的创作方式,从而影响到文本和文体的形态,使得博客文学的创作呈现出智慧共享,集思广益的"间性"模式,作者原本的思维模式可能会在互动写作的过程中被改变。互动写作的共鸣和快意,不仅超越了传统文体的所有类型,而且成为博主撰写博文的内在动力,正所谓"你们的厚爱和真知灼见是我眷恋这里的理由"(作家安顿的博客语录),而原有的文体概念早已被淡化、被遗忘了,博客文学的接龙体式就是这样形成的。在互动交流的过程中,作品原有文体可能因作者与他人的交流碰撞而改变原貌,于是就产生了各式各样新

---

① 胡泳、范海燕:《网络为王》,海南出版社1997年版,第283页。

奇独特的博文作品。网友间的博客交流可能三言两语，即兴点评，或接龙赓续，在表述上也可能文白夹杂、土洋结合、古今并用，写作不拘一格。徐静蕾在"老徐的博客"中把这种状况称为"闭门流水"是很形象的。

博客文学在结构体式上还有一个鲜明的特征是图文并陈的多媒体性，这一文体也成为博客最具魅力的要素之一。博客写作与其他网络写作一样，在技术原理上是"比特"的"数码叙事"，而博客不同于一般网络写作的地方在于它可以更为方便地实现表意方式上的多媒体并用，达到图文并陈、声画合一、随缘演化的奇效，即博主不仅用文字书写，还可以采用声音、图片、图像、动画、视频等与文字的多媒体组合。随着互联网技术的不断升级，各大门户网站如新浪、搜狐、博客中国、网易等都在博客页面设置了很多新鲜有趣的多媒体方式，如"相册""图片""视频""动画""音乐""表情""收藏""博友"等。现在随便进入一个博客链接，都可以在背景音乐的衬托下，看到博客多媒体的表现方式。作者在博客中贴上自己的生活照，会使人感到更为亲切和真实；要是在欣赏博文时配有动听的音乐，将大大增加阅读的美感。这些多媒体文本形成了对人的感觉器官的全方位开放，便于网友感受博主营造出的立体化的信息魅力，这和传统文学的纯文字书写和阅读相比，无疑更具直观的视听吸引力和文本感染力，尽管"图像对文字的挤压"会削减品味文学时的诗性体验，解构文字审美"彼岸性"的想象空间，但多媒体文本对单媒体的超越总归是一种进步，一种媒介表征的丰富和改良，因为它大大增加了博客对不同媒介的选择方式。对于博客文学来说，博主在自己的博客中别出心裁地运用个性化多媒体组合，巧妙地把读者从传统阅读的有限感知和间接体验中解放出来，

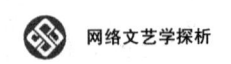

让读者在访问博客时增加视、听等感官的新鲜体验,能给读者的"期待视野"留下广阔的空间和更为丰富的审美感受。

5.2.3 博客文学创生形态的观念悖论

博客文学的创生形态是这种文学之成为"文学"的新型存在方式,在实际生成过程中,博客文学的存在方式呈现为一系列观念上的悖论。

这首先表现为文本纪实与文学虚构的内容表征悖论。博客文学是网络文学的一种,但它比之文学网站等其他网络公共空间的文学作品更具纪实性品格。如:"下午回到家,为了晚上的清闲,整理完了万余字的采访。""颈椎病有点发作,小说看的,坐着看也晕,躺着看也晕。好久不看小说,更加明白为什么不再爱看。""腿疼得要命,两天了还没恢复,饭也没吃,浑身乏力。不想自己吃,也不想找别人吃,不想叫外卖,也不想蒸馒头,不想看电影,也不想看书。"(见徐静蕾的博客)[①] 类似这样的博文在博客空间里可谓比比皆是,因而说博客是"心情留言板""生活流水录"一点也不过分。博客本身就是电子世界的生活日志,它的由来就是真实记录博主生活的心情和特定心情折射的生活。如果把网络比作一个舞台,博主就是一个自由的舞者,他(她)用这种方式把自己真实的一面不加掩饰地展示在自我书写的镜像世界里。这个自由的空间让作者暂时摆脱现实生活的种种束缚,让自己的心境浸润在宽松、自主、个性的环境之中。博客写作就是一种轻松而惬意的"真人秀",无需施加任何艺术的想象和语言表达的精雕细刻。从这个意义上说,类似"博客里有没有文学?""博客文学

---

① http://blog.sina.com.cn/xujinglei,2007 年 8 月 24 日查询。

是不是文学?"的质疑声音绝非空穴来风。葛红兵就曾说:"与传统文学、网络文学相比,博客文学在传播模式和写作上具有明显的自我性。……大多数博客并不追求表达上的'文学性',如我们一般所看重的文学性特征,概括性、虚构性、典型性、教益性等等,博客文学并不在意这些,他们在文字表现上更加随意自我。"①

我们知道,文学的艺术审美要素包含现实乃至纪实的成分,纪实文学(如报告文学)一直都是文学的一翼。文学创作的生命力在于对现实生活的强烈关注,从大量的现实生活中寻找创作灵感,提炼文学元素,用艺术的精神去把握变动中的时代脉搏,进一步强化对现实生活的理性审视,不断提升作品的精神张力。然而,对于文学作品而言,不管其与现实生活的距离远还是近,艺术虚构始终是文学要素中一个学理原点的传统约定。文学作品源自作家对于生活的独特发现,然后通过一系列的文学创作方法表达对生活的感受和领悟的过程,再经过对文字的反复推敲和细腻润色,才产生了被冠以"文学"之名的作品,而这个过程恰恰就是经形象思维进行艺术虚构的过程。博客文学写作与之不同,其生活叙事不时以"纪实"对抗"虚构",抑或在虚构中掺杂纪实的元素、在纪实里渗入想象的成分,让纪实文学和生活纪实成为文学与准文学、文学与非文学认同模糊、真假莫辨的注脚,这正是博客文学在资质认定和文学归属上难以解开的纽结。文学如果仅仅流于记录生存或宣泄情感,是很难为人们提供一个具有彼岸想象性的理想境界的。许多博客文学消解了艺术与日常生活之间的界限,在把"生活转化为艺术"的同时,也把"艺术变成生活",呈现出"审美泛化"趋势。因而,处于成长期的博客文学要成为真正的

---

① 转引自罗四鸰《"博客文学"成出版新热点》,http://wang3hui3.bokee.com/3020084.html,2005年9月5日访问。

"文学",成为文学发展长河中的一个历史节点,那么它就必须把握好文本纪实和艺术虚构之间的审美性张力,或者强化纪实文学的"文学性"质素,使自身不仅成为原生生活的日志留言,还能成为数字传媒时代的个性化文学书写。

　　写作私密性与艺术公共性是博客文学构成自身存在的又一个观念悖论,它构成了博客文学的功能性存在方式。我们知道,Blog(博客)是 Weblog 的简称,由 web(网络)和 log(航海日志)组合而成,本义即网络日志,就是在网络上记录自己的日常生活和心情感受,具有明显的私密性质。博客文学的写作也是这样,作者把生活记录转变为文学创作并没有改变博客"个人写作""私人空间"的私密性特征。于是,博客就成了个人的"电子门厅",许多博主不仅把自己的得意之作拿到这里来"晒",还把过去"压箱底"的旧作拿到这里"显摆",甚至把自己从小到大的"成长照"设置成各种播放模式摆放到博客相册中,并在一张张照片旁边配上几句幽默、调侃、浪漫的小诗……不过这个虚拟空间的"私密"属性只是理论上的,在技术上它却留有一个敞开的"豁口"——几乎所有的博主都有交流和分享的愿望,不仅博主姓名和博客地址无一例外会进入万维网供人搜索查询,开博者还会把自己"开博"的喜讯告知亲朋好友,诚邀众人到他的电子客厅"小坐"。这时候,文学博客的私密写作便进入艺术公共性视域,成为私人空间的公共作品,或公共平台的私人"小厨",众网友都能在这里品尝到博主的"文学小吃",文学博客就是在这样的创生形态中以悖论的方式形成自己的存在方式的。由于开博的"零门槛"和"零成本",在这个话语权公平分配的平台上,每个博客空间都可以是文学聚集中心,大家在这里阅读、叫好、灌水或嬉戏,既是作者,又可以是受众,越来越多的人喜欢在这个公共平台上写下个性十足的文字，个人的私密性日志已经完全失去了往日的隐蔽性，却又在艺术的公共性上实现了自己的价值。

随着博客的迅猛普及，开设博客的人越来越多，许多作家、明星、政客也都纷纷加入了博客行列，成为开博一族。中国博客的发展史上有不少引起社会关注的文学事件，如木子美事件、韩白之争、梨花体、名人关博等，透过这些事件，我们可以感觉到博客的私人写作与艺术的共同欣赏、网民自由介入之间存在的悖反与摩擦，博客私密性与艺术公共性的创生形态，正成为网络文学表征自身的重要方式，作家博客、诗人博客的眼球效应成了新媒体文学的一道风景，提升了博客和博客文学的知名度和影响力。拿"梨花体"事件为例，我们似乎无须再讨论赵丽华的诗歌创作水平有多高，也不必再去关心"梨花体"到底能不能算真正的诗歌，我们完全可以把"梨花体"事件看成数字媒介冲击下文学转型路上新旧力量的博弈，也可以看作博客文化中个人写作与公共艺术的矛盾体现。网络作为一种媒体，与传统媒体最大的不同即在于其互交性，也正因此，它具有了充分的民主性，消解了传统媒体的话语霸权。赵丽华和"梨花体"被恶搞的关键，就是网友用传统的诗歌艺术理论来评判赵丽华写在私人博客中的日记——那些把一大段话分段而列的"口水诗"或"废话诗"，是她作为一个博客作者的创作自由。然而，当她把个人作品放进"网络日志"时，也就不可避免地赋予所有公众对这些作品的阅读权，于是就有了这次"私密"与"公共"的矛盾碰撞，结果是"梨花体"被恶搞，赵丽华很受伤。当代著名女作家池莉在曾经关闭自己博客的时候说："博客像是一个没有篱笆的院子，大家'高度自由'的乱窜，反倒让身为写作者的作者自己失去了'自由'。""你不回（复），有人不高兴、有人哭、有人骂，像个

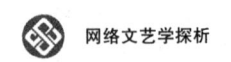

疯人院……"① 可见，博客的写作已经不只是个人的事情，艺术公共性已经和自由写作的私密性相互结盟，并让这种结盟创生出了博客文学的功能范式。

个性表达与文学规则之间的潜在矛盾也是文学博客创生自身存在方式的观念悖论。博客的草根性生产模式追求自然书写和个性表达，它摒弃传统的文学观念，让价值主体由社会本位向个人本位转化。博客文学的写作过程就像在构建一个立体的电子模型，可以随意舒展思绪，任意编排组合，句子可以文白夹杂，字体可以随意变换，让书写成为拥有无限多的方程排列组合的超媒体书写。由于自由不羁和个性十足，博客文学孕育出了属于自己的语言风格，妙趣横生、率性直陈是它的普遍特色；同时，使用大量自造词汇、心情符号，并对传统语言结构与技巧进行大胆的翻新改造，也成了博客传达个性体验的常见方式。只要博主愿意，所有所见所想所闻所感都可以写出来放进自己的博客，供所有的访客阅读。用评论家李敬泽的话说：博客绕开了文学的 CEO——传播学中的"守门人"，文学传播开始了从大教堂式到集市模式的根本转变。不过，当博客写作在实施自由表达、个性张扬的同时，也容易忽略文学创作之与传统文学规范之间的应有限定，让人文性的价值行为演变成无厘头的技术游戏，把文学之为文学的基本规范，如思想的蕴含、意义的赋予、审美的功能，以及形象的塑造、文字的锤炼、结构的巧置等统统抛到了脑后，结果便出现了自我书写代替价值呈现、自由表达遮蔽文学规范、技术含量超越艺术资质等"非文学化"或"准文学化"现象。应该承认，博客的特性拆除了传播堡垒，在一定程度上突破了经典文学的生产模式，带来了文学观念

---

① 池莉：《博客世界就像个疯人院》，http://blog.readnovel.com/article/htm/tid_245810.html。

的新变，这不是没有意义的。但博客文学在追求草根性，倡导个性书写的同时，不应该漠视文学传统积淀起来的创作规则，多媒体带来的技术活力应该增强文学的文学性而不是相反。任何媒介和技术都不会自动给文学带来审美诗性增值，个性写作是博客文学赖以生存的一个重要特性，但是如果博客的个性化写作完全沦为毫无意义、毫无美感、毫无规则的个人狂欢，那么必定会损害博客文学的"文学"品质。博客创作正确的价值选择需要的是在个性表达和文学规则的张力之间寻求有效的平衡。

谈到博客文学就不能不涉及博客批评，博客文学之于文学发展和文学建设最具活力的部分就体现在它的批评元素中，因而，"博客批评与艺术正向"的矛盾调适就成为博客文学另一个重要的创生形态。常见的博客文学批评有两种类型：第一种是在博客中进行的传统文学评论，即传统文学批评文本在博客上的电子化显现；第二种是博主发表博客之后，其他网友在该博客作品后跟帖进行的相关评论。前者凸显了当代文坛的理论建树和博客争鸣，后者则表现为博文跟帖和网友点评。

先说前者。中文博客在我国的大规模兴起是在2004年，随之，一大批作家、批评家如余华、余秋雨、叶永烈、周国平、郑渊洁、刘震云、王朔、冯骥才、池莉、郭敬明、韩寒、陈村、陈染、徐坤、刘醒龙、陆天明等都相继在互联网开通了博客，作家博客和名人博客成为网络上的一道文化风景和新的文学现象。许多作家的博客都有过"遭遇批评"的经历，或成为引发文学批评的"触发器"和"着火点"。2006年初春发生在博客里的"韩白之争"就成为当年最具影响力的文学事件之一，也是博客批评影响文坛生态的标志性事件。时至今日，"韩白之争"的"硝烟"已经淡出了人们的视线，但这一事件留给我们的思考却是意味深长的。从文学批评的角度看,它不仅是两代作家所代表的新锐写作与传统文学观念在博客媒体上针锋相对的较量,也展现了博客批评犀利的锋芒和由这种"短、平、快"的锋芒所带来的博客批评的"蝴蝶效应"——一次并不起眼的文学争鸣,在网上却像雪崩一样急遽扩大,很多过客或者与文学毫不相干的人都被吸引过来,跑到韩寒或者白烨的博客中一吐为快,好奇的、助战的、隔岸观火的、落井下石的,好不热闹,它典型地体现了博客批评的"草根情结"和非理性"多数暴政"现象,在类似的博客争鸣现象的背后,所需要的正是人文价值观念的理性坚守,亦即文学批评道义的艺术正向。

  博文跟帖和网友点评式批评是最为普遍也最为直观和便捷的博客文学批评。作家余华开博的头两个月,点击量就超过了13万次,其中一篇《一个作家的力量》一周内的读者跟帖就有80多篇。他感慨道:"我没想到网友留言会这么热烈……在生活中,我只和一些熟悉的人打交道;在博客上,我开始学会和陌生人交往。"[①] 作家陆天明说:"我每写一篇文章,都有大量网友跟帖,夸我的骂我的都有,这个太重要了,我觉得我与读者离得很近,他们的许多意见给我启发很大。"[②] 这当然都是指博客批评积极的一面,比如批评方式的直截了当,不留情面,不矫揉造作,批评话语的轻松幽默,质朴率真,文字表达的短小精悍,机智灵动等。但毋庸讳言,许多博文点评跟帖都是未经缜密思考和理性积淀的即兴言说,或者是缺乏文学质素和审美判断的"灌水"或"拍砖",作家韩东、陆天明、评论家解玺璋、李敬

---

  ① 余华:《互动—silvertiger》,http://blog.sina.com.cn/s/blog_467a322701000050.html, 2005年10月10日访问。
  ② "名人博客,几家乐几家愁",http://www.zjol.com.cn/05cjr/system/2006/01/29/006460156.shtml,2006年1月29日访问。

泽、吴亮以及导演陆川、歌手高晓松等人的博客都曾遭遇口水之战，有的甚至是秽语狂欢，以至于有的人（如白烨、池莉等）不得不关掉自己的博客。由于博客批评的自由性和"把关人"的缺位，使博客批评中存在着一些误导性批评文本，有的甚至在传播偏见，导致博客文学批评的浅表化和低俗化，产生了博客批评与艺术正向的深刻矛盾。博客文学还是一株正在成长中的文学幼苗，迫切需要悉心的培育和正确的引导，如何正确化解博客批评与艺术正向的观念落差，让"博客写作"走向"博客文学"，并让博客文学真正成为具有艺术创生价值的新媒体文类，是博客文学健康发展需要正视的课题。

5.3 微博客：网络传播的"软文学"[①]

在网络媒体的传播力日渐强大的今天，文学并没有像希利斯·米勒所预言的那样被技术传媒"引向终结"，而是通过改变自身存在的前提和共生因素，把生存的空间向"数字化生存"的新边界延伸，微博客文学便是其中之一。

微博客（Micro-blogging）又称微型网志，是新近兴起的一种可以即时发布消息的网络应用系统，也是继网络博客之后的一种多媒体迷你型博客。它允许用户通过电脑网页、手机短信、即时讯息（聊天）工具（gtalk、MSN、QQ、skype）等多媒体途径向微博客发布简短的文本（限140字以内）、声音、图像等信息，供所有网民或某一

---

① 本节原载《文艺理论研究》2010年第4期，《新华文摘》2011年第1期摘要转载，人大复印资料《文艺理论》2011年第1期全文转载。

限定群体进行开放式的阅读和评论。第一个微博客网站"Twitter"于2006年5月在美国上线。以Twitter为代表的微博客技术将博客书写和短信传递的个性优势进行嫁接,用户可以随时随地发布和更新博客,并即时与他人交流,形成了一种类似个人随身传话筒和记事本的便携方式,受到网民的热烈追捧,并以惊人的速度席卷全球。在不到两年的时间里,我国类似的网站也如雨后春笋般出现,饭否、叽歪、9911、贫嘴、滔滔、微可、叨叨、相闻、Follow5、随心微博、新浪微博、网易微博等等,目前已发展至几十家,会员数以千万计。迅即成为大众媒体的微博客促进了全民写作的蓬勃发展。2009年以来,易中天、李银河、张颐武、莫言、李宇春、赵薇、俞敏洪等一批文化名流陆续加盟微博写作,年底,9911微博网举办"首届微博客小说大赛",还有"白领才女"沈诗棋连载微博小说《80后围城》等文学事件,引发了"微博文学"风潮,有网站呼吁:互联网的发展已进入满足个性化需求的时代,天下有才之士尽可在140字的方寸之间演绎人间百态,挥洒奇思妙想。① 于是,微博客迅速成为时下文学写作的媒体新宠。

5.3.1 微博客的"软文学"质素

首先是亚文学审美——"自媒体"创造、多终端交互地表征现实。

微博客不是为文学而生,却能为文学提供理想的生产和传播平台,尽管这里的"文学"或许只能算是"准审美"的"软文学"——由于字数的限制它被当作"文学零食",而容量的约束使它只能以文学化

---

① 9911微博客网站:http://www.9911.com,2010年1月25日查询。

的机智实现"小、快、灵"的个性表达。博客太冗长，更新不方便；IM（即时通讯）聊天工具太死板，不自由；厌倦了SNS（社交网站），想体验更贴身更及时的微博客。于是就有了微博客的一句话分享、手机拍照直接上传、用QQ/MSN、手机短信实现信息跟踪这种"自媒体"（We Media）创作、多终端交互的便捷方式，让普通大众拥有"任何时间、任何地点、任何信息"的话语发布与分享权。数字终端的多元化，特别是3G商用、"苹果"等多功能手机的市场拓展，使大众化文学写作完成了从"以机换笔"到"拇指革命"的跨越，网络创作从电脑屏幕的"无纸写作"走进了手机屏幕的"运指如飞"时代。在个人化写作、多终端传输的背后，信息发布不再按照传统互联网的"人—机"模式进行，而按照"人—人"的对话模式；信息交流也不再蹈袭手机短信或QQ聊天等媒体的"一对一"模式，而是"一对多"传递，从而形成一个更为交互化、社会化的叙事场域。这种实时性和交互性优势，不仅进一步扩张了人们的交流空间，而且融合了网络博客与手机短信等自媒体的优势，增加了更多的互动与在线（及时）功能。无遮蔽的表达、便捷的传播使微博客更适于抒发性灵而成为文学创作的自媒体平台，是文学表征现实、直面生存的最直接的载体。

与社区网站、BBS等传统的网络媒体相比，微博客拥有更大的话语空间与发表自主权；与已有的博客相比，微博客的文本短小，篇幅碎片化，省去了谋篇布局的烦琐，写作成了回答"我在做什么"的简单事情。作者可以随时随地将所见所闻所感用三言两语记录成文，然后迅速发布到微博客上去，内容更新更为频繁。张靓颖通过9911微博客发表了对李湘生女的祝福，而孙红雷在9911上说"我和林志玲这么美的女演员演戏还真是头一次，多少有些紧张"，让许多人走进去跟帖议论一番，其及时性、交互性、自主化等特征，便于写作与交流过程中的灵感闪现和思想碰撞后的火花速燃。微博客让作品发表"一触即发"，任何人只要使用任何一款能和网络链接的自媒体终端，就能实现文学的创作与发表，"人人都能当作家"的机制使昔日"沉默的大多数"在这里有了发言权。尤其是手机等移动自媒体的普及，"短信创作，微博发表"的模式已经成为写作的新时尚，"劳者歌其事，饥者歌其食"的"新民间文学"再次回到大众手中。尽管微博客写作大多数还不是严格意义上的文学创作，但其中的幽默笑话、生活趣闻、心情留言、生活感悟等，常常介于写实与虚构、生活与艺术、文学与亚文学之间，具有一定的思想性、艺术性，创作上也体现了一定的审美意识，因而可称其为"软文学"。如评论家王干所言："文人的微博，包括一些明星的微博，都自觉不自觉地引进了一些文学的习惯性话语和修辞手段，格言式的，世说新语式的，微型小说式的，谜语解谜式的，歌谣式的，短诗式的，和文学形成某种对立和互补，好像是切割开，但又是关联陪衬。"[①]

高度个人性——无遮蔽塑造自我镜像，坦露心性，是微博客作为"软文学"的另一特征。

低门槛的微博客，凸显了个人的主体性地位。博主在这块"自留地"即兴写作，任意挥洒，可以获得高度的自我体验，在对象化镜像世界中认识和表征自我。类似一种公开的私人日记，微博客既有博客的虚拟公开性，也有日记的个人私密性，博主的身份可以是隐藏（匿名）的，也可以是真实的。虚拟空间的公开化与私人化看似矛盾，实际上却给了博主在写作中建构个人主体身份的极大自由。

---

① 王干：《从灌水到炼油——关于微博的 N 种说法》，《中华读书报》2009 年 12 月 2 日。

由于是"私人空间",作为自我的"把关人",写什么,怎么写,完全是博主个人的事。在展现个人的生活经历或心路历程时,可以不用考虑别人的看法和感受,文字表达无所顾忌、随心所欲,真个是"我手写我心"。有人调侃说:"路人甲说看电影被前面那个大脑袋挡住了,路人乙说早晨吃了煎饼和豆浆,路人丙感叹这个月工资还没发,路人丁抱怨被地铁里那个不长眼的人踩了一脚……"① 无论是赞美世界多美好,还是哀叹生存真艰难,都可以直抒胸臆,一吐为快,写出来作为自己人生留下的印迹。微博客表达的即时和简短,一方面符合人的思维跳跃式的运动规律,让人把握住瞬间的情绪变化和意识流动,使写作更接近原初意识;另一方面,文本的连贯性(按时间顺序排列)和整体性(私人信息库)呈现了写作个体的成长历程。这两方面都为写作者进行原初、本真的自我塑造提供了可能。写作的屏幕好比给自己面前放了一面镜子,镜像中的自我既是实体的投影,又是虚拟的呈现。镜子前如何表演并不重要,重要的是表演的真实性,即文本的呈现是否尊重生活和心灵的自我体认。评论家王干评价说:写微博是个人的对称的镜像,"每个人希望看到现实生活中的另一个我,而微博的记录功能能够塑造一个镜像式的自我。微博对自我形象的虚拟性塑造,某种程度加深了它的文学含量"②。

这种"门扉虚掩"的写作方式助长了网络公众的"窥探"心理,同时也使博主自我表露的欲求找到了一种较为合适的表达方式。与电子邮件、QQ 聊天、手机短信等"一对一"对话式的信息发布方式不同,在微博客空间发布的内容,读者对象除了博主自己以外,其他读者是没有预设的。探访的对象来自网络世界的各个角落,各个阶层,

---

① 忽忽:《织围脖的路人甲》,《中国文化报》2010 年 1 月 21 日。
② 王干:《从灌水到炼油——关于微博的 N 种说法》,《中华读书报》2009 年 12 月 2 日。

有可能是自己"圈子里"的好友，也有可能是"陌生的路人"。在互动交流上，读者的"到场"多数也是延时性的。这使博主在写作中不需要考虑具体对象的阅读喜好来选取表达的方式和内容，而更注重"晒"出自我的那种快乐体验和满足。当然，既然选择了这种"私密的公开化"方式，博主也会在意别人的反馈和交流，并期望从他人的反馈中获得某种理解和价值肯定，从侧面向他人表露自我、展现自我。读者期望从相对隐蔽的"视角"了解博主的生活情状，触摸博主的内心世界，以获得某种共鸣，实现"窥探"的心理满足，并且在阅读过程中，可以根据自己的喜好和思考，作不留情面的"酷评"。互动与交流的双方，既不必亮出身份，也不必在意隐私的暴露而产生什么影响。这样"无压力""无障碍"的镜像式交流，使作者自我的"心性"裸露显得更为本真，也提供了一条了解自我、审视自我、完善自我的"私密通道"。

多媒分享性——感性直观，图像与文字并陈，是微博客作为"软文学"的媒介优势。

终端多元、多媒体并用，为微博客文学提供了丰富的表现手段和审美旨趣。网络技术的多媒体主要包括两种情况：一是试听感官媒体，呈现的主要是文字、图像、声音等直觉符号系统；一是众多媒体组合传送视听味触甚至性觉的立体的、全方位感知信号系统，使人有一种置身真实环境中的感觉。借助多媒体功能，微博客文学的文本呈现出多样化的形式，既有传统的单媒体（文字）文本，也有由文字、图像、声音、视频等混合的多媒体文本。如 follow5 微博网友水果硬糖的博文："灵性的猫咪，等待月牙的召唤……"文本同时配发了一张图片：在空旷明朗的夜空中，一只小猫独自站在高高的电视信号接收杆顶上，凝视一弯月牙，充满灵性的文字与图片共同组成了诗意的文本。类似将文字、图像、声音、动画、视频等信息有地机结合在一起的微博比比皆是，它们使文本图文并茂，色彩缤纷，音响逼真，动作传神，带来了时空交错、动静相配的多维立体效果，实现了媒体间表意的交互、转换和融合，有效补充了文字信息的表现力，赢得更为丰富的视觉审美功效。

多媒体技术的应用，让图像表意成为微博客文学吸引受众的"撒手锏"，也使得微博客文学成为数字媒介时代语言式微、图像称霸的文化推力。图像社会的来临重建了人类社会的文化秩序，这种文化秩序又将使图像文化进一步拓展、扩张，终而成为时尚文化的主打。不过微博客文学的图像增殖对文学性的建构并非都是负面的，尽管语言的内视性、精神维度和诗意体验是图像所不及的，但图像和文字的交合并陈，有助于微博客文学的外在感性和精神内省的相互协调，从而强化微博写作的审美表达。文字和图像的博弈加速了文学的蜕变和涅槃，不断更新自己的思维方式、表现方法和审美向度，同时也使文学在图文共存，多媒互融中不断扩容和越界，趋向于综合艺术。

5.3.2 微博客写作的文学智慧

微博客写作的可能是"心情留言板"或"生活流水账"，也可能是精致的小品或曲尽其妙的灵思，寓于其间的文学智慧和生命感悟最具审美的价值。

一是修辞革命：让"灌水"变成"炼油"。微博客文学之"微"主要体现在文本篇幅上，140字的容量限定，如果用于常规创作（诗歌除外），顶多够写个开头。博主如何在有限的字数里以最精当的内容浓缩精华，做到字字珠玑、言简意丰，就得在修辞上下一番功夫，注重熔意炼辞，让文字凝练简约，做到如刘勰所说的"情周而不繁，

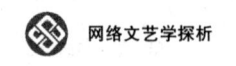

辞运而不滥"。譬如，在语言运用上，微博客文本要求作者用尽可能少的笔墨，把尽可能多的内容充分地展现出来，表达上追求文意精练，文字压缩，甚至省去标点，变换符号等，语言更具节奏感和凝练性。如同学网微博客网友杨川川的博文：

> 一个人。一座城。孤城、古城。你我初见，两个人。两念寂。死寂。四季、你我相依。

全篇没有一个虚词，标点也以句号为主，用字极为节省，词语押韵，句式紧凑，节奏感强，韵律自然，语言凝练而富有张力。

在情节内容上，微博客写作往往略过细节描写而运用具有冲击力的短句，修辞也更为巧妙，想象、比喻、夸张等手法多数被隐藏在朴素自然的表述当中，让文本富于内在张力。比如9911微博网友多多小肥侠的博文：

> 昨夜大家都醉了，Y在我旁边唱起了《听海》，铿锵悠扬，她让我为了她戒烟。半年前胆小鬼也曾唱过这首歌，在一个叫堂吉诃德的酒吧舞台上，她性感的嘴唇把这首歌唱得柔媚婉转，曲毕，我们把头轻轻地靠在一起。一首歌会被唱出不同的感觉，正如每一段感情的开始都扑朔迷离无法预料。

博文讲述了作者在不同时间和地点遭遇的两次感情经历，以及对感情的切身感悟。整篇129个字（含标点），分为三句话。前两句每一句话都有时间、地点、人物、事件等因素，构成了内容完整、情节生动的故事。作者巧设了一个相似的情节（唱同一首歌），引出"我"与两个女朋友相恋时的不同情态。与前者（Y）"为她戒烟"——坦诚；与后者（胆小鬼）"把头轻轻靠在一起"——天真。

第三句话表达作者对感情多变的感悟，是文章的思想主旨。精要的动作白描和心理速写，给人丰富的情感体验和想象空间，简洁率意的书写，却能启发读者对都市情感生活的深层体悟和思考，语言也用得十分精致而自然，省去了许多修饰性的言辞，显得朴素却生动感人。

当然，文字简约并非必然使故事简单，微博客仍然能用百字篇幅表现曲折的故事或出人意料的结局，请看9911首届小小说微博客大赛的一篇参赛作品：

> 妻子意外坠楼死了。丈夫获得了高额赔偿金。一年后再婚。新婚的早上，丈夫叮嘱妻子，阁楼很危险，千万不要去。这样的话，丈夫几乎每天都说一遍。妻子不禁怀疑起来。终于，妻子找机会悄悄来到阁楼，开门，进入，接着一脚踏空，坠楼而死。不久后，丈夫获得了高额赔偿金，一年后再婚。

这样的微博客小说情节一波三折，可谓文约意丰，文笔洗练。文本短小让微博写作从"灌水"变成"炼油"，促使创作者更新表达方式和写作理念，在遣词造句、修辞炼意、谋篇布局上下功夫，使写作成为一种高超的浓缩性语言艺术。这种"煮水炼油"的审美范式显然迥异于以"长"为能的其他网络文学，也与传统文学中短小精悍的作品有着很大的差别，它是经由多终端技术、快餐式阅读、感官式审美"量身定制"而形成的新的"春秋笔法"。

二是一句话文本："袖珍"创意的网络"俳句"。微博客文学的一个突出特征是"一句话文本"，有人将这种写作形象地比喻为"织围脖"——虽短小却光鲜醒目，不求其长但求其实用。这样的袖珍式创意对博主的文字表现力是一种挑战，最能体现出"软文学"的"硬功夫"，在限制中有了创造的可能。譬如：

山月清辉已远，仅有的，也只是清晨枕边的那一缕阳光。

——聚橙网糖糖的微博

给昕寄了自织的毛衣，真想把自己也寄过去。

——随心微博网纯橙的微博

新年莫言法师赠墨宝，写：佛说遇蚊虫叮咬忍之，我言逢小人追骂乐之。标点乃我加。

——新浪微博王干的博文

如果 2012 真是世界末日，请有关部门一定要信息公开，让我提前去疯狂下，以免死在办公室。那这一辈子就太□河蟹□蛋了。

——随心微博网宗裴 felton 的微博

这样一句话的文本要实现独立创意并具备意向蕴含和审美表现力，要么诗意灵动、想象别致，要么寓意深邃、言辞隽永，要么视角独特、话语幽默，只有这样才能使其成为心情分享的艺术"零食"或个性表达的创意"俳句"，达成言有尽而意无穷之功效。篇幅的短小让微博创作只能选择一个瞬间、片断或场景来表现某种感受、体验的瞬间定格，很少表现情感的流动过程和事件的曲折经历。这一点很像日本的俳句。俳句是日本古典诗歌中字数最少的短诗，相当于我国格律诗里的绝句和长短句里的小令。每首俳句只有十七个字，这种诗体的特点，是用最节俭的字句，表达丰富的内容。

从社会文化语境来看，微博客文学是在后现代思潮下产生的文学样式，在削减深度、在线直观的同时，还追求快速的效率——快速加工、快速复制、快速传播和快速阅读成了微博客文学的主要的生产消费方式。这种方式下创生的微博客文学呈现出文本碎片化、意义平面化、情绪无遮蔽化等特征，似乎与追求意蕴丰厚的文学向度相悖。但从传媒技术和微博的特质来看，这类袖珍性的俳句式表达有其自身的合理性与必然性，其"软文学"的结构要素和形式特征正是在新的语境和新的审美条件下对网络文学新形态的必然选择，也是这一文学能够浮现文坛、创生自身的价值所在。

我们看到，那些精彩的"一句话文本"虽不具备文学的形态特征却并不缺乏文学性的审美质素，其思想性和艺术性亦有可圈可点之处。如新浪微博网友最想狂奔（网名）的博文："阳光照亮海地，却已照不亮灾民们的心。"作者以当时发生的海地大地震为题材，并配发了一张相关图片：地震过后，明媚的阳光照亮的海地已是满目疮痍，灾难带来的惨痛给灾民的内心罩上了阴霾，光明不再如昨。这样的表达具有文学话语的自指性、隐喻性，在图片的对比下产生了强烈的震撼力，很好地表现了作者的大爱精神、真诚的社会责任感和对生命的关注与思考，意蕴深沉而不露痕迹。

三是思想"围脖"：意义巧置的"思维体操"。微博客的精短式写作最需要思想理念的炼意，从而形成价值理性的焦点透视和意义点击，在类似"思维体操"的历练中用机智的修辞手段巧置意义设定，很像是议论性杂文，往往一语中的，直陈要害，让人醍醐灌顶，茅塞顿开；或思理为妙、语出惊人，或哲理深邃，深谙个中三昧。譬如："神仙往往假道学，妖精偏偏真性情。"[①]"缘本为空，因心而生，因行而成。"[②]"为了生活的艺术，那是生活。为了爱好的艺术，那是境界。没有境界的物质只是物质，没有物质的境界何谈境界。当我们游走在境界与物质之间，你的美德是否依然光芒四射。""男人一丝不苟

[①] 新浪微博王干的博文。
[②] 9911微博网沈诗棋的微博连载小说《80后围城》。

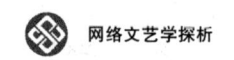

的吸引力仅次于女人的一丝不挂。"① 读到这样的微博文字，不仅会感叹创作者的敏锐和才气，也为微博客所发掘的民间人文智慧和文学审美资源感到欣喜。

"围脖"是网民对微博客的一个昵称，听起来很形象，也很温暖。有人认为，和传统博客相比，"围脖"更有人情味，更具亲切感。确实，微博客正深刻改变着网民们的生活和写作习惯。青年作家蒋方舟说："我觉得微博还原了思想来到脑子中的最原始形式，思想本身就是小碎句和没什么逻辑的片断，所以与其他公共空间的发言相比，微博更自然、本质、原生。"② 微博客的私人化"低门槛"写作使许多原本不被关注的人和事，以及他们在现实中没有机会表达的思想观点，现在可以自由地抒写并发布出来为人知晓，成为人们用来抵抗世界淹没自己的最好方式，让自我找到精神上的平衡和慰藉。这一生命体验的书写过程，也是作者自身人格、思想形成和主体塑造的过程，是主体本身不断自我完善的过程，让许多表现个人生存的片断得以组合成血肉丰满、灵魂跃动的人生图景。

毋庸讳言，微博客文本碎片化和写作私人化的技术设定，突出了个人"娱乐至死"的诉求而淡化了"文以载道"的承担，但从这里汇聚起来的零碎思想和事件，仍能在一定程度上折射出个人与时代的精神状况，映照出社会现实的真实面貌。一句话的内容，或批判现实，或感悟生活，或描摹见闻，或轻松搞笑，它们都真诚率意地闪现着文学精神的辉光而成为人间悲喜心灵史而留存下来。有人甚至认

---

① 新浪微博周立波的博文。
② 新华网：《微博兴起：中国年轻人迎来网络"直播"时代》，http://news.xinhuanet.com/politics/2009-12/25/content_12704388.htm，2010年1月15日访问。

为，微博客文学是文学向《诗经》和《论语》短文时代的回归[①]，不过我们所期待的微博写作不仅仅是短文的回归，更应该有着《诗经》《论语》那样的人文底蕴和人类价值理性的建构。相对于网络文学的十年历史，微博客文学的发展才初露端倪，不论怎样，这一新兴写作在一定程度上将唤起人们对传媒技术化审美的自我意识。在这个文学日渐式微的年代，微博客就像是技术援手递来的一条"围脖"，有了它，会让我们的精神世界在新媒体文学的复苏中重新变得温暖起来，并由此迸发出网络文学新的生命活力。

5.4 微信文学的存在方式与功能取向[②]

微信是一款联网交友软件，它的迅速普及让使用微信成为许多人的生活方式，也为自媒体时代的文学增添了一个新的发展平台。自从2011年1月腾讯公司推出微信应用软件以来，短短三年多，其用户已经突破6亿人。文学与微信的关系日渐密切，微信文学已初露端倪。作为网络文学的一个亚类，微信文学同博客和微博文学一样，是一种轻灵表达、即时传播、快乐阅读的文学空间。但微信文学又有不同于博客文学、微博文学的特点，这些不同特点源于微信软件的技术构成，也与创作者面对新技术时的主体关系设定有关；并且，正是基于

[①] 浩歌：《短信微博客与〈诗经〉〈论语〉短文传统》，http://haoge85.blog.sohu.com/140665506.html，2010年1月9日访问。

[②] 本节原载《江海学刊》2015年第1期，《高等学校文科学术文摘》2015年第1期摘转。原文系国家社科基金重点项目"网络文学文献数据库建设"（项目批准号：11AZW002）研究成果之一。

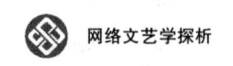

微信的技术构成和主体关系，成就了微信文学的存在形态和特定的功能取向。

5.4.1 文学微信与微信文学

我们讨论"微信文学"，首先需要廓清"微信"与"文学"的关联，区分"微信文学"与"文学微信"的不同。我们知道，微信属社交类自媒体应用程序，并不是为文学研发的，但它强大的承载和交往功能为文学生产和文学作品分享提供了更为便捷的自主性空间。微信操作系统平台通过手机、平板电脑等移动互联网终端，可以快速免费发送语音短信、视频、图片和文字，将感兴趣的信息分享给好友，或将用户收集到的精彩内容传播到微信朋友圈。在这个过程中，文学的元素随处可见、随时上传，文学作品或文学类信息夹杂其间，而"文学微信"和"微信文学"均会在微信空间汇聚和分送。对之作一些必要的区分，将有助于微信中的文学行为从自发走向自觉，为微信文学的成长探询技术的必然与观念的可能。

总体上说，文学微信是微信文学的一部分，指的是在微信的内容中包含有文学的因素，如生活纪实的文学叙事、文字或语音陈述时的文学性表达、"朋友圈"或"订阅号"中零星的文学类信息等，因而，文学微信实即类文学的微信，是具有一定文学色彩的微信。例如：

> 忧伤的时候看夕阳，壮美而凄婉；愉悦的时候看夕阳，温暖而恬静。乡村傍晚，炊烟袅袅升起，鸡鸭进笼了，劳作的人们回家了，整个乡村沉浸在宁静的金色余晖中；海上黄昏，夕阳入海，渔舟唱晚，粼光烁烁，那片海消失在静默和悠远的晚霞中。
>
> ——引自白石秋水微信《守候夕阳》

> 不要叹息命运的坎坷。因为大地的不平衡，才有了河流；因为温度的不平衡，才有了万物生长的春夏秋冬；因为人生的不平衡，才有了我们绚丽的生命。
>
> ——引自360doc个人图书馆《微信精彩语录》

第一段微信是写景的，运用了借景抒情、情在景中、景由情生的白描手法，以此表达"忧伤"和"愉悦"两种不同心境下乡村夕阳与海上夕阳的不同景致。第二段运用议论性哲理散文的表达方式，揭示出人生的顺境和逆境就如同河流源于大地的失衡、气温的变迁带来四季的自然转换一样，不必叹息"命运的坎坷"，曲折的人生经历正是我们多姿多彩生命的一部分。单独来看，这样的文学性表达只是"文学微信"而不是"微信文学"，它们是构成文学的元素但不是文学本身。只有当它们进入某一微信文学作品、成为作品的一部分，并能够为该作品的达意传情、审美境界或艺术氛围服务的时候，它们才是文学，才是微信文学。当然，这是从严格的文学意义上来说的，是基于传统学理的文学界定。由于新媒体时代文学与非文学、文学与大众文化的界限变得越来越模糊，我们也可以把文学微信看作广义的微信文学。

微信文学是指在微信平台上登载的文学作品，它可以是微信用户通过WeChat（微信软件英文名）创作并发布的原创文学作品，也可以是在添加为微信联系人、朋友圈、公众微信号、私人订阅号中读到的文学作品。其前提是：它们都必须蕴含文学内容，具备"文学"的特质，有着文学的基本品格，如能够以形象化的文学技法塑造艺术形象，以生动的、富于情调的文字（或许会有视频、音频的元素）创造人文审美性的想象空间，给人以情绪的感染或价值观念方面的启迪等。例如：

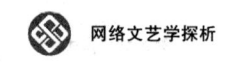

  宁静的夏日午后，一座宅院内的长椅上，并肩坐着一对母子，风华正茂的儿子正在看报，垂暮之年的母亲静静地坐在旁边。

  忽然，一只麻雀飞落到近旁的草丛里，母亲喃喃地问了一句："那是什么？"儿子闻声抬头，望了望，随口答道："一只麻雀。"说完继续低头看报。母亲点点头，若有所思，看着麻雀在草丛中颤动着枝叶，又问了声："那是什么？"儿子不情愿地再次抬起头，皱起眉头："我刚才告诉过您了，妈妈，是只麻雀。"说完一抖手中的报纸，又自顾看下去。……

  麻雀飞走了，儿子沮丧地扔掉报纸，独自叹气。过了一会儿，母亲回来了，手中多了一个小本子。她坐下来翻到某页，递给儿子，指着其中一段，说道："念！"

  儿子照着念起来："今天，我和刚满三岁的小儿子坐在公园里，一只麻雀落到我们面前，儿子问了我 21 遍'那是什么？'，我就回答了他 21 遍'那是一只麻雀'。他每问一次，我都拥抱他一下，一遍又一遍，一点也不觉得烦，只是深感他的天真可爱……"老人的眼角渐渐露出了笑纹，仿佛又看到往昔的一幕。儿子读完，羞愧地合上本子，强忍泪水张开手臂搂紧母亲……

——引自微信《24 和 4 的故事，醒悟多少人》

  这篇微信小说讲了一个"母爱与感恩"的动人故事，构思精巧，发人警醒，启人深思。作品有人物，有情节，有生动的对话，有鲜活的神情描写，是一篇寓意深刻的短篇小说，意在揭示"父母与子女之间的爱的差距，是儿女穷尽一生也无法偿还的亏欠"。这样的内容不仅是"文学微信"，更是"微信文学"，因为它不只为我们提供了文学的元素，而是一部完整的文学作品，具备了作为一篇小说的所有要素。

从已经出现的微信文学作品可以看出，所谓微信文学，就是借助自媒体微信平台创作、在交友圈中传播、将文学内容分享给好友，或者将用户看到的文学作品分享到微信朋友圈的一种新的文学形态，是网络文学在微信平台上的延伸。

5.4.2 微信文学的三种形态

与一般网络文学相比，微信作品不是发表在某一网站，而是通过手机等移动网络接收终端出现在账号持有者的微信空间，因而它是出自自媒体的赛博平台；与博客和微博文学相比，它是一种"关系资源"，一种社交圈的"强链接"，只用于好友分享或朋友圈阅读，更具用户黏性和目标读者的精准选择；而与手机文学相比，微信文学不受篇幅字数的限制，并更具全媒体关联方式，使用成本也更为低廉。依托移动自媒体技术程序设置，现有的微信文学有三种基本形态。

第一种是新媒体创作意义上的微信文学，即基于微信平台创作并发布的原创文学作品，这是最典型也最"正宗"的微信文学。这类微信文学与原有的网络文学、包括同是自媒体的博客文学在形态和生产方式（用户在网络上创作、利用网络传播、供网友欣赏或参与）上没有太大的区别。如果说有区别，那便是微信原创文学较之于网络类型小说篇幅较为短小，容量一般不大。另外，微信创作更便于多媒介的使用，由于微信的表达工具不单是文字，还有语音短信、视频、音频、图片和文字，以及交往传播设置上的"摇一摇""扫一扫""漂流瓶""朋友圈""公众平台""语音记事本"等基于位置的社交插件，这使得微信创作可以超越文字表达的阈限，便捷使用多媒融合的全媒介表意，实现"立体叙事"。在媒介的使用上，微信创作比起其他网络文学如网站作品、博客和微博文学、手机段子写作等，不仅技术手段更为丰富，操作也更为便捷，其菜单式点击呈现方式，让多媒体作品成为微信文学的常见形态，十分简单的技术模式使得任何用户都可以创作视频、音频与文字融合的全媒体作品。例如，2014年国庆节期间广为传播的微信作品《秋·致好友》：

秋，似酒，味醇厚，岁月悠悠，转身又回首。

秋，静候，别无求，红尘看透，夕阳挂枝头。

再无喜乐哀愁，往事如烟，花依旧。

欢声笑语不休，落英满地，云舒袖。

品茶论酒，赏石叙旧，唯友谊绵长如水流。

只缘一路有你陪着走，等到红叶浓时再聚首。

——作者：心灵活水

作者将这些诗句配上秋色鲜明的动感图片，并辅之以深情而舒缓的音乐，然后用节奏适宜的播放模式一帧一帧展现出来，不仅图文合一、音画两全，而且声情并茂，诗意隽永，意境优美，极具艺术感染力，较之单纯的诗句文字欣赏，别有一番审美韵味。

第二种是传播学意义上的微信文学，是指通过微信公共号推送和网络订阅号接收的既有文学资源，即把已有的文学作品（印刷出版的作品或网络原创文学）通过微信平台提供给用户，实现用户的精准传播和目标接纳。这类微信文学不是原创，其价值在传播市场的拓展，是作品分享、共享抑或文学社交的新型传播形态，实际是一种扩大作品影响力的读者营销。一些纯文学期刊如《人民文学》《诗刊》《收获》《小说月报》等都相继开通了微信公众号，吸引更多读者浏览或定制阅读。在网络文学领域，著名网络写手南派三叔率先公布自己的微信公众号，开通微信支付，把自己创作的《盗墓笔记》《藏海花》等网络小说转换为微信阅读产品发送给目标消费者，结果发现，通过微信支付直接购买服务的读者人数，比其他渠道的高出一个数量级。现在，微信营销已经从商业领域进入文学传播，众多文学网站争相开通微信公众号，不仅大型文学网站纷纷公布自己的微信二维码，吸引用户扫描，一些中小网站如"文学阁""青春文学""阳光文学""小石子文学"等，也都进军微信阅读市场，开启了自己的公众微信号。如"文学阁"微信号的广告语便是："走进古今中外的文学大家，品读震撼心灵的文学创作。"传统的纯文学进军微信阅读市场，有利于微信阅读保持精品文学的水准；网络文学进入微信阅读，一方面可以让写手拥有新的发布渠道，而不再被动依赖于网站，另一方面也有利于争夺无线阅读市场，扩大作品的受众群。

第三种是创作选材意义上的微信文学，主要是指以微信为创作题材的网络小说。微信朋友圈"熟人社交"的关系资源，QQ好友、手机通信录的添加渠道，"摇一摇""漂流瓶"、搜索号码、寻找附近的人模式，以及扫描二维码方式添加和设置订阅号的关键词选择等技术手段，都天然地具有偶然、巧合、悬念、期待、寻觅、推进、拓展、延伸、辨识、关注、认同、友善、抛弃（"拉黑"）等文学性元素，为文学创作的矛盾设置、情节描写和人物刻画提供了创意基础和技术支持，因而，微信软件一俟推出，很快便有了以微信为题材的文学作品，借助微信题材创作小说也就有了其必然与可能。代表性作品如网友白衣子命创作的《超级威信》，长达600多章不断连载，并供订阅者免费阅读。还有如《摇的是你，不是寂窝》(NBC二当家的)、《微信时代》(富山春居图)、《微信有鬼》(莫与艾)、《微信里的玫瑰》(女子当自强)、《我和微信上摇到的女孩》(抹蜜相望)、《超级搜鬼微信》(酱鸡蛋)、《微信泡上女老师》(潇湘秀才)、《我和微信有个约会》(二两小面),以及《史前兵器》《微信故事》《微信泡妞秘典》等,都是以微信为创作题材的,微信的技术方式成为这些作品重要的内容元素。这类文学可以在微信上发布,也可以在网站或博客、微博、手机等自媒体终端上传播。它们不是严格意义上的微信文学,但却能扩大微信的影响力,开掘微信与文学多重关联的可能。

5.4.3 微信文学的功能取向

作为一种传播载体,微信的主要功能是接收和传递信息,实现多路径、全媒介的网络社交,但它特殊的传播功能设计,让它的技术构成和主体关系设定成为文学功能选择和价值取向的有效推手,微信文学借助这一推手,拓展其他网络文学如原创网站文学、社交媒体文学、自媒体文学的功能模式,让自身的功能取向成为这一文学价值的历史确证。

首先,从技术媒介上看,微信文学拓宽了文学创作的审美路径,开启了多媒介审美的功能取向。在全媒体覆盖和三网融合传媒语境下,文学已经走出"文字单媒"时代而进入多媒并陈期,"文学是语言艺术"的传统设定被数字化技术的多媒体使用所打破,将视频、音频与文字兼容并具,不仅能够更直观、更充分地传情达意,对读者也更具吸引力,这是"读图时代"书写文化转型的标志之一。微信上多媒介操作的简单便捷,加速了文学多媒体创作进程,在工具使用上把 WEB2.0 时代的技术门槛变成"所想即所有、所见即所得"的惬意之举。基于智能手机和平板电脑等移动终端,微信程序可以轻而易举将文字、图片、视频和声音根据作品内容的需要整合到一起,让"文字去中心化"成为文学多媒体化的契机,多媒介创作、全媒体审美,建构了微信文学新的审美功能。请看一个图文并陈的微信作品:

很多时候,我们的失败只是因为:我们涌出的泪水多于流出的汗水,抱怨太多,付出太少。(配图动漫:一个满身煤灰的背煤男子正大汗淋漓地艰难前行,配注:哥不是黑社会,但绝对比他们黑)

失败的时候,我们常常抱怨这个世界抛弃了自己。别傻了,这个世界,从来没有理过你。(配图动漫:一个泪水喷涌的大头娃娃在放声大哭)

我们也要记住:越是被嘲笑的梦想,越值得坚持。浮云终究会散去,神马都不是问题。(配图:一团浮云之上一个翩翩少年骑在一匹大白马上,配注:神马都是浮云)

疯狂吧,骚年们,再不疯狂我们就老了,再不疯狂青春就荒了。(配图漫画:一个黑衣黑帽戴墨镜的老人,在一轮明月之下思考着这个世界)

……

——引自微信奴:《再不疯狂我们就老了》,http://www.weixinnu.com/v/000mDr。

这个微信故事以文衬图、又以图释文,形成图文并茂、文图互证的审美功效,其艺术感染力远胜于单纯的文字书写或单一的图像表达,也不是文字与图像的简单相加,这便是多媒介审美的独特魅力,

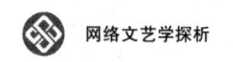

也是微信文学的一大长处。

  其次,从文化特性上看,微信文学具有弘扬传统、传承文化的功能取向。这有两种常见的方式:一是以微信传播文学经典。把古代诗词歌赋或名人名言制作成图文并茂的多媒体文本,这在微信作品中十分常见,特别是在节假日或出现社会热点、文化事件的特殊日子里传播的微信中,人们常常会从历史经典中寻找佳词妙句、历史典故或名人警语,将其制作成微信作品,或以古喻今,或讽喻比兴,或烘托气氛博得轻松一乐,无论是出于哪种目的,客观上都可以起到文学传播、文化传承的作用。如2013年中秋佳节时广泛传播的微信《中秋赏月诵古诗》,分别用李白的《月下独酌》、张九龄的《望月怀远》、李白的《关山月》、杜甫的《八月十五夜月》、苏轼的《中秋月》、白居易的《八月十五日夜湓亭望月》、孟浩然的《秋宵月下有怀》、李商隐的《嫦娥》、晏殊的《中秋月》、皮日休的《天竺寺八月十五日夜桂子》、苏轼的《中秋见月和子由》、米芾的《中秋登楼望月》、李商隐的《霜月》、陆龟蒙的《中秋待月》、刘禹锡的《八月十五夜桃源玩月》、苏轼的《水调歌头》16首著名的古代吟月诗,配上精美的动感画面和美妙的音乐,让朋友圈中的朋友分享到赏月的意境,同时也让分享者在愉悦吟诵中温习了这些优美的诗词。二是以微信传播人生哲理或生活经验,以保持文化交友的亲和力与真善美的普适性。如微信作品《当今最牛的一副对联》:

  上联:爱妻爱子爱家庭不爱身体等于零
  下联:有钱有权有成功没有健康一场空
  横批:健康无价
  上帝想听新闻联播了,把罗京带走了

上帝想听音乐了，把梅艳芳带走了

上帝想听相声了，把侯耀文带走了

上帝想用手机了，把乔布斯带走了

……

这些人走的时候都跟上帝说：我还不想走，我爱我的亲人，我爱我的事业，请你再多给我一点时间！上帝说：已经晚了，来生要想陪亲人时间长一些，做事业更久一些，先把你的身体照看好！！

该微信引用众多名人英年早逝为证，说明爱惜身体、珍爱生命的重要性，无论对友人、对亲人都是一种善意的提醒，很容易引起欣赏者的共鸣。

另外，从商业角度看，微信文学具有促进作品营销的市场驱动功能。微信的传播特性不仅是信息的抵达和分享，更是一种社交关系的选择和目标受众的设定，这就为商业性营销提供了新的可能。微信文学同其他网络文学一样，也需要通过扩大读者群、增加阅读量来实现作品审美价值和商业价值的最大化，但微信文学基于WeChat技术设置，在"寻找"与"分享"的关系资源上较之于其他自媒体更具传播优势，这也就意味着微信文学在"抵达读者"上有其独特路径。我们知道，微信用户可以用零资费、跨平台方式，给加入微信的好友或朋友圈发送文字信息、手机图片或其他影像资料，并显示对方实时打字状态，及时掌握对方的响应情况，由此形成"熟人社交"的两种信息推送方式：一是私密性的"分享"方式，让信息在好友或朋友圈中传播；二是拓展性"寻找"方式，通过"扫一扫""摇一摇""漂流瓶""搜索号码""附近的人"、扫描二维码等方式添加好友和关注公众平台，以便"找"到更多的受众，开辟更大的交友圈，从而为作品

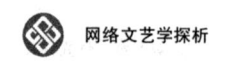

营销获得更为广阔的市场空间。

　　于是，在产业化市场拓展层面上，微信确有优于其他自媒体的地方。譬如，与博客文学相比，微信文学更具用户黏性，适于持续阅读和精准营销；与微博文学相比，微信文学更具亲和力和目标传播到达率；与手机文学相比，微信文学不受篇幅限制，多媒介运用更为灵活，传播成本也更为低廉。《收获》编辑部主任钟红明在谈到微信与博客、微博的区别时就曾说："有时候我会把我们期刊的目录贴到博客、微博上，但是微信的传播方式跟微博有所区别，微信正好把碎片化的阅读整合起来，比如你用在咖啡馆里等人的时间就读完了一个短篇小说，此外，微信的内容送达率也是博客跟微博所不能比的。"[①]《小说月报》编辑部主任徐晨亮在谈到《小说月报》上线微信时也曾比较说："微信平台的信息直接推送到手机，针对性更强，到达率更高，相较于微博的140字碎片化阅读，可以推送更长的文章。同时，公众账号每天只能向订阅用户群发一条信息，因此要求内容必须进一步'精致化'、'深度化'，这恰好是我们的优势所在。"[②] 2013年5月《小说月报》开通微信公众账号后不久，关注人数即突破8000，开通不足40天的《收获》公众账号关注人数也有2000多位。2012年12月微信小说《摇的是你，不是寂寞》作者开通微信公共号后，不到3个月，朋友圈里便聚集了22万朋友。对此，该小说作者"NBC二当家的"说，在网络上连载小说受制于文学网站这个平台，除了用QQ群、博客、微博等方式跟读者沟通外，实际上并没有一个属于自己的平台，而微信公众平台恰恰解决了这个问

[①] 范晓毓、刘蓝忆：《文学期刊"微"风渐起》，《人民日报海外版》（文艺新观察）2014年1月21日。

[②] 同上。

题，因为微信说到底是一个点对点的发送，也就是专家所讲的精准营销，"所以对于一个小说作者来说，所谓精准就是直接找到他们的目标读者，也就是说作者完全可以知道究竟是谁在看自己的小说"①。还有人分析说："以微信为载体的小说与以往网络小说最大的不同就是，写手可以知道自己的作品究竟在给谁看，读者也可以把自己的想法及时反馈给作者，甚至可以左右故事的发展方向。"② 另据报道，在诗歌领域，微信平台带来了有声传播的诗歌接受形式的回归，微信吟诵已成为刺激读者对诗歌产生兴趣的重要形式。微信的技术设定突破了纸媒传播诗歌的单调，可以将文字、音频、图像、视频整合在一个文件里推送，随着"为你读诗""读首诗再睡觉"等诗歌微信公共号陆续上线，微信平台迅速成为诗歌爱好者的乐园，"为你读诗"已经有50万线上诗歌粉丝。读者通过聆听吟诵和背景音乐去感受诗歌的韵律、情感和意境，感受诗歌语言的精美绝伦，既简单便捷，又充满美感，与现实诗坛的冷寂局面形成鲜明反差。有网友评价说，诗歌的微信公众账号使得远离自己世界许久的诗歌又重新回到了自己的生活中。③

可以说，朋友圈的艺术分享，熟人社会的文学交往，审美化生活的个性定制，多媒体的视听并用，让微信作品拥有抵达更多目标读者的广阔路径；而微信文学所有的功能取向，无不源于这种自媒体的技术推力。

---

① 李敏娜：《微信小说悄然兴起 市场前景尚不明确》，《半岛都市报》2013年3月20日。
② 同上。
③ 张彬：《诗歌：微信传播不可小觑》，《人民日报海外版》（文艺新观察）2014年6月3日。

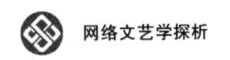

5.5 手机短信的文学身份与文体审美①

数字媒介的技术力量正重构这个时代的文明版图，以传媒化的文化语境整饬既有的文学秩序，并创生出新的文学形态。我们看到，在网络文学风起云涌的同时，由移动通信技术支持的手机短信，迅速推出一种覆盖更为广泛、传播更为便捷的"网络亚文学"——手机短信文学。

5.5.1 "第五媒体"的文学机缘

手机被视为继报纸、广播、电视、互联网之后出现的"第五媒体"，其功能主要是基于互联网技术的通信服务。作为便捷而相对低廉的信息接收终端，手机在我国普及速度要快于互联网。据统计，截至2010年年底，我国的手机用户已达8.59亿户，普及率为每百人64.4部，手机网民也已迅速升至3.03亿人。② 手机成为生活必需品后，收发短信已经成为许多人的习惯，仅2010年1—12月，我国移动短信的业务量累计就达8317亿条，2011年1月份达691.23亿条③，这样的传媒语境和信息终端模式为短信文学提供了文化和技术上的绝佳机缘。

---

① 本节原载《江海学刊》2011年第4期，人大复印资料《文艺理论》2011年第11期全文转载。
② 古晓宇：《我国手机用户已达8.59亿户每百人拥有64.4部》，《京华时报》2011年1月27日。
③ 《各年度中国移动短信业务量情况表》，移动通信在线网站：http://www.mc21st.com/~p.aspx?id=13，2011年2月28日查询。

1992年世界上第一条短信息在英国第二代无线网络上通过电脑向手机发送成功，但手机文学的大规模兴起是在日本。2000年1月，日本教师Yoshi用手机连载的方式发表他的小说《深爱》，受到众多人的热捧，随之出现的《恋空》《明天的彩虹》等手机小说，在日本引起阅读、下载和出版销售热潮。短短几年，以实体书形式出版并畅销的手机小说就有30多部，发行量达1000多万册。2003年3月，一家名叫FES的日本软件公司开始向移动电话用户提供"手机纯文学"服务，通过移动电话网，以连载方式配发人气作家的最新小说，用户使用手机订阅，并可以通过手机直接与作家本人交流。

1999年我国开始有了短信业务，2001年点对点短信月租费取消后，短信数量猛增，短信笑话大行其道。2002年后，在高额回报的诱惑下，网络上诞生了一批短信写手，并涌现出许多增值服务提供商（简称SP）。2003年，我国第一部短信小说《短信情缘》面世。同年10月，戴鹏飞出版了全国第一本个人原创短信集《你还不信》，赢得众多读者关注。2004年广东作家千夫长推出了国内首部手机连载短信小说《城外》，这部60篇、每篇70字、总计4200字的小说被一家通讯公司以18万元购得连载版权，后又被台湾一家公司以更高的价格买断了该小说在台湾的版权，创下每字百元的商业奇迹，引发了海内外媒体的广泛关注和文坛的激烈论争。同年6月，由《天涯》杂志社、中国移动等单位合作举办了"全国首届短信文学大赛"，邀请铁凝、韩少功、苏童、格非等文学名家担任评委，引人关注，于是有媒体把2004年称为"中国手机文学元年"。2005年，中国移动开始打造"e拇指"文学艺术网，以建立创作、阅读、传播手机文学的无线网络平台，陆续开发了"手机文联""拇指日志""拇指书屋"等与手机文学相关的无线网络增值系列产品，并举办年度手机文学艺术创作大赛，手机文学已经俨然成为一种现象。2006年6月，盛大文学等单位联合主办了首届"3G手机原创小说大展"，征集优秀手机小说创意，让手机短信文学在文坛备受瞩目，"第五媒体"文学生产的风生水起让手机短信从媒介新贵衍化为文学新宠，迅速成了新媒体文学的强劲推力。

2007年，中国移动公司推出了"飞信"业务，用户可将网络与自己的手机绑定向对方发送信息。这项免费开通的短信业务，不仅将手机短信息的字符从70个汉字增至180个汉字，还可以发送各种可爱的"表情语言"。后来，随着3G手机上网和"微博"的大量涌现，为手机文学进一步普及与完善带来新的机遇。

5.5.2 手机文学的三重身份

不过，手机可以"短信"，而短信未必都是"文学"。多数手机短信内容都属于实用性、工具性信息，并非都可以用"文学"论之；不仅如此，手机上的文学也并非都以短信的形式出现，呈现于手机屏幕的也有非短信的文学。时下为人称道的"手机文学"实际包括了下列三类形态。

一类是通过手机终端阅读的电子化文学读物，这时候的手机承载的是手持阅读器功能，类似于时下市场热卖的电子书或电纸书[①]。这类"手机文学"只是意味着"在手机上阅读文学"，其作品并非专为

---

① 电子书是区别于以纸张为载体的传统出版物的数字化出版物，即利用计算机技术将一定的文字、图片、声音、影像等信息，通过数码方式记录在以光、电、磁为介质的设备中，借助特定的终端设备来读取、复制、传输的手持阅读器。电纸书是一种采用电子纸显示屏幕的新式数字阅读器，它使用 eink 显示技术，提供类似纸张阅读感受的电子阅读产品，可以阅读网上绝大部分格式的电子书，比如 PDF、CHM、TXT 等。与手机、mid、umpc 等设备看电子书相比，采用电子纸技术的电纸书阅读器的优点是辐射小、耗电低、不伤眼睛，而且显示效果逼真，和看书的效果一样。

手机阅读创作，而是传统文学电子化后再通过网络传给手机用户的。手机上网后可以订阅和下载众多电子期刊、图书和文档，还可以通过搜索、注释和超链接等方式获取更丰富的信息，增强阅读体验，手机用户面对的是由强大的网络平台支持的文学（如中外文学名著）资源库、数据库，与互联网上的"文学读屏"并无二致，只不过是从电脑的"尺幅之屏"变成手机的"寸幅之屏"。在我国超过3亿用手机上网的用户中，如果有十分之一的用户有一定的文学阅读需求，就将是一个庞大的文学消费市场。有专家预计，2010年中国移动阅读市场用户数将突破2亿，同比增幅超过30%，其增幅远超手机游戏、SNS等移动互联网业务，手机等数字终端的电子阅读将是阅读的发展方向。[①]现在已有专门的"手机电子书"网站，其中存储有武侠小说、言情小说、玄幻灵异、历史军事、当代文学、生活时尚、名人官商、外国典籍、古典文学等众多类型的作品，手机用户可以在此下载，也可以在线阅读。

另一类是专为手机用户创作的手机文学，主要是原创的手机小说，其欣赏方式包括手机短信版（SMS）、手机上网版（WAP）和手机接听的语音版（IVR）等。这种针对文学需求用户有意为之的手机文学，更贴近"文学"本性和手机特性，体现了手机文学创作的自觉意识。2004年千夫长的手机短信连载小说《城外》在商业上的成功，一度引发了这类小说的创作热潮，有的增值服务提供商开始吸纳写手专门创作可供连载的短信小说，甚至还有人将传统文学名著压缩成为手机段子来吸引手机用户，以扩大手机文学阅读市场。一些手机文学创作者跃跃欲试，纷纷效仿《城外》模式，信心满满地投入手机连载

[①] 张牡霞、叶勇、全泽源：《移动阅读用户将冲破两亿》，《上海证券报》2010年7月10日。

小说写作，迅速产生出一批手机短信小说，如《谁让你爱上洋葱的》《大宝小贝》《超级手机》、手机短信恐怖小说《一七七七二三五零》等等。不过这股热潮并没有持续太久，究其原因在于，过去的手机，一帧页面只能容载70个字符，既限制了创作者充分表意，也限定了读者的艺术期待；并且，短信版和语音版的作品欣赏成本不菲且难免受制于人，而上网版的短信文学已经被淹没在网络文学的汪洋大海中，手机上网用户不会把自己局限在短信文学的阅读中。

还有一类是指夹杂在手机短信中的属于文学的部分，人们通常将它们称为"文学段子"。这类手机短信文学最为普及，用户参与度最高，也最能代表手机短信文学的特点，因为它让文学回到了"日常生活的故乡"。《大宝小贝》的作者王豪鸣曾说："短信文学的基本特征就是我个人理解的短、信、文、学四个字。'短'是超短性，比如要求在70字内；'信'就是交流性、娱乐性；'文'是文化性、文学性；'学'是模仿性、参与性、互动性。"《天涯》杂志社主编李少君认为："短信文学是文学的点心。它适合现代人的心理，在生活节奏较快的今天，很多人也许没有时间看长篇大论，但短信文学却能不分时间、不分地点随时随地阅读。虽然短小，但有的短信文学作品不仅优美而且充满了人生智慧，是紧张生活的点缀。"[①] 这种文学段子贴近人们日常生活，即兴而写，随时可读，是"文学"与"手机"的天作之合，是最具活力的手机文学形态。短信文学强大的市场空间滋生出许多短信网站，如早安短信网、鲸水吧短信网、憨老头手机短信网、幽默短信网、爱情谜语短信、吾爱短信、手机短信经典笑话等。

---

① 王豪鸣、李少君的话均出自朴素《短信文学，风起天涯——首届手机文学研讨会图文直播》，天涯社区：http://www.tianya.cn/New/PublicForum/Content.asp? strItem=shortmessage&idArticle=11967，2011年3月15日查询。

5.5.3 短信写作的文体创意

手机短信写作的初衷，大多不是为文学而作。但是，由于每条短信的字数限制带来的操作层面炼词达意的需要，使得短信写作必须锤炼文字，悉心创意，讲究构思，以求精微表达，巧妙运思，不管是直指本事、陈述实情，还是交流情思、排遣意绪，都力求巧置心机，让对方心领神悟、会意认同，抑或莞尔开怀、一笑了之。于是，实用性、工具性、信息交流性的短信写作就有了文学意味，那些立意别致、表述生动的短信就成为一种数字媒介文学，从信息传播工具步入艺术审美殿堂。这时，写作者需要发挥文学才情，展示生活智慧，着力短、平、快、灵、巧等人文审美性质素，以文体创意达成创作的优化和美化。

炼字凝意，以短致长，是短信文体创意的技术规制。在手机屏幕上创作短信是一种高难度的写作，被誉为在"邮票上跳舞"。手机文本惜字如金，如果说网络写作可以"灌水"，短信写作就只能"炼油"了。因为手机屏幕容量的技术设定限制了字符传播的数量，过去的手机文本最多发送70个汉字，后来发送短信的字数有所放宽（如"飞信"业务、3G商用、手机微博等），不过手机屏幕虽可容载较长篇幅的短信内容，通讯公司仍然会以70个汉字为限，将长段子分成若干条短信发送，以赚取更多资费。如此说来，讲究炼字功夫，实现言简意赅、言约意丰或言有尽而意无穷之艺术功效，是手机短信写作的基本功，也是"段子文学"创意中技术规制的必然产物。例如："人之所以快乐，不是得到的多，而是计较的少。财富不是一辈子的朋友，朋友却是一辈子的财富。""曾经拥有的，不要忘记；已经得到的，更要珍惜；属于自己的，不要放弃；已经失去的，留作记忆；想要得到的，必须努力。为自己的

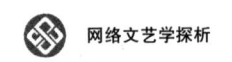

人生加油！"短信写作就需要在这方寸之间浓缩意绪，用浓缩的文字反映复杂生活的点点滴滴，既简洁又耐人寻味。

草根情怀，平视审美，是短信文体创意的主体立场。手机短信被视为"老百姓的天空"，短信文学的普及凸显了大众文化诉求，它以贴近普通人的思想情感与喜怒哀乐为旨归，是最具平民化的文学形式。"把神圣化为笑谈，将崇高降格为游戏，用喜剧冲淡悲愤，以笑料对抗沉重。""以平民姿态、平常心态写平庸事态"① 是短信写手的惯常做法。他们往往要以草根的立场完成平视审美，而不会自矜于"踞上"或"傲下"的身份意识。从第一届全国短信文学大赛便不难发现，其参赛者遍布全国 31 个省、直辖市、自治区，包括学者、作家、公务员、大中学生、企业老板、打工青年等，可以说，只要是热爱生活、爱好文学的人都可以参与其中，没有等级秩序和社会阶层的高下之分。正如大赛评委格非所言，这里的文学创作已经不再是一种权力，任何人只要你有想象力和创造力都有权创作，其作品的内容也总是能传达普通人的生存状态和生活感受。请看近来较为流行的两个段子："现代都市人头疼的十件事：1. 有工作，没生活；2. 有爱人，没爱情；3. 有微博，没粉丝；4. 有住所，没住房；5. 有存折，没存款；6. 有名片，没名气；7. 有加班，没加薪；8. 有职业，没事业；9. 有娱乐，没快乐；10. 有朋友，没挚友。""2011 年新女性标准：摇得到车号，拿得出税单；搞得到户口，买得了京房；唱得了忐忑，玩得转围脖。"② 平视草根，众神狂欢，拇指下的短信文学常常站在普通人的立场表达平凡人的心声，句式简短通俗，语气平易近人，极富

---

① 欧阳友权：《论网络文学的平民化叙事》，《中南大学学报》（社会科学版）2004 年第 2 期。

② 鲸水吧短信网：http://www.jingshui8.cn/article/2/2011/2011031126030.html，2011 年 3 月 16 日查询。

生活气息。

快意书写、即兴表达，是短信文体创意的个性呈现。美国数字传媒学者保罗·利文森认为，数字时代的特征就是用视窗和浏览器选择信息而实现个人化。现代社会生活节奏加快，人们的空闲时间减少且相对分散，闲暇的阅读从长时间的连续阅读转向短时间的间断性阅读。手机平台的出现成功将互联网络即时通讯的功能转移至短信传播，移动博客的出现又让手机对网站的短信业务变成了自由书写的"自我媒体"，更好地适应了人们即兴创作、随时阅读的需要。短信写手的快意书写和即兴表达，正是为满足这种需要而实现的个性化创意。同时，手机的无线通信与便携性突破了互联网在地域、时间、终端设备等多方面的限制，使短信内容的创作、发送更迅速、接收更方便。短信的"病毒式传播"不仅是平面的，还是立体的、空间的、动态的、瞬息万变的，它能够让快意书写实现分众传播，又能让个性创意达成定向传播，弹指间，创作者的思想与情感即可传递到读者那里，只需按动手指便可第一时间得到应和与共鸣。此时，存在就是媒介，主体就是媒体，个性就是文本，精妙的短章、机智的感悟、诗意的流露抑或当下情感的表白，都可以通过个性化文体创意被记录与即时传送，从而为人们忙碌的生活带去人性化的抚慰，给你所关爱的人带来片刻感动、轻松与愉悦。

自由灵动，随机应变，是短信文体创意的智慧表征。"手机传播打破了传统大众传播主体的机构性、权威性，进而呈现出了传受主体的多元交互性及其在新的传播模式中权利的分解与集中的特征。"[①] 这

[①] 匡文波：《手机媒体概论》，中国人民大学出版社2006年版，第110页。

一特征给手机短信的文体创意提供了自由灵动、展现智慧的机缘,让短信文学闪耀着大众的智慧,体现出灵动的艺术气息,在生动的语言中显示出创意灵感。由于手机用户的广泛性和使用的贴身性,创作短信能够兴之所至,顺势而为,不用他人把关,无须编辑审核,尽可以我手表我心,自由地挥洒才情,不论是庄重严肃的书面语言,还是简单易懂的口语表达,或阳春白雪式的诗歌散文,或下里巴人式的谐语笑话,乃至各种表情符号,都可以信手拈来,为我所用。例如:"祝你每一天:开怀地笑(^O^)温柔地睡(ˉ__ˉ)天真地发呆(+.+)放心地沉醉(@@)最后再送你一支玫瑰@。"这些用文字与符号组成的短信使语符变得既形象又可爱,让接收者轻松一读,开心一笑。无线营销下的分众传播与定向传播,使手机正从一种通信终端逐渐演变成一种信息终端,是时刻"挂"在网上的网关设施,只要你口袋里装着手机,你就有了实现文体创意的"智慧锦囊"。

工于修辞,巧于表达,是短信文体创意的语言诉求。短信文学写作要在有限的持屏空间传情达意,需要讲究修辞,锤炼文字,既要注意选词造句的大众化、生活化,以展示普通人最本色的生活感受,又要显得鲜活水灵,新颖别致,避免僵化教条、无病呻吟或装模作样。这时候,注重各种修辞手法和表达技巧就是必不可少的了。例如,巧用隐喻:"感情已欠费,爱情已停机,诺言是空号,信任已关机,关怀无法接通,缘分不在服务区。"这条短信巧用电信术语表达爱情的逝去,调侃中寄寓了发送人的感情危机与迷茫,使阅读者在错位的语境中既能体会那份无奈,也能乐在其中。还有,巧用拟人化:"土豆出嫁后改名叫马铃薯,过段时间出国留洋时又改名叫洋芋,后回村探亲碰见东邻二奶奶,二奶奶说:我还以为是哪个洋妞呐,原来是山药蛋子回来了!"这条幽默短信充分利用汉语的多义性,用拟人化的方式暗讽现实，彰显人物个性。再看巧用夸张："每次收不到你的信息，我都万分痛苦。我试着用面条上吊，用豆腐砸头，用维生素服毒自杀，用降落伞跳楼，可就是死不了！"夸张中显露的是机巧、幽默和风趣。短信文本中常用修辞技巧还有排比、双关、反语、谐音、调侃、回环等。我们看到，那些精妙的手机短信如"老鼠娶蝙蝠""蚂蚁绊大象""馒头打方便面"等，常常成为生活的"调味剂"，是人际交往的快乐"掌中宝"。

5.5.4 手机文本的审美方式

手机文本的审美首先是一种私密会心的互动沟通。作为一种通信终端，手机媒体以其方便、快捷、低廉的优势成为人们普遍会选择的交流工具，其私密性的沟通方式便于人与人之间进行点对点的互动交流，以"零距离"交往表达内心情感。它那"既远也近"的交流成为人们说心里话、表内心情的最佳渠道。与其他信息媒介相比，借助书信表达太慢，借助电话又稍纵即逝，借助电子邮件会受到服务终端的限制，于是，短信便成为人们联络情感的重要媒介，其"见字不见人"却又"文如其人"的表情达意的方式，正符合中国人温婉含蓄的个性特点，适合内敛情愫的传递需要。浓缩诚挚情意的短信既不会将情感表达得过于突兀直露，又能够恰当地将私密会心的话语与祝福传递出去，还可以随身携带，悉心保存，进行反复阅读，将情感一次次地回味与留存心中，使绵绵情意私密传递，让对方深长回味。

短信文本审美还需要切入余味曲包的语体感悟。如前所述，手机短信的微缩性文本使其中的文学体式具有简约的语体风格，手机屏显的有限篇幅"逼迫"人们细读文本，感悟精妙，体察简约之中的深意，回味有限背后的无限。创作者尽量压缩文字、省去标点符号，略过本该铺陈的人物和情景描写，而大量运用富有冲击力的短句，力求创构一个"有意味的形式"，于浓缩的文本中透射出内在的弹力和张力。短信的接收者也应该心领神会，由表及里，入乎其内，充分理解作者在精短之语里预设的弦外之音，透过言意之表感悟其味外之旨和韵外之致。如首届中国短信文学大赛的获奖小说《贩与乞》："一残疾少年当街乞讨，无人问津。偶见一卖枣妇女经过，妇女卸担，捧出大枣塞给少年，笑说：阿姨没钱。见此，笔者三日不知肉味。"全文仅三句61字，但时间、地点、人物、事件，以至环境及心理活动的描写却一应俱全，语体风格极具简约，其内含主旨却余味曲包，语短意长，令人深长思之。有评论者说，该短信"结构极其简单，一线贯之；人物对话、场景描绘均以白描手法简笔勾勒；情节简明却有出人意料的起伏转折。'无人问津'与'捧出大枣'似两幅速写的写意水墨画，寥寥几笔，却足以撼人心扉。语言似拟文言，简朴明快，字字珠玑"[①]。

另外，审美地品读手机段子还需要有静观默察、轻松愉悦的欣赏心境。短信文学缘自实用信息的相互交流，其艺术的功效是从工具思维转换为艺术审美的价值理性的过程中实现的，在文体风格上始终保留了自由交往的随性与放松。拇指撳动屏键，传送精妙短章，阅读者少不了要秉持一份平心静气、轻松愉悦的心情，以便于掌心之上品味文字的风趣睿智，在方寸之间感受"拇指文化"的后现代魅力。短信息一方面通过自己的人生体悟向亲朋好友吐露心扉，一方面希望用幽默的小段子为对方洗去尘世的压力而带去轻松与快乐。创作者往往用精警的语言挖掘生活智慧，如同格言警句一般为读者或消愁解闷调侃

---

① 白杰、尚婷：《试论短信文学的文学合法性及其新质》，《运城学院学报》2005年第8期。

世道人生，或陶冶性情点化玄机妙理，让人愉悦会心抑或忍俊不禁。例如："朋友不一定经常联系，但一定心有灵犀；不一定形影不离，但一定彼此珍惜；不一定同舟共济，但一定相助鼎力！"这条睿智的短信息，短短50字，句句押韵，在表达朋友间诚挚友谊的同时，也显示出生活的睿智与哲理。有的短信中的智慧是通过寓言式的小故事不动声色地向对方传递的。例如："小狗问妈妈快乐在哪里？狗妈妈说快乐就在你的尾巴上。小狗掉头咬尾巴，一会儿，小狗高兴地说：哦，快乐就是追逐的过程。"这种轻松传递哲理的寓言小品不像传统说教那样生硬刻板，它只是在轻松之中帮助人们明白人生需要奋进的道理，欣赏者得到的是领悟、怡情和逸趣。我们看到，许多文学性短信通过对汉语的"魔方式"拼贴彰显了高超的民间智慧，其中运用了很多隐喻、双关语、藏头诗、回形诗等写作方式，表现了现代反讽的精神、狂欢的气质和灵光乍现的幽默感，这正是短信审美的大众特色和诱人之处。

5.6 数字动漫的艺术审美与技术张力[①]

5.6.1 文化新宠：科技催生的前沿艺术

"动漫"是动画和漫画的合称。随着电影的发明，过去的漫画可以被拍成可运动的影片，使漫画人物活动起来，于是就有了动画。动

---

① 本节原载《求是学刊》2011年第5期。

画和漫画就像一对孪生姊妹，优秀的漫画作品往往会被拍摄成动画片，而优秀的动画片也会被改编成漫画作品，二者共同成就了"动漫艺术"。在数字媒介时代，人们采用数字图像与图形的处理技术，借助编程或数字技术软件如2D、3D电脑软件和网页动漫软件等，生成一系列景物与人物画面，用数字媒介连续播放静止图像以产生物体运动的效果，于是，数字动漫艺术应运而生，并迅速成为文化市场的新宠。可以说，数字动漫是传统的动画、漫画艺术与现代数字科技联手打造的当代前沿艺术之一。

动画艺术的发展已经有上百年的历史，但数字动漫艺术的出现还是近一二十年的事情。1906年美国动画师布雷克顿（J. Stuart Blackton）在黑板上创作的粉笔脱口秀《滑稽脸的幽默相》（*The Humorous phases of Funny Faces*）被公认为第一部动画片。真正将动画片推向巅峰的是美国人沃尔特·迪士尼（Walt Disney），由他创建的迪士尼公司不仅创作了许多制作精美的动画片，还研发了引领前沿的动画技术。1928年迪士尼出品的《汽船威利》（*Steamboat Willie*）是第一部音画同步的有声卡通，同时它还创造了动漫史上第一个经典形象"米老鼠"。1932年该公司又推出了第一部彩色卡通音乐片《花与树》（*Flower and Tree*），这也是第一部获得奥斯卡奖的动画影片。随着数字技术进入动漫艺术，皮克萨公司（Pixar Animation Studios，也称皮克斯动画工作室）和斯皮尔伯格的"梦工厂"的崛起，将数字动漫艺术带入高技术支撑的成熟期。1995年皮克萨公司制作了世界上第一部全电脑制作的动画长片《玩具总动员》，导演约翰·拉塞特因此片赢得了奥斯卡特殊成就奖。2001年，"梦工厂"推出由计算机三维动画技术打造的动漫大片《怪物史莱克》，作品以细致的构思，纯美的画面和高超的技术制作水平，创造了数字动漫史上的传奇之作。2003

年，皮克萨公司制作的《海底总动员》又一次大获成功，获得了当年的奥斯卡最佳动画片奖，成为数字动漫艺术的典型代表。随后的《玩具总动员》《机器人瓦力》《飞屋环游记》《赛车总动员》《冰河世纪》《狮子王》《马达加斯加》《蓝精灵》《哈利·波特》《变形金刚》《功夫熊猫》，以及科幻动漫杰作《阿凡达》等，不仅创生了极具市场号召力的动漫类型，也催生了艺术与科技联姻的创作方式。

继美国动漫风靡世界后，日韩动漫也异军突起，成为动漫艺术新浪潮的领跑者。尤其是日本动漫艺术大师宫崎骏的作品，极具东方文化和浓郁的人文精神，一时间吸引着世界众多动漫迷，其作品《千与千寻的神隐》获2001年柏林国际电影节"金熊奖"和第75届奥斯卡最佳动画片奖。中国动漫艺术起步于20世纪五六十年代，当年的水墨动画和布塑动画具有鲜明的民族特色和艺术独创性。早期的作品《宝莲灯》《葫芦兄弟》《白雪公主》《大闹天宫》《黑猫警长》，以及近年来热播的《虹猫蓝兔七侠传》《喜羊羊与灰太狼》《魁拔》《兔侠传奇》《藏獒多吉》等，是我国动漫艺术的代表。不过由于制作技术、创意水平和市场运作等方面的原因，中国的动漫艺术与美国、日本等动漫发达国家相比，总体上仍存在一定差距。

5.6.2 创作规制：从文本创意到技术律成

数字动漫作为一种新的视听艺术形态，从故事文本创意到影视生产流程，均有着自己特定的创作规制。譬如，数字动漫艺术故事文本的风格化创意，往往具有现代神话的叙事诗形态。动漫艺术经过最初的漫画、连环画阶段后，已不仅仅是几幅逗笑、讽喻的图片了，动画的出现使它丰满了许多，由一帧一帧的图片变成了连续运动的故事，有完整的开头、发展、高潮及结局，并塑造出许多令人印象深刻的动画形象。如迪士尼早期的《木偶奇遇记》《白雪公主和七个小矮人》《爱丽丝漫游仙境》及日本动画之父手冢治虫的《铁臂阿童木》《森林大地》等，都在美丽的图景中有着动人的情节和生动的人物。数字媒介时代的动漫艺术作品尽管可以运用最新的数字图像技术打造更完美的画面，但故事始终是动漫作品的地基，故事性极强的神话叙事情节一直是数字动漫艺术作品必不可少的元素，如美国的《虫虫特工队》《怪物公司》《机器人总动员》《功夫熊猫》《功夫熊猫2》，日本的《犬夜叉》《海贼王》等，无一不是以现代神话式的叙事诗形态，让观众在跌宕起伏的情节中大饱眼福。故事文本的诗化故事如何，在一定程度上决定着一部动漫作品的成败，在这方面是有深刻教训的。迪士尼公司曾投资2亿美元制作了《恐龙》，还有耗资2.4亿美元的《最终幻想》，这两部全数字打造的拥有精美绝伦画面的动漫影片，由于故事创意不足，结果在动漫艺术市场上惨败。动漫艺术家们明白，如果缺少风格化叙事的神话故事，单靠高超的制作技术是不可能创造出艺术高超且具有市场号召力的动漫影视作品的。"技术是关键，故事是核心"，这是创作数字动漫影视片的基本理念。

在漫画、动画到数字动漫的一步步发展中，我们不难发现，大凡优秀之作，无一不是风格化故事创意之作，无一不具有当代神话叙事诗式的文本形态，无一不闪现着现代人神话般的诗意追求。从抗战时期万氏兄弟创作的宣传抗日思想的《血钱》《航空救国》《民族痛史》，到提倡保护国货的《国货年》《漏洞》等富于时代气息的动画片，从白雪公主、睡美人至米老鼠与唐老鸭等可爱的形象，再到怪物史莱克、头大眉毛粗的蜡笔小新丑陋滑稽外形的变迁等，无一不是以现代神话般的叙事诗形态来承载时代的使命与审美的变迁。《阿凡达》在全球总票房超过20亿美元，仅在中国电影市场就已进账超过13亿元人民币，这与它设计的未来时空（2154年）的风格化神话叙事文本——"潘多拉星球"上演绎的保护潘多拉的神奇故事有着内在的必然关联；《功夫熊猫》和《功夫熊猫2》利用中国独有的"熊猫"资源创作出风靡世界的系列影片，其所依靠的不仅是"神龙大侠"熊猫阿宝憨态可掬的外在品相，其吸引眼球的核心资源仍然是阿宝、师傅以及盖世五侠——虎、鹤、螳螂、蛇和猴子与大恶人——凤凰城的孔雀沈王爷斗智斗勇的精彩故事，以及蕴藏于这一风格化神话故事中的丰富内涵。在我国近年来出现的数字动漫如《蓝猫淘气3000问》《蓝猫太空历险记》《虹猫蓝兔七侠传》《七七颗颗历险记》《虹猫蓝兔总动员》《天眼》《童话动物园》《喜羊羊与灰太狼》等作品中，我们都不难从中感受到数字动漫艺术文本的这一特征。

风格化故事创意总是和塑造原创形象联系在一起的，成功的数字动漫总要借助技术的手段创造个性十足、形神兼备的卡通艺术形象，这正是数字动漫艺术的另一个屡试不爽的创作规制。大凡成功的动漫品牌往往都是基于其作品塑造的艺术形象品牌，不论是欧美动漫，还是日韩或中国动漫，令人印象深刻的是它们塑造的一大批造型各异、性格鲜明、过目难忘的卡通形象，这些形象的独特魅力能培育出众多"粉丝"，甚至成为许多青少年模仿的对象，日本动漫迷把对动漫卡通形象的喜爱之情称为"萌"。那些成功的卡通品牌形象已经走进人们的生活，衍生出各种饰物和生活用品等，从而形成动漫市场的产业链和产业集群，加菲猫、流氓兔、米老鼠、奥特曼、海绵宝宝、淘气蓝猫等，均让许多人耳熟能详、钟爱有加，并爱屋及乌，钟爱由它们命名的各类产品。在这些惹人喜爱的动漫形象中，既有青春美丽的美少女战士，也有又胖又丑的怪物史莱克；有懒得脚趾都不愿动一下的加菲猫，也有机灵可爱的小老鼠杰瑞；还有聪明勇敢的葫芦娃、闹剧百出的蜡笔小新、替父从军的花木兰、傻傻呆呆的樱桃小丸子、优雅善良的小鹿班比、蠢笨丑恶的灰太狼、智勇双全的熊猫阿宝……这一个个形态、性格各各有别的动漫形象，常常集智慧、勇敢于一身，其形与神的完美统一，满足了不同观众的审美口味。如小神探柯南有着比大侦探和警察还要敏锐的观察力和判断力，幽灵公主坚毅瘦小的身躯里能爆发出过人的智慧，小鱼尼莫面对重重困难总能想出奇思妙计，又懒又胖的加菲猫每每发出的简短智语俨然一个饱经沧桑的智者，而顽皮的蜡笔小新在捉弄了父母、老师和许多大人后，令我们捧腹之余也不得不为他的古灵精怪所折服。这些聪明勇敢的动漫小明星影响着生活中的动漫迷们，他们有的自己动手画漫画或用电脑制作，有的纷纷参加 Cosplay（角色扮演），扮演动漫人物进行各种行为艺术的创作，充分展现他们的个性与智慧。可以说，动漫人物、动漫形象的魅力就是动漫艺术魅力的源泉。在现代动漫艺术中，由于 3D、4D 等 CG 技术①的广泛运用，更增加了动漫人物形象塑造的生动性和"随心所欲"性。如科幻动漫影片《阿凡达》中有 60%的画面都使用全 CG 技术拍摄，导演卡梅隆采用"表演捕捉"技术，让真人表演与最终 CG 画面契合得天衣无缝，并通过 LCD 屏来预览人物的每一个细节，让"化身"为近 3 米高的蓝色纳美人行走在潘多拉星球上，创作者还将演员 95%的面部表情变化传送给计算机里的虚拟角色，使得最后由电脑生成的 CG 角色与真人演员无异，大大增强了人物的生动性和形神兼备的艺术表现力。

现代动漫创作离不开数字技术的广泛使用，"技术的艺术化"

---

① CG 是英文 Computer Graphics 的缩写，指利用计算机技术进行视觉设计和生产，如平面设计、网页设计、三维动画、影视特效、多媒体技术等，是动漫艺术创作的主要技术手段。

与"艺术的技术性"的融合，决定着数字动漫作品的审美律成。与传统的漫画、动画艺术相比，技术的推力在数字动漫创作中具有更为重要的规制作用，数字动漫的特色的优势正在于它能以技术的魔力提升艺术的想象力和感染力。动漫作品的数字制作技术主要包括运用特定电脑软件对 2D 手绘动画的上色、编辑摄影表、剪辑、制作特效、合成、3D 动画、绘制背景等，可以说，新技术的神奇功能几乎覆盖动漫艺术制作的所有环节，不断升级的技术手段甚至连人物道具和各种场景都可以通过数字建模来生成，包括光影、衣物的纹理、人物面部表情变化等，都由电脑模拟来设定和完成。信息虚拟技术创造的立体三维世界，有着传统动画无法企及的现场真实感和视觉冲击力，特别是在表现虚拟真实的宏大场面和快速运动时，更是有着得天独厚的优势。由于有了数字技术的高效与便捷，现代动漫作品的制作成本大为降低，还缩短了制作周期，而影片艺术表现力较之以前却有了很大提高。那些备受观众欢迎、产生良好票房的作品，无一不是以精美的技术制作实现精彩的艺术创意的作品，因为只有艺术与技术的完美统一，才能把人类的想象力和艺术的感染力提升到前所未有的高度，实现"所想即所有、所见即所得"的神奇效果。我们看到，在众多数字动漫作品中，虚拟自然现象、模拟科学现象，模拟远古文明，虚拟社会生活场景、幻想世界、海底世界等大凡我们能够想到的事物、人物和场景，均可借助现代数字技术在电脑工作室里加工完成，其所创造的"虚拟现实"往往具有超现实的梦幻效果，有时甚至比现实更逼真、更具感官冲击力和艺术的感染力。一些优秀的动漫影片如《玩具总动员》《灌篮高手》《功夫熊猫》《阿凡达》等，不断实现对传统漫画和动画制作技术的突破和超越。"在数字动画中，造型与展示能力得以大大拓展和丰

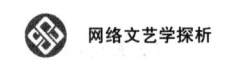

富，它不仅承续着传统动画对空间的占有，还吸纳影像艺术中运动和声音两个构成要素，在表现力上增加了听觉感知与时间流动两个新型审美维度。数字动画是动画的新表现形式，充分满足了后现代艺术中追求视觉快感的文化企图和社会语境。"①

5.6.3 审美方式：文化想象与媒介张力

作为艺术与技术联姻的结晶，数字动漫艺术是民族的文化审美、不老的青春审美和光影的技术审美的综合体现。中外动漫艺术经验的积累表明，民族文化的想象表达、青春化的审美体验和数字化的审美创造，形成了动漫艺术新的美学原则和审美方式。

民族文化的想象表达是数字动漫艺术审美的精神根脉。动漫王国是一个人造的虚拟世界，体现着现实世界中我们的思想情感与精神文化，是社会文化与现代科学技术的复合物，也是不同民族的传统文化在动漫作品中的综合体现，其中蕴含着特定民族文化的传统赓续、精神底色和价值取向。各国动漫作品的思想情感及艺术特色都是本民族文化的艺术表征，如体现欧美传统童话的《睡美人》《灰姑娘》与《小美人鱼》，体现日本传统文化的《人偶师》，以及体现中国传统文化的《宝莲灯》《大闹天宫》《哪吒闹海》《三个和尚》等。从创作手法上看，我国曾有着一批民族风格浓郁的动漫作品：《神笔马良》《阿凡提》等木偶剧类型；《牧童短笛》《小蝌蚪找妈妈》等水墨画类型；《海螺姑娘》《红军桥》等剪纸画类型等，都充分体现了中国传统的美学思想和民族风格，具有中国作风和中国气派。取材于中国传统文化的美国动漫作品《花木兰》《功夫熊猫》《功夫熊猫2》等，虽然其

---

① 夏华锦、姚玉玲：《浅析数字化动画的艺术特性》，《科技信息》2008年第31期。

形象的造型和故事情节等外在形态具有中国化特征，但由于是"美国制造"，其中的思想内涵和价值导向已经被"美国化"和"他者化"了，其主导艺术风格仍然是创作者本土民族文化的想象表达。

青春化的审美体验是数字动漫艺术的人文认同。动漫艺术的主要接受者是广大的青少年，那些生动的数字动漫形象正是满足他们生理与心理需求的精神食粮。"在生理上，青少年体力充沛、精力旺盛，反应敏捷、欲望强烈；在心理上，他们的成就动机空前高涨，强烈渴望出人头地，踌躇满志，意气风发、勇往直前，同时善于模仿，易受外界影响，喜欢幻想，敢于尝试新鲜事物张扬自己的个性。"[1] 数字动漫的艺术形态，正好能够满足他们的情感需求，能为他们带来欲望的宣泄和青春化的审美体验，替他们在梦幻般的虚拟世界中实现青春的幻想，达到现实生活中难以实现的成功，满足他们的心理、情感、理想、愿望。我们看到，一些数字动漫作品不仅吸引了众多的青少年，也是许多成年人喜爱的艺术形态，它能满足成年人对逝去青春的怀念与回忆，让他们在动漫世界的徜徉中"抓住青春的尾巴"。如70多岁高龄却依旧顽皮可爱的米老鼠，永远活在童年的神探柯南，《哈尔的移动城堡》中为找回被窃青春而不顾一切的女主人公，还有淘气的蜡笔小新和问题多多的樱桃小丸子，等等，这些动漫形象充满青春活力，不仅年轻人为之陶醉，也是许多成年人追索和回味青春的有效方式。动漫艺术对青春不老的影像的集体记忆，在潜移默化中影响了当今时代的青春美学，深刻地整饬了大众的审美观念，是特定时代情绪和人文精神在动漫作品中的艺术表达。

还有，技术媒介的强劲推力以及由此形成的技术创新与艺术创造

---

[1] 黄生亚：《动漫文化的时代解读》，《思想理论教育》2005年第7期。

之间的博弈与张力，是数字动漫的创新之源，也是数字动漫艺术审美的重要路径。如前所述，数字动漫艺术是数字化技术打造出来的文化新宠，是技术审美化和审美技术性的创造物。数字化电脑图形图像技术就像一个出神入化的数字魔法大师，不仅成就了诸多数字影视大片，而且还一手打造了数字动漫艺术的诸多精品力作，它所体现的天马行空的想象力，已达到叹为观止的神奇效果。例如，在《蚁哥正传》中，蚁哥和芭拉公主在野外一先一后被枝叶上落下的水珠吸入其中、随着水珠落地又奋力挣脱出来的镜头，还有精灵鼠小弟斯图亚特可以以假乱真的形象等，都让动漫爱好者体会到了 CG 技术神奇的技术魅力。从技术的审美性能来说，Flash 制作技术和 3D 影像技术对动漫艺术创作的强力支持和普及应用有着特殊的重要作用。例如，Flash 技术的出现为数字动漫吹来了一股小家碧玉般的简约之风。"按照 IT 界的说法，Flash 是美国 Macromedia 软件公司推出的一款'网页流式矢量动画软件'，从一定意义上说，它是专为互联网打造的'动态的、可互应的 schockwave'。Flash 最大的优点是无须占用太多的数据空间，用户可边下载边播放，这样就避免了在电脑前焦急等待的麻烦。由此看来，说 Flash 能够改变文化历史似乎有些言过其实，但想想它所代表的新兴数字文化，我们当然不会低估它在当下和未来的岁月中可能对包括数字艺术在内的时代文化产生什么样的影响。"[①] 在当今的数字动漫作品中，独具中国风的三国人物、憨态可掬的倒霉熊系列、小巧可爱的流氓兔等，都以 Flash 的方式成为数字动漫家族中的新宠儿。同时，Flash 制作因其程序操作简单易学，很容易成为动漫爱好者新鲜构思的创作载体，为大众的想象配上了自由飞翔的翅膀。

---

① 廖祥忠：《数字艺术论》（下），中国广播电视出版社 2006 年版，第 182 页。

3D摄影可以将两个镜头从不同角度拍摄的物体，通过专门的设备将画面合成，呈现出立体的效果，在使图像更加逼真的同时，成像效果也更加清晰。自《阿凡达》风靡世界以来，3D技术在动漫、游戏、故事影片中得到广泛使用，让包括数字动漫艺术在内的视听作品获得了新的原创动力，把技术与艺术的张力推到新的发展阶段，也让动漫艺术创作获得了掌握与技术博弈的主动权。这种以技术审美实现的艺术效果，让数字动漫作品产生了无穷的艺术魅力和无限广阔的创新空间。

不过应该看到，计算机和网络技术为动漫艺术形式插上了腾飞的翅膀，但艺术的终极价值仍然得靠艺术的方式来获得，而不是仅凭技术的工具理性和机器操作所能成就的。技术可以有"艺术性"，但艺术绝不能"技术化"，技术只是艺术创作的媒介、手段和载体，却永远代替不了艺术本身。因而，尽管数字技术为动画艺术提供了更好的表现手段和应用领域，将人类的艺术创作呈现出更具视觉冲击力的效果，但数字化艺术首先必须让技术的方法服从和服务于艺术的行为，用技术的手段实现艺术的目的。这就要求艺术创作者既要能够熟稔地运用现代科技手段，同时又要避免技术的喧宾夺主，造成技术对艺术、科技对人文的覆盖和替代；既要突出艺术审美的个性，又要避免技术功能对艺术风格化的不协调甚或伤害。因为说到底，科学技术，特别是现代高新科技，是在用不断更新的技术方式物化人类的创造精神，用技术与艺术的和谐去沟通人的艺术创造力的有限性与艺术追求的无限性之间的矛盾。数字动漫作品的终极追求，还是需要达成对艺术审美价值——真善美的孜孜求索，表达人们内心深处的精神诉求。"不管是希腊的众神，还是印度的梵境，或者中国的瑶池天宫，这种永远追寻的彼岸世界，似曾相识。今天的动漫，是否就是一个新时代的'前世今生'?"① 这是需要我们认真思考的。任何动漫作品中的主题、故事情节与人物形象都应该用技术的辉光映照出人文的价值和人性的力量，用虚拟的人物、动物来表达普适性的意义和情感：樱桃小丸子的真诚、执着、天真和善良，精灵鼠小弟对家庭温暖的珍惜，狮子王成长的人性化历程，冰河世界中诙谐活泼的小松鼠与憨厚忠诚的猛犸象，海底世界中小丑鱼的父子情深，熊猫阿宝对自身力量的展示和对邪恶势力的抗争，阿凡达对现代文明的反思和对生态境界的追寻与保护，等等，都是美好人性的体现，体现的是人类对真善美的永恒追求。这正是数字动漫艺术审美借助技术张力所要把握的真谛。

5.7 多维视野中的网络游戏②

网络游戏，或称"在线游戏"（Online Game），即以互联网为传输媒介，以游戏运营商服务器和用户计算机为处理终端，以游戏客户端软件为信息交互窗口，以实现娱乐、休闲、交流和取得虚拟成就的个体性多人在线游戏，一般由多名玩家通过计算机网络在虚拟的环境下对人物角色及场景按照一定的规则进行操作而实现。网络游戏作为电子游戏的一种，其形式多样，玩法各异，按体裁模式分，又可分为角色扮演游戏（RPG）、动作角色扮演游戏（ARPG）、模拟角色扮演游戏（SRPG）、冒险游戏（AVG）、动作游戏（ACT，如射击、格斗、

---

① 于长江：《青春仙境——动漫文化对"现实"的颠覆和对"现实感"的追寻》，《北方美术》2005 年第 6 期。
② 本节原载《文艺理论与批评》2012 年第 1 期。

赛车、模拟战争等)、体育游戏（SPT）、益智游戏（PUZ）等等，其基本特点是在人与计算机网络之间建立一种互动性关系，以形成对现实世界或思维世界的技术性模拟。

在现代传媒语境中，还没有任何一种文化产品像网络游戏这样被那么多的人痴迷，又受到那么多人的质疑和批判，这种"爱之深、恨之切"的矛盾情结源于网络游戏本身的复杂构成，需要我们以多维的视野予以理性的体认与解读。

5.7.1 哲学视野中的游戏观

游戏作为一种人类的活动古已有之，但对游戏进行系统的理论阐释却始于18世纪的康德。康德的"游戏说"主要是关于创作者主体"境界"的学说。康德认为，艺术的精髓在于自由，而自由也正是游戏的灵魂所在，正是在自由这一点上，艺术与游戏紧紧地连在了一起。在他看来，艺术品之成为艺术品完全受制于创作者的心境是否摆脱了功利的牵系。康德说："正当地说来，人们只主张把通过自由而产生的成品，这就是通过一种意图，把他的诸行为筑基于理性之上，唤作艺术。""艺术也和手工艺区别着。前者唤作自由的，后者也能唤作雇佣的艺术。前者好像只是游戏，这就是一种工作，它是对自身愉快的，能够合目的地成功。后者作为劳动，即作为对于自己困苦而不愉快的，只是由于它的结果（例如工资）吸引着，因而能够是被逼迫负担的。"康德认为，艺术的本质是自由的形式，主张"促进自由艺术最好的途径就是把它从一切强制中解放出来，并且把它从劳动转化为单纯的游戏"[①]。他认为这种游戏可以给人类带来多种感觉上的满

[①] ［德］康德：《判断力批判》上卷，宗白华译，商务印书馆1964年版，第148—150页。

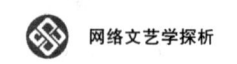

足,而且这种满足仿佛总是人的整个生命得到进展的一种感觉,因而也是身体舒畅或健康的感觉,是人类的一种纯粹主观、绝对自由的感性愉悦的活动。康德把自由看作艺术的精髓,也是游戏的本质,正是在自由这一点上,艺术与游戏是相通的,自由即是游戏的哲学根脉。

比歌德稍晚的诗人席勒从人性的完善和人生境界上看待游戏,认为古希腊的人是完整的人,现代人则是分裂的。分裂的人有两种冲动——感性冲动即物质冲动和理性冲动即形式冲动,审美游戏是缓解分裂冲突对人的片面压迫、克服异化、实现人的自由的途径。他认为人生最高、最完美的境界是游戏:"在人的一切状态中,正是游戏而且只有游戏才使人成为完全的人,使人的人生双重天性一下子发挥出来。""如果一个人在为满足他的游戏冲动而走的路上去寻求他的美的理想,那是绝不会错的。""只有当人在充分意义上是人的时候,他才游戏;只有当人游戏的时候,他才是完整的人。"[①]

语言哲学奠基人维特根斯坦在后期哲学研究中发现了游戏是理解语言与真实世界的一个更好的思维模型,他一反其前期思想中语言和真实世界的"图式"关系,提出了"语言游戏"说。所谓"语言游戏"实际上是把语言比作游戏,意即我们的语言是按照一定的规则在一定的场合中使用的活动,语言、规则和使用活动就是它的基本要素。语言在使用中才有意义,语词的意义就是它的用法。他在《哲学研究》第7节中指出,"我将把由语言和动作交织成的语言组成的整体称为'语言游戏'"。"语言游戏一词的使用意在突出语言的述说乃是一种活动,或是一种生活形式的一个部分。"[②] 他将

---

① [德] 席勒:《美育书简》,徐恒醇译,中国文联出版公司1984年版,第90页。
② [奥] 维特根斯坦:《哲学研究》,李步楼译,商务印书馆1996年版,第7页。

游戏上升到世界观、方法论层面，为游戏成为艺术提供了后现代话语权。如他分析艺术时认为，人们总是把美看作艺术的本质，但"美"本身并无实体性，它只是一个表达感受的形容词，可以用感叹词互换。事实上艺术与审美活动无非是一种游戏，游戏是由规则来限定的，而规则并不成体系，只是由有经验的人来运用。因此，不应到众多艺术中去寻找固定的共同本质，只要找出其"家族相似"性即可证明。他提出，哲学的本质应该在日常生活中解决，在"游戏"中理解游戏的本质。

德国哲学家伽达默尔的游戏学说以解释学、现象学的思想方式，在存在论视野下重新审视游戏现象。他明确指出，游戏不是指主体的行为，不是指主体的情绪状态，也不是指某种主体性的自由，而是艺术的存在方式："如果我们就与艺术经验的关系而谈论游戏，那么游戏并不指态度，甚而不指创造活动或鉴赏活动的情绪状况，更不是指在游戏活动中所实现的某种主体性的自由，而是指艺术作品本身的存在方式。"[①] 在伽达默尔那里，游戏与艺术存在着不可分割的关系。他认为，所谓艺术，就是一种向创造物转化了的游戏，而所谓游戏，就是一种向创造物转化前的艺术，两者并没有本质的差异，不过是通过向创造物（Gebilde）的转化，游戏把自身提高到理想性境地。他坚决摒弃了康德、席勒从主观性角度来理解游戏的做法，强调在游戏中，决定游戏的不是游戏者个人的意志，而是游戏本身。游戏者游戏时必然会不由自主地被游戏本身的规律裹挟着、左右着，而减弱自我意识。他更为重视观赏者，他认为观赏者比游戏者具有一种方法论上的优越性。因为"事实上，最真实感受游戏的，并且游戏对之正确表现

---

① ［德］伽达默尔：《真理与方法——哲学诠释学的基本特征》，洪汉鼎译，上海译文出版社1999年版，第130页。

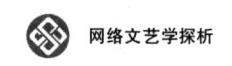

自己所'意味'的，乃是那种并不参与游戏，而只是观赏游戏的人"①。伽达默尔彻底解构了康德审美主体性的中心地位，把美、审美和艺术放在了生存和存在的本体位置上，突出了美、审美和艺术的被动性（受动性）和合规律性，而颠覆了它们的主动性和合目的性。游戏就是游戏自身，游戏是一种存在的给出与继续，它是一个自足体。游戏不需要从主体那里获得价值，也不因为与"自由"的牵连而获得艺术合法性确认，它是靠与艺术的"家族相似"而获得艺术的"出场"，这样的游戏观对于我们理解网络游戏是有所裨益的。

5.7.2 文化视野中的网络游戏

网络游戏是娱乐也是文化。这种在人机界面上玩乐的游戏提供给人的是娱乐服务，是精神享受，而在娱乐性体验的背后蕴含的是文化的内容和特定的价值观，会对人们的思想和行为选择产生一定的影响。网络虚拟社区中游戏互动的实质是人与人之间的交流，游戏者分明能感受到虚拟游戏背后的真实存在。游戏的愉悦不仅是感官上的刺激，而且是人的感性冲动借助想象的自由交流，使游戏方式成为一种名副其实的文化价值观表达，在工具理性、技术权力话语中渗透的是一种人文关怀，是"摩尔定律"驱使下疲惫的跋涉者的驿站，是网络时代人们向往的生命绿洲，是"赛伯空间"的乐园，是电子媒体催生的新的文化方式，甚至是人性丰富性与自由性的又一次奋争与张扬。成熟的网络游戏能将动人的故事情节、丰富的视听效果、高度的可参与性，以及冒险、悬念、神秘、刺激等诸多娱乐元素融合在一起，为玩家提供了一个虚拟而又近乎逼真

---

① ［德］伽达默尔：《真理与方法——哲学诠释学的基本特征》，洪汉鼎译，上海译文出版社1999年版，第141页。

的世界。正如一个网络游戏玩家所说的，"一个人，一把剑，一个风云时代，一个悲喜、宏伟、传奇的故事，有人情、有友情、有亲情……进入了网络世界，就像读一本情节曲折的小说，看一部火暴电影，听一个动人的故事，看一部感人的电视剧。一幅幅美景、一首首音乐、一段段诗文，不断刺激着人的视听……网络游戏的特色、魅力还不止于此，主动地参与，全身心地投入，体验另一种生活，谱写属于自己的故事……"①

在不断推出的多款网络游戏中，人们拥有了一个自由的、可以相互交往的、虚拟的体验空间，由千万个玩家组合成的虚拟社区，任何一个联网节点的玩家都是这个社区的成员，同时也受到社区潜移默化的熏陶，看似眼花缭乱的图像碎片背后，是游戏制作者精心编织的价值诉求。不管是《热血三国》《万王之王》，还是《传奇世界》《梦幻西游》，都是在一定的文化背景下展示历史事件和神奇人物，都体现了特定的价值判断和文化品格。一批批网络游戏中所表达的或特立独行、清节自守，或勤劳勇敢、崇德重义，或胸怀天下、公忠为国，或惩恶扬善、劫富济贫，或励志自强、执着修炼，或擒拿格斗、不懈征战……无不体现一种人文精神、道德情怀和生命价值观。游戏中的人物打斗动作可以看到传统武术的套路和招数，游戏人物的服饰装扮及各种兵器都能找到传统文化的根源；游戏中的主题歌曲、登录音乐、背景音乐、战斗音乐等，不仅烘托气氛，还达意传情，张扬故事主题；游戏语言的时尚性、情景性和隐秘性，符合年轻人的特点，表达了特定的游戏精神；而汉语网络联机游戏的"众人参与、与众同乐"模式，正是我国传统的"乐感文化"和"独乐乐不如众乐乐"文化

---

① 参见孙慧《网络游戏是另类文化吗？》，《中国教育报》2003年11月25日。

心态的生动体现……可见，游戏所显现和打造的游戏文化已经是社会文化的重要组成部分。

网络游戏的虚拟活动，不是简单的电子应用工具，玩家透过显示器看到的不再是仅仅局限于个人思维的数字映射，而是整个世界和人类文化精神，是文化的创造、文化的选择、文化的认同，以及文化多样性的生动展现。不同网络游戏在文化内容上的高雅与低俗、理性与盲目、先进与落后、科学与愚昧，都是不同文化选择的产物；而不同网络游戏文化选择所形成的民族性、人缘交流性等特征，正体现了不同文化的独立性、多变性和差异性，是人类社会多元文化结构的技术模拟和虚拟延伸，是文化资源创生性配置的结果，其所影响的不仅是大众文化的选择，还将影响社会人文精神的培育。

网络游戏市场平均每年上市的新游戏不下千余款，其中有辉煌的经典作品，也有门可罗雀或自生自灭的试水之作。在某种意义上来讲，游戏产品之间的竞争实际上拼的是一种文化内涵，而真正能够博得玩家青睐的游戏作品，在文化蕴含上都是有所倚重的。如回合制网游一直是深得中国玩家喜爱的一种游戏模式，经典的回合制游戏《梦幻西游》，正是以深厚的仙侠文化内涵立足于网游市场，成为一款能够与《魔兽世界》在线人数相抗衡的作品，是文化和对文化的诠释使得《梦幻西游》成为中国网游市场不朽的经典。韩国最早冲击我国网游市场的《传奇》以及随后出现的《天堂》等作品，都是以深厚的武侠文化内涵与精致的制作品质而称雄于市场，赢得玩家青睐。相反，2010年联游网络公司推出的《战国OL》，虽汲取了春秋战国的文化底蕴，以生动的画面还原当时波澜壮阔的纷争世界，但由于其所演绎的历史构架与文化内涵显得不够兼容，导致其在玩家市场缺少期待中的竞争力。经验告诉我们，想要在竞争激烈的网游市场立于不败之地，如何用视听奇观的丰富体验让人感受到厚重的文化内涵成了制胜的关键。

因而，我们应该看到，在一定意义上说，网络游戏虽然是对"逻各斯"主义、理性主义的反叛，但这并不意味着意义的结构性空置，以"玩""无功利"为旗号的游戏背后是浓厚的意识形态性，色情、暴力、赌博等文化糟粕在网络游戏中的不时出现，社会文化建设应该对此保持高度的警惕。在文化资本全球化的跨文化语境中，日、韩、美、欧游戏不断登堂入室，赚走的是金钱，留下的则是价值观念甚至民族的偏见和仇恨。[①] 面对外来游戏的强势冲击，我们失去的不仅仅是市场，还有文化话语权，看来对网络游戏及时予以引导和有效的管理已成为当务之急。我们倡导的网络游戏文化应该是健康向上的，它不应引导人逃避现实，而应当有助于人们培育积极的价值观、世界观和人生观，并自觉抵制色情、暴力等腐朽文化的侵蚀；网络游戏不应当忘却自己的教育作用，而应该培养人们健康的道德善恶观念；网络游戏应当是承载与弘扬优秀传统文化的载体，自觉抵抗文化殖民和文化侵略；网络游戏应当是具有娱乐性的，但不能将娱乐完全庸俗化与商业化；网络游戏生产可以追求利润的最大化，但不能见利忘义而忽略游戏生产的社会责任和文化道义。总之，游戏内容应该蕴含我们民族优良的道德观和价值观，能激发热爱祖国、积极向上的情感，让游戏在满足人的娱乐需要和精神享受的同时，也能感受到一种崇高的道德境界和文化品格。

---

① 较早的如1996年天津"光荣"事件。2002年日本"世嘉"的一款游戏将中国军人丑化为赌徒。2003年美国著名游戏公司EA的最新游戏《命令与征服3——将军》虚拟的游戏背景是：公元2020年，中国成为国际恐怖分子的根据地。在恐怖分子将天安门夷为平地又分别向欧洲和美国发射生化导弹的关键时刻，美国成功拦截了恐怖分子的导弹，挺身而出，发动了拯救全世界的反恐战争……类似事件在世界网游产品中屡屡出现。

为此，必须加强对游戏文化价值取向的引导，提高游戏产品的文化价值含量，增强游戏的文化使命感和社会责任感，在发挥游戏娱乐休闲功能的同时，也能注意发挥其审美、教育、沟通交流的功能和对人的健康发展的潜移默化作用。一款产品是不是有较高的文化含量，不能仅仅局限于它是否可以为企业带来当下的利润，不仅在于它是否为消费者提供了及时的娱乐，更主要的是它能为人的全面发展，为人的素质的提高，为社会的文明和进步提供一种方式、一种途径。

5.7.3 艺术视野中的网络游戏

用艺术的眼光审视网络游戏，应该把握它的艺术元素。与其他艺术形式相比，网络游戏有自己独到的艺术特质。

首先是数字化虚拟现实技术造就的艺术奇观世界的构建。以往的艺术形态，无论是造型艺术、表演艺术、语言艺术还是综合艺术，往往要受到时间、空间、体量、表现手段等物理因素的制约，而数字化的VR技术打破了过去艺术创作的经验模式，为游戏创造提供了最为自由的艺术手段，其所预设的虚拟现实世界是基于软件程序而形成的生产、复制与发送一体化的过程，这个可以真切感知的视听世界所蕴含的阐释前提，已不再是常规世界单向度交流的元叙述，而是结构成为一种新的联想链接和无穷尽地建构的交互与转换的视听奇观。如《魔兽争霸》系列游戏设计了暗夜精灵、人类、兽人、牛头人、矮人、亡灵、巨魔、侏儒、血精灵、狼人、地精等众多魔兽种族供玩家选择，每个种族都各有自己鲜明的特色，如独有的故事背景、城市、能力天赋以及不同的运输方式和坐骑等，并设计了追随圣光的圣骑士、捍卫自然和谐的德鲁伊、骁勇善战的战士、施展魔法的法师、受到恶魔诱惑的术士、潜藏在阴暗中的潜行者（盗贼）、与野兽相伴的猎人、信仰坚定的牧师、召唤元素的萨满祭司、阴暗邪恶的死亡骑士等多种职业，让每个种族都各有特定的职业可供选择。经过长达十年的发展，已经成为一个拥有巨大而完善的故事背景和庞大的历史架构的魔幻世界，在一个虚拟的世界中尽情展示无奇不有的视听景致，让无限拓展的人机界面不断超越我们经验感知的界限，让玩家尽情畅游数字编码构建的游戏天地，不仅超越了物质世界的障碍，为玩家提供了可以访问的虚拟空间，可以仿真化感知的艺术境界，而且把我们带到可以将现实中的智慧和梦想付诸实施的地方，为拓新艺术家的创造力开启了一个无限想象的维度，甚至促动艺术创作方式、艺术理解方式、艺术表现手段和整个艺术观念的转型。

互动性切入艺术欣赏与创作过程，是网络游戏的审美生成方式。网络游戏是以新型人机对话为基础的交互性的艺术形式，网游把玩是对人机界面进行可视化操作和交互式推进的过程。这是一个技术媒介与艺术思维交织渗透所产生的全新的认知体验，当游戏玩家面对由游戏软件和计算机界面组成的虚拟故事时，他实际上是在与界面内容和游戏对象一起完成一次艺术创造，因为游戏故事的推进所包括的人工智能模块、人物行为模块等，体现的不仅是故事设计者和游戏提供商的艺术创意，也需要游戏欣赏者（玩家）在虚拟世界中对设定环境的信息反馈，以及在这种反馈中所获得的对虚拟现实的沉浸性体验。正是靠着这种互动、沉浸和体验，促进了参与者与作品之间的沟通，实施了对作品的参与和操控，达成了游戏的完美运行，实现了一款游戏在消费市场的互动生成。如通过视频界面的动作捕捉存储访问者的行为片段，通过增强现实、混合放映、重新塑造等形式，让观众以自身动作切入空间投影文本，或借助数据头盔、数据手套、交互装置系统等，将数字世界和真实世界融为一体，创设可移动场景、360度旋转的球体空间，把观众带入作品内部，实现观察、操纵和参与，让游戏过程成为艺术畅想、技术制作、指令展现、玩家干预和艺术再创造的一体化过程，这时候的游戏作品已经成为作者与观众的艺术思维多向度交流产物。如角色扮演游戏《勇者斗恶龙》《最终幻想》《仙剑奇侠传》《天书奇谭》《热血三国》，著名的游戏软件"最终幻想系列""生化危机系列""合金装备系列""马里奥系列""口袋妖怪系列"等，还有社区养成式游戏《猫游记》、SNS 游戏《开心农场》，以及2011 年比较热门的网络游戏《极光世界》《梦幻昆仑》《完美国际》《烽火大唐》《剑侠世界》《剑网 3》《远征 OL》等，都具有这样的特点。从这个意义上说，网络游戏实际上是一种"行为艺术"。

  与之相关的另一个艺术特点是游戏行为中的欣赏者浸入式深度体验。由于网络游戏参与互动、切入创造的"行进"模式，使玩家不再是被动接受，而是一种能动性介入，如设定实况捕捉性让观众走进想象的视频中，感知真实的虚拟和虚拟的真实；或者通过"嵌套式"结构或"超链接"窗口预设多文本框架，让欣赏者根据自己的意愿和想象对故事延伸施加影响，让系统提供的技术指令成为玩家心灵期待的桥梁和纽带；或者在开放式互动场景与完全自由的路线选择中随机性浏览、触动作品而与之交互，基于自身的意识倾向和动作行为，以一种现实的方式和逼真的感觉输入去影响作品，体验一种能够与主体行为产生回应的浸入式感觉；甚或让参与者从第一人称视界出发，通过角色扮演创造属于自己的角色，以结构新的游戏文本，让作品空间变成可由欣赏者自主操控的多用户环境下的信息支持系统，以一种网络交互或者基于沉浸式交互环境等形式去创造参与性叙事、塑造参与者的特定体验。其情节推进取决于交互者所做的选择，范围可以从虚拟导航、链接叙事、三维世界的创造，到组织屏幕上的陈述世界、多用户环境等；作品的结果也具有开放性、共生性和多可能性，进而在艺术的能指与所指的任意性之间找到符号的意义，并可能超越能指与所指的二元结构，而在结构之外建立起超自然的、智能性的、游戏性的能指系统……这个互动叙事、结构流变、作品建构、玩家沉浸的动态系统，不仅颠覆了传统的艺术运作方式，也形成了游戏艺术独有的感知经验。这种建构于数码技术终端的艺术生产模式，完全解构了过去的决定论美学，创造了艺术生产交互化转型的新秩序，形成了艺术家、参与者、人工智能三位一体激活式生成、互动性沉浸的间性美学。正如研究虚拟现实的美国学者迈克尔·海姆所言："虚拟实在的本质最终也许不在技术而在艺术，也许是最高层次的艺术，它的最终承诺不是去控制、逃避或娱乐，而是去改变、去赎救我们对实在的知性。"①

5.7.4 产业视野中的网络游戏

网络游戏作为一种产业，是文化资本在游戏领域实施市场寻租的产物，也是游戏产品的精神属性与经济属性在文化消费市场的体现，更是文化传承和文化传播的必然要求。其关涉的不仅是文化产业和公共文化服务，还有一个国家的文化软实力和文化产品的市场竞争力。

网络游戏的产业要素包括游戏制作商、营运商，还包括电信、游戏类杂志出版、电子竞技体育和计算机相关行业等，这是一个巨大的、环保的朝阳产业，其所展现出的巨大的赢利空间和发展潜力，使得网络游戏与网络教育、网络通信成为互联网时代最有希望的产业。

经过近十年的发展，我国的网络游戏特别是网络游戏产业已经发

---

① ［美］迈克尔·海姆：《从界面到网络空间》，金吾仑等译，上海教育出版社2000年版，第128页。

展成为一个具备较大规模的产业。仅以网络游戏为例，作为文化创意产业的重要组成部分，网络游戏产业正和电影、电视、音乐等传统文化娱乐产业不断融合，不断扩大它对社会和经济发展的影响力。从产业结构上看，网络游戏产业要以创意为源头，同时和信息技术紧密结合，是一个具备高附加值、低能耗的知识密集型产业，处于技术创新和研发等产业价值链高端环节。国家文化部 2009 年首次发布的《中国网络游戏市场白皮书》表明，截至 2009 年年底，中国市场上共有 361 款大型网络游戏处于开放测试或者商业化运营阶段。从市场规模来看，2009 年中国网络游戏市场规模（仅包括面向玩家的游戏运营收入，不包括海外出口收入和通过其他盈利模式获得收入）为 258 亿元人民币，同比增长 39.5%。其中，国产网络游戏市场规模达到 157.8 亿元人民币，同比增长 41.9%，占总体市场规模的 61.2%。从市场竞争格局来看，截至 2009 年年底，全国共有 499 家网络游戏运营企业，排名前十二的企业依次为腾讯、盛大、网易、搜狐畅游、完美时空、巨人、久游、光宇华夏、九城、金山、网龙和世纪天成。[1] 2010 年我国网络游戏用户达到 7598.3 万人，网络实际销售收入为 323.7 亿元，以此带动电信、IT、媒体广告等相关产业产值 631.2 亿元。[2] 而据中国互联网络信息中心 2011 年 1 月 19 日发布的《第 28 次中国互联网络发展状况统计报告》显示，截至 2011 年 6 月底，中国网络游戏用户规模为 3.11 亿人，较 2010 年底增长 727 万人。[3] 而据艾瑞咨询最新行业数据统计预测，2011 年中国网络游戏市场规模将达到 414.3 亿元，较上一年增长 18.1%。

---

[1] 文化部发布《2009 年中国网络游戏市场白皮书》，新浪新闻，http://news.sina.com.cn/c/2010-01-18/205116952324s.shtml。

[2] 百度百科：http://baike.baidu.com/view/2093126.htm。

[3] 同上。

网络游戏产业的发展对我国经济的全面协调发展和产业结构的进一步调整具有重要作用。作为一个正在蓬勃发展的行业，网络游戏不仅创造了大量的就业岗位，还与其他经济生产方式和运营方式结合在一起，推动了传媒、IT、电信等产业的发展，其经济规模远远超过传统的三大娱乐内容产业——电影票房、电视娱乐节目和音像制品发行，是金融危机环境下我国经济发展的增长亮点，与国家扩大内需的目标具有一致性。我国网络游戏产品在海外发展势头良好，推动了出口创汇。一批优秀企业通过版权贸易、联合运营、在海外设立子公司独立运营等方式，将中国网络游戏出口至亚洲、美洲、欧洲等多个国家，不仅为出口创汇做贡献，也有利于中国文化的世界传播。从产业链发展上看，游戏研发公司、游戏资讯网站等都在创造独立的运营环境，形成自有的差异化资源，一部分企业依托海外市场和多开放平台的机会降低了对国内市场的依赖程度。

网络游戏行业的急速膨胀也给游戏产业发展带来一些负面影响。由于某些游戏产品存在的低俗内容影响未成年人健康成长，那些含有色情、淫秽、暴力、赌博的东西容易诱发未成年人模仿违反社会公德的行为甚至违法犯罪，形成了不利于游戏市场稳定繁荣的氛围，引发了社会舆论的广泛关注，损害了游戏行业的形象。另外，网络游戏的易成瘾因素不利于未成年人健康成长，一些青少年沉迷于网络游戏，影响了学业和身心健康，引发了许多家庭悲剧，社会反响非常强烈，这使未成年人保护成为网游企业时刻要关注的问题。还有，部分网络游戏企业忽视用户权益保障容易引发纠纷，有的游戏运营商提供的安全保护措施不到位，造成玩家账号、虚拟道具丢失、被盗现象严重。有的游戏运营商提供的客户服务不到位，严重影响了用户体验。一些玩家在游戏中还遇到了网络诈骗的问题，玩家对服务器质量、虚假宣传、充值过程中等产生的问题也有诸多抱怨。网络游戏同质化依然严重，产品结构不合理。如近年来火爆的社交网络游戏，大量集中在"种菜""江湖"等几种游戏当中，同质化模仿与行业内的恶性竞争会遏制创新，对于游戏企业和行业来说难以实现可持续性发展。

5.8 "火星文"：挑战传统与更新观念[①]

5.8.1 "火星文"入侵：掀起网络风暴

从字面看，"火星文"应该是火星人用的文字，但这里却是指年轻的网民在互联网上使用的一种特殊文字符号。这一概念最早出现在台湾，泛指一种流行于台湾的年轻网络族群中，融合了注音文、英文、日文、台语、数字、符号等来替代中文汉字的次文化文字。一般认为，"火星"最早成为流行语，是在电影《少林足球》中周星驰对赵薇说的那句话："地球是很危险的，你还是赶快返回火星吧！"后来，一旦没听懂别人的话，有人就戏谑性地回应对方用的是地球人看不懂的"火星文"。这样的用法，借由网络而快速散播，成为时下许多年轻人的共同语言。有点孩子气，有点异想天开，有点无厘头，这些都成就了"火星文"。久而久之，"火星文"一词亦便成为一切令人难以阅读、不易理解之文句的代名词。[②]

---

① 本节原载《福建论坛》2009 年第 6 期。
② 安东：《今天你"火星文"了吗？》，《台声》2007 年第 3 期，第 76 页。

随着网络的快速发展，有关"火星文"的讨论日渐增多。"火星文"并没有严格的定义，它通常是泛指"90后"的孩子们在网络交流时所运用的语言。这是一种伴随着各种输入法逐渐演化并流行起来的网络语言，不仅杂糅了英文、日语等语言的部分字词，也对汉字进行了颠覆、异化或解构。

目前，网络上出现了很多专门提供翻译"火星文"的软件，可以自动把日常使用的汉字转化为难以分辨的"火星文"。"90后"们对"火星文"乐此不疲，新创制的词汇层出不穷。"火星文"在QQ空间、网络论坛、聊天室、网络游戏等年轻网民经常光顾的地方已呈铺天盖地之势，在QQ群里，"火星文"甚至俨然成为"官方"语言，不会用"火星文"就可能被对方直接踢出QQ群。在这个崇尚个性、崇尚自由的年代，"火星文"已被许多年轻人视作一种前卫、时尚和风格。

"火星文"作为网络空间里的一种行话，有其内在的规定性。按照"火星文"的构成形式，目前大致可以将其归为七大类。[①]

1. 象形符号类，如：

（1）表方位的符号："→"代表"右"；"←"代表"左"；"↑"代表"上"；"↓"代表"下"。

（2）表表情的符号："≥_≤"表示"痛苦"；""_""表示"眼睛一亮"；"0"表示"目瞪口呆"；"(^_^) y"表示"开心万岁"。

（3）表动物的符号："=^^="表示"狐狸"；"@/"表示"蜗牛"；"（··）nnn"表示"毛毛虫"。

[①] 参见杨寅庆、赵超《"火星文"的分类鲜活性特点》，《文化研究》2006年第4期，第103页。

2. 自由谐音类，如：

（1）符号谐音类："+"表示"家""加""假"。

（2）字母谐音类，如："u"表示"有""诱""用"；"b"表示"不""部""被""悲""白"等；"c"表示"西""希""嘻"；"d"表示"的"；"g"表示"及""鸡""寂""津"；"i"表示"爱"；"j"表示"觉"。例："g 寞 d 夜，g 寞 d 关 c，偶才花 ji↑尼，让偶更 g 寞。"意思是"寂寞的夜，寂寞的关系，我才发觉爱上你，让我更寂寞。"

（3）数字谐音类，如："1711"表示"一心一意"；"94201314"表示"就是爱你一生一世"；"7456"表示"气死我了"；"886"表示"拜拜了"；"9494"表示"就是就是"。

3. 方言引入类，如：

（1）闽南语："偶跨 e 口怜"表示"我看他可怜"。

（2）台语："咕"表示"个"；"尼"表示"你"；"伦"表示"人"；"迷"表示"没"；"混"表示"很""狠"；"抗"表示"看"。

4. 注音符号类，如：

"ㄅ"表示"爸""不""把""吧"；"ㄆ"表示"不""怕""噗"；"ㄇ"表示"吗""妈""们""嘛"；"ㄉ"表示"的"。例："ㄊㄅㄅ粉ㄆㄊㄇㄇ"意思是"他爸爸很怕他妈妈"。

5. 自由缩略类，如：

（1）拼音字母缩略：白痴：BC；烂人：LR；佩服：PF；妹妹：MM。

（2）英文字母缩略：see you：CU；I see：IC；TKS：thanks。

6. 失意体前屈类，如：

失意体前屈是一种源于日本网路的象形文字（或心情图示），这种文字可以写作 orz、Oro、Or2、On_、Otz、OTL、sto、Jto、○｜｜_ 等，但其中以 orz 最为常用。

7. 流行语引入类，如：

在"火星文"中，有一部分是港台校园的流行语，如"ATOS"表示"会吐死"；"AKS"表示"会气死"；"偶像"表示"呕吐的对象"；"潜水艇"表示"没水准"；"化妆"表示"奋发图强"；"天才"表示"天生的蠢材"；"神童"表示"神经病儿童"；"蛋白质"表示"笨蛋＋白痴＋神经质"；"露露"表示"看一看"；"炉主"表示"倒数第一名"等。

5.8.2 "火星文"缘何走俏"90后"

现在，"火星文"已经走俏整个中国"90后"一代，这种情势是由它自身特点决定的。从上面"火星文"的构成种类可以看出，这是一种独特的文字表意形态，具有思考模式的趣味性，能给网络族的沟通方式与生活增添另外一番情趣。同时这种网络语言体现出了一种经济化、人性化、形象化、委婉化、国际化、时尚化的特点。

一般而言，当下社会的主要资源皆被年长者所掌控，"90后"能够表达不满、凸显自我意识的机会和工具实在太少，唯独网络和网语可以成为他们自由把握的武器，可以听从心灵意愿自由自在地"想怎么说就怎么说"，可以借由语言的默契，划出楚河汉界，捍卫自己的人格世界。语言成了他们表达自我的最后领地。

"火星文"之所以流行，其中的一个最主要因素就是"火星文"以其新颖而富有创意的语言形式，有别于日常的语言规范，而这正契合了青少年张扬自我、突出个性的表意追求。"一些文字大家都用就没意思了，我们发明一些'火星文'出来，让大家眼前一亮。大家都会去琢磨你的意思，就很'赞'，说明你很前卫"——网友小鱼的话道出了一批"火星文"使用者的心声。而在一些网络论坛和贴吧上，"火星文"的效果就更为突出，谁不想让自己的帖子炫起来，让更多人看？"火星文"是让帖子醒目的一个好办法。这是众多"火星文"使用者的共同想法。字体怪异、意义飘忽、难以辨认的"火星文"让"90 后"青少年从符号的解构、表意的再造过程中，重新获得主宰一切的优越感——这是一种超越成人世界的资本和象征。依靠象形、拟声、拆并字符等造字方式创生的"火星文"，正切合了年轻人不受常规束缚、追求新鲜事物的心理，他们通过不同字码或语符的组合，使"火星文"的创制成了一种极富创意、挑战逻辑思考的锻炼。

很多"90 后"不想让老师和家长知道自己和朋友在说些什么，于是，上网聊天和或纸条传情就用这种难以辨认的"火星文"，这样即使被老师和家长发现了，师长们也不知所云。"火星文"在青少年与他们的家长和老师之间设立了一道"屏障"，成了他们的"保护伞"。加之有些家长或老师的教育方式比较"专制"，缺少与孩子的沟通，限制了孩子的私人空间，给他们造成了心理上的伤害，形成一种逆反心理。于是，有些孩子便从心理上不相信大人，不愿意大人进入自己的心理世界，"火星文"正好用来防御大人们的"野蛮入侵"。虽然这样的做法有些可笑，但却从侧面反映了青少年的防范意识的增强。正如有研究者所言："也许他们并不知道想抵抗什么，但至少也要保持抵抗的姿态，以此释放心灵的自由。新一代是在网络和游戏边上长大的，自我意识复苏，接触的是天马行空的想象、自由驰骋的表达，可同时，他们却被置入空前僵化的教育体制，四处可见满嘴分数的老师、望子成龙的家长、呆板教条的考试。生活方式与所学所想落差太大。方向相反的两股力量共同撕扯,折磨着他们的心灵。在此过程中,自然而然,会不断诞生属于年轻人的话语和艺术。这不只是简单的代际冲突,不只是抵抗话语霸权,更是为了寻找认同、防御认同感丧失,所以他们才会炮制各种风格,作为自身的标志甚至图腾。"[1]

5.8.3 宽容还是封杀:"火星文"何去何从

社会各界对"火星文"的出现和流行有各种各样的看法和评价,有些网友对这种乱七八糟的文字嗤之以鼻,将其命名为"脑残体",认为"火星文"严重歪曲了汉字的本意,影响到汉字的规范使用。一些语言学专家宣称:"火星文"破坏了汉语言文字的纯洁性与规范性。有些网友则直接站出来呼吁"封杀'火星文'",提议对"火星文"展开"围剿"。不少论坛的版规里已经明确规定禁止使用"火星文",很多论坛版主看到"火星文"的帖子一律当成乱码删除。在这些网友看来,"火星文"的罪孽着实不轻,不及时封杀必将贻害无穷。

与此同时,有很多网友却表达了对"火星文"的理解和宽容,认为这种字体仅仅是一种娱乐形式,不会影响到中国文字的发展:"只要不在现实生活中使用,谁也无权干涉别人怎么使用网络语言!"他们觉得:"火星文,追求新异,张扬个性,激发创造性,是其根本,何须总以离经叛道论处?"一些研究者也强调指出:"使用'火星文'的孩子,具有很强的创造力和想象力。"复旦大学教授顾晓鸣则宽容地提出了自己的见解:"'火星文'并非是仅仅发生在中国的孤立现象,它的出现,是机器字符转型过程中的产物,是青少年利用技术条件来实现自我表达。其实,每一种新生事物的出现,都会招致这样或

---

[1] 龚丹韵:《"火星文"流行:抵抗成人世界的后现代隐喻》,《解放日报》2007年8月18日第5版。

那样的不同意见，而过早地对新生事物做出任何一种带有结论性的判断似乎都略显草率。'火星文'作为一种存在于某一个特定的领域、由特定的对象广泛使用的交流工具，它的出现必然有它的理由。破译'火星文'符码背后的秘密，这似乎比情绪化地叫嚷'封杀'或'支持'更有意义。"①

据某家网站关于"你认为'火星文'应该被封杀吗？"的调查显示，在投票的 5159 名网友中，有 46.93% 表示"顺其自然，无须封杀"，40.63% 表示"破坏汉语言规范，杀无赦"，同时也有 12.44% 的认为"无所谓"②。综合起来，人们对"火星文"主要持三种态度：赞成、反对和中立。

赞成派：顺其自然，无需封杀。

一些专家表示，这种"火星文"的出现，代表了"90 后"的叛逆性格和标新立异的特点，对于年轻人热衷的"火星文"，要一分为二地看，不要片面地一棒子打死或盲目推崇。"90 后"使用"火星文"在很大程度上只是个人的自娱自乐，是特立独行、标新立异等特殊的情感需要，是他们张扬个性、表达自我的一个工具，是一种青年文化现象。从社会心理学来看，青春期的独立不仅仅是人格的独立，还表现在对传统认可事物的一种抗争。青少年接受新鲜事物快，同龄人很容易由于相互沟通或从众心理产生对某种新事物的认同。对他们而言，"火星文"更像是一种形象而充满童趣的游戏，每个年代的青少年都有自己喜欢的东西，只是表达形式不同而已，人们大可不必为这种近似儿童语的"火星文"过分担忧，它会随着年轻人的长大而逐渐被他们放弃，而成为一种成长的记忆。

---

① 转引自李建伟《"火星文"究竟在说什么》，《中国教育报》2007 年 9 月 4 日第 12 版。
② http://cjmp.cnhan.com/whwb/html/2007/08/12/content-61277.htm.

从学校角度来看,"火星文"的出现虽然不是学校提倡的,但学生自发接触了一些东西,只要没有冲击主流教育,学校也没有必要干涉。对于家长和老师来说,也不应将这一现象完全否定,而应该在承认这一现象的同时,积极地与孩子平等沟通,适度地引导孩子的语言行为。一些网友也认为,使用什么表达方式是个人的自由,特殊的文字能展现自己的个性和情绪,能激发创造性。同时,使用"火星文"的青少年本身也承认,他们最初使用"火星文"只是图好玩,觉得用"火星文"的人"看上去很有个性",流行、时尚,而且"火星文"也是保护自己隐私的一种手段。专家们也表示,"火星文"的发展和传播就如同网文的流传一样,舆论担忧是完全没有必要也是完全没有用的,部分论坛的封杀对"火星文"起不到任何作用。

反对派:破坏汉语言规范,必须禁止。

许多网民在网上发帖子联合抵制这些让人困惑的"火星文"。有网友认为,"火星文"是对中国传统汉字的肆意篡改,破坏了汉语的纯洁,他们认为,文字是用来交流的,如果一种文字让人看不懂怎么交流?更有网友在自己的博客上直言:"火星文"纯粹是无聊的产物,跟时尚个性压根儿就不沾边。语言学专家认为,"火星文"使用了很多生僻字及象形偏旁,存在很多乱造生字、乱用同音替代、乱用语言表达方式的现象,破坏了汉语言的纯洁性和规范性。对于正处于汉语基础知识学习阶段的中小学生来说,如果长期使用"火星文",将不利于传统文字的继承。中小学教师们感到网上流行的"火星文"给汉语规范带来了挑战,而一些家长也担心孩子们把心思放在这些怪异符号上面,将不能安心学习。同时,一些表示反对的网友们也觉得"火星文"严重歪曲了汉字的本意,影响了正规汉字的使用,毁坏了汉语言的审美性与整体性。他们还批驳

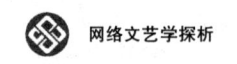

这类文字使用者"把无知当有趣""是对中国文字的侮辱"。

中立派：正常现象，可以理解。

在众多讨论中，也有一些人持中立态度，对"火星文"表示理解和宽容。他们认为：这种字体仅仅是一种娱乐形式，不会影响到中国文字的发展，只要不在现实生活中使用，谁也无权干涉别人怎么使用网络语言！正如一位网名为"璀璨"的网友说："火星文只是一种经过美化的文字，是娱乐层面上的东西，大家完全没必要那么紧张。"同时也有家长认为，"火星文"是"新新人类"的新潮流，是他们在新技术、新平台以及新的话语方式下形成的一种新的社会性文化，一种无伤大雅的娱乐形式，不必小题大做。

另外，关于"火星文"的影响问题，曾有专家在青少年中做了相关调查，结果显示，有26.1%的人"非常同意"；有30.4%的人"比较同意"，认为"火星文""对青少年有一定负面影响，应加以规范"；但也有39.1%的青少年表示"说不清"。调查还显示，分别有47.8%和43.5%的青少年认为"火星文"的使用会影响现行规范汉字的表达习惯和造成现行规范汉字运用的混乱。在针对"火星文"是否"应逐步推广到中国汉语言文字中"的回答上，"很不同意"和"不太同意"的人合计占比达78.2%。但是，当问及是否"应加以限制直至消灭"时，却有60.9%的青少年表示反对。①

5.8.4 青年亚文化隐喻："火星文"的后现代文化学阐释

后现代社会文化思潮发端于20世纪60年代的西方后工业社会时代。它以反传统、反理性、反秩序等极端倾向为特征，崇尚

---

① 董长弟：《解读"90后"网民"火星文"现象》，《青年探索》2008年第1期。

非传统的价值观与道德观，消解崇高，解构权威，张扬个性，挥洒自我。后现代社会文化思潮认为，语言规范是一种异化力量。一个人从最初习得语言到能够使用既有的词汇、语法进行表达和交流的活动过程，实际上就是语言微妙地控制了人的思维和表达的过程。而每个人的思维都是独特的，同时，借以表达这种思维的语言又是模式化的。因此，人们要么改变或隐藏自身的独特性，才能使用既有的语言符号系统来满足深层自我、真实情感和独特个性的欲望，要么就把这种深层的表现欲望压抑到潜意识世界中。而对于具有鲜明个性的青少年来说，这种压抑显然是痛苦的。如果在现实生活中他们还无法打破这一怪圈的话，在网络中，这种欲望就在很大程度上得到了满足。由此看来，看似缺乏规范的怪异的"火星文"反倒成为青少年文化的一种固有"规范"，成为青少年亚文化的特有符号系统。而且，作为边缘性社会亚文化群体，青少年又不甘作为附属群体，他们总是以种种方式向社会显示自己的存在。使用"火星文"以打破成人社会语言规范，就成为一种证明他们自身存在的特有方式。

"火星文"一开始就以一种解构和颠覆传统的语言文字表达规范的面孔出现。它解构了传统语言文字的规范秩序，颠覆了传统语言文字音、形、义的系统性与稳定性特征，并通过表达者的自我想象与发挥，组造出了另类的、带有自我情感和个性特征的"文字"。例如，语言中掺杂用数字代替的"文字"（如用"4"代替"是""事""世""思""死""似"等）、用字母谐音代替的"文字"（如用"u"谐音"优""游""有""又""呦"等）、用构形代替的"文字"（如用"orz"构绘一个四肢贴地的人形，来表示"痛心疾首"或"佩服得五体投地"等），以及简体文中夹杂繁体字（如

"1. 种习惯"中的"习惯")、词的拼音代表的"文字"(如"没—yǒu意Oㄏ思!"中的"yǒu")、夹杂外文(如"偶ㄉ电脑坏掉ㄌ害偶一整天都粉 sad～＞＜"中的"sad")等。"火星文"中的这些"文字"形式,在颠覆了传统的语言文字规范的同时,其创制者张扬自我、凸显个性的文化特征已跃然纸上。

"火星文"是青少年网上互动的一种特殊传播符号和传播方式,其刻意转换的编码体系,已成为青少年虚拟交往的亚文化符号表征,是构成青少年与成人社会区隔的规定性属性特征。在网络空间,青少年通过对这样一套语词符号体系的认同、摹写、复制和再加工,获得了其特定的社会心理基础,达成了其特殊区隔的身份识别,从而完成了他的社会定位和群体归属。因此,"火星文现象"实际是特定青少年文化心理在网络空间的投射,是一种青少年亚文化的符号表征。同时,由于青少年的生理、心理具有相当强烈的反传统、反权威、打破规范和标准的倾向,如果这些倾向在现实社会中还会不同程度地受到来自家庭、学校、社会的约束的话,那么一旦到了虚拟的网络空间,他们的反叛情绪就会高涨起来,而语言规范自然会首当其冲受到挑战。编码的随意性和个性化的"火星文"就是青年亚文化群体追求自由、张扬个性的结果。

另外,青少年尚处于社会化的早期阶段,处于寻找身份、进行社会角色学习的阶段。因此,很容易产生强烈的自主要求。他们追求个性,刻意采取与常人不同的行为方式,以便在"不同"中寻找身份并确认自己,使自己与成人区别开来。社会主流文化自然成为他们反叛的对象,包括"火星文"在内的种种张扬自我、摆脱传统的做法就成为反主流精神的内在驱动力。另一方面,青少年又在苦苦寻求他人认可,寻求社会群体的归属,网络空间给他们提供了互动的绝好条件。

于是，模仿时尚化网络交际用语习惯就成为他们融入自己群体的一种方式，成为青少年网民人际传播的有效手段。可以说，"火星文"是青少年亚文化的一种隐喻，通过这种特殊的符号体系和话语方式，他们找到的是语言代码的文化归属。

5.8.5 创新还是颠覆：引导和规范网络用语势在必行

作为一种网络语言新时尚，"火星文"的产生及其文本数量的与日俱增，已经成为一种不可忽视的社会文化现象。然而，从诞生的那一天起，"火星文"就注定只能是一种处于边缘化的网络次文化用语，其不规范甚至有意识地肆意篡改中国传统汉字的先天性软肋，决定了它永远不可能在汉语或其他语种中占据主导话语权地位。由此可见，"火星文"问题，是一个期待关注的社会问题。要解决这个问题，需要健康的网络环境，需要老师和家长与青少年的沟通，需要培育网民健康的心理，还需要社会多方面的共同努力。我们既不能对之熟视无睹，也不必杞人忧天，而应该以冷静的态度和科学的精神，对"火星文"现象疏而导之，倡导青少年网民使用国家规范的通用语言文字，更好地发挥语言的交际功能和文化传播功能。

"火星文"的出现，有其产生的客观基础。第一，从语言学上说，"火星文"体现了语言的游戏特征，负载了游戏的功能。"火星文"的解读过程就像猜连环字谜一样令人着迷，体现了特立独行、标新立异等特殊的情感需要，但究其实质是个人的自娱自乐。第二，"火星文"的出现对于我们理解文字的起源和发展流变具有启发意义。"火星文"虽然看似没有多少章法，登不了大雅之堂，但其兼收并蓄和简约化的特性，对于未来文字的改革也许能够提供某些启迪。第三，"火星文"在表情达意方面具有的模糊性甚至随意性特点，不仅在一

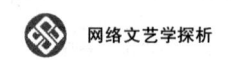

定程度上体现了最初构词者的奇思妙想，而且还能在一定程度上激发阅读者的联想和想象力。

但是，"火星文"毕竟是一种不规则的语言形式，如果让青少年长期沉溺于其中，而不加以规劝和引导，可能会导致他们养成不规范运用语言文字的坏习惯，而一旦有了使用"火星文"的习惯，就容易损害正常的语言表达能力，形成错误的思维定式，其运用规范语言的能力就会随之下降，造成对社会语言规范和个人语言能力的双重伤害。因此，我们应该对之进行理性分析和正面引导，鼓励青年一代自觉地使用规范汉字，在追求时尚的同时，更应该自觉学习、继承和光大中国传统文化中博大精深的语言文字遗产。

在迅速变化的时代，我们应该用主流意识形态加强对青少年网络行为的积极引导，坚持用社会主义核心价值体系引领青少年网络文化建设。通过网络文化阵地，正确引导青少年网络行为，以实现青少年亚文化与社会主流文化的调和。为此，应该加大对正确使用文字和规范用字的指引和宣传教育，针对"火星文"这种自创字体对学生的不良影响，在年轻人中展开讨论和进行宣传教育，政府、学校、社会各界应当多开展一些适应当代青少年心理和成长的文娱活动，避免青少年沉迷网络，模仿不良文化，从而形成良好的网络行为习惯。

网络是柄双刃剑，它是社会进步的产物又推动着社会的进步，但网络也会滋生一些负面的东西，重要的是要在全社会尤其是青少年中筑起一道牢固的心灵防线，让他们有识别和把握网络文化的能力，正确认识祖国传承千年的语言文字，在接触网络的同时，学会思考和判断，建立对网络信息的批判接受模式，而不是盲目接纳网络信息。毕竟，网络不是搞怪和"个性"的全部，应该让网络为自己所用，而不是被网络所左右。

第6章 现状评辨

6.1 网络文学发展中的悖论选择[①]

网络文学超乎想象的快速崛起，覆盖的是网络文化空间，改变的却是整个文坛格局和中国文学生态。凭着"技术丛林"和"山野草根"两把大刀开路，短短十几年间，网络文学终于以"另类"面孔和"海量"作品确证了自己的文学在场性和文化新锐性。时至今日，随着网络对文学市场份额的强力扩张，以及人们对这一文学关注度和认知力的提升，特别是与传统主流文学互动交流的增多，网络文学在赢得技术权力话语的同时，自身存在的困惑和矛盾也日渐凸显，正面临发展中的一系列悖论选择。

[①] 本节原载《社会科学战线》2014年第12期，《高等学校文科学术文摘》2015年第1期摘转。原文为国家哲学社会科学基金重点项目"网络文学文献数据库建设"（项目批准号：11AZW002）研究成果之一。

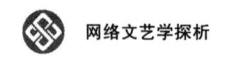

6.1.1 网络文学发展中的四大悖论

第一，数字技术工业的"海量化"生产，让网络文学形成了"数量与质量"的鲜明落差与发展瓶颈。最新统计表明，截至 2013 年 6 月底，我国网民规模升至 5.91 亿人，互联网普及率为 44.1%。其中，网络文学网民为 2.48 亿人，较 2012 年年底增长了 1493 万人，网民的网络文学使用率为 42.1%。这份统计报告同时指出：网络文学发展至今已成为文学市场的一股重要力量，它改变了作品的写作方式和传播方式，也影响了人们对于文学的传统观念。从行业整体格局来看，随着互联网知名企业、创业者们纷纷加入网络文学市场中，行业竞争将越发激烈。然而由于对市场的过分迎合，网络文学出现了过度娱乐化和过度商业化的倾向，"轻内容"现象严重。[①] 所谓"轻内容"，其实就是轻质量。文学品质不高，作品价值与创作高产的失衡，已成为网络文学备受非议的最大症结，以之形成的"高产"与"低质"、"速成"与"速朽"、"大跃进"与"泡沫化"、"人气堆"与"快餐性"之间的矛盾，让网络文学与传统观念中的"文学"相距甚远，彰显出有"网络"无"文学"，抑或有"文学"而无"文学性"的"非文学化"症候。网络上零成本的"三无"（无身份、无性别、无年龄）写作和零门槛自由发布，让文学创作"高山仰止"的现象成为历史，也使得发表作品成为网民享有的公共话语权力。

"人人都能当作家"的文学生产机制组成的"电子化的上古文学生态"（韩少功），把人们聚集在网站、博客、微博等各种信息交流的虚拟社区里，这时，正如有作家形容"文字变成了一种像狗一样饿了

[①] 中国互联网络信息中心：《第 32 次中国互联网络发展状况统计报告》，2013 年 7 月 17 日发布，http://www.cnnic.cn/gywm/xwzx/rdxw/rdxx/201307/t20130717_40663.htm。

就叫的东西"（欧阳江河），话语权的自由分享，让每个人都想表达自己，想从匿名状态变成署名状态，而这个署名又往往是个假名，网络"把每个人都纳入了一种在线状态，成为一个链接，一个交流，一个表达，但却没有被表达的真正内涵。也就是说，全部东西到最后都变成了意见、看法、观点、反应和资讯，文学和思想却基本上消失了"①。类似的评价未必客观和准确，因为网络原创文学中仍然有许多好的作品，并不都是质次品低之作，不过从总体上看，缺少职业"把关人"的网络文学，与传统文学相比，在思想蕴含和艺术品质上尚存在较大差距却是一个不争的事实。有统计表明，时下注册的网络文学作者超过3000万人，约250万人成为网站签约写手，一个大型网站原创作品的日更新量可达数千万甚至上亿汉字。网上保持更新的汉语文学网站有数百家，另有门户网站文学板块和众多个人文学主页，以及4亿多手机网民的"段子写作"、累计超过6亿用户的博客和微博上的文学元素等，如果把所有网络文学作品累积起来，将是一个恒河沙数般的文化存在。它们的意义不在于人文审美而在于读者选择，不在于表达了什么而仅在表达本身，文学写作被纳入了数字技术生产的工业化槽模，"点击率崇拜"的人气需求远远大于艺术创新追求，"高产式"写作不仅成为写手的文学原动力，也成为网络传媒时代的文学社会学。然而，说到底，文学的发展水平不是以数量和规模来衡量的，而是以质量和价值为确证的，如果没有足以表征一个时代审美价值的文学作品，单纯的数量覆盖将会成为文学发展的掣肘和阈限。

第二，书写工具和传媒载体变化隐含的"技术与艺术"的矛盾，以及由之形成的技术升级与艺术进步的悖论，是网络文学绕不过去的

---

① 舒晋瑜：《网络恶化了中国诗歌江湖的生态?》，《中华读书报》2013年10月30日，韩少功、欧阳江河的话均引自此文。

一道"门槛"。网络文学是技术与艺术"合谋"的产物,但技术的"霸权性"与艺术的"边缘化",带来了这一文学"父根"与"母体"的"审祖式"追问,二者张力关系的失衡与失依,成为网络文学发展中的一大"病灶"。键盘鼠标的菜单指令,运指如飞的机器操作,比特符号的程序规制,让作者专注于工具理性的速度写作,技术至要超越了艺术创新,终端操控遮蔽了价值理性,文学的表达变成了数字媒介的屏显表演,传统的秉笔书写的"字思维"让位于光标输入的"词思维",抑或音画两全、图文并陈的"图思维"。结果,"艺术的技术性"变成了"技术的艺术化",文学沦为技术的附庸,创作变成了技术加工,作品不过是"信息 DNA"的编码和解码,文学审美成了技术附加值的一道若隐若现的文化背影。网络文学不是"网络"与"文学"的简单相加,那究竟谁是"父根"谁是"母体"呢?其实"不论我们将网络与文学的哪一方当成父根(同时将另一方当成母体),网络文学都不是简单地继承父母的基因,而是熔铸双方的影响,创造自身的特色"[①]。但在实际创作中,"网络"与"文学"的问题已经被置换为"技术"与"艺术"问题,而技术的升级换代与艺术的进取进步是不相称的,技术的强势衬托出的反倒是网络文学的艺术弱势。以机换笔后,网络写作的输入方式改变了原有的汉字书写形式,技术的快捷一方面为创作提速,另一方面也可能让作品贬值——技术的进步降低了思维的难度,有时也会矮化创作的高度,一些文字的成色变得越来越没有重量。创作者对技术的过度依赖会让数字技术阻遏写作者的艺术追求,造成用技术代替艺术的"技术崇拜症"。网络虚拟空间的巨大容量与触点延伸性,消弭了文学的承载、贮藏和传播成本,

---

① 黄鸣奋:《超文本诗学》,厦门大学出版社 2001 年版,第 317—318 页。

让网络写作从"灌水"走向"注水",篇幅越来越长,写作越来越"水",一些类型化的长篇小说动辄上百万字、几百万字,有的作品甚至超过千万字仍未终结。① 著名写手唐家三少曾一年写下 400 万字,并创下连续 100 个月不间断更新小说的纪录,盛大文学为他申请了吉尼斯世界纪录。如果没有计算机网络的技术支撑,传统的文房四宝和纸笔书写是不可能如此高产的,不过这种高产也许是技术的胜利,却未必是艺术的成功。另外,从技术工具上看,网络写作用机器操作的"词思维"替代了秉笔直书的"字思维",这时候,创作者的艺术思维中没有了执笔写字时的诗性,没有了笔意和书法的审美过程,也没有了"文章千古事"的道义约束和"手稿时代"严肃的创作心态。文字的粗疏、表达的仓促、表意的草率,挤占了"字思维"的理性过滤和思想沉淀,结果是把文学创作的意义生成全部交给了感觉播撒,消弭了文字书写时的深思熟虑和因表达"延迟"的语言诗性。② 王蒙最近有文章说:"以为 3D4D 视听节目与网络音频视频能代替文学,那就是以白痴的聪明来取代文化与智慧。"③ 这应该成为化解"技术与艺术"矛盾的一个有效注脚。

第三,网络文学产业化崛起所形成的"市场与审美"的矛盾,隐含了驱动机制上的增长方式偏向。作为数字传媒时代的一种文学形态,网络文学依然需要秉持人类赋予文学的逻各斯原点命意,即运用符号媒介去表现人与现实的审美关系,用艺术的方式塑造文学形象,

---

① 网络超长篇较为普遍,如淡然的《宇宙与生命》长达 2730 万字。起点中文网超过 1000 万字的小说有 4 部,900 至 1000 字的有 4 部,800 至 900 字的有 8 部,超过 500 字的有 80 部,超过 200 字的达 1049 部,超过 100 字以上的小说多达 2149 部。参见聂庆璞《网络超长篇:商业化催生的注水写作》,《学习与探索》2013 年第 2 期。
② 有关新媒体用"词思维"和"图思维"取代"字思维"现象,参见欧阳友权《数字传媒时代的图像表意与文字审美》,《学术月刊》2009 年第 6 期。
③ 王蒙:《说给青年同行》,《中华读书报》2013 年 11 月 6 日第 13 版。

表达特定的生活状貌与生命体验，抒发个性化的内心情愫与理想愿望，用真善美的普适价值为人类的"诗意栖居"提供一种想象性和蕴藉性的审美镜像。不过我们期待文学的这种价值逻辑并没有成为网络文学创作的内在驱动，真正构成这一文学驱动机制的是市场配置和产业运营。最近几年来，以盛大文学麾下的几家文学网站为代表，探索出了一条传媒市场经营、文学产业化驱动的发展之道。由此形成的网络文学"全版权"经营、产业链商业模式、以读者为中心的市场导向，让文化资本的利润增值成为文学发展的最大引擎。所谓"全版权"经营，就是让作品转换为不同媒介、实施多种版权方式的全方位市场化运营，亦即把网络作品（主要是热门小说）转让给纸媒、电视、电影、广播、手机、网游、动漫、增值服务等不同传媒领域，通过文字、声音、影像、表演、视频、通信渠道服务等各种表现手段，对网络作品进行全方位、多路径、长链条的版权经营，通过满足受众市场细分需求或创造消费需求，让网站、作者、文化中介和版权经营者一并获得商业利益。这种商业模式能让文化资本保值增值，形成一条长长的文化产业链：从"签约写手"开始，以"优秀原创小说"为产品源头，延伸出"付费阅读→二度加工转让→下载出版→影视改编→制作电子书→开发移动阅读产品→开发有声读物→网游改编→动漫改编→海外版权转让……"等多个营销环节，让多媒体、跨行业、多形态的文化产品，搭建出一条多路径版权输出的商业链条，创造"长尾效应"，实现利益的最大化。一大批热门的网络小说如《杜拉拉升职记》《步步惊心》《诛仙》《星辰变》《鬼吹灯》《盗墓笔记》《明朝那些事儿》《斗破苍穹》《裸婚时代》《后宫·甄嬛传》《佛本是道》《江山美人志》《盛夏晚晴天》《豪门游戏》等，这些作品不仅可以在线阅读和无线阅读，还被出版为实体书，改编成电影、电视剧或网络游戏、动漫作品等，其文化经济价值远超传统文学作品的版权价值。这一商业模式的普遍使用，为网络文学注入了强劲的经济驱动力，刺激了网络文学市场，把网站、作者、文化中介和读者整合为一个利益共同体，拉动网络文学市场形成了"多米诺效应"。时下网络文学的"大跃进式繁荣"皆基于此，并有愈演愈烈之势，[①] 而它自身孕育的"市场与审美"的矛盾也以此为肇端，呈不断加剧之势。商业化追求的剑走偏锋，助推网络文学走出了"无功利写作"时期的发展困境，用经济的杠杆撬开了网络文学的增长瓶颈；但与此同时，越来越成熟的商业化、市场化、产业化模式却形成了对艺术审美的漠视与遮蔽，加剧了网络文学的非文学性和非审美化。经济的力量，赢利的目标，致富的动机，远比文学审美的艺术追求显得重要和实惠。当然追求商业利益，把握市场配置对文学壮大的意义，并不一定要以牺牲艺术审美价值为代价，但商业利剑对网络文学开疆拓界与对艺术创新、审美世界的规避甚至伤害无疑是同时并存的。

第四，从观念传承与理论创新角度看，网络文学在学理形态建设上蕴含了"解构与建构"的逻辑并陈性。网络文学的新锐性，对原有文学惯例和文学体制形成了"格式化"般的颠覆与改造，同时也僭越了传统文学的逻辑原点，造成传统文学观念的转型、文学理论的转向以及文学经验链条的"脱靶"与断裂。例如，（1）在基本概念谱系上，网络文学语境中出现了诸如万维网、赛博空间、超文本、多媒体、以机换笔、签约写手、付费阅读、"拉"欣赏、BBS批评、手机小说、接龙写作、动态交互诗、"火星文"、甄嬛体，以及平庸崇拜、主体间性、渎圣思维等层出不穷的名词术语，用以表征与传统文学不

[①] 2013年腾讯、百度、阿里巴巴等网络巨头纷纷进军网络文学市场以PK盛大，加剧了市场竞争，同时也加大了"市场与审美"的矛盾。

一样的语类、语义、语境和语势。(2) 在理论逻辑的原点上，网络文学用技术哲学解构文学观念的固有支点，对传统的文学"元命题"予以技术传媒的重新设定：如网络技术构建的赛博空间把文学对现实生活的审美反映，调整为面对虚拟世界的自由表征，重新解答了"文学是什么"；技术媒介的"比特"叙事让人与世界的文学审美关系变成"数字化生存"的本真叙事，由此构成了"文学写什么"；网络技术规制对文学秩序的重新洗牌，将传统审美积淀的创作经验转换为电子符号代码的感觉撒播或程序创作，重新设定了"文学怎么写"；网络技术的"无纸书写"和"运指如飞"把文学生产从神圣的艺术殿堂拉回虚拟世界的娱乐平台，从而使文学一直秉持的经世致用、有为而作，转化成为自娱娱人的开心游戏或者商业链的效益追求，这是从观念上颠覆了"文学干什么"的逻辑原点。① (3) 再从文学的运行体制上看，网络文学多方面突破文学惯例，让传统文学的许多范式遭遇拆解或置换，如表征作品本体的符号媒介从文字单媒介向多媒介符号转换，突破了"文学是语言艺术"的阈限，实现了作品存在方式的"脱胎换骨"；作品形态由原子式"硬载体"向比特化"软载体"转变，让无限的虚拟空间成为文学批量生产和恒河沙数般作品聚集的承载地，这就"颠覆了笛卡尔式的主体对世界的期待观念，即世界由广延物体组成，它们是与精神完全不同的存在"②；网络传播实现了由"推传播"向"拉传播"和"推拉并举"式传播的转换，打破了传统文学传播的樊篱，从"物质、时间、空间"三位一体上突破物理界限，实现了文学传播方式的彻底变革。(4) 还有，互联网用民主平权

---

① 参见欧阳婷、欧阳友权《网络文学的体制谱系学反思》，《文艺理论研究》2014 年第 1 期。

② Michael Heim, *Electric Language: A philosophical Study of Word Processing*, New Haven: Yale University Press, 1987, p. 191.

的技术理念预设了艺术民主机制，将职业化的专业写作转变为大众文化权力，以自由、兼容、平等、共享的"互联网精神"并让文学女神走下高贵的神坛，回归草根群体，让文学在消解权级分工模式中实现话语权向民间回归，确立民间本位的写作立场，解放文学生产力，创造了超越身份藩篱的"新民间文学"。不过，网络文学并不是一味地消解和叛逆，它也有拓新与建构，有时消解叛逆本身就成为拓新建构的一部分。网络写手天下归元曾谈到过她对这一问题的理解："其实网络和传统之间，本就存在表达方式、价值取向、阅读视角的根本区别。对网文审美的切入，应超越文字本身，抵达内里实质。网文因为受众的喜好，常常不得不戴上浮躁的面具，裹上无华的外衣，拎着飘荡的衣角，渡着浅浅的河，踢踏的脚尖，走不出深邃的海沟。但那样的存在，内里灵魂未必不丰富多彩，直达人心。一样有对现实的讽刺，有对不公的呐喊，有对正义勇敢的宣讲，有对软弱卑鄙的蔑视。它不以时代为主题，却不曾真正脱离时代，无论是穿越还是架空，历史还是戏说，那些人物、那些故事依旧还是在为真善美的中心服务，依旧折射着社会问题和人性之光。"[①] 网络文学所依凭的读者中心、市场选择和后现代消费文化逻辑，会改变文学惯例，导致传统诗性的价值消解，但网络写作时艺术祛魅和新媒体精神返魅所形成的解构与建构相统一的辩证过程，却在为网络文学提供电子诗意的重构路径。

6.1.2　网络文学悖论的调适与化解

相对于绵远传承而又体例完备的传统文学，网络文学还处于"赤脚奔跑"的起步期，可我们对网络文学的认知和评价往往是以

[①]　天下归元：《网络文学的审美切入点》，《文艺报》2013年8月2日。

"文学"的尺度而不是"网络文学"的眼光来把握的。这场"20年对2000年的比拼",网络文学注定处于下风,一时难有胜算。不过与任何一种新生事物一样,年轻的网络文学有着天然的成长性、可塑性和未完成性,这让我们有理由对之充满期待,给予更多关注,甚至高看一眼,帮扶一把。在这个过程中出现的"数量与质量""技术与艺术"的矛盾,抑或"市场与审美""解构与建构"的悖论,都可以而且应该通过客观体认和建设性选择得到有效缓释或解答。在我看来,要化解网络文学发展中的矛盾,调适这些选择性悖论,一要有网络文学创作和经营主体的观念自觉,二要建立网络文学的评价体系,三要培育良好的社会文化生态,真正建立起网络时代的文学观。

先说前者。作为网络文学的创作者和经营者,首先应该有"文学"意识和"文学性"的价值立场,应该明确,无论使用什么样的载体工具和传播媒介,只要冠之以"文学"之名,就需要秉持人类赋予文学的逻辑约定,表征人类与现实世界之间的人文联系与审美关系,并且能用艺术感染的方式去想象地确认和演绎这种关系,创造打动人心的艺术形象,给人以真善美的影响与享受,正如张抗抗在十几年前面对网络作品时曾给出的判断:"网络文学会改变文学的载体和传播方式,会改变读者阅读的习惯,会改变作者的视野、心态、思维方式和表现方式,但它究竟在多大程度上,能改变文学本身?比如说,情感、想象、良知、语言等文学要素。"[①] 是的,文学的书写工具和传播载体会不断改变,但文学之为文学的核心价值是相对恒定而需要一代一代的文学生产持续坚持和

---

① 张抗抗:《网络文学杂感》,《中华读书报》2000年3月1日。

长久赋予的。上网写作，各有其因，或基于"孤独者的狂欢"，或源于网络"冲浪"的消遣，当然也会有文学才情的展示、"心灵暗角"的匿名抒发和表达交流的内心冲动，纵有名利之欲也无可厚非。但无论出于哪种动机，但凡你是"玩文学"，你就应该以"文学"的方式去"玩"，真正"玩"出文学来；你就应该像列夫·托尔斯泰那样动笔创作时"蘸着心血"去写，怀着对文学的敬畏、对艺术的责任、对读者的尊重去对待自己的创作，并且在尊重阅读、适应市场的同时，能够尊重文学的规律、适应艺术的规范，让网络文学回归文学的艺术本色和审美本性，而不是以数量代质量、以技术充艺术、以单纯的市场选择回避审美性的艺术诉求，网络文学的创作主体和经营主体都应该具有这样的自觉意识和价值立场。当年明月说，他创作《明朝那些事儿》的动机是缘于"早年读了太多的学究书，所以很痛恨那些故作高深的文章"，"我想写的，是一部可以在轻松中了解历史的书，一部好看的历史"[1]。希望写出"好看的历史"，至少有对读者的责任，有了一种"文学"意识和"文学性"的立场。慕容雪村在谈到《成都，今夜请将我遗忘》为什么能打动那么多人时说，他将永远感谢网络，是网络让他的写作有了那么多读者，如果没有网络他可能会放弃写作的爱好，作品的成功在于"在一定程度上写出了我们这一代人共有的困惑：现实和理想的落差、传统价值观与新伦理的冲突、物质世界对道德观的拷问等等"[2]，这其中蕴含的艺术担当感和直面现实的勇气，正是网络写作对抗"技术依赖"和"无体温写作"的有力武器。作家陈村针对网络写作说过一段语重心长的话："许多作品之所以不是好作品，不在于它是否有网络的特征，而是缺乏文学的因

---

[1] 当年明月：《明朝那些事儿》第一部，中国友谊出版公司2009年版，引子。
[2] 舒晋瑜：《慕容雪村：神秘的网络文学青年》，《中华读书报》2002年9月23日。

素。打上几个@或http：//总是容易的，摘一段 MIRC 或 ICQ 上的对话也很简单，但那不一定是文学。……我看，技术上一定有革命的改良的因素出现，故事的背景和外延会变，但文学指向人心是永恒不变的。所以我希望网络上的作者们多少练几天正楷，以后，再去寻找自己的宿命吧。"① 敬畏和尊重文学，创作和经营就不能没有担当感，不能不用文学的方式，用文学的思维、文学的品质和符合文学特质的经营方式，把网络文学打造成为具有意义赋予和价值担当的文学历史节点。

调适网络文学悖论的另一个途径是加强基础理论研究，建立网络文学的评价体系。理论研究的滞后与薄弱、文学批评的缺席与错位，让快速兴起的网络文学几乎处于草长莺飞却又自生自灭的状态。海量的原创作品难以得到文学评论界的关注，诸多过去不曾出现过的问题和现象得不到及时分析和解答，学院派理论研究和传统批评家尚未形成评辨网络文学的自觉意识，或者视其为"街谈巷语、刍荛狂夫之议""闾里小知者之所及"，不屑于屈就身位去研究这类大众传媒文化。已有的网络文学理论评论往往存在"隔""套""技"的弊端。所谓"隔"就是隔膜，有的研究与网络传媒隔膜，更与网络上的文学隔膜，研究者不熟悉网络文学创作现状和运作流程，不了解网络写手甘苦，不熟悉网络作品，对一些常见的网络文学问题，如类型化写作的跟风、"撞梗"（情节雷同）问题，剧情桥段"神展开"的想象力枯竭问题，写手"断更"（续写中断）与"卡关"（在关键处结束以便为续写留下悬念）的缘由与规制，网络写作越拉越长越写越"水"的媒介因素与市场推力，作品点击率与网络"浅阅读"之间的制衡关

---

① 陈村为《网络之星丛书》写的序，花城出版社 2000 年版。

系，网络作品文体创新和网语表达方式，以及网络写手、作品、读者之间互动关系对创作的影响等等，对类似问题的陌生或一知半解，必然导致理论批评的隔靴搔痒、隔岸观火或隔山打牛。所谓"套"，是指简单地套用传统文学批评理论的观念、范畴、理论框架或研究方法、思维方式去"镶嵌"网络文学，把网络文学研究变成"六经注我"或"我注六经"的八股之论。所谓"技"就是将网络文学看作传媒技术的文化副产品，而不是艺术审美的文学作品，其分析评论充满网络概念和技术词汇，用新名词的狂轰滥炸代替艺术分析和学理思辨。要建立符合网络文学特点的评价体系，就需要"从上网开始，从阅读出发"，切入网络现场，保持对网络文学的持续关注，点击网站，细读作品，了解和把握网络文学的生产方式、作品形态、传播载体和接受方式，以及功能结构与意义蕴含等。只有这样，才能从丰富的网络文学现状中发现问题的症结，建构切中肯綮的网络文学评价体系。作为网络文学理论评论工作者，"如何把网民零散的看法，转化为系统的理论，形成科学的网络文学理论体系？如何把对网络文学的印象，变成说理透彻的学理，用以引领网络文学的创作？如何把我们的共识，转化为大众对网络文学的判断，引导网民阅读？这是网络文学研究的重心所在，需要我们以研究求得共识，以共识推动研究。希望更多有识之士，关注网络文学现状，建构网络文学理论体系，撰写出中国网络文学的《文心雕龙》和《人间词话》"[①]。

还有，培育良好的社会文化生态，建立网络时代的文学观，也是化解网络文学悖论的一个重要选择。面对网络文学影响日隆的文化声威，这一依托新媒体成长起来的文学样态已经改变了当代中国文学的

---

① 陈崎嵘：《呼吁建立网络文学评价体系》，《人民日报》2013 年 7 月 19 日。

生存版图与发展格局；并且，2.48亿文学网民，每天超过10亿次的文学点击量，其所创造的巨大关注和"宏媒体"景观，已经超越了文学本身而成为一种社会文化现象。当社会公众都来享受这场文学盛宴时，尤其需要培育刚健有为的社会文化环境，优化网络文学可持续发展的文化生态。这有两点特别重要：一是要有文学通变观，体认文学顺变的历史必然性。"文变染乎世情，兴废系乎时序"[①]，面对数字化媒体的迅速崛起，传统书写印刷文学不会消亡，但它开始走向式微将是一种必然趋势，文学走进网络或网络介入文学，乃至出现文学的转型与转向，都是一种历史性的必然选择。尽管网络文学还存在种种不足，但它顺应了时代潮流，代表了一种文化趋势，其存在的历史合理性必将战胜它的艺术局限性而成为未来的主流文学。认识并利用这一优势，文学就能赢得主动权，开拓新的生长点，带来新变的活力。二是需要建立新媒体语境下的大文学观。以互联网为标志的新型传媒载体让文学充满变数也充满张力，比特符码、软载体媒介、多媒体叙事工具、超文本存在方式，再加上青春写手的业余抒发和悦心快意的"零门槛"表达，把文学的传统规制改造得无影无踪。文学与艺术、文学与非文学、文学虚构与生活纪实，以及文学的体裁分类与构型规则等等，均变得界限模糊、区分莫辨。这时候，更需要以开放的心态去建立大文学观念，关爱、理解、包容和兼容地对待新生的网络文学，对其假以时日，抑或引导帮扶一把，不急于下结论、作判断。只要作品对社会无害、于文化无损，就应该让它在读者的选择和市场的甄淘中成长成熟。因为网络写作不求标准认同，但求目标读者接纳，从"注意力"走向"影响力"，"眼球有价，点击生金"是这一文学

---

① 《文心雕龙·时序》。

成长期的原生动力。这时候,"网络文学尽管存在标新立异、哗众取宠、迎合受众的成分,但无论是在题材选择、艺术语言,还是在表现手法、文化视野,以及价值体系等方面,的确产生了大量具有时代特征的新的文学元素"①,因而应该在积极引导其悖论选择与矫正的同时,允许网络文学有一个自我调适的过程。

6.2 新媒体文学:现状、问题与动向②

我们知道,新媒体是由计算机和互联网的诞生而形成的。互联网诞生于1969年的美国,中国加入《国际互联网公约》是在1994年,而汉语网络文学在我国进入公共视域是在1997年以后。这样来说,网络媒体联通中国大陆不过18年,网络文学现身我国文坛也只有15年左右的时间。这些简单的数字对于媒介传播史和文学发展史来说,都不过是弹指一挥,但互联网所引发的文学转型和文明巨变,却产生了难以估量的历史性影响。

6.2.1 走进新媒体文学现场

新媒体是以数字信息技术为基础,以互动传播为特点的具有创新形态的媒体。包括网络、手机、数字电影、数字电视、移动电视、数

---

① 马季:《网络文学审美特征考察》,《光明日报》2013年10月29日。
② 本节原载《湘潭大学学报》2012年第6期,《新华文摘》2013年第6期收入"篇目辑览",人大复印资料《文艺理论》2013年第3期全文转载,收入《中国文学年鉴2013》。原文为国家社科基金重点项目"网络文学文献数据库建设"(项目批准号:11AZW002)的研究成果之一,系根据作者2012年4月11日在中国作家协会全委会所作讲座的演讲稿整理而成。

字广播、数字杂志、数字报纸、桌面视窗、触摸媒体等。新媒体文学就是指借助数字化技术传媒如网络、手机等创作和传播的文学。新媒体是当今发展最快的媒体,仅就网络媒体看,我国 1997 年 10 月第一次统计时只有 29.9 万台联网电脑,上网用户 62 万人,但到了 2012 年 6 月底,网民数已达 5.38 亿人,互联网普及率达 39.9%,15 年增长 800 多倍。我国的手机用户超过 9 亿户,手机上网人数升至 3.88 亿[①],增长速度惊人。继前两年"博客热"后,2011 年出现微博客的爆炸式增长,有微博服务网站 50 多家,并不断开发出针对智能手机和平板电脑的随身客户端技术。到 2011 年年底,新浪微博用户达 2.5 亿,腾讯注册微博 3.1 亿,各大网站注册微博账号累计达 8 亿之多。"热帖"不断、热点频仍的微博客传播创造了最具社会关注度的"围脖文化"现象。小悦悦、郭美美、药家鑫、微博打拐、动车事故、故宫失窃、免费午餐计划……小小微博牵动着亿万人的神经。人们不免惊叹:新媒体究竟是"潘多拉的盒子",还是"撬动世界的杠杆"?新媒体的不断更新换代,连业内人士都感叹:要了解新媒体,就像"欲以弓箭追火箭"。

数字化传媒的迅速普及和数量庞大的文学网民,让时下新媒体文学的阅读群体、写手阵营和原创作品数量,均以令人惊叹的巨大增幅涌向文坛,以"大跃进"式的高产谱写了文学的"海量神话",创造了巨大的文化关注,形成了文学史上从未有过的文学奇观。据有关部门统计,我国 5.13 亿网民中,有文学网民 2.27 亿人,其中约有 2000 万人上网写作,经文学网站注册的写手高达 200 万人。通过新媒体写作获得经济收入的约有 10 万人,职业半职业写手超过 3 万人,18—

[①] 数据参见中国互联网络信息中心 2012 年 7 月 19 日发布的《第 30 次中国互联网络发展状况统计报告》,http://www.cnnic.net.cn,2012 年 7 月 22 日查询。

40岁的作者占75%，在读学生约占10%。《斗破苍穹》《吞噬星空》《二号首长》《武动乾坤》等热门作品的点击量均以数千万次计。在百度"十大梦想新职业"调查中，"网络作家"仅落后于"婚礼策划师"而成为年轻人梦想的第二大热门职业。

"起点中文网"每天有超过3亿的PV流量，以千万计的用户访问量，每天保持4000万字以上的作品更新，短短几年，网站已积累原创文学作品超过百亿字。

老牌文学网站榕树下每天能收到近5000篇自由来稿，1997年创办以来，共收藏文学投稿超过40万篇。

女性文学网站"红袖添香"有注册用户240万人，储存的长短篇原创作品总量超过192万部（篇），日浏览量最高超过6400万次。

"晋江原创网"的简介上写着："网站拥有注册作者26万名，超过30万部线上作品，平均每2分钟有一篇新文章发表，每10秒有一个新章节更新，每2秒有一个新评论产生。"

还有如新浪读书频道、幻剑书盟等文学网站的日PV量也都以千万计，并屡创新高。我国有经常更新的文学网站超过500家，加上门户网站的文学频道、文学社区、个人文学主页，还有超过3亿手机网民的"段子写作"和3亿多人的微博群体，如果把新媒体中所有属于文学的作品累积起来，其总量将是一个天文数字。如此众多的作品产量，这么庞大的读者群体和写手阵容，对文学生产方式的改变，对文坛面貌的整饬，对整个社会文化变迁的巨大影响，其意义已经超出文学本身。其所改变的不仅是文学载体和存在方式，还有文学的生产机制、认知方式以及功能范式、价值取向等诸多文学规制和理念。

凭着"技术丛林"和"山野草根"这两把利剑，网络文学、手机段子、博客写作、移动互联传播等，已经在文学帝国的千年版图上开辟出了一片生机勃勃的文学绿野，虽然这种"文学大跃进"在品质和价值层面还难以与传统文学相媲美，但它实实在在表征了"新媒体文学"的巨大存在，并且以恒河沙数般的作品存量，确认了自身的文学在场性和文化新锐性，打造出这个时代磅礴的文学态势和一代人成长的文化语境。正如研究者所言："在 20 世纪的文学领域中，网络文学无疑是一个迟到者，但这一在 20 世纪末伴随着因特网突然降临的天外来客却以其迷离的异彩、独特的言说方式、别具一格的审美追求令人耳目一新，为当今文坛增添了几多生机和活力，也带来了强烈的骚动和不安。"①

6.2.2 新媒体文学改变了什么

网络改变着世界，"它迫使我们重新认识和评价以前我们认为理所当然的几乎每一种思想、每一个行动和每一个组织机构"②。网络也改变了文学，"但谁也不知道在即将出现的文学数字化生存的转折过程中，网络时代的文学生产与消费到底还要遭遇多少奇迹？"③

首先，新媒体文学的市场化崛起给文坛带来新的活力，改变了当代文学格局。新媒体文学是在传统文学进入疲惫期时，从"知识民间"步入当代文坛的。借传媒技术和数字文化之利，自打网络文学开始升温，原本属于传统文学独步天下的时代便开始出现分化与改组。经过近些年来的文化市场调适，以文学期刊为主阵地的传统文学虽说仍以精英写作秉承千秋情怀，创造主流文学，但发行量和影响力大不

---

① 何志钧：《网络文学原理构件的新掘进》，《中南大学学报》（社会科学版）2004 年第 6 期。
② ［美］丹尼尔·伯斯坦、戴维·克莱恩：《征服世界——数字时代的现实与未来》，吕传俊、沈明译，作家出版社 1998 年版，第 9 页。
③ 陈定家：《比特之境：网络时代的文学生产研究》，中国社会科学出版社 2011 年版，第 32 页。

如前。以出版营销为依托的图书市场文学，不断寻找畅销书资源，热炒读者市场，以创造利润最大化，但传统出版正面临着数字出版的转型，并且畅销书中的相当一部分仍是来自网络。第三块便是新媒体文学，它们以自由的生产流程、庞大的作品库容与不断增加的阅读受众，一面与传统的精英书写分庭抗礼，一面对出版商暗送秋波，其强劲的生产体制、传播机制和文化延伸力，使它在当今文学的整体格局中，赢得"三分天下，一家独大"的份额，并且还在以加速度的方式让这个"蛋糕"越做越大。

另一大改变是在挑战传统与更新观念中悄然改写了文学惯例。一大批新媒体写手的快意创作，创造了文学生产的新机制，从存在方式到表意体制，从知识谱系到观念形态，对传统的文学范式进行改写或置换，致使延续千年的文学不得不面对"数字化生存"的新现实。这似乎印证了一个多世纪之前福楼拜的那句名言："艺术愈来愈科学化，而科学愈来愈艺术化，两者在山麓分手，有朝一日在山顶重逢。"

另外，新媒体创作展现了不一样的文学生产方式。一是文学从专业化创作走向"新民间写作"。新媒体写作常常是以平民姿态、平常心态写平凡事态，用大众化、凡俗化的叙事方式，展示普通人本真的生活感受，显示出平凡的真切感与亲和力。二是文学媒介由语言文字转向数字化符号。创作者的"以机换笔"，绕过了传统执笔书写的"文房四宝"，彻底置换了传统文学的存在方式，突破了"语言艺术"的阈限，减少了对语言单媒介的依赖，用"空中的文字"替代了"手中的书本"，实现了文本形态由硬载体向软载体的历史性转型，创造了图文兼容、音画两全、声情并茂、界面流转的电子文本。三是文学传播方式的转型。新媒体实现了由"推"（pushing）传播向"拉"（pulling）传播、单向传播向多向传播、延迟性传播向迅捷性传播的转化，用电子技术破除了物理传播时代几乎所有的信息壁垒，从物质、时间、空间三位一体上打破樊篱，实现了艺术信息的无障碍实时沟通。四是作品内容与艺术形式的变化。在新媒体文学中，不仅纪实与虚构、文学创作与生活实录、文学与非文学的界限被逐步抹平，而且传统的文体分类如诗歌、小说、散文、剧本等都已变得模糊或被淡化，超文本与多媒体技术在创作中的广泛运用，更是让原有的文本形态发生了"格式化"般的裂变。

还有一点不为人们注意的是，新媒体创作带来了作者文学思维观念的转型。电脑写作"输入"代替"书写"所形成的"词思维"对"字思维"的替代，以及"词思维"与"图思维"的相互渗透，已经悄然置换了传统的艺术思维方式，消弭了文字书写时的沉思冥想和因表达"延迟"而凝练的语言诗性，让平面化、碎片化文本消解了文学的意义维度和历史的纵深感。

6.2.3 "揭短"新媒体文学

"海量"与"质量"的落差，"速成"与"速朽"并存，是新媒体文学最易受到人们诟病的一大"短板"。新媒体写作带给文学的更多的是数量的急剧膨胀，而不是文学品质的改善和提升。"星星多月亮少""沙子多珍珠少"，"灌水"者众而"文学性"短缺已成为人们对这类文学评价不高的根本原因，有人将网上写作称为"乱贴大字报""马路边木板上的信手涂鸦"等绝不是空穴来风。在网上"玩文学"，容易流于戏谑、粗疏和随意，把文学对人文审美的关注变成随心所欲心境下的"平庸崇拜"。自由生产的文学机制有助于"民间文学力"的充分释放，但免不了要批量生产出"网际文化快餐"和"心情留言板"，以至于出现"经典不敌偶像，传统不敌时尚"，"韩寒排名在韩愈之前,郭沫若排在郭敬明之后"的情况。

新媒体与文学的联姻是数字传媒时代的必然选择,这是谁也改变不了的事实。但文学的数字化生存并不就是艺术的胜利,新媒体的技术丛林结出来的未必是艺术审美的果实。发表作品"门槛"的降低和作者艺术素养的参差不齐,使得有"网络"而无"文学",或则"过剩的文学"与"稀缺的文学性"形成了鲜明反差,新媒体文学在总体上还没有达到人类普适价值和普遍情感的深度和力度,正是新媒体文学首先需要解决的突出问题。

自由写作中承担感的缺失,是新媒体文学行为另一个需要自律和警醒的问题。匿名主体的自由写作,使创作者一身轻松却又过于轻松,以至于让许多人放弃了文学应该有的艺术承担、人文承担和社会承担,出现作品意义构建上的价值缺席和承担虚位。有人认为,网络写作可以不对自己的作品承担任何责任,写作时可以无所顾忌,似乎这里不再是有为而作的崇高事业,而是一种悦心快意、自娱娱人的轻松游戏;作者不再是"灵魂的工程师"或"社会良知的代言人",而是网上灌水的"闪客"和"撒欢的顽童";作品不再有宏大叙事和深沉主题,也不必是"国民精神所发出的火光"和"引导国民精神的前途的灯火"(鲁迅语),而不过是用过即扔的文化快消品,写手无须为人民代言、为社会立心、为时代存照,也毋庸给予艺术的进步以积极进取的承诺,甚至不再秉持艺术传统的赓续和艺术规范的服膺,由此暴露出许多人性的弱点和阴暗面。于是,文艺的精神品格和价值立场、人类的道德律令和心智原则,都让位于个体欲望的表达,在线写作的修辞美学让位于意义剥蚀的感觉狂欢,导致许多创作者淡化了尊重历史、代言立心和艺术独创、张扬审美的文学责任。

类型化写作膨胀,隔断了文学与现实生活的依存性关联,使新媒体文学面临生活"断奶"的潜在危机。写作类型化是近年来网络文学的主流，玄幻、奇幻、武侠、仙侠、科幻、灵异、修真、穿越、历史、架空、盗墓、悬疑、都市、言情、游戏、竞技、青春、校园、职场、耽美……如 2011 年年末热门网络小说排行榜中，排名前十的《吞噬星空》《斗破苍穹》《遮天》《天珠变》《武动乾坤》《大唐皇族》《永生》《锦衣夜行》《重生之贼行天下》《武帝重生》等，全是玄幻武侠、架空穿越、灵异修真、历史后宫等类型化写作，没有一部是现实题材的作品。类型化写作适于分众、小众的点击期待，吸引付费阅读，但这类作品的情节、故事、人物、想象、节奏和叙事方式等大都是模式化的。天马行空，向壁虚构，迎合阅读市场，确实能赢得排行榜、赚取点击量，但刻意趋同的写作模式，生编硬造的故事情节，动辄上百万甚至数百万字的篇幅，除了创造商业资本最大化利润外，其实是无关乎文学和艺术的。那些白金级写手，每天要有上万字的更新量，不仅很难保证作品质量，长此以往还会掏空精神、伤害身体，成为"骨灰"的牺牲品。这样的写作与我们的民族和文化，与我们生活的这块土地是隔膜的，对现实的生活和社会矛盾是回避的，与读者实现内心交流的东西很少。因而，新媒体写作需要对网络志存高远，对文学心怀敬畏，真正建立起文学承传、创造、担当和超越意识，能够更多地与我们的人民、我们的时代、我们的这块土地接近起来，打深井，接地气，提升自己艺术创造的高度，挖掘作品思想内涵的深度，描绘时代的精神影像和图谱，赋予文学更强健的精神品质，提供给读者更多具有人性温暖和心灵滋养的东西。

"艺术正向"与"市场焦虑"的困惑，是新媒体文学在产业化运作过程中碰到的发展悖论。新媒体文学的发展过程就是一个艺术与商业资本磨合与接轨的过程，是文化资本携带"文学行囊"追寻文化产业资本保值增值的过程。早期的汉语文学网站如"橄榄树""花招""新语丝"等都是先由海外文化资本投资建立然后挺进中国本土的，我国大陆第一个大型原创文学网站"榕树下"也是由美籍华人朱威廉投资创办的。文化资本掌控文学媒介载体、传播渠道，也操控着文学内容，没有幕后的文化资本市场这只"看不见的手"，网站就玩不下去。有人说，世界上每3分钟诞生一个网站，每5分钟会有一个网站自然消亡，其"消亡"大都是丧失市场和资本的支持所致。新媒体文学如何在"市场化"与"艺术化""效益追求"与"文学追求"之间找到一个适当的平衡点，解决好"艺术正向"与"市场焦虑"的矛盾，是一个需要认真对待的问题。

6.2.4 新媒体文学的发展趋向

其一，传统文学与新媒体文学打破相互观望的格局，出现交流认同的可喜局面。近年来，传统主流文学开始以积极主动的姿态，为新媒体文学递上示好的"橄榄枝"。"网络文学十年盘点"、网络写手被吸纳为作家协会会员、网络小说《大江东去》入选全国"五个一工程奖"、网上举办"全国30省（区）作协主席小说擂台赛"、创办网络文学节和原创网络文学年度盛典活动、创办《网络文学评论》刊物等，让两种文学多了些"握手"的机缘。

中国作协积极介入新媒体文学的研究和引导，采取了许多有效措施：一是组织传统作家与网络作家"结对交友"活动，已经举办两届（2011年8月5日的见面会结成了18对，2012年2月16日第二批结成了15对）；二是明确把中国作家网、新浪读书频道、盛大文学、中文在线、搜狐读书频道列为网络文学重点园地；三是加强对网络作家、编辑的培养，在鲁迅文学院举办网络作家和网站编辑培训班；四是在重点扶持项目中把网络文学创作列入扶持范围，给予经费支持；五是在鲁迅文学奖、茅盾文学奖评选中对网络文学敞开大门等。

还有如网络作家唐家三少、当年明月当选中国作家协会全委会委员；《文艺报》与盛大文学合作开辟网络文学评论专栏，推进网络文学评论；起点网与18位知名作家签约（包括海岩、周梅森、虹影、严歌苓等）；中国作协和国家新闻出版总署在网络版权维护、数字化阅读、网络作品版权输出等方面采取积极维护、有效管理、鼓励发展的态度，为新媒体文学产业发展保驾护航等。

融合传统文学、贴近主流文化，让新媒体写作与传统写作双向交流，融合互补，抱团取暖，这对整个文学的发展繁荣都是十分重要的。

其二，新媒体文学的产业化初露端倪，商业模式日渐成型。新媒体及其文学本身就是市场化的产物，这种文学精神与传媒经济的双重属性，让经营者培植出了这样一条文化产业链：签约写手→储存原创作品→付费阅读→二度加工转让→下载出版→影视改编→制作电子书→开发移动阅读产品→网游改编→动漫改编→转让海外版权，通过全媒体营销建立起一个融合在线阅读、移动阅读、实体图书、动漫、影视等多形态文化产品、立体化版权输出的链条。成功实现产业链经营如《诛仙》《星辰变》《鬼吹灯》《明朝那些事儿》等。2011年，这个产业链上的最大卖点是转让影视版权。自从由网络小说改编的电影《山楂树之恋》大获成功后，从网络上寻找故事资源成为许多电影、电视剧的创作法门。文学网站和网络写手也都从这里看到了商机，仅盛大文学就出售影视版权50多部，起点中文网还专门创办了剧本频道。《我是特种兵》《失恋33天》《裸婚时代》《步步惊心》

《杜拉拉升职记》《和空姐一起的日子》《后宫·甄嬛转》，以及《美人心计》《倾世皇妃》《千山暮雪》《梦里花落知多少》《我的美女老板》《泡沫之夏》《钱多多嫁人记》等，均斩获不凡，票房或收视业绩骄人，其所引发的"穿越""宫斗"类型剧热度升温，随之又有《回到明朝当王爷》《庆余年》《帝锦》《刑名师爷》《大魔术师》等，一部部网络小说改编的影视作品联袂上演，这在一定程度上激活了收视收看市场，产生了"网上火"与"影视热"的市场双赢和资源共享。

其三，竞争加剧，争抢资源，写手"去草根化"趋势。网络文学的市场竞争越来越激烈，大型网站以集团化寡头方式垄断市场资源，小型网站签约不到优秀写手，收揽不了好的作品，要素市场资源短缺，只能苦苦支撑，艰难生存，甚至不死不活，难以为继。网站之间的盗版链接、挖墙脚等现象时有发生。原创网站的争抢资源和分化重组，让新媒体文学开始步入战国争雄、寡头垄断时代。

"草根性"是新媒体文学最具活力的要素，当无功利变成了有偿写作，宅男宅女变为签约作家，边缘文字成为荧屏新宠，真正的草根越来越难以出头，发表平台和渠道资源都成了"大神"寡头的天下，文学的各个环节均被资本玩家、商业推手以及各种隐性利益集团所把持，草根群体为了生存，只好期待加盟或"招安"，向"大神"靠拢。新媒体文学需要自由竞争，也需要整饬市场，规范利益链条，优化传媒环境。"草根性"丧失不仅会改变新媒体文学的本色和品相，还会让广大网友失去参与热情，改变网络文化生态，特别引人关注和忧虑。

总的来看，新媒体文学已经成为我国文学大家族的一员，并且是当代文学中最具活力的部分，其所需要的是宽容、关爱、扶持和引

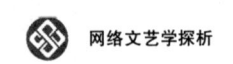

导。网络写作和传统写作都是创作，网络文学和传统文学都是文学，在媒介载体的意义上两者不存在孰高孰低、谁优谁劣，新媒体最需要的是提高自己的艺术品质，处理好市场化、技术化与文学审美品格之间的关系，借用技术化的传媒之壳承载人文审美的文学之魂；而传统文学则应该放低姿态，面对新媒体文学时，不妨切入现场，高看一眼，或者施以援手，帮扶一把。两种文学之间只有实现平等交流，相互借鉴，在互补与竞争中实现融合与共生，才会有利于整个文学的繁荣发展。

6.3 当下网络文学的十个关键词[①]

网络文学正大步走进公众视野，文学界对网络文学关注度明显提高，媒体对它的报道也日渐增多。由于数字技术和传媒市场的双重催生，这一从网络草根成长起来的"野路子文学"已开始从边缘走向前沿。下面这些关键词庶几可以昭示时下我国网络文学的基本状貌。

6.3.1 作品海量

中国互联网络信息中心统计报告显示，截至 2012 年 12 月底，我国网民规模达到 5.64 亿人，网络文学用户 2.33 亿人，较 2011 年年底增长了 3077 万人，网民的网络文学使用率为 41.4%。虚拟空间自由写作的

---

① 本节原载《求是学刊》2013 年第 3 期。

低门槛与商业模式的利益催生,让网络文学继续呈"井喷"式增长态势。有统计表明,在5亿多网民中,有超过2000万人上网写作,约200万人成为网站注册写手,通过网络写作获得经济收入的已达10万人,职业或半职业写作人群超过3万人,文学网站及移动平台每天的文学阅读量超过10亿人次,在线作品日更新超过2亿字节,一个大型网站原创作品的日更新量可达数千万甚至上亿汉字。如成立于2003年的女性文学网站晋江文学城,已贮藏在线作品65万部,日均页面浏览量1亿人次,该网站简介写道:"拥有注册用户700万,注册作者50万,签约作者12000人,其中有出版著作的达到3000人。并以每天近1万新用户注册、每天750部新作品诞生,每天2本新书被成功代理出版的速度飞速增长着。"① 创立于2002年的起点中文网,每天有超过3亿的PV流量,注册用户数超过3000万人,每天保持8000万字以上的作品更新。"起点文学网作品类型丰富,涵盖了传统现实类小说的各种题材,有校园的回忆、职场的暗战、官场的门道、军事的热血、历史的传奇、情感的波澜、婚姻的离合、乡土的眷情。针对各个年龄层,各个阶层的读者,都有合适的作品供其阅读,真正实现全年龄层、全方位的阅读体验。"② 我国有经常更新的文学网站达数百家,加上门户网站文学频道、文学社区、个人文学主页,还有超过3亿手机网民的"段子写作"和3亿多用户的微博群体,如果把所有网络文学作品累积起来,其总量将是一个天文数字,堪称世界文学史上的一大奇观。仅盛大文学麾下的几家在线中文写作平台,累计发布的作品便已超过730亿汉字。"大神"级写手唐家三少最多的一年曾一人写下400万字,并创下连续100个月不间断更新小说的纪录,阅读人次超过2.6亿,2012年4月,

---

① 晋江文学城:http://www.jjwxc.net/aboutus/,2013年2月18日查询。
② 起点中文网:http://www.qidian.com/aboutus/aboutus.aspx,2013年2月18日查询。

盛大文学为他申请了吉尼斯世界纪录。网络写作的这种"文学大跃进",形成了网络作品的海量剧增和聚众阅读的"人气堆"现象,尽管在文学品质上还不足以与传统文学相媲美,但它却以恒河沙数般的作品存量确认了自身的文学在场性,表征了"网络文学"的历史性存在,并且以不同的文学姿态改写了中国当代文坛的发展格局,创造了巨大的文化关注,重构了影响一代人成长的文学语境。有专家评价说:"网络文学领域,既泥沙俱下,又藏龙卧虎,丰富性中具有芜杂性,芜杂性中又有可能性。现在的网络文学,已逐渐成长成为传统文学之外的一个葆有活力的新兴文学板块,这个板块可能没有传统文学看起来那么清晰和规整,水平也参差不齐,但它确实是文学写作爱好者演练才华的一个超级舞台,也是文学写手与文学读者彼此互动的一个活动平台。"①

6.3.2 类型写作

近几年是网络类型小说丰收期。类型化写作和欣赏已成网络文学主流,各大文学网站存储作品最多、最受关注的大都是类型小说。除了女性、武侠、玄幻等专门的类型化网站外,一些综合型文学网站也在主页上设置种种类型小说栏目吸引眼球。常见的文学类型如:玄幻/奇幻、武侠/仙侠、科幻/灵异、修真/穿越、历史/架空、权谋/宫斗、盗墓/悬疑、惊悚/恐怖、侦探/探险、都市/言情、游戏/竞技、青春/校园、职场/官场、军事/太空、女性/美男、同人/耽美……今年1月,《羊城晚报》联手各界专家学者评选的"2012年度网络小说榜",上榜作品如《将夜》《罪恶之城》《妖孽保镖》《对手》《仙魔变》《神印王座》等都是年度极具人气的类型小说。类型写作的网络

---

① 舒晋瑜:《2012网络文学初探:官场后宫火爆,影视改编盛行》,《中华读书报》2012年2月10日。

兴盛是新媒体市场选择的产物，它很好地适应了网络分众、小众的点击期待，吸引读者付费阅读。但这类作品的情节、故事、人物、想象、节奏和叙事方式等往往带有模式化痕迹。有些小说创作的"类型化想象"缺少深厚的文化底蕴和坚实的生活积累，用于想象的素材囿于有限的生活阅历、知识视野，有的甚至就来自某些网络游戏，久而久之很容易陷于"枯竭焦虑"，摆不脱自我重复的窠臼或难以为继的尴尬，导致一些类型化作品红极一时却速成速朽，短期内能登上排行榜、赚取点击量，却少有艺术提升的空间和文学创新的潜能。由于类型写作模式化跟风和同质化严重，导致许多作品自我重复，猎奇惊艳，隔断了文学与现实生活的依存性关联，其结果便是它们在"量"上占据网络文学的大半壁江山，但是在"质"上却与精品力作相去甚远。著名写手南派三叔曾坦言：宫斗剧火了，大家都开始写宫斗，盗墓火了，都一窝蜂扎堆写盗墓，这些作品千篇一律的风格好像只是换了换人物名字而已。

6.3.3 影视改编

网络小说激活了这两年的影视市场。自网络小说《山楂树之恋》和《杜拉拉升职记》搬上荧屏大获成功后，网络文学的影视改编就成为一大热点。完美世界在2011年年末推出的电影《失恋33天》，以不到1000万元的制作成本，拿下高达3.5亿元的票房。《裸婚时代》《步步惊心》《后宫·甄嬛传》等改编自网络小说的热播电视剧，收视率一浪高过一浪。安七炫主演的《帝锦》、吴奇隆主演的《刑名师爷》、梁朝伟主演的《大魔术师》、陈凯歌拍摄的《搜索》、陈思成和小宋佳主演的《小儿难养》等网络小说改编的影视作品也表现不俗。李少红执导的电视剧《花开半夏》、赵宝刚导演的《婚姻保卫战》也都缘自同名网络文学。据报道，2012年前三季度仅盛大文学旗下7家文学网站就有75部小说售出影视版权。从网络上寻找电影、电视剧的故事资源，不仅有助于缓解影视剧本荒，拉动荧屏文化消费，同时也让文学网站经营者和网络写手从这里看到了商机，找到了让作品快速接近最大受众的"终南捷径"。据CNNIC网络文学用户调研数据显示，网络文学用户中有79.2%的人愿意观看网络文学改编的电影、电视剧，这对网络文学作者、文学网站和影视剧公司来说都是一个诱人的数据。网络文学与影视产业"联姻"，首先是源于网络小说平民化、青春化、趣味化的故事品质，它们与影视作品的大众化选择是一致的，改编后容易找到影视观众卖点；另一方面也是剧本资源市场供需配置的需要。影视创作的基础是故事和剧本，网络小说海量的原创作品存储，为影视剧本创作提供了最大的资源库和最丰沛的故事群。网络文学与影视的相互需要带来的是资源共享和市场双赢，是网络文化与影视文化、新媒体文学与大众艺术相互取长补短、彼此借力发力的珠联璧合之举。不过，网络文学给影视创作带来生机和活力的同时，也暴露出题材撞车、内容同质化、风格模式化等问题。

6.3.4 互动交流

近年来，主流文学开始以更加积极主动的姿态，为网络文学递上示好的"橄榄枝"，网络写手与传统作家的互动交流，打破了昔日这两大阵营相互观望、不相往来的格局。继2011年8月首次举办传统作家与网络作家"结对交友"活动之后，2012年2月中国作协组织了第二届两个作家阵营的"结对交友"活动，来自盛大文学、新浪读书等网站的15位网络作家与15位国内知名作家、评论家结成"对子"。中国作协每年以项目方式重点扶持网络文学创作，2012年10月又一次重点扶持了刘晔（骁骑校）的《春秋故宅》等6部网络作品。同月，由全国近200所高校文学社团参与、红袖添香网站全程支持的"红袖添香·第四届信风杯全国高校征文大赛"拉开帷幕；12月，作为第四届网络文化节重要赛事的"长江杯网络文学大赛"落下帷幕。许多高校学子和传统作家都参与了这两次活动，对提升网络文学的整体水平产生了积极影响。网络文学与传统文学的沟通交流、相互借鉴对整个文学的发展繁荣十分重要。网络文学作为新生的文学，应该向传统文学吸取文学经验，提高自己的艺术品质；传统作家和评论家也应该放低姿态，对新生的网络文学帮扶一把。在品评文学时，我们不应该有"媒体歧视"，也不得享有"媒介霸权"。当然作为拥有技术传媒优势的网络文学，更需要充分吸纳和借鉴传统艺术经验，借用技术化的网络之壳承载人文审美的文学之魂，用新媒体的表意方式回应这个社会的历史变化。

6.3.5　全版权

文学网站"全版权"营销产业链日渐完善，为网络文学添加了市场活力。网站的"全版权"是采用不同媒介的多种版权方式全方位运营，即把网络作品转让给电视、电影、广播、手机、纸媒、网游、动漫等不同传媒领域，通过文字、声音、影像、表演、视频等各种表现手段，对作品进行全方位、多路径、长链条的版权经营，在满足受众市场细分需求的同时，让网站、作者和作品经营者一并获得商业利益。这样的作品营销是文学网站长期摸索出来的行之有效的商业模式，那些热门网络作品不仅可以在线阅读，还可以下载出版实体书，改编成电影、电视剧或网络游戏、动漫作品等，在原创出版、影视改编、有声制作、无线阅读等领域全面开花。这些跨界合作环节的累计价值远远超出网民的付费阅读或单一版权的营销价值，它可以全方位经营作品、扶持作者，打造的是文化资本长效增值的产业链，形成网络文学产业的"长尾效应"。这个产业链的基本环节从"签约写手"开始，然后以"储存原创作品"为基础，经文化中介延伸出多个版权营销环节。自网络职场小说《杜拉拉升职记》被成功搬上银幕、屏幕和舞台后，便拉开了网络小说的版权经营和多元开发的大幕，该作品随后出现了漫画、网络游戏、广播剧、有声图书、话剧以及海外版权等多种文化产品衍生态，有了注册商标，甚至开始了文化产品授权。网络同名小说改编的电视局《倾世皇妃》播出后，收视率一路狂飙，持续占据同一时段收视率第一的位置，复播率很高，并且与20多个国家签了发行合约。网络小说《诛仙》《星辰变》《明朝那些事儿》等，都以成功的全版权营销让它们的作者进入网络写手富豪榜行列。天蚕土豆的《斗破苍穹》在实现手机付费阅读、纸媒出版和游戏改编、出售网游版权等多种吸金方式后，2012年又以超过百万元的价格售出了电视剧版权，文学网站的工作也已经从简单的图书出版向文化经纪公司方向发展。还有如《鬼吹灯》《佛本是道》《仙逆》《江山美人志》等众多作品均通过全版权营销大有斩获，其示范性让原创内容的产业链源头作用得到凸显，大大提高了文学网站的经营能力和发展信心。但这一商业模式过分倚重作家与市场的关系，强调的是文学与商业资本的接轨。资本掌控文学媒介载体、传播渠道，也操控着文学内容，资本市场这只"看不见的手"成了网络写作的幕后操盘手。问题在于，网络文学如何在"市场化"与"艺术化""效益追求"与"文学追求"之间找到一个适当的平衡点，解决好"艺术正向"与"市场焦虑"的矛盾，还需要认真对待。

6.3.6 反盗版

2012年，反盗版成为网络文学的行业焦点。随着网络产业进程的不断推进，网络作品的版权保护问题日渐重要和紧迫。以网络公共平台为承载体的网络文学，特别容易被他人随需随取地"共享"，正所谓"网站十年经营，盗版一招致命"。近年来网络文学盗版已经形成一条完整的灰色链条，严重干扰了网络文学的行业秩序、产业规模和创意价值效应，也加大了内容监管的难度。一家盗版小说网站设置链接，几乎是零成本，只需通过盗版原发网站的小说获取流量，便可轻松牟利。据盛大文学统计，2012年排名前十的热门作品每天被搜索近130万次，但这些搜索结果中大量充斥的却是侵权盗版链接。盛大公司利用其版权追踪系统追踪到的盗版网站就有1.4万个，盗版链接数量高达1235万余条，全年给网络文学造成的损失约40亿—60亿元。这些盗版网站以搜索引擎为推广途径，通过"广告联盟"等形式，赚取巨额广告收入，而搜索引擎、广告联盟则与盗版网站按照一定比例共享"收益"。对于防不胜防又屡打不绝的网络侵权盗版顽疾，2012年的反网络盗版活动有了新的举措，并开始形成一定声势。文化部公布的2012年文化市场十大案件中，涉及互联网的侵权案件就占了50%。3月，针对苹果公司涉嫌盗版侵权，被侵害的作家和出版机构组成作家维权联盟，起诉百度侵权。9月，百余位网络写手联名呼吁各网络搜索平台注意维护著作权人权益。10月，盛大文学与百度、搜狗、奇虎360和腾讯搜搜四家搜索引擎公司签署了《维护著作权人合法权益联合备忘录》，号召对网络盗版采取一致行动。盛大创新院自主研发的一套"文学指纹"系统投入使用，该系统能以文本内容特征值方式采集作品指纹，从而对盗版网站进行实时监控和追踪，方便查处取证。不过从网络版权保护情况看，侵权盗版现象有所减少却并未消失，更没有清除。其原因在于，网络盗版成本很低却查处很难。由于网络版权立法、行业管理缺失等原因，使得网络文学防盗版的成本远远高于盗版成本。"侵权太易，维权艰难"，成为网络文学版权保护的软肋。从根本上说，要想根治网络盗版侵权行为，首先需要建立健全网络著作权法，还需要有行业自律，创造诚信的网络环境，并且需要有相应的技术措施，为网络文学版权安全建立有效的保障体系。

6.3.7 去草根化

网络写作的"去草根化"现象近年来有加剧的趋势，众多网络写手开始褪去"草根"角色，从幕后走进了公众视野，成为大神级作家，甚或文化名人。这主要源于两种原因：一是利益催生，二是环境培育。在商业利益和"点击率情结"的驱使下，一些网络作者开始放弃"无功利"写作动机，企望进入"作家"行列，得到主流认可、媒体聚焦和网友好评，在获得关注度的同时赢得更高的知名度。更为重要的是，有了作品的较高点击率、收藏量和关注度后，可以凭更高身价与大型文学网站签约，得到更为优厚的稿酬和更多版权转让的机会，以商业链的"长尾效应"获取丰厚的经济回报，成为文化资本利润最大化的受益者。既然经济利益的内在动力远比无功利的自由写作来得实惠，"创作自由"便成为一种渐行渐远的文学梦想。环境的干预对于网络写手的"去草根化"也很重要。近年来，传统文学阵营开始深度关注网络写手的成长，如鲁迅文学院举办网络作家培训班，截至2012年4月已连续举办了五期，帮助网络作家正确认识时代，提升文学素养，增强传承、创造、担当、超越的意识，开阔眼界、把握方向、提高创作水平。这样的学习过程，实际上是一个"去草根、育精英"的过程。再如，一批创作成果突出的网络写手被吸纳为各级作家协会会员，茅盾文学奖、鲁迅文学奖、"五个一工程"奖等重要奖项为网络文学敞开大门。2011年11月，唐家三少、当年明月当选中国作协全委会委员，也在一定程度上提升了网络文学的地位，强化了网络写手的主流身份。另外，为提高网络写手的创作水平，一些网站制定了相应的培训措施。如中文在线旗下的17K小说网创办了网络文学培训组织——17K商业写作青训营，推出了《网络文学新人指南》和《网络小说写作指南》，采用"大神课堂""一对一点评"等教学模式，或借助QQ群、BBS评点、站内信、书评区、YY语音频道、微博、微信等各种交流工具，对网络写手进行随时随地的指导和培训。该写作营开班12期，培训作者已超过1万人。盛大文学也通过"新人主题写作季"等方式，对新人写手进行网络培训、编辑访谈、一对一辅导等。这些措施有助于网络作家的成长，也助推了网络文学创作队伍的"去草根化"。

6.3.8 网络批评

时下的网络文学批评远不如网络作品创作那样繁荣兴盛，但2012年仍然出现了一些新的动向和成果。5月，盛大旗下的云中书城投入百万元创建"白金书评人"群体，试图改变文学批评界对网络文学"集体失语"的状态，搭建中国网络文学的评价体系。该活动吸引了近9000名作者参与，提交了近17000篇书评作品，并最终选出了30位白金书评人。6月28日，中国作协举办了首届网络文学作品研讨会，邀请10位评论家对菜刀姓李的《遍地狼烟》、天下归元的《扶摇皇后》、酒徒的《隋乱》、阿越的《新宋》、杨鏖莹的《凝暮颜》等5部网络小说进行了"二对一"研讨，表明主流文学界开始主动介入网络文学批评。中国作协领导阐明了举办此次网络文学作品研讨会的三点初衷：一是网络文学异军突起，影响着越来越多的网络受众。若重视文学，必须重视网络文学；若关心文学的未来，必须关注网络文学的发展。二是网络文学作品参差不齐，泥沙俱下，急需大浪淘沙，急需高人指点，逐步建立符合文学本质、具有网络文学特点的审美评价体系，促使其蓬勃发展，健康成长。三是通过研讨评论，推出一批优秀的网络文学作品、网络作家和网络文学评论家。12月，中国作协创研部与海南作协联合召开的"新世纪长篇小说研讨会"上，专门研讨了网络写作和网络类型化长篇小说问题。还有，《网络文学评论》《创作与评论》等理论批评刊物发表了网络文学批评笔谈，集中探讨了当前网络文学存在的局限和"短板"问题。教育部首次评选设置了《网络文学创作与欣赏》的国家级精品视频公开课，让公众通过网络点击观看。湖南成立网络文学研究会并举办网络文学批评专题研讨会，把网络文学评论问题推向前沿。不过从总体上看，当前的网络文学批评依然薄弱乏力，尚未建立起自己的评价体系，在线批评缺乏引导，学院派的批评难以摆脱与网络文学的隔膜之感，如网络写作自由开放的属性、偏于娱乐化的审美取向、以读者为中心的写作立场，以及从网络语言派生出来的符号表意系统的变化等，时下的网络批评还缺少深度切入。

6.3.9 排行榜

这两年，各种类型的网络文学排行榜经常占据网络主页头条，彰显出网络文学风生水起、热点频仍的发展状貌。梳理起来，引人关注的排行榜主要有三类：第一类是一些原创文学网站主页的作品分类排行榜，常见的如月票PK榜、热评作品榜、会员点击榜、书友推荐榜、书友收藏榜、总字数榜、签约作者新书榜、公众作者新书榜、新人作者新书榜、强力推荐作品榜、潜力推荐榜、网友评价指数排行榜、VIP更新榜、连载小说点击榜、红粉点击榜、女生PK榜、版权推荐榜、每周新用户关注榜、评价票周榜、论坛24小时热帖榜、品书试读榜、长篇点击榜、短篇精华榜等,不一而足。这些分类排行榜是网络文学类型化的产物,能方便读者选择性阅读,适应读者的市场细分。第二类是经过评审遴选的网络作品排行榜,如2012年网络十大小说排行榜、2012年网络文学销售排行榜、2012年中国十大独立文学网站排行榜、2012年网络小说排行榜、2012年17K小说网的人气小说排行榜、世纪文学网的网络小说50强排行榜、hao123小说网的小说排行榜,以及2011年年末评选的网络文学"新世纪十年十大经典作品"①、云中书城、新浪微博策划评选的"十年网络文学、100部最难忘的网络小说",等等。第三类是网络作家榜,如2012年网络作家排行榜、2012年网络十大红人排行榜、2012年网络作家收入排行榜、新世纪十年十大经典作家,还有稍早些的《人民文学》杂志社与盛大文学举办了"未来大家top20"评选,网络作家唐家三少等入选。遴选依据一般是点击率、收藏量、网友评价、网上网下的影响力等。这些排行榜未必十分准确,也不一定受到普遍认可,但它们所形成的舆论力量依然能影响人们对网络文学的看法和评价立场,表明了网络文学的社会关注度。如2012年11月发布的中国作家富豪榜,著名网络作家唐家三少、我吃西红柿、天蚕土豆,分别以3300万元、2100

---

① 此次评出的网络文学新世纪十年十大经典作品是:《诛仙》《悟空传》《此间的少年》《盗墓笔记》《致我们终将逝去的青春》《成都,今夜请将我遗忘》《七夜雪》《步步惊心》《地狱的第十九层》《千山暮雪》等;评选的新世纪十年十大经典作家为:南派三叔、安妮宝贝、沧月、匪我思存、蔡骏、萧鼎、江南、明晓溪、桐华、辛夷坞等。见新浪读书《中国网络文学经典十年高峰论坛在京举行》,http://book.sina.com.cn/news/c/.2011-11-07/1440292493Shtml,2013年2月18日查询。

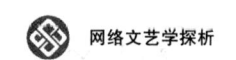

万元、1800万元的版税收入，荣登"网络作家富豪榜"前三甲。这份榜单是根据这些网络作家从2007年至2012年的文学写作和由此产生的纸质图书版税及影视改编、网游研发等相关授权的总收入统计出来的。唐家三少本人曾表示，这一数据和自己总收入"差不多"。

6.3.10 网络语文

随着网络用语的不断丰富，网络写作的语言运用更趋个性化、时尚化和日常生活化。我们看到，无论写玄幻、写穿越，抑或写历史、写官场，网络作品的语言都不拘一格，充满活力，网络语文已成为我们这个时代语言创新的先锋。2012年的热门小说如猫腻的《将夜》、烟雨江南的《罪恶之城》、唐家三少的《神印王座》、黄晓明的《二号首长》等，无不以个性鲜明的网络语言吸引网民。特别是微博、微信用户的增加和手机段子的广泛流行，更是加速了网络语文的更新和普及，让文化人都觉得，如今的网络新词"学的没有变的快"。一是所谓的"火星文"，如："286"（低智商）；"BT"（变态）；"觉皇"（嗜睡的人）；"跌股"（没面子）等，它们颠覆传统语言文字形、音、义的一些特征，消解语言约定俗成的规范秩序，采用混搭式自我想象，创造另类的、带有自我情感表达特征的语言。另一类是带有后现代和青年亚文化特点的"潮语言"表达，如"QQ上多了，什么企鹅没见过""人才和天才只差一个'二'，故，人才很精，而天才总是有点二""我这心碎得，捧出来跟饺子馅似的""人生最大杯具：美人迟暮，英雄谢顶""哥其实也很帅 就是不明显"等等，它们很好地体现了网络族群特别是青少年网民追逐时尚、张扬个性的特点，满足了他们特立独行、标新立异等特殊的情感需要，并且善于炼字凝意，形成表达的机巧和睿智。还有一类网络语文是不时涌现出来的网络流行语，它们往往负载着特定的社会舆情内涵和时代印记，蕴含着共时性的社情民意。如2007年我们重新认识了"华南虎"的新表征，2008年我们重新感受了"俯卧撑""打酱油"的寓意，2009年则有了"躲猫猫"和"偷菜"的新解读。随之，网络流行语越来越多，也越来越具影响力，2010年有"羡慕嫉妒恨""给力""神马都是浮云""我爸是李刚"等语文流行，有的已进入主流媒体。2011年的"淘宝体""坑爹""吐槽"等新词开始走进我们的日常生活。2012年的网络流行语同样很多，如"正能量""屌丝""高富帅""白富美""江南Style""元芳，你怎么看""甄嬛体""杜甫很忙""压力山大""切糕"等。网络语文不寂寞，其所形成的语言应用的普适性"习得机制"，无论是在文学还是在语言学的意义上，都将凝聚为一个时代的文化符号，并表征这个时代的网络文化。

6.4 网络类型小说：机缘和困局[①]

类型化长篇小说对文学网站的大范围覆盖，已成为网络文学的一大热点。在文学形态日渐多元化的今天，网络文学的技术化崛起已经演绎出新媒体时代的"文学神话"，而网络类型小说的蔚为大观更是把这个"神话"推向了网络文学前沿，不仅改写了网络文学的面貌，也改写着当代文坛特别是小说创作的整体格局。类型化写

---

① 本节原载《学习与探索》2013年第2期，《新华文摘》2013年第10期"论点摘编"转载。原文为国家社科基金重点项目"网络文学文献数据库建设"（项目批准号：11AZW002）研究成果之一。

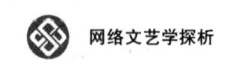

作风靡网络的原因究竟是什么，它面临怎样的发展困局，如何实现让类型化小说创作提质以让它走得更远，对这一热点现象的关注需要有观念的祛魅，以便更深入地了解网络类型小说，促进其健康发展。

6.4.1　网络文坛的别样风景

有统计表明，我国的文学网民总数已逾 2 亿，其中有 2000 万人上网写作，200 万人成为网站注册写手，文学网站及移动平台每天的文学阅读量超过 10 亿人次，在线作品日更新达 2 亿字节，一个大型网站原创作品的日更新量可达数千万字。① 打开时下的文学网站，作品数量最多、更新最快、关注度最高的大都是类型化的长篇小说，类型化写作已成网络文学的主流。除了女性、武侠、玄幻等专门的类型化网站外，一些门户网站的"读书"栏目和综合型文学网站的"文学""原创""文化"等板块，也多选择类型化作品支撑文学主页以吸引眼球。在起点中文网、17K 小说网、言情小说吧、红袖添香、潇湘书院、晋江文学城、幻剑书盟网等知名网站上，类型化小说都被设置在最醒目的位置。网站主页上的那些月票 PK 榜、热评作品榜、会员点击榜、书友推荐榜、书友收藏榜、总字数榜、签约作者新书榜、网友评价指数排行榜、VIP 更新榜、连载小说点击榜、红粉点击榜，上榜对象几乎无一例外均为类型化的长篇小说。

网络类型小说种类多样并不断演变翻新，常见的类型有：玄幻、奇幻、武侠、仙侠、科幻、灵异、修真、穿越、历史、架空、盗墓、

---

① 数据参见中国互联网络信息中心 2012 年 7 月 19 日发布的《第 30 次中国互联网络发展状况统计报告》，http：//www.chinanews.com/it/z/cnnic30/；参见马季《跨文化语境中的中国网络文学》，《文艺报》2012 年 7 月 16 日。

悬疑、惊悚、恐怖、侦探、探险、都市、言情、游戏、竞技、青春、校园、职场、官场、军事、太空、权谋、宫斗、女性、美男、同人、耽美、新红颜、轻小说、百合、女尊,还有 YY 小说、黑道小说等,不一而足。玄幻武侠小说《诛仙》,盗墓类长篇小说《鬼吹灯》《盗墓笔记》,探险小说《藏地密码》等一批类型化长篇,从网上火到网下,成为出版市场的宠儿。《明朝那些事儿》《步步惊心》《吞噬星空》等热度不减,点击量持续攀升。

2010 年红袖添香网站曾举办年度网络最佳原创作者、年度最佳作品评选,获奖的 50 部作品中绝大多数都是网络上流行的类型小说,如《宫心计:冷宫皇后》《宫杀:凤帷春醉》等"后宫"小说,《再生缘:我的温柔暴君》《替身哑妻》等穿越小说,《裸婚》《蜗婚》《逃婚俏伴娘》等婚恋作品,以及《一起写我们的结局》等青春小说。

2011 年年末举办网络票选热门网络小说排行榜,排名前十的作品是:《吞噬星空》《斗破苍穹》《遮天》《天珠变》《武动乾坤》《大唐皇族》《永生》《锦衣夜行》《重生之贼行天下》《武帝重生》等。我们看到,它们无一例外地是玄幻武侠、架空穿越、灵异修真、历史后宫等类型化写作,没有一部是现实题材的作品。2012 年网络小说排行榜排前十名[1]的依然是这些类型化的长篇小说。这表明,在时下的网络写作和网络小说阅读市场上,类型小说依然是最受关注的文学类型。

---

[1] 2012 年网络小说排行榜·点击排行榜排名前十位的小说是:《绝品邪少》《一等家丁》《情陷美女老总》《恶魔老板的禁脔:贴身小秘》《重傲九天》《少年魔神》《财迷宝宝:想要妈咪就给钱》《万古始祖》《我动了美女上司的电脑之后》《绝世邪僧》。参见安润中文网·小说排行榜 http://www.anrun.net/top.html,2012 年 12 月 20 日查询。

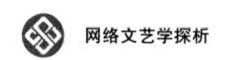

6.4.2 网络类型小说兴盛的原因

类型化小说早已有之，中国古代小说如"三言""二拍"都具有类型小说的特点。明清时期的"四大文学名著"中，《西游记》的神魔、《三国》的历史、《水浒传》的侠义、《红楼梦》的才子佳人，也可以说是类型化的长篇小说。近现代文学史上的金庸、古龙、黄易、梁羽生、温瑞安等人的武侠小说，培养了一代代"武侠迷"，也培育了读者对武侠类作品的阅读心理和欣赏习惯。现代文学史上赵树理代表的"山药蛋派"，孙犁代表的"荷花淀派"，以及老舍代表的"北京味"，刘绍棠代表的"运河味"等，也都是以特定类型（风格类型、题材类型、语言表意类型）作为他们的文学特色的。

不过，相对于传统的类型小说，今天网络类型小说的兴盛有其更为特殊的原因。

新媒体文化市场选择是网络类型小说的现实机遇。互联网及其网络文学的兴起是市场经济下技术传媒商业模式运营的结果。在我国，自20世纪90年代网络文学诞生以来，这一新型文学的起落和种种变化，都与传媒技术市场和网络文学的商业模式建构有关。我们知道，网络上的类型化写作适于网民分众的点击期待，满足特定小说读者群的趣味之好和个性之需，吸引作品受众付费阅读。如爱好武侠的网民可以去读《九鼎记》《少林八绝》，而喜爱悬疑题材则选择读《玉面狼君》《月玲珑》；偏爱现实题材的挑选《橙红年代》《哥儿几个，走着》等类型小说，而喜欢穿越的可以去读《回到明朝当王爷》《新宋》，喜欢搞笑式穿越的还可以去读《史上第一混乱》等。趣味无可争辩，人禀七情，爱憎难同，一种类型总能适应和满足一个特定的网络分众市场和小众群体，这个"分众"和"小众"的聚集便成为阅读市场覆盖的"大众"，他们是网络文学受众资源市场化配置的结果，也是网络类型化写作与分众阅读相互选择、彼此适应的需要，此其一。其二，类型化写作适合特定网络写手的知识专长和创作个性。文学创作是作者个性的艺术性表达，相对于传统创作，网络写手更注重个性化的自由书写，更尊重自己的个性特长和性情抒发。唐家三少在谈到自己为何写出《光之子》《狂神》《善良的死神》《斗罗大陆》等玄幻小说时说，这类"小说可以把我带离现实，将我引入另一个世界中。在那个世界里，甚至可以找到另一个无拘无束的自我。父亲曾经告诉过我，每个人都有自己的英雄梦，或许这就是我创作小说的源泉吧"①。学法律出身的当年明月，白天在一家单位做公务员，晚上则在家里写《明朝那些事儿》，迄今为止，他已写完七部，并已结集出版，《明朝那些事儿》的网上点击率超过2.2亿人次。在谈到创作缘由时他说："自己很喜欢历史，喜欢那些过去的人和事，但很痛恨那些故作高深的文章，其实历史本身很精彩，所有的历史都可以写得很好看。"②他说："我不是为了写而写，我是为了兴趣而写。偏偏我对历史感兴趣，没办法呀。"并说："以这种笔调来写历史是因为我自己本身就是这样的人，压根儿就不是一个一本正经的人，平时就喜欢调侃。"③还有如我吃西红柿擅长写武侠，终而以代表作《星辰变》《吞噬星空》等成为著名长篇武侠小说写手。涅槃灰以《隐婚》《旖月泪》《逃婚俏伴娘》等婚恋小说问鼎第二届华语言情大赛冠军宝座，正是他们创作个性和知识专长的生动体现。另外，我们说网络类型小说是市场选择的必然结果，还在于类型化小说有利于网站的市场营销和分类

---

① 百度百科：唐家三少，http://baike.baidu.com/view/102795.htm，2012年12月20日查询。
② 当年明月：《明朝那些事儿》第一部《洪武大帝》引子，中国友谊出版公司2009年版，第1页。
③ 百度百科：当年明月，http://baike.baidu.com/view/259861.htm，2012年12月20日查询。

管理。众多原创文学网站集中收录类型化小说，并且大都是类型化长篇小说，从传媒企业角度看，这类小说更易于网络经营者的目标市场定位，网站用不同类型的作品尽可能多地"试水"读者市场，"圈住"特定受众群体，以"专属"题材和既定的风格形成网络阅读的吸引力，提升顾客让渡价值，扩大阅读覆盖面和稳定分类阅读受众，而类型化长篇小说的"连环"阅读乃至"饥饿式营销"则强化了读者对作品的期待，从而形成"类型依赖"，让目标市场的受众转化为自己的拥趸。

"以读者为中心"的写作动机是网络类型小说兴盛的另一个重要原因。类型化写作坚守的是以读者为中心的"供给—满足"式写作，读者需要什么就写什么，粉丝爱读什么就怎么写，由此形成了网络类型小说的"眼球聚焦"和热门阅读的"人气堆"现象。赵赶驴的都市小说《赵赶驴电梯奇遇记》点击量超过 5 亿人次，创类型小说新纪录；玄幻小说《永生》完本时点击量越过 2.5 亿人次；官场小说《二号首长》在新浪读书频道连载时，曾在 20 个排行榜上长期排名第一，一年内连载点击超过 9000 万次，2011 年 5 月出版实体书时，1 个月加印 6 次，发行量突破 10 万册。也正是读者的巨量需求、广泛期待和热情相拥，给了写手以信心和创作的动力。笔者查阅网络得知，截至 2012 年 11 月，类型化小说网络点击量排名前十的作品为：（1）《盘龙》59528458；（2）《斗破苍穹》52761684；（3）《斗罗大陆》40680948；（4）《神墓》37649610；（5）《星辰变》28429980；（6）《坏蛋是怎样炼成的》22015355；（7）《凡人修仙传》18232915；（8）《极品公子》16621159；（9）《极品家丁》16382874；（10）《长生界》15804665。[①] 创作战争类小说《战地狼烟》的作者菜刀姓李（李晓敏）曾说："传统文学和

[①] 网络小说排行榜，百度总搜索量排名，http://tieba.baidu.com/p/1567297648，2012 年 12 月 21 日查询。

网络文学真正不同的地方只是在于决定作品命运的人变了：以前是编辑决定作品生死，到了网络上更多地是由读者来判定作品的命运。在某种程度上，写手由迎合编辑或者文学期刊变成了直接取悦读者。"①这一改变正是网络类型小说兴盛的一个重要原因。当然，"读者中心论"的最终目的是追求点击率和阅读量，而点击、阅读、收藏的目的仍然是商业利益，为文化资本培育产业链，以实现网络文学的"全媒体运营"，达成"点击为王"的"长尾效应"。现在，基于读者点击累计吸引的忠实粉丝群体，网络类型小说经营者已经逐步打造出了这样一条文化产业链：签约写手→储存原创作品→吸引点击→付费阅读→二度加工转让→下载出版→影视改编→制作电子书→开发移动阅读产品→有声读物→网游改编→动漫改编→转让海外版权。

通过"全媒体"营销建立起一个融合在线阅读、移动阅读、实体图书、动漫、影视等多形态文化产品、立体化版权输出的链条。成功实现产业链经营的案例有《诛仙》《星辰变》《鬼吹灯》《明朝那些事儿》等。

还有，传媒主因形成网络分众化的技术催生，也是网络类型小说兴盛的客观诱因。互联网作为当今发展最快的"第四媒体"，它既是大众媒体，同时也是分众和小众媒体，每个上网冲浪的人总是选择自己所需要的信息浏览，正所谓"茫茫网海，我只取一瓢饮"。因而网民群体形成的是一个个分众化的"细分市场"。特别是在文学阅读中，由于读者的生活阅历、兴趣爱好、价值立场和情感需求不尽相同，对作品题材、艺术风格乃至语言表达等都会形成不同的偏好，产生文学选择上的"物以类聚，人以群分"现象，特定的读者人群总是选择自

---

① 转引自王觅《网络文学：传递文学精神，提升网络文化——中国作协举办网络文学作品研讨会》，《文艺报》2012 年 7 月 13 日。

己喜爱的作品类型做选择性阅读。互联网"蛛网覆盖、触角延伸"的技术特点,把网络作品传递到世界的每一个角落,文学网民只需支付低廉的成本即可获得海量的作品,类型小说正是适应读者细分的需要而与市场、与受众相互催生的。广大文学网民的个性化阅读是类型小说兴盛的社会基础,那些著名网络写手的个人论坛、社区、博客和微博,培养了大批拥趸、粉丝,也会给作者以更多的写作激励与文学信心。网民间的相互唱和、跟帖,以及与作者的互动交流,为类型化小说发展提供了强大的动力和最广阔的市场。因而,数字化传媒的技术模式和传播力量,构成了网络类型小说最重要的"图—底"背景,互联网为类型小说的读写互动提供了最佳机缘,也成就了网络类型小说生长的丰沛资源。

6.4.3 网络类型小说能走多远

在我看来,时下的网络类型化长篇小说具有三个突出特点:第一,以浩瀚的文学存量和不断刷新的点击率覆盖大小文学网站,创造了一个时期汉语网络文学的巨大关注,形成大体量的类型小说繁盛格局;第二,类型化写作借助网络虚拟技术和网络文化的自由精神,开辟了多样而充满睿智的想象空间,创生出类型文学的丰富形态,以此形成以个人为中心的非主流文化趣味,为网络文学功能的娱乐化提供了适销对路的大众消费品;第三,借力互联网迅速普及的传媒大势,文学网站、网络写手、阅读受众的相互催生形成大众文化市场的利益共同体,用文化资本增值的商业模式确证了网络类型小说的历史在场性和文学新锐性。

与此同时,网络类型化长篇小说还存在三个明显的"短板":一是商业利益的驱动,资本最大化对文学品质的遮蔽和文学责任的回避，形成了类型小说数量与质量的落差，艺术提升空间很大却推进迟缓，网络类型小说未能超越如金庸、古龙、梁羽生等传统类型小说的创作水平，创作者也未能充分展现艺术创新的执着追求；二是签约写手的功利心态和期待"招安"的焦虑感，造成"阅读拜物教"式的点击率崇拜，一些写作者谄媚趣味欣赏，选择娱乐至上，造成类型写作的低端迎合多于高端引领；三是众多类型小说表现出"注水写作"越拉越长的倾向，日进万字的高产、动辄数百万字的篇幅，还有系列长篇的连锁性惊人容量，印证的未必都是文学创造力的旺盛，倒可能只是在证明写手耐力、体力的强健和对于商业性成功的渴望与执着。键盘鼠标的运字如飞，把类型小说拉入批量生产的文化工业槽模，却让技术复制成为创造精品力作的障碍，"技术的艺术性"已然是网络写作的利器，但"艺术的技术化"却可能成为逃避文学担当和艺术追求的借口。网络上的"速度写作"一味追求产量，对作者不啻竭泽而渔、创作透支，对网络文学的繁荣发展也是利少弊多。写手菜刀姓李就曾直言："作为网络写手，我不主张这么做。打个比方说，你一斤大米想酿出二十斤酒来，那酒就算还能喝但也不会是好酒，因为它是兑了水的，不纯。对于很多像我这样的职业写手而言，短暂的妥协是必需的，但是无论是从个人发展或是网络文学的大局出发，我们网络写手都应该找一个合适的时机让自己沉下来，写出一些真正的文字。"[①] 这对那些执迷于高产的网络写手来说，是一种很好的警示。

网络越来越普及，网络功能也越来越强大，类型小说要紧随网络的承载和传播力让自己走得更远，需要迈过几道门槛。

首先，需要校正和修补写作模式化的"重复短板"，为类型小说

[①] 舒晋瑜：《网络文学也有主旋律，菜刀姓李进入作协大楼》，《中华读书报》2012年8月15日。

拓展更为开阔的创新路径。时下的一些网络类型小说，彼此雷同、自我重复的现象时有所见，同一类型作品的故事情节、人物塑造、叙事节奏、语言风格，乃至遣词造句习惯等都大同小异。如武侠小说总是离不开寻宝、复仇，玄幻小说一般都少不了异火、丹药、功法，修真类小说往往都是察灵感气，聚灵成丹，逆天成仙，而宫斗类型小说无非是后宫妃子钩心斗角，或绵里藏针害人于无形，或锋芒毕露手段毒辣，或与世无争清淡如水，却不知天子心在何处……类型小说人物脸谱化倾向也很严重，主要人物往往都像是一个模子里刻出来的，如男主角总是能力出众、英俊潇洒、妻妾成群，女主角无不美丽性感，红颜薄命，不是"花瓶"便是"花痴"，性格缺少刻画，心理没有变化，很少涉及人物丰富的内心世界。更有"拳头加枕头、上房加上床"一类的噱头式写作，很容易造成作品内容的苍白和形式的老套。情节千篇一律，故事雷同撞车，人物跟风模仿，文笔互相抄袭，表现手法单调重复，有的甚至语句不通、错别字连篇，已经成为一些类型化小说不得不克服的创作短板。

其次，要消解想象力"枯竭焦虑"。类型化写作限制了文学创作的多样性，也给作者和读者的想象力设定了某种限制，导致了文学创作的单调和僵化。如在一些网站广为收揽的"穿越"小说，老是在一个设定的虚拟空间施展穿越式想象，要么让主人公穿越到过去，要么便穿越到未来，或在平行空间穿越，或在平行世界、平行宇宙穿越，或是同一时空同一时代让 A 穿越到 B 身上，又让 B 穿越到 C，等等。写作者可以是天马行空，释放自己的想象力，也可能是胡编乱造，张冠李戴，不经推敲。由于一些作者的"类型化想象"缺少现实根据和生活积累，也欠缺文化底蕴的深厚积淀，结果难免会让自己捉襟见肘而使写作"就地打转"或"迷宫乱窜"。一些描写现实题材的类型小说，由于写手生活阅历、知识视野的限制，其情节、细节常常有悖常理，虚假拼凑，让面壁虚构的想象漏洞百出。更有甚者，有的写科幻、灵异、玄幻、仙侠的类型小说，其文学想象的资源甚至就来自某些网络游戏，写手为码够期待的字数殚精竭虑却灵犀萎缩，陷于"枯竭焦虑"，摆不脱自我重复的窠臼或难以为继的尴尬。这样的类型化写作，必将让枯竭的想象变成艺术想象力的桎梏。

网络类型小说创作要解决模式化窠臼和想象力贫乏的关键，需从创作资源上实现"架天线""接地气"和"打深井"。其中，"架天线"是要注重吸纳传统文学资源，从中外历史上成功的类型小说创作中汲取营养，而"接地气"和"打深井"则是倡导文学创作体察现实、深入生活，让笔下的成色多一些人间烟火、人性的温暖和人文的承担。网络类型文学是市场经济滋长出来的文学支脉，它能让文学在互联网上保持一种鲜活的生存状态，让市场、生活乃至跌宕起伏的股市知道文学的存在。笔者曾在一篇文章中说过："类型化写作的最大局限在于隔断了文学与现实生活的依存性关联，使网络文学面临自我重复、猎奇猎艳、凌空蹈虚的潜在危机。这样的写作与我们的民族和文化，与我们生活的这块土地是隔膜的，对现实的生活和社会矛盾是回避的，与读者实现内心交流的东西很少。"[①] 从根本上说，无论是类型化写作还是其他创作，但凡是文学行为，都需要与我们的人民、与我们的时代、与我们脚下的土地建立起一种情感的体察、价值的赋予和艺术审美的关联，让类型文学写作成为一种真正的文学生产和意义干预，而不仅仅为时尚阅读提供一份类型化时尚读物。经济学上有一个"边际效应递减法则"，网络小说的欣赏也会有类似的"边际效应

---

① 欧阳友权：《当下网络文学的十个关键词》，《求是学刊》2013年第3期。

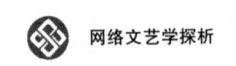

递减"现象，创作者的任务便是尽可能克服这种"递减曲线"而保持一种旺盛的创作力，让作品保持持续的感染力。为此，网络类型小说创作除了紧密跟踪阅读市场变化外，尤其需要不断强化关注社会的人文立场，增加艺术创新的审美元素，让这种类型小说的兴盛不仅添加类型的品类和作品的数量，还能成为中国文学发展史的一个历史节点。

6.5 网络写作的困局与成因[①]

有人说，网络上的文学写作苦乐共生，不啻为一种"甜蜜的苦役"。这对那些大神级写手和相对成功的作者而言，也许是这样，尽管他们也摆不脱网络写作"苦役"般的感受，但毕竟还有成功时的"甜蜜"作为补偿，如进入作家富豪榜，作品被出版、改编或被主流文学认可，等等；而对绝大多数期待"甜蜜"的"扑街写手"来说，就只有"苦役"少有"甜蜜"了。有统计，我国上网发表过作品的人超过 2000 万，网站注册作者约 200 万，其中能在网上赚到稿费的不超过 10 万人，而职业或半职业写手也就 3 万人左右。如此看来，要想以网络写作为职业，除非你有很好的文学天分、特别勤奋外加强健的身体，否则对你而言未必是最佳选择。

---

① 本节原载《当代作家评论》2014 年第 5 期，原文为国家社科基金重点项目"网络文学文献数据库建设"（项目批准号：11AZW002）研究成果之一。

6.5.1 网络写作的职业困顿

网络写作原是一种爱好与消遣，传媒市场的力量让它发展成一种职业和生存方式。作为业余爱好，上网写点文学的东西是一种快乐的享受；一旦成为一种职业，享受便越来越少，压力会越来越大。走近这个庞大的文学生力军你会发现，他们的职业困顿一点不比别的艰苦职业少，其中还蕴含了许多解读网络文学为何如此高产又如此驳杂的精神密码。

6.5.1.1 发表易，成名难，日日"催更"成倒逼，是网络写作的职业常态

网络媒体的"零门槛"、多入口和免把关体制，让文学作品的发表成为一件轻松而惬意的事情，但一个网络写手要想脱颖而出绝非易事。且不说你至少要有几十万字作品垫底方能在网站和网友中"浪得虚名"，成名以后也会时时处在写作压力之下。更新字数、作品点击数、月票得票数、书友收藏数等各种排位榜单处在不断更新中，要想保住位次和获得稳定的读者群，首先要保证按时更新而不得"断更"，一旦"断更"，不仅会对签约的网站爽约，还会遭到粉丝的吐槽，形成"读写倒逼"，传统"十年磨一剑"的做法远远适应不了网络的速度。

如起点中文网"码神"唐家三少，每小时可快写四五千字，从2004年年初到现在，他坚持每天上传8000—10000字，每年写作量不低于280万字，最多的一年写了400万字。在近10年的时间里，唐家三少总共创作了十余部作品，总字数超过3000万。2012年4月23日，盛大文学在"世界读书日"宣布，旗下作者"唐家三少"已连

续 100 个月"不断更",每天发表新章节。在起点中文网连载写作 86 个月,创下备受读者关注的写作纪录,盛大文学已将相关数字统计整理报给吉尼斯世界纪录官方机构。① 在网络写手中,唐家三少这样高速而持续的写作绝不是个案。20 万—30 万字的作品在传统概念里已经算是长篇小说,而网络上的长篇小说动辄几百万字,没有足量的更新作保证,写手几乎不可能在瞬息万变的网络世界赢得一席之地。这种几乎无休止的高速写作模式无疑是残忍的,高强度的劳动使得很多写手调侃自己是"体力劳动者",他们要想成名,必须高产,而高产不易,成名更难,这就是网络写手的真实生存状态,毕竟,唐家三少能有多少?写手最大的痛苦是必须每天码几千字,一天不更新读者便会发评论骂街,两天不更新大量读者就会流失,转去看别人的小说。相对这些处于网络文学金字塔的顶端或上层的作家,更多底层的作者只有微薄的收入,大部分还需要从事另外的工作来养家糊口。如百度多酷 CEO 孙祖德所言,并非所有的人都可以写小说。这也意味着该行业多数人的命运会比较糟糕。②

6.5.1.2 工作强度大,身体透支与所得报酬难匹配,让网络写手成为"压历山大"群体

在如此高强度的工作状态下,网络写手的健康状态成为一大隐患。近年来,常有网络写手病逝甚至猝死的消息见诸传媒,在社会上引起不小的震动。"网络写手"这个隐藏在各种网络阅读终端背后的群体,虽然有人功成名就,但更多的网络写手过着社会地位低、权益

---

① 《唐家三少已连续创作 100 个月 欲申报吉尼斯》,中国新闻网,2012 年 4 月 23 日。
② 宗禾:《网络作家,高收入只是部分人》,《烟台日报》2013 年 7 月 3 日。

无保障、被读者追着骂、每天伏案码字的日子，如此"压力山大"，换来的可能只是千字 20 元封顶的稿费。

例如，2012 年 25 岁的网络女写手"青鋆"溘然病逝，其朋友说，她去世前整夜写稿，没晒过几天太阳。2013 年 6 月 17 日，起点中文网签约作者"十年落雪"因为过劳猝死，令许多网友心有戚戚，甚至有网友感叹："如果有来生，不愿做写手！"网络写手的日子真的那么苦吗？曾任一家文学网站编辑的"狂马"说，写网络小说的一大特点是每天必须更新，更新的字数还不能少，少则几千字，多则上万字，这样才能抓住耐心不足的读者的眼球。写手西来说，他写得最苦的时候，半个月只出门一次，一个月才出门采购一次生活必需品，有时候一天要写 2 万—3 万字。"真正苦的是写出头之前"，狂马说，每天码字不止，也拿不到多少钱。① 网络写手的稿酬首先是点击收费分成，万一没有点击量，写多少字也是白写。有些网站对签约写手有个"全勤奖"，只要每天更新 2000 字，无论质量好坏每月都有 500—1000 元不等的酬劳，有些大学生就冲着这个全勤奖而来，挣点零花钱。当然，这都只是针对签约写手而言，更多的人是埋头写作无人问津的"工蚁"，一般 10 个人中有 1 个能签约就不错了。此外，当写手的作品在网络上积攒了大量人气后，有可能成为影视圈改编的对象，《失恋 33 天》就是来自网络热帖，② 最终创造了票房神话。不过，像《失恋 33 天》那样，由爆红帖变成成功的电影，毕竟是概率很低的个案，大量的网络草根小说难有这样的好运。

---

① 姜燕：《最大的痛苦是每天必须码几千字》，《新民晚报》2012 年 4 月 18 日。
② 2013 年，一个热帖《我长跑十年的女朋友就要嫁人了》走红网络，曲折感人的青春爱情故事打动很多网友。随后著名导演、制片人陈国富买下了该帖子的电影改编权，这便有了电影《失恋 33 天》。

面对巨大的生存压力，网络写手们不得不处在巨大的劳动强度下生活，因此各种身体、心理疾病成为这个人群的常见病。2013年4月，靠《盗墓笔记》系列成名的南派三叔（徐磊）被爆罹患精神疾病，随后宣布封笔，他说做网络作家，没有幸福可言。创作了《千山暮雪》等21部网络小说的匪我思存也放弃了写作，她说，自己几乎所有的业余时间全部用于写作，已经和社会严重脱节。2010年，北京的申先生去派出所自首，称自己是杀人犯，最终被发现他是患上了精神分裂的起点中文网签约作家。第一代网络写手俞白眉曾忠告："写作是个苦差事，您得有这个心理准备，如果是奔着名利来的，那么那么多好玩的，您应该去玩别的，这事不适合您。"①

网络写手与文学网站间有时会存在利益纠葛。在现有传媒市场体制下，写手与网站间的关系十分微妙，写手往往处于弱势，常受到网站的制约。由于网络文学的"边缘"地位，面对网站时，写手显得底气不足，那些尚未成名的写手只能听命于网站，网站给什么权益就得到什么权益，不给就没有，根本不可能去争取。文学网站的电子合约上会明确规定：在合同有效期内，作者不得以与本协议中笔名相同或类似的各种笔名、作者本名，或其他任何名称，将网站在签约期间创作的新作品交于或许可第三方发表、使用或开发。实际上很多写手都以不同笔名在多个网站开专栏，赚取更多报酬。"卖身契"一签，虽然有了保障但也断了财路，这种情况下，要么继续铤而走险，要么死心塌地为签约网站服务。2012年闹得沸沸扬扬的知名网络写手梦入神机（王钟）私下与一家网站签约发表连载作品，被原东家起点中文网的运营商告上法庭索赔100余万元之事，

---

① 舒晋瑜：《中国网络写手生活状态调查》，《中华读书报》2004年8月14日。

就是这个行业生态的缩影,① 2014 年 5 月,腾讯文学从盛大挖走大神级写手猫腻,②此类事件表明,顶级作者资源开始成为网站巨头争抢的稀缺资源,这背后的原因无疑还是利益驱动。

6.5.1.3 网络盗版猖獗,侵犯知识产权,对写手和网站造成双重伤害

网络写手面临的另一个困境是传媒市场的盗版隐患。如果把整个网络文学的商业运作模式比作一条河流,写作只能算是源头。在网络上连载小说、获取点击率、聚拢人气,才刚刚迈出第一步。接下来,还有很多事情可以做,比如出版纸质书,改编影视作品、游戏、漫画等。近年来,网络写作的产业化趋势越来越明显,由网络文学作品改编而成的电影、电视剧、游戏越来越多,仅盛大文学旗下最近一两年出售的改编权就有 2000 多种。与此同时,网络小说遭遇了极其严重的盗版问题,2013 年,网络文学的市场年收入为 40 多亿元,而盗版

---

① 2010 年 1 月 18 日,起点中文网运营商玄霆公司与王钟(梦入神机)签约,双方约定,协议期间王钟创作的作品著作权均归玄霆公司所有。若违约,王钟须支付 1 万元人民币并加上其获得的相关费用总额的十倍金额违约金。2010 年 2 月 10 日,玄霆公司依约向王钟预付 10 万元创作资金。但仅过 4 个月,王钟就与另一家网站纵横中文网签约,并发表连载作品《永生》。为此,玄霆公司起诉要求判令王钟继续履行协议,停止在其他网站发布其创作作品,承担违约金 101 万元,并确认王钟创作的《永生》著作权归玄霆公司所有。王钟则反诉请求撤销与起点中文网的协议。一审法院判决玄霆公司与王钟的协议继续履行,王钟停止在纵横中文网上继续发表《永生》,并赔偿玄霆公司违约金 20 万元,确认《永生》著作权归玄霆公司所有。王钟与第三人幻想公司不服上诉。上海一中院审理后认为,王钟构成合同义务的违反,依法应当承担相应的违约责任。但委托创作合同中设定的义务涉及王钟的创作自由,具有人身属性,在性质上不适于强制履行,所以王钟违约后,玄霆公司不得请求王钟继续履行,只能请求王钟支付违约金或者赔偿损失,故做出如上判决。

② 2014 年 5 月 29 日,腾讯文学宣布,原起点中文网核心作家"猫腻"加盟,这是腾讯首次从盛大文学挖角到顶级网络文学作家。腾讯文学同时宣布,将为猫腻启动"作品制作人"制度,为猫腻配备一支专属团队,包括作家、编辑、运营、商务团队等。并且,腾讯还将投入 5000 万元对猫腻的作品《择天记》启动衍生娱乐产品运营,同步开发动漫、游戏、图书等。

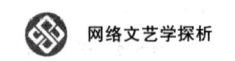

的利润是它的 50 倍之多，这个对比不得不引人警醒。网络盗版，伤害的不仅是网络作者，还有网站经营者。

盗版网站是最大的盗版源头，盗版小说网站的收益主要来源于广告点击和"钓鱼"网站。作者在正规的原创网站上传新文字，几分钟之后，盗版网站就能下载更新。盛大文学推出的《2010 中国网络文学蓝皮书》指出了一个令人啼笑皆非的事实，网民对于盗版大多持反对态度，但超过八成网民阅读过盗版，超过七成网民认为搜索引擎是盗版内容的出口，搜索企业应对盗版负责。据业内人士透露，目前我国盗版文学网站总数量超过 1 万家，并呈小规模零星分散化趋势，越来越多的盗版站点将其服务器向国外迁徙，这也是打击盗版的困难之一。

网络原创小说盗版书的危害也很大。在网络上，几百万字的文学作品十分常见，而正常情况下一本书的容量只有 20 多万字，这也就意味着，网络作品走纸质出版就必须成套出书，其印刷成本和售价定然不菲。唐家三少作品的简体版本已经陆续出版了 90 余部，每一部作品少则几本，多则十几本，购买一套正版书，需要花费两三百元，而一套盗版书二三十元就能搞定。现在，网络上火热的小说，基本都能在市场上找到盗版书。

对于防不胜防又屡打不绝的网络盗版侵权顽疾，盛大创新院自主研发出"文学指纹"系统予以防范，该系统能以文本内容特征值方式采集作品指纹，从而对盗版网站进行实时监控和追踪，方便查处取证。不过从网络版权保护情况看，盗版侵权现象有所遏制却并未消失，更没有清除。其原因在于，网络盗版成本很低查处却很难。由于网络版权立法、行业管理缺失等原因，使得网络文学防盗版的成本远远高于盗版成本。"侵权太易，维权很难"，成为网络文学版权保护的软肋。从根本上说，要想根治网络盗版侵权行为，首先需要建立健全网络著作权法，还需要有行业自律，创造诚信的网络环境，并且需要有相应技术措施，为网络文学版权安全建立有效的保障体系。①

6.5.2 网络困局的结构性成因

既然网络写作困境重重，为什么还有那么多人对其趋之若鹜呢？这其中的原因是多方面的，但主导因素大抵可从创作主体、技术传媒和市场推力等方面去审视，这几个因素以结构性功能形态形成了网络写作的选择性诱因，也无形中孕育了这一文学行为的网络困局。

首先，从主体动因看，网络写作大多是出于对文学的热爱，创作者为了爱而付出，苦中有乐。我们看到，那些成名的网络写手，学理工科的占大多数，即使文科出身的作者也未必都是学文学的，而以法律、经贸、管理类居多。如痞子蔡是学水利的，南派三叔是外贸出身，我吃西红柿毕业于数学系，慕容雪村、唐家三少、当年明月都是学法律的，而少君毕业于北京大学声学物理专业……他们选择网络文学写作的原因各异，但有一点也许是相同的，那便是对文学的热爱——自小就喜欢文学作品，网络让他们得以进入文学殿堂。当年明月说，他写《明朝那些事儿》就是出于对文学的热爱和对传统史书写作方式的不满，他觉得"历史应该可以写得好看"，并断然否决辞职专事写作的建议，他觉得，写作要靠兴趣，"一旦兴趣变成了工作，兴趣就消失了"。天下归元在谈到网络写作时说，她喜爱文学"直达人心"的力量，"无论是穿越还是架空，历史还是戏说，那些人物、

---

① 参见欧阳友权《当下网络文学的十个关键词》，《求是学刊》2013 年第 3 期。

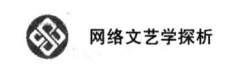

那些故事依旧还是在为真善美的中心服务，依旧折射着社会问题和人性之光"①。2013 年 3 月 22 日，唐家三少、天蚕土豆、骷髅精灵、我吃西红柿等网络写手作为嘉宾亮相湖南卫视《天天向上》节目录制现场，首度曝光他们不为人知的奋斗史和草根逆袭之路，而他们走上网络写作之路的初衷无不是源于从小就孕育在心底的那个"文学梦"。应该说，爱好文学是人的天性，文学表达是我们"白日梦"的圆梦之旅。因为文学的可感性、动情性、想象性和生动的形象性符合人类的自由本性，文学所创造的"彼岸世界"，能够让我们实现在现实世界中实现不了的梦想，达成我们日常生活中未能达成的愿望，进而把种种期冀中的可能性变成想象中的现实性，为我们的心灵找到一个安放之所，把审美化生存的可能文学化地塑造成为"诗意栖居"的必然。大凡是文学写作或艺术创作都摆不脱这样人生哲学的逻辑预设，传统作家是这样，网络写手也是如此。

其次，从技术动因上看，网络写作源于数字传媒平台的开放性和包容性。数字技术为文学生产提供了最理想的媒介和载体，为社会公众创造了"人人都能当作家"的入门契机。在网络语境中，写作者的身份被抹平，发表作品的门槛被拆卸，"把关人"黯然退场，无边无际的虚拟空间向每一个人开放——写还是不写，发表还是不发表，以及写什么、何时发等，都在网民自己的掌控之中。怀揣文学梦者可以在这里圆梦，消遣休闲者可以在这里娱乐，才华横溢者尽可以在这里施展文学才华。特别是移动互联网日渐普及，博客、微博、微信和社交网络大范围兴起后，第五媒体日渐从"宏媒体"和"元媒体"走向"自媒体"，文学的创作、阅读和互动交流更为便捷，如作家李洁

---

① 天下归元：《网络文学的审美切入点》，《文艺报》2013 年 8 月 2 日。

非所说，网络媒体的自由"没有边界，完全'Free'（取其所有含意）"，如自由的、不受别人管制的、自主的、宽松的、无拘束的、随便的、自愿的、空闲的、随时有的、任意的等。[1] 许多网络写手就是冲着这种自由来到网络开始文学"试水"的。慕容雪村说网络就是他的"精神故乡"，"在虚拟空间中，我拥有更多自由。如果没有网络，我可能会老老实实地做我的职业经理人，或者自己创业，绝不会想到要写点什么"。北京邮电大学毕业的网络写手邢育森说："在上网之前，我一直以为我这一辈子就会做一个电信行业的工程师或者科研人员了，我的所有时间和精力，也都是在为了这个目的积累和做准备。是网络，是这个能自由创作和发表的天地，激励了我本已熄灭的热情，重新找到了旧日那个本来的自我。"[2] 我国现有中国作协会员9000余人，加上44个团体会员中的个人会员人数，总数不超过5万人[3]，这与网络上百万计签约写手、千万计写作大军相比，不可同日而语，而网络写作的"人气堆""大跃进"现象，与网络媒体开放、自由的文化精神和兼容、共享的技术特点无疑是直接相关的。

另外，从外部环境看，网络写作的艰辛与魅惑的背后，是经济利益驱动下的市场推力。今天的网络文学写作早已不是20世纪90年代起步时期的非功利介入，已经完全市场化、产业化了。上网写作更多的不是文学行为，而是商业行为、文化经济行为，是一种谋生手段甚至致富路经。特别是近两年"作家富豪榜"和"网络作家

---

[1] 李洁非：《Free 与网络写作》，《文学报》2000 年 4 月 20 日。
[2] 慕容雪村、邢育森的话均见舒晋瑜《中国网络写手生活状态调查》，《中华读书报》2004 年 8 月 14 日。
[3] 中国作协官网公布的中国作家协会个人会员为9301人，团体会员44个。见中国作家网：http://www.chinawriter.com.cn/zxjg/，2014 年 6 月 28 日查询。

富豪榜"的发布,更是在网络文学"淘金热"的势头上添了一把火,吸引许多年轻人特别是大中学生揣着发财梦上网发帖,加入写作大军。以盛大文学为代表,随着网络文学全媒体、多路径产业链商业模式的日渐成型,文化资本的寻租增值让网络文学市场竞争加剧、不断扩容并日渐成熟,对网络写手资源的争夺成为盈利"长尾效应"的顶层设计。2013年,腾讯、百度等门户网站开始大举进军文学,打破了过去盛大文学对网络文学市场的垄断格局,网络写手多了一些选择,他们的物质利益也多了一些体制和机制上的保障,让更多的文学写手和准备进入网络领域一试身手的文学网民增添了信心,使得网络写作这个低门槛的行业,成为无数年轻人实现梦想之地。在经济利益的驱动下,那些"自投罗网"的写手不再是迎合编辑,而是顺应甚或讨好读者,让读者对自己的写作形成"黏着力"和忠诚度,而赢得了读者就赢得了市场,也就赢得了收入。于是,点击率、收藏量、点赞数、打赏数、月票榜等指标,成了写作者奋斗的目标和时刻关注的焦点。有了口碑和点赞,作品就获得了向视频行业、出版行业辐射和输送内容的能力,以及与类似百度贴吧、腾讯游戏这样的平台打通的能力,一旦作品能实现版权转让,被下载出版,或者被改编为影视作品、游戏、手机产品、有声读物,那就真正是名利双收,成为市场的赢家,这正是网络写作既有职业困顿又有业态诱惑的原因之一。

事实上,网络写作并非人们想象中的人人都能赚钱。据统计,达到收入千万元的网络作家,全国也就50多人。[①]"大神"之下,则是数以百万计收入平平的网络写手。如果一个签约写手的作品收藏量不

[①] 王芳:《揭秘网络作家生存状态:年收入千万者全国50多人》,《楚天金报》2013年6月13日。

够，就登不上网站的"虚拟书架"，只能申请网站低保，每月的收入只够交房租而已。慕容雪村曾评论说："现在网络作家的写作目的性和商业性非常强，他们的写作目的就是出名赚钱。我们那批最早的网络作家都只是写着玩而已，从来没有想过出名、赚钱，我们赶上好时候了。所以也没有因为写作而影响了生活规律。"他说，是利润、收益让写作变成某种意义上的体力劳动，而这背后的代价是，网络透支着写手的青春和生命。但即便这样，网上每天都有无数人竞相挤进来，当然，每天也有无数人黯然退出这个残酷的游戏。①

6.6 海外华文网络文学扫描②

互联网的全球覆盖和触角延伸，让使用汉语创作的网络文学凝聚为一个跨界交互、动态并存的文化共同体，成为全世界华人实现文学交流的精神家园。这时候的华文网络文学已经超越地域、国别等时空界限，而以语言和民族文化精神为纽带，打造出一个中华民族的"文学地球村"。因而，当我们讨论网络文学的时候，不能拘泥于"中国"的视域，还要有一个"世界"的维度，以便把"地球村"中的汉语网络文学作为一个整体来考量。

我们知道，汉语是世界上使用人数最多的语言。这不仅使网络文学的汉语写作覆盖世界华人圈和能够使用汉语写作的外族人群，使海

---

① 方力：《网络写手生活状况调查》，《西安晚报》2010年4月12日。
② 本节原载《文艺新观察》2014年第2期，原文为国家社科基金重点项目"网络文学文献数据库建设"（项目批准号：11AZW002）阶段性成果之一。

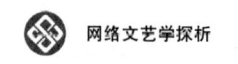

外华文网络文学成为中国网络文学发展的重要一隅，也使汉语网络文学成为全世界网络文学中的一个重要甚至是最大的板块。① 综观海外华文网络文学的整体发展，从文学网站和作者群体的地域来看，大抵可划分为四个主体板块。

6.6.1　北美华文网络文学

在美国、加拿大留学生中兴起的华文网络文学，是起步最早、数量最多、对中国本土影响最大的网络文学板块，从最初的华文文学电子刊物到如今的华文文学网站，一大批华文网络文学电子刊物和网络站点在北美地区涌现，它们不仅是海外华文网络文学的主力阵营，也是中国网络文学的发源地。作为华文网络文学的领跑者，北美华文网络文学以原创文学网站和一批作家作品造就了海外华文网络文学的繁荣，并开启了中国网络文学发展的历史进程。

全球第一家中文电子刊物是《华夏文摘》周刊，1991年4月5日清明节时由中国留学生梁路平、熊波等人创办，其前身是《中国新闻摘要》。《华夏文摘》每周一期，全年共52期，并设有文学增刊，是一种只需用户通过电子邮箱就可以免费订阅的电子刊物。虽然该刊并不是一个纯文学刊物，却是第一个海外华文网络文学的写作平台。张郎郎发表于1991年4月16日《华夏文摘》第3期上的杂文《不愿做儿皇帝》，被认为是第一篇中文网络文学作品。1991年4月，旅美作家"少君"（钱建军）在《华夏文摘》第4期发表的《奋斗与平

---

① 我们对最近的世界网络文学发展状况调查表明，互联网上信息量最大的语种是英语，但文学创作人数最多、原创作品存量最大并已形成规模产业的是汉语网络文学。在英、美、欧盟等国家和地区，网络文学与传统文学的区分度较为明显，即运用计算机网络的多媒体和超文本技术制作视频、音频兼具或实现超文本文字链接的实验性网络作品，用文字单媒介创作的网络文学远不及汉语这么繁荣、这么普及。

等》是第一篇中文网络小说。

同年，纽约大学布法罗分校的王笑飞创办了"中文诗歌通讯网"，内容主要以粘贴、转发古典诗词为主，也有少数作者在此发表自己的原创诗歌，录入其网站的《孙子兵法》，是目前发现的最早的中文典籍的电子版。

1993年在美国成立的"互联网中文新闻组"（Alt Chinese Text，简称ACT），最初是由魏亚桂邀请美国印第安纳大学的系统管理员在USENET上开设的，主要有"文学评论""诗歌唱和""旅游感受""海外生活体验"等栏目，它是全球第一个独立使用中文的华文互联网空间和华文网络文学园地，也是当时最大的华文网络文学论坛。活跃在ACT上的，主要是海外（特别是美国）的中国大陆、台湾的留学生，其鼎盛时的读者有三四万人之多。

第一个中文电子文库是1994年11月建于加拿大麦基尔大学的"太阳升"网站，主持人是一木，其收藏分为"电子刊物""文学读物""百科知识""百家争鸣""人物专集""各地新闻"几部分，总量有上亿字，一度十分红火，对传播中文读物有较大贡献。

1994年2月，方舟子创办了第一份专门刊载文学创作的中文电子刊物《新语丝》，收藏内容分为中文经典、现代文学、文史资料、期刊阅览、网人作品等，全部向读者免费，其中的古典诗歌和鲁迅著作最为丰富。互联网络在中国国内兴起后，"新语丝"吸引了大量的国内读者，从而使它成为一个真正的国际化文学网站。

还有设在休斯敦的"倍可亲"，这是一个海外中文门户网站，设有"文化沙龙""诗词古韵""网络文学"等文学频道。有对中国古典名著的评析，也有原创古诗词，还有国内当红网络小说的转载，满足在美华人的文学诉求。美国加州的"文学城"、加拿大的"博园

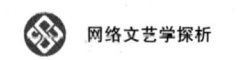

网"及设在温哥华的"万维读者网"等网站,也在北美华人网络文学领域广受关注。

在北美,其他较有影响的华文网络文学网站还有:诗歌网站"橄榄树"(1995年3月创建)、女性文学网站"花招"(1996年1月创建)、"国风"(1997年3月创办)、"窗口"(1993年创办)、"枫华园"(1993年创办)、"未名"(1994年创办)、"涩桔子的世界"(1996年创办),以及1997年创办的"一角"、1998年创办的"晓风"、1999年创办的"汉林书讯"、2000年创办的"文心社""银河网"、2000年创建的"鲜文学网"、2001年创办的"北美女人"、2003年创办的"火凤凰"、2004年创办的"纵横大地"等。另有美国的"威大通讯"(1993年7月)、"布法罗人"(1994年2月),加拿大的"联谊通讯"(1991年12月)、"窗口"(1993年4月)和"红河谷"(1994年2月)等华文文学网站,也都有一定影响。

6.6.2 欧洲华文网络文学

欧洲人文底蕴丰厚,但华文网络文学创作状况与北美区域相比还难称繁盛。不同于北美众多的华人定居和悠久的移民历史,欧洲的华人移民人数不多,居住较为分散。从总体上看,欧洲华文网络文学发展较快,但因上网写作的华语人群未成声势,基础较弱,因而欧洲的华文网络文学实力不如北美强劲,显得较为松散,发展很不平衡。由于制作和管理成本限制,欧洲华文网络文学网站也多以电子刊物网站为主,大多都是由中国留学同学会主办,网站内容涉及留欧生活的方方面面,从朋友聚会到情感交流,从生活百科到学术互动,多数网站的开设主要是为了丰富在欧华人的业余生活,拉近彼此的联系。

欧洲较早刊载汉语文学作品的是1989年诞生于德国的华人网站

《真言》，创办者是吴铮。该刊以原创作品为主，内容涉及德国、欧洲和中国的政治、社会、经济和文化，重点报道在德国生活的华人的现状、活动和求学、工作经历，其中刊载原创文学作品，但它还算不上纯文学网站。1994年《真言》改名为《留德学人报》。另一个在欧洲较有影响的华人文学网站《北极光》是由瑞典中国学生学者联谊会于1993年创办的，该网站集文学性和娱乐性为一体，是一个微型的生活性杂志，主要栏目有"瑞典要闻""留学生活""谈天说地""少儿习作""多棱镜""旅游天地""网海拾贝"等板块。有人评价《北极光》是"为散居于北欧辽阔冰天雪地中的华人提供了一个在漫漫长夜中以母语交流感情的温暖园地"[①]。另有英国的《利兹通讯》、荷兰的《郁金香》和丹麦的《美人鱼》等几家欧洲汉语网站在华人文学圈有较大影响。其中，《利兹通讯》是一家综合性电子双月刊，1993年由英国利兹中国学生学者联谊会创办，主要登载散文、杂文、诗歌、随笔等，同时也介绍一些实用信息，报道当地中国学生学者联谊会的活动等。《郁金香》是由中国留荷同学会于1994年创办的综合性中文电子月刊，每年12期。作为中国留荷同学会的会刊，该刊一直被中国留荷学生所喜爱，主要分为时事新闻报道及综述、生活随笔、诗歌散文小说、学术天地、信息综合服务等几个板块。《美人鱼》是由丹麦中国留学生《美人鱼》杂志编辑部主办的，1995年1月1日创刊，是在原有印刷版基础上发展而来的综合性电子杂志，它摘取印刷版中由留学生自己创作或编译的以及个别摘自其他杂志的精彩片段编汇而成，与《美人鱼》印刷版同时发行，设有小说、诗歌、散文、茶余饭后、百味人生、漫游世界等栏目。其他刊载汉语网络文学的华人网站

---

① 苏武荣：《运用E-mail订阅免费杂志》，书林网络：http: sulin. yeah. net，2013年12月18日查询。

还有：设在瑞典的中文电子杂志《维京》，栏目有"随笔""神州掠影""宋词赏析""香江帆影""开心一刻"等；设在柏林的《华德通讯》，由德国柏林留学服务中心于 1994 年 10 月主办的德国华文电子月刊，不仅注重中德之间教育的民间交流，还有较为丰富的文化、文学类信息；《中国与世界》，1996 年创刊，设有"学友交流""百家争鸣""文艺之窗""祖国传真"等板块；《我是中国人论坛》，主要为在德国的留学生提供文学、情感、生活交流的机会，其中的"文学专区"是欧洲华人文学爱好者的交流天地，许多华人留学生都将这里当作发表心情感言、分享趣闻趣事的家园。英国的《留园网》，在欧洲华文网络文学板块，有一批网络写手上网耕耘，创作了许多有影响力的网络文学作品。德国的钱跃君在《真言》上连载系列作品，倡导在德华人的平等权利，引起全德留学生关注。常在瑞典《维京》《北极光》发表作品的华人写手泊洋，以质朴清晰的文笔反映留学生活。创作了《四季游思》《岁月》等作品的司乐，文学功底深厚，作品凝重，文字练达。在网络上发表《欧洲五国游》的颂雅，创作《童言稚语》的顾芗，《维京》电子杂志总编山茗，以及丹麦《美人鱼》网站的主笔孙少波、话声，法国华人网络写手瑶笺、悠悠的岁月等人，都是欧洲华人网络文学创作的活跃成员。

6.6.3　日韩华文网络文学

在历史上，中华传统文化在日韩地区一直有着深远的影响，由此促使日韩地区形成了以汉文化为中心的"汉字文化圈"。这种由文字之交孕育的文化交融催生了大量由日韩本土文人创作的汉语文学作品。如今，网络的发展不仅让中国本土汉语文学的影响力远播海外，也使留学日韩的中国学生以及华人作者承接国内网络文学热潮，在创办的华人网站发表了诸多汉语作品,丰富了网络文学的日韩空间,见证了日韩地区华文网络文学的发展。具体来看,日韩华文网络文学在写作题材上多以海外生活见闻为主,表达自己对当地文化的理解和旅游心情。并且,基于当地宽松的文化氛围,有些网络作家常对国内外发生的敏感话题如"文化大革命""伊拉克战争"等进行评述。在文体方面,日韩华文网络文学整体上以随笔杂文为主,虽然也有少数小说和诗歌,但远不及随笔文体那么普及。因为散文随笔适于即兴写作,自由度大,易于掌控,这表明日韩的华文网络文学还处于非职业写作期,尚未形成自己的规模和阵营。

从网络载体看,日韩地区的华文网络文学既存在于电子刊物文学网站中,也贮藏在华人综合网站的子板块里。相比而言,日本的华文网络文学网站更多一些,知名度也更大。在日本,比较有代表性的华人网站文学板块和电子文学刊物网站主要有:(1)《东北风》电子通讯,由 6 名中国留日学生于 1994 年 12 月创办,现为日本仙台东北大学《中国在线》(China Online Magazines) 编辑部发行的中文电子双周刊,主要栏目包括"留日生活""偶感杂文""寻找大师"和"当代作家评论"等。(2)《日本侨报电子周刊》,它是由段跃中于 1998 年创办的电子杂志,刊物上的文章大多具有短、平、快的风格,深受网民好评和喜爱,每期点击率高达上万人次,读者分布 20 多个国家和地区。(3)创建于 2005 年的"东京华人网",以其丰富的信息量发展成为东京地区最大的华人网络家园,网站的"文学沙龙"成为在日华人文学爱好者相互交流和分享的平台。(4)"中文导报网",是一个集新闻信息、文学专栏、服务信息为一体的华文网站,其中的"文学专栏"囊括了各种文学评论和生活百态,是日本华人记录海外生活点滴和互相分享心情的专区。

韩国的华人文学网站主要有："在韩中国留学生联合会"和"榴莲网"。前者是经我国驻韩国大使馆教育处批准成立的华人网站，是由在韩国学习、进修的中国留学人员自愿组织的群众性社会团体，网站里的"留学生论坛"不仅是许多在韩中国留学生相互联系的窗口，也是一些在韩华人文学爱好者通过文学作品加深相互了解的园地。"榴莲网"作为一个留学生联合社区性质的华文综合网站，设有个人空间、群组空间、心情交流、文学天地等栏目。其中"文学交流"板块是许多在韩留学生交流文学心情、共享文学观点的重要园地。

日韩地区有代表性的华文网络文学写手有：《东北风》常驻作家晓曦，主要创作小说，代表作有连载小说《闲话温哥华》、短篇小说《道别》等；晓耘，长于展现日本华人的生活景象和心理活动，如《有这样一位父亲》《答应自己》《一碗炸酱面的故事》等；龙丽华、杂音，作品有海外风情记录《伦敦特写：领略欧洲的另一种文明》，艺术文化杂感《在巴黎、罗马和雅典领略欧洲的历史文化》等；董坚，代表作品有城市情感小说《独生女人·法拉利·狗》（人物）《金婚的密码》（家庭）等；朱叶青，作品如《天真的童年》《模糊》《遗忘》等；王东，作品有《谁来捍卫世界和平？》《当世界绥靖美国》《作为巴豆的中国足球》等；子晓，主要作品有《回国散记》《白川乡合掌部落村》《中部之旅（一二三四）》《富士梦缘》等；铭心诚，作品有原创随笔《征服人生》《不能没有你!》《生当如樱花》等；朱雅莉，主要创作词曲作品，代表作品有词牌《思佳客》《江南春》《水仙子》，以及散文随笔《故乡的云》等；桑峡，代表作有荒诞小说《天使的音乐》、欧·亨利式短小说《理发店》《这双手与那双手》等；Gogo，著有以颜色为主题的系列小诗《黑色的成就》《黄色的秘密》《绿色的拼音》《白色的包含》《蓝色的修习》《红色的波长》等。

6.6.4 东南亚地区华文网络文学

与中国东南相邻的新加坡、马来西亚、泰国、菲律宾、印度尼西亚等国家，聚集着 2000 余万华人，占世界华人华侨人口的五分之四，因而堪称海外华人最集中的区域。互联网出现后，这一区域专门的华人原创文学网站出现较晚，一开始只是作为综合性中文网站里的一个子板块，处于一种寄生的状态。大抵在 2006 年前后，新加坡等国华人开始建立自己的文学原创网站。从作品看，东南亚华人的网络原创作品很少有鸿篇巨制，更多的是微小说和"闪小说"。创作主题也不同于北美华文网络文学以"怀旧"和"描写文化冲突"为主，题材范围很广，从军旅到言情、从武侠幻想到哲理故事应有尽有。

东南亚地区华文网络文学分布于原创文学网站和其他类华人网站子板块中。比较有代表性的华文原创文学网站有：（1）"随笔南洋网"，这是由李叶明、罗斌、陈燕红和邹璐等人于 2006 年创办的新加坡第一个中文原创文学网站，含小说园地、散文随笔、诗词歌赋、杂文评论、纪实文学、新书介绍、游记专栏等，旨在推动新加坡的移民文学。2010 年网站的会员达到了 5000 多人，访问人次超过 2000 万，收纳了近 10 万篇文章，有 30 多万个交流帖，被谷歌收录的条目多达 6.6 万余条。（2）盛大文学新加坡站点，2010 年 6 月 21 日开通，该站点也采用了盛大文学在中国的运行模式，如收费阅读、合作出版、无线阅读、影视改编等，因作品储量丰富，该站点逐渐成为新加坡华人阅读小说的聚集地。（3）"联合早报网"，是世界著名的华文网站之一，其中的"读书"板块是与盛大文学合作的产物，其中有许多新书推荐和评价，是《联合早报》的一个特色文学板块。（4）狮城网（狮城随笔），作为新加坡较大的华人社区网站，其中的"狮城论坛"

和"狮城随笔"是新加坡华人网友发表随笔的一个平台，这里鼓励原创文学作品，作品类型包括小说、随笔、杂感、散文等。（5）"大马公社"，是马来西亚中国留学生的一个网络社区，其中的"心灵鸡汤"和"文艺青年"是大马中国留学生进行文学交流的一个平台。"心灵鸡汤"主要设有文学情感、心情日记哲理故事以及网络文摘等栏目；而"文艺青年"板块主要是一些原创诗歌、小说和散文，其中，原创小说有着国内连载小说的雏形。（6）"泰国华人论坛"，是泰国最大的中文论坛，通过与大家分享华人在泰国的生活和经历，让该网站成为泰国最大的华人交流互动平台，其中"心情驿站"上的帖子不仅有人生百味和诗词歌赋，还有类似国内的武侠连载小说。（7）"泰国中华网"，被称为"泰国唐人街"，其论坛区域下的"泰华文轩"是一个华文文学板块，设有华艺动态、华艺书讯、华艺作品、华艺评论等。

东南亚华文网络文学的代表性作家有：六六，作品有《王贵与安娜》《双面胶》《蜗居》《心术》等，其作品多表现对某些社会现象的尖锐抨击；秦双全，"随笔南洋"的爱情小说作家，作品主要有微型小说《真爱，能重新开始吗》、中短篇小说《求你不要嫌弃我》《留不住的爱情，留不住的永久》和《如果分手能让你快乐》等；宁夏28，"狮城网"上的一个自由诗作家，其作品风格清新自然，代表作有《天佑风妞》《盛世浮华》《野花香》《时间旅行者》等；渴了喝血，代表作《在时间的缝隙里》《残雪柳风》《染指流年，唤我告白》《落寞的雨，烂漫的枫》等；张力曼，主要从事诗歌和微小说创作；千里梅，擅长随笔写作，作品有《好好珍惜》《我眼中的泰国》等；鲁莽，泰国华文网络"闪小说"的代表作者之一，代表作有《童话故事》《访问》《一字不差》《相遇》等；在下黄狮虎，主攻爱情小说，作品有《为爱向前冲》《小 Y 系列——恶魔在身边》等。还有泰国武侠小说写手月亮灼伤，其连载武侠小说《武侠传奇之开心芝罘岛》是东南亚华人网络文学中武侠小说的代表作之一。

全世界华人同根同祖，血脉相连，每一位华人都意识到，自己的根就在用汉字凝成的文化基因中。在传统媒体时代，汉字的书写印刷，特别是文字载体的物理传播面临关山迢递的阻隔，其阻隔的不仅是物质性的文本，更是文化血脉的交流和游子故园间"母子连心"的精神牵挂。互联网以及由各类数码终端形成的"自媒体"书写和比特符码的无障碍传播，让海外游子的文学表达连同他们"母根情怀"一道，成为全世界华人共享的文学家园。从这个意义上说，海外华文网络文学不仅是中华文学大家庭中的重要一员，也是为传播和创造汉语文学、繁荣中华文化做出重要贡献的文学支脉。

第 7 章　批评范式

7.1　网络文学批评的价值和局限[①]

这里所说的网络文学批评,有别于传统媒体对网络文学的批评或评价,是指在网上由网友就网络文学作品或网络文学现象所作的随机性、感悟式、点评式批评和议论。这些批评和议论是网络写手与网民之间进行的实时互动交流,具有一定的即时性和时效性;批评的标准也不是基于经典文学评价的统一规范,而带有一定的个人随意性与情绪性。网民可同时以作者、读者和批评者的多重身份参与网络批评,就各自感兴趣的作品或话题发帖、跟帖、灌水或拍砖,甚或进行"酷评""恶搞",形式自由活泼,表意直言不讳。在文学网站、BBS、社区论坛、贴吧、QQ空间、博客及微博客等多元

---

① 原载《探索与争鸣》2010 年第 11 期。

化的网络媒体世界里，只要有网络文学存在，就会有网络文学批评的踪影。

网络文学批评改写了批评的机制与格局，让文学批评从传统的精英姿态转向民间立场，实现了批评话语权的平等与共享，但其即兴、趣味、恶搞等颠覆式批评方式，也在一定程度上消解了批评的学理性，弱化了批评的深邃性，甚至引发批评的"舆论暴力"和价值偏误，其所带来的"网评现象"值得认真思考。

7.1.1 网络文学批评的价值

7.1.1.1 言者立场：以真话对抗虚假

网络批评是最具主体性的文学批评，其魅力在于消除了言说者的社会面具和人际焦虑，能够以独立的身份和自由的立场表达"真我"心态，从而以真话对抗虚假，规避传统文学批评难以避免的人情批评、面子批评。在网上，批评者可以隐匿自己的身份，抛开社会角色定位的约束，"隐身"在广袤无边的网络世界里，获得一种现实中无法实现的自主性和自由感。此时的批评没有了编辑审查的约束、稿酬版税的焦虑和批评之外功名利益的考量，在无约束、无压力、无功利的"三无"状态下激发敢说真话的勇气，获得"我口表我心"的畅快。批评家王珂在评价一个网络诗歌现象时曾说："这（事件）可能是网络时代参与者最多的一次诗歌事件，也是百年新诗史上第一次诗人与读者的规模最大的一次交锋……网民，只有网民，才是敢于直面诗坛恶习，纯洁诗风，为新诗的健康发展保驾护航的动力。良药苦口，忠言逆耳，少有自知之明的诗坛人士应该警醒了。"他读了网友的评论后又说"我感到'爽'！因为他们当了《皇帝的新衣》中的那

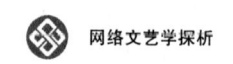

位小孩,说出了诗人和诗评家因为怕得罪人而不敢说的真话"①,一针见血地道出了网络文学批评"敢说真话"的特征。当然,对于文学批评本身而言,话语的真伪并没有严格的是非评判标准,言说者的立场也只与他个人的批评视角和批评态度相关,话语的真假,也许仅能从批评者的内心感觉来考量。但毋庸置疑的是,较之于传统批评,网络文学批评由于祛除了各种外在因素的影响,能更加贴近主体内心的真情实感,这是对"面具批评"的一种有效矫治。

7.1.1.2 话语表达:用犀利替代陈腐

网络"赛博空间"是一个平等、兼容、自由、开放的虚拟民间场所,其话语表达讲究"惟陈言之务去",清新而犀利,注重生活化、口语化,用词简短朴素,表意一语中的,或口无遮拦,不加掩饰,或寓庄于谐,灵巧犀利,相对于传统的文学批评,多了一些灵动和随意,少了一些老套与陈腐,能给批评带来一股清新之风。譬如,网评语言呈现出远离典雅而亲近凡俗的特征,用语趋向简短而时尚,除了常有诸如"哇噻""酷毙"之类的流行语外,还会有文字、图片和各种符号的拼贴组合。网络批评的即时"在线"性,使批评者处于"直接在场"的虚拟状态,网民之间的交流类似日常生活中面对面的交流,表达需要简洁明快,过于理论化、逻辑化的文雅言辞和一本正经的说教对于在线批评都显得不合时宜。"在场式"批评消解了绵密的思维过程,往往直奔主题,直陈要害,乃至直指软肋,一般不会温文尔雅,顾及情面,更不会故弄玄虚,玩弄文字游戏。如方舟子在《新语丝》中评点阿待作品时说:"她的小说在总体上都有着欧·亨利式

---

① 王珂:《著名女诗人为何被恶搞》,《理论与创作》2006 年第 6 期。

的结构特征和博尔赫斯式的神秘色彩","每一篇又都有不同的特色,《儿子》的深沉,《猫眼石》的怪异,《我的太阳》的感人,《处女塔》的气势,《饕鸭》的诙谐,《拉兹之歌》的纯真,《金手镯》的离奇,《路杀》的魔幻,《乌鸦》的阴郁等等,绝不单调"[1]。与传统文学批评相比,网络批评少了些臃肿的修辞、艰涩的阐释和抽象的玄思,也不大注意措辞的精当和表意的委婉,传统文学批评中常见的引经据典、旁征博引的"掉书袋"习惯和矫揉造作的文风,在这里没有市场。

形成这种现象的一个重要原因在于,批评主体的"平民化"和"匿名化"身份,使他们摒弃了传统文学批评"客观谨慎"的思维方式,转而追求"轻松率意"的批评感受;加之身份的变化,可以使批评者消除诸多批评之外的利益关系的干扰,让批评本身无所避讳,不绕弯子,钦佩者可五体投地,反对时则不留情面,甚或尖酸刻薄。以往批评中的"小圈子"唱和、谄媚式话语,还有貌似公正品评实则空话连篇的老套陋习,此时则变成了坦诚相告。这些,都将有助于健康的文学批评之风的形成。

7.1.1.3 批评方式:互动语境的间性对话

蛛网覆盖的网络文学批评终止了传统批评认同过去的时间美学,开辟在线空间的互动式批评,在结束批评家单向度私密品评的同时,开创了大众参与、交互共享的思维空间。网络文学的在线性决定了网络批评只"活"在网上,是网络文学作者、读者身份交融之后批评主体之间脉理交织的多向度交流。

---

[1] 参见钱建军《美华网络文学》,《世界华文文学论坛》2005年第2期。

在网络语境中，批评过程呈现出明显的动态间性。一方面，由传统批评家充当的"批评中介"被拆除了，批评从被动接受到亲身参与，作者和读者之间得以直接对话，距离拉近了，交流更为频繁，更为普遍；另一方面，一个"潜在的批评者"出现了，也就是说，作者的写作需要时刻考虑到网友的存在，以便根据他们的审美需求调整创作；读者的批评也要考虑到"他者"的存在，并不断通过交流更新观念和看法，使自己的欣赏、批评成为互动过程的一个有效构成部分。例如：风中玫瑰的小说《风中玫瑰》在网上发表后，网友"高校不良少年"发帖说："好美，好美！真的。我看了好几遍……希望这是真实的故事，不要像《第一次的亲密接触》那样让我再伤心一次！我祝福你……"风中玫瑰立即回应说："这是一个真实的故事，这是几年后我才有勇气说出来的故事，许多的无奈，许多的沧桑已沉淀其中。"① 这样的对话式批评，揭去了传统批评中那层隔在作者和读者之间的朦胧面纱，使双方的了解显得更为直接、真切和明晰，有效形成了作者和读者之间写作和批评的互动关系。

接受美学家姚斯和霍拉勃说过："在这个作者、作品和大众的三角形中，大众并不是被动的部分，并不仅仅作为一种反应，相反，它自身就是历史的一个能动的构成。一部文学作品的历史生命如果没有接受者的积极参与是不可思议的。因为只有通过读者的传递过程，作品才进入一种连续性变化的经验视野。"② 在网络文学批评中，网民"第一时间"读到作品，充当了文学作品的直接"把关人"，他所得到的审美感受也是未受他者干扰的"第一性"的自我体悟，由此也能

---

① 风中玫瑰：《风中玫瑰》，人民文学出版社2001年版，第6—7页。
② ［德］姚斯、［美］R.C. 霍拉勃：《接受美学与接受理论》，周宁、金元浦译，辽宁人民出版社1987年版，第24页。

更真实地体察到写手的审美诉求,这在传统的全景式批评中是难以实现的。这种交互语境的间性批评方式,很好地弥合了作者和读者之间的审美距离,真正实现了接受美学家们提出的"从受众出发,从接受出发"的文学旨趣。

7.1.2 网络文学批评的局限

首先是即兴式点评可能弱化思考的深邃性。常见的网络文学批评,主要是直观感知和灵机参悟的即兴点评,这是一种感悟式的批评方式。网友把自己的阅读感受用简短的话语即兴发表在留言板中,类似于传统的神韵批评,是他内心欣然自得的涌现,表达上有如"智慧体操",轻巧而灵动。不过,这种"碎片化"的写作方式和"平面化"的表达欲求,与思想严整、逻辑缜密的理论批评相比,显然缺少了思考的深度和广度。

正因为是即兴的,又是即时的,网络批评往往不作细致的思忖,只求一时宣泄的快感,传达的是自得其乐的阅读意趣,有的评点只是借助批评对象来吸引眼球的"灌水帖""标题党"。这类评点有的还未来得及把作品内容看个究竟,就急忙下帖占位,"抢沙发"(第一个跟帖者)、"争板凳"(第二个跟帖者),为的是引起他人注意,获得一种参与的满足。由于习惯于即兴式的评点,网友们大都厌倦抽象的理论和逻辑论证,偶尔有此类帖子出现,也会被视为假装深沉而遭群起攻之,讥之为另类。这样的批评立场,以及由之形成的短、平、快抒写特征,自然谈不上对作品思想和艺术手法等作深入的探究,结果便是批评的平面化、随意化,从而弱化思考的深邃性,传统批评中的"灵魂探险"在此演绎成了蜻蜓点水式的即兴快意。

其次，网络表达的趣味式言说消解了批评的学理性。网络文学批评区别于传统批评的一个鲜明特征是其趣味性，它把严肃的批评行为变得生动活泼，把庄重思辨变成灵活出击，往往能够从某个新颖的角度发常人意想不到之论，使人在轻松诙谐、忍俊不禁中获得快意和情趣。但另一方面，网络批评的这一特点又在一定程度上削减了批评的话语深度，绕开了文学研究历史性和社会性的理论担当，因为轻飘飘的趣味表达可能让批评的学理和深刻无处存身。

这一特点与网络文化的特质有关。我们知道，网络文学创作和传播的"祛魅"模式，无不浸润着后现代文化的元素。网络空间的自由、开放、实时互动等特征，几乎拆除了所有的信息壁垒和地域鸿沟，以"不确定"和"无中心"的方式破除了话语权威，揭开了经典、高贵、宏伟、神圣等弥漫于人们精神世界的神秘面纱，文学与文学批评的神秘性、神圣性、魅惑力因此被消解了。数字技术的"无所不能"和网络的"无远弗届"，把最大众化的"祛魅"工具交到普通民众手中，文学的"纯粹性"在这一过程中被逐渐消解，批评的神秘性和崇高感也因此消隐。昔日批评家头顶的那道神圣光环消失了，"文以载道"的批评担当不再，取而代之的是"生活化"的平民话语游戏。趣味式的言说以一种新颖的姿态为以往缺少文学话语权的边缘声音和民间意识找到了一个适宜的展示方式，获得了话语平权的草根读者终于可以言说自己的真实心声和生活本色。网络批评的主要群体是年轻人，他们对学理和思辨式的批评不屑一顾，而对嬉笑怒骂和拼贴式的"戏仿"情有独钟，以此展示自我的"炫彩"和"酷相"，实现情感和思想的轻松解嘲。

趣味式批评的兴起拒绝了庄重思辨、逻辑严密的理论说教，使文学批评降低了难度，也降低了准入门槛，容易唤起大众的参与热情，对革新文学批评的言语方式和思维方式是有积极意义的。但同时又因为太过追求批评的趣味性，使批评的视野变得狭窄，批评的内涵变得肤浅，而批评一旦出现理论的缺失，就会如法国批评家阿贝尔·蒂博代所说的"难以为文学历史提供自己应有的贡献和成果"，结果便是"一代人的努力或者一种繁荣的网络文学事实就因为理论提炼和总结的缺乏而逐渐被人遗忘。从这个角度上说，趣味是可以争辩的，理论的趣味尤其需要辨明，因为它担负的不仅是自己的理论前景而且是文学的前景"[①]。

再者还有恶搞式批评的"舆论暴力"和价值偏误。"恶搞"源自日文的"くそ"（罗马音为 KUSO）一词，作为一个网络批评术语，意指颠覆性的、反常态的，以轻松搞怪和戏谑逗乐为主旨的网络文化行为。恶搞式批评通过颠倒、逆向、贬低、嘲弄、戏仿、拼粘等手法，以一些已被大众公认的文化经典、知名人物和事件等为对象，对它们进行意义上的解构、重组、抽换，创造出与原始文本迥然不同的新文本。为了尽可能博得大众的笑声，恶搞制造者们绞尽脑汁，加入了许多幽默搞笑的元素，甚至不惜以违反常理的荒谬言行为噱头。这些形式独特的作品每每出现，都会受到网民们的疯狂热捧。如拼接影视作品的《一个馒头引发的血案》，解构红色经典的《闪闪的红星之潘冬子参赛记》，戏仿重大事件的《春运帝国》，颠覆英雄人物的《1962：雷锋 VS 玛丽莲·梦露——螺丝钉的花样年华》，篡改唱词的《吉祥三宝之小偷版》等。此外，恶搞百科、56贴吧等一些恶搞网站也纷纷出现，汇聚了大量的恶搞资源，为恶搞声援助威。在声势浩大的文化狂欢浪潮中，文学恶搞也显示出强大的语言批评优势，《大话

[①] [法] 阿贝尔·蒂博代：《六说文学批评》，赵坚译，生活·读书·新知三联书店 2002 年版，第4页。

西游》《大话红楼》《水煮三国》、白话《出师表》《多收了三五斗之CCIE版》《Q版语文》系列等经典著作名篇的网络搞笑版纷纷出炉,诸如《福尔摩斯的帐篷》《一个光棍的呐喊》等另类原创恶搞文章也不甘示弱,还有许多词句幽默搞笑、意思机智犀利的话语片段一时间如漫天飞雪,纷纷撒满网络的广袤天地,与其他类型的艺术行为恶搞共同形成了规模盛大的网络批评现象。

作为一种时尚化的文化批评方式,恶搞式批评的立足点是"渎圣思维""脱冕叙事"和"平庸崇拜"。它以颠覆神圣、讥嘲崇高来实现后现代性的反中心论、反权威性、反整一性和反传统。恶搞挑战的是传统的批评标准和言说方式,形式多样,内容离奇,有的是为了颠覆经典,消解文化上的等级权威;有的想借恶搞经典名著来展现自己的才智,引起他人注意,获得某种自我满足;有的则是为了缓解长期以来对经典文化的审美疲劳,改用审丑来刺激和调节大众的审美神经;有的则纯粹为了排遣无聊,宣泄情感,以"无厘头"的轻松方式表达对某些现实现象的认同或不满。这种批评因其言说方式和思想表达符合大众化草根性口味,往往能引起网民的共鸣甚至蜂拥,形成"一呼千百应"的舆论局面。睿智适度的恶搞,可以活跃批评氛围,激发网民的创造思维和参与意识,有的还能起到对现实不良现象的批判、反讽和舆论监督的作用。从这个角度说,恶搞类似于日常生活中的"恶作剧",可以一笑了之。但如果超越了一定的"度",超越了道德底线和社会良知,就会把恶搞变成"恶俗",甚或"恶劣"行为,形成"舆论暴力"和价值失当,出现目空一切,肆无忌惮,为图一时之快,拿别人隐私开涮,损害他者权益等不良现象。这样,就将把原本属于另类艺术行为的恶搞批评弄成了赤裸裸的"舆论暴力"。这种现象是应该加以遏制和正确引导的。

7.1.3　网络文学批评的悖论追问

追问一：平民化开放空间的评价标准何在？

网络文学批评面对的平民化开放空间，赋予批评者以身份的自由、言论的自由和发表的自由，从此让批评摆脱了过去那种"千人一面、千部一腔"的状况，有了选择"说什么"和"怎么说"的话语权，赋予批评以鲜明的个性特征。但是，这个平民化的开放平台又给评价标准的选择、甄别和价值评估增加了难度。正如笔者曾分析过的："网络不仅给平民及其文学活动创造了机会，也给文字垃圾和非文学的宣泄提供了场地。面对空前高涨的网络创作、作品发布量，必然会出现大量假冒伪劣的文字垃圾、恣意灌水的上网表演以及价值判断的主观迷失等问题，从而导致精力、时间、网络资源、注意力的无端浪费。这种情况在传统文学中也有所体现，但在网络文学中更加突出。问题还在于：平民化的网络平台不认同权威，那么谁又有资格来作文学的遴选、导向和为之作价值评判？"[①]

在"数字化生存"已经成为生存方式的今天，网络为我们的文学行为带来了两种明显改变：一是阅读方式由"读书"转向"读屏"，读者可以根据兴趣选择同时打开多个文本，或借助超文本链接交叉进入文本，不像书面的线性阅读那样亦步亦趋地依据语言符号去实施再造性想象。这使得读者在衡量网络文学的价值时很少再有意义的探究和隐喻的发掘，有的只是对屏幕文本超媒体感觉的全方位敞开；二是审美价值取向从"社会认同"转向"个人自娱"。传统的评价尺度倾向于社会认同而淡化个人差异，网络文学批评的价值尺度则更重视个

[①] 欧阳友权：《网络文学的媒体突围与表征悖论》，《社会科学战线》2002 年第 4 期。

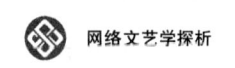

体的自娱自乐。这样，个人的兴趣和当下的感受将成为选择和评价网络作品的基本尺度。

　　与上述两种变化相对应，网络文学批评观念也有了显著变化：一是批评者身份的改变，传统批评家的角色在网络中被废除，创作者、批评者和读者这三者之间的界限出现了转换融合；二是批评目的发生了变化，由"载道经国、社会代言"变为"自娱娱人、趁网游心"。前者意味着视文学为"高山仰止"的状况成为过去，文学批评的权力由少数人向更多人转移，批评介入的难度降低，受众面扩大，文学边缘族群可能获得更多的接受和评价机会；后者则可能使文学批评摆脱功利主义的重负，回归坦露心性、悦情快意的自由言说，把文学批评拉向平易和通俗，进而使得真正属于民众和底层的声音被传递出来。但其带来的意料之外的结果则是：网络批评的艺术祛魅，将导致经典交权，中心消解，评价标准悬置，认同尺度模糊，个人趣味至上等。于是，平面化的表达、无深度的言说、零散化的复制，造成的是批评深度的缺失，批评学理的消解，把原本属于意义赋予的文学批评变成了个性展现的话语游戏，批评的价值欲求也由"意义疏瀹、启迪心智"的价值行为，转而为"跟帖打诨、赚点击率"的娱乐消遣。在话语平权和张扬个性中如何建构起富含普适价值的评价标准，是网络文学批评要解决的课题。

　　追问二：共享式乐园里还要不要主体承担？

　　无远弗届的"赛博空间"是一个神奇美妙的共享式乐园，网民在这里分享文学资源，同时分享身份自由带来的视听奇观和精神盛宴。文学批评得以从传统批评标准的"镣铐"中解脱出来，可以天马行空任意驰骋，尽情享受"眩晕"的感觉。然而，批评者在获得身份和言说自由权的同时，也卸下了自身的主体承担。

造成批评承担虚位的原因很多，其中主体身份的匿名性是其首要原因。身份隐匿使批评者摆脱了纷繁的社会关系和物欲的诱惑，赢得更大的批评自由度，又可以轻松卸去文学功利因素给予他们的负载，保持批评的独立品格。然而，匿名批评面对的是一个众声喧哗的网络世界，由于批评者身份的虚拟和游移不定，使得许多网络批评在"无我"与"真我"的双重游戏中逃避了自身所应该承担的艺术使命，回避了应有的社会责任——他无须为人民代言、为社会立心，也无须承担推动艺术进取的承诺，更不要作文学传统的赓续和艺术规范的遵循，只需要快意而悦心、自娱以娱人。结果，主体责任、艺术承担、社会效果、审美意义等价值期待都失去了自律的前提。随着身份虚拟带来的主体性缺位，文学的价值依据和审美承担就成了被遗忘的理念和被摈弃的教条。于是，回避沉重和苦难，削平深度、平面化、零散化、娱乐化等后现代观念在网络文学批评中得到淋漓尽致的表达，经典祛魅，讥嘲崇高，亵渎神圣乃至消极颓废、玩世不恭等，均有了合法滋长的空间。

追问三：谁来为自由言说的"粗口秀"埋单？

大众狂欢的网络空间建构了一个消解崇高、颠覆神性、贱视权威的"渎圣"世界，存活于此的网络文学批评已不再是严肃的价值评判行为，而更多地是一种轻松随意的表达游戏。我们看到，许多网络批评充斥着怪诞、嘲弄、调侃、耍贫嘴、假正经，以及各种民俗民间文化的"粗口秀"叙事，用"另类"的批评姿态打破旧有的批评模式，祛除文学批评传统的原有光环，颠覆典雅的批评范式和尊贵的价值理念，让文学批评从精英走向大众，从圣坛回归民间，形成快意亲和的"民间批评"新格局。然而，充斥网评的"粗口秀"表达究竟是新锐

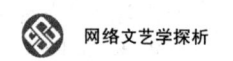

的利器还是流俗的口水？

"粗口秀"（vulgarity show）是一种运用凡俗话语模式传情达意的语言策略，它原是一种民间智慧，现在则被广泛用于网络批评。讥嘲崇高、拼接凡俗和渎圣思维形成的脱冕式俗众狂欢，以及由谐谑炫技和短句陈示所演绎的平庸崇拜，是网络批评"粗口秀"叙事的常见表征，如将大众耳熟能详的成语典故、名言警句、影视歌词等，通过戏仿、拼接等方式，翻新为时尚调侃的噱头，将其纳入新的语境，以制造一种喜剧性的反讽效果等。如有人将广为传唱的《游击队之歌》的歌词戏仿为："我们都是大美女，每一次点击消灭一颗痴心；我们都是狐狸精，哪管它网恋真不真……"网络是一个反中心化、非集权性的自由空间，它蔑视等级观念，拒斥精英情怀和盛气凌人，无论是思想大师还是普通百姓，在此都是平起平坐的网民，网络批评只能以平民姿态、平常心态看平庸事态，以撒播感觉来表征"我俗我怕谁"的草根心结。基于这种心态，网络批评不是要打造批评经典，而是通过相互交流以排遣情绪。炫耀谐谑的技巧，展示幽默的智性，巧置诙谐的语言，编织搞笑的噱头，常常能为作品招徕更多的看点，然而，这样的"粗口秀"话语能否撑起文学批评的天空，达成对网络作品的意义解读和网络写作的健康引导，是大可怀疑的。这不仅因为表达的粗糙、粗俗和粗口会干扰理性思考和观念沉淀，还可能为膨胀个性、道德失范洞开方便之门，导致网络文学批评整体水平低下，失去批评的意义和深度，因为言说的自由最终是要靠意义的有效表达才能获得价值支撑的。

7.2 当传统批评家遭遇网络[①]

7.2.1 传统批评家的网络"失语"之困

当网络文学猝然挺进中国文坛，借助技术传媒和文化市场的双重力量迅速成长，并开始改写当代文化版图、重整文学格局时，传统的文学批评家不但大感诧异，甚至还有"集体失语"的尴尬。与燎原而起的网络写作相比，时下的网络文学批评显得十分薄弱，人们不免感到，批评的缺席和理论研究不足已成为网络文学发展的一大短板，在为数不多的网络文学批评中，我们很少看到传统批评家的身影。

当然，说批评家"集体失语"并不尽然。自从20世纪90年代汉语网络文学走进中国本土起，一直都有敏锐的理论批评家在关注和研究它，[②] 特别是2008年年末中国作协发起"网络文学十年盘点"后，研究者更是多了些理性的自觉，评论的成果开始增多，媒体的关注度也有提升和提速之势。不过相对于传统文学理论批评的深入、厚重和成熟，网络文学批评不仅显得阵容寥落、声音微弱，有分量的批评成

[①] 原载《南方文坛》2010年第4期，《新华文摘》2010年第22期收入"篇目辑览"。

[②] 例如，我国最早在文学类权威学术期刊发表的网络文学专题论文是黄鸣奋的《女娲、维纳斯、抑或是魔鬼终结者》，刊发于《文学评论》2000年第5期；发表的第一篇有关汉语网络文学长篇研究报告是欧阳友权的《互联网上的文学风景——我国网络文学现状调查和走势分析》，发表于《三峡大学学报》2001年第6期；我国第一部网络文学研究的理论专著是欧阳友权等著《网络文学论纲》，35万字，人民文学出版社2003年版；我国第一套网络文学研究丛书为欧阳友权主编的"网络文学教授论丛"，1套5本，中国文联出版社2004年版。2001年教育部首次设立了网络文学规划课题，2002年首次有了国家社科基金项目的课题立项，2003年中南大学文学院设立了省级"网络文学研究基地"。

果更是凤毛麟角。人们普遍感到，面对近 4 亿网民，2300 万手机上网者，2200 万博客作者，① 以及海量的网络作品和新奇的网络创作现象，我们的理论批评似乎过于吝啬和冷寂，未能给予它们以充分的批评回应和理论解答。于是，"传统批评家如何面对网络"就成了一个需要直面且富有挑战性的话题。

说传统批评家有面临网络"失语"的窘境，大抵源于两种情形：一是自踞心态，二是语境隔膜；前者出于某种自矜式批评立场，后者则肇始于数字传媒语境的知识贫困和文化壁垒。

自踞类批评家习惯于以"精英"的姿态和强势传统代言人身份睥睨新生事物，他们大多并不上网或很少上网，对网络写作、网络作品、网络传播等文学现象并不了解也不屑于了解，便先入为主地断言"网络不过是马路边的一块木板"，谁都可以上去涂鸦的地方不会有什么好东西，甚或"网络如痰盂"，无非藏污纳垢之所。既然"在网上没人知道你是一条狗"，大狗小狗都可以叫上一通，一向自视甚高的批评家是羞于与之为伍的。恰如有文章指出的："面对那些异常出色的网络文学作品，那些故步自封的传统批评家们不是故作清高袖手旁观，就是闭目塞听装聋作哑。……传统的文学批评及其标准尺度对此往往是无能为力的。尽管间或有传统文学批评家客串网络文学批评，通常也都是隔靴搔痒不得要领的。"②

另一类语境隔膜的批评家有所不同，他们不排斥新媒体、新技术和新文学，但他们的知识结构、文化认同和话语方式与新媒体、新技术和网络文学有着深深的隔膜。有时，他们有心涉足网络，品评文

---

① 据中国互联网络信息统计中心发表的《第 25 次中国互联网络发展状况统计报告》显示，截至 2009 年 12 月 30 日，中国网民规模达到 3.84 亿人，普及率达到 28.9%，手机网民为 2.33 亿人，博客作者 2.21 亿人，农村网民 1.07 亿人，网站域名达 1682 万个。
② 舒高：《网络文学发展刍议》，《中南大学学报》（社会科学版）2006 年第 2 期。

学，却又习惯于用传统的眼光与尺度去看待网络文学，用传统的文学体制去评价和规制网络文学，其思维方式、表述方式和价值设定方式仍然是传统的。一旦面对数字传播下的新媒体文学，要么像堂吉诃德一样拿风车当巨人，凭主观臆断妄加评说；要么在新技术、新传媒面前无所适从、无所作为——"技术恐惧症"使他们不敢面对网络文学发言，文化观念的差异又让他们不愿或无力对数字传媒艺术设辞置喙，网络技术的"后喻式"结构①让他们一时间难以迈过这道"数字鸿沟"，知识语境隔膜以及由此产生的文化落差，使昔日权威的"批评家"成了网络文学批评的"门外汉"或"观景客"，以至于让网络写手和社会受众失去了对他们的"批评公信力"。从这个意义上说，有网络文学大赛邀请传统作家和批评家担任评委时，竟然受到一些网络写手的"资质质疑"，不是没有道理的。

7.2.2 面对网络，传统批评家可以大有作为

传统批评家面对网络真的会出现批评失语么？实际上，网络不是传统批评家的"克星"，网络文学批评也不是他们批评生涯的"滑铁卢"；不仅不会如此，网络传媒技术还可以为文学批评提供更为便捷、更易互动的公共平台，网络文学批评能给传统的文学批评家提供施展智慧才情、表达思想观念的广阔空间。这里的关键在于，面对网络等新的传播媒介时，传统的批评家应该有更为开放的心态、更为兼容的立场和更为积极的躬身作为。

首先，传统的文学批评家应该积极切入网络文学现场，获取技术传媒语境中文学的当下经验，以赢得对网络创作的解释力和评判权。

---

① 所谓"后喻式"结构是指上网者越是年轻，越容易对网络媒体产生亲和力和认同感，对计算机网络技术也会掌握得越熟练，使用得更频繁。

分析评判对象的前提是了解和熟悉对象，那种不上网、不读作品、不做文本分析、压根儿就没有网络读屏体验的批评家是不可能介入网络批评的，即使批评也是不负责任的。现如今，网络传媒正以其"宏媒体"的巨大容载量，打破了书写印刷文学一统天下的局面，重构了当代文学新局面。数字化媒体在冲击传统文学的同时，激活了文学市场——网络文学以众多的写手、自由的生产流程、庞大的作品库存、迅速的市场覆盖和不断增加的阅读受众，迅速成为一支不可小觑的文学新军，占据了传统文学千年帝国的半壁江山，其强劲的生产体制、传播机制和文化延伸力，使它在当今文学的整体格局中呈风生水起、"风景独好"之势。在这种情形下，要了解和把握当代文坛，就不能不走进网络，切入网络文学现场，没有网络文学的文坛是不完整的文坛，因为网络文学已经成为当代文学的重要一翼，并且是最有生气、不容忽略的一翼。这时你会发现，网络传媒对当代文学现场的深层影响已经从文学"逻各斯"的观念原点上消解了许多文学惯例、观念谱系和生产体制，改变了人类千百年来为文学约定的"议程设置"，打破了原有文学场中的亘古恒定的"关系平衡"，引发了文学要素的裂变。如：从文学表意体制看，网络媒体在"文学与生活"关系的基础上增设了"文学与虚拟生活"的关系；从媒介要素看，网络写作从语言文字向数字化符号转变，让文学文本由"硬载体"走向"软载体"的存在方式；在文学的价值要素上，网络创作用界面操作解构书写语言的诗性，使文学作品的"文学性"问题成为技术"祛魅"的对象，导致传统审美方式及其价值基点开始淡出文学的思维视界……我们的理论批评家如果不了解这些变化，不去感受、体验和思考这些变化，就不能解释这些变化的真正原因，更不可能为这些变化提供经验言说、体验解读、观念支持和价值引导。如果这样，批评家的批评即使没有失语，也将会是失效的。

进而言之，让传统批评家切入网络文学现场、获得有效言说的基本前提是调适批评家的话语立场，能够兼容、宽容并尊重多元并存的文学现实和多媒共生的艺术生产机制。我们知道，文学的目的地是人的心灵，却并不拒斥任何通向心灵的路径。几千年来，文字的载体一直在变化，如从龟甲、钟鼎、布帛到纸张、计算机网络、手机终端等，但人类赋予文学的表征心性、情动心灵的目标始终没变，如老作家陈村在十年前所言："文学有关人的心灵，从来可以由各个道口进入。"传统批评家大可不必在新媒体文学面前过于自矜，陈村形象地比喻说，"他给你看的第一张照片已经打好了领带，你可别以为那领带是娘胎里带出来的"，因而提出："有人一口咬定网上的文学作品都是垃圾，那是精神错乱，我们应该怜悯他。有人说网上的作品才是文学，那是理想，我们要努力。我看到的情形，站得远一些说，网上网下作品的好坏比例大体是一样的，都有佳作和劣作，都离伟大的文学较远。或者说得绝对一些，它们本来就是一个东西。"[①] 是的，纸承网载都是媒介，网上网下都是文学，区别只在于文学的品质，而不在创作方式和使用哪种载体，大可不必戴着有色眼镜看待网络文学，以守成立场区分文学的"嫡生"和"庶出"；哪怕你是名家大腕，介入网络文学批评也并不有失身份。电脑艺术、网络文学、手机创作等，是与知识经济时代的高科技环境相适应的，是这个时代环境的文化表达。我们只有立足现实，超越传统，实现知识视野和观念模式的更新，才会有文学的进步与创新的活力。笔者曾在一篇文章中提到："今天，数字媒介的技术力量，已经使文学的存在方式、功能方式，

---

① 见陈村为《网络文学之星丛书》所写的序言，花城出版社2000年版。

文学的创作、传播、欣赏方式，文学的使用媒介和操作工具，以及文学的价值取向和社会影响力等，都发生或正在发生着诸多新变，因而传统文学的观念形态也必须在思维方式、概念范畴、理论观点、思想体系和学理模式等总体构架上，由观念转变推动理论创新，由理论创新达成理论创新体系。只有这样，我们才能把数字媒介对于文学传统的挑战变成文学在涅槃中再生的契机，在迎接挑战中建设数字媒介语境中的新文学。"① 作为传统的文学批评家，他们大多都有敏锐的艺术感受力和丰富的文学经验，谙熟历史文化传统，还有积淀深厚的理论学养，只要放下身段，切入网络现场，调适主体立场和文学心态，必将在网络文学批评领域大有作为，未来的中国文坛也将有阵容更为整齐的批评家阵营关注网络生态，并让切近网络的网络批评成为网络文学健康前行的助推器与活力源。

7.3 网络文学，离茅盾文学奖有多远？②

第八届茅盾文学奖落下帷幕，网络小说整体出局一时成为热门话题。本届茅盾文学奖首度吸纳网络文学作品参与评选，由新浪网、起点中文网、中文在线网提交了 7 部网络小说参评，结果不出许多人（特别是许多网友）的预料，参评的网络小说一无斩获，除 3 部小说（《从呼吸到呻吟》《遍地狼烟》《青果》）在第一轮投票中冲进前 81 名（它们分别排名第 63 位、75 位和 81 位）外，其余均名落孙山，仅

---

① 欧阳友权：《数字媒介与中国文学的转型》，《中国社会科学》2007 年第 1 期。
② 本节原载《光明日报》2011 年 9 月 26 日。

仅是在176部参评作品名录上露了一下脸而已。

7.3.1　两千年与二十年的"比拼"

网络文学在全国性文学评奖中败北并非首次，2011年的第五届鲁迅文学奖评选也出现过类似情况。人们对此议论很多，这些讨论和争议，表明了社会对文学评奖的关注，也说明许多人仍然热爱文学，尤其是关心网络文学的生态和社会评价。在笔者看来，让网络文学与传统文学在茅盾文学奖中同台竞技，从目前的情形看是难有胜算的，其中途"夭折"是意料之中的事。其原因在于，从评奖性质上看，茅盾文学奖（包括鲁迅文学奖）说到底还是属于"专家奖"的范围，其评选的机制和遴选标准都是基于文学传统和社会期待而设置的，是纯文学的"精英奖"。如茅盾文学奖的评选要求作品拥有思想性与艺术性的完美统一，注重思想的深刻内涵，要有切入社稷民生的历史担当和人性温暖，以及艺术审美方面的精致与创新等，这些显然不是网络文学的强项。我们知道，"自娱以娱人"的网络写作，其长处不在这里，不在于精致和深刻，而在市场、在大众、在草根的认同和广泛参与。从《诗经》算起，我国传统的精英文学已经发展了两千多年，而汉语网络文学的成长期满打满算还不到20年，两种文学的创作方式、功能模式、发展水平和品相质地都存在较大差异，现在却要求用同一个评价标准去衡量，网络文学显然是处于弱势。且不说这次参评的几部作品是否真能代表浩如烟海的网络小说的创作实绩，如网络小说可以是超文本和多媒体的，文字叙事可以连载和续写，其生命活力永远存活于网上，"点击率"是网站、写手和网民品评作品的基本"标的"，而本次参评的作品必须是已经完成并公开出版的纸质出版物，这个参评的前提就预设了对网络小说的限制。于是，就难免出现这样

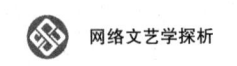

的质疑：既然参评的网络小说都没有走得更远，茅盾文学奖是否过于"阳春白雪"了？

是的，茅盾文学奖就是文学界阳春白雪式的专家奖或精英奖，吸纳网络小说参与这种评奖是必要的、应该的，作为数字传媒时代最具大众趣味的网络文学落选于这样的专家奖或精英文学奖也属正常，没什么好抱怨的，不属于常识以外的意外。

7.3.2 传统文学和网络文学"抱团取暖"

需要关注的也许是网络小说参评茅盾文学奖背后的意义。这种意义主要有二：一是对于优化当今文学生态的意义，二是对网络文学本身发展的意义。

先说前者。茅盾文学奖对网络文学敞开大门，意味着传统文学或主流文学对网络新媒体文学的身份认可和资质接纳，有助于改变网络文学与传统文学彼此观望、不相往来的格局，实现两种文学相互交流，加深了解，切磋砥砺，融合互补，促进网络写手学习传统文学，了解传统作家，也引导传统作家和评论家走近网络文学，了解网络写作，从而改善和优化媒介融合语境中的文学生态，让两种文学在有些低迷的文学市场上"抱团取暖"，共创繁荣。恰如有网友所言：当代文学经历的"网络洗礼"，既能使陷入瓶颈的传统文学获得重现辉煌的机遇和力量，亦能使泥沙俱下的网络文学提升审美与文化素质。不断走进现实的网络文学和不断走进网络的传统文学，通过茅盾文学奖、鲁迅文学奖这种社会关注度很高的比对平台，让传统文学意识到，文学有关人的心灵，从来可以由不同的道口进入，网络霸权不好，媒介歧视也不对，应该对网络写作投以理性的目光，给予必要的关注、关爱、引导和激励；对于网络文学而言，也可以在这个机会均等的评审中检视水平，看出差距，意识到作品未能入围，不在于它是否出自网络或有网络的特征，而是少了一些文学的品质。这样，传统文学与网络文学就可以从昔日的观望、对视走上了解、交流、融通和互渗互补之路，这对于整个中国文坛来说，都是一件值得称道的事。

7.3.3 网络文学要练好"内功"

再从网络文学本身来看，参评茅盾文学奖，也是网络文学认识自身、提振信心的机会。相对于传统写作，网络作家更善于用市场的敏感捕捉读者心理，挖掘阅读快感，其旺盛的创作激情，天马行空的想象力，狂欢化叙事方式，渎圣思维下的英雄崇拜，神话式的宇宙观构建，还有语言的趣味化、抓人的故事结构与情节的速度感等，让网络文学成为一支声势日隆、成长性极强的文学新军。统计表明，我国网民总数已超过4.85亿人，网络文学的写手人数、原创作品存量、在线阅读人群和文学网站的日PV量屡创新高。数字技术和传媒市场的双重力量已经在昔日的文学广场上升起了一面网络文学的新旗帜，传统的文学规制和原有的文学格局正遭遇技术传媒的重整，网络文学对当代文坛乃至整个社会文化的影响已超出文学本身，应该将其放到"国家文化战略"和"一代人的成长"这样的大命题下来看待其更为深远的价值和意义。

与此同时也不能不看到，今天的网络文学虽然在"量"上已经占据文坛的大半壁江山，但在"质"上还无法与传统文学抗衡。网络文学要成为人类文学史上的一个有价值承载的历史节点，在拥有数量的同时还拥有质量，或者在赢得受众的同时赢得尊重，进而从点击率、注意力走向影响力和文学创新力，还需要消除自身的一些局限。譬如文学性的匮乏、承担感的缺失和对市场的过度迎合，就是网络文学创作需要克服的最大"短板"。网络上发表作品"门槛"很低，但作者艺术素养参差不齐，匿名化的自由写作使得网络写手一身轻松却又过于轻松，以至于让许多人放弃了文学应该有的艺术承担、人文承担和社会承担，出现作品意义构建上的价值缺席和承担虚位。原创文学数量庞大但作品的总体质量不高，作品低俗和写作"灌水"严重困扰着网络文学的健康发展，使得有"网络"而无"文学"，或则"过剩的文学"与"稀缺的文学性"形成鲜明反差。再如，技术传媒文化资本的市场逻辑与文学创作的价值理性出现背反和落差时，怎样把握二者间的平衡？现如今，签约写手的有偿写作和网站藏品的付费阅读，在产业上似乎找到了有效的盈利模式，但其所导致的作品"越写越长"的商业注水现象，以及阅读市场细分后的"类型化写作"过剩等，有可能把网络文学引向一个窄狭的小胡同，背弃文学价值原点的审美约定，淡化创作要关注现实生活的艺术责任，导致一些网络作品缺少深邃的社会意义、人生感悟和深层的文化积淀。如果能解决好这些问题，网络文学所赢得的就不仅是文学的身份或某一个奖项，还有文学的意义和应得的尊重。

7.4 网络文化兴起对文化产品评价的影响[①]

互联网的蛛网覆盖和触角延伸，带来的不仅有迅速覆盖的联网节点和不断滋长的网络文化，还有与网络文化相适应的新媒体观念，以

---

① 本节原载《江汉论坛》2013年第10期。原文为国家社科基金重点项目"网络文学文献数据库建设"（项目批准号：11AZW002）研究成果之一。

及由此形成的对文化产品的新的评价方式和与判断标准。传媒巨擘麦克卢汉曾说,媒介即讯息,它是人的延伸,新媒介新技术构成社会机体的集体大手术,将会"坚定不移、不可抗拒地改变人的感觉比率和感知模式"①,进而影响人们对事物的看法,干预主体的价值判断,形成不同的意义模式,这样的文化精神不能不影响人们对文化的重新认识和对文化产品的不同解读。网络文化是人类社会迄今为止最具解构性又最具建构性功能的传媒文化,其所带来的全球化、认同危机和媒介新秩序,会造成"文化统一体重组"②,让后信息时代的数字化生活创生出"人类新空间"和"生存的新定义",从而让无限带宽塑造的"人性化界面"③ 修正原有的逻各斯范式,在创造这个时代文化新形态的同时,也悄然改变评价文化产品的新尺度。

7.4.1 评价对象的目标溢界,形成了文化评价的"祛魅化"④ 语境

数字技术丰富的文化再生力和强大的信息汇聚功能,创造了文化产品的无限多样及其海量呈现。网络传媒打破了时间、空间的界限,也解除了昔日地缘政治和族群文化的束缚,在文化产品的存量上可以

---

① [加拿大]马歇尔·麦克卢汉:《理解媒介——论人的延伸》,何道宽译,商务印书馆2001年版,第46页。
② [英]戴维·莫利、凯文·罗宾斯:《认同的空间:全球媒介、电子世界景观与文化边界》,司艳译,南京大学出版社2001年版,第1页。
③ [美]尼葛洛庞帝:《数字化生存》,胡泳、范海燕译,海南出版社1997年版,第105页。
④ "祛魅"(Disenchantment)一词源于马克斯·韦伯所说的"世界的祛魅",汉语也可译作"去魅""解魅""解咒",此词起源于当代科学哲学,原意是指对世界的一体化宗教性解释的解体,一般理解为曾经一贯被追捧的人、物、事、感情、文化、定论,被重新认识后地位下降。在今天,"祛魅"多指对于科学和知识的神秘性、神圣性、魅惑力的消解,申论之,也可以指主体在文化态度上对于崇高、典范、儒雅、宏大叙事、元话语的能指疑虑或表征确认。

会通古今、涉猎中外，"聚文脉于眉睫之前，挫万物于光标之处"，获得"所有时间所有地方的所有信息"；在文化产品的增量上，则借助技术载体的便捷工具，创造一系列形态各异、风格标新的文化产品，使数字技术的更新换代成为文化产品花样翻新的不竭动力。我们看到，网络文化的评价视野可以回溯至积淀深厚的传统文化产品，从孔夫子到孙中山，从古希腊神话到诺贝尔奖得主的最新作品，无不可以通过网络"拉"到眼前供阅读和评说；与此同时，新媒体文化产品层出不穷，不断丰富文化市场，刺激并创造了新的文化消费。数字电视、数字电影、数字杂志、数字报纸、数字广播、手机短信、移动电视、网络、桌面视窗、触摸传媒等新媒体，以及博客、微博、微信等个人化传播载体的大范围覆盖，让文化产品的原有边界被大大拓宽，文化评价的对象出现了"目标溢界"。更为重要的是，不仅仅评价对象出现海量增长、聚焦各异，还有文化产品"增量"遮蔽"存量"的"祛魅化"落差——昔日尊贵的名著、经典日渐退去神秘的面纱，淡化了荣宠身份，甚或退居文化市场边缘，不再成为文化评价者的首选对象和关注焦点，占据公众视野和舆论中心的是那些新兴文化产品，市场效应、消费选择和商业号召力开始成为文化评价屡试不爽的"优选法"。苹果、谷歌、微软、Facebook，这些新媒体技术公司总是高居世界最具价值品牌排行榜的前列；《三国演义》《水浒传》被改编为网络游戏才能让名著成为走进青少年心灵的"娱乐捷径"；小说《西游记》远没有电影《大话西游》和网络小说《悟空传》那么受追捧；曹雪芹的《红楼梦》被翻拍为电视剧，并一拍再拍，目的只在于更多地吸引眼球，让这一文学经典实现视听消费品的利润最大化，其所产生的经典小说跨艺术传播效应不过是时尚消费品的文化附加值。在网络文化兴起的"祛魅化"语境中，经典不敌偶像、传统让位于时尚，可以被看作文化评价"目标溢界"的必然结果；"韩寒排名在韩愈之前，郭沫若排在郭敬明之后"的情况并非笑谈。

与之相适应，网络文化对文化产品评价的影响呈现出评价尺度的世俗化下移倾向。

在技术传媒助推之下的后现代消费社会，人们的心理和行为方式均出现"认同凡俗"的症候，即面对社会文化现象和文化产品时，个人选择和评价尺度更多地向生活化、世俗化、感性化甚至欲望化方面倾斜。由于数字化技术复制、虚拟真实、符码仿真带来的人与现实世界的暂时疏离，又由于网络赛博空间的"拟态环境"对个人社会角色的技术遮蔽，可能让历史积淀的人文价值理性游离于传统的认识论评价尺度，从而衍生出消费主义与日常生活、媒介导向与信息传播结构、现代性问题与文化危机、商品拜物教与精神生态失衡，以及尼葛洛庞帝所描述的"沙皇退位、个人抬头"[①] 等问题，由此可能导致评价文化产品时，放弃原有的价值标准，出现诸如"以笑料对抗沉重、用喜剧冲淡悲怆、把神圣化作笑谈、将崇高降格为游戏"的情形，结果便产生了鲍德里亚所形容的消费意识形态下的"心理贫困化"现象。

网络文化评价尺度世俗化下移的表现形态之一是价值取向上的"平庸崇拜"和评价立场的"渎圣思维"，两者的互为因果，构成文化评价的价值平面化。我们知道，网络技术的平权机制是非集权性、反中心化的，它在文化精神上强调消解等级观念，蔑视宏大叙事，拒斥仰视传统的崇拜心理和英雄情怀，而倡导自由、平等、兼容和共享的文化精神。无论是创作艺术作品，还是评判文化产品，都惯于以平

[①] ［美］尼葛洛庞帝：《数字化生存》，胡泳、范海燕译，海南出版社1997年版，第269页。

民姿态、平常心态关注平凡事态，以感性修辞来表征平庸崇拜，让高雅相容于世俗，精英兼容于草根，将神圣崇高归于卑微和平凡，一切崇高的或形而上的东西都向下挪移，以削平深度，消除"中心化"和"宏大叙事"。在评价尺度上，也往往弃雅从众、屈尊随俗，用大众化和普适性的价值标准看待和评价对象，贴近生活感受和身心感觉。巴赫金将这种情况称为"贬低化"，"亦即把一切崇高的、精神性的、理想的和抽象的东西转移到整个不可分割的物质和肉体层次，即（大地）和身体层次"①。我们在网络上读到的是："情人节里雨纷纷，所有男人都断魂；要知美眉在何处，网络上面去找寻""我们都是大美女，每一次点击消灭一颗痴心；我们都是狐狸精，哪管它网恋真不真……"对这样拿经典开涮的戏仿段子，人们可以一笑了之。网络恶搞的《沙家浜》，将胡传魁、阿庆嫂、郭建光描写成争风吃醋的三角关系；改写自《智取威虎山》的网络作品则侧重描写杨子荣暗恋"小白鸽"，参谋长公报私仇想借座山雕之手杀掉情敌才让杨子荣上了威虎山……这类颠覆性恶搞行为，挑战传统价值观念，甚至亵渎神圣，贬低崇高，本该受到批评指责，但在网络文化语境中却仍有存在空间，究其原因，并不是人们丧失了应有的信仰和道德底线，而是与价值多元、心态兼容的网络文化评价尺度下移、评判标准世俗化转向有关。有学者在论及手机短信的社会功能时就曾说："以手机为载体的短信文学对社会现实的反映更全面、真实和准确。在反映民声、直陈时弊、记录历史等方面，短信文学称职而又忠实地承担着社会表征的功能，既体现出了自己的优势，同时也暴露了只是提出问题、点到为

---

① [苏联] 巴赫金：《巴赫金文论选》，佟景韩译，中国社会科学出版社1996年版，第118页。

止、无法进行深入剖析的文体劣势。"① 手机短信的这类情形在网络文化产品中带有普遍性,对它们的文化评价和意义分析正是产品自身特质限定的。不过,即使处于网络文化兴起的语境中,作为文化产品的评价者也应该对世俗化下移、平面化认同的价值判断模式保持必要的警惕。正如有学者指出的:"我们清楚了精神生态已经失衡的世界和我们的思想平面化状态,进而重新思考价值平衡的可能性。因为,在现代性的境遇中,思想者的魅力不在于怂恿价值平面化,而是追问深度模式是怎样消失的,而且质疑那些现代性的罪行怎样被新的技术乌托邦修饰成为'完美'的。"②

网络文化评价尺度世俗化下移的另一表现形态是功利评价重于人文精神价值。技术传媒的社会职能是实用性和功利化的,在消费社会的意识形态逻辑中,网络文化的价值取向主要不是用于人文理性的意义创造和文化评价的精神生态,而是市场竞争下的文化资本增值。新媒体作为文化工业,已经成为社会生产力的技术引擎,不仅拉动物质财富迅速增长,也激发了人们追求物质财富的强烈欲望,并逐渐形成功利化看待人与外部世界关系的眼光和评价标准。有研究表明,在现代都市生活中,一个16岁的少年至少要经受10万条广告的视觉冲击,于是,充满诱惑的广告就成了少年成长中的世界言说方式,一种足以塑造消费意识结构的不可选择的"选择",而选择本身即是如何满足消费欲望的功利化选择。这样的生存背景会在"消费社会的商品拜物教"与"文化产品的世俗化功利评价"之间形成观念模式上的"图—底"关系。这在文化产品的评价领域时有表现:如评价电视节

---

① 欧阳文风:《论短信文学的社会表征功能》,《中南大学学报》(社会科学版) 2012年第2期。
② 胡经之主编:《西方文艺理论名著教程》下卷,北京大学出版社 2003 年版,第641页。

目的首要标准是看收视率，新片上映要看上座率，图书出版要看发行量，网络作品的成功全靠赢得点击量和排行榜，一种文化新产品上市首先需评估消费反应与市场回报……经济利益、资本增值、利润最大化、产业链、商业模式等已经成为评价文化艺术产品的首选标准，至于这些文化产品的内容品格、意义深度、价值倾向、人文审美、艺术创新等最为重要的评价权重，只能依附于前者才能得到衡量。文化产业让"产业"宰制了"文化"，文化产品生产的工业化槽模用商业展示价值替代了精神膜拜价值，就连最传统的经典艺术也开始谋划商业转换和市场覆盖以求得到社会评价的认可，主流的学术研究从招标课题到成果评价也都更加注重现实应用价值而评估其实现市场对接的可能性。功利化成为社会组织原则，也成为文化评价的尺度，其结果可能会由物质与精神的矛盾导致"文化贫困"和"心理的贫困化"，出现后现代主义思想家描述过的那种状况："物质的增长不仅意味着需求增长，以及财富与需求之间的某种不平衡，而且意味着在需求增长与生产力增长之间这种不平衡本身的增长。'心理贫困化'产生于此。潜在的、慢性的危机状态本身，在功能上与物质增长是联系在一起的。但后者会走向中断的界限，导致爆炸性的矛盾。"①

7.4.2 媒介化评价方式规制了文化产品评价的舆论导向

从评价方式上看，文化评价的媒介化，或者说传媒化的文化批评，构成了网络时代文化产品评价的舆论导向。

自打以数字化技术为基础的计算网络出现以后，大众传播载体旋即增加了"第四媒体"（互联网）和"第五媒体"（手机媒体），传媒

---

① ［法］鲍德里亚：《消费社会》，刘成富、全志刚译，南京大学出版社2000年版，第51页。

咨询业迅速膨胀，互联网作为超越性的"宏媒体"和"元媒体"，其所形成的"媒介霸权"已经显现，不仅对文化生产形成了再生力、对文化信息传播形成强大推力，也给文化产品的评价带来导向化的舆情影响力。大量的文化产品诞生于新型传媒，丰富的文化咨询汇聚于网络空间，众多产生广泛影响力的文化评价也常常源于媒介批评。网络媒体及其文化强势已经成为当今社会的文化发酵场和规制文化产品评价导向的风向标。数字化比特作为"信息 DNA"的无处不在、无所不能和无奇不有，迅速切入文化生产、文化消费和文化评价，打造出崭新的网络文明。正如荷兰文化哲学家约斯·穆尔在《赛博空间的奥德赛》中所言："赛博空间不仅是——甚至在首要意义上不仅是——超越人类生命发生于其间的地理空间或历史空间的一种新的体验维度，而且也是进入几乎与我们日常生活所有方面都有关的五花八门的迷宫式的关联域。"①

传媒化的文化评价方式有几种常见形态。一是图像化娱乐至上的评价指向。技术传媒的发达，让图像化文化产品几乎覆盖了我们所有的文化生活。电影、电视、广告、手机、框架媒体、分众传媒、街头的 LED 显示屏、层出不穷的数码终端产品，乃至 T 台走秀、街心公园、居室设计、都市建筑……无不以视觉图像充斥我们的感官，构成当今社会的"图像化生存"，文字书写印刷产品则开始退居文化边缘而让位于图像主因文化。与图像化产品相匹配的便是图像化娱乐和对娱乐图像产品的文化评价。我们看到，2012 年我国娱乐文化领域三个备受关注的新产品——电视娱乐节目"中国好声音"、创造国产片票房神话的喜剧电影《泰囧》、创下电视纪录

---

① ［荷兰］约斯·德·穆尔：《赛博空间的奥德赛——走向虚拟本体论与人类学》，麦永雄译，广西师范大学出版社 2007 年版，第 2 页。

片收视率和图书发行量双高的《舌尖上的中国》，均是来自图像传媒的娱乐产业，而传媒聚焦的热评猛炒形成的"马太效应"，又大大提升了这些作品的显示度和影响力。湖南卫视秉持"快乐中国"的办台理念成就了"快乐大本营"的娱乐帝国，他们正是紧紧抓住"娱乐至上"的营销利器才连年创下省级卫视频道收视新高。在视听消费文化的簇拥之下，"观看"已经成为人们的生活方式和生存法则，如通过电视相亲来寻找爱情伴侣，通过动漫游戏和视频网络来打发闲暇时光，通过购物频道去购买自己心仪的消费品，通过网络虚拟社区或"屌丝播报"了解大众诉求和社会热点……我们的眼球终日受到各种影像的刺激和诱惑。一方面是视觉需求的不断增加，另一方面则是满足视觉消费的文化产品不断创造出来并不断激发新的视觉需求，人类似乎已进入一个图像生产、传播和消费的急剧膨胀期，一个崭新的图像化娱乐时代已经到来。有图像产品、图像娱乐、图像消费，就离不开大众传媒对图像娱乐的文化评价，而各种传媒特别是新媒体对图像娱乐产品的关注和评价，已经成为社会文化评价的主要关注点和重要导向。例如，被评为2012年度十大网络小说的《神印王座》（作者唐家三少），首先是因为该小说有超过2000万的点击量和1000多万个唐门网友的评论帖子，这样的关注度足以让这部玄幻小说进入评价者的法眼。吴莫愁从一名普通的大一女生成长为新生代著名歌手，并获第三届女性传媒大奖，那是因为她成功晋级"中国好声音"全国总决赛亚军，传媒的力量让她一夜之间红遍中国，成为"不做第一，只做唯一"的"摇滚小魔女"，是图像娱乐和传媒评价的文化机遇成就了吴莫愁，也成就了"中国好声音"节目"赢家通吃"的市场高位。从积极意义上说，图像化娱乐产品的传媒评价可以帮助人们多侧面、多角度地了解、认识这些产品,把握它们的意义和局限,引导人们正确消费;但传媒批评的资本规制和市场法则,也可能是图像娱乐文化从"娱乐至上"走向"娱乐至死"的推手,让文化评价成为文化偏执和文化炒作的同谋,就像尼尔·波兹曼所警示的:"在这里,一切公众话语都日渐以娱乐的方式出现,并成为一种文化精神。我们的政治、宗教、新闻、体育、教育和商业都心甘情愿地成为娱乐的附庸,毫无怨言,甚至无声无息,其结果是我们成了一个娱乐至死的物种。"①

二是舆情围观带来文化产品评价的"多数暴政"。传媒业的过度发达,让信息咨询和信息生产形成舆情的复杂呈现,有效信息与无效信息、真实信息与虚假信息,或者即时信息与过时信息、急需信息与冗余信息等,都一股脑儿充塞于大众媒体,其所形成的"信息过载"会让信息取舍真假莫辨、无所适从,从而可能对文化产品的认知判断形成舆论误导。特别是网络媒体的无障碍传播和交互性共享,不断催生出舆论热点甚至危机事件。移动互联网的无缝对接,手机上网的自由操控,还有博客、微博、微信等"自媒体"的大量普及,Facebook、人人网等社交网站的"人气堆"现象,以及 Email、QQ、MSN、Skype 等个人空间的广泛使用,不啻为舆情围观添加了危机公关的"引爆点",让"以多数人名义行使无限权力"的"多数暴政"(如"人肉搜索")有了滋长的技术土壤,这将可能引发公众的"盲从"和文化评价的人云亦云、失准失依。在这些年的文化市场上,对文化产品的过度包装、对作品意义模式的过度诠释、对某些文化现象的过度关注和对另一些本该关注的社会文化现象的过度漠视等,都是

---

① [美]尼尔·波兹曼:《娱乐至死》,章艳译,广西师范大学出版社 2009 年版,第 5—6 页。

传媒文化评价中舆情围观和"多数暴政"的必然结果。譬如，在电影市场上曾出现误导舆论、扰乱市场的现象。炒作者或邀请专门的网络营销公司制造话题、渲染口碑，或有意设置微博、论坛的"热门话题"，注册一些"马甲"到处转帖和评论，吸引不明真相的网友来"坐沙发"，积累粉丝数量，形成好评（对自己）或恶评（对对手）的舆论导向。有导演就曾公开承认自己雇用"网络水军"的行为，并认为自己的影片在网上受到有组织的"水军"攻击，呼吁揪出组织"黑水"的"幕后黑手"。"网络水军"被讥为"五毛党"，其实就是文化产品评价的幕后操控群体，受雇主指使，在某一时间段就某一产品进行集中赞美或集中诋毁。他们的任务是在网络上给某一作品打高分或给竞争对手的作品打差评，或者联络、收买、控制一些帖吧、网站的管理员，让他们发帖或者删帖，就某一作品和文化现象集中形成"口碑营销"的舆论声浪，以产生大众围观下的"众口铄金"效果，形成文化认同的"多数暴政"，导致文化评价的错位和误导。这样由网络误导形成的文化评价，对文化产品的繁荣、文化市场的健全和文化评判的客观公正都是有害的。《光明日报》曾就电影营销的"网络水军"现象发文评价道："真金不怕火炼，好电影自己会说话，好口碑自己会传播，与其在微博里刷好评，在网上刷高分，不如把电影的质量做好。好的电影从来不愁票房，而'水军'永远不会决定电影的票房。对电影来说，故事、艺术、特效等基本元素才是决定电影票房的重要因素。"[①]

---

① 牛梦笛：《"网络水军"成产业链，电影营销"水军"威力有多大》，《光明日报》2013年1月5日。

7.4.3 "意见领袖"和"粉丝文化"对文化产品评价的干预

在传媒导向的文化评价中,"意见领袖"与"粉丝文化"现象,也是网络文化影响文化产品评价的突出表现。"意见领袖"即能对他人施加影响的舆论领袖,他们多是社会知名人士,或名人明星,或专家学者,在人际传播网络中能以自己的特殊身份为他人提供富有引导性和影响力的信息、意见与评论,具有感染情绪立场、影响他人行为方式的功效。意见领袖是网络技术传播场的产物,其影响也多是通过网络公共舆论来体现。在文化产品评价领域,意见领袖能以自己的社会地位或人格魅力,对评价对象的选择和臧否判断形成大众引导性,产生一呼而百应的效果。影视明星姚晨在新浪微博的粉丝超过3300万,这就意味着,她每条微博的受众要比《人民日报》的发行量多出12倍。韩寒的博客点击量超过4亿次,他的每一句博客言论都可能引起网络舆论围观,影响数以亿计的关注者对某一事物的看法,或对文化产品、文化事件的立场与评价。近年来众多引人关注的热点事件如小悦悦事件、郭美美事件、微博打拐、动车事故、故宫失窃、免费午餐计划,以及赵本山不上春晚、《泰囧》的高票房是不是"三俗文化的胜利"、对文化品牌榜的评价等等,都有意见领袖在博客或微博中发言,并不同程度地影响大众对这些现象的看法,引导社会舆论。意见领袖的偶像地位是由他们的"粉丝"(Fans)塑造出来的,粉丝是偶像的"拥趸""发烧友""追星族",如李宇春的粉丝叫"玉米",张靓颖的粉丝叫"凉粉",孙红雷的粉丝叫"蕾丝"等,制造偶像的是他们,消费偶像的还是他们。意见领袖与粉丝崇拜的双向互动,既是一种备受关注的网络文化,也是对网络时代的文化生产和文化产品评价产生深刻影响的文化方式。

当然，在网络文化风起云涌的时代，无论是评价对象的目标溢界形成的"祛魅化"语境，还是对文化产品评价尺度的世俗化下移，抑或是媒介化文化批评所形成的图像化娱乐至上、舆情围观下的"多数暴政"和"意见领袖"与粉丝文化互动产生的评价导向，它们都将影响文化评价主体，并且只能通过主体来实现，而评价主体的文化自觉和价值立场也只有在网络文化的濡染和文化评价的实践中，才能得到符合人类文化逻辑原点的理性建构与提升。

7.5　网络文学研究基点及其语境选择[①]

网络文学超乎想象的快速崛起，覆盖的是网络文化空间，改变的却是整个文坛格局和中国文学生态。凭着"技术丛林"和"山野草根"两把大刀开路，短短十几年间，网络文学终于以"另类"的面孔和"海量"的作品确证了自己的文学在场性和文化新锐性。

7.5.1　网络文学研究的困顿

时至今日，随着网络对文学市场份额的强力扩张，以及人们对这一文学关注度和认知力的提升，特别是与传统主流文学互动交流的增多，网络文学在赢得技术权力话语的同时，自身发展中的困惑和矛盾也日渐凸显。

网络文学生产一直存在的"速成"与"速朽"，"大跃进"与

[①] 本节原载《河北学刊》2015年第4期。原文为国家社科基金重点项目"网络文学文献数据库建设"（项目批准号：11AZW002）研究成果之一。

"泡沫化",或者"高产"与"低质","大众化"与"去经典性"之间的矛盾,它们源自何处又如何化解?

网络文学是技术与艺术的"合谋",但技术的"霸权性"与艺术的"边缘化"带来的文学"父根"与"母体"的"审祖式"追问,该怎样摆脱其间张力关系的失衡与失依,进而有效根治文学因"技术依赖症"而剑走偏锋的病灶?

时下大型文学网站的"全版权"经营、产业链商业模式、以读者为中心的市场导向,让文化资本的利润增殖成为支撑文学发展的最大引擎,但市场化、产业化对艺术审美的遮蔽,以及媚俗、越位与"擦边球"对网络自律的漠视和对"净网"规则的僭越,加剧了网络文学的去文学性和非审美化,如此语境,文学生产该如何处理好网络市场与文学审美的悖论?

网络文学对文学惯例和创作体制的"格式化"颠覆,悄然置换了传统文学的逻辑原点,造成传媒载体与文学传统的断裂,这时候,网络文学的逻各斯命意何在?它还要不要重新律成自己的价值导向和意义模式以调适传统与创新的矛盾?

还有,网络文学所依凭的后现代主义文化逻辑和消费社会的大众文化语境,导致文学诗性品质的娱乐化脱冕,但新媒体图文语像的艺术祛魅和数字化技术灵境中的诗性复魅所形成的解构与建构并生的辩证过程,能否为网络文学提供电子诗意的返魅路径?

应该说,近年来我国网络文学理论批评界一直在思考并试图回答上述问题,只不过思考的角度不同,切入的研究路径各异,对解读网络文学的理论有效性也颇为不同。

有人把传统的文论学理简单套用到网络文学身上,用中外经典的文艺理论概念、范畴和理论模式,实施"六经注我"或"我注六经"

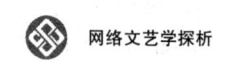

式反思,急于构建网络文学的理论体系,让这只本该黄昏时高飞的"密涅瓦的猫头鹰"①在黎明时便展翅起飞,结果不仅对实际的网络文学现象体认有"隔",也无补于这一新兴文学的理论开启,导致网络文学研究的"聚焦失准"与凌空蹈虚。

另一种是技术分析模式。这类研究者的眼中更注重"网络"而不是"文学",或只有"技术文学"没有"人文文学",他们没有把这一文学看作人类文学审美的一个历史节点,或文学发展的一个特定阶段、一种特定形态,而是将其仅仅视为传媒载体中的一项内容,或技术之树结下的文化果实,认为技术媒介和信息工具才是它与传统文学的本质区别,于是用技术的眼光和工具理性来分析网络文学现象。由于缺失人文审美的致思维度和价值立场,其对网络文学的理论言说往往会变成技术分析的文化读本,或新名词术语的"集束式轰炸",结果是文学人看不懂,技术人不屑于看,于实际的理论批评建设意义甚微。

当然,还有先入为主的"断言式"和即兴点评的"感悟式"评说。前者多出现在不熟悉网络或者很少上网阅读的"银发学人"中,他们常常会武断地以为,文学创作如春蚕吐丝,非呕心沥血、魂牵梦绕不可为,而网络乃玩家"灌水"、孤独者"冲浪"之地,如路边的一块木板,谁都可以上去信手涂鸦,不会有什么好东西;或者简单地认为网络无非就是一种传播信息的载体和媒介,就像龟甲竹简、布帛纸张也曾是承载作品的媒介一样,它不会改变文学的性质,因而断

---

① "密涅瓦的猫头鹰在黄昏起飞"是黑格尔的一句名言。密涅瓦是罗马神话中的智慧女神,栖落在她身边的猫头鹰是思想和理性的象征。这只猫头鹰在黄昏起飞就可以看见整个白天所发生的一切,可以追寻其他鸟儿在白天自由翱翔的痕迹。黑格尔用这一比喻意在说明,哲学是一种反思活动,是一种沉思的理性,而"反思"是"对认识的认识","对思想的思想",是思想以自身为对象反过来而思之。如果把"认识"和"思想"比喻为鸟儿在旭日东升或艳阳当空的蓝天中翱翔,"反思"当然就只能是在薄暮降临时悄然起飞。

定，文学就是文学，根本就没有什么"网络文学"，如以媒介论文学，岂不是还有竹简文学、木牍文学、布帛文学、纸张文学么？因而不值得为之置喙饶舌。后者常出自网友之口和传媒评论，这类话语能够有感而发，三言两语，即兴评点，直指本性，有时也能搔到痒处，戳到痛处，或机智俏皮，或犀利泼辣，倒也开心解颐，生津止渴，只不过有时难免蜻蜓点水，浅尝辄止，或文不对理，持而无据，甚或脱口而出，不切肯綮，姑妄说之，不负责任，往往流于一逞口舌之快，未入学理论域。

于是，网络文学的"理论江湖"可谓群伦并起，理路纷呈，涉足者不啻走入迷宫，莫辨路向。作为一种学术研究、理论建设或文学批评，总有其持论的起点和逻辑的支点，相对于传统的文论"大厦"，网络文学研究才刚刚起步，而与云蒸霞蔚的网络文学创作相比，其理论批评更是远远落伍不辨后尘。那么，今日的网络文学研究该以哪里为肇端、怎样寻求突破，或者说，哪里才是走出网络文学研究迷宫的那条"阿里阿尼彩线"[①] 呢？

7.5.2 网络文学研究的逻辑基点

笔者以为，"从上网开始，从阅读出发"，也许可以作为打开网络文学迷宫的一把钥匙，从这条路径入乎其里，或能破解诸多难题，找到那条引导我们走出迷宫的"彩线"。

选择这一基点，道理并不复杂，正如研究任何问题一样，我们研究网络文学的出发点和立足点都必须以实践为基，从对象出发，进而全面了解和认识对象，找出问题症结，发现蕴含的规律，提出解决问

[①] "阿里阿尼彩线"来自古希腊神话，常用来比喻走出迷宫的方法和路径、解决复杂问题的线索。

题的可能性路径，或构建切中实际的观念范式，而不能先入为主，生搬硬套，东向而望，不见西墙，或如刘勰所指："会己则嗟讽，异我则沮弃，各执一偶之解，欲拟万端之变。"① 面对异军突起的网络文学，我们当然需要有亚里士多德、康德和黑格尔赋予的理论底气，要有马克思主义文论的价值导向，也不可丢弃孔子、刘勰和王国维等人的丰厚积淀，中外历史上所有的文论资源均应该吸纳传承，因为它们中的许多理论质素对解读乃至规制网络文学都依然有效。不过，我们能做的第一步，却应该并只能从对象的实际出发，以研究的本体为据，于网络文学研究者而言便是阅读网络作品，下足新批评派所倡导的"细读"（close reading）功夫，了解和把握网络文学的生产方式、作品形态、传播载体和接受方式，以及功能结构与意义蕴含等。特别是对时下的类型化写作与阅读市场细分的相互催生，文学网站经营的全版权商业模式构建，网络写手的创作方式与生存状态，文学读者群欣赏趣味选择和消费市场的竞争格局，文化资本的新媒体寻租、产业运作和盈利手段，以及数字技术带来的文学与影视、游戏、动漫、视频影像等多媒体兼容的微妙关联，还有三网融合、移动互联网、自媒体、大数据、云计算及其信息增值方式对网络文学的生产与消费的影响等，更是文学"扩容"、版图"越界"带给我们的新课题，尤其需要网络学人切入现场，明察深思，做一个网络文学的"局内人""内行控"，这样才有可能赢得对它有效言说的话语权，才不致使自己的理论批评成为隔岸观火、隔靴搔痒之论。可见，"从上网开始，从阅读出发"虽说简单，却很重要，实为我们了解网络文学、评价网络文学、研究网络文学绕不过去的一道"铁门槛"。

---

① ［南朝梁代］刘勰：《文心雕龙·知音》。

7.5.3　网络文学研究的语境选择

面对网络时代不可逆的文学传媒化语境，我们的网络文学理论批评也将经历一次难以逆转的理论转向和有效言说的方法论选择，这种转向和选择不仅关涉主体回应现实、顺时应变的学术立场，还事关中国文艺学建设的观念导向和发展路向。

首先需要明确的是，文学与网络"联姻"，以至出现新媒体文学转型，是数字媒介深度切入文学艺术生产和消费的现实吁求，而非传媒决定论的主观臆断。当"数字化生存"日渐成为人们不得不面对的生存现实和文学存在方式时，网络文学就将变成一种合理性存在，一种历史与逻辑统一的文学创构。这时候，文学理论批评的基本立场应是高扬"通变"的旗帜，回应文学实践的变化，调整对文学的理解方式，增强理论对现实的解读能力，转变乃至重塑与之相适应的文学观念，以建构互联网传媒语境下的文学理论。时至今日，我国的文学艺术创作已大范围地向新媒体空间转移，网络文学、数码艺术、电脑设计、手机创作、ACG 产品等数字化文艺已经全方位覆盖我们的文化生活，它们是与知识经济时代的高科技环境相适应的，是这个时代环境的艺术表达。处于这样的大众文化语境中的文学研究，只有立足现实地延续传统，实现知识谱系和观念模式的更新，才能实现艺术进步与理论创新。既然数字媒介的技术力量已使文学的存在方式与功能范式，文学的创作、传播、欣赏模式，文学的使用媒介和操作工具，以及文学的价值取向和社会影响力等，都已经发生或正在发生诸多变化，那么，无论文学艺术生产还是文艺理论研究，都应该适应这种技术传媒的变化，并能动地利用这一变化来创作、评价和研究文学，从创作手段、思想观念、思维方式和学理逻辑上推进文学创新和观念更

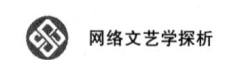

新，把网络媒体的挑战转化为文学在涅槃中再生的契机，在应对文学转型的过程中建设网络文学的理论批评新范式。

与之相关，网络文学研究的学术语境选择应该是一种严谨的学理认知，而非简单的时尚跟进。网络文学的历史性出场，以及人们对于这一新的文学态势的研讨与争鸣，不仅需要解决"存在者"是否存在和如何存在的问题，更需要从学理逻辑上解决其理论形态、意义模式的有效性问题，后者才能真正把握网络文学的理论内涵。这次文学转型带来的将是一个理论建构的巨大工程和学理认知的创生过程，它能否在文艺美学的"表意链"中，以自己的学理形态打造出人类文论史的一个历史节点，以媒介转型实现文艺学场域中的"范式转换"，将是网络文学建设的学术"母题"，也关系到这种转型合目的性与合规律性的统一。譬如，这个学科范式的理论构架可以从结构形态和意义模式两个方面去把握。在结构形态上说，网络传媒语境中的文学理论建构应该研究的理论问题大抵包括几个子项：（1）新媒体时代的文学生态；（2）技术与审美融合的必然与可能；（3）文学叙事的表意体制转换；（4）数字化文本的存在方式；（5）新知识谱系对文艺惯例的挑战等。从意义模式上说，网络引发的文学转型带来不同层面的理论观念变化，如文学生产中的"文学性"表达、文学表征的自由精神和"草根"平权、文学价值解构与建构的精神现象学、后现代主义观念本体的文学逻辑，以及数字化诗学的祛魅与返魅等。基于上述结构形态与意义模式所形成的从存在方式到价值本体的交融与互补，以此形成理论逻辑由表及里的思维构架，庶几可以成为网络时代文学转型所要着力构建的基本观念形态。另外，学理认知还需要把握理论内涵转型的逻辑原点，重新回答文学中的一些"元问题"，这主要包括：（1）"文学是什么"——从现实生活的审美反映，转向虚拟世界的自由书写；（2）"文学写什么"——从人与人的世界的艺术书写，走向数字化生存的本真叙事；（3）"文学怎么写"——从人类审美积淀的创作经验，转为电子代码的感觉撒播；（4）"文学干什么"——从经世致用的有为而作，转至自娱娱人的"波普"情结和商业链的效益追求等。与之相适应，网络文学批评还需要面对抑或提炼一些必要的理论范畴，如"平庸崇拜""感觉撒播""渎圣思维""脱冕写作""欲望修辞""比特叙事""戏仿经典""虚拟人格""展示价值与膜拜价值""主体间性""'拉'欣赏""新民间文学""多媒体创作""超文本""BBS 批评""文学全版权营销"等。这些概念是基于网络文学实践产生的理论"细胞"，它们与文学转型的结构形态和意义模式兼容共生，并用以阐释和建构网络文学的逻辑原点和学理体系。显然，这些都不是时尚化跟进可以奏效和完成的。

另外，面对新的学术语境选择，网络文学研究需要确立价值判断的意义维度，摆脱惯性思维和工具理性。由于传统研究体制的强势覆盖和新领域研究的薄弱，目前我国的网络文学理论批评还很不充分，特别是缺少内质性和针对性强的学理分析。出于对网络文学的误解和误判，有研究者惯于对之作大众文化普及性研究，而不是从存在论意义上进行考量；对之作异同比较研究，而不是把它当作独立存在的文学审美现象进行研究；对之作载体形式研究，而不是作价值本体研究；对之作技术研究，而不是作人文化的艺术审美研究。面对传媒技术引发的文学转型，研究者必然要碰到两个难题：一是没有既定的理论范式可供效仿和参照；二是研究对象变动不居，具有成长的或然性，尚难定格其结构特征。理论研究者应该秉持一种建设性的学术立场而不是简单的评判性态度，培植基础学理的致思态度而不是工具思维的技术分析，避开对网络文学削足适履地简单评判，而将其当作科学研究的理论资源，为建构文学理论开辟新的学术空间。譬如，从价值立场上说，作为文学理论的建构者，面对技术化的学术语境选择时应该尊奉自己的理论信条，即在技术媒介覆盖文学生产和娱乐文化过剩的时代，不应屈从于价值的平面化抑或在观念逻辑上放纵意义的浅表性，而要有勇气去追问深度模式是怎样消失的，质疑那些超真实的"仿像"世界是怎样被技术乌托邦抽空其价值底蕴的，从而在遍布技术旨趣、快餐文化、欲望消费的传媒生态中，调适或重建风骨高远、刚健有为的意义内涵。鲍德里亚曾把计算机技术用虚拟取代现实、模拟物代替真实物的符号拟像称为"完美的罪行"，称其危害就在于"通过克隆实在和以现实的复制品消灭现实的事物使世界提前分解"[①]，那么，我们所要强调的则是，文学研究者的任务，就是要在这次转型中，确立一种价值承担的人文精神，终而能够使自己成为这一"罪行"的督察者、审判者乃至矫正和根除者。

7.5.4 理性审视新的问题论域

面对新的研究对象，这里有两个溢出传统理论范式的重要论域尤其需要研究者的理性正视：一是技术哲学维度的，二是产业逻辑层面的。在技术哲学维度上，网络文学的学理建构应避免理论技术化，摆脱其对数字技术的依赖。网络文学诞生于数字化技术的工具和载体，因而基于这一媒体的文学及其理论的技术含量比以往任何时代的文学及其理论都要多。不过，文学的中心始终是人而不是技术，文学的本质是人学，即人的精神现象学或人的艺术精神学，而不是技术科学。

---

① ［法］让－鲍德里亚：《完美的罪行》，王为民译，商务印书馆2002年版，第28页。

数字化技术是文学的工具媒介和载体平台，它只能服务于人文审美的艺术目标而不能代替艺术审美规律。网络技术可以越来越具有"艺术性"，但网络文学的价值目标决不应该是"技术化"的。因而，网络文学所蕴含的"技术哲学"元素只能是"技术美学"或"审美技术学"。在笔者看来，技术要转换成为艺术是有条件的，它只能在两个层面上与艺术结缘：一是工具媒介层面，一是理解世界的观念层面。前者是艺术创作借助的手段，后者才是真正让技术介入艺术内核之中并对之施加影响的决定性因素，即技术化生产生活方式导致的人类理解世界方式的变化，以及由此产生的人对自身与世界的审美关系的深入体察和把握。[1] 在网络文学创作中，技术不仅要成为艺术表达的媒介和载体，还应化身为创作过程中体认社会的洞明智慧，让创作主体培育出一种可以回应现实的精神资源，进而自觉抵御技术霸权和工具理性，在人文价值理性平台上开启人文性的审美活动。技术传媒的进步会给文学生产添加技术新质，但说到底文学进步的推力主要不在媒介的升级换代，而在于借助新的传播媒介提升作品的艺术水准与理论批评的人文性学术价值，让文学遵循艺术实践而不是按照技术的设定来完成自身的创新。同样，网络文学的理论批评活动，如果变成一种对网络文学行为的技术解读，把人文审美的理论分析变成一种技术分析，这样的理论只能是无效的"理论"，而不是有效解读或正确引领网络文学的理论。

产业逻辑是网络文学另一个绕不开的端口。如前所述，网络媒体本身就是由市场催生的，媒介文化的产业体制，让网络上的文学行为不得不追求经济利益的最大化，其功能模式的背后是后现代隐喻的文

---

[1] 欧阳友权：《数字媒介与中国文学的转型》，《中国社会科学》2007年第1期。

化消费逻辑，在文化消费逻辑的背后又是商品社会的文化资本逻辑。杰姆逊曾说："美、艺术的最大长处就在于其不属于任何商业（实际的）和科学（认识论的）领域……美是一个纯粹的、没有任何商品形式的领域。而这一切在后现代主义中都结束了。在后现代主义中，由于广告，由于形象文化、无意识以及美学领域完全渗透了资本和资本的逻辑。商品化的形式在文化、艺术、无意识等等领域是无处不在的，正是在这一意义上我们处在一个新的历史阶段，而且文化也就有了不同的含义。"① 这样界定"善"和"艺术"显然是不够全面和准确的，但指出"商品"和"资本逻辑"的巨大渗透力却是有道理的。网络文学的产业逻辑，正是数字媒介与后现代主义消费文化的市场合谋，这对于文学理论的价值重建可能是一个具有解构性质的文化圈套。在此，我们在价值判断时，一方面应充分肯定网络文学的产业运行机制之于这一文学发展的推动力量；另一方面又要对这个"圈套"有所认识，并保持警惕，避免资本的宰制性力量对于文学性的侵袭和覆盖。当然，更为重要的是，基于这种认识，我们应建起一种有效应对此次文学转型的理论自信与文化自觉。正如恩格斯曾告诫我们的："每一个时代的理论思维，甚而我们时代的理论思维，都是一种历史的产物，它在不同的时代具有完全不同的形式，同时具有完全不同的内容。"② 面对21世纪形成的网络文学生态，我们也应持这样的态度，既要尊重历史，又要立足当下，更要着眼未来，以建设者的姿态进行思考和创新。

---

① ［美］弗·杰姆逊：《后现代主义与文化理论》，唐小兵译，陕西师范大学出版社1986年版，第147页。
② ［德］恩格斯：《马克思恩格斯选集》第4卷《自然辩证法》，人民出版社1995年版，第284页。

后　　记

　　书稿已经校对，却发现缺一后记。理论著作原是需要有个后记的，因为大凡行家拿到书一般都会先看看前言后记，了解一下该书的来龙去脉。未请名家作序，前言已经缺失，这个后记是再也不好省略的。

　　这本小书的形成过程也确实应该有个交代，因为与自己前此出版的网络文学著作相比，它有其不同之处。首先，全书内容的形成时间跨度较长，从2002年到2015年，差不多有14年。这期间网络文学变化巨大，影响日隆，我陪伴着网络文学的成长一路走来，随手捡拾一些值得关注的话题，把思考凝聚成文字，现在用一根"线"把它们串起来，这便是这部"探析"的源头。其次是容量较以前的书要丰富一些。自打1999年介入网络文学研究以来，我在这一领域前前后后出了十多部小书，还主编了5套丛书，除《网络传播与社会文化》一书外，其余都聚焦的是网络文学，而这部书不单探讨了传统PC端的网络文学，还涉及移动端自媒体的博客文学、微博客文学、微信文学、手机短信文学，以及数字动漫、网络游戏等新媒体艺术，所以称之为"网络文艺学"较为合适，不过与传统文艺学一样，文学仍然是它的"根"。另外，本书的42节是由42篇论文构成，它们是从我这些年发表的205篇网络文艺学论文中遴选出来的，均出自我主持的 3 个国家社科基金项目（2 个一般项目、1 个重点项目）的阶段性成果，并且是 2016 年获得国家社科基金重大招标项目的前期支撑成果。书中将它们分为学理逻辑、理论转型、观念谱系、价值构建、体式样态、现状评辨、批评范式等 7 个板块，其所涉及的理论观念，涵盖了网络文艺学的基本学理问题，它们或许构不成完整的体系，但对该领域一些"元问题"的理论清理，对于日后建立网络文艺学理论本体也许是有价值的。这些文章分别刊发在《中国社会科学》《文学评论》《学术月刊》《文艺理论研究》《北京大学学报》《社会科学战线》和《人民日报》《光明日报》等报刊，除 1 篇外，论文所发期刊均为 CSSCI 来源刊物（有 2 篇属扩展版），有的还属学界公认的权威期刊。其中，有 3 篇被《新华文摘》全文转载、1 篇摘转，有 14 篇论文被《人大复印资料》《中国社会科学文摘》《高等学校文科学术文摘》等转载或摘转，1 篇被收入《中国文学年鉴》，产生了一定的学术反响。因而，在拙著出版之际，首先要感谢中国社会科学出版社的郭晓鸿女士，同时还应该感谢刊发这些成果的原发刊物责编，是他们的辛勤付出才让这些"思辨的触须"得以成为付梓出版的作品。中南大学科研部将本书遴选为首批哲学社会科学学术成果文库，并为此提供了文科出版基金支持，在此一并深致谢忱！

本书出版之际，正好迎来中国网络文学发展 20 周年，也是我自己从事网络文学研究第 19 个年头。谨以此书向蔚为大观的网络文艺事业致敬，也让这部凝聚为铅字的小书，成为铭记自己学术心路的一个有意义的珍藏，并就此求教于学界同仁。

谨此为记。

欧阳友权

2018 年 2 月 2 日